HEYNE <

Das Buch

Inspector Matthew Lockyer geht sein letzter Fall immer noch nach. Persönlich ist es geworden, was er als professioneller Ermittler eigentlich stets um jeden Preis vermeiden muss. Doch Zeit zum Grübeln bleibt ihm nicht, als ein mysteriöser Cold Case seine Aufmerksamkeit verlangt: In einem ausgedörrten Flussbett in Salisbury wird das Skelett von Lee Geary gefunden. Dem stadtbekannten Taugenichts weinte 2011 kaum jemand eine Träne nach, denn er und zwei weitere lokale Kleinkriminelle galten damals als hochverdächtig im Todesfall von Holly Gilbert. Die Zwanzigjährige stürzte aus ungeklärten Gründen von einer Brücke. Innerhalb weniger Monate nach Hollys Tod starben auch die drei Verdächtigen – scheinbar durch Unfälle. Hollys Sturz wurde schließlich als Suizid eingestuft, was Medien und Öffentlichkeit unbefriedigt zurückließ. Als Lockyer nun gemeinsam mit Constable Gemma Broad versucht, die Puzzleteile von damals zusammenzusetzen, führen alle Spuren zu einer Aussteigerkommune auf der Old Hat Farm. Hier ist die Polizei gar nicht gern gesehen, die Bewohnenden hüllen sich in Schweigen. Doch Stück für Stück bröckelt die alternative Fassade der Farmgemeinschaft, und ein Netz aus jahrzehntealten Lügen und Intrigen kommt zum Vorschein.

Die Autorin

Katherine Webb, geboren 1977, wuchs im englischen Hampshire auf und studierte Geschichte an der Durham University. Später arbeitete sie mehrere Jahre als Wirtschafterin auf herrschaftlichen Anwesen. Nach längeren Aufenthalten in London und Venedig lebt und schreibt sie heute in der Nähe von Bath, England. Mit ihrem großen Erfolgsdebüt »Das geheime Vermächtnis« gelang ihr der Durchbruch als Schriftstellerin, es folgten weitere SPIEGEL-Bestseller. »Die Morde von Salisbury« ist ihr zweiter Kriminalroman.

KATHERINE

WEBB

Die Morde von Salisbury

LOCKYER & BROAD ERMITTELN

Kriminalroman

Aus dem Englischen
von Frank Dabrock

WILHELM HEYNE VERLAG
MÜNCHEN

Die Originalausgabe LAYING OUT THE BONES
erschien erstmals 2023 bei Quercus, London,
unter dem Namen Kate Webb.

MIX
Papier | Fördert gute Waldnutzung
FSC® C014496
FSC www.fsc.org

Penguin Random House Verlagsgruppe FSC® N001967

Deutsche Erstausgabe 07/2024

Redaktion: Angelika Lieke
Umschlaggestaltung: t.mutzenbach design unter Verwendung
von Arcangel (Joana Kruse, Iwan Williams),
Shutterstock.com (Alexey Repka, Quality Stock Arts,
Creative Travel Projects)
Satz: satz-bau Leingärtner, Nabburg
Druck und Bindung: GGP Media GmbH, Pößneck
Printed in Germany
ISBN: 978-3-453-42938-3

www.heyne.de

1

TAG EINS, MONTAG

Das Hemd von Detective Inspector Matt Lockyer war am Rücken völlig durchgeschwitzt. Neben ihm stand DC Gemma Broad und fächerte sich mit einer Akte Luft zu. Es war halb zehn morgens und wurde von Minute zu Minute wärmer, nachdem sie zu dem abgelegenen Fundort auf der Salisbury Plain hinaufgestiegen waren.

Sie waren auf drei Seiten von steilen Böschungen umgeben, die ein kleines Tal bildeten. Im Februar – einem der feuchtesten seit Beginn der Wetteraufzeichnungen – war das Tal überschwemmt worden. Die Wassermassen der sintflutartigen Regenfälle, die von den durchtränkten Hügeln herabgeströmt waren, hatten an einigen Stellen das Erdreich fortgespült. Dabei waren große Brocken Feuerstein, Trümmer von Kriegsgerät und die skelettierte Leiche eines Mannes freigelegt worden.

Hier draußen, kilometerweit entfernt von irgendeinem anderen Menschen, hatten Lockyer und Broad ihre Gesichtsmasken abgenommen, die sie eigentlich die ganze Zeit tragen mussten.

»Ungefähr hier?«, fragte Broad.

Sie stand neben einem knorrigen Weißdornbusch, um den herum das Erdreich weggeschwemmt worden war. Auf den regenreichen Februar war der sonnenreichste Mai seit Beginn der Aufzeichnungen gefolgt, und jetzt, im Juli, befand sich ganz England fest im Griff einer Hitzewelle. Die Sonne hatte Broads blondes Haar ausgebleicht – die feinen Löckchen an ihren Schläfen waren jetzt fast weiß. Ihre Nase zierten unzählige Sommersprossen, und ihre Wangen waren gerötet.

Lockyer nickte. »An seiner Kleidung befanden sich Blätter und Beeren von einem Weißdornbusch. Offenbar stammen sie von diesem hier und sind zusammen mit ihm in der Erde gelandet.«

»Er kann nicht besonders tief vergraben gewesen sein.«

Direkt unter der dünnen Oberfläche verlief eine Kalksteinschicht, in die man nur mit einer Hacke und großem Kraftaufwand ein Loch graben konnte, aber nicht mit einem Spaten – schon gar nicht, wenn man in Eile war. Und überall auf der Salisbury Plain war der Boden ähnlich beschaffen.

Lockyer blätterte die Tatortfotos durch, bis er die Aufnahme vom Kopf der Leiche gefunden hatte. Sie zeigte den Schädel eines Mannes mit leeren Augenhöhlen und einem makabren Grinsen aus schiefen, bräunlich verfärbten Zähnen.

Vielleicht das Grinsen eines Mörders.

»Kalk ist sehr alkalisch«, sagte er. »In alkalischer Erde verwest eine Leiche bis zu dreimal langsamer als in saurem Boden. Laut Schätzung der Gerichtsmedizinerin lag der Mann hier seit mindestens fünf Jahren und höchstens, seit wann immer er zuletzt gesehen wurde.«

Am Kopf des Toten klebten ein paar Haarsträhnen und die ledrigen Überreste einer Nase sowie Kleider- und Hautfetzen. Sein Unterkiefer war nur noch durch einige Knorpelreste mit dem Schädel verbunden.

»Und zuletzt gesehen wurde er …« Broad blätterte mehrere Seiten des gehefteten Berichts um. »Am achtzehnten November 2011. Das heißt, er ist frühestens 2011 und spätestens vor fünf

Jahren gestorben. Also 2015. Das ist ein Zeitraum von vier Jahren. Ich denke, das sollten wir berücksichtigen, statt einfach davon *auszugehen*, dass es 2011 passiert ist.«

Broad war präzise und konzentriert. Das war der große Fall, auf den sie gehofft hatte, ein Fall, dem ihre Kollegen von der Polizei in Wiltshire Beachtung schenken würden. Das MCIT – das Team für Kapitalverbrechen – hatte im März die Ermittlung aufgenommen, als ein Mountainbiker die Leiche gefunden hatte. Obwohl die verschiedenen Teams infolge der Pandemie räumlich voneinander getrennt arbeiteten, war Lockyer nicht verborgen geblieben, dass die Identifizierung der Leiche unter den Kollegen für große Aufregung gesorgt hatte. Und auch nicht, welche Bedeutung der Tatsache beigemessen wurde, dass man ausgerechnet diesen Mann, Lee Geary, an diesem Ort gefunden hatte.

Lockyer konnte sich an den Fall noch genau erinnern. Er hatte umgehend Detective Superintendent Considine aufgesucht und erklärt, dass man den Leichenfund als neuen Beweis in dem ungelösten Fall aus dem Jahr 2011 betrachten müsse, und darum gebeten, ihm und Broad die Wiederaufnahme der Ermittlungen zu übertragen. Es gab in der Führungsetage zwar einige Diskussionen, aber da das MCIT mit den aktuellen Fällen ohnehin schon überlastet war, kam Considine – wenn auch unter Vorbehalt – seiner Bitte schließlich nach.

Lockyer ging jetzt in die Hocke und ließ seine Finger über das aufgeworfene Erdreich neben dem Weißdornbusch gleiten. Es war knochentrocken und bestand aus harten Klumpen. Er nahm einen davon in die Hand und zerbröselte ihn, aber es gab nicht den leisesten Windhauch, der den Staub fortgeweht hätte. Nicht in dieser geschützten Senke. Sie war äußerst abgelegen, und es herrschte eine gespenstische Stille. Kein Wunder, dass die Leiche hier jahrelang unentdeckt geblieben war.

Als Lockyer sich wieder aufrichtete, fiel ihm etwas ins Auge. An einem der Äste des Weißdornbusches war ein Stück gelbes Klebeband befestigt. Er griff danach. Nein, das war kein Klebeband, es war weicher. Aus Stoff, vielleicht sogar aus Seide.

Broad, deren Haaransatz von kleinen Schweißperlen gesäumt wurde, betrachtete mit zusammengekniffenen Augen eine Großaufnahme von Lees Schädel.

»Man kann die Kopfverletzung hier drauf nicht besonders gut erkennen«, sagte sie, während das glänzende Papier das Sonnenlicht reflektierte.

»Nein«, sagte Lockyer. »Wir müssen ihn uns selbst ansehen.«

»Wirklich?« Sie klang überrascht.

»Momentan ist er unser einziger Zeuge.«

»Ich dachte, die MCIT-Akte enthält den Autopsiebericht …«

»Es lohnt sich immer, persönlich mit den Gerichtsmedizinern zu reden, Gem. Häufig sind sie im Gespräch eher als in ihren Berichten bereit, ein paar Vermutungen anzustellen.«

»Okay. Gut.«

»Haben Sie die Steine bemerkt?«, fragte er.

An einigen Stellen der Senke hatte der Boden große Brocken Kalk- und Feuerstein freigegeben. Einige hatten spitze Ecken und gezackte Kanten, andere waren von Natur aus rund und bauchig. Einer davon lag direkt neben dem Stamm des Weißdornbusches.

»Sie glauben doch nicht, dass das die Mordwaffe ist?«, fragte Broad.

»Vielleicht hat er sich auch nur den Kopf daran angeschlagen, als er den Hang hinuntergestürzt ist«, sagte Lockyer. »Es ist durchaus möglich, dass er nicht ermordet wurde – solange wir den Fall unvoreingenommen betrachten.«

»Der Hang ist zwar steil genug, wenn man darauf ins Straucheln gerät. Aber … ernsthaft? Wenn man bedenkt, was mit den anderen passiert ist? Und falls er nur gestürzt ist, wer hat ihn dann begraben?«

Sie hatten beide den Autopsiebericht gelesen und auf dem Revier das Gerede über ein besonders grausames Detail gehört: Man hatte in den Atemwegen der sterblichen Überreste Gesteinspartikel gefunden. Das legte den schrecklichen Verdacht nahe, dass das Opfer lebendig begraben worden war.

»Lassen Sie uns gehen«, sagte Lockyer. »Hier unten ist es einfach zu heiß.«

Die beiden kletterten die steilen Terrassen, die wie die versteinerten Wellen eines urzeitlichen grünen Meers aussahen, zur Hochebene empor. Dort erstreckte sich der Blick kilometerweit in sämtliche Richtungen, bis hin zum verschwommenen Horizont.

Das Blöken der Schafe in der Ferne erinnerte Lockyer an zu Hause. Er musste direkt nach der Arbeit zur Westdene Farm, zum Hof seiner Familie, fahren. Um zu hören, was verdammt noch mal los war. Ob das Krankenhaus inzwischen angerufen hatte und ob sein Vater einigermaßen zurechtkam.

Er konzentrierte sich wieder auf die Arbeit. Broad drehte sich einmal im Kreis, während sie mit beiden Händen ihre Augen abschirmte. Sie konnte ein paar vereinzelte Bauernhöfe sehen und im Norden die wenigen Häuser des Dorfes Everleigh.

»Er lag ziemlich abseits des Wegs«, sagte sie. »War er vielleicht wandern? Zusammen mit einem Freund? Und dann ist er gestürzt und hat sich den Kopf angeschlagen, oder es gab einen Streit … Der Freund geriet darauf in Panik und ließ die Leiche verschwinden.«

»Warum sollte er in Panik geraten, wenn sein Freund nur gestürzt ist?«, fragte Lockyer. »Warum hat er nicht einen Krankenwagen gerufen? Außerdem gibt es hier genug Warnschilder mit der Aufforderung, auf dem Weg zu bleiben und nicht zu graben.«

Die beiden standen auf einem Truppenübungsplatz, wo nach einem Manöver jeder herumliegende Gegenstand ein Blindgänger sein konnte, der einem vielleicht das Bein abriss. Oder noch schlimmer.

»Allerdings hätte man eine Schaufel gebraucht, selbst um nur ein flaches Loch auszuheben«, fügte Lockyer hinzu.

»Und was ist mit Sondengängern?«, fragte Broad. »Die sind überall unterwegs und haben immer einen Spaten dabei.«

»Ist eine Überlegung wert.«

»Oder es hat etwas mit irgendeinem Ritual zu tun«, gab sie zu bedenken. »Ist der Weißdorn nicht eine heilige Pflanze? Für, na ja … Druiden?«

»Ich glaube, das sind Misteln.«

Lockyer hielt diese Möglichkeit zwar eher für unwahrscheinlich, aber die grasbedeckte Senke mit einem einzelnen, knorrigen Weißdornbusch in der Mitte verbreitete tatsächlich eine eigentümliche Atmosphäre. Warum standen dort keine Schlehdorn- und Brombeersträucher, wie sonst an solchen Orten? Es schien fast, als hätte man diesen Bereich gerodet und den Weißdorn extra stehen lassen, als wäre er aus irgendeinem Grund ausgewählt oder absichtlich dort gepflanzt worden.

Hoch über ihnen flatterten mehrere Feldlerchen umher und sangen so inbrünstig, als machte ihnen die Hitze ebenfalls zu schaffen. Lockyer warf erneut einen Blick auf die Tatortfotos. Der Schädel war sehr groß, hatte vorstehende Überaugenwülste und einen kantigen Kiefer. Der Mann war riesig gewesen. Im Autopsiebericht und in der ursprünglichen Vermisstenanzeige war seine Größe mit 2,06 Meter angegeben. Seine Oberschenkel- und Armknochen hatten gewaltige Ausmaße. Er wäre bestimmt nicht leicht zu töten gewesen. Man hätte dazu fest entschlossen sein müssen und keine Sekunde zögern dürfen.

»Aber … glauben wir wirklich, dass es ein Unfall war?«, sagte Broad. »Es muss doch eine Verbindung zu Holly Gilbert geben, oder?«

»Tja, es ist unsere Aufgabe, das zu beweisen, Gem«, sagte Lockyer. »Gehen wir.«

Er drosselte sein Tempo, damit Broad nicht rennen musste, um mit ihm Schritt zu halten. Er hatte sehr viel längere Beine als sie.

Die Klimaanlage in seinem alten Volvo war schon seit Jahren defekt, und nachdem der Wagen eine Stunde in der Sonne gestanden hatte, war es im Innern heiß wie im Backofen. Die Ledersitze glühten. Broad wischte sich mit einem Papiertaschentuch über die schweißbedeckte Stirn, und Lockyer fuhr bereits los, noch ehe er den Gurt angelegt hatte, damit durch die Fenster etwas Luft hereinwehte. Allerdings konnte man sich bei dem Verkehrslärm kaum unterhalten.

»Ich nehme an, Sie erinnern sich nicht an den Vorfall«, brüllte Lockyer. »Die Sache mit Holly Gilbert, meine ich. Damals waren Sie … wie alt? Dreizehn?«

»Fünfzehn, Chef«, sagte Broad. »Und … ich war sogar auf der Mahnwache.«

»Ach ja? Warum das denn?«

Lockyer hatte damals die Berichte darüber in den Lokalnachrichten gesehen. Überall Kerzen in Marmeladengläsern und eine Atmosphäre kollektiver Empörung, die etwas beinahe Gieriges hatte. Und Hollys hübsches Gesicht, verwandelt in einen Talisman.

»Meine Mutter dachte wohl, das würde irgendwie helfen. Wir standen an dem Morgen in dem Stau, wissen Sie? Mehrere Stunden lang. Schließlich wurde hinter uns die Straße gesperrt, und wir mussten alle wenden, um die Fahrbahn freizumachen. Ich sollte eigentlich zum Abschluss des Schuljahrs einen Ausflug nach Alton Towers machen und in Tidworth in aller Herrgottsfrühe einen Minibus besteigen. Als ich später erfuhr, was der Grund für den Stau war …« Broad schüttelte den Kopf. »Mir ging die Sache nicht mehr aus dem Kopf. Ich hatte Albträume davon. Während ich gejammert hatte, dass ich den Bus verpassen würde, hatte Holly nur ein paar Hundert Meter entfernt dort gelegen. Und war gestorben.«

Lockyer blickte zu ihr hinüber.

»Und hat sie was gebracht, die Mahnwache?«

»Nein. Da waren unglaublich viele Menschen. Sie trugen alle T-Shirts mit Hollys Gesicht drauf und haben diese Papierlaternen aufsteigen lassen, an denen die Tiere im Wald manchmal verenden. Überall liefen Journalisten herum und fragten irgendwelche Leute, die Holly überhaupt nicht gekannt hatten, was sie ihnen bedeute … Jemand von einer Bürgerinitiative forderte in einer Rede dazu auf, die Gewalt gegen Frauen und Mädchen zu beenden. Aber eigentlich hatte ich das Gefühl, ich hätte kein Recht, dort zu sein. So wie eigentlich keiner von uns.«

Lockyer fuhr schweigend weiter. Er erinnerte sich an die Berichterstattung in den Lokalzeitungen. An die Hysterie, als es mehrere Verhaftungen gab, die Vorverurteilung der Verdächtigen und die Enttäuschung, als man sie wieder laufen lassen musste. Daran, wie das Interesse an der Geschichte allmählich nachließ, wie jedes Mal, sobald es keine Neuigkeiten mehr gab. Und nach ein, zwei Jahren war die Sache mehr oder weniger vergessen. Außer von jenen, die das Opfer geliebt hatten.

Am Nachmittag waren sie mit Lee Gearys Schwester verabredet, aber ihnen blieb noch etwas Zeit, ins kühle Revier zurückzukehren, um erneut die Vermisstenanzeige in der MCIT-Akte durchzulesen. Lockyer und Broad, die bei der Polizei von Wiltshire für die ungeklärten Fälle zuständig waren, hatten ihr Büro im Polizeipräsidium des Bezirks, einem weitläufigen Backsteinbau aus den

1960er-Jahren am Rand des Städtchens Devizes. Als sie dort eintrafen, hing die Polizeifahne schlaff von ihrem Mast, und die Hitze flimmerte über dem Asphalt.

»Ein bisschen wie in *Miami Vice*, was?«, bemerkte Broad trocken und steckte ihre zusammengeklappte Sonnenbrille in die Brusttasche, während ein korpulenter Beamter in Uniform das Gebäude verließ und den Gürtel unter seinem Bierbauch zurechtzurrte; sein Hemd war unter den Achseln schweißnass.

Das ganze Revier war klimatisiert, außer das winzige Büro im dritten Stock, das Lockyer und Broad sich teilten. Egal wie oft sie die Schlitze der Klimaanlage auch anstarrten oder auf die Knöpfe drückten und hämmerten, es kam nichts als warme Luft heraus. Lockyer hatte einen Antrag auf Reparatur gestellt, weil Broad die Temperaturen sichtlich zu schaffen machten, aber eigentlich hasste er Klimaanlagen. Denn der Strom, den man benutzte, um die Luft zu kühlen, trug nur zur Erderwärmung bei.

Er wählte die Nummer seiner Mutter im Salisbury District Hospital und hielt das Telefon fest umklammert, in der Hoffnung, Trudy würde dann eher abheben. Er ließ es zwanzig Mal oder noch öfter klingeln, während seine Besorgnis immer größer wurde. Aber er sagte sich, dass sie wahrscheinlich nur schlief oder die Schwestern das Telefon an seinem Teleskoparm außer Reichweite geschwenkt hatten. Dass der unbeantwortete Anruf nicht bedeutete, dass sich ihr Zustand weiter verschlechtert hatte.

Obwohl man die Lockdown-Maßnahmen inzwischen gelockert hatte, galten im Krankenhaus für Besucher nach wie vor strenge Regeln. Pro Patient nur ein Besucher am Tag, für höchstens eine Stunde, und nur mit Termin. Die Ironie dabei war, dass Trudy sich im Krankenhaus überhaupt erst mit Covid 19 infiziert hatte. Mehrere Wochen lang hatte man sie überhaupt nicht besuchen dürfen.

Als Nächstes versuchte Lockyer seinen Vater zu erreichen. Zum ersten Mal in seinem Leben war John allein zu Haus, und der Gedanke, dass er ganz auf sich gestellt war, während seine Frau im Krankenhaus lag, beunruhigte Lockyer zutiefst. Es war, als müsste er dabei zusehen, wie ein Glas vom Tisch zu fallen drohte, ohne die geringste Chance, es aufzufangen. John hatte Lockyer zwar versprochen, sein Handy stets bei sich zu tragen, aber er ging ebenfalls nicht dran. Frustriert gab er es schließlich auf und schlug die Akte des Mannes auf, dessen provisorisches Grab sie eben besichtigt hatten.

Lee Geary war siebenundzwanzig Jahre alt gewesen, als er vor neun Jahren, 2011, verschwunden war. Er war am Morgen des achtzehnten November zuletzt von seiner Schwester Karen in ihrer Wohnung in Salisbury gesehen worden. Auf dem Polizeifoto schaute unter Lees finsteren Neandertaler-Brauen ein Paar blauer Augen mit dunklen Ringen hervor. Sein Blick war glasig und keineswegs zornig oder aggressiv. Vielleicht war er bekifft gewesen. Er hatte blasse, unreine Haut, mehrere eingewachsene Bartstoppeln und kurz geschorenes rotblondes Haar. Seine gesamte rechte Gesichtshälfte zierte die Tätowierung eines Spinnennetzes mit einem grinsenden Totenschädel in der Mitte. Das entbehrte nicht einer gewissen Ironie, fand Lockyer.

Lee Geary sah also aus wie ein Gangster. Wie ein Mann, dem man lieber nicht in einer dunklen Gasse begegnen wollte – oder an einem abgelegenen Ort auf der Salisbury Plain. Und wenn man die Absicht hatte, ihm einen Schlag auf den Kopf zu verpassen, sollte man verdammt sicher sein, dass man nur einmal zuschlagen musste. Am besten bevor er mitbekam, was man vorhatte.

Der Tote trug keinerlei Ausweispapiere bei sich. Falls er also am Tag seines Todes eine Brieftasche oder sonst irgendwas dabeigehabt hatte, war sie nicht mehr da. Karen hatte der Polizei nach Lees Verschwinden seine Zahnbürste und seinen Rasierapparat übergeben, damit man ihn anhand der DNA identifizieren konnte, falls er bis zur Unkenntlichkeit entstellt wieder auftauchen sollte. Aber diese Mühe hätte sie sich sparen können. Seit frühestem Teenageralter war Lee immer wieder verhaftet worden, noch ehe er Holly Gilbert überhaupt kennengelernt hatte oder mit ihrem schrecklichen Tod in Verbindung gebracht wurde. Seine DNA war also bereits in der Datenbank.

Außerdem hatte Karen der Polizei von Salisbury eine Liste mit seinen Freunden und Treffpunkten gegeben, die allesamt im Stadtgebiet von Salisbury lagen. Zu Lees Hobbys zählten weder Wandern noch Archäologie, noch die Suche nach vergrabenen Gegenständen. Zum Zeitpunkt seines Todes hatte er Nike-Turnschuhe ohne Socken getragen, eine Jogginghose aus Kunstfasern sowie ein graues Kapuzenshirt und im linken Ohr einen goldenen Ohrring. Er war ein Stadtmensch. Warum auch immer er auf der Ebene gewesen war, Lockyer bezweifelte, dass er dort einen Spaziergang gemacht hatte. Vielleicht war er also gar nicht selbst dort hingefahren, sondern von irgendjemandem hingebracht worden. Die Senke mit dem Weißdorn war ein ruhiger, abgeschiedener Ort, ideal für illegale Aktivitäten. Oder eine Hinrichtung.

Lockyer legte die zwei Fotos – von Lees Gesicht, als er noch lebte, und von dem Schädel – nebeneinander. Die Zähne, die früher von seinen aufgesprungenen Lippen bedeckt wurden, waren jetzt deutlich zu sehen. Die Spinnennetz-Tätowierung war vollkommen verwest. Neun lange Jahre hatte es gedauert, seine Leiche zu finden. Neun lange Jahre war er dort verrottet, was niemand verdiente, egal was er zu Lebzeiten angestellt hatte. Neun lange Jahre hatte sein Mörder geglaubt, dass er ungestraft davongekommen sei. Und falls man Lee Geary tatsächlich lebendig begraben hatte, deutete das darauf hin, dass der Täter extrem wütend gewesen war, ihm vorsätzlich Schmerz und Leid zufügen wollte. Getrieben von dem Verlangen, auf grausame Weise Rache zu üben.

2

Karen Wilkins, geborene Geary, wohnte in einem kastenförmigen Backsteinbau aus den 1990ern in Bulford. Das ehemalige Bauerndorf lag eingepfercht zwischen zwei Militärstützpunkten und der viel befahrenen A303, die ein paar Hundert Meter weiter südlich verlief. Als Lockyer und Broad aus dem Wagen stiegen, war im Hintergrund unablässiger Verkehrslärm zu hören.

Karens Vorgarten war völlig vertrocknet und fast kahl. Auf dem Boden lag ein rosafarbenes Kinderfahrrad, und im Topf einer verdorrten Petunie steckten mehrere Plastikwindräder. Broad drückte auf die Klingel und verzog gequält das Gesicht, als zur Antwort ein schriller Ruf ertönte. Sobald sich jedoch die Tür öffnete, hatte sie ihre Gesichtszüge wieder unter Kontrolle.

»Sind Sie die Polizisten? Kommen Sie rein«, sagte Karen, ohne eine Antwort abzuwarten oder die Ausweise zu verlangen. Sie hatte einen drahtigen Körper und war kaum geschminkt. Ein Kleinkind saß auf ihrer Hüfte, und sie wirkte gestresst – was kaum verwunderlich war für eine Mutter, die ihre beiden Kinder monatelang zu Hause betreut hatte, weil selbst die Kindergärten geschlossen waren. Das Kind musterte die beiden Beamten misstrauisch: noch mehr fremde Leute mit Masken.

Karen führte Lockyer und Broad nach hinten in die Wohnküche, die auf einen kleinen Garten hinausging. Durch die weit geöffneten Falttüren drang die Hitze ins Innere, und ein etwa fünfjähriges Mädchen, das in einem knalligen UV-Schwimmanzug steckte, hockte missmutig in seinem Planschbecken. Der Küchenboden war mit Spielzeug übersät, und neben der Spüle stapelten sich Plastikgeschirr und gepunktete Emma-Bridgewater-Becher.

»Tee? Oder Kaffee?«, fragte Karen, während Lockyer und Broad ihre Dienstausweise zeigten.

»Danke, lieber nicht«, sagte Broad.

»Ach ja, stimmt. Corona.«

Sie führte die beiden zu einem schmuddeligen roten Sofa, setzte das Kind auf dem Boden ab und ließ sich auf einem Hocker an der Frühstückstheke nieder.

»Sie haben also Ermittlungen aufgenommen? Wegen Lee?«

»Das ist richtig«, sagte Lockyer. »Wir sind von der Major Crime Review.«

»Sie rollen ungeklärte Fälle noch mal auf? Heißt das, dass das andere Team die Untersuchungen wieder eingestellt hat?«

Sie klang weder besonders wütend noch überrascht, sondern eher sachlich.

»Nicht direkt«, sagte Lockyer. »Wir müssen noch herausfinden, wie Ihr Bruder ums Leben gekommen ist. Ob eine andere Person beteiligt war oder ob es eine Verbindung zu anderen Fällen gibt. DC Broad und ich haben den Fall übernommen, um die Ermittlungen voranzubringen.«

»Wie er ums Leben gekommen ist?«, wiederholte Karen. »Er hat einen Schlag auf den Kopf bekommen, hat man mir gesagt.«

»Nun, das war offenbar die Todesursache. Aber er könnte auch nur gestürzt sein.«

»Am Arsch der Welt? Warum sollte er überhaupt dort gewesen sein?«

»Wir hoffen, dass Sie uns in diesem Punkt weiterhelfen können«, sagte Broad. »Würden Sie uns ein paar Fragen zu Lee beantworten?«

»Natürlich. Ich habe schließlich neun verdammte Jahre gewartet, dass sich endlich jemand für den Fall interessiert und vorbeikommt, um Fragen zu Lee zu stellen – Poppy, es reicht, ich hab es dir schon zweimal gesagt!«, brüllte sie das Mädchen im Planschbecken plötzlich an, das gerade eine Handvoll Erde ins Wasser werfen wollte.

»Entschuldigung«, sagte Karen zu den beiden. »Wir sind von der Hitze schon ganz blöd im Kopf.«

»Ich weiß genau, wie Sie sich fühlen«, murmelte Broad.

»Können Sie uns etwas über Ihren Bruder erzählen? Was war er für ein Mensch?«, fragte Lockyer.

Karen dachte einen Moment nach, dann warf sie ihm ein spöttisches Lächeln zu.

»Ich nehme an, Sie haben sein Vorstrafenregister gesehen. Das Foto von ihm mit der Glatze und diesem grauenhaften Tattoo. Es war in allen Zeitungen abgedruckt. Nun, in Wirklichkeit war er völlig anders.«

»Ach ja?«

»Wissen Sie, Lee war …« Sie suchte nach den richtigen Worten. »Ich sage es freiheraus, okay? Er war zwar dumm wie Brot, aber er war ein lieber Kerl. Dieser ganze Mist – die Tattoos, die Drogen … Er war leicht zu beeinflussen. Wir sind in einer beschissenen Gegend aufgewachsen, da ist er schnell an die falschen Leute geraten. Sie wollten Lee immer dabeihaben, wenn irgendwelcher Ärger drohte – er musste dann nichts weiter tun, als einfach nur dazustehen.«

Lockyer und Broad wechselten Blicke, was Karen augenblicklich in Rage versetzte.

»Sie glauben mir nicht? Sie haben doch bestimmt Zugang zu seinen Schulunterlagen? Man hat damals ein Gutachten erstellt. Er litt unter einer nicht-syndromalen Intelligenzminderung – er war geistig behindert. Na ja, mehr oder weniger. Er hatte einen IQ von vierundsiebzig, und der Grenzwert liegt bei siebzig, trotzdem. Aber er war ein Schatz. Ein sanfter Riese.«

»Andere Leute haben ihn also … in Schwierigkeiten gebracht?«

»Genau.« Karens Augen funkelten. »Wir haben vom Staat fast null Unterstützung bekommen, weil es für das, was Lee hatte, keinen richtigen Namen gab. Er wurde zwar von einer Sonderpädagogin betreut, die sich wirklich größte Mühe gegeben hat, aber er ist ohne irgendeinen Abschluss von der Schule abgegangen. Wir haben dann versucht, einen Job für ihn zu finden, den er dauerhaft ausüben konnte – er hat eine Weile in dem großen Waitrose-Supermarkt gearbeitet und dort die Einkaufswagen zusammengeschoben … Aber er hat keinen Job lange durchgehalten. Seine angeblichen Freunde haben ihn während der Arbeitszeit ständig irgendwohin mitgenommen, und schließlich wurde er gefeuert. Es wäre alles bestens gewesen, wenn sie ihn einfach in Ruhe gelassen hätten!«

»Und die Vergehen, wegen denen man ihn angeklagt hat …« Lockyer warf einen Blick in seine Notizen. »Unerlaubter Drogenbesitz, Störung der öffentlichen Ordnung, Vandalismus. Die Verurteilung wegen Einbruchdiebstahls?«

»Na ja. Das hat er wohl getan.« Die Müdigkeit hatte von Karen wieder Besitz ergriffen. »Aber das war doch Kinderkram. Wenn wir wohlhabend gewesen wären, in einer guten Gegend gewohnt hätten und er nicht wie ein Oger ausgesehen hätte, dann wäre er einer einfachen Arbeit nachgegangen, hätte irgendwo eine kleine

Wohnung gehabt, zu jeder Mahlzeit Käsetoast gefuttert, ferngesehen und wäre glücklich gewesen. Aber unsere Lebensumstände ließen das nicht zu. Wir wohnten in einer üblen Gegend, und er hat die Aufmerksamkeit der falschen Leute auf sich gezogen.« Sie erinnerte sich an damals. »Das Tattoo ist nicht mal seine Idee gewesen.«

»Nein?«

»Nein. Einer seiner Kumpel, Badger – Nigel Badgely – hat ihn abgefüllt und dazu gebracht, es sich stechen zu lassen. Wahrscheinlich fand er das witzig. Dieses Arschloch. Aber Lee konnte keiner Fliege etwas zuleide tun. Niemals. Das ist die Wahrheit – er sah zwar aus wie ein Schläger, aber das war er nicht. Nichts regte ihn mehr auf als Gewalt, oder wenn auch nur jemand brüllte. Jede Form von Auseinandersetzung.«

»Tut mir leid zu hören, dass er es so schwer hatte«, sagte Lockyer, der Mühe hatte, das schlichte Gemüt, das Karen beschrieb, mit der äußeren Erscheinung des Mannes auf dem Foto in Einklang zu bringen. Allerdings war ihm, trotz Lees Gesicht, der sanfte Ausdruck in seinen Augen sofort aufgefallen. Er hatte das allerdings auf Lees Drogenkonsum zurückgeführt und ihn trotzdem für einen Schläger gehalten. Wie offenbar alle anderen auch.

Auf Karens Wangen breiteten sich rote Flecken aus, als könnte sie auch nur den leisesten Anflug von Mitleid nicht ertragen. »Er kam irgendwie zurecht. Er verstand, wie Geld funktionierte, und …« Sie wedelte mit der Hand. »… die alltäglichen Dinge des Lebens. Aber er war sehr naiv, er glaubte alles, was man ihm sagte. Und er traf keine eigenen Entscheidungen. Er erwartete immer, dass andere ihm sagten, was er tun sollte.«

Sie erhob sich, riss eine Schublade auf und durchwühlte sie, bis sie gefunden hatte, wonach sie suchte.

»Hier.«

Sie reichte Lockyer ein Foto von sich und Lee, auf dem sie, offensichtlich in einem Burger King, an einem Plastiktisch saßen. Karen hatte ihre Arme um seine breiten Schultern gelegt – allerdings reichten sie nicht ganz herum. Lees Haare waren struppig und nicht ganz so kurz. Er wirkte jünger als auf dem Polizeifoto und lachte. Zwischen seinen fleischigen Fingern hielt er eine einzelne Pommes wie eine Zigarette.

»*Das* war mein großer Bruder«, sagte Karen mit stockender Stimme. »Lee wollte nichts weiter vom Leben als einen großen Teller voller Essen und dass alle glücklich waren.«

»Haben Sie etwas dagegen, wenn ich es fotografiere?«, fragte Lockyer.

Karen schüttelte den Kopf, und er machte mit seinem Handy ein Foto davon.

»Deshalb weiß ich, dass er mit dem Tod dieses Mädchens nichts zu tun hatte. Er hätte ihr niemals wehtun können – oder sonst irgendjemandem.«

»Auch nicht, wenn man ihn dazu aufgefordert hätte?«

»Nein. Auch dann nicht.« Sie war felsenfest davon überzeugt. »Und er wurde ohne Anklage wieder auf freien Fuß gelassen. So wie die beiden anderen.«

»Hat er je mit Ihnen über Holly Gilbert gesprochen? Oder darüber, was in dieser Nacht passiert ist?«

»Kaum. Ich habe ihn natürlich danach gefragt. Er meinte, dass er nichts darüber wisse, und ich habe ihm geglaubt. Er war ein lausiger Lügner – dafür fehlte ihm einfach die Fantasie.«

»Sie lebten damals beide in Salisbury, etwa dreißig Kilometer von der Stelle entfernt, wo Lee gefunden wurde. Hatte er einen Führerschein?«

»Nein, er wollte nie einen machen. Das war wahrscheinlich auch besser so.«

»Wie hat er sich dann fortbewegt?«, fragte Lockyer.

»Er wurde gefahren. Allerdings hasste er es, in einem Auto zu sitzen, er nahm lieber den Bus – da war mehr Platz, verstehen Sie? Oder er ging zu Fuß. Er überlegte nicht lange und marschierte einfach los.«

»Aber doch keine dreißig Kilometer? Nach Everleigh?«

»Nein«, sagte Karen.

»Kannte er da jemanden? Hatte er dort Freunde?«

Lockyer ging äußerst behutsam vor, denn er hatte keine Ahnung, wie viel Karen wusste, und wollte ihr nichts in den Mund legen. Karen runzelte die Stirn.

»Nicht dass ich wüsste, aber … er stand nicht unter meiner Fuchtel, wissen Sie? Ich habe zwar versucht, ihn im Auge zu behalten, aber ich hatte auch noch mein eigenes Leben.«

»Wie kam es, dass Lee obdachlos wurde?«, fragte Broad.

»Er war nicht obdachlos – jedenfalls nicht so, wie sich das anhört.«

Das Mädchen auf dem Teppich fing plötzlich heftig an zu schreien. Karen bückte sich, nahm es hoch und küsste es auf die klebrige Stirn, bis es sich wieder beruhigt hatte.

»Unsere Mutter ist in dem Winter gestorben – sie hatte einen Herzinfarkt. Lee war untröstlich. Er ist nur schwer damit klargekommen. Das Sozialamt hatte ihm gerade erst eine eigene Einzimmerwohnung bewilligt, nachdem er anderthalb Jahre darauf gewartet hatte, aber nach dem Tod unserer Mutter wurde er wegen Störung der öffentlichen Ordnung verurteilt, und man hat ihn wieder rausgeworfen. Ich habe Einspruch dagegen eingelegt, doch er ist nicht zur Anhörung erschienen.« Sie wirkte jetzt wütend. »Ich vermute, dass einer seiner Kumpels dabei seine Hände im Spiel hatte. Sie wollten nicht, dass er selbstständig ist, sie wollten ihn wie einen Hund an der kurzen Leine halten. Diese Mistkerle.«

»Miskele«, murmelte das Kind.

»Pssst, sag dieses Wort nicht«, wies Karen sie zurecht. »Vor allem nicht vor Daddy«, fügte sie mit einem Blick Richtung Lockyer und Broad hinzu.

»Lee hat also bei Ihnen gewohnt?«

»Ja. Immer mal wieder. Oder er hat bei verschiedenen Leuten auf dem Sofa gepennt – nicht dass er auf ein Sofa gepasst hätte.«

Das konnte Lockyer gut nachempfinden. Auch er schlief auf einem Sofa nie besonders gut, dabei war er nur ein paar Zentimeter über eins achtzig und eher schlank.

»Ich hatte damals meinen Mann noch nicht kennengelernt«, fuhr Karen fort. »Ich lebte mit meinem Freund zusammen, und wir hatten nur ein Schlafzimmer. Aber ich konnte ja wohl kaum meinen eigenen Bruder vor die Tür setzen, oder? Ich habe wirklich mein Bestes gegeben.«

Sie suchte die Arbeitsfläche ab, bis sie eine halbe Banane fand, und gab sie dem Kind.

»Ich habe versucht, ihm zu helfen, aber … vielleicht ist mir das nicht besonders gut gelungen.«

»Lee war siebenundzwanzig, Mrs. Wilkins«, sagte Lockyer. »Er war erwachsen.«

»Ja, aber er war so schutzlos«, sagte sie knapp, und Lockyer verwarf den Gedanken, sie zu trösten.

Mit Selbstvorwürfen kannte er sich aus. Mit der dunklen Verlockung der Selbstbezichtigung. Wenn man in Gedanken immer wieder ein Ereignis durchspielte und sich wünschte, anders gehandelt zu haben. Er hätte in der Nacht, als sein Bruder Christopher getötet wurde, bei ihm sein können. Stattdessen hatte er sich entschlossen, woanders zu sein. Und obwohl er wusste, dass er es nicht ändern konnte, hielt ihn das nicht davon ab, immer wieder über diese Entscheidung nachzudenken.

»Und nachdem Sie Lee am Morgen des achtzehnten November gesehen hatten, haben Sie nichts mehr von ihm gehört?«, fragte er. »Es gab keine Anrufe, keine SMS, nichts in der Art?«

»Nein.«

»Aber er hatte ein Handy?«

»Ja. Ein ganz einfaches Modell – wie es alte Leute benutzen.«

»Okay.« Lockyer notierte es sich. »Nach so langer Zeit ist es möglicherweise schwer, den genauen Todeszeitpunkt Ihres Bruders festzustellen, aber –«

»Er ist an diesem Tag gestorben«, unterbrach Karen ihn.

»Warum sind Sie da so sicher?«

»Er ist an dem Morgen aufgebrochen und nicht wieder zurückgekehrt. Er hat weder eine SMS geschickt noch angerufen, und er ist auch nicht ans Telefon gegangen, als ich versucht habe, ihn zu erreichen.«

»Und das war ungewöhnlich?«

»Das war vorher noch nie passiert. Er schrieb mir immer irgendwelche Nachrichten, um mir mitzuteilen, dass er im Bus war, sein Mittagessen aß, was auch immer er gerade tat. Ständig. Jeden Tag.«

»Vielleicht hat er sein Telefon verloren, oder es wurde gestohlen.«

»Er hätte eine Möglichkeit gefunden, mich anzurufen. Er wäre nach Hause gekommen, wenn er gekonnt hätte.«

»Und Sie glauben nicht, dass er einfach nur einen Spaziergang gemacht hat, draußen in der Natur?«

»Ganz allein? Ausgeschlossen.«

»Sind Sie sicher?«

»Hundertprozentig. In Salisbury kannte er sich aus – da fühlte er sich wohl. Fremde Orte machten ihm Angst, erst recht große Flächen ohne Läden und Straßenschilder, ohne vertraute Orientierungspunkte. Nein, wenn er diesen Ort aufgesucht hat, dann weil er dazu aufgefordert oder dort hingebracht wurde.«

Sie küsste ihre Tochter erneut auf die Stirn.

»Er … er war in diesem letzten Jahr mehr unterwegs als früher«, sagte sie. »Auch noch spätabends. Seine neuen *Freunde* … Ridgeway und die anderen. Sie haben ihn auf Partys mitgenommen, manchmal die ganze Nacht, solche Sachen eben.«

»Hat er so auch Holly kennengelernt?«

»Ich nehm's an.« Karen biss sich auf die Lippe. »Ich habe ihn jedes Mal gefragt, wo er hingeht, was er vorhat. Leider hatte er inzwischen gemerkt, dass ich von seinen Freunden nicht viel hielt. Ich glaube, dass er mir deswegen kaum noch was erzählte … Er hasste es, wenn ich mich über ihn ärgerte.«

»Können Sie sich noch an weitere Namen aus seinem Freundeskreis erinnern? Außer Ridgeway und Holly Gilbert?«

»Nein. Ich hab's versucht, doch ich bin mir nicht mal sicher, ob Lee mir gegenüber sonst noch jemanden erwähnt hat. Es gab da dieses Mädchen, das ebenfalls verhaftet wurde, aber ich nehme an, Sie wissen von ihr. Und irgendwann ist ein Typ in der Wohnung aufgekreuzt und hat nach ihm gefragt. Er schien in Ordnung zu sein. Sehr höflich. Aber er hat mir nicht seinen Namen gesagt.«

»Und was für einen Eindruck machte Lee auf Sie, bevor er am Achtzehnten aufgebrochen ist?«

»Er wirkte aufgewühlt.«

»War er wütend?«, fragte Broad. »Oder –«

»Nervös trifft es eher. Er war gereizt. Schon eine ganze Weile.«

»Und Sie wissen nicht, warum? Er hat nicht gesagt, wo er hinwollte?«

»Nein.« Karens Augen begannen erneut zu funkeln. »Ich war in Eile. Ich musste zur Arbeit. Ich wünschte, ich hätte ihn dazu gebracht, es mir zu sagen! Aber er murmelte nur, ›Ich muss es ihnen erzählen‹, oder so was in der Art.«

»›Ich muss es ihnen erzählen‹? Sind Sie sicher?«, fragte Lockyer.

»So was in der Richtung. Ich habe ihm nicht richtig zugehört. Während ich versucht habe, mir das Haar zu föhnen, tigerte er auf und ab und murmelte vor sich hin – haben Sie eine Ahnung, wie es ist, wenn ein Kerl von seiner Größe durch eine winzige Wohnung stapft? Also habe ich … ich habe ihn angeschnauzt. Er solle sich beruhigen, damit ich nicht zu spät zur Arbeit komme. Aber er sagte so was wie ›Ich muss etwas sagen‹ oder ›Ich werde es ihnen erzählen.‹« Ihr Blick war jetzt in die Vergangenheit gerichtet. »Ich wollte ihn loswerden, also sagte ich: ›Gute Idee, schieb ab.‹«

»Es war nicht Ihre Schuld«, sagte Broad.

»Ich weiß«, blaffte Karen. »Ich wünschte nur, ich hätte ihm besser zugehört. Ihn gefragt, wo er hinwollte, und mit wem. Andererseits …« Sie stieß einen lauten Seufzer aus. »Es hätte wahrscheinlich keinen Unterschied gemacht. Außer dass Sie ihn früher gefunden hätten. Seine … Leiche.«

Es entstand eine Pause, und das kleine Mädchen starrte Lockyer ernst an. Er stand auf und gab Karen seine Visitenkarte.

»Sie waren uns eine große Hilfe, Mrs. Wilkins. Danke. Falls Ihnen noch etwas einfällt – vor allem irgendwelche Namen –, rufen Sie uns bitte an.«

Sie nahm die Karte. »Ich werde wahrscheinlich nie die Wahrheit erfahren, oder?«

»Wir geben unser –«

»Bestes. Sicher. Aber das müssen Sie wohl sagen, oder?«

»Wir meinen es auch so«, sagte Broad.

»Er war eben nur ein weiterer toter süchtiger Störenfried, nicht wahr? Das haben die Leute gedacht, als er verschwand. Ich konnte es an ihren Gesichtern ablesen. In den Fernsehnachrichten wurden die Zuschauer nicht mal aufgefordert, sich zu melden, falls sie Informationen zu ihm hätten. Nach dem, was mit diesem Mädchen passiert war, dachten alle, dass er es verdient hatte. Aber Lee war nur ein sanfter Riese. Er hat es nicht verdient, dass man ihm wehtut. Ich hoffe nur …«

Sie verstummte, und ihr Gesicht war plötzlich von Kummer erfüllt.

»Ich hoffe, die haben ihm keine Angst eingejagt«, flüsterte sie.

Lockyer musste an die Gesteinspartikel denken, die die Gerichtsmedizinerin in Lees Atemwegen gefunden hatte. Daran, dass er möglicherweise lebendig begraben worden war. Falls das tatsächlich zutraf, hoffte er, dass Karen nie davon erfahren würde.

»Was denken Sie?«, fragte Lockyer, während er mit Broad auf einer von Weizen- und Gerstenfeldern gesäumten Straße Richtung Norden nach Devizes zurückfuhr. In der Ferne zog ein Mähdrescher, eingehüllt in eine Staubwolke, langsam sein Bahnen. Mehrere Krähen hockten trübselig auf den Telegrafenleitungen und schmorten in der Sonne.

»Nun, ich fand den Lockdown nur mit Pete allein schon schlimm genug«, sagte Broad. »Aber eingesperrt mit zwei kleinen Kindern wäre ich völlig durchgedreht.«

»Sie mögen Kinder wohl nicht besonders?«, fragte Lockyer.

Broad schüttelte sich. »Das ganze Chaos. Und dieses ständige Bedürfnis nach Aufmerksamkeit …«

»Ach, ich weiß nicht. Das Kind im Planschbecken wirkte doch ziemlich entspannt.«

»Wahrscheinlich hatte es einen Sonnenstich«, sagte sie, und Lockyer lachte. »Ich schätze, es ist was anderes, wenn es die eigenen sind. Meine Cousine hat Kinder immer gehasst. Sie fand es schrecklich, Leute mit einem Baby zu besuchen, weil die so langweilig geworden waren, und weil dort alles so *klebrig* war. Sie meinte, das sei entweder Spucke oder Kotze, wenn nicht gar Kacke. Dann bekam sie selbst Kinder, und jetzt …«

»Jetzt ist ihr ganzes Haus klebrig?«

Broad grinste. »Spucke, Kotze, Kacke.«

Sie wurde wieder ernst und dachte nach. »Peter möchte lieber heute als morgen Kinder haben. Aber momentan bekomme ich allein bei der Vorstellung … keine Ahnung. Beklemmungen? Jedes Mal, wenn das Thema zur Sprache kommt.«

Lockyer verzog das Gesicht. »Sie sind – wie alt? Dreiundzwanzig?«

»Vierundzwanzig.«

»Na also. Dann müssen Sie doch jetzt noch keinen Gedanken daran verschwenden, geschweige denn Kinder kriegen. Lassen Sie sich das von jemandem gesagt sein, der alt genug ist, um Ihr Vater zu sein.«

»Dafür sind Sie nicht alt genug.«

»Genau genommen, schon.«

»Nun. Das ist nicht meine Vorstellung von Ihnen.«

Es entstand eine Pause, und Broad spitzte die Lippen und wandte den Blick von ihm ab.

»Wollten Sie keine Kinder haben, Chef?«, fragte sie schließlich.

Lockyer antwortete nicht sofort. Ihr Tonfall suggerierte, dass es dafür jetzt zu spät war. Dabei war er erst zweiundvierzig. *Beklemmungen.* Aber das war eigentlich nicht der Grund. Die Vorstellung, Vater zu sein, war ihm einfach … fremd. Kinder zu bekommen, schien etwas zu sein, was nur andere Leute taten. All die Verantwortung. Broad war nie in seiner Wohnung gewesen, sonst hätte sie womöglich bemerkt, dass er keine einzige Topfpflanze besaß. Allerdings hatte er einen jüngeren Bruder gehabt. Einen Bruder, der ihn an dem Abend, als er ermordet wurde, bedrängt hatte, mit ihm auszugehen. Stattdessen hatte Lockyer es vorgezogen, allein zu sein.

Inzwischen herrschte im Wagen angespannte Stille.

»Bisher hat sich nicht die Gelegenheit ergeben«, sagte Lockyer schließlich.

Broad erwiderte nichts. Abgesehen von seiner Mutter war sie die Einzige, die von seinen Gefühlen für Hedy Lambert wusste. Hedy, die erst sein Herz erobert hatte und dann im Frühjahr verschwunden war, ohne zu sagen, wohin oder für wie lange. Und die sich seitdem nicht mehr gemeldet hatte.

»Wie dem auch sei«, sagte er. »Ich meinte eben, was denken Sie über das, was Karen über ihren Bruder gesagt hat?«

»Ach so«, sagte Broad. »Nun, sie betrachtet ihn zwangsläufig durch die rosarote Brille. Offenbar hat sie ihn über alles geliebt. Aber behaupten die Angehörigen nicht immer, dass der Täter von seinen Freunden angestiftet wurde?«

»Manchmal schon. Aber sein niedriger IQ lässt sich nicht bestreiten.«

»Das heißt aber noch lange nicht, dass er nie gewalttätig war«, sagte Broad. »Vielleicht hatte er es manchmal einfach satt, herumgeschubst zu werden.«

»Und ist durchgedreht?«

»Genau. Das Foto allerdings, das sie uns gegeben hat – Lee war riesig. Verdammt riesig. Ich kann mir nicht vorstellen, wie ihn jemand zur Senke hochgetragen hat, wenn er bewusstlos war. Oder tot.«

»Nein, Sie haben recht. Und selbst für einen Geländewagen ist es dort zu steil.«

»Entweder waren es mehrere Leute, und jeder hat einen Arm und ein Bein genommen, oder er ist da hochgelaufen«, sagte Broad. »Es besteht durchaus die Möglichkeit, dass er gelaufen ist. Wenn er dort keinen Spaziergang gemacht hat, ist er vielleicht vor jemandem weggerannt. Die Senke wäre ein gutes Versteck gewesen. Dann ist er gestürzt und hat sich den Kopf angeschlagen, und sein Verfolger hat ihn dort vergraben.«

Lockyer nickte. »Wir wissen vielleicht mehr, wenn wir mit der Gerichtsmedizinerin gesprochen haben.«

»Karen meinte, dass Lee aufgewühlt gewesen sei, dass er irgendjemandem was erzählen wollte«, sagte Broad. »Vielleicht hat dieser Person nicht gefallen, was Lee zu sagen hatte.«

»Sie glaubt, dass er sich dort mit jemandem getroffen hat«, sagte Lockyer. »Und ich denke, sie hat recht.«

»Aber sie hat den Fundort nicht mit Holly Gilbert in Verbindung gebracht.«

»Nein, und belassen wir's fürs Erste dabei.«

Lockyer musste an Karens Bemerkung denken, als sie sich verabschiedet hatte: *Ich hoffe, die haben ihm keine Angst eingejagt.* Er fragte sich, ob sie wusste, wer *die* waren – falls Lee seinen Mörder gekannt hatte. Denn nach Holly Gilberts Tod hatte man drei Personen verhaftet, und mit der Entdeckung von Lees sterblichen Überresten stand jetzt fest, dass alle drei innerhalb weniger Monate nach Holly gestorben waren. Das konnte kein Zufall sein. Die Polizei von Salisbury, die ursprünglich Hollys Tod untersucht hatte, war diesem Ansatz nachgegangen, hatte jedoch keine stichhaltigen Beweise gefunden. Und irgendwann wurden die Ermittlungen dann eingestellt.

Am Abend fuhr Lockyer direkt zur Westdene Farm. Die Schafe und die wenigen Rinder waren draußen auf der Weide, sodass der Hof verlassen war. Aus den Rissen im Asphalt sprossen Brennnesseln und Ampfer hervor, über den schwarzen Blechdächern der Scheunen flimmerte die Hitze, und in den staubigen Fenstern des Wohnhauses spiegelte sich golden das Sonnenlicht.

Lockyer traf seinen Vater vor dem Fernseher an, vor sich einen Teller mit einem Spiegeleitoast. Die beiden gefleckten Collies lagen flach auf den Tonfliesen, weil es zu heiß war, um aufzustehen. Lockyer machte sich einen Tee, da im Kühlschrank kein Bier war – allerdings gab es frische Milch, was ihn verwunderte. Durch die Abwesenheit seiner Mutter war das beunruhigende Gefühl der Entfremdung, das er in seinem Elternhaus empfand, schlimmer als je zuvor. Schon vor langer Zeit, seit dem Tod seines Bruders, hatte der Hof – und die Familie – begonnen auseinanderzubrechen. Aber jetzt kam es Lockyer so vor, als hätte er im Fundament mehrere breite Risse entdeckt.

Er konnte den Gedanken kaum ertragen, dass Trudy möglicherweise dauerhaft fortblieb, und hatte keine Ahnung, wie er oder sein Vater ohne sie klarkommen sollten. Aber er rief sich immer wieder in Erinnerung, dass sich ihr Zustand verbessert hatte, dass sie wieder zu Kräften kam.

»Wie ging es Mum heute?«, fragte er, als John seinen Teller abgestellt hatte und der Wetterbericht zu Ende war. Noch mehr Sonne und kein Regen in Aussicht.

»Ich hab's nicht geschafft, sie heute zu besuchen«, sagte John und strich ein paar Krümel von seinem Hemd auf den Boden. »Der Wagen ist nicht angesprungen.«

»Dad – warum hast du nicht Bescheid gesagt? Ich hätte sie besuchen oder dich hinbringen können.«

»Du hast gearbeitet. Als ich es schließlich aufgegeben habe, war der Besuchstermin vorbei. Die Batterieklemmen waren verrostet, aber mit etwas Vaseline habe ich das Problem wieder behoben. Ich werde sie morgen besuchen.«

»*Ich* wollte sie eigentlich morgen besuchen. Ich habe um fünf einen Termin.« Dafür musste er zwar früher Feierabend machen, aber er arbeitete an den meisten Tagen sowieso länger. »Ich kann aber auch am Mittwoch hinfahren, wenn du sie morgen sehen willst.«

»Nein, nein. Geh nur.«

»Wann hast du eigentlich das letzte Mal etwas anderes gegessen als Eier auf Toast?«

»An Eiern auf Toast ist nichts auszusetzen.«

Dagegen ließ sich kaum etwas einwenden.

»Wie kommst du zurecht?«, fragte Lockyer.

Sein Vater sah ihn an, als hätte er die Frage nicht ganz verstanden.

»Die Schafe brauchen immer noch ihr Fußbad«, sagte er schließlich. »Und die Lämmer brauchen ihre Entwurmungspille, bevor sie nach Long Ground rauf dürfen. Sieht so aus, als würde die Trockenperiode weiter anhalten. Also kann ich genauso gut auch jetzt schon anfangen, das Heu zu mähen. Allerdings muss ich vorher noch die Ballenpresse reparieren.«

Auch dagegen konnte Lockyer nichts einwenden. Es gab Arbeit, die sich nicht aufschieben ließ. John konnte für seine Frau nichts weiter tun, als zu warten, dass sie wieder nach Hause kam. Falls er sie vermisste oder sich Sorgen machte, ließ er sich das nicht anmerken. Das galt für alles andere auch. Zum gefühlt millionsten Mal wünschte Lockyer, sein Bruder wäre noch da. Chris mit seinem Optimismus, seiner guten Laune und dem Talent, sie alle aufzumuntern.

»Du brauchst Hilfe«, murmelte er, ebenfalls nicht zum ersten Mal. Lockyer lag seinem Vater ständig damit in den Ohren, seit ein übermütiges Kalb Trudy Anfang Juni über den Haufen gerannt hatte. Dabei war sie auf die Ecke eines Trogs gestürzt und hatte zwei Rippenbrüche und eine Prellung im Bauchraum erlitten.

Man hatte sie im Krankenhaus zur Beobachtung dabehalten, eigentlich nur für ein, zwei Nächte. Aber dann wurde jemand auf ihrer Station positiv auf Covid getestet, und alle Patienten wurden unter Quarantäne gestellt. Trudy infizierte sich ebenfalls. Aus zwei Nächten wurden sieben Wochen, und ein Ende war nicht abzusehen. Drei Wochen davon hatte sie auf der Intensivstation gelegen, und sie wäre beinahe gestorben.

Spiegeleier und Toast waren das Einzige, wofür Johns Kochkünste reichten. Davon abgesehen und von den Fertiggerichten, die Lockyer vorbeibrachte, ernährte er sich offenbar nur von Tee und Keksen. Alle anderen Lebensmittel im Kühlschrank vergammelten und wurden nicht ersetzt. Außerdem hatte sich in kürzester Zeit ein Berg Schmutzwäsche angehäuft. Aber erst als sein Vater angefangen hatte zu stinken, war Lockyer klar geworden, wie hilflos er ohne Trudy war. Lockyer hatte dann ein ganzes Wochenende damit verbracht, seine Wäsche zu waschen.

Um den Hof zu bewirtschaften, benötigte man mindestens zwei Personen, selbst im Hochsommer, wenn es in einem Viehbetrieb relativ wenig zu tun gab. Im Idealfall würden sich vier Personen darum kümmern. Doch John schien zu glauben, dass Trudy jeden Moment zurückkehrte. Schon seit dem Tag, als man sie fortgebracht hatte. Den Vorschlag, sich vorübergehend Hilfe zu holen, hatte er rundweg abgelehnt.

»Ich hätte mir mehr freinehmen sollen«, sagte Lockyer. »Ich werde sehen, ob das geht. Und wenn auch nur für ein paar Tage. Um die Ballenpresse zu reparieren.«

Aber noch während er das aussprach, verspürte er einen verräterischen Widerwillen. Er musste sich morgen mit Broad im Leichenschauhaus Lee Gearys sterbliche Überreste ansehen und mit der Gerichtsmedizinerin sprechen.

»Du hast dich um deinen eigenen Job zu kümmern«, sagte John. »Außerdem meinte Jody, dass sie ein, zwei Ideen hat, was man ausprobieren könnte.«

»Womit?«

»Mit der Ballenpresse.«

Wie alles andere auf dem Hof wurde sie von orangem Bindfaden und Routine zusammengehalten.

»Moment mal«, sagte Lockyer. »Wer zum Teufel ist Jody?«

John warf ihm erneut diesen leicht verwunderten Blick zu. »Jody. Ich habe dir doch von ihr erzählt.«

»Ganz sicher nicht.«

»Na ja.« Er machte eine Handbewegung. »Du und deine Mutter, ihr habt mir doch ständig damit in den Ohren gelegen, dass ich mir Hilfe holen soll.«

Lockyer war überrascht. »Ich hätte nie gedacht, dass du tatsächlich auf uns hörst.«

»Tja, das beweist, dass dein alter Herr doch nicht ganz nutzlos ist, was?« Er runzelte müde die Stirn. »Andererseits … vielleicht doch.«

»Das stimmt nicht. Ich dachte nur … Wer ist sie? Wo hast du sie gefunden?«

»Oh, sie ist hier einfach aufgekreuzt. Weil sie gehört hat, dass ich ganz allein bin. Sie hat Malcom letztes Jahr beim Scheren geholfen. Sie kann gut anpacken. Hat zwar ein loses Mundwerk, aber sie kennt sich mit Schafen aus.«

»Sie ist hier einfach so aufgekreuzt?« Lockyer fand, das hörte sich nicht gut an. »Und sie wird dir auch im Haushalt helfen?«

John schien skeptisch. »Das glaub ich kaum. Sie ist mehr ein Naturmensch.«

»Dad …«

»Wir haben Glück gehabt, so kurzfristig überhaupt jemanden

zu finden, Matt. Und sie hat als Teil der Bezahlung Chris' altes Zimmer genommen, sie kostet also nicht viel.«

»Sie wohnt dort?« Lockyer verspürte ein Kribbeln des Unbehagens. »Das heißt … sie ist bereits eingezogen? Sie ist jetzt hier?«

Er schaute sich im Zimmer nach Anzeichen für eine fremde Person um, und dann fiel ihm die frische Milch im Kühlschrank ein.

»Aber du hast sie doch überprüft, oder? Ihre Referenzen?«

»Wie gesagt, sie hat letztes Jahr für Malcom gearbeitet. Mach dir deswegen keine Sorgen«, sagte John mit Nachdruck. »Die Hunde mögen sie«, fügte er hinzu, als sollte das als Empfehlung reichen.

Lockyer ließ es dabei bewenden. Allerdings verspürte er immer noch dieses seltsame Unbehagen darüber, dass er nicht, wie angenommen, allein mit seinem Vater im Haus war.

»Und … wo ist sie gerade?«, fragte er.

»Irgendwo auf dem Hof«, sagte John.

Lockyer machte sich auf die Suche nach ihr und fand sie schließlich im Maschinenschuppen aus Ziegel- und Feuerstein. Sie steckte mit dem Oberkörper tief in der Massey-Ferguson-Presse, die noch aus der Zeit vor seiner Geburt stammte. Lockyer sah lediglich ein Paar kräftiger, sonnengebräunter Beine in kurzen Jeans und abgewetzten Arbeitsstiefeln.

»Hallo«, sagte er.

Es ertönte ein dumpfer Schlag von Knochen auf Metall, gefolgt von einem gemurmelten »Scheiße«, während sie sich aus der Maschine herauswand.

Sie war groß und sportlich und hatte Tätowierungen auf Armen und Schultern. Sie trug ein kakifarbenes Trägerhemd, sah gesund aus, und ihre Haut hatte die tiefe Bräune eines Menschen, der viel Zeit im Freien verbrachte. Abgesehen von einem himmelblau gefärbten Pony waren ihre Haare kurz geschoren und schwarz. Lockyer schätzte sie auf etwa dreißig. Sie trug einen dünnen Silberring in der Nase, hatte einen markanten Kiefer und intelligente braune Augen, mit denen sie ihn jetzt prüfend musterte.

»Sie haben mir einen verdammten Schreck eingejagt«, sagte sie, während sie ihre Hände an einem Lappen abwischte. »Sie müssen Matt ein. Der Bulle. Richtig?«

»Und Sie müssen Jody sein.«

»Die bin ich.«

»Und, äh … Sie … arbeiten also für meinen Vater?«

»Richtig.«

»Und wohnen hier.«

»Auch richtig.«

»Gut«, sagte Lockyer. »Haben Sie … Sind Sie …«

»Darf ich Sie unterbrechen?«, sagte Jody. »Wir sparen uns etwas Zeit, wenn ich Ihnen kurz was zu meiner Person erzähle. Ich habe keinen festen Wohnsitz, und wenn es mal nichts zu arbeiten gibt, komme ich bei meiner Großmutter in Erlestoke unter. Sonst wohne ich dort, wo ich arbeite. Ich habe keine Freunde, und das gefällt mir so. Ich habe bei der Prüfung zur Mittleren Reife lediglich im Fach Mathe meinen Abschluss gemacht, und ich arbeite, seit ich erwachsen bin, nur auf Bauernhöfen. Ich bin eine Einzelgängerin, liebe meine Arbeit und mache keinen Ärger. Was wollen Sie sonst noch wissen?«

»Ich … äh …« Lockyer war völlig perplex. »Können Sie kochen?«

Jody lachte. »Etwas besser als Ihr Vater schon. Ich habe ihm angeboten, meine Spezialität – Rinder-Rendang – zu kochen, aber er wollte nicht.«

Lockyer gab ein Knurren von sich. »Er mag die meisten ausländischen Gerichte nicht.«

»Ich werde schon dafür sorgen, dass er keinen Skorbut bekommt, keine Angst.«

»Woher kommen Sie?«

»Von überall und nirgends.« Sie machte eine wegwerfende Handbewegung. »Aber meine Großmutter hat immer in Erlestoke gelebt. Das ist für mich also eine Art Zuhause.«

»Ah ja.« Lockyer war ein wenig verwirrt.

Jody mustere ihn eine Weile ungeniert.

»Ich nehme an, Sie sind hier rausgekommen, um sich zu vergewissern, dass ich keine bösen Absichten hege«, sagte sie. »Dass ich nicht vorhabe, Ihren alten Herrn auszurauben und zu ermorden.«

»So was in der Richtung.«

»Nun, Sie können beruhigt sein. Eigentlich haben Sie Glück, dass ich gerade verfügbar bin. Ursprünglich sollte ich die ganze Woche auf dem Soul Tree Festival unten in Dorset arbeiten. Bis es wegen dieses beschissenen Virus abgesagt wurde.«

»Darf ich Sie nach Ihrem vollständigen Namen fragen?«

»Damit Sie ihn durch Ihren Computer jagen können?« Sie grinste. »Upton. Jody Ellen Upton. Sie werden in grauer Vorzeit ein paar Sachen finden, aber nichts Gravierendes.«

»Trotzdem. Nur um sicherzugehen«, sagte er mit einem Lächeln. Es war schwer, sie nicht zu mögen.

»Schon in Ordnung.«

»Haben Sie herausgefunden, was mit der Ballenpresse los ist?«

»Nein. Die Pickup verklemmt sich immer wieder, aber ich habe noch nicht herausgefunden, woran es liegt. Dafür ist es heute wahrscheinlich auch schon zu spät. Aber ich liebe diese alten Quaderballenpressen.« Sie schlug mit der Faust zärtlich auf das verblasste rote Metall. »Die sind für die Ewigkeit gebaut. Wenn ich das Rattern dieser alten Pressen höre, geht mir das Herz auf.«

»Lassen Sie meinen Vater bloß nicht hören, dass sie alt ist.«

»Toll, dass es einen Hof gibt, der noch nicht die großen Pressen einsetzt.«

»Oh, Sie werden feststellen, dass mangelnder Fortschritt hier so was wie ein roter Faden ist.«

»Das muss nicht unbedingt schlecht sein. Bleiben Sie noch? Ich kann das Rendang machen, falls Sie so was mögen.«

»Ich bin Vegetarier.«

Sie lachte erneut, aber nur ganz kurz. »Mein Gott – ist das Ihr Ernst? Und Sie sind der Sohn eines Landwirts?«

»Aber ich sollte jetzt sowieso nach Hause fahren.«

Er konnte es kaum abwarten zu duschen. Außerdem passte Jody viel besser hierher als er, mit den Maschinenölflecken auf ihrer braunen Haut und den beginnenden Augenfältchen. Er kam sich hier seltsam unzulänglich vor.

»Übrigens, das mit Ihrer Mutter tut mir leid«, sagte Jody. »Die Ärmste. Das Krankenhaus ist genauso schlimm wie der Knast.«

»Danke.«

Es klang, als spräche sie aus Erfahrung. Doch Lockyer beschloss, nicht danach zu fragen.

»Also, falls es irgendwelche Probleme gibt, oder falls Sie Fragen haben …«

Er machte eine Pause, aber Jody erwiderte nichts.

»Ich schätze, man sieht sich.«

»Ja. Bis dann.«

Nachdem Lockyer kalt geduscht und etwas gegessen hatte, machte er es sich mit einem Bier bequem und betrachtete erneut Hedys Postkarte. Sie war am Samstag angekommen und enthielt jetzt auch nicht mehr Informationen als die ersten zwanzig Mal, die er sie gelesen hatte. Er las sie trotzdem noch mal. *Wahre Freiheit kann nicht geschenkt werden, sie muss errungen werden.* Ein Zitat von

Franklin D. Roosevelt – er hatte es nachschlagen müssen. Es war mit schwarzem Kugelschreiber geschrieben, unterzeichnet mit *H* und einem Lippenstiftabdruck.

Sie war zwar nur einmal in seiner Wohnung gewesen, aber nach ihrer Entlassung aus dem Gefängnis hatte sie eine Woche bei seinen Eltern verbracht, und während dieser Zeit waren sie das einzige Mal miteinander ausgegangen. Damals hatten sie sich auch zum ersten Mal geküsst und waren dann zu seiner Wohnung zurückgefahren, um miteinander zu schlafen. Der einzelne Buchstabe *H* rief ihm lebhaft eine Reihe von Sinneseindrücken in Erinnerung. Ihre Haare, die ihr auf Schlüsselbeine und Brüste fielen, der Geschmack ihrer Haut, ihre langen Beine, die seine Hüften umschlangen. Und dann war sie plötzlich fort gewesen.

Der Poststempel und die Briefmarke stammten aus Frankreich, und die Vorderseite zeigte ein nichtssagendes Foto von Sonnenblumen. Offenbar hatte sie kurz vor dem Lockdown das Land verlassen und sich während der Pandemie auf dem Kontinent aufgehalten. Sie hatte von Professor Roland Harris, ihrem früheren Arbeitgeber, in La Rochelle ein Haus geerbt, und vielleicht war sie jetzt dort.

Mit einem magnetischen Flaschenöffner in Form eines Sombreros, den sein Freund Kevin ihm aus einem Spanienurlaub mitgebracht hatte, befestigte Lockyer die Karte am Kühlschrank.

Freiheit kann nicht geschenkt werden. Genau das hatte Lockyer getan – zumindest glaubte er das –, indem er den wahren Mörder von Micky Brown überführt hatte. Er hatte Hedy ihre Freiheit geschenkt. Wollte sie also sagen, dass sie Zeit brauchte, um diese Freiheit zu *akzeptieren*, nachdem sie vierzehn Jahre lang im Gefängnis gesessen hatte? Oder dass sie eine grundlegendere Form von Freiheit finden musste, bevor sie an irgendetwas anderes denken konnte? Eine Freiheit, die nichts mit verschlossenen

Türen oder vergitterten Fenstern zu tun hatte. Freiheit von Wut, Verbitterung, Angst und Reue.

Wie dem auch sei, er hatte ihre Botschaft verstanden. Die Karte war ein Bekenntnis zu ihm und der fragilen Bindung, die sie trotz aller Umstände eingegangen waren. Und vielleicht auch das Eingeständnis, dass sie ziemlich überstürzt abgereist war. Die Karte sagte ihm, dass sie in Sicherheit war und es ihr gut ging. Aber sie war eindeutig keine Aufforderung, zu ihr zu kommen.

3

TAG ZWEI, DIENSTAG

Eine so stark verweste Leiche wie die von Lee verströmte lediglich den schwachen Geruch von Erde, den man durch die Schutzkleidung, die sie trugen, kaum wahrnahm. Was ein Segen war.

Lockyer hatte in seinem Job genug Leichen gesehen, um zu wissen, dass normalerweise nur der Gerichtsmediziner die genaue Todesursache bestimmen konnte, außer es gab eine Schusswunde oder Stichverletzung. Da Lees Schädel weder mit Haaren noch mit geronnenem Blut bedeckt war, konnte man deutlich erkennen, dass er einen Schlag auf den Hinterkopf bekommen hatte. Der Schlag hatte eine tiefe Delle hinterlassen, von der aus mehrere Risse nach außen verliefen. Lockyer musste erneut an die Tätowierung denken, an den Totenschädel in der Mitte eines Spinnennetzes. Inzwischen hatte man die schmutzigen Reste von Lees Kleidung entfernt und irgendwo anders verwahrt.

»Irgendeine Theorie zur Tatwaffe?«, fragte Lockyer.

Die Gerichtsmedizinerin Dr. Middleton neigte den Kopf zur Seite. »Der Größe der Verletzung nach zu schließen, muss es ein großer, runder Gegenstand gewesen sein. Nichts mit einer scharfen Kante.«

»Ein Baseballschläger?«

»Größer.«

Lockyer fielen die runden Feuersteine ein, die überall auf der Ebene lagen.

»War er sofort tot?«

»Schon möglich. Aber das lässt sich schwer sagen. Allerdings muss er ziemlich schnell das Bewusstsein verloren haben und innerhalb von höchstens ein oder zwei Stunden tot gewesen sein. Die Verletzung hat mit großer Wahrscheinlichkeit ein subdurales Hämatom verursacht und Druck auf das Gehirn ausgeübt. Ohne ärztliche Behandlung hatte er keine Chance.«

»Aber er hätte vielleicht überlebt, wenn man ihn ins Krankenhaus gebracht hätte?«, fragte Broad.

»Durchaus möglich.«

»Und könnte es sein … dass man ihn lebendig begraben hat?«, fragte sie mit zitternder Stimme.

»Auch das ist durchaus möglich. Aber wenn, dann hat man es vielleicht nicht absichtlich getan«, sagte Middleton. »Wer auch immer ihn vergraben hat, war in Eile und hat vielleicht nicht gemerkt, dass er noch nicht tot war.«

Broad beugte sich dichter zu Lees Gesicht hinunter. Es war das erste Mal, dass Lockyer erlebte, wie sie eine Leiche begutachtete. Im grellen Licht des Obduktionssaals sahen sie zwar alle ziemlich fahl aus, aber hinter ihrer Maske und dem Gesichtsschutz wirkte Broad keineswegs übermäßig blass. Der Raum war auf eine angemessene Weise nichtssagend. An einer Wand befanden sich in einer Reihe die Türen der Kühlfächer, und ringsum standen acht Tische aus rostfreiem Stahl, jeder mit einem Waschbecken und Ausguss am Ende. Die Fenster waren aus Milchglas, und die Klimaanlage funktionierte einwandfrei. Der Raum war angenehm kühl.

»In Ihrem Bericht steht, dass Sie in seinen Taschen nichts gefunden haben«, sagte Lockyer.

»Rein gar nichts«, sagte Middleton. »Bei einer frischeren Leiche wäre das möglicherweise von Bedeutung, aber in diesem Zustand … Seine persönlichen Gegenstände wurden vielleicht zersetzt oder fortgespült, als die Leiche bei der Überschwemmung bewegt wurde.«

»Wir kennen den Ort, von dem aus er an dem Tag, als er zuletzt gesehen wurde, aufgebrochen ist, und wir glauben zu wissen, wo er wahrscheinlich hinwollte, aber wir haben keine Ahnung, wie er auf der Ebene gelandet ist«, sagte Lockyer. »Können Sie etwas Licht in die Sache bringen?«

»Nein. Aber weitere Untersuchungen möglicherweise. Bei einer vollständigen Analyse finden wir vielleicht Pollen oder andere Palynomorphe. Fasern, mineralische Partikel und dergleichen. Sie könnten Aufschluss darüber geben, wo er sich in den Stunden vor seinem Tod aufgehalten hat. Außerdem können Sie versuchen, eine Probe von seinen Nasenmuscheln zu bekommen.«

»Entschuldigung, seinen was?«, fragte Broad.

»Nasenmuscheln – winzige Knochenlamellen in den Nasengängen. Eine Art Filter, der dafür sorgt, dass keine Schmutzpartikel in Lungen und Luftröhre gelangen. Manchmal kann man diese Partikel auch noch nach dem Tod entnehmen, selbst bei einem skelettierten Schädel. Das ist etwas kompliziert, aber möglich.«

»Sehr gut.«

Broad warf Lockyer einen erwartungsvollen Blick zu, worauf er den Kopf schüttelte.

»Kommen Sie, Gem. Solche Untersuchungen sind verdammt teuer. Wir werden Considine kaum davon überzeugen, das zu genehmigen. Nicht solange wir keinen konkreten Hinweis haben.«

»Aber das Ergebnis liefert uns ja vielleicht einen konkreten Hinweis«, protestierte sie.

Die beiden betrachteten Lees Skelett. Selbst in seinem dezimierten Zustand passte er kaum auf den Tisch.

»Ist seine Körpergröße normal?«, fragte Lockyer Middleton.

»Eher nicht, würde ich sagen«, erwiderte sie. »Vielleicht hat er unter einer Störung der Hirnanhangdrüse gelitten.«

»Könnte sein niedriger IQ mit seiner Größe zusammenhängen?«

Middleton schüttelte den Kopf. »Akromegalie geht nicht mit einer Lernschwäche einher. Er hat einen verdammt großen Überaugenwulst … Eine im Erwachsenenalter aufgetretene Akromegalie könnte die Knochen von Armen, Füßen und Gesicht allmählich vergrößert haben. Aber wenn darüber nichts in seinen Krankenakten steht, ist er vermutlich nur ein sehr großer Mann gewesen. Der nicht viel im Kopf hatte«, sagte sie keineswegs gehässig. »Es muss eine Mordsarbeit gewesen sein, ihn zu vergraben.«

»Er wurde definitiv vergraben? Ist es nicht möglich, dass er auf natürliche Weise langsam bedeckt wurde?«

»Das lässt sich angesichts der Verwerfungen am Fundort nicht mit Sicherheit sagen. Aber falls er vor neun Jahren gestorben ist, dann würde ich seinen Erhaltungszustand darauf zurückführen, dass er in Kalkstein vergraben wurde.«

»Er lag unter einem einzelnen Weißdornbusch, in einer grasbedeckten Senke«, sagte Broad.

»Klingt ziemlich folkloristisch«, sagte Middleton. »Zufällig in der Nähe von Stonehenge?«

»Nicht weit davon entfernt. Nördlich von dort, in der Nähe des Dorfes Everleigh.«

»Everleigh … Ich glaube, in dieser Richtung gibt einen Ort namens Giant's Grave.«

»Ach ja?« Broads Augen weiteten sich.

Die Gerichtsmedizinerin schmunzelte über Broads erwachendes Interesse.

»In früheren Zeiten hat man bei rituellen Tötungen das Opfer erschlagen«, sagte sie. »Manchmal hat man es auch erdrosselt oder ihm die Kehle aufgeschlitzt.«

»Ich bezweifle sehr, dass es eine rituelle Tötung war«, sagte Lockyer. Doch dann fiel ihm der gelbe Stofffetzen am Weißdornbusch ein.

»Ach nein?«, sagte Middleton. »Wie schade, DC Broad. Für einen Moment hörte sich Ihr Fall wirklich interessant an.«

Das Leichenschauhaus befand sich in Flax Bourton, südwestlich von Bristol, wo Nigel »Badger« Badgely in einer QuikFit-Tyres-Filiale arbeitete.

»Ist schon ein seltsamer Zufall, dass es in dieser Richtung einen mystischen Ort namens Giant's Grave gibt, oder?«, sagte Broad, während sie parkten.

»Es gibt jede Menge Orte mit solchen Namen«, sagte Lockyer. »Aber prähistorisch heißt nicht mystisch. Außerdem wurde Lee dort nicht vergraben.«

»Jetzt haben Sie mir den ganzen Spaß verdorben, Chef.«

Auf den geparkten Autos vor der Werkstatt glitzerte die Sonne. Man bot den beiden an, in einer stickigen Empfangsnische zu warten, wo es nach Gummi stank und der unablässige Lärm von Elektroschraubern zu hören war. Aber sie blieben lieber draußen, im Schatten einer Wellblechwand.

»Können wir uns anschließend was zu trinken holen?«, fragte Broad. »Eine Cola oder so?«

Lockyer musterte ihre geröteten Wangen, ihr müdes Gesicht. Dann deutete er auf einen Tesco Express auf der anderen Straßenseite.

»Gehen Sie schon«, sagte er. »Da drin ist es bestimmt kalt wie in einem Kühlschrank. Trinken Sie so viel kalte Cola, wie Sie wollen. Ich werde Sie über alles Interessante, was Mr. Badgely zu sagen hat, informieren.«

»Danke, Chef.«

Badger war ein kleiner, ungesund aussehender Mann Ende dreißig mit fettigem Haar, Bartstoppeln am Kinn und gelben Nikotinflecken an zwei Fingern seiner linken Hand. Er hatte das Oberteil seines Overalls abgestreift und die Ärmel um seine Hüften geknotet. Allerdings sah er damit weniger wie ein Kalendermodel aus, sondern eher wie ein erschöpfter Bergmann.

»Also gut«, sagte er freundlich zur Begrüßung. »Was kann ich für Sie tun?«

»Mr. Badgely, ich bin Detective Inspector Lockyer von der Wiltshire Police.«

Lockyer zeigte ihm seinen Ausweis, und Badgely wurde ganz blass im Gesicht.

»Ich würde Ihnen gerne ein paar Fragen zu Lee Geary stellen.«

Badger sah Lockyer mit zusammengekniffenen Augen an. »Was dagegen, wenn ich rauche? Allerdings habe ich nicht viel Zeit, wir haben heute eine Menge zu tun.«

»Sieht nach echter Knochenarbeit aus.«

»Ich schwitze mich hier noch tot.« Er grinste. »Mir ist mächtig die Pumpe gegangen, als Sie sich vorgestellt haben, aber dann ist mir eingefallen, dass ich ja nichts ausgefressen habe. Ein alter Reflex, wissen Sie?«

»Ja. Sie haben ein recht hübsches Vorstrafenregister.«

»Alles nur Kinderkram.« Er nahm einen tiefen Zug von der Zigarette. »Inzwischen bin ich blitzsauber.«

»Wie gut kannten Sie Mr. Geary?«

»Ich kannte ihn seit der Schule. Lee war ein anständiger Kerl.

Er war zwar saudumm, aber für einen Freund hätte er alles getan. Sie haben ihn gefunden, oder?«

»Ja.«

»Nicht lebend, schätze ich?«

»Nein. Leider nicht. Offensichtlich ist er irgendwann 2011 gestorben. Haben Sie in diesem Jahr viel Zeit mit ihm verbracht?«

»Immer mal wieder. Ich kann mich nicht genau erinnern.«

»Seine Schwester ist der Meinung, dass Sie keinen guten Einfluss auf ihren Bruder hatten.«

»Karen? Wundert mich nicht, dass sie nicht viel von mir hält. Ich habe Lee damals öfter in Schwierigkeiten gebracht. Aber ich habe immer auf ihn aufgepasst. Die Leute können echt fiese Arschlöcher sein, wenn sie merken, dass jemand wehrlos ist. Man hat ihn ständig verarscht und versucht, ihn zu provozieren und in eine Prügelei zu verwickeln. Einmal haben ein paar Typen gewettet, mit wie viel Wodka sie ihn abfüllen können, bevor er das Bewusstsein verliert, verdammt noch mal. Ich war danach mit ihm in der Notaufnahme und habe ihm den Magen auspumpen lassen.«

»Ich habe gehört, dass Sie ihn ebenfalls betrunken gemacht haben und mit ihm losgezogen sind, damit er sich die Tätowierung auf dem Kopf stechen lässt. Den Totenschädel im Spinnennetz.«

»Nun ja, ich habe ihn ein bisschen betrunken gemacht. Doch nur, damit er sich beim Anblick der Nadel nicht in die Hosen scheißt – er war aber nicht sturzbesoffen. Ich dachte, wenn er richtig furchterregend aussieht, lassen die Leute ihn vielleicht in Ruhe.« Er nahm erneut einen Zug. »Hat aber nicht funktioniert.«

»Sieht ganz so aus«, sagte Lockyer.

Badger grinste erneut. »Ich hab nie behauptet, das wäre eine *gute* Idee gewesen, okay?«

»Wann haben Sie Lee zuletzt gesehen?«

»Mein Gott, da fragen Sie mich was. Ich kann mich nicht mehr genau erinnern, aber ich schätze, das war einige Wochen bevor Karen vorbeikam und meinte, er wäre verschwunden. Wissen Sie, wenn man von der Stütze lebt und sich zuschüttet, wenn man die ganze Nacht irgendwelches Zeug raucht, von dem man besser die Finger lassen sollte … Irgendwie verschwimmen die Tage dann alle ineinander. Damals hätte ich Ihnen an den meisten Tagen nicht mal sagen können, ob wir April oder Dienstag haben.«

»Lees Leiche wurde etwa dreißig Kilometer nördlich von Salisbury gefunden. Haben Sie eine Idee, warum er dort hingefahren sein könnte? Oder mit wem?«

»Was, Sie meinen die Ebene? Nein, tut mir leid, keine Ahnung.«

Lockyer öffnete den kurzen MCIT-Bericht und reichte Badger eine der Seiten.

»Dies ist eine Liste von Lees Freunden zum Zeitpunkt seines Verschwindens.«

Badger überflog die Liste. Einer der Namen darauf war Acid. Ein weiterer Eggy.

»Fallen Ihnen sonst noch irgendwelche Leute ein?«, fragte Lockyer. »Irgendwelche Nachnamen – oder Vornamen. Irgendjemand, zu dem Sie uns einen Kontakt herstellen können.«

»Nein, tut mir leid, Partner. Das heißt, ich glaube, Eggys Nachname war Egton oder Egley, so was in der Art. Aber in zehn Jahren kann viel passieren: Jemand zieht um oder wird eingelocht. Ich zum Beispiel habe meine bessere Hälfte kennengelernt und bin sauber geblieben. Und man kann nicht mit Typen wie Eggy befreundet bleiben, wenn man Kinder hat, um die man sich kümmern muss.«

»Kann ich mir denken.«

»Das mit dem armen Lee tut mir leid. Er war kein übler Kerl, aber er steckte in dieser Welt fest. Ohne Chance, je da rauszukommen.«

»Hatte er eine Freundin?«

»Eine *Freundin*?« Badger schmunzelte. »Nein. Aber … er war keine Jungfrau. Es tauchte immer mal wieder eine Frau auf, die bei seinem Anblick dachte, ›also, diesen Berg würd ich gern mal besteigen‹, falls Sie verstehen, was ich meine … Aber es stimmt wohl, dass Größe nicht alles ist, denn danach blieben sie nie bei ihm. Sie haben ihn nur ausgenutzt«, sagte Badger traurig. Aber dann hellte sich sein Gesicht wieder auf. »Immerhin hatte er Sex. Was ich damals von mir nicht behaupten konnte. Ich war ein kleines mieses Arschloch.«

»Sind Sie je Ridgeway Kingsley-Jones oder Stefanie Gould begegnet?«

Badger kniff die Augen zusammen. »Das waren die beiden anderen Personen, die man nach dem Tod dieses Mädchens verhaftet hat, oder?«

»Holly Gilbert. Ja.«

Badger rauchte die Zigarette bis auf den Filter hinunter und trat mit der Fußspitze den Stummel aus.

»An die Frau kann ich mit nicht mehr erinnern. Aber an ihn … Er wurde jedes Mal stinksauer, wenn ihn jemand auf seinen Namen ansprach. Ich bin ihm zwar nur wenige Male begegnet, auf Partys und so, aber es war klar, wie er tickte.«

»Was meinen Sie damit?«

»Er suchte ständig einen Vorwand, um Streit anzufangen. Ich bin ihm immer aus dem Weg gegangen.«

»Wissen Sie, in was für Sachen er verwickelt war?«

»Das ging etwas über das Übliche hinaus, schätze ich. Er hat die Leute wohl mit Stoff versorgt.«

»Hat er Lee auch dafür eingespannt?«

»Keine Ahnung. Ich würd's Ihnen allerdings sagen, wenn ich glauben würde, dass dieser Wichser Ridgeway deswegen Ärger bekommt, ich schwör's Ihnen. Aber wie gesagt – ich bin ihm lieber aus dem Weg gegangen.« Er starrte auf seine abgewetzten Schuhe hinunter. »Vielleicht hab ich's damals verbockt. Vielleicht hätte ich dafür sorgen sollen, dass Lee sich von ihm fernhält.« Er zuckte mit den Achseln. »Aber dafür ist es jetzt verdammt noch mal zu spät.«

»War Lee je gewalttätig? Hat er je die Beherrschung verloren?«

Badger winkte ab. »Lee war nicht aufbrausend. So viel steht fest. Und ich habe auch nie geglaubt, dass er irgendetwas mit dem Tod dieses Mädchens zu tun hatte. Das habe ich schon damals gesagt. Allerdings hat man zu der Zeit Leuten wie mir keinerlei Beachtung geschenkt.«

»Das wollte ich eigentlich schon längst fragen«, sagte Broad mit lauter Stimme, um den Lärm zu übertönen, der durch das offene Fenster drang, während sie zum Revier zurückfuhren. »Wie geht es Ihrer Mutter?«

Lockyer unterdrückte das Verlangen, einfach *gut* zu sagen und so das Gespräch zu beenden. Weil das leichter war, als dabei zuzusehen, wie die Leute nach den richtigen Worten suchten. Außerdem wusste er nie, wie er auf ihre Anteilnahme reagieren sollte. Von seinen Kollegen hatte er nur Broad und DSU Considine von Trudys verlängertem Krankenhausaufenthalt erzählt – und das auch nur, damit sie wussten, dass er manchmal früher Feierabend machen musste, um die Besuchszeiten einzuhalten. Aber Broad fand meist die passenden Worte, und er hätte es nicht richtig gefunden, sie anzulügen.

»Ich weiß es nicht«, sagte er. »Sie ist in den letzten Tagen nicht ans Telefon gegangen. Aber ich werde sie nachher besuchen.«

»Sie wird sich bestimmt freuen, Sie zu sehen – ich habe mich zu Tode gelangweilt, als man mir den Blinddarm rausgenommen hat, und da war ich nur drei Tage im Krankenhaus.«

Lockyer hoffte, dass es seiner Mutter gut genug ging, um sich zu langweilen.

»Es ist bestimmt ziemlich beunruhigend, nicht genau zu wissen, wann sie wieder rauskommt«, sagte Broad.

»Ich muss mit ihrem Arzt sprechen, um ein paar Sachen zu klären. Aber es geht niemand ans Telefon.«

»Ich schätze, dass sie im Krankenhaus immer noch alle Hände voll zu tun haben …« Broad verstummte.

»Ich weiß«, sagte er. »Aber es ist nicht leicht, geduldig zu bleiben, wenn man im Ungewissen gelassen wird.«

Broad wechselte das Thema. »Ich habe den Namen Ridgeway vorher noch nie gehört. Allerdings kannte ich auf dem College einen Typen namens Atlas.«

»Ernsthaft?«

»Er war spindeldürr.« Sie lachte.

»Ich fand es immer sehr egoistisch, wenn Eltern ihrem Kind einen ›originellen‹ Namen geben«, sagte Lockyer. »Sie denken dabei nicht an das Kind und wollen allen nur zeigen, wie außergewöhnlich sie selbst sind.«

»Schon möglich. Vielleicht sind sie aber auch nur völlig vernarrt in das Kind und wollen allen zeigen, wie besonders und einzigartig es ist.« Sie warf ihm einen Seitenblick zu. »Wir beide sind natürlich echte Experten, was Kinder angeht.«

»Natürlich.«

Zurück auf dem Revier führte Lockyer mit einem Anflug von schlechtem Gewissen eine Überprüfung von Jody Ellen Upton durch. Vor der Pandemie war es auf dem Revier nie so ruhig gewesen. Die Mitarbeiter, denen das möglich war, arbeiteten im Homeoffice, und die übrigen Teams waren voneinander getrennt untergebracht, einige in alten Polizeigebäuden, die seit Jahren nicht mehr genutzt worden waren. Im Zuge der Hitzewelle herrschte auf dem halb leeren Revier eine Atmosphäre wie während der Schulferien, was Lockyer durchaus zusagte. Er hatte Steve Saunders, den Kollegen, der ihn am wenigsten mochte und ihm am meisten auf die Nerven ging, seit Wochen nicht mehr zu Gesicht bekommen. Aber er würde ihn früher oder später aufsuchen müssen. Steve hatte seine Laufbahn auf der Wache in Salisbury begonnen und ursprünglich Holly Gilberts Fall bearbeitet.

Lockyer fand sehr bald heraus, dass Jody tatsächlich aus Erfahrung sprach, als sie das Krankenhaus mit dem Gefängnis verglichen hatte. Sie hatte eine achtzehnmonatige Haftstrafe wegen leichter Körperverletzung und unerlaubten Drogenbesitzes verbüßt. Bei ihrer Verurteilung im Jahr 2011 war sie fünfundzwanzig gewesen, was bedeutete, dass sie jetzt vierunddreißig war, und sie hatte sich seitdem nichts mehr zuschulden kommen lassen. Zumindest hatte man sie wegen nichts anderem erwischt. Im Fall der leichten Körperverletzung hatte sie bei einer Prügelei einer anderen Frau die Nase gebrochen. Lockyer konnte sich lebhaft vorstellen, wie Jody triumphierend neben ihrer am Boden liegenden Gegnerin stand. Sie wirkte wie jemand, der nicht klein beigab.

Erschrocken stellte er fest, dass sie 2012 im Frauengefängnis Eastwood Park inhaftiert gewesen war. Hedy Lambert hatte dort zur selben Zeit eingesessen, und er hatte sie mehr als nur einmal besucht. Zum Zeitpunkt ihrer Entlassung hatte sein Vater unter schweren Depressionen gelitten, aber dank Hedys Anwesenheit hatte sich sein Zustand gebessert. Lockyer wusste nicht, ob Jody dieselbe Wirkung auf ihn hatte, aber das würde sich zeigen.

»Chef?« Broad riss ihn aus seinen Gedanken und drehte ihren Stuhl in seine Richtung. Sie hatte inzwischen einen Tischventilator aufgetrieben, und ihre Wangen waren nicht mehr ganz so gerötet wie vorhin. Sie war gerade dabei, eine Landkarte zu studieren. »Ich habe die Stelle gefunden – Giant's Grave. Es handelt sich um einen langen Grabhügel. Ziemlich alt, schätze ich.«

»Das ist eine Grabkammer aus der Steinzeit«, sagte Lockyer. »Die ist definitiv alt.«

»Sie befindet sich fünfeinhalb Kilometer nordwestlich von Everleigh. Und auf halber Strecke zwischen dem Grab und dem Dorf liegt eine weitere prähistorische Stätte: Old Hat Barrow. Ich hab mich schon immer gefragt, woher die Farm ihren Namen hat.«

Lockyer rutschte auf die Stuhlkante. »Wie weit ist die Old Hat Farm von der Stelle entfernt, an der man Lees Leiche gefunden hat?«

Broad sah nach. »Etwa anderthalb Kilometer. Dorthin muss Lee an dem Tag unterwegs gewesen sein, oder?«

»Die Beamten des MCIT sind bereits bei der Old Hat Farm gewesen und haben mit Hollys Familie gesprochen. Sie haben alle bestritten, etwas über Lees Tod zu wissen.«

»Nun, natürlich haben sie das«, sagte Broad.

»Haben Sie die Akte da? Wer wohnt noch mal genau auf der Farm?«

Broad warf einen Blick hinein. »Mr. und Mrs. McNeil. Er ist Holly Gilberts Vater, die Frau ist nicht mit ihr verwandt.«

»Sonst niemand?«

»Offenbar nicht. Holly wohnte erst seit etwa sechs Monaten bei ihnen, als sie starb. Davor hat sie bei ihrer Mutter gelebt. In Surrey, glaube ich.«

»Richtig. Gut, lassen Sie uns alle Unterlagen besorgen, die wir über Ridgeway Kingsley-Jones und Stefanie Gould bekommen können. Falls Lees Tod mit ihrem zusammenhängt und alle drei etwas mit Holly Gilberts Tod zu tun haben, benötigen wir so viele Informationen wie möglich.«

»Chef … Sie wissen schon, wer den Fall 2011 ursprünglich bearbeitet hat, oder?«

»Ja«, sagte Lockyer, der ahnte, dass es Ärger geben würde. »Ich werde mit ihm reden. Aber … nicht heute.«

Trudy Lockyer lag in einem Vier-Bett-Zimmer neben der Intensivstation. Alles dort war monochrom – weiße Wände, grauer Boden. Und die warme Luft, die durch die geöffneten Fenster hereinwehte, war das einzig Angenehme in einem Raum voller Metall und Plastik. Lockyer, der eine Kunststoffschürze, Handschuhe und eine Maske trug, musste zwei Meter entfernt von seiner Mutter Platz nehmen. Und er durfte sie nicht berühren, sie weder umarmen noch küssen.

»Wie geht es dir, Mum?«

»Ganz gut.« Sie lächelte schwach. »Besser als gestern, glaube ich.«

Er wusste, dass sie ihm etwas vormachte. Sie hatte ihre Covid-Infektion zwar überstanden, und ihr Sauerstoffwert war wieder im Normalbereich, sodass alle glaubten, sie hätte das Schlimmste hinter sich. Aber sie hatte kaum die Kraft, ihren Kopf in seine Richtung zu drehen, geschweige denn sich aufzusetzen. Die sonst so lebhaften Augen seiner Mutter wirkten ausdruckslos, ihr Gesicht war eingefallen und blass.

»Ich habe ein paarmal versucht, dich anzurufen«, sagte er.

»Tatsächlich? Tut mir leid, Liebling. Ich bin momentan so schläfrig. Aber schön, dich zu sehen.«

»Du siehst müde aus.«

»Es ist wirklich seltsam«, murmelte sie. »Ich habe kaum Energie, um überhaupt etwas zu tun.«

»Ich schätze, dein Körper erholt sich immer noch von dem Virus«, sagte Lockyer zuversichtlich.

»Ja, wahrscheinlich.« Sie bewegte ihre Beine ein wenig und zuckte zusammen.

»Hast du Schmerzen?«

»Nur dieses fiese Kribbeln, das nicht weggeht.«

»Hat der Arzt irgendwas dazu gesagt?«

»Ich glaube, sie wollen ein paar Tests durchführen«, sagte sie vage.

»Isst du auch was?«

»Matthew, mein Schatz, ich tue alles, was man mir sagt. Aber wenn ich hier nur herumliege, regt das nicht gerade meinen Appetit an.«

»Du musst wieder zu Kräften kommen«, sagte er.

»Mach dir meinetwegen keine Sorgen. Wie geht es deinem Vater?«

»Ganz okay, denke ich. Er vermisst dich.«

»Ich vermisse ihn auch. Und die Hunde.« Sie blinzelte. »Ich kann es nicht abwarten, wieder nach Hause zu kommen.«

»Er hat diese Frau eingestellt. Jody. Sie ist … eine echte Persönlichkeit. Und sie wohnt auf dem Hof.«

»Gut. So ist es wahrscheinlich unkomplizierter.«

»Wusstest du davon?«

»Nun, ich habe ihm gesagt, dass er ein paar der Nachbarn anrufen soll, um zu fragen, ob sie ihm jemanden empfehlen können. Manchmal tut er tatsächlich, was ich ihm sage.«

»Sie ist vorbestraft. Sie war im Gefängnis.«

Trudy runzelte leicht die Stirn. »Erst vor Kurzem?«

»Nein.«

»Na dann. Das ist bestimmt kein Grund zur Beunruhigung.«

Sie schloss für einen Moment die Augen. »Du wirst doch einen Blick auf die beiden haben, oder?«

»Natürlich, Mum.«

»Hast du was von Hedy gehört?«

Anfangs hatte sie häufig nach ihr gefragt, aber inzwischen schon seit einer Ewigkeit nicht mehr. Sie mochte Hedy, aber vor allem gefiel ihr die Vorstellung, dass Lockyer vielleicht endlich die richtige Frau gefunden hatte.

»Nun«, sagte er und schaute zum hellen Himmel hinter dem Fenster hinaus. Die Station befand sich im vierten Stock. Auf der trockenen Regenrinne des gegenüberliegenden Gebäudeflügels hockten mehrere gesprenkelte Stare und rauften zwitschernd miteinander. »Komisch, dass du fragst. Sie hat mir eine Postkarte geschickt. Es steht nicht viel drauf, nicht mal, wo sie gerade ist. Aber ich nehme an, dass es ihr gut geht. Die Karte wurde in Frankreich abgeschickt, also …«

Er verstummte, und als er den Blick senkte, stellte er fest, dass Trudy eingeschlafen war. Er wollte so gern den Arm ausstrecken und ihre Hand nehmen. Er wollte das Laken glatt streichen, das sich um einen ihrer Füße gewickelt hatte. Er wollte sie schütteln, weil es ihm Angst machte, dass sie es nicht einmal schaffte, für die Dauer seines Besuchs wach zu bleiben. Aber er befolgte die Regeln und tat nichts.

Lockyer sprach mit der Stationsschwester, die ihm erklärte, dass ein Arzt mit ihm reden werde, wenn er bereit sei zu warten. Er setzte sich in einem Aufenthaltsbereich auf der anderen Seite des Flurs auf einen Stuhl und starrte minutenlang ins Leere, während er versuchte, das Gefühl zu vertreiben, das mit seiner Mutter etwas ganz und gar nicht stimmte. Schließlich holte er sein Telefon hervor und googelte Holly Gilbert.

Unterhalb der Treffer zu LinkedIn, Facebook und Twitter stieß er auf mehrere lokale Nachrichtenmeldungen vom Juni 2011. *Tragischer Brückensturz auf der A303. Bei der Frau, die am Mittwoch in den frühen Morgenstunden auf der A303 bei einem Zusammenstoß mit einem Fahrzeug getötet wurde, handelt es sich um die zwanzigjährige Holly Gilbert aus der Nähe von Everleigh. Die Studentin ist offenbar von der Fußgängerbrücke gestürzt, die östlich des Countess Services über die zweispurige Fahrbahn verläuft. Die Polizei hat bisher noch nicht mitgeteilt, ob sie im Zusammenhang mit dem Zwischenfall nach weiteren Personen sucht. Im Zuge der Ermittlungen wurde die A303 für sechs Stunden gesperrt, was in beiden Richtungen zu einem erheblichen Stau führte.*

Lockyer stellte sich vor, wie die jugendliche Gemma Broad im Stau Richtung Osten saß und sich darüber ärgerte, dass sie den Ausflug nach Alton Towers verpasste. Eine weitere Internetseite mit einem späteren Datum zeigte ein Foto von Holly, das er schon mal gesehen hatte. Es war offensichtlich aufgenommen worden, als sie abends ausgegangen war, und es fehlte ein Teil – um ihre Schultern war ein Arm in einer grauen Anzugjacke geschlungen. Sie lächelte, und ihre großen braunen Augen leuchteten hell. Sie sah jünger aus als zwanzig und war sehr hübsch. Ihre langen Wimpern waren dunkel geschminkt, sie hatte blonde Strähnen im glänzenden Haar, und in ihrem Lippenstift spiegelte sich das Blitzlicht der Kamera. Ein Gesicht, wie es die Presse liebte.

Lockyer klickte sich durch ein paar weitere Seiten, die jedoch kaum zusätzliche Informationen enthielten. Auf einer stand, dass Holly auf der Bournemouth University Umweltwissenschaften studiert hatte. Auf einer anderen, dass die Polizei nach Zeugen suchte und dass der Fahrer des Lastwagens aus dem Krankenhaus entlassen worden war und wegen des Zwischenfalls keine Anklage zu erwarten hatte. Dann fünf Tage später der laute Aufschrei, als es zu mehreren Festnahmen kam. Auf allen Titelseiten

Bilder der drei Verdächtigen, mit finsterem Blick und eingefallenen Gesichtern. Lee Geary, der ganz und gar wie der Mörder einer jungen Frau aussah. *Trio des Bösen: Polizei verhaftet drei Personen im Zusammenhang mit Hollys tragischem Tod.*

In einer kurzen Meldung, die zwei Monate später erschienen war, stand, dass Hollys Tod offiziell als Selbstmord eingestuft wurde. Ein Jahr zuvor war ihre Mutter an Krebs gestorben, und man hatte in Hollys Körper Alkohol und Spuren einer unbekannten psychoaktiven Substanz gefunden. Freunde hatten ausgesagt, dass sie nach dem schmerzlichen Verlust abgetaucht sei, dass sie Seminare versäumt und ein für sie untypisches Verhalten gezeigt habe.

Der Fall war zwar immer noch tragisch, aber durch die Aussagen weniger skandalös.

Lee Geary, Ridgeway Kingsley-Jones und Stefanie Gould waren nicht als Zeugen, sondern als Verdächtige vernommen worden. Lockyer konnte sich noch an die Aufregung erinnern, an die Gerüchte, dass man Hollys Mörder gefasst hatte. Und an die Enttäuschung, ja, die Wut darüber, dass der Gerichtsmediziner von einem Selbstmord ausging. Lockyer wusste nicht, welche Beweise man gegen die Verdächtigen in der Hand gehabt hatte. Das herauszufinden, hatte jetzt oberste Priorität. Waren die drei zum Zeitpunkt des Zwischenfalls bei Holly gewesen? Hatten sie ihr die Droge besorgt, die sie genommen hatte? *Nur ein weiterer toter süchtiger Störenfried*, hatte Karen Wilkins gesagt.

»Mr. Lockyer?«

Er blickte erschrocken auf.

»Mein Name ist Dr. Lorne. Man hat mir gesagt, dass Sie über den aktuellen Zustand Ihrer Mutter informiert werden möchten.«

Lockyer stand auf. »Ja, bitte.«

Dr. Lorne war eine zierliche Frau mit kurzem, dunklem lockigem Haar. Sie schenkte ihm hinter ihrem durchsichtigen Gesichtsschutz ein nüchternes Lächeln, bat ihn jedoch nicht, sich wieder zu setzen.

»Sollte es ihr eigentlich nicht besser gehen?«, fragte er. »Warum ist sie so müde? Außerdem meinte sie, dass sie ein Kribbeln verspürt.«

»Ihre Mutter hat sich von der ursprünglichen Infektion gut erholt. Das ist die positive Nachricht. Aber bei ihr ist womöglich eine Nachfolgeerkrankung aufgetreten, und wir werden mehrere Tests durchführen, um herauszufinden, was genau ihr fehlt.«

Sie blickte ihm direkt in die Augen, und Lockyer nahm an, dass sie noch mehr wusste.

»Aber Sie haben eine Vermutung, was es sein könnte.«

»Vielleicht. Es gibt das Guillain-Barré-Syndrom, eine Autoimmunerkrankung, die häufig nach einer Infektion auftritt – in diesem Fall wäre das Coronavirus der Auslöser gewesen. Infolge einer Überreaktion greifen die Antikörper des Erkrankten sein Nervensystem an. Einige Symptome Ihrer Mutter entsprechen denen, die wir vom Guillain-Barré-Syndrom kennen. Ihre Kraftlosigkeit und Erschöpfung, das Taubheitsgefühl und Kribbeln in Händen und Füßen.«

»Okay. Aber … Sie können das behandeln?«

»Wie gesagt, wir werden ein paar Tests durchführen. Sollten wir einen positiven Befund für das Guillain-Barré-Syndrom erhalten, beginnen wir sofort mit der Behandlung. Bis dahin geben wir ihr etwas gegen die Schmerzen.«

»Sie hat mir nicht gesagt, dass sie Schmerzen hat.«

»Na ja.« Dr. Lorne zog die Augenbrauen hoch. »Sie ist eben Ihre Mutter.«

»Wie lange wird es dauern, bis sie wieder ganz die Alte ist? Und wieder nach Hause kann?«

»Wahrscheinlich mehrere Wochen. Sie muss erst kräftig genug

sein, um ohne Hilfe laufen und ihren Alltag bewältigen zu können. Die meisten Patienten sind nach sechs bis zwölf Monaten wieder vollständig genesen …«

»*Ein Jahr*?«

»Ich muss Sie allerdings darauf hinweisen, dass manche Menschen unter langwierigen oder sogar dauerhaften Symptomen leiden.«

»Wie zum Beispiel?«

»Schwierigkeiten beim Gehen, Muskelschwäche, Schmerzen und Kribbeln in den Gliedmaßen. Erschöpfungszustände.«

Lockyer musste für einen Moment den Blick abwenden.

»Kann man daran sterben?«, zwang er sich zu fragen.

»Das kommt vor«, sagte Dr. Lorne.

»Wie häufig?«

»In etwa fünf bis sechs Prozent der Fälle. Nicht mehr.«

»Weiß mein Vater das alles schon?«

»Er hat sich zwar nicht nach den genauen Zahlen erkundigt, aber ja, natürlich.«

Lockyer hatte schwer daran zu schlucken. Es fühlte sich an, als würde ihm die Neuigkeit quer im Halse stecken.

Dr. Lornes Gesichtszüge wurden ein wenig weicher. »Sie ist hier in den besten Händen, Mr. Lockyer. Wir tun für Ihre Mutter, was wir können.«

»Danke«, brachte er nur hervor.

Sein Verlangen, jemandem die Schuld an allem zu geben, war gleichermaßen überwältigend wie irrational. Wenn das Kalb sie nicht angerempelt hätte und sie nicht gestürzt wäre, wenn sie nicht ins Krankenhaus gekommen wäre … Broad hatte ihm einmal erklärt, dass sich Angst oft als Wut zeigte. Besonders bei Männern. Seitdem hatte er das mehrfach an sich beobachtet.

»Wir haben Ihre Nummer?«, fragte Dr. Lorne. »Ich werde Sie

anrufen, sobald die Testergebnisse vorliegen, wahrscheinlich morgen um diese Zeit.«

Bevor Lockyer aufbrach, warf er noch einmal einen Blick zu Trudy ins Zimmer. Sie lag reglos da, wie eine Tote.

4

TAG DREI, MITTWOCH

Lockyer wachte bereits bei Sonnenaufgang auf und lauschte dem lauten Vogelgezwitscher. Es war eine schwüle Nacht gewesen, und er hatte irgendwann seine Decke weggetreten. Sein viktorianisches Backsteinhäuschen grenzte an das Haus, das einer älteren Frau namens Iris Musprat gehörte. Die abgeschiedenen Häuser lagen am Ende eines Feldwegs außerhalb des Dörfchens Orcheston, und auf ihrer Rückseite gab es ein kleines Wäldchen. Bei Lockyers Einzug war das Haus in einem geradezu vorsintflutlichen Zustand gewesen. Vor ihm hatte ein Mann namens Bill Hickson es fast siebzig Jahre lang bewohnt, und er war in dem Zimmer gestorben, in dem Lockyer jetzt schlief. Er versuchte, nicht allzu viel darüber nachzudenken.

Seit seinem Einzug hatte Lockyer das Haus kontinuierlich renoviert, und obwohl er fast damit fertig war, hatte er seit Hedys Verschwinden aufgehört, daran zu arbeiten.

Ungefähr zu dieser Zeit hatte Mrs. Musprat ihm ein Geständnis gemacht.

Er stand jetzt auf und zog eine Jeans an, lief durch das Gästezimmer und schaute zu dem Fleck an der Decke empor. Er war zum Vorschein gekommen, als er eine jahrzehntealte Papierschicht entfernt hatte. Kurz darauf hatte Mrs. Musprat ihm erzählt, wie der Fleck entstanden war, und Lockyer wusste nicht, was er deswegen unternehmen sollte.

Er hoffte, dass ihre Geschichte nicht stimmte. Sie war gezwungen gewesen, etwas Schreckliches zu tun, und hatte es sehr lange für sich behalten. Es gab nur eine Möglichkeit, die Sache zu überprüfen. Aber er hatte es bisher noch nicht getan, denn falls sie die Wahrheit sagte, gab es kein Zurück mehr. Als Polizeibeamter wäre er verpflichtet, aufgrund der Informationen entsprechend zu handeln. Sollte es jedoch keine Beweise geben, könnte er das Ganze vielleicht wieder vergessen. Er hatte sich an diese Möglichkeit geklammert. Aber er brauchte Gewissheit.

Er ging in den Garten, zu dem ehemaligen Klohäuschen, das er jetzt als Schuppen nutzte. Darin befanden sich einige von Bills alten Gartengeräten. Lockyer schnappte sich einen Spaten, stieg über die windschiefen Überreste des Zauns und lief in das Wäldchen hinein.

Das Licht der Morgendämmerung funkelte grün durch die Blätter, und die Luft war von einem erdig-süßen Duft erfüllt. Lockyer lief zu einer knorrigen Eibe, die zwischen Eschen, Buchen, Stechpalmen und Eichen stand. Bevor er allzu sehr darüber nachdenken konnte, stieß er den Spaten in den Boden und trat kräftig zu. Das Metall kratzte über Feuersteine und Erdreich. Er hob vor der Eibe ein etwa zweieinhalb Meter langes Loch aus und grub dann, obwohl er es eigentlich gar nicht wollte, noch tiefer. Bald schon kam er ins Schwitzen, aber er förderte nichts weiter zutage als Wurzeln, Kalkstein und den einen oder anderen Gegenstand – die Scherben einer Tonpfeife und die Aufreißlasche einer Getränkedose.

Als das Loch doppelt so tief war, hörte Lockyer auf zu graben und verspürte eine Woge der Erleichterung. Dort war nichts.

Mrs. Musprat hatte die Geschichte wahrscheinlich nur irgendwo aufgeschnappt oder davon geträumt, und sie war ihr nicht mehr aus dem Kopf gegangen. Irgendwann hatte sie das Ganze dann für wahr gehalten. Sein Instinkt sagte ihm, dass er die Suche beenden sollte, doch er stieß den Spaten ein weiteres Mal in den Boden.

Diesmal ertönte ein schabendes Geräusch, bei dem sich ihm die Nackenhaare aufstellten. Er schob die Erde beiseite und sah etwas hell aufschimmern. Vorsichtig kratzte er noch mehr Erde fort, bis er sicher war. Es war die gleichmäßige Rundung eines gelben Knochens. Die sanfte Wölbung eines Stirnknochens. Lockyer ging in die Hocke und blickte in eine fast runde Augenhöhle.

Die Hoffnung, dass es sich nur um eine erfundene Geschichte handelte, löste sich in Luft auf.

Er schüttete das Loch wieder zu und lief zurück. Als er den Gartenzaun erreichte, stand dort Iris Musprat und schaute zu ihm herüber. Die schmächtige Frau, deren Kleidung aussah, als würde sie aus der Altkleidersammlung stammen, hielt das Halfter ihrer Ziege Desirée in der Hand. Ängstlich musterte sie den schmutzigen Spaten und Lockyers schweißbedeckte Stirn. Einen Moment lang standen die beiden nur da. Dann ging Lockyer wortlos ins Haus. Und direkt unter die Dusche.

»Alles okay, Chef?«, fragte Broad.

Lockyer zuckte zusammen. Er hatte gedankenverloren aus dem Fenster gestarrt. Und vor sich erneut die makellose Augenhöhle gesehen.

»Ja«, sagte er barsch.

Broad blinzelte und wandte sich wieder ihrem Bildschirm zu.

»Tut mir leid, Gem. Es ist nur …« Er machte eine Handbewegung. »Alles Mögliche.«

»Schon gut, Chef.«

Sie waren am Morgen gleich als Erstes zum Präsidium von Melksham gefahren, um aus dem Archiv die ursprüngliche Akte zu Holly Gilberts Tod zu holen. Lockyer hatte sie sich durchgelesen, während Broad nach Informationen zu Ridgeway und Stefanie Gould gesucht hatte. Aber seine Gedanken waren immer wieder voller Sorge zu seiner Mutter gewandert – und zu der Entdeckung, die er am Morgen im Wäldchen gemacht hatte. Weil er die Knochen einfach wieder zugeschüttet hatte und gegangen war, obwohl der Fundort inzwischen eigentlich mit blau-weißem Absperrband gesichert sein müsste und die Spurensicherung den ganzen Bereich gründlich umgraben sollte.

»Was haben Sie gefunden?«, fragte er.

»Ridgeway ist kurz vor Lee Geary gestorben«, sagte Broad. »Infolge von Sturzverletzungen, die er am dreißigsten Oktober 2011 erlitten hat. Er ist von einem mehrstöckigen Parkhaus in Salisbury gefallen.«

»Von welchem?«

»Dem in der Culver Street.«

»Das kenn ich. Es ist nicht besonders hoch, hat etwa drei Stockwerke.«

»Offenbar war es hoch genug«, sagte Broad. »Vor allem wenn man auf dem Kopf landet.«

»Er ist mit dem Kopf zuerst aufgekommen? Hört sich an, als hätte jemand nachgeholfen.«

»Der genaue Hergang konnte nicht geklärt werden. Mehrere Zeugen haben berichtet, zur selben Zeit einige junge Männer in der Gegend gesehen zu haben, aber keiner von denen hat sich gemeldet oder konnte identifiziert werden. Es gab keine Beweise dafür, dass noch jemand anderes bei Ridgeway auf dem Dach war. Aber offenbar hatte ihn das Drogendezernat von Salisbury schon seit einer Weile auf dem Kieker. Er hatte Kontakte zu einigen sehr zwielichtigen Figuren, darunter mindestens ein Dealer mit Verbindungen zu einer Bande aus Süd-London. Man vermutete, dass er hier in der Grafschaft ein Drogennetzwerk betrieb oder übernehmen wollte.«

»Er hat sich also mit den falschen Leuten angelegt?«

»Wenn man zwischen den Zeilen liest, sind die Kollegen zu diesem Schluss gekommen. Aber die Bemühungen, ihn mit dem Tod von Holly Gilbert in Verbindung zu bringen, verliefen im Sand.«

»Gab es keine brauchbaren Aufnahmen von der Überwachungskamera auf dem Dach?«

»Nein. Sie war kaputt. Eine Kamera im Erdgeschoss hat zwar gefilmt, wie Ridgeway das Parkhaus betrat, aber sonst konnte aufgrund der Bilder niemand einwandfrei identifiziert werden.«

Lockyer betrachtete das Foto von Ridgeway Kingsley-Jones. Er war ein gut aussehender Bursche, wenn auch ein wenig untersetzt, mit einem breiten Gesicht und einem dicken Hals. Über seinem Hemdausschnitt waren ein Büschel Brusthaare und die Tätowierung eines keltischen Knotens zu sehen, und er trug einen kurzen Bart, mit dem er eher wie ein Holzfäller als wie ein Hipster wirkte. In seinem Blick lag eine Mischung aus Gleichgültigkeit und Verachtung. Er sah zwar nicht wie der typische Stadtmensch aus, der mit Drogen dealte, aber solche Mutmaßungen führten manchmal in die Irre.

Lockyer wandte sich wieder seinem Schreibtisch zu, auf dem Stefanie Goulds aufgeschlagene Akte lag.

Ein grobkörniges Foto zeigte eine junge Frau mit langen blondierten Haaren, einem ebenmäßigen herzförmigen Gesicht mit hohen Wangenknochen und hellen Augen. Darin lag ein Ausdruck blanker Wut. Sie war von den dreien als Erste gestorben, auf einem Musikfestival am Feiertagswochenende Ende August 2011. Stefanie war unter dem Einfluss von Alkohol und Amphetaminen in einem See ertrunken. Erst zwei Tage später, als man den Müll einsammelte, wurde ihre Leiche gefunden. Es gab keinerlei Hinweise auf Fremdverschulden und auch keine Zeugen, was angesichts der zahlreichen Festivalbesucher ziemlich merkwürdig war. Allerdings konnte jemand in einer Menschenmenge verloren gehen, vor allem wenn diese Menschen euphorisch, bekifft und betrunken waren.

Letztlich war Lockyers Bruder unter ähnlichen Umständen gestorben. Bei einem Handgemenge zwischen Betrunkenen vor einem Pub. Deshalb hatte sein Mörder einfach spurlos verschwinden können.

»Also«, sagte Lockyer, »die drei Personen, die im Zusammenhang mit Holly Gilberts Tod im Juni 2011 befragt wurden, sind alle innerhalb von drei Monaten nach Hollys Tod gestorben – wenn wir davon ausgehen, dass Lee gestorben ist, kurz nachdem Karen ihn zuletzt gesehen hat.«

»Ich kann verstehen, warum man bei den ursprünglichen Ermittlungen versucht hat, eine Verbindung zwischen ihnen herzustellen – wir alle mögen keine Zufälle. Aber … das könnte es doch gewesen sein, oder?«, meinte Broad.

»Ein Zufall?«, sagte Lockyer. »Ich weiß nicht. Stefanies Tod könnte tatsächlich ein Unfall gewesen sein, und Ridgeways Tod ein Mord oder Selbstmord, der dazu in keiner Beziehung stand – falls er in ernsthaften Schwierigkeiten steckte, weil er sich mit den falschen Leuten angelegt hatte. Aber ich würde Ihnen eher recht geben, wenn man Lee an einer anderen Stelle gefunden hätte. Und nicht anderthalb Kilometer von Hollys Wohnort entfernt.«

»Dann haben wir es also mit drei Morden zu tun, begangen von jemandem, der nicht glaubte, dass Holly sich in jener Nacht umgebracht hat? Oder der den dreien die Schuld an ihrem Selbstmord gegeben hat?«

Broad konnte ihre wachsende Aufregung nicht verbergen.

Lockyer stand auf. »Kommen Sie. Fahren wir zur Old Hat Farm und fühlen wir den Leuten dort mal auf den Zahn – ganz diskret natürlich.«

Zunächst verpassten sie die Zufahrt, und Lockyer musste zwischen einer Scheune und einem rostigen Getreidesilo wieder wenden. Dabei wirbelten die Räder des Wagens Staub auf, und ein paar Dohlen flogen aufgeschreckt davon.

»Sind Sie sicher?«, fragte Lockyer.

Broad starrte auf ihr Telefon – die beiden hatten die amtliche Karte aufgerufen, als das Navigationssystem sie zu einer nichtssagenden Hecke gelotst hatte.

»Ja. Hier sind wir definitiv richtig, Chef.«

Lockyer bog auf einen schmalen Feldweg. Es gab hier kein Schild, nur einen einzelnen verwitterten Torpfosten, in den etwas eingeritzt war, was Lockyer jedoch nicht genau erkennen konnte. Es sah aus wie *oXo*, mit einer wellenförmigen Linie darüber, die an die Kinderzeichnung einer Wolke erinnerte. Der Weg führte über eine weite Ebene mit hohem Schilfrohr.

»Was halten Sie davon?«, sagte Broad und deutete auf eine Steineiche vor ihnen.

An den Ästen hingen lange Stoffbänder in sämtlichen Farben. An einigen waren Federn und Steine mit Löchern befestigt.

»Keine Ahnung«, sagte Lockyer. »Aber ich wette, jemand im Haus macht Kunst.«

»*Macht Kunst*?«, sagte Broad grinsend.

»Was denn?«

»Ich dachte, man sagt, jemand ist ein Künstler, und nicht, er macht Kunst, Chef. Wie auch immer, mich erinnert das eher an … Hexerei.«

»An dem Weißdornbusch, neben dem Lee begraben war, hing der Fetzen eines gelben Bändchens«, sagte Lockyer. »Ich habe das nicht für wichtig gehalten, aber vielleicht habe ich mich geirrt.«

Eine Brücke aus alten Eisenbahnschwellen führte über einen Bach, der von Pappeln gesäumt wurde. Dahinter stieg das Gelände leicht an, bis die Farm in ihrem Blickfeld erschien: ein lang gestrecktes Haus mit gekalkten Wänden und einem geschwungenen Dach aus Tonziegeln. Aufgrund seiner kleinen Fenster und der niedrigen Traufe vermutete Lockyer, dass es schon sehr alt war. Es bildete eine Seite eines viereckigen Gebäudekomplexes; der Rest bestand aus Scheunen, Ställen und Schuppen, die um einen betonierten Hof herum angeordnet waren. In einem Wirrwarr aus Ziegeln, Feuerstein, Holz und Wellblech, das sich vom Haus bis zu einer Reihe Folientunneln in der Ferne erstreckte.

Über allem lag eine Atmosphäre von Verfall, die Lockyer nur allzu gut kannte. Die Farm warf gerade genug ab, machte aber niemanden reich. Mit Sicherheit nicht.

Broad ließ ihren Blick misstrauisch über den Hof wandern, als sie aus dem Wagen stiegen. Lockyer hatte sie ein paarmal zu Hause abgesetzt, nachdem sie am Freitagabend im Devizes etwas trinken gewesen waren. Sie bewohnte zusammen mit Pete einen kleinen, hübschen Neubau in Semington, am Rand von Trowbridge. Er war mit dem Nachbarhaus durch eine Garage verbunden, in der es erschreckend ordentlich war. Die Flaschen mit den Autopflegeprodukten standen alle akkurat in Reih und Glied.

Die Eingangstür des Wohnhauses wurde von einem Backstein offen gehalten. Lockyer klopfte laut an.

»Hallo? Ist jemand da?«

Eine warme Brise wehte durchs Haus, als stünde eine der

Hintertüren offen. Ein großer Spiegel an der Wand war mit den Worten *Willkommen, Reisender. Hier bist du zu Hause* bemalt. Irgendwo klimperte leise ein Windspiel. Ein betagter Windhund erschien und kam auf sie zugetrottet, wobei seine Krallen über die unregelmäßigen Steinfliesen klackerten. Er wedelte müde mit dem Schwanz und drückte seine Nase gegen Broads Hand.

Lockyer betrat das Haus. »Hallo?«, rief er erneut, diesmal lauter.

Er ging in das Zimmer, aus dem der Hund gekommen war: eine große Küche mit einer niedrigen Balkendecke. Die Luft war von einem undefinierbaren, leicht würzigen Geruch erfüllt. Die Schränke und eine große Kommode waren offensichtlich handgefertigt, ebenso wie der lange Esstisch und die Bänke. In einer riesigen Kaminecke am hinteren Ende des Raums stand ein uralter Herd. Sämtliche Oberflächen waren bedeckt – von Bechern, Schnüren, Unterlagen, Werkzeugen und Gemüse. Und dem gehörnten Schädel eines Widders.

»Gem.« Lockyer deutete auf einen großen Malblock, der aufgeschlagen auf dem Tisch lag. Daneben standen ein Farbkasten und ein Glas mit braunem Wasser und Pinseln. »Kunst«, sagte er, und sie warf ihm ein Grinsen zu, als eine Frau mit einem Korb voller Brennnesseln das Zimmer betrat. Sie hatten sie nicht gehört, weil sie barfuß war, und beim Anblick der beiden blieb sie nach Luft schnappend stehen.

»Heiliger Strohsack!«, sagte sie schließlich lachend. »Hallo! Tut mir leid, ich habe nicht gehört, wie Sie gekommen sind.«

Es klang allerdings, als hätte sie die beiden erwartet – oder irgendjemanden. Sie war ungefähr in Lockyers Alter, vielleicht ein bisschen älter – Mitte vierzig. Sie hatte blondes, an den Schläfen ergrautes Haar, das ihr in ungekämmten Locken bis zur Taille reichte, und ihre Augen waren mit schwarzem Kajal umrahmt, was ihnen einen dramatischen Ausdruck verlieh. Ihre üppigen Rundungen zeichneten sich vage unter dem wallenden Stoff ihres bestickten türkisfarbenen Kleids ab, über dem sie mehrere lange Ketten mit bunten Perlen und Amuletten trug.

»Entschuldigung, dass wir hier einfach so eingedrungen sind«, sagte Lockyer. »Aber die Tür stand offen, und –«

»Oh, auf der Old Hat Farm gibt es keine Eindringlinge«, sagte die Frau und lächelte. »Nur Freunde, die wir noch nicht kennengelernt haben.« Ihr Lächeln wurde noch breiter. »Um einen abgedroschenen Spruch zu bemühen. Hallo.« Sie schüttelte Broad herzlich die Hand. »Ich bin Trish. Sie müssen die Masken hier nicht tragen – durch die frische Luft sind wir geschützt.«

»Detective Constable Gemma Broad«, sagte Broad, behielt ihre Maske jedoch auf.

Das Lächeln in Trishs Gesicht wurde ein wenig verhaltener.

»Und ich bin Detective Inspector Lockyer.« Er klappte die Brieftasche mit seinem Ausweis auf.

»Sie sind von der *Polizei*«, sagte Trish, ohne Lockyer die Hand zu geben.

»Ja. Tut mir leid«, sagte er.

Trish wischte seine Entschuldigung mit einer Handbewegung fort. »Nein, mir tut es leid. Ich hatte mich einfach nur gefreut, ein paar neue Gesichter zu sehen. Es ist hier so ruhig wegen der aktuellen Situation.« Sie machte eine Pause. »Also, nehmen Sie doch Platz. Möchten Sie etwas trinken?«

»Nein danke«, sagte Broad. »Lieber nicht.«

»Sind Sie sicher? Mein Nessel-Kefir ist echt lecker.« Sie schaute von Broad zu Lockyer und begann zu kichern. »Sie müssten mal Ihre Blicke sehen!«

Die beiden setzten sich an den langen Tisch, und Trish stellte ihren Korb neben der Spüle ab, bevor sie sich zu ihnen gesellte.

»Wir möchten mit Ihnen über einen Fall sprechen, den wir gerade untersuchen, einen Fall, der möglicherweise im Zusammenhang mit Holly Gilberts Tod steht«, sagte Lockyer.

Trish holte tief Luft. »Sie sind wegen *Holly* hier?«

»Nicht direkt. Eigentlich untersuchen wir den Tod eines Mannes namens Lee Geary. Wir haben gehört, dass er mit Holly befreundet war.«

»Lee Geary? Aber … im Frühjahr hat bereits ein Beamter nach ihm gefragt. Wir konnten ihm allerdings nicht weiterhelfen.«

»Wir haben jetzt die Ermittlungen übernommen«, sagte Broad. »Würden Sie uns vielleicht ein paar Fragen beantworten?«

»Natürlich. Ich bin nur ein wenig überrascht.«

»Wann haben Sie Mr. Geary zuletzt gesehen?«

»Das weiß ich nicht mehr so genau. Aber er war auch an dem Abend hier … an Hollys letztem Abend. Allerdings waren da eine Menge Leute. Ich kann mich nicht erinnern, ihn danach noch mal gesehen zu heben.«

»Sie sind Hollys Stiefmutter, ist das richtig?«, sagte Broad.

»Ich nehm's an. Aber so etwas spielt kaum eine Rolle, wenn man sich als Erwachsene kennenlernt. Holly war Vince' Mädchen – die Tochter meines Mannes. Sie ist bei ihrer Mutter aufgewachsen. Vince und ihre Mum … das war eigentlich nur eine Affäre. Vince hatte keine Ahnung, dass Holly überhaupt existierte, bevor sie hier aufgetaucht ist. Sie hatte gerade ihre Mutter verloren und erfahren, dass er ihr Vater war.« Trish schüttelte traurig den Kopf. »Das arme Mädchen. Sie war völlig durch den Wind.«

»Sie ist also zu Ihnen gezogen? Wann war das?«, sagte Broad.

»Am 1. Januar. Im selben Jahr, in dem sie … uns verlassen hat.«

»2011?«

»Wenn Sie es sagen. Wir richten uns hier kaum nach dem Kalender. Wenn man aufmerksam genug ist, sagen einem Himmel und Erde, was man wissen muss.«

»Es ist für Sie beide bestimmt eine große Umstellung gewesen. Da stand plötzlich eine Tochter, von deren Existenz Sie überhaupt nichts wussten, bei Ihnen vor der Tür«, sagte Broad.

Trish blickte sie mit einer Mischung aus Belustigung und Mitleid an. »Überhaupt nicht. Sie haben beim Reinkommen bestimmt das Schild gesehen. Reisende sind hier willkommen.«

»Sie meinen … das hier ist ein Gästehaus? Man kann hier also … Urlaub machen?«

»In gewisser Weise. Aber nicht so, wie Sie das wahrscheinlich meinen. Jeder kann hierherkommen und etwas Zeit bei uns verbringen. Die Old Hat Farm ist ein ganz besonderer Ort, mit einer ganz besonderen Energie. Die Menschen kommen hierher, um gesund zu werden. Einige bleiben nur ein, zwei Tage, andere Jahre. Wir weisen niemanden ab.«

»Und die Leute zahlen für ein Zimmer?«

»Hier wechselt kein Geld den Besitzer. Die Leute geben uns etwas zurück, wie auch immer ihnen das möglich ist. Indem sie zum Beispiel hier auf der Farm helfen, bei Reparaturen oder im Haushalt. Und einige geben uns etwas zurück, indem sie uns ihre innere Schönheit offenbaren. Aber wir verlangen kein Geld und machen auch keine Werbung. Das hier ist kein Unternehmen.«

»Es ist also eine Kommune?«

»Dies ist ein Ort, an dem die Menschen willkommen sind. Sie könnten hier vielleicht lernen, nicht alles in eine bestimmte Schublade zu stecken, Gemma.«

Broad lief rot an, als Trish sie mit Vornamen anredete.

»Wie erfahren die Leute denn von Ihrer Farm?«

Trish zuckte mit den Achseln. »Sie kommen einfach her.«

»Verstehe.« Broad warf Lockyer einen verunsicherten Blick zu. »Sie haben Holly also bei sich aufgenommen«, sagte er.

»Natürlich. Mit Freude.«

»Sie hat damals unten in Bournemouth studiert, oder? Im dritten Jahr. Das ist von hier aus eine ordentliche Strecke.«

»Nun … sie ist nicht oft zur Uni gefahren, seit sie hier war. Nur zwei- oder dreimal. Sie hat mit dem Gedanken gespielt, sich eine Auszeit zu nehmen und das Abschlussjahr zu wiederholen. Die Ärmste war wegen ihrer Mutter so durcheinander, dass sie sich unmöglich auf das Studium konzentrieren konnte. Außerdem wurde ihr nach ihrer Ankunft hier klar, dass man noch andere Wege beschreiten kann als den, den man für sie vorgesehen hatte. Dass Examen und Abschlüsse vielleicht nicht alles sind, worauf es ankommt.« Trish seufzte. »Wenn sie Vince bloß schon als kleines Kind gekannt hätte, dann wäre sie nach dem Tod ihrer Mutter nicht so verzweifelt gewesen. Er hatte so wenig Zeit, für sie die Vaterrolle zu übernehmen. Nun. Was passiert ist, ist passiert.«

»Das ist wohl wahr«, sagte Lockyer. »Was also hat Holly hier gemacht?«

»Wonach ihr gerade der Sinn stand. Als Stadtkind war sie es allerdings nicht gewohnt, sich die Hände schmutzig zu machen. Das war nicht ihre Schuld. Sie hätten ihr Gesicht sehen sollen, als sie zum ersten Mal ein warmes Ei unter einem Huhn hervorgeholt hat!« Bei der Erinnerung daran musste sie lächeln. »Ich habe sie ermutigt, ihre Gefühle zu artikulieren … eine Möglichkeit zu finden, ihre Trauer zu überwinden. Niemand hier wollte sich ein Urteil über sie erlauben, aber soweit ich das sagen kann, hatte man sie dazu erzogen, den äußeren Schein zu wahren. Es ist schwer, so ein Verhalten wieder abzulegen. Ich denke, dass sie es letztlich geschafft hätte, wenn …«

Trish hielt inne.

»Wenn sie sich nicht umgebracht hätte?«, sagte Lockyer. »Haben Sie der gerichtlichen Untersuchung von Hollys Todesursache beigewohnt?«

»Nein. Vince war dort, und unser Jase. Aber ich … ich bin noch nie gut mit so etwas klargekommen. Mit solchen Orten. Außerdem wusste ich nicht, wozu das gut sein sollte, wenn ich hingehe.«

»Jason ist Ihr Sohn?«

»Ja, richtig.«

Lockyer musterte sie eingehend. »Aber Sie wissen natürlich, dass Lee Geary eine der drei Personen war, die man im Zusammenhang mit Hollys Tod verhaftet und befragt hat.«

»Ja, das weiß ich.« Sie schaute zur Seite, quer durchs Zimmer. »Der Riese.«

Lockyer und Broad wechselten Blicke.

»Ist er mal länger hier gewesen?«, fragte Lockyer.

»Ich glaube nicht. Er kam immer nur mit Ridgeway hierher.«

»Sie meinen Ridgeway Kingsley-Jones?«, fragte Lockyer. »Sie kannten ihn?«

»Ja.« Trish wirkte angespannt. »Ridgeway hatte eine Menge Probleme. Er hat die Schulferien bei uns verbracht, als er fünfzehn oder sechzehn war. Danach zog er dann durch die Gegend. Wir haben uns wirklich Mühe gegeben, aber … er trug eine dunkle Seite in sich. Nach allem, was er durchgemacht hatte …«

»Was hielten seine Eltern denn davon, dass er hierherkam?«, fragte Lockyer.

»Keine Ahnung, Inspector.«

Trish betonte seinen Dienstgrad mit einem leicht spöttischen Unterton, als wäre er der Handlanger eines Regimes, das keine Macht über sie besaß.

»Aber Lee … Ich glaube nicht, dass er hier mal übernachtet hat, abgesehen davon, dass er sich hin und wieder in einer der

Scheunen aufs Ohr gehauen hat. Er kam nur her, weil Ridgeway ihn mitbrachte, nicht weil er auf der Suche nach etwas war.«

»Hat Holly sich mit den beiden Männern angefreundet? Mit Lee und Ridgeway?«

»Ich fürchte, das weiß ich nicht. Holly hatte eine starke … Anziehungskraft. Sie war nicht gern allein, und sie war natürlich sehr hübsch. Ich bin mir sicher, dass sie die Jungs gekannt hat – sie hat jeden unserer Gäste kennengelernt in dem halben Jahr, das sie bei uns war. Aber ich weiß nicht, ob sie sich besonders nahegekommen sind oder so.«

»Hätte sie Ihnen das erzählt?«, fragte Broad.

»Wahrscheinlich nicht. Aber sie hat mir erzählt, dass sie an der Uni einen Freund hatte und sie sich nach dem Tod ihrer Mutter getrennt hatten. Ich meinte zu ihr, wenn die Beziehung bei der ersten Bewährungsprobe in die Brüche gegangen sei, habe es wohl nicht sollen sein. Aber sie war deswegen sehr niedergeschlagen.«

»Können Sie mir seinen Namen sagen?«, fragte Lockyer.

»Oje, da fragen Sie mich was … Rob irgendwas? Sehen Sie doch mal auf ihrer Facebook-Seite nach – er hat ihr bestimmt was gepostet.«

»Danke, das werden wir tun«, sagte Lockyer. »Ein ungewöhnlicher Name, oder? Ridgeway?«

»Das ist ein schöner alter englischer Name. Er kommt aus dem Angelsächsischen«, sagte Trish. »Namen besitzen eine große Macht, habe ich immer gedacht. Ridgeway machte seinem Namen alle Ehre. Er war rastlos, ständig auf dem Sprung und wollte immer hoch hinaus.«

»Was meinen Sie damit?«, fragte Lockyer.

Trish antwortete nicht.

»Glauben Sie, dass er in Schwierigkeiten steckte?«

»*Er* war derjenige, der Schwierigkeiten machte. Allerdings war er kein schlechter Mensch. Ich glaube sowieso nicht, dass irgendjemand von Grund auf schlecht ist. Das ist alles nur ein … Schutzpanzer. Aber einige Menschen stellen eine Gefahr für andere dar. Wenn jemand wie Ridgeway auf friedlichere, leicht zu beeinflussende Menschen trifft …«

»Es gibt Hinweise, dass Ridgeway zum Zeitpunkt seines Todes mit Drogen gedealt hat.«

»Darüber weiß ich nichts«, sagte Trish ruhig.

»Halten Sie es für wahrscheinlich, dass er sich das Leben genommen hat?«

»Nein. Andererseits … es gab Dinge, die Ridgeway für sich behielt. Seine Wut. Wut kann eine Menge Gefühle überdecken.«

»Allerdings«, stimmte Lockyer zu. »Glauben Sie, dass Ridgeway oder Lee etwas mit Hollys Tod zu tun hatten?«

»Nein. Ich meine, sie waren zwar die letzten Personen, die sie lebend gesehen haben, aber …«

»Und Sie zweifeln nicht daran, dass Holly sich umgebracht hat?«

Trish zögerte einen Moment, antwortete dann aber mit Bestimmtheit.

»Nein. Ich habe keinen Zweifel daran. Vince … Vince hingegen war skeptisch. Aber ihn hat der Verlust natürlich auch härter getroffen. Ich hatte den Eindruck, dass Holly eine große Last mit sich herumgetragen hat und daran letztlich zerbrochen ist.«

»Können Sie mir erzählen, wie Sie hier Ihren Lebensunterhalt verdienen?«, fragte Lockyer. »Betreiben Sie hier tatsächlich Landwirtschaft?«

Trish lächelte geheimnisvoll. »Ja, in gewisser Weise. Wir leben von dem, was wir anbauen.«

»Versorgen Sie sich selbst?«

»So weit das möglich ist. Wir haben nur dreiundvierzig Morgen

Land, deshalb bauen wir lediglich ein paar spezielle Pflanzen an. Vince und Jase verkaufen ihre Holzarbeiten, und dann gibt es da noch den Honig. Außerdem ist der Hofladen die Straße rauf daran interessiert, meinen Kefir zu vertreiben. Wir leben zwar von der Hand in den Mund, aber unsere Münder sind nie leer.«

»Fällt Ihnen sonst noch irgendetwas im Zusammenhang mit Lee Gearys Tod ein? Etwas, das Sie zu diesem Zeitpunkt gesehen oder gehört haben?«

Sie schüttelte den Kopf. »Wie ich dem anderen Beamten bereits gesagt habe – Lee gehörte nicht zu uns, nicht so richtig. Leider. Denn jeder konnte sehen, dass sein Herz so groß wie seine Füße war.«

»Können Sie uns eine Liste von allen Personen geben, die sich zur selben Zeit wie Holly hier aufgehalten haben?«, fragte Lockyer.

Trish verzog das Gesicht. »Nein. Tut mir leid. Kann ich nicht.«

»Oder wollen Sie nicht?«

»Beides«, antwortete Trish unverblümt. »Wir hatten in diesem Jahr so viele Leute hier. Vor allem um die Sonnenwende herum, als Holly … uns verlassen hat. Wir haben eine Feier veranstaltet, zum Zeichen des Danks und unserer Wiedergeburt, um die Sonne willkommen zu heißen. Ich könnte Ihnen zwar ein paar Namen nennen, aber die werden Ihnen nicht weiterhelfen.«

»Diese Entscheidung sollten Sie vielleicht uns überlassen.«

»Ich sagte, ich könnte, das heißt nicht, dass ich es auch tue«, erwiderte sie ohne Groll. »Das würde dem Geist dieses Ortes widersprechen. Wir nehmen die Menschen hier auf, damit sie wieder gesund werden, und urteilen nicht über sie. Aber wir geben definitiv keine Namen an die Polizei weiter. Nichts für ungut.«

Trish stand auf, um ihnen zu signalisieren, dass ihre Zeit um war.

»Sie sagten, dass Ihr Mann und Ihr Sohn bei der gerichtlichen Untersuchung von Hollys Todesursache anwesend waren«, sagte Lockyer.

»Ja, das stimmt.«

»Wir würden mit den beiden ebenfalls gerne sprechen.«

Trish ließ sich mit ihrer Antwort Zeit. Lockyer bekam allmählich den Eindruck, dass sie die Torwächterin der Old Hat Farm war. Trotz ihrer Gelassenheit und aufrichtigen Herzlichkeit vermutete er, dass hier kaum etwas geschah, wovon sie nichts wusste.

»Es wäre mir lieber, wenn Sie das nicht täten«, sagte sie schließlich. »Es wühlt Vince sehr auf, über Holly zu reden. Aber wenn es sein muss – er ist bei den Bienen.« Sie machte erneut ein amüsiertes Gesicht. »Ich hoffe, Sie sind nicht allergisch gegen Bienenstiche. Die Hitze macht sie ganz nervös. Gehen Sie über den Hof in diese Richtung. Dann sehen Sie die Bienenstöcke schon.«

»Danke, Mrs. McNeil«, sagte Lockyer.

»Trish, bitte.«

Draußen im gleißenden Sonnenlicht warf Broad Lockyer einen skeptischen Blick zu.

»Was denken Sie?«, fragte sie.

»Ich bin mir nicht sicher. Sie kannte Ridgeway jedenfalls ziemlich gut, und vielleicht kannte sie Lee besser, als sie behauptet.«

»›Der Riese‹, hat sie ihn genannt.«

»Nun, ich schätze, dass sich die meisten an seine Körpergröße erinnern.«

»Ja, aber so, wie sie das gesagt hat …«

»Begeistern Sie sich nicht allzu sehr für Ihre Ritualtheorie, Gem. Auf dem Land geht es nicht überall zu wie in *The Wicker Man*.«

»Sie wirkte auf mich ziemlich merkwürdig, Chef. Und können

sie wirklich von der Landwirtschaft leben? Ich meine, *ausschließlich*? Woher haben solche Leute überhaupt das Geld für so einen Hof? Dafür muss man Unmengen von Nessel-Kefir verkaufen.«

»Vielleicht gehörte der Hof mal einer ihrer Familien«, sagte Lockyer. »Vielleicht waren sie früher Börsenmakler. Wer weiß. Und selbst heutzutage kann man immer noch von der Landwirtschaft leben.«

»Nun, wenn Sie es sagen«, erwiderte Broad. »Jedenfalls werde ich das nächste Mal, wenn wir in den Pub gehen, bezahlen, indem ich dem Barkeeper meine innere Schönheit offenbare.«

Lockyer lächelte. »Ich würde mir gut überlegen, wem Sie ein derartiges Angebot machen, Gem.«

Sie wandte verlegen den Blick ab.

»Trishs ganze Erscheinung erinnert stark an Stevie Nicks, finden Sie nicht auch?«, sagt er. »Ich wette, sie ist ein Fan.«

»Wer ist Stevie Nicks?«

Lockyer schaute zu Broad, um zu sehen, ob sie einen Witz gemacht hatte. Aber dem war nicht so.

»Ach, vergessen Sie's. Aber mir ist etwas aufgefallen – sie hat weder gefragt, wie Lee gestorben ist, noch wo oder wann. Sie hat keine einzige Frage zu dem Fall gestellt.«

Broad dachte nach. »Vielleicht hat ihr ja der Beamte vom MCIT etwas darüber erzählt, als er hier war.«

»Schon möglich. Das sollten wir überprüfen.«

Die beiden liefen an einer Scheune aus Feuerstein mit offenen Giebelseiten vorbei, einem alten Geräteunterstand, ähnlich wie der auf der Westdene Farm. An den Dachsparren waren große Kräuterbüschel zum Trocknen aufgehängt. Direkt an die Scheune grenzte ein Holzschuppen mit einem Wellblechdach, dessen Tür mit einem Vorhängeschloss gesichert war.

Lockyer zeigte darauf. »Ich dachte, es gibt hier keine Eindringlinge?«

»Das ist alles gut und schön, solange keiner deinen Rasenmäher klaut.«

Broad warf ihm einen unsicheren Blick zu.

»Lockyer ist ebenfalls ein angelsächsischer Name, wussten Sie das?«, sagte sie. »Er bedeutet Schlosser. Ich habe vor einiger Zeit etwas Ahnenforschung betrieben.«

»So viel zum Spruch *Nomen est omen*.«

»Ich glaube auch nicht daran.«

Lockyer hütete sich, darauf etwas zu erwidern. Broad war knapp 1,60 Meter groß und kräftig gebaut, jedoch ziemlich gut in Form. Aber Spitznamen waren bei der Polizei gang und gäbe, und manchmal wurde sie *Laptop* genannt. Sie wurde schnell verlegen und lief jedes Mal rot an, wenn sie ihn hörte. Lockyer wusste, dass er besser nichts dazu sagte. Zwischen einem Scherz und Mobbing verlief eine schmale Grenze, aber er glaubte nicht, dass man sie bisher überschritten hatte. Sein eigener Spitzname war *Farmer Giles*, was recht harmlos klang, wenn man nicht wusste, dass es ein Cockney-Ausdruck für Hämorrhoiden war. Also etwas echt Nerviges.

Die beiden liefen an den Folientunneln vorbei, in denen Obst und Salat in der Hitze schmorten, und weiter über eine Fläche voller struppiger Wildblumen. Vor allem eine Pflanze schien hier vorzuherrschen – ein holziges Kraut mit violett-blauen Blüten. Es war überall, und Lockyer stellte fest, dass es, zwischen all den anderen Gerüchen, auch schon in der Küche danach gerochen hatte. Auf der ganzen Wiese schwirrten Bienen umher.

Neben den Bienenstöcken hockte ein Mann mit einem Tonkrug in der Hand. Er trug weder Schutzanzug noch Gesichtsmaske, nur eine an den Knien abgeschnittene Cargohose, ein ausgebleichtes T-Shirt und etwas, das aussah wie selbst gemachte

Leder-Flip-Flops. Lockyer bemerkte einige über den Boden verteilte Schalen mit Wasser.

»Entschuldigen Sie«, sagte er. »Sind Sie Vincent McNeil?«

Die beiden zeigten ihre Ausweise, als Vince sich zu ihnen umdrehte. Er hatte aquamarinblaue Augen, die aus seinem sonnengebräunten Gesicht deutlich hervorstachen, und einen grau melierten Dreitagebart. In seine Schläfen hatten sich Krähenfüße gegraben, und seine Stirn war von tiefen Falten zerfurcht. Lockyer konnte den Blick, den er ihnen zuwarf, nicht deuten. Er war weder abschätzend noch freundlich noch feindselig.

»Könnten wir einen Moment mit Ihnen sprechen?«, fragte er.

Vince stand langsam auf und kam auf sie zu.

»Gehen wir woandershin«, sagte er mit einer tiefen, grollenden Stimme. »Die Hitze macht den Bienen schwer zu schaffen. Sie sind ziemlich gereizt.«

»Sollten Sie nicht einen Schutzanzug oder irgend so was tragen?«, fragte Broad.

»Die Bienen kennen mich«, sagte er.

Eine Biene landete auf Broads Arm, und sie zuckte zusammen und wollte nach ihr schlagen.

»Nicht«, sagte Vince leise. »Halten Sie einfach still.«

Broad starrte nervös auf die Biene, die ihr Hinterteil aufgerichtet hatte und mit den Flügeln schlug. »Was macht sie da?«

Vince beugte sich zu ihr vor. »Sie fächelt sich Luft zu. Das machen die anderen Bienen in den Bienenstöcken auch – um die Königin und den Nachwuchs zu kühlen. Sie haben den ganzen Tag Wasser gesammelt, und ich habe gerade die Schalen nachgefüllt. Diese Hitze ist kein Vergnügen für sie.«

»Wie lange wird sie da wohl bleiben?«, fragte Broad.

»Sie ist nur verwirrt«, sagte Vince. »Sie wird jeden Moment merken, dass sie nicht am richtigen … Na also.«

Die Biene flog davon, und Broad wirkte erleichtert.

Vince war ein groß gewachsener, muskulöser Mann und hatte kräftige Hände, deren Knöchel mit Narben übersät waren. Er führte die beiden zum Eingang eines der Folientunnel.

»Worum geht es?«, fragte er.

»Wir untersuchen den Tod eines Mannes namens Lee Geary.«

»Noch einmal.« Er verzog keine Miene.

»Ja. Er wurde im Zusammenhang mit dem Tod Ihrer Tochter befragt.«

Vince schwieg. Er hatte die Luft angehalten und unterdrückte ganz offensichtlich den Impuls, etwas zu erwidern.

»Das ist mir bewusst«, sagte er schließlich. »Aber jeder, der Lee kannte, wusste, dass er dafür nicht verantwortlich war. Er war nur ein Kind, in vielerlei Hinsicht. Wie ist er gestorben?«

»Das versuchen wir herauszufinden.«

»Tja, ich fürchte, da kann ich Ihnen nicht helfen. Wir haben den beiden anderen Beamten bereits gesagt, dass wir ihn hier schon lange nicht mehr gesehen hatten. Nicht seit Holly …«

Er verstummte.

»Lee ist nach Hollys Tod nie wieder hier gewesen?«, fragte Broad.

»Keiner der drei.«

»Sie meinen Lee, Ridgeway und Stefanie Gould? Wären sie denn willkommen gewesen?«

»Jeder ist hier willkommen.« In seiner Stimme lag ein Anflug von Ironie. »Aber vielleicht hätten sie es sich zweimal überlegt, hierherzukommen.«

»Warum?«, fragte Lockyer. »Schließlich wurden sie von dem Verdacht freigesprochen, etwas mit Hollys Tod zu tun gehabt zu haben.«

»Die Polizei konnte keine *Beweise* für ihre Beteiligung finden.

Das heißt aber noch lange nicht, dass sie nichts damit zu tun hatten.«

»Glauben Sie das denn?« Keine Antwort. »Hatten die drei irgendeinen Grund, ihr etwas anzutun?«

»Nein, das hatten sie nicht«, sagte Vince. »Was aber nicht bedeutet, dass sie es nicht getan haben. Ridgeway war …« Er kniff die Augen zusammen. »Ridgeway wollte immer noch mehr.«

»Sie meinen, er wollte mehr von Holly? Mehr, als sie ihm geben wollte?«

Vince schwieg erneut.

»Ich weiß nicht, was Ridgeway wollte«, sagte er schließlich. »Ich weiß nur, dass Holly für ihn nicht dasselbe empfand. Aber sie war … Das letzte Mal, als sie gesehen wurde, stieg sie in seinen Land Rover, zusammen mit den beiden anderen.«

»Wann war das?«

»Sehr spät. Am Abend unserer Sonnwendfeier.«

»Haben Sie gesehen, wie sie mit ihm in den Wagen gestiegen ist?«

»Nein. Aber eine Menge anderer Leute. Ich habe sie davor gesehen, und da ging es ihr gut. Sie war ein bisschen angetrunken, aber nicht neben der Spur. Sie war fröhlich und amüsierte sich bestens. Trotzdem soll ich glauben, dass sie diese Brücke aufgesucht hat – obwohl sie noch nie in Amesbury gewesen war – und …«

Er unterdrückte, was auch immer er gerade sagen wollte.

»Es tut uns leid, dass wir Sie zu einem Ereignis befragen müssen, das so schmerzhaft für Sie ist«, sagte Broad.

»Ich kannte sie erst seit sechs Monaten«, sagte Vince. »Aber trotzdem habe ich gespürt, was für ein Mensch sie war. Sie war mein eigen Fleisch und Blut. Mir war gar nicht bewusst, was mir gefehlt hat, bevor sie mich fand.« Er wandte den Blick ab. »Warum fragen Sie nach Holly? Wie soll Lee Gearys Tod etwas mit dem zu tun haben, was ihr passiert ist?«

Lockyer wagte sich aus der Deckung. »Mr. Gearys Leiche wurde nicht weit von hier gefunden. Auf der Ebene, etwa anderthalb Kilometer entfernt. Haben Sie eine Idee, was er in dieser Gegend gesucht haben könnte?«

»Nein.«

»Ist er überhaupt mal hierhergekommen?«

»Nein, wie gesagt. Nicht seit jener Nacht.«

»Okay. Also, falls Ihnen irgendwas einfallen sollte, was uns weiterhelfen könnte, selbst wenn es Ihnen unwichtig erscheint, rufen Sie uns bitte an. Wir haben Ihre Frau um eine Liste mit den Personen gebeten, die zur selben Zeit wie Holly hier waren.«

»Sie wird sie Ihnen nicht geben.«

»Nein.«

»Ich auch nicht. Und ich könnte es auch gar nicht – wir haben viele Gäste, und die meisten nennen uns nur ihren Vornamen. So ist es uns am liebsten. Und überhaupt, wie soll eine Liste mit den Namen von damals für Sie von Nutzen sein?«

»Wir glauben, dass Mr. Geary in jenem Sommer gestorben ist. Kurz nach Holly. So wie Ridgeway und Stefanie Gould.«

Vince dachte darüber nach.

»Ridgeway hat sich mit den falschen Leuten eingelassen«, sagte er. »Und wahrscheinlich hat er Lee dazu gebracht, sich auch mit ihnen einzulassen. Vielleicht war Lee auf dem Weg hierher – oder hat versucht, uns zu finden. Vielleicht brauchte er eine Übernachtungsmöglichkeit.«

»Wie haben Sie von Ridgeways Tod erfahren?«

Vince ließ sich mit der Antwort einen Moment zu viel Zeit. »Man hat es uns erzählt«, sagte er. »Die Leute halten uns auf dem Laufenden.«

»Und momentan wohnen hier nur Sie, Ihre Frau und Ihr Sohn?«

»Nein. Da sind noch Melody und Pascal, zwei Rucksacktouristen.«

»Könnten wir mit ihnen sprechen?«

»Ich kann Sie nicht davon abhalten. Aber das wird nichts bringen. Die beiden sind Australier und erst letztes Jahr nach Großbritannien gekommen, außerdem sind sie noch zur Grundschule gegangen, als Lee zuletzt hier war. Aber sie sind sowieso gerade unterwegs, Jase ist mit ihnen nach Devizes gefahren.«

»Wir würden auch gerne mit Ihrem Sohn sprechen. Vielleicht können Sie ihn bitten, uns anzurufen.«

»Jason hat kein Handy. Keiner von uns hat eins.«

»Dann kommen wir noch mal vorbei«, sagte Lockyer. »Wann würde es passen?«

»Es gibt hier keinen geregelten Zeitablauf«, sagte Vince. »Aber Jase verlässt die Farm nur selten. An den meisten Tagen ist er in der Werkstatt.«

»Hat er sich mit Holly gut verstanden?«, fragte Broad. »Es muss für ihn eine große Umstellung gewesen sein, als er plötzlich erfuhr, dass er eine Schwester hat.«

Vince hüllte sich erneut in unergründliches Schweigen. Er musterte Broad so lange, dass sie verlegen ihr Gewicht verlagerte und mit zusammengekniffenen Augen durch das grelle Sonnenlicht zu ihm hochschaute.

»Jason hat Holly geliebt«, sagte er schließlich, machte dann kehrt und lief zu den Bienenstöcken zurück.

Als sie wieder losfuhren, musste Lockyer an die Stoffbänder denken, die von der Steineiche hingen, und an den Weißdornbusch mit dem gelben Stofffetzen, unter dem Lee begraben war. *Ziemlich folkloristisch.* Ohne es laut auszusprechen fragte er sich, ob der Mord an Lee Teil eines Rituals gewesen war.

Den Riesen, hatte Trish ihn genannt. Sein Tod hatte zwar immer noch den Beigeschmack von Rache, aber die ganzen Umstände … Nach allem, was er gerade gesehen hatte, deuteten die Umstände stark auf die Old Hat Farm hin.

5

TAG VIER, DONNERSTAG

Detective Superintendent Christine Considine sah Lockyer über ihre gefalteten Hände hinweg an. Er kannte diesen Blick nur zu gut. Sie hatte ihn jedes Mal, wenn sie überlegte, ob sie ihm ein Zugeständnis machen sollte oder nicht.

»Eine vollständige forensische Untersuchung der sterblichen Überreste kostet ein Vermögen, Matt«, sagte sie.

»Dies ist eine Mordermittlung, Ma'am. Ich halte das durchaus für gerechtfertigt.«

»Aber sind wir *absolut* sicher, dass es sich um Mord handelt?«

»Ich dachte, Sie hätten mich auf den Fall angesetzt, weil Sie wussten, dass wir es mit einem Mord zu tun haben«, sagte Lockyer. »Und weil es offenbar eine Verbindung zu Holly Gilbert und den beiden anderen toten Verdächtigen in diesem Fall gibt.«

»Ich *wusste* es nicht, ich habe es nur vermutet«, widersprach sie. »Ich habe Sie auf den Fall angesetzt, damit Sie herausfinden, ob das zutrifft oder nicht. Wir alle wollen den Gilbert-Fall zum Abschluss bringen. Sie wissen ja selbst, dass die Polizei in Salisbury von einem gewaltsamen Tod ausging.«

»Aber das kann ich nicht beweisen, wenn ich die Leiche nicht untersuchen darf.«

»Wie schätzen Sie die ganze Sache bisher ein?«

Lockyer wählte seine Worte mit Bedacht.

»Ich bin mir sicher, soweit das zum gegenwärtigen Zeitpunkt möglich ist, dass Lee Geary nicht ohne Grund auf der Ebene war. Er hatte eine Lernschwäche und war ein Stadtmensch. Entweder hat ihn jemand dorthin gebracht oder verfolgt, oder aber Lee wollte zur Old Hat Farm.«

»Aus welchem Grund?«

»Das weiß ich noch nicht. Vincent McNeil hat angedeutet, dass er vielleicht nach einem sicheren Versteck gesucht hat, falls er vor etwas weggerannt ist, was in Salisbury im Gange war. Am Tag seines Verschwindens war Lee sehr aufgewühlt, und das Letzte, was er zu seiner Schwester sagte, war, dass er jemandem etwas mitzuteilen habe.«

»Das erklärt noch lange nicht, warum er auf der Ebene war. Der Hof ist nicht so schwer zu finden, oder?«

»Für jemanden wie Lee wahrscheinlich schon. Er hatte kein Smartphone, und von der Straße aus ist der Hof nicht zu sehen.«

»Sie glauben also, dass er mit jemandem auf der Old Hat Farm reden wollte, sich verlaufen hat und dort nicht angekommen ist?«

»Oder er ist doch dort angekommen«, sagte Lockyer.

»Und irgendjemandem hat nicht gefallen, was er zu sagen hatte?«

»Vincent McNeil glaubt nicht, dass Holly sich umgebracht hat. Offensichtlich gibt er Ridgeway die Schuld an ihrem Tod, und damit auch den anderen.«

»Das hätte er Ihnen wohl kaum erzählt, wenn er mehrere Morde begangen hat, um Holly zu rächen. Für eine Mordserie gibt es bisher keine echten Beweise.«

»Vielleicht dachte er, wir würden sowieso herausfinden, dass er Ridgeway die Schuld gibt, weil er schließlich nie ein Geheimnis daraus gemacht hat. Außerdem ist die Gerichtsmedizinerin davon überzeugt, dass Lee schon vor Jahren vergraben wurde.«

»Aber sie kann das nicht vor Gericht bezeugen.«

»Lees Tod war kein Unfall. Da bin ich mir sicher. Obwohl *alle* Personen, mit denen wir gesprochen haben, übereinstimmend ausgesagt haben, dass er für das, was Holly passiert ist, nicht verantwortlich gemacht werden kann.«

Während er das aussprach, fiel Lockyer ein, was Karen über ihren Bruder gesagt hatte: *Er erwartete immer, dass andere ihm sagten, was er tun sollte.* Hieß das, dass Lee tat, was auch immer man ihm sagte? Selbst wenn er dazu Gewalt anwenden musste – sosehr er sie auch verabscheute? Lockyer konnte momentan nicht sagen, was das hinsichtlich seiner Schuld oder Unschuld bedeutete.

Considine runzelte die Stirn und warf ihm einen stechenden Blick zu. Die beiden arbeiteten jetzt schon sehr lange zusammen, und Lockyer vertraute ihr. Aber zurzeit waren ihr die Hände gebunden, weil sie gezwungen war, ihre stets knapper werdenden Ressourcen möglichst effektiv zu nutzen, ohne sie überzustrapazieren.

»Nun«, sagte sie, »ich schätze, dass man sich keine allzu großen Gedanken über die Frage der Schuldfähigkeit macht, wenn die eigene Tochter – oder ein anderer geliebter Mensch – auf so grausame Weise ums Leben kommt. Was sind das denn für Leute? Ökos? Richtige Landwirte?«

»Nicht direkt. Sie sind ziemlich … na ja, esoterisch, würde ich sagen. Mutter Erde wird schon für sie sorgen und so weiter. Und sie offenbar auch vor Covid beschützen.«

»Tatsächlich?«, schnaubte Considine. »Tja, wir können die Überzeugungen der Menschen nicht kontrollieren. Leider.«

Sobald Lockyer von der Farm zurückgekehrt war, hatte er einen Blick in die MCIT-Akte geworfen: Man hatte Trish McNeil bereits im Frühjahr darüber unterrichtet, wie und wo Lee gestorben war. Das zerstreute zwar seine Bedenken darüber, dass sie sich nicht danach erkundigt hatte, aber er fand es trotzdem merkwürdig, dass sie ihrem Ehemann nichts davon erzählt hatte. Vince hatte offensichtlich angenommen, dass Lee erst kürzlich gestorben war.

»Trish McNeil war recht freundlich«, sagte er. »Und Vince war … zwar nicht abweisend, aber distanziert. Äußerst beherrscht. Beide ließen sich von unseren Fragen nicht aus der Ruhe bringen und beharrten darauf, dass sie ihn seit der Nacht, in der Holly gestorben ist, nicht mehr gesehen haben. Aber ich hatte definitiv den Eindruck, dass sie sehr viel mehr wissen – oder zumindest glauben zu wissen –, als sie gesagt haben. Ich kann noch mal hinfahren und mit dem Sohn, Jason, sprechen. Aber …« Lockyer zuckte mit den Schultern.

»Sie brauchen die Forensiker.«

»Wenn ich beweisen kann, dass Lee kurz vor seinem Tod die Old Hat Farm aufgesucht hat, wissen wir, dass diese Leute etwas zu verbergen haben.«

»Und was, wenn das nur ein paar Lockdown-Partys und ein bisschen Marihuana sind?«

»Auf der Old Hat Farm gibt es eine Eiche, an der lauter Stoffbänder hängen … und irgendwelche Glücksbringer oder so was. Und an dem Weißdornbusch, neben dem Lees Leiche gefunden wurde, habe ich den Fetzen eines Stoffbändchens entdeckt.«

Considine sah ihn weiter mit prüfendem Blick an.

»Wenn wir seiner Leiche keine Proben entnehmen, können wir kaum beweisen, was mit ihm passiert ist«, sagte Lockyer. »Nach dem aktuellen Stand gehe ich davon aus, dass die Gerichtsmedizinerin keine Todesursache feststellen kann, genau wie bei Ridgeway. Aber vielleicht hat jemand Ridgeway von dem Dach gestoßen und Stefanie ins Wasser gezerrt. Und diese Person hat vielleicht auch Lee auf die Ebene gelockt. Ohne genaue Untersuchung …«

»Also schön«, sagte Considine schließlich. »Lassen Sie eine vollständige forensische Untersuchung seiner sterblichen Überreste durchführen. Aber wenn wir danach immer noch nicht schlauer sind, werde ich nicht noch mehr Geld zum Fenster rauswerfen.«

Lockyer stand auf und wandte sich zum Gehen.

»Wir brauchen vielleicht einen Durchsuchungsbeschluss, um auf der Old Hat Farm Vergleichsproben zu nehmen.«

»Ich kümmere mich darum.« Considine räusperte sich. »Wie geht es Ihrer Mutter? Kommt sie bald nach Hause?«

Lockyer drehte sich um. »Äh … nein, Ma'am. Sieht nicht so aus.«

In ihren Augen flackerte Mitgefühl auf. »Tut mir leid, das zu hören, Matt. Wenn Sie etwas Zeit für sich brauchen …«

»Nein. Aber danke, Ma'am.«

Broad schaute erwartungsvoll auf, als Lockyer in ihr stickiges, kleines Büro zurückkehrte.

»Eine vollständige forensische Untersuchung von Lees Leiche.«

»Großartig, Chef«, sagte sie mit einem breiten Lächeln. »Bevor Sie sich ans Telefon klemmen – ich habe Hollys Exfreund auf Facebook gefunden. Er heißt Robert Heywood.«

Sie drehte ihren Bildschirm um, damit Lockyer ihn sehen konnte.

Hollys Profilseite war in den Gedenkzustand versetzt worden, aber man konnte immer noch Nachrichten hinterlassen und sich Fotos von ihr anschauen. *Im Gedenken an Holly Gilbert.* Auf ihrer Pinnwand fanden sich zahlreiche Nachrichten, die letzte war erst einen Monat alt. Die meisten enthielten Emojis von gebrochenen Herzen, Blumen und Tränen. Es war Lockyer schleierhaft, wie man glauben konnte, auf diese Weise echte Gefühle zum Ausdruck zu bringen.

»Einen Moment.«

Broad klickte ein paarmal, bis das ursprüngliche Foto erschien, aus dem Holly ihr Profilbild ausgeschnitten hatte – es war dasselbe Foto, das die lokale Presse nach ihrem Tod veröffentlicht hatte. Der graue Ärmel um ihre Schultern gehörte zu einem mürrisch wirkenden Burschen mit blutunterlaufenen Augen und ins Gesicht gekämmten blonden Haaren.

»Das ist er«, sagte sie.

»Hat er nach Hollys Tod irgendwas geschrieben?«

»Nur das hier: ›Kann nicht fassen, dass du tot bist. Du fehlst mir, Golightly x‹.«

»Wie teilnahmsvoll.«

»Na ja, sie hatten sich bereits getrennt, bevor Holly auf die Old Hat Farm gezogen war. Und das hier ist seine aktuelle Seite: Es geht nur noch um Babys und Hochzeiten.«

»Ganz nach Fahrplan. Sie müssen inzwischen alle um die dreißig sein. Versuchen Sie, seine Telefonnummer herauszufinden. Ich möchte wissen, ob er irgendetwas Interessantes über Hollys Gemütszustand zu erzählen hat und über das ›untypische Verhalten‹, das in dem Bericht erwähnt wurde.«

»Ich habe bereits das Protokoll der Untersuchung angefordert.«

»Gut.«

»Eine Sache noch, Chef«, sagte Broad, als er sich wieder abwandte. »Die letzte Nachricht auf Hollys Pinnwand – sie wurde am zwanzigsten Juni gepostet, ihrem Todestag. *Dieses* Jahr. Und es wurde jedes Jahr eine gepostet. Von einer Frau namens Nina Thorowgood. Das ist sie.«

Broad klickte auf ihr Profil. Nina hatte lange pinkfarbene Dreadlocks und Piercings in Lippe, Nasenrücken, -scheidewand und Zunge. Sie schnitt eine Grimasse, aber dennoch waren ihre glänzende, olivfarbene Haut und ihr zarter Knochenbau deutlich zu erkennen.

»Sie ist mit keiner der Personen von der Bournemouth-Uni befreundet«, sagte Broad.

»Was hat sie geschrieben?«

»Ziemlich allgemeines Zeug über Spiritualität und den Kampf gegen die Mächtigen dieser Welt. Ihre Seite ist voller Cannabisblätter und Links zu verschiedenen Partys und Festivals. Aber lesen Sie mal die erste Nachricht, die sie auf Hollys Pinnwand gepostet hat. ›Erst haben sie dir etwas genommen, und dann haben sie DICH UNS genommen. Scheiß auf all die Lügner und Diebe. Flieg dahin, du zauberhaftes Herz.‹«

Lockyer las die Nachricht zweimal. »Hört sich an, als hätte Nina etwas mitzuteilen.«

»Sie scheint genau die Art von Frau zu sein, die gut auf die Old Hat Farm passen würde, finden Sie nicht auch?«

»Versuchen Sie, sie zu finden, Gem, dann werden wir sie danach fragen.«

»Wird erledigt, Chef. Wen ich allerdings *nicht* finden konnte – Jason McNeil, Vince' und Trishs Sohn.«

»Keine Vorstrafen?«

»Nein. Aber er ist nicht nur nicht in unserer Datenbank, er ist in *gar keiner* Datenbank. Wählerverzeichnis, Führerscheinbehörde, soziale Medien … nirgendwo. Er existiert nicht.«

Lockyer ließ sich auf seinen Stuhl fallen und lehnte sich zurück.

»Das ist interessant, oder?«, sagte er.

Als Detective Inspector Steve Saunders Lockyer in der Kantine vor sich stehen sah, machte er ein überraschtes Gesicht und hielt mit dem Fischstäbchen-Sandwich in den Händen vor seinem Mund inne.

Seit dem Lockdown hatten sie noch mehr als sonst darauf geachtet, einander aus dem Weg zu gehen. Davor hatte Saunders keine Gelegenheit ausgelassen, an Lockyer herumzumäkeln – und damit auch an Broad. Nach dem Brandstifter-Fall, in den Lockyers Freund Kevin verwickelt gewesen war, hatte er am lautesten von allen die Einleitung eines Disziplinarverfahrens gegen Lockyer gefordert. Als es jedoch nicht dazu kam, machte Saunders es sich zur Aufgabe, dass dennoch niemand die Sache vergaß. Am allerwenigsten Lockyer. Doch dann schnappten Lockyer und Broad im Ferris-Fall den wahren Mörder, und Hedy Lambert wurde aus dem Gefängnis entlassen. Das hatte Saunders offensichtlich ein wenig besänftigt. Aber vielleicht hatte er auch nur gespürt, dass die Kollegen Lockyer jetzt mit mehr Wohlwollen begegneten.

»Farmer Giles«, sagte er, biss von seinem Sandwich ab und begann, mit vollem Mund zu reden. »Macht's dir was aus? Ich esse gerade.«

»Nein, das macht mir nichts aus«, sagte Lockyer.

Saunders gab ein Knurren von sich. Er war ein schwerer, stämmiger Mann mit rotblondem Haar. Sein Gesichtsausdruck zeigte normalerweise eine zynische Verachtung für die Welt, aber aus ihrer gemeinsamen Zeit beim MCIT, noch vor ihrem Zerwürfnis, wusste Lockyer, dass er ein guter Detective und grundanständiger Kerl war.

»Spuck's schon aus«, sagte Saunders.

»Ich wollte fragen, ob du mit mir den Holly-Gilbert-Fall durchgehen kannst. Wann immer es dir passt.«

Saunders legte sein Sandwich auf den Tisch und wischte sich die Finger ab. »Stimmt, ich habe gehört, dass man dich auf Lee

Gearys Skelett angesetzt hat. Das klang für mich nach einem aktuellen Fall, den man dir und Laptop nicht hätte übertragen sollen.«

»Lee war etwa anderthalb Kilometer von der Old Hat Farm vergraben. Wo Holly Gilbert gelebt hat.«

»Ich weiß«, sagte Steve.

Lockyer seufzte innerlich. »Du hast Lee damals befragt und auch die beiden anderen.«

»Das stimmt. Ich habe auch gehört, das MCIT war nicht restlos davon überzeugt, dass Geary ermordet wurde.«

»Nein, aber ich.«

Steve kniff argwöhnisch die Augen zusammen.

»Willst du damit sagen, dass wir damals etwas übersehen haben?«

»Nein. Die Sachlage ist noch … unklar. Aber wenn Lee und die anderen aus Rache für Holly getötet wurden, muss ich wissen, was mit ihr passiert ist. Ob die anderen dafür verantwortlich waren. Deshalb wäre es hilfreich, wenn ich dir zu dem ursprünglichen Fall ein paar Fragen stellen könnte.«

»Warum sollte ich dir helfen? Du bist kein Teamplayer. Das hast du unmissverständlich klargemacht.«

»Es muss verdammt anstrengend sein, die ganze Zeit diesen Groll mit sich herumzutragen, Steve.«

Saunders schüttelte den Kopf. »Das ist ein Klacks. Ich mag nur keine korrupten Bullen.«

»Aber du bringst einen Fall gerne sauber zum Abschluss«, blaffte Lockyer. »Ich habe die Akte gelesen. *Du* warst derjenige, der am meisten darauf gepocht hat, dass es zwischen Ridgeways und Stefs Tod und dem von Holly eine Verbindung gibt, selbst als die Ermittlungen nach der Bestimmung der Todesursache eingestellt wurden. Und ich glaube, du hattest recht.«

Saunders dachte darüber nach. »Also gut. Ich komme vorbei, um mit dir zu sprechen.«

»Vielen D–«

»Wenn du zugibst – ganz unter uns, hier und jetzt –, dass du wegen des Feuers im Pub für deinen Kumpel die Beweise gefälscht hast.«

Lockyer blickte ihm fest in die Augen. »Mag sein, dass ich kein Teamplayer bin, Steve, aber ich bin nicht korrupt. Und ich bin auch kein Idiot.«

Mit diesen Worten beendete er das Gespräch und ging.

Bis die Ergebnisse der forensischen Untersuchung von Lees Leiche vorlagen, konnten Lockyer und Broad nichts weiter tun, als möglichst viele Informationen über die Leute aus Hollys Umfeld zu sammeln, tot oder lebendig. Robert Heywood, ihr Exfreund, war leicht zu finden: Er hatte bei allen Social-Media-Plattformen einen Account.

Seit Beginn der Pandemie waren die Beamten dazu angehalten, ihre Befragungen, wenn möglich, telefonisch durchzuführen. Lockyer tat das nur ungern. Er wollte sehen, wie die Leute auf seine Fragen reagierten, darauf, dass die Polizei bei ihnen aufkreuzte; die subtilen Veränderungen in Gesichtsausdruck und Körperhaltung, die so viel verrieten. Aber die Telefonate sparten ihnen eine Menge Zeit, und bei jemandem wie Rob, der in keiner Weise verdächtigt wurde, tat das wohl keinen Abbruch.

»Holly ist nach dem Tod ihrer Mutter völlig durchgedreht«, erzählte Rob ihm. »Also, ich wusste zwar, dass sie traurig war. Jeder wäre das gewesen. Aber sie hat das alles an *mir* ausgelassen, wissen Sie? Ich konnte ihr nichts mehr recht machen. Sie wollte nicht ausgehen, nicht zu Hause bleiben, sie wollte überhaupt nichts mehr machen. Und was ich auch sagte, es war verkehrt – als wäre das alles *meine* Schuld.«

»Wissen Sie noch, wann Sie Holly zuletzt gesehen haben?«, fragte Lockyer sachlich.

»Als sie mit mir Schluss gemacht hat. Ende des Semesters, ein paar Wochen vor Weihnachten.«

»Und wie lange war ihre Mutter da schon tot?«

»Einen Monat, schätz ich. So was um den Dreh.«

Ein Monat. Ihre Trauer war also noch ganz frisch gewesen, etwas, was sie kaum verstand, geschweige denn verarbeitet hatte. Und ihr Freund hatte erwartet, dass sie bereits darüber hinweg war.

Rob räusperte sich. »Hören Sie, also gut, ich habe mich damals wie ein Arschloch aufgeführt«, sagte er. »Aber ich war erst einundzwanzig, ich wollte mich besaufen und cool sein. Ich hatte keine Ahnung, was sie durchmachte oder wie ich ihr helfen könnte.«

Lockyer schlug einen etwas freundlicheren Tonfall an. »Und Sie haben sie in den Weihnachtsferien nicht gesehen?«

»Nein. Ich weiß nicht mal, wo sie Weihnachten verbracht hat. Sie hatte sonst keine Familie, vielleicht bei einem Freund. Ich ... ich hoffe nur, dass sie nicht nach Hause gefahren ist und in der leeren Wohnung gehockt hat.«

Rob schwieg einen Moment, als ihm klar wurde, dass es genau so gewesen sein könnte. Lockyer konnte förmlich hören, wie dem Mann dämmerte, dass er sich völlig falsch verhalten hatte.

»Danach schien sie wie vom Erdboden verschluckt zu sein. Und ich habe mich nicht mehr bei ihr gemeldet, sie auch nicht gefragt, wie es ihr geht. Ich dachte, ich käme mit der Trennung besser klar, wenn ich Abstand zu ihr halte, verstehen Sie? Ich dachte wohl, sie könnte ... es sich noch mal anders überlegen und wieder mit mir zusammenkommen.« Er holte tief Luft. »Ich hätte sie anrufen sollen.«

»Wie lange waren Sie zusammen?«

»Etwa ein Jahr. Holly war großartig«, sagte er. »Worum geht es überhaupt? Sie … sie ist doch von der Brücke gesprungen, oder? Der Tod ihrer Mutter hat sie völlig aus der Bahn geworfen. Als sie noch klein war, ist ihr Vater bei einem Auffahrunfall ums Leben gekommen, und sie musste damit zurechtkommen. Sie und ihre Mutter standen sich sehr nahe.«

Lockyer fragte sich, wann und wie Holly herausgefunden hatte, dass Vince ihr biologischer Vater war, und wie sie ihn aufgespürt hatte. Es war mehr als offensichtlich, dass Holly ein neues Umfeld brauchte. Eine neue Familie. Vermutlich sehr dringend.

Um halb sechs rief Dr. Lorne an, um mit Lockyer Trudys Testergebnisse zu besprechen.

»Leider haben wir es tatsächlich mit dem Guillain-Barré-Syndrom zu tun, so wie ich es Ihnen gestern bereits erklärt habe«, sagte sie.

Lockyers Magen krampfte sich zusammen.

»Wann beginnen Sie mit der Behandlung?«

»Das haben wir bereits. Ich halte es für besser, wenn Sie und Ihr Vater in den nächsten Tagen nicht vorbeikommen. Trudy ist sehr erschöpft. Die Lähmung ihrer Gliedmaßen hat sich weiter verschlimmert, und sie muss genau beobachtet werden.«

»Haben Sie sie gefragt, ob wir sie besuchen sollen?«

»Nein, aber es geht darum, ihre Heilungschancen zu verbessern, Mr. Lockyer. Und das Risiko einer weiteren Infektion zu minimieren.«

»Aber sie ist nicht gern allein.«

Und hat bestimmt große Angst, dachte er, sprach es jedoch nicht aus. Das hätte wohl jeder, der langsam die Kontrolle über seinen Körper verlor. Von Stunde zu Stunde schwächer wurde. Es war ein unerträglicher Gedanke. Karens Bemerkung über Lee geisterte ihm durch den Kopf: *Ich hoffe, die haben ihm keine Angst eingejagt.*

»Nun ja«, Dr. Lorne klang verärgert, »ich kann Ihnen nur meinen Rat als ihre Ärztin geben.«

Nach der Arbeit fuhr Lockyer direkt zur Westdene Farm, um mit seinem Vater darüber zu sprechen. Aber im Haus war niemand. Er nahm seine Krawatte ab, hängte seine Jacke über den Treppenpfosten und ging nach oben zum Zimmer seines Bruders. Er klopfte an – was sich komisch anfühlte – und streckte den Kopf zur Tür hinein. Er sah Chris' zerwühltes Bett. Seinen Nachttisch, der normalerweise leer war und auf dem jetzt neben einem Reisewecker ein Buch mit Eselsohren und eine Lesebrille lagen. Jody hatte die Sachen, in denen sie offenbar schlief – ein Unterhemd und Shorts –, in eine Ecke geworfen. Und über den Boden waren mehrere Kleidungsstücke aus einer Leinenreisetasche verstreut.

Es war äußerst befremdlich, dass das Zimmer einen neuen Bewohner hatte – obwohl sie Chris' persönliche Gegenstände schon vor langer Zeit ausgeräumt hatten. Es würde immer *sein* Zimmer bleiben. Lockyer konnte ihn noch genau vor sich sehen, wie er ausgestreckt auf dem Bett lag, das Gesicht ins Kissen gedrückt, und einfach nicht wahrhaben wollte, dass es schon Morgen war. *Ich zahle dir drei Trillionen Pfund, wenn ich im Bett liegen bleiben darf.* Lockyer wartete, dass sich ein Gefühl der Empörung einstellte, aber das passierte nicht. Schließlich war *er* derjenige, der eigentlich nicht hier sein sollte.

Er war die Treppe zur Hälfte hinuntergegangen, als er unten Jody stehen sah. Ihr misstrauischer Gesichtsausdruck war kurz davor, in Verärgerung umzuschlagen.

»Tut mir leid«, sagte er. »Ich habe Sie und meinen Vater gesucht.«

»Und haben Sie einen von uns beiden da drin gefunden?«

»Nein. Entschuldigen Sie. Ich wollte nicht herumschnüffeln, ehrlich. Es ist nur … das ist das Zimmer meines Bruders. Oder das war es mal.«

»Ja, ich weiß.« Sie entspannte sich. »Christopher, nicht wahr?«

»Ja.«

»Er wurde vor mehr als zwanzig Jahren erstochen, als er abends was trinken war.«

Sie sagte das, als würde sie eine kurze Nachrichtenmeldung zitieren, als hätte sie diese Information irgendwo aufgeschnappt. Ganz ohne die unverbindliche Anteilnahme, die die Leute sonst aufbrachten, wenn sie den Vorfall erwähnten. Ohne Rücksicht auf seine möglichen Gefühle. Aber auch diesmal empfand er zu seiner Überraschung keine Empörung. Nur den altbekannten Schmerz, seinen ständigen, häufig stummen Begleiter.

Er ging weiter die Treppe hinunter. »Das stimmt.«

»Das muss für euch alle verdammt schlimm gewesen sein.«

»Das war es.«

»Was für ein Arschloch tut so etwas?«

»Das versuche ich seitdem herauszufinden.«

»Hat man nie jemanden festgenommen?«

»Bisher nicht. Es war eine Schlägerei … Chris ist da nur irgendwie hineingeraten.«

Er hörte den ausdruckslosen Tonfall seiner Stimme, spürte, wie es ihm die Kehle zuschnürte. Die Wut. Selbst jetzt noch. »Die Polizei hat das Messer ein paar Straßen weiter in einem Abfalleimer gefunden. Sie konnten damit ein DNA-Profil erstellen, aber es gab im System keine Übereinstimmung. Bis heute nicht.«

»Aber Sie können weitersuchen?«

»Sicher. Aber … vielleicht wird es *nie* eine Übereinstimmung geben.«

»Scheiße. So etwas kann einen wahnsinnig machen.«

»Ja.«

»Nun, Ihr Vater meinte, ich solle einfach eines der leeren Zimmer beziehen, und das habe ich getan.« Jody musterte ihn kurz, wie sie das auch neulich schon getan hatte. »Soll ich mir ein anderes Zimmer nehmen?«

»Nein, ist schon okay. Wahrscheinlich ist das ganz gut so.«

»Wunderbar.«

Sie lief durch die Küche, und während Lockyer ihr folgte, fühlte er sich erneut in die Defensive gedrängt, weil sie auf ihn keine Rücksicht nahm, obwohl sie hier nur Gast war. Durch ihre lockere Art. Durch den völligen Mangel an britischer Unbeholfenheit. Er fand das ziemlich beeindruckend – und auch erfrischend. Auf der Rückseite ihres Unterhemds zeichneten sich die Salzränder von getrocknetem Schweiß ab. Sie nahm eine große Flasche Limonade aus dem Kühlschrank und trank davon. Mehrere große Schlucke.

»O Mann, jetzt geht's mir besser.« Sie wischte sich über den Mund und unterdrückte einen Rülpser. »Ich bin wie die Wespen. Zucker und Wasser halten mich am Laufen.«

»Ist mein alter Herr hier irgendwo?«, fragte Lockyer.

Jody nahm einen weiteren Schluck und stellte die Flasche wieder in den Kühlschrank. »Ja. Wir haben die Lämmer entwurmt. Mein Gott – die sind vielleicht zappelig. Außer den beiden zahmen.«

»Stimmt. Meine Mutter hat sie mit der Flasche aufgezogen.«

Die beiden verstoßenen Lämmer hatten den März über in einem Pappkarton neben dem Herd gehaust, sodass die ganze Küche nach Schaf gestunken hatte. Trudy hatte ihnen zwar keine Namen gegeben, aber sich um sie genauso liebevoll gekümmert wie um die anderen. Der Gedanke daran machte Lockyer ihre Abwesenheit noch schmerzlicher bewusst.

»Wir haben nur eine kurze Pause gemacht«, sagte Jody. »Wollen Sie uns helfen?«

Lockyer trug zwar noch seinen Anzug, aber das Hemd war schon alt, und er könnte eines der vielen Stiefelpaare anziehen, die über den Boden der Waschküche verstreut waren – er hatte dieselbe Schuhgröße wie sein Vater.

»Sicher«, sagte er und krempelte die Ärmel hoch.

Jody und sein Vater hatten die entwöhnten Lämmer zusammengetrieben und eingepfercht, um ihnen die Entwurmungslösung zu verabreichen. John hatte einen Kanister auf den Rücken geschnallt und hielt die Eingabespritze in der Hand. Die Schafe wurden hintereinander in ein schmales Gehege geschleust, und während John den vorderen fünf Tieren das Mittel eintrichterte, verhinderte Jody, dass sie nach hinten entwischten. Dann öffnete sie ein Tor auf der Vorderseite, um sie auf die Weide zurückzulassen und die nächsten fünf hineinzuführen. Die erwachsenen Schafe kannten die Prozedur bereits und blieben ruhig, aber die Lämmer wussten nicht, was sie erwartete. Sie rannten blökend umher, bekamen es im Gehege mit der Panik und versuchten hinauszuklettern.

Lockyer übernahm das Tor auf der Vorderseite, was nicht besonders anstrengend war, aber Zeit sparte. Verstohlen beobachtete er Jody bei der Arbeit. Sie war ruhig und tat den Schafen nicht mehr Gewalt an als unbedingt nötig, selbst wenn die Lämmer entkamen, ihr auf die Füße trampelten oder, wie in einem Fall, ans Bein pinkelten.

»Vielen Dank auch, Kumpel«, sagte sie nur.

Nach einer Weile nahm Lockyer seinem Vater, dessen Kräfte allmählich nachließen, den Kanister ab. Das erste Lamm, dem er das Mittel verabreichte, geriet mit der Zunge über die Kanüle und spuckte alles wieder aus.

Jody grinste ihn an. »Außer Übung?«

»Kann schon sein«, sagte er verlegen. Tatsächlich hatte er das hier schon seit Jahren nicht mehr gemacht. Aber bei dem dritten Lamm hatte er den Bogen wieder raus.

»Einmal Bauernjunge, immer Bauernjunge …«, sagte Jody.

Schließlich spielten sie sich aufeinander ein und verfielen in einträchtiges Schweigen.

Plötzlich verschwand die Sonne hinter der Anhöhe, und sie wurden in Schatten getaucht. Lockyer blinzelte, seine Augen hatten Mühe, sich an die schlagartig einsetzende Dunkelheit zu gewöhnen. Die Collies, die die Schafe die ganze Zeit mit ihrem Blick fixiert hatten, schauten sich um, als hätte man ihnen einen Befehl gegeben, den sie nicht verstanden.

»Das war's«, sagte John, als das letzte Lamm aus dem Gehege rannte. »Ich werde mal einen Tee machen.«

Jody ging zum Trog und spritzte etwas Wasser auf den Urin an ihrem Bein. Dann streifte sie den Stiefel ab, spülte ihn aus und kippte den Inhalt ins Gras.

»Ich habe Ihrem Vater gestern zum Abendessen einen asiatischen Thunfischsalat gemacht«, sagte sie und wischte die Hände an ihrem Hosenboden ab.

»Sagen Sie bloß, er hat ihn gegessen?«

»Mit frischen Chili, Sesamsamen, Sprossen und allem Drum und Dran. Was soll ich sagen? Ich habe mich selbst übertroffen.«

»Allerdings«, sagte Lockyer. »Es wäre toll, wenn Sie ihn jetzt auch noch dazu bringen könnten, mit mir zu reden.«

»Ich kann nicht zaubern.« Sie grinste. »Außerdem redet er. Nur nicht mit Worten.«

Lockyer gab ein Knurren von sich. »Aber manchmal sind eben Worte nötig.«

Normalerweise wäre es ihm unangenehm gewesen, mit einem

Menschen, den er kaum kannte, über seinen Vater zu sprechen, aber aufgrund Jodys ungezwungener Art fiel es ihm in ihrer Gegenwart leichter. Dennoch zögerte er einen Moment. Doch dann wurde ihm klar, dass er unbedingt mit irgendjemandem reden musste.

»Hat er heute mit meiner Mutter gesprochen? Wissen Sie das?«

»Nein. Also, ich weiß es nicht.«

Sie holte eine Packung Tabak hervor und begann, eine Zigarette zu drehen.

»Auch eine?«

»Nein danke«, sagte Lockyer.

»Sie trinken nicht, Sie rauchen nicht. Was tun Sie dann?«

»Ich trinke schon.«

»Sicher doch. Sie sind ein richtiger Tugendbold, wie in diesem Song, oder? ›Goody Two Shoes‹.«

»Das war wohl etwas vor Ihrer Zeit.«

»Von wegen. New Wave, Post-Punk. Das ist ein Klassiker.«

»Es tut so gut, das zu hören«, sagte Lockyer. »Wenn meine Kollegin jetzt hier wäre, würde sie fragen, ob Sie den Song immer auf Ihrem Grammofon abgespielt haben.«

»Die jungen Leute, was?«

Jody nahm einen kräftigen Zug von ihrer Zigarette und drehte den Kopf zur Seite, um den Rauch auszupusten.

»Ich weiß, ich sollte damit aufhören. Aber ich bin auf fünf pro Tag runter, und an irgendwas muss man ja schließlich sterben, oder?«

Lockyer zuckte zusammen. »Ja.«

»Und warum sind Sie Vegetarier? Weil Sie zu oft gesehen haben, was die Tiere am Ende erwartet?«

»So was in der Art.«

»Eure Tiere haben ein ziemlich schönes Leben«, sagte sie. »Bis es dann vorbei ist.«

»Es sind nicht meine Tiere. Aber ja, das stimmt. Ich bin Vegetarier aus … rein persönlichen Gründen.«

»Auf einem Hof von dieser Größe könntet ihr mehr für das Tierwohl tun. Ökologische Tierhaltung betreiben, mit einem kleinen lokalen Schlachthof zusammenarbeiten – einer, der den Stress auf ein Minimum reduziert. Immer mehr Menschen wollen, dass ihr Fleisch möglichst stressfrei produziert wird und auf eine Weise, die unseren Planeten nicht in ein glühendes Inferno verwandelt.«

»Ich bitte Sie«, sagte Lockyer. »Sie kennen meinen Vater, er ist noch von der alten Schule. Was Sie da vorschlagen, wäre eine Aufgabe für meinen Bruder gewesen.«

»Warum nicht für Sie?«

»Ich bin Polizist.«

»Sicher. Haben Sie inzwischen einen Blick auf mein Vorstrafenregister geworfen?«

»Ja, hab ich«, gab er zu.

»Und es ist also nicht so schlimm, dass Sie mich auf der Stelle feuern?«

»Solange Tabak das Einzige ist, was Sie noch rauchen.«

»Ernsthaft? Nicht mal ein bisschen Gras?« Sie warf ihm einen unschuldigen Blick zu und kicherte. »War nur ein Scherz! Nicht auf dem Grundstück, Pfadfinderehrenwort.«

»Worum ging es bei dem Streit?«

»Die Sache mit der leichten Körperverletzung? Das war total lächerlich. Es war die reinste Zeitverschwendung, mich deswegen anzuklagen.«

»Sie haben der Frau die Nase gebrochen.«

»Sie hatte es verdient.« Jody zog die Augenbrauen hoch. »Und ist zwischen uns jetzt alles geklärt?«

»Ja. Ist es.«

»Dieser Hof wirkt wie aus einer anderen Zeit.«

»Danke«, sagte Lockyer trocken.

»Verstehen Sie mich nicht falsch. Es gefällt mir hier. Aber … keine Ahnung.« Sie nahm erneut einen Zug. »Ich habe früher davon geträumt, einen eigenen Hof zu besitzen. Ich habe mir ein paar Jahre lang verschiedene Betriebe angesehen, die zur Versteigerung standen, in Wales und Devon, überall, und es war immer dasselbe – sie waren völlig verfallen. Jedes Mal stand in irgendeiner Zimmerecke ein herrenloser Rollator. Als hätte der Besitzer einfach weitergemacht, während um ihn herum alles zusammenbrach, bis er schließlich tot umfiel.«

»Das ist verdammt deprimierend.«

Lockyer musste an Bill Hickson denken, der früher in seinem Haus gelebt hatte. An Iris Musprat. Und an seine eigene Situation – nach dem Tod seiner Eltern hätte er keine Familie mehr. Er würde alt werden und sich weiter abstrampeln, ohne dass jemand Notiz davon nahm.

»Ach ja?« Jody schien überrascht. »Ich fand das immer toll – dass sie verdammt noch mal einfach … weitergemacht haben. Dass sie nicht aufgegeben haben.«

Sie rauchte ihre Zigarette zu Ende, drückte sie dann aus und steckte den Stummel in die Tasche.

»Wenn Ihre Mutter nach Hause kommt, wird es hier bestimmt etwas lebhafter zugehen.«

»Nicht allzu sehr, um ehrlich zu sein. Aber immerhin sorgt sie für einen geregelten Ablauf.«

Lockyer spähte in den Himmel über der Anhöhe, wo sich die Schwalben über die hoch fliegenden Insekten hermachten.

»Aber die beiden werden nicht von hier weggehen«, sagte er. »*Er* wird nicht weggehen. Ich glaube, dass sie seit Chris' Tod nicht mehr glücklich gewesen sind.«

»Aber sie sind nicht einfach nur stur, oder?«, sagte Jody. »Wie Sie gerade gesagt haben: Sie sind Polizist.« Sie deutete mit dem Kopf aufs Haus. »Und er ist eben Landwirt.«

»Aber was, wenn meine Mutter nicht mehr arbeiten kann? Was, wenn sie … wenn sie es nicht mehr schafft? Die beiden können es sich nicht erlauben …«

»Oh – ich verstehe«, unterbrach Jody ihn. »Sie versuchen immer, alles zu planen. Sie haben gerne alles unter Kontrolle.«

»Ich … ich kann mir nur nicht vorstellen, wie –«

»Natürlich nicht. Und glauben Sie bloß nicht, dass Ihre Eltern das können. Warten Sie einfach ab, was passiert. Und lassen Sie sich nicht unterkriegen.«

»Planen Sie denn nie etwas?«

»Bloß nicht.« Jody wandte den Blick ab. »Früher habe ich das auch getan, aber alle meine Pläne sind den Bach runtergegangen. Also habe ich es gelassen. Danach war alles sehr viel einfacher. Ich kann das nur empfehlen.«

Lockyer schüttelte den Kopf. »Das endet nur im Chaos.«

Jody lachte, erhob sich von der Mauer, auf der sie saß, und streckte ihre Arme hinter dem Rücken.

»Nun, ich kann's kaum abwarten, die Schafspisse abzuwaschen. Und mir ein Bierchen zu genehmigen. Bleiben Sie noch zum Essen? Es gibt Würstchen mit Kartoffelpüree. Oder in Ihrem Fall Spiegeleier.«

»Nein danke. Aber ich komme noch mit rein. Ich muss wenigstens versuchen, mit meinem Vater über das zu reden, was die Ärztin gesagt hat.«

Als Lockyer nach einem mühsamen, unergiebigen Gespräch mit seinem Vater schließlich nach Hause zurückkehrte, suchte er erneut das Wäldchen auf. Es dämmerte bereits, und unter den Bäumen schwirrten Mücken durch die Luft. Lockyer blieb neben dem Grab stehen, das er am Morgen freigeschaufelt hatte. Die Knochen stammten von Róisín Conlan, die 1964 gestorben war, auf dem Dachboden des Hauses, in dem er jetzt wohnte. Lockyer hatte bisher nicht überprüft, ob Mrs. Musprats Geschichte der Wahrheit entsprach. Nichts in seinen Computer getippt, was im Suchverlauf auftauchen würde. Aber er konnte die Angelegenheit auf keinen Fall ignorieren; und er hatte es wirklich versucht. Er starrte auf das Loch hinunter, frustriert von seiner eigenen Unentschlossenheit.

Er hatte nie gesehen, dass Mrs. Musprat irgendwann mal das Wäldchen betreten hatte. Wenn sie sich im Garten aufhielt, hatte sie den Blick stets auf ihre Ziege gerichtet, auf die Wäsche oder was auch immer. Aber er bezweifelte, dass sie Róisín in den vergangenen sechsundfünfzig Jahren auch nur für eine Minute vergessen hatte. Das Bedürfnis, ein Geständnis abzulegen, hatte wahrscheinlich jahrzehntelang in ihr gegärt, vielleicht bereits seit jenem Tag, an dem es passiert war. Während sie nur darauf wartete, dass Bill Hickson starb und sich dadurch die Gelegenheit dazu ergab.

Als Lockyer zurückging, stand sie erneut da.

»Sie haben sie gefunden«, sagte sie.

Das war keine Frage.

Lockyer nickte, und für einen kurzen Moment verzog Mrs. Musprat entsetzt das Gesicht. Als hätte sie ebenfalls gehofft, dass alles nur ein böser Traum aus der Vergangenheit war. Sie befingerte mit zitternden Händen ein Stück Papier.

»Was werden Sie jetzt tun?«, fragte sie.

»Keine Ahnung«, sagte Lockyer. »Ich wünschte, Sie hätten mir das nicht erzählt.«

»Wird Zeit, dass sie ein richtiges Grab bekommt«, murmelte

sie. »Rosie war katholisch. Die legen großen Wert auf so was. Ich wusste das, aber … Wir *konnten* ja nichts sagen! Man hätte Bill wahrscheinlich wegen Mordes gehängt, oder ihr Mann hätte ihn umgebracht.« Sie schluckte. »Ich … ich hätte nie gedacht, dass *ich* deswegen Schwierigkeiten bekomme. Können Sie nicht einfach … meinen Namen da raushalten?«

»Man wird wissen wollen, wie ich die Leiche gefunden habe, Mrs. Musprat.«

Sie zitterte.

»Manchmal gibt die Erde wieder etwas frei«, sagte sie zuversichtlich. »Ich habe so was in den Nachrichten gesehen. Da liegt eine Leiche jahrelang in der Erde, ohne dass jemand etwas davon weiß. Bis man sie plötzlich findet.«

»Die Forensiker werden feststellen, dass man die Knochen absichtlich ausgegraben hat. Und solange wir ihnen nicht sagen, um wen es sich handelt, können sie die Leiche nach all den Jahren wahrscheinlich nicht identifizieren. Dann bekommt Róisín immer noch kein anständiges Begräbnis. Und ihre Familie wird nicht erfahren, was mit ihr passiert ist.«

Sie dachte darüber nach. »Sie könnten die Sache untersuchen …«

»Sie meinen, ich soll so tun, als wüsste ich nichts darüber? Die Zeit und Ressourcen der Polizei mit einer vorgetäuschten Ermittlung verschwenden? Das ist Behinderung der Justiz und hat nichts mit Gerechtigkeit zu tun.«

»*Gerechtigkeit?*«, wiederholte sie. »Was ist schon Gerechtigkeit? Für die einfachen Leute gibt es keine Gerechtigkeit – deshalb ist Róisín ja gestorben! Das hatte nichts mit Gerechtigkeit zu tun.«

»Ich … ich kann niemandem von dem Fundort erzählen, ohne Ihren Namen zu erwähnen!«

»Aber ich habe nichts Falsches getan!«

»Den Tod eines Menschen zu verheimlichen und die ordnungsgemäße Bestattung einer Leiche zu verhindern … das sind *Straftaten*! Das muss Ihnen doch klar gewesen sein.«

»Nein! Ich habe Bill nur geholfen, sie … Außerdem ist das ewig her …«

»Es gibt in diesem Land keine Verjährungsfrist für Straftaten.«

»Dann behalten Sie es für sich. Vergessen Sie, was ich Ihnen erzählt habe.«

»Das kann ich nicht. Ich wünschte, ich könnte es, glauben Sie mir.«

Sie holte zitternd Luft. »Ich kann nicht ins Gefängnis. Ich *kann nicht*. Das wäre mein Tod.«

Er konnte das blanke Entsetzen in ihrer Stimme hören.

»So weit wird es womöglich gar nicht kommen. Wahrscheinlich verhängt man eine Geld- oder Bewährungsstrafe. Oder verzichtet in Anbetracht Ihres Alters ganz auf eine Strafe. Die Staatsanwaltschaft kommt vielleicht zu dem Schluss, dass es nicht im öffentlichen Interesse ist, Anklage zu erheben.«

»Aber das können Sie nicht mit Sicherheit sagen?«

Nein, das konnte er nicht. Und auf ihr Verbrechen stand als Höchststrafe lebenslange Haft.

»Bitte«, flüsterte sie. »Das steh ich nicht durch. Bitte, behalten Sie es für sich.«

Er hasste es, wie sie ihn anflehte.

»Was ist mit ihrer Familie?«, fragte er. »Mit einer anständigen Beerdigung?«

Schweigen.

»Herrgott.« Lockyer fuhr sich mit der Hand übers Gesicht. »Hören Sie … Ich *muss* das melden. Ich bin Polizist. Ich habe bereits meinen Job aufs Spiel gesetzt, weil ich das hinausgezögert habe.«

Mrs. Musprat machte einen gequälten Eindruck. Sie gab ihm das Stück Papier, ein altes Schwarz-Weiß-Foto. Im schwindenden Licht konnte Lockyer nicht erkennen, was darauf zu sehen war.

»Das ist sie, ganz links«, sagte Iris. »Das ist Rosie.«

Mit diesen Worten drehte sie sich um und ging ins Haus.

Im grellen Schein der Küchenlampe sah Lockyer sich das Bild an. Es zeigte vier junge Frauen an einem sonnigen Tag, mit lockigen, hochgesteckten Haaren und in taillierten Kleidern. Eine trug weiße Handschuhe, eine andere Lackschuhe. Er fragte sich, für welchen Anlass sie sich so in Schale geworfen hatten. Die Frau ganz links hatte blondes Haar und war ein paar Zentimeter größer als die anderen. Sie schaute mit erhobenem Kinn lachend zu ihren Freundinnen hinüber. Es war ein entzückendes Lächeln. Lockyer betrachtete ihr sonnenbeschienenes Gesicht und bemerkte die Knochen darunter. Den mit Erde beschmierten Schädel, den er gesehen hatte.

Er befestigte das Foto neben Hedys Postkarte am Kühlschrank und spürte, wie er von einer Woge der Sehnsucht durchflutet wurde. Er hatte jahrelang an ihr gezweifelt, an seinem Urteil über sie, an allem, was sie ihm erzählt hatte. Für eine Weile hatte er sie sogar für eine Mörderin gehalten. Er war wegen seiner Gefühle für sie durch die Hölle gegangen, und danach waren alle Zweifel ausgeräumt gewesen. Inzwischen traute er ihr mehr als sich selbst, und er wünschte, er könnte mit ihr über diese Sache reden. Sie betrachtete die Dinge nüchtern und verstellte sich nicht. Er holte sein Telefon hervor und starrte auf ihren Namen in seiner Kontaktliste. Schließlich legte er es wieder hin und ging nach oben, um zu duschen.

Manchmal gibt die Erde wieder etwas frei … da liegt eine Leiche jahrelang in der Erde, ohne dass jemand etwas davon weiß … Mrs. Musprat hatte recht. So wie Lee Geary an der abgelegenen Stelle, die sein

Mörder ausgewählt hatte. Fast zehn Jahre lang hatte er sich dort in ein Skelett verwandelt, während seine Schwester in einem Zustand quälender Ungewissheit lebte, genau wie Rosie Conlans Familie. Er konnte sich kaum vorstellen, wie schmerzhaft das war. Jedenfalls sehr viel schlimmer als die Tatsache, dass sich die Person, die einem geliebten Menschen Leid zugefügt hatte, ihrer gerechten Strafe entzog. Und das war schon schlimm genug.

Erst haben sie dir etwas genommen und dann haben sie DICH UNS-genommen. Gab Nina Thorowgood ebenfalls Ridgeway, Stef und Lee die Schuld an Hollys Tod? Hatte deswegen irgendjemand – oder mehr als eine Person – die Sache selbst in die Hand genommen? *Für die einfachen Leute gibt es keine Gerechtigkeit.* Wie in den meisten Fällen hatte Iris auch damit recht.

6

TAG FÜNF, FREITAG

Lockyer und Broad brauchten eine Weile, um zu der Brücke zu gelangen, von der Holly gestürzt war. Es handelte sich nicht um eine Brücke für Autos oder Fußgänger, sondern – kurioserweise – um einen Reitweg, das Relikt einer längst vergangenen Ära. Er begann, mehr oder weniger verborgen, unweit des Ladengeschäfts in Amesbury, neben dem sie ihren Wagen geparkt hatten. Von dort führte er entlang der Wohnstraße aus der Stadt, ehe er in nördlicher Richtung zur Brücke über die A303 abzweigte.

Der Reitweg verband Amesbury mit einem abgelegenen Weiler namens Ratfyn und endete dort. Man konnte die Brücke nicht mit dem Wagen erreichen, und sie war auch nicht ausgeschildert. Lockyer begriff sofort, warum Vince McNeil der Ansicht war, dass man sich nicht zufällig dorthin verirrte. Man musste von ihrer Existenz wissen, und soweit man das sagen konnte, kannte Holly sich in Amesbury nicht aus.

Sie liefen zur Mitte der Brücke, unter der auf vier Spuren der Verkehr entlangdonnerte. Auf beiden Seiten verlief ein Metallgeländer, das Lockyer bis zur Schulter und Broad bis zu den Augen reichte, wenn sie einen langen Hals machte.

»Man kann da nicht so leicht drüberklettern«, sagte Broad. »Deshalb ist es wohl da.«

»Aber es ist nicht unmöglich, wenn man das unbedingt will.«

Lockyer schaute zu der Stelle auf der Straße, wo Hollys Körper gelegen hatte. Sie war irgendwo auf die Fahrbahn in westlicher Richtung gefallen, vor einem siebeneinhalb Tonnen schweren Laster, der ungefähr hundert Stundenkilometer fuhr. Der Bericht zur Untersuchung des Unfallhergangs kam zu dem Schluss, dass Holly durch die Vorwärtsbewegung des Fahrzeugs zwischen Führerhaus und Container eingeklemmt worden war und etwa hundert Meter mitgeschleift wurde. Der Fahrer geriet darauf in Panik, der Laster durchbrach den Mittelstreifen und stellte sich auf der Fahrbahn in östlicher Richtung quer. Vor der flachen Brücke über den River Avon kam er schließlich zum Stehen, und Holly wurde darunter hervorgeschleudert. Zum Glück war zu diesem Zeitpunkt in östlicher Richtung kein anderes Fahrzeug unterwegs.

Das Ganze war um Viertel vor vier morgens passiert, Hollys Leiche wurde jedoch erst kurz vor zwölf Uhr mittags gefunden.

»Am Laster müssen doch Unfallspuren gewesen sein«, sagte Broad leise. »Warum hat es so lange gedauert, sie zu finden?«

»Man wusste nicht, dass man überhaupt nach ihr suchen musste. Es war noch dunkel – selbst zu dieser Jahreszeit ging die Sonne erst eine Stunde später auf. Für die Notfallkräfte hatte es Vorrang, die Straße zu sperren und den Fahrer ins Krankenhaus zu bringen. Als er wieder zu Bewusstsein kam, sagte er, dass er wahrscheinlich jemanden angefahren habe.«

»Der arme Kerl.«

»Kann man wohl sagen.«

»Auf der Brücke gab es natürlich keine Kameras«, sagte Broad.

»Nein. Auch sonst nirgendwo auf diesem Straßenabschnitt.

Und Dashcams waren damals noch nicht üblich. Niemand hat Holly hier oben gesehen oder wie sie heruntergefallen ist.«

Die beiden schwiegen einen Moment, während ein riesiger Sattelschlepper unter ihnen vorbeirauschte.

»Kommen Sie«, sagte Lockyer. »Mal sehen, ob wir zu der Stelle gelangen, wo man sie gefunden hat.«

Sie liefen auf der Brücke zurück Richtung Stadt und entdeckten auf Höhe des Flusses mehrere Fußwege. Sie folgten unterhalb der A303 dem Weg, der sie wahrscheinlich zu der Stelle führen würde. Als sie an einen Zaun kamen, an dem ein Schild mit der Aufschrift *Privatbesitz* hing, wechselten sie einen kurzen Blick und kletterten dann darüber. Hier, zwischen den mit blühenden Gräsern bewachsenen Ufern, wurde der Fluss breiter. Die silbrigen Blätter mehrerer Weiden hingen ins kristallklare Wasser. Eigentlich war dies ein idyllisches Fleckchen, wenn der dröhnende Verkehrslärm hinter ihnen nicht gewesen wäre.

»Ich bin diese Strecke schon so oft gefahren und habe nie bemerkt, wie schön es hier ist«, sagte Broad. »Es muss traumhaft gewesen sein, bevor man die Straße gebaut hat.«

»Seit hier Menschen leben, gab es eigentlich immer irgendeine Straße«, sagte Lockyer. »Sie hat sich nur … verändert.«

Er warf einen Blick auf eine Grafik im Unfallbericht und ging zu der Stelle, wo man Holly gefunden hatte. Dort drehte er sich zur weiter oben gelegenen Leitplanke der Straße um.

»Es war damals ebenfalls Sommer«, sagte er. »Das lange Gras hat sie also verdeckt.«

»Aber es hat keinen Unterschied gemacht, dass man sie nicht sofort gefunden hat, oder?«, sagte Broad.

»Ich hoffe, nicht.«

Lockyer schaute erneut in seine Unterlagen, diesmal in den Autopsiebericht. Holly hatte beim Zusammenprall mit dem

Laster schwerste Verletzungen erlitten. Mehrere Knochenbrüche, unter anderem an Becken, Wirbelsäule und Rippen, sowie innere Blutungen und eine schwere Lungenprellung. Die Ergebnisse des Gerichtsmediziners deuteten alle darauf hin, dass sie spätestens wenige Momente nach dem Zusammenprall gestorben war. Und sie hatte definitiv noch gelebt, als sie von der Brücke gestürzt war. Allerdings war nicht ganz klar, ob sie noch bei Bewusstsein gewesen war.

Außerdem gab es eine Auffälligkeit: eine Kopfverletzung. Der Gerichtsmediziner hatte die Ursache dafür nicht feststellen können, außer dass sie von einem heftigen Zusammenprall mit etwas Flachem stammte, womöglich der Fahrbahn. Die Haut war bis auf die Knochen aufgeplatzt und hatte stark geblutet. Außerdem hatte der Schlag eine Blutung *im* Schädel verursacht, die auf das Gehirn drückte. Allerdings gab es im Bereich der Wunde Anzeichen für eine vitale Reaktion – eine Entzündung und einen Bluterguss. Dieser Umstand sowie die Größe des subduralen Hämatoms deuteten darauf hin, dass Holly die Verletzung mindestens zwei Stunden vor ihrem Tod erlitten hatte. Der Bericht kam zu dem Schluss, dass sie, falls sie noch bei Bewusstsein gewesen war, ein unberechenbares Verhalten gezeigt haben musste. Womöglich hatte sie benommen gewirkt und undeutlich gesprochen, sodass man sie für betrunken gehalten hatte.

Lockyer betrachtete ein Foto von Hollys Kleidung, die man ihr ausgezogen und in Beweismitteltüten gestopft hatte. Eine Jeans, ein blaues, paillettenbesetztes Top und weiße Converse-Turnschuhe. Alles blutverschmiert.

Die Kopfverletzung sprach weder dafür noch dagegen, dass Holly sich umgebracht hatte. Vielleicht hatte sie infolgedessen die Orientierung verloren und ein riskantes Verhalten an den Tag gelegt; andererseits fiel es ihr möglicherweise damit auch schwer, zu laufen und über ein Geländer zu klettern. Sie hätte letztendlich an der Verletzung sterben können, wenn der Laster sie nicht zuvor erfasst hätte.

»Der Gerichtsmediziner hielt es durchaus für möglich, dass sie losgezogen ist, zufällig auf diese Brücke stieß und sich hinuntergestürzt hat«, sagte Lockyer. »Dass sie Selbstmord begangen hat, entweder vorsätzlich oder infolge der Verwirrung, hervorgerufen durch Drogenkonsum und die Kopfverletzung.«

»Aber warum hat auf der Sonnwendfeier niemand bemerkt, dass sie sich den Kopf angeschlagen hat?«, fragte Broad. »Selbst wenn sie nur gestolpert und hingefallen ist … Laut Bericht hat die Wunde heftig geblutet.«

»Hängt davon ab, wie viel die Leute getrunken oder was sie genommen hatten. Außerdem ist es vielleicht passiert, *nachdem* sie die Feier verlassen hatte.«

»Wann ist sie denn aufgebrochen?«, fragte Broad.

»Ich bin mir nicht sicher.«

Es stand bestimmt im Verhörprotokoll, aber das hatte er nicht dabei.

»Warum hat man Ridgeway und die anderen eigentlich erst *fünf Tage* später verhaftet?«, fragte Broad.

»Holly hatte keinen Ausweis bei sich, als sie starb. Nicht mal ihr Handy. Erst nachdem Vince sie als vermisst gemeldet hatte, stellte man diese Verbindung her.«

»Hat man das Telefon irgendwann gefunden?«

»Es wird nirgends erwähnt. Aber wir müssen uns die Unterlagen alle noch genauer ansehen. Um einen Überblick über die Einzelheiten zu bekommen.«

»Denn sie ist wahrscheinlich nicht ohne ihr Handy irgendwo hingegangen«, hakte Broad nach. »So was macht *keiner* – jedenfalls keiner unter dreißig.«

»Kommt drauf an. Vielleicht konnte sie nicht klar denken. Und wenn sie tatsächlich vorhatte, sich umzubringen … wer weiß?«

Broad ließ ihren Blick über die malerische Landschaft wandern, und Lockyer begriff, dass sie wieder gehen wollte. Ihr Abstecher hierher hatte auf sie nicht dieselbe Wirkung wie auf ihn – er suchte gerne den Tatort auf, um ein Gefühl für die Umgebung und das Verbrechen zu bekommen. Und, mit einigem Abstand, für die Leute, die darin verwickelt waren. Er war inzwischen eher davon überzeugt, dass Holly nicht gesprungen war. Oder wenn doch, dass sie nicht allein gewesen war. Hatten die Drogen und ihre Kopfverletzung sie veranlasst, so etwas Riskantes zu tun, wie über das Geländer zu balancieren? War Holly ein Mensch gewesen, der sich auf eine Mutprobe einließ? Sie hatte sich nach einem neuen Leben gesehnt, nach neuen Freunden und einer neuen Familie. Er fragte sich, wie sehr sie versucht hatte, den Erwartungen der anderen zu entsprechen.

Aber selbst jemand, der orientierungslos umherirrte, wäre wohl kaum auf dieser fast vergessenen Brücke gelandet. Lockyer vermutete, dass man die Personen, die sie benutzten, an den Fingern einer Hand abzählen konnte. Ratfyn, der Weiler nördlich der A303, bestand aus einigen wenigen Reihenhäusern und einem Gutshaus.

»Können Sie mal die Satellitenkarte aufrufen?«, fragte er.

Broad entsperrte ihr Telefon und gab es ihm. Der Reitweg führte nicht direkt zu den Häusern, sondern bog Richtung Osten ab und verlief für etwa achthundert Meter parallel zur zweispurigen Schnellstraße, bevor er auf die schmale Straße traf. Der Weg war einfach nur lang und öde, und Lockyer wettete, dass die Bewohner von Ratfyn mit dem Wagen in die Stadt fuhren. Er blickte zu Broad, die sich weiter in Geduld übte.

»Fahren wir«, sagte er, und sie war sichtlich erleichtert.

»Zur Old Hat Farm?«, fragte sie. »Und Jason McNeil?«

Lockyer wusste, dass sie ihn unbedingt finden wollte – einen Mann ohne jede Online-Präsenz. Sie war jung genug, um zu bezweifeln, dass eine derartige Person überhaupt existierte. Aber Lockyer wollte sich erst einen genaueren Überblick über den Fall verschaffen, bevor sie noch einmal dorthin fuhren. Er wollte wissen, warum man Lee Geary und die anderen zu Hollys Tod verhört und dann wieder laufen gelassen hatte, warum man Hollys Tod als Selbstmord eingestuft hatte. Und warum jemand vielleicht zu einem anderen Urteil gekommen war.

»Nein, zum Revier in Melksham. Ich will die Bänder mit den Verhören der drei Toten holen.«

Das Archiv im Polizeipräsidium von Melksham war besser organisiert als viele andere im Bezirk. Deshalb dauerte es nicht lange, die Videokassetten mit den Befragungen von Ridgeway Kingsley-Jones, Lee Geary und Stefanie Gould zu finden. Nachdem sie sich in der Kantine etwas zu essen geholt hatten, fuhren sie zurück nach Devizes. Der einzige freie Medienraum war stickig und müffelte nach Schweißfüßen.

Broad stieß einen Seufzer aus, und Lockyer erbarmte sich ihrer.

»Hocken Sie sich mit den schriftlichen Berichten in ein kühles Zimmer und lesen Sie sie dort durch«, sagte er.

»Sind Sie sicher, Chef?«

»Machen Sie schon, Gem. Zu zweit geht uns hier bald der Sauerstoff aus.«

»Okay. Danke.«

Lockyer machte es sich so gut wie möglich auf einem quietschenden Drehstuhl gemütlich, dessen Sitzfläche von einem Gesäßabdruck eingedellt war. Alles, was sie bisher gehört hatten, deutete darauf hin, dass Ridgeway der Anführer der Dreierbande war, mit Stef und Lee als seinen Mitstreitern. Dennoch schob er als Erstes die Videokassette mit Lees Befragung in das Gerät. Schließlich untersuchten sie *seinen* Tod, und Lockyer wollte unbedingt einen Blick auf diesen sanften Riesen werfen, der wie ein Schläger aussah, aber angeblich keiner Fliege etwas zuleide tun konnte.

Das Bild flackerte auf, und da war er. Lockyer verspürte dasselbe merkwürdige Gefühl wie beim Betrachten von Róisíns Fotos – jenes leichte Entsetzen darüber, ein von Leben erfülltes Gesicht zu sehen, das er bereits im Tod gesehen hatte. Selbst vornübergebeugt wirkte Lee immer noch viel zu groß für den Stuhl und den Tisch, für den ganzen Raum. Die Muskelberge an Brust und Armen waren von einer dünnen Fettschicht umhüllt. Sein Anwalt saß eingequetscht zwischen ihm und der Wand und schien sich äußerst unwohl zu fühlen. Das Video war zwar ein wenig körnig, aber man konnte Lees Gesicht gut erkennen. Er hatte die Hände im Schoß gefaltet und blickte wie ein verängstigtes Kind unter seiner vorspringenden Stirn hervor.

Die Beamten, die ihn befragten, stellten sich vor. DI Brent hatte Lockyer nie kennengelernt, aber DS Steve Saunders kannte er nur zu gut.

»Sie wirken nervös, Lee«, sagte Brent nach ein paar einleitenden Worten. »Haben Sie etwas getan, weshalb Sie nervös sein sollten? Etwas, wovon Sie uns nichts erzählen wollen?«

Brents ironischer, einschüchternder Tonfall versetzte Lockyer augenblicklich in Rage. Hatten sie nichts von Lees Lernschwäche gewusst? Hätte er nicht in Begleitung eines gesetzlichen Vertreters sein müssen? Andererseits lag Lees niedriger IQ knapp über dem offiziellen Grenzwert. Deshalb hatte man ihm keinerlei Zugeständnisse gemacht, keinen zusätzlichen Beistand gewährt.

»Nein«, sagte Lee mit dröhnender Stimme, obwohl er in einem sanften Tonfall sprach. »Ich … ich weiß nicht.«

»Sie wissen es nicht?«, wiederholte Brent.

Lee schüttelte verzweifelt den Kopf.

»Beginnen wir ganz vorne, okay?«, sagte Saunders. »Wir haben Sie heute hergebracht, um mit Ihnen über Holly Gilbert zu reden. Sie wurde das letzte Mal gesehen, als sie am Abend des zwanzigsten Juni auf der Old Hat Farm ein Fahrzeug bestiegen hat, das Ridgeway Kingsley-Jones gehört. Außerdem hat man gesehen, dass Sie, Ridgeway und Stefanie Gould in dem Wagen saßen. Ist das korrekt?«

»Ich weiß nicht.«

»Sie wissen es nicht?«

»Ich … welcher Tag war das?«

»Es geht um die Nacht von Montag auf Dienstag, den einundzwanzigsten Juni, letzte Woche. Die Nacht der Sonnwendfeier auf der Old Hat Farm.«

»Ja.«

»Sie sind also zusammen mit den beiden anderen Personen zu Holly Gilbert in den Pkw gestiegen?«

»Nein.«

»Nein?«

»Es ist ein Land Rover. Er mag es nicht, wenn man ihn als Pkw bezeichnet.«

»Wer?«

»Ridgeway. Er sagt, das wäre kein Pkw, sondern ein Geländewagen.«

»Versuchen Sie, witzig zu sein, Mr. Geary?«, sagte Brent.

Lee sah ihn, die Stirn nachdenklich in Falten gelegt, über den Tisch hinweg an. Dann schüttelte er erneut seinen riesigen Kopf.

Saunders hakte nach. »Holly war also bei euch im Geländewagen, und ihr habt zusammen die Farm verlassen?«

»Ja.«

»Wo seid ihr von dort hingefahren?«

»Ich … ich weiß nicht.«

»Sie wissen es nicht.«

»Könnte ich … könnte ich bitte was zu essen haben?«

»Nein«, blaffte Brent. »Was ist mit Holly passiert, Mr. Geary?«

Lee saß schweigend da.

Saunders beugte sich zu ihm vor. »Mr. Geary … wissen Sie, dass Holly Gilbert tot ist?«

»Was?« Lee verzog das Gesicht. Darin spiegelte sich völliges Unverständnis, gefolgt von einem Ansturm neuerlicher Angst. »Wa… was soll das heißen? Warum ist sie tot?«

Lockyer sah sich, mit einer Hand seinen Kiefer fest umklammernd, den Rest des Videos an. Auch ohne Hintergrundinformationen hätte man erkennen müssen, dass Lee der Situation kaum gewachsen war. Saunders war geduldiger als DI Brent und versuchte, Lees begrenzter Auffassungsgabe, wenn auch mit bescheidenem Erfolg, auf die Sprünge zu helfen. Falls Lee kein begnadeter Schauspieler war – was Lockyer ernsthaft bezweifelte –, hörte er fraglos zum ersten Mal, dass man Holly etwas angetan hatte. Niemand hatte sich die Mühe gemacht, es ihm zu sagen, und er war offenbar schwer von Begriff.

Ein Gefühl der Wut loderte in Lockyers Bauch auf.

»Was haben Sie auf dem Fest gemacht, Lee?«, fragte Saunders. »Haben Sie dort Drogen verkauft?«

»Ich habe … es wurde gegrillt«, erwiderte Lee. »Ich habe eine Folienkartoffel gegessen.«

Angewidert und heftiger als nötig tippte Lockyer auf die Auswurftaste. Sicher, man hatte Lee befragen müssen, er war eine der letzten Personen, die Holly lebend gesehen hatten. Aber man hätte ihm ein paar Zugeständnisse machen sollen. Ein freundlicheres Verhörzimmer, den Beistand seiner Schwester. *Hoffentlich haben sie ihm keine Angst eingejagt.* Aber da Lee wie ein Schläger aussah, hatte man ihn auch wie einen behandelt.

Als Nächstes sah Lockyer sich Stef Goulds Befragung an. Sie lümmelte mit verschränkten Armen auf dem Stuhl und blickte Brent und Saunders finster an. Sie trug ein enges Sweatshirt, das über dem Bauchnabel abgeschnitten war, eine schmale Jeans und keinen BH. Sie hockte breitbeinig da, und ihre Körperhaltung war eine unverhohlene Kampfansage an die beiden Männer, die ihr gegenübersaßen. Sie wollte, dass sie sie ansahen. Ihr mehrere Tage altes Make-up war um die Augen herum verschmiert, und ihre blondierte Haarmähne stand nach allen Seiten ab.

Saunders stellte ihr zu Beginn dieselben Fragen wie Lee. Aber während Lee nur langsam geantwortet hatte, hatte Stef schnell eine Antwort parat. Etwas zu schnell.

»Warum fragen Sie mich das alles?«, blaffte sie und sprach dann jedes Wort überdeutlich aus, als wären die beiden völlig verblödet: »Ich habe Ihnen bereits gesagt, dass ich nicht weiß, was mit Holly passiert ist. Sie ist am Ende des Feldwegs aus dem Land Rover gestiegen und nicht mit uns nach Amesbury gefahren.«

»Warum sollte sie das getan haben?«

»Woher zum Henker soll ich das wissen? Wahrscheinlich war sie auf irgendeinem Trip und –«

»Hatte sie Drogen genommen?«

»Das weiß ich nicht, Officer«, sagte Stef, indem sie erneut jedes Wort aufreizend deutlich aussprach. »Kann schon sein. Und nein, ich hatte nichts genommen, und nein, ich habe auch nichts verkauft. Ich weiß nur, dass Holly erst mitwollte und dann ein Riesentheater machte und wieder zurückwollte. Ridgeway trat also auf die Bremse, und sie stieg aus. Um zu Daddy zurückzulaufen. Ende der Geschichte.«

»Was wollten Sie in Amesbury?«, fragte Saunders.

»Ein bisschen herumfahren, ein paar Freunde treffen. Keine Ahnung.«

»Nicht etwa Darren White einen Besuch abstatten?«

»Ich habe den Namen noch nie gehört.«

»Eine Überwachungskamera hat gefilmt, wie Mr. Kingsley-Jones' Wagen am Morgen des Einundzwanzigsten um zwei Uhr fünfundzwanzig vor Mr. Whites Haus geparkt hat.«

»Wenn Sie es sagen.«

»Sie und Ridgeway haben dann den Wagen verlassen und das Haus betreten.«

»Hören Sie, Kumpel, ich hatte etwas zu viel Sherry intus, okay? Ich weiß nur, dass wir ein paar von Ridgeways Freunden treffen wollten. Ich habe keine Ahnung, wer das war.«

»Mr. White ist ein aktenkundiger Drogendealer. Hat er Ihnen und Ridgeway Drogen zum Verkauf mitgegeben?«

Stef zog lässig die Augenbrauen hoch. »Das klingt nicht sehr wahrscheinlich, Officer.«

»Von der Old Hat Farm nach Amesbury sind es fünfzehn Kilometer. Mehrere Zeugen haben ausgesagt, dass Sie die Farm in Mr. Kingsley-Jones' Wagen gegen halb zwei mit Holly Gilbert und Lee Geary verlassen haben. Was haben Sie in den übrigen vierzig Minuten getan?«

»Welche vierzig Minuten?«

»Die fehlenden vierzig Minuten zwischen der Abfahrt von der Old Hat Farm und dem Zeitpunkt, als der Wagen vor Mr. Whites Haus gefilmt wurde.«

»Keine Ahnung.« Stef beugte sich vor, und der Ausschnitt ihres Sweatshirts rutschte bedrohlich weit herunter. Lockyer vermutete, dass ihr das durchaus bewusst war. »Ich saß ja nicht am Steuer, oder? Ich bin nur mitgefahren, habe der Musik gelauscht und war glücklich.«

»Wissen Sie, wie Holly Gilbert um Viertel vor vier an diesem Morgen auf der Brücke über der A303 gelandet ist?«

»Nein.«

»Waren Sie bei ihr auf der Brücke?«

»Nein.«

»Waren Holly und Ridgeway ein Paar?«

Ein kurzer, tiefer Seufzer. »Nein. Ich glaube, er hat sie vielleicht ein- oder zweimal gevögelt, aber es war nicht so, dass sie gleich heiraten wollten. Holly war nicht sein Typ.«

»Was ist denn sein Typ?«

»Frauen mit dem gewissen Etwas.« Stef lehnte sich wieder zurück und legte ihren Fuß auf das Knie des anderen Beins. »Ich wette, Holly hatte immer noch Teddybären in ihrem Bett. Ridgeway steht auf Frauen mit etwas mehr Erfahrung. Verstehen Sie, was ich meine?«

»Auf jemanden wie Sie?«

»Also, das haben Sie gesagt, Officer, nicht ich. Was – bin ich etwa *Ihr* Typ, oder was? Wollen Sie das damit sagen?« Sie lächelte anzüglich. »Tut mir leid, dass ich Sie enttäuschen muss, aber ich vögle keine Bullen. Sie können mich höchstens als Wichsvorlage benutzen.« Sie zeigte auf die Kamera. »Nehmen Sie dafür diese kleinen Home Movies auf?«

»Miss Gould …« Ihr Anwalt versuchte, sie zu bremsen.

»*Was?*«, fuhr sie den armen Mann an, der darauf zurückschreckte.

»Holly hat mehrere Stunden vor ihrem Tod eine Kopfverletzung erlitten«, sagte Brent. »Wie kam es dazu? Hatte sie mit Ridgeway einen Streit? Vielleicht auf der Brücke?«

»Sind Sie taub, oder was?«, sagte Stef. »Ich sagte bereits, dass Holly nicht mit nach Amesbury gekommen ist. Ich versuche, es Ihnen noch einmal klar und deutlich zu sagen: Sie-ist-am-Endedes-Weges-ausgestiegen. Sie-ist-nicht-mitgekommen. Haben Sie mich gehört?«

»Wir haben uns die Aufnahmen der Überwachungskameras angesehen, Miss Gould«, sagte Saunders. »Zwischen halb zwei und Viertel vor vier ist kein anderes Fahrzeug von der Old Hat Farm in südlicher Richtung nach Amesbury gefahren, weder auf der A338 noch auf der A345. Nur Ridgeways Land Rover.«

»Und?«

»Wie ist Holly dann von der Old Hat Farm zur A303 gekommen, wenn sie nicht bei Ihnen im Wagen war?«

»Keine Ahnung. Vielleicht ist sie geflogen, mit ihren kleinen, glitzernden Feenflügeln.«

»Eine junge Frau ist tot, Miss Gould. Das hier ist kein Spaß.«

»Ich mache auch keine Witze.« Stef tippte mit dem Zeigefinger auf die Tischplatte. »Sie war nicht bei uns im Land Rover. Sie stieg ein, rastete plötzlich aus, stieg am Ende des Feldwegs wieder aus und lief zurück. Ende der Geschichte.«

»Warum ist sie ausgerastet?«

»Ich habe keinen blassen Schimmer.«

»Sonst hat keiner gesehen, wie sie aus dem Wagen gestiegen und zur Feier zurückgekehrt ist?«

Stef raufte sich frustriert die Haare. »Herrgott noch mal … Sie ist am Ende des Wegs ausgestiegen. Sind Sie verdammt noch mal nicht dort gewesen? Es ist ein langer Weg, und es war dunkel. *Natürlich* hat sie niemand gesehen.«

»Aber es hat auch niemand gesehen, wie sie aufs Fest zurückgekehrt ist.«

»Vielleicht wurde sie ja gesehen, nur dass es keiner gesagt hat. Es mag euch überraschen, Officers – und es tut mir leid, euch das zu sagen –, aber nicht jeder redet gern mit nutzlosen, beschissenen Wichsern wie euch!«

Brent und Saunders stellten Stef noch ein paarmal dieselbe Frage, liefen um sie herum und versuchten, sie aufs Glatteis zu führen, aber obwohl sie immer wütender wurde, blieb sie bei ihrer Geschichte. Lockyer würde überprüfen, ob es noch weitere Straßen zwischen der Farm und Amesbury gab, doch soweit er sich erinnerte, hatten Brent und Saunders recht – von dort verliefen nur zwei Straßen Richtung Süden, jeweils auf einer Seite der weiten, unbebauten Ebene, die größtenteils militärisches Sperrgebiet war. Die A338 führte durch Tidworth und die A345 an Durrington vorbei. Beide Orte lagen in der Nähe von Militäreinrichtungen, und in beiden gab es deshalb zweifellos jede Menge Überwachungskameras.

Lockyer nahm sich das Band mit Ridgeways Befragung vor und schlug in der Akte sein Geburtsdatum nach, während er es startete. Ridgeway war damals fünfundzwanzig Jahre alt gewesen. Er saß mit verschränkten Armen aufrecht, aber entspannt auf seinem Stuhl. Er lümmelte nicht wie Stef angriffslustig herum und wand sich auch nicht nervös wie Lee. Lockyer wurde augenblicklich klar, dass Ridgeway eher als die beiden anderen imstande war, ein Geheimnis für sich zu behalten und Ruhe zu bewahren. Sein Bart verbarg die Konturen seines Mundes, aber in seinem Blick lag eine undurchdringliche Gleichgültigkeit, der er sofort misstraute. Er sprach mit einem Akzent, der zwischen dem der Home Counties und der schleppenden Sprechweise Somersets wechselte, und erzählte die gleiche Geschichte wie Stef: dass Holly zunächst in ihrer Begleitung das Fest verlassen hatte und dann wieder zurückgekehrt war.

»Wann bekomme ich ihn übrigens wieder zurück?«, sagte er.

»Was meinen Sie, Mr. Kingsley-Jones?«, fragte Brent.

»Meinen Land Rover. Ohne Transportmittel ist es ziemlich schwer, meinen Geschäften nachzugehen.«

»Und was für Geschäfte sind das, Mr. Kingsley-Jones?«

»Dies und das. Ich bin so eine Art Berater.«

»Ach ja? Und in was für Angelegenheiten bitten die Leute Sie um Rat?«

»Dies und das. Und was ist jetzt mit meinem Geländewagen?«

»Sie bekommen ihn zurück, sobald wir damit fertig sind«, sagte Saunders genauso wenig auskunftsfreudig wie Ridgeway. »Das Haar vom Beifahrersitz stimmt mit denen von Holly Gilbert überein. Wir haben es getestet.«

Ein kaum merkliches Achselzucken. »Das war zu erwarten.«

»Außerdem haben wir auf dem Rücksitz Blut gefunden«, sagte Saunders. »Wir haben es ebenfalls getestet.«

»Ich schätze, es ist auch von Holly.«

Ridgeway hatte sich kein bisschen bewegt, seine Miene war unverändert.

Nach einer Pause fragte Brent: »Können Sie uns erklären, wie Hollys Blut in Ihren Wagen kommt, Mr. Kingsley-Jones?«

»Nun, ich bin nicht gerade zimperlich, und Holly war es auch nicht.« Der Anflug eines Lächelns. »Wir hatten Sex, und sie hatte ihre Tage. Es war eine Riesensauerei.«

»Verstehe. Und wann war das?«

Ridgeway zuckte erneut mit den Schultern. »Weiß nicht. Wir hatten ziemlich viel Sex, Holly und ich. Jedes Mal, wenn ich in der Old Hat Farm vorbeischaute, wartete sie schon auf mich. Wissen Sie, wenn ich jetzt so darüber nachdenke, ich glaube, sie war in mich verknallt.«

»Die Blutspuren in Ihrem Pkw sind ganz frisch.«

»Es ist kein *Pkw*. Und das war erst kürzlich – der Sex mit dem ganzen Blut.«

»Das Blut stammt also nicht von einer Kopfverletzung, die Holly kurz vor ihrem Tod erlitten hat?«

»Nein. Das Blut ist aus ihrer Muschi.«

»Wir können das überprüfen, Mr. Kingsley-Jones«, sagte Saunders. »Menstruationsblut unterscheidet sich stark von venösem Blut.«

Lockyer hatte keine Ahnung, ob das stimmte oder ob Saunders nur bluffte.

»Tun Sie sich keinen Zwang an«, sagte Ridgeway.

»Wissen Sie, wie Holly sich den Kopf verletzt hat?«

»Nein, weiß ich nicht. Es ging ihr gut, als wir von der Farm losgefahren sind. Und auch, als sie kurz vor der Straße wieder ausgestiegen ist.« Er dachte einen Moment nach. »Es war ein wenig bewölkt, also ziemlich dunkel. Vielleicht ist sie gestolpert und hat sich dabei den Kopf angeschlagen.«

Seine Stimme war völlig ausdruckslos, und falls er den harten Kerl nur markierte, fiel ihm das offenbar sehr leicht.

»Wo ist Hollys Handy, Mr. Kingsley-Jones?«

»Woher zum Henker soll ich das denn wissen?«

»Warum ist sie ausgestiegen und zurückgelaufen?«

»Keine Ahnung. Sie hat plötzlich ein Riesentheater gemacht.«

»Warum?«

»Weiß ich nicht. Sie war sturzbesoffen und hat ein furchtbares Drama veranstaltet. Sie wissen ja, wie Mädchen manchmal sind.«

»Wo sind Sie von der Old Hat Farm aus hingefahren?«

»Wir wollten in Amesbury ein paar Freunde abholen und dann nach Stonehenge rüberfahren. Die Feier auf der Farm war mir etwas zu … unspektakulär.«

»Aber Sie sind nicht nach Stonehenge gefahren. Sie blieben bis sechs Uhr morgens in Darren Whites Haus.«

»Was soll ich sagen?« Ridgeway zuckte mit den Schultern. »Das haben Sie sich wirklich schön zurechtgelegt. Aber die Sache ist die: Wenn ich Holly irgendwie auf die Brücke gebracht und runtergestoßen haben soll – wie spät war es da, vier Uhr morgens? –, wie kann es dann sein, dass ich bis sechs bei Darren war?«

»Ihr *Pkw* stand bis sechs vor Darrens Haus«, stellte Saunders klar. »Das Tor auf der Rückseite des Grundstücks ist nicht videoüberwacht.«

»Aber die Vorderseite. Sie haben also wahrscheinlich Aufnahmen davon, wie ich mit Stef das Haus betrete. Ist darauf irgendwo Holly zu sehen? Ich glaube nicht. Denn sie war nicht bei uns.«

»Wo war Lee Geary? Er hat den Wagen nicht verlassen.«

»Er hat auf der Rückbank tief und fest geschlafen. Für ihn war längst Schlafenszeit.«

»Oder Sie haben ihn vorher abgesetzt – ihn und Holly. Bevor ihr bei Darren eingetroffen seid, gibt es von den Verkehrskameras für etwa vierzig Minuten keine Bilder.«

»Holly war immer noch auf der Farm, und Lee hat auf der Rückbank geschlafen.«

Ridgeway war durch nichts aus der Ruhe zu bringen.

»Haben Sie Holly vergewaltigt, Mr. Kingsley-Jones?«, fragte Brent mit ausdrucksloser Stimme. »Hat sie sich gewehrt? Mussten Sie sie schlagen? Soweit ich weiß, wollen viele Frauen während der Periode keinen Sex haben.«

Ridgeway schien amüsiert. »Vielleicht nicht mit *Ihnen*, aber ich habe da andere Erfahrungen gemacht. Wie gesagt, Holly war nicht zimperlich. Und ich musste sie ganz bestimmt nicht vergewaltigen.«

»Wurde Ihnen klar, dass Sie zu weit gegangen waren, und haben Sie Lee dann beauftragt, sie loszuwerden?«

»Sie machen wohl Witze. Sie haben Lee selbst kennengelernt, oder? So ungefähr die komplizierteste Anweisung, die er ausführen kann, ist, wieder auszuatmen, nachdem er eingeatmet hat.«

»Aber es wäre gar nicht so kompliziert gewesen, Holly auf die

Brücke zu bringen und runterzuwerfen, oder? Auftrag ausgeführt. Er scheint kräftig genug zu sein.«

»Er könnte Sie beide mit einer einzigen Hand hochheben. Und ich könnte ihn jetzt sofort ans Messer liefern, falls irgendwas in der Art tatsächlich passiert ist. Ich könnte Ihre Theorie bestätigen und sagen, dass Lee es gewesen ist. Dass er ihr nichts antun wollte, dass er nur seine eigene Kraft unterschätzt hat, so was in der Richtung.«

Schließlich bewegte sich Ridgeway doch noch. Er beugte sich vor, stützte sich mit den Ellbogen auf dem Tisch ab und blickte die beiden nacheinander an.

»Ich könnte Ihnen erzählen, dass er dabei zugesehen hat, wie ich es Holly besorgt habe, und mitmachen wollte. Dass er extrem erregt war.« Er grinste. »Aber das ist Schwachsinn. Ich habe Holly auf der Farm zurückgelassen. Sie war zwar angetrunken und etwas ungehalten, aber es ging ihr gut. Und Sie werden nicht das Gegenteil beweisen können.«

Nach Feierabend fuhr Lockyer direkt nach Salisbury. Am Himmel brauten sich graue Wolken zusammen, und es sah tatsächlich so aus, als würde es endlich einen Wetterumschwung geben. Ehe er aufgebrochen war, hatte er sich noch einmal die Bänder mit den Befragungen angesehen und Notizen zu den offenen Fragen gemacht.

Stef und Ridgeway hatten beide ausgesagt, dass Holly aufgebracht gewesen sei, als sie von der Farm losgefahren waren. Das klang nach einer erfundenen Geschichte, die sie sich zurechtgelegt hatten, um zu erklären, *warum* Holly angeblich aus dem Land Rover gestiegen war, bevor sie die Straße erreicht hatten. Da es keine Zeugen dafür gab und es dunkel gewesen war, ließ sich nur schwer das Gegenteil beweisen. Außerdem erklärte die Tatsache, dass sie zunächst in den Wagen gestiegen war, ihre DNA-Spuren im Innern des Fahrzeugs.

Aber war Ridgeway nicht klar gewesen, dass die Verkehrskameras und weitere Überwachungskameras entlang der Strecke sie auf der Fahrt gefilmt hatten? Dass man alle anderen Verkehrsteilnehmer – und das konnten zu dieser späten Stunde, unter der Woche auf einer Landstraße, nicht viele sein – identifizieren und ausschließen würde? Warum hatte er nicht einfach erzählt, dass Holly bei der Ankunft in Amesbury weggerannt war, statt zu leugnen, dass sie überhaupt mitgefahren war, da sie doch nur mit seinem Wagen dort hingekommen sein konnte?

Das ließ ihm keine Ruhe. Es war dumm, eine derartige Geschichte zu erzählen, weil sich dann kaum erklären ließ, wie Holly sonst nach Amesbury gekommen war. Schließlich hatte sie niemand aufs Fest zurückkommen sehen. Egal wie betrunken oder zugedröhnt die Leute gewesen waren, *irgendjemand* hätte sie dann gesehen – und sich daran erinnert. Allerdings hatte Stef recht, dass Leute, die die Nacht durchgefeiert und reichlich Drogen genommen hatten, nicht besonders scharf darauf waren, mit der Polizei zu reden. Andererseits gab es keine Beweise, dass auf dem Fest viele Drogen konsumiert wurden. Eine junge Frau war gestorben, und nicht alle Gäste betrachteten die Polizei als Feind; sie waren bereit gewesen, eine Aussage zu machen, und alle hatten übereinstimmend berichtet, dass sie Holly zuletzt gesehen hatten, als sie in den Land Rover gestiegen war.

Was Lockyer jedoch Kopfzerbrechen bereitete: Wenn Ridgeways und Stefs Darstellung der Ereignisse *nicht* der Wahrheit entsprach, wäre es dumm, so etwas zu erzählen. Stef war zwar aufgrund ihrer kaum unterdrückten Wut nur schwer einzuschätzen, aber das galt nicht für Ridgeway. Und er schien alles anders als dumm zu sein.

Auf dem Krankenhausboden spiegelten sich schwach die Lichter.

»Hi, Mum«, sagte Lockyer leise, während er mit dem vorgeschriebenen Abstand Platz nahm. Trudy lag regungslos da. Lockyer wusste nicht, ob sie friedlich schlief oder aber erschöpft war. Im Krankenzimmer war es still, trotz der zahlreichen Geräte, an die seine Mutter jetzt angeschlossen war. Während er sie betrachtete, verspürte er eine bleierne Schwere. Wenn sie wach gewesen wäre, hätte er nicht gewusst, was er sagen sollte, um sie aufzumuntern. Er war nie gut in so etwas gewesen. Gemma Broad hingegen konnte gegenüber einem wildfremden Menschen ihr Mitgefühl ausdrücken, und dieser spürte sofort, dass es ehrlich gemeint war. Aber wenn er das versuchte, klang es aufgesetzt, auch wenn es von Herzen kam.

Er schaute sich im Zimmer um. Die anderen Patientinnen schliefen ebenfalls oder trugen winzige Kopfhörer und sahen fern.

»Mum … Ich habe im Wäldchen hinter meinem Haus eine vergrabene Leiche gefunden. Von einer Frau namens Róisín Conlan. Sie ist vor einigen Jahrzehnten auf meinem Dachboden gestorben. Und ich weiß nicht, was ich machen soll.«

Während er die Situation auf diese Weise schilderte, hätte er beinahe gelacht. Es klang absurd. Und keineswegs so, als stünde er vor einem Dilemma.

»Ich glaube nicht, dass sie ermordet wurde. Es war nur eine … unglückliche Verkettung von Ereignissen. Allerdings haben die beiden ihren Tod verheimlicht und eine ordnungsgemäße Bestattung verhindert. Das sind Straftaten. Und jetzt hat Iris schreckliche Angst.«

Er beobachtete, wie sich Trudys Brustkorb leicht hob und senkte.

»Ich wünschte, du würdest aufwachen und mir sagen, was ich tun soll.«

Aber er ahnte, was sie sagen würde: Wenn man eine Entscheidung hinauszögerte, wusste man bereits, was man zu tun hatte. Es ging nur darum, den Mut aufzubringen, sie in die Tat umzusetzen.

Es stand keinem Menschen zu, schon gar nicht einem Polizeibeamten, den Stellenwert eines Falls zu beurteilen und Recht zu sprechen, wenn ein Verbrechen geschehen war. Dafür gab es das Gesetz und ein rechtsstaatliches Verfahren. So einfach war das. Oder sollte es jedenfalls sein.

Soweit Lockyer das wusste, hatte Iris Musprat keine Familie mehr. Er hatte nie gesehen, dass sie Besuch bekam. Falls sie Freunde gehabt hatte – und selbst sehr zurückgezogen lebende Menschen hatten meist zumindest ein oder zwei Freunde –, waren sie inzwischen sicher längst gestorben. Er wusste, dass ihr Bill viel bedeutet hatte, aber er war ebenfalls tot. Sie hatte bereits in ihrer Hälfte des Hauses gelebt, als Lockyer noch nicht geboren war, und ihre Gewohnheiten waren ihr in all den Jahren der Einsamkeit in Fleisch und Blut übergegangen. Die Vorstellung, dass sie es verlassen musste und auf ein Polizeirevier gebracht wurde, kam ihm irgendwie unanständig vor. Dass man sie ins Gefängnis steckte und vielleicht anklagte. Aber wenn er nichts unternahm und man das später herausfand, wäre er noch gut bedient, wenn er nur seinen Job verlor.

»Ich wünschte, sie hätte es mir nicht erzählt«, murmelte er.

Wieder zu Hause aß er eine einfache Mahlzeit aus Bohnen und Toast. Es hatte keinen Zweck, im Internet nach Róisín Conlan zu recherchieren. Sie war 1964 gestorben, und Mrs. Musprat hatte sich nur vage über ihre Familie geäußert und darüber, ob man sie als vermisst gemeldet hatte oder nicht. Im Internet würde er nichts über sie finden, es sei denn – der Gedanke versetzte ihm einen Stich –, dass es doch Verwandte gab, die immer noch nach ihr suchten. Die Foren für vermisste Personen kontaktierten oder über die sozialen Medien mit Leuten Verbindung aufnahmen, die denselben Namen trugen und etwa im richtigen Alter waren. *Könnte es vielleicht sein, dass Sie …?*

Lockyer stellte den Teller in die Spüle und begann, auf und ab zu gehen. Selbst wenn Rosie keine Hinterbliebenen hatte, war das, was ihr zugestoßen war, zwar nicht weniger falsch, aber es war eine schreckliche Vorstellung, dass jemand sie all die Jahre vermisst, sich ihretwegen Sorgen gemacht und vielleicht vergeblich nach ihr gesucht hatte.

Doch eigentlich sollte er jetzt über Lee Geary und Holly Gilbert nachdenken. Und alles, was sie bisher in Erfahrung gebracht hatten, noch einmal durchgehen und von allen Seiten betrachten. Frustriert schlüpfte Lockyer in seine Stiefel und ging nach draußen, um einen Spaziergang zu machen. Das tat er jedes Mal, wenn er nicht schlafen konnte oder seine Gedanken ordnen musste.

Die Salisbury Plain war voller menschlicher Gräber. Hier lagen die Gebeine unzähliger Generationen, eingebettet in Kalkstein, unter einer Decke aus Torf und Wildblumen. Was machte da schon ein weiteres Skelett? Eine weitere Person, deren Namen man im Laufe der Zeit vergaß? Lee Geary hätte dasselbe Schicksal erleiden können, wenn die Überschwemmung ihn nicht zutage gefördert hätte; seine Schwester hätte vielleicht nie erfahren, was mit ihm passiert war. Nach Mrs. Musprats Tod wäre Lockyer der Einzige, der wusste, wo Róisín Conlan lag. Er konnte einfach nicht zulassen, dass sie zu einem der vielen namenlosen Menschen wurde. Für eine Minute spielte er mit dem Gedanken, zu warten, bis Mrs. Musprat gestorben war, und dann die Knochen »zufällig« zu finden. Aber das war kein guter Plan. Sie war eine zähe alte Dame und würde vielleicht – wie er hoffte – noch einige Jahre leben.

So lange konnte er nicht warten, und Róisín auch nicht.

Lockyer stieg zur Orcheston Down empor. Die Ebene, die sich ringsum erstreckte, war im schwachen Licht gerade noch zu erkennen. Im Osten, außerhalb seines Blickfelds, verlief das Tal mit dem River Avon, der sich Richtung Süden bis nach Ratfyn schlängelte, zu der Stelle, wo der Laster Hollys leblosen Körper durch die Luft geschleudert hatte. Und dahinter lag die weite Ebene, die bis nach Everleigh zu der Stelle reichte, wo Lee Geary gestorben war.

Es wurde gegrillt. Ich habe eine Folienkartoffel gegessen.

Lees einfache Feststellung zerriss ihm das Herz. Nicht zuletzt diese Worte überzeugten ihn, dass Karen recht gehabt hatte. Man hatte Lee ausgenutzt, seine Leichtgläubigkeit und körperliche Stärke. Ihn missbraucht. Er war an seinem letzten Tag aufgebrochen, um irgendjemandem etwas mitzuteilen. Jemandem auf der Old Hat Farm? Jemand ganz anderem? Ridgeway war zu diesem Zeitpunkt bereits tot gewesen. Aber egal, mit wem Lee sprechen wollte, Lockyers Instinkt sagte ihm, dass es dabei um Holly Gilbert gegangen war und er deswegen sterben musste.

7

TAG ACHT, MONTAG

Am Morgen regnete es, und es wehte eine kräftige Brise.

»Alles okay, Chef?«, fragte Broad, während sie zum Wagen eilten.

»Ja.«

»Sind diese Temperaturen nicht ein Segen?«

»Jedenfalls mal was anderes.«

Lockyer setzte aus der Parklücke zurück. Als er am Freitag gegangen war, hatte Broad immer noch das Protokoll zur Untersuchung der Todesursache und die ursprüngliche Akte zu Holly Gilbert durchgesehen.

»Haben Sie irgendwas gefunden?«, fragte er.

»Nun, nichts von Interesse …« Broad blätterte mehrere Seiten ihres Notizblocks um. »Zwei ihrer Freunde von der Uni haben bei der Untersuchung als Zeugen ausgesagt. Eine Frau namens Jess und ein Bursche namens Dean. Sie haben erklärt, dass Holly nach ihrem Umzug auf die Old Hat Farm an Weihnachten mehr oder weniger den Kontakt zu ihnen abgebrochen habe. Dass sie angefangen habe, mit Drogen zu experimentieren, die ganze Nacht aufblieb und Seminare verpasste, solche Sachen. Offenbar hat sie nur gelacht, als die beiden ihr vorschlugen, einen Trauerbegleiter aufzusuchen.«

»Sie dachte, sie hätte die Antwort bereits gefunden«, sagte Lockyer.

Broad blätterte eine Seite um. »Laut toxikologischem Bericht handelte es sich bei dem Halluzinogen in ihrem Blut um eine Substanz namens *Salvinorin A*, das eine ähnliche Wirkung wie LSD hat. Früher war sie Bestandteil einiger legaler Rauschmittel, bis sie 2016 durch das Gesetz zur Bekämpfung psychoaktiver Stoffe verboten wurde. Nicht dass das die Leute davon abgehalten hätte, sie zu nehmen. Die Wirkung kann sehr stark sein, hält aber nicht lange an. Ein Trip dauert etwa zwanzig Minuten. Die Tests haben ergeben, dass Hollys Körper die Substanz größtenteils bereits wieder abgebaut hatte.«

»Sie war also nicht mehr high, als sie von der Brücke gestürzt ist.«

»Nein. Entscheidender war die Menge an Alkohol, die sie getrunken hatte. Sie hatte 0,95 Promille im Blut. Ein solcher Pegel führt zu einer gewissen Enthemmung, einer Beeinträchtigung des Urteilsvermögens und der motorischen Funktionen und manchmal auch zu depressiven Verstimmungen«, sagte Broad. »Wenn sie also deprimiert war, könnte sich dadurch ihr Zustand noch weiter verschlechtert haben.«

»Und bei der Autopsie hat man keine Kampfverletzungen festgestellt?«

»Nein. Ich habe den Bericht noch mal durchgelesen. Sie hatte ein paar kleine Blutergüsse an den Unterarmen und einen größeren am Oberschenkel. Aber das war nichts Ungewöhnliches, sie könnten vom wilden Gedränge auf einer Tanzfläche stammen und von einem Sturz.«

»Dem Sturz, bei dem sie sich vielleicht den Kopf angeschlagen hat? Kommt das zeitlich hin?«

»Das schon. Aber sie geben keinen endgültigen Aufschluss über den Ablauf der Ereignisse.«

»Schon klar.«

»Haben die Videos mit den Befragungen irgendwas ergeben?«, fragte Broad.

»Sie sollten sie sich ansehen«, sagte Lockyer. »Einen besseren Eindruck können wir nicht bekommen, wenn wir sie schon nicht selbst befragen können. Stef war eine sehr zornige junge Frau – sie hätte nicht mal mit der Polizei kooperiert, wenn man ihre Mutter entführt hätte. Und Ridgeway war ein harter Brocken. Ruhig, intelligent und kein bisschen nervös. Ich hätte ihm nicht über den Weg getraut. Beide beharrten darauf, dass Holly am Ende des Feldwegs aus dem Wagen gestiegen und nicht mit ihnen nach Amesbury gefahren ist.«

»Wie soll sie dann hingekommen sein?«

»Genau das ist die Frage. Und Lee … Nun, sehen Sie sich das Video an.«

»Es wundert mich ein wenig, dass der Gerichtsmediziner statt Selbstmord nicht eine ungeklärte Todesursache angegeben hat oder Tod durch Unfall«, sagte Broad. »Die Polizei von Salisbury musste Ridgeway und die anderen aus Mangel an Beweisen wieder laufen lassen, aber *irgendjemand* hat Holly nach Amesbury gefahren und sich nie gemeldet. Und dann ist da die Kopfverletzung, für die niemand den Grund kennt …«

»Ich weiß«, sagte Lockyer. »Ich denke, aufgrund ihrer Trauer, der Drogen und des Alkohols ist es durchaus wahrscheinlich, dass sie gesprungen ist, egal wie sie auf die Brücke gekommen ist.«

»Aber Sie glauben das nicht?«

»Glauben Sie es denn?«, fragte er.

»Ich denke … sie ist wahrscheinlich gesprungen«, sagte Broad. »Aber das heißt ja nicht, dass sonst niemand beteiligt war oder dass niemand Ridgeway die Schuld daran gegeben hat. Und den beiden anderen.«

»Das sehe ich genauso. Holly war sehr verletzlich, und Ridgeway war kein guter Umgang für sie.«

Auf der Old Hat Farm atmete Lockyer den Duft von Sommerregen ein – von Regen auf verdorrter Erde. Er liebte diesen Geruch.

Als sie diesmal an die Tür des Wohnhauses klopften, öffnete ein Mädchen im Teenageralter. Es trug eine Latzhose und hatte die Haare zu einem unordentlichen Dutt hochgesteckt.

»Hi! Ich bin Melody«, sagte sie mit starkem australischem Akzent.

»Wir suchen Jason McNeil«, sagte Lockyer und zeigte seinen Ausweis.

»Jase? Warum? Was wollen Sie von ihm?«

Als die beiden Beamten nicht antworteten, deutete sie vage in Richtung der Scheunen hinter ihnen.

»Er ist in der Werkstatt, glaub ich.«

»Danke«, sagte Lockyer.

Sie spähten in einige der Nebengebäude, bis sie leises Radiogedudel hörten, und folgten dem Geräusch zu einem einstöckigen, länglichen Gebäude. An der Seite befanden sich in einigen Abständen mehrere Stalltüren. Im Innern roch es intensiv nach geschnittenem Holz, und an der Rückwand erstreckte sich eine ungefähr sechs Meter lange Werkbank, über der mehrere Regale und unzählige Werkzeuge hingen. Meißel, Sägen, Hobel und Handbohrer, einfach alles, angefangen von einem winzigen Toffee-Hammer aus Stahl bis zu einem riesigen Gummihammer mit rundem Kopf, allesamt nach Größe geordnet.

Vince McNeil stand vornübergebeugt an der Werkbank und trug einen Streifen Heißkleber sauber auf zwei verschnörkelte Holzleisten auf. Er drehte sich zu ihnen um und schien keineswegs überrascht, dann wandte er sich wieder seiner Arbeit zu.

»Ich bin gleich bei Ihnen«, sagte er mit seiner tiefen, dröhnenden Stimme. »Ich muss das hier nur noch einspannen.«

»Lassen Sie sich Zeit«, sagte Lockyer.

Er gab den Leuten gern das Gefühl, sie hätten alle Zeit der Welt, um zu signalisieren, dass es keinen Zweck hatte, die Befragung hinauszuzögern. Aber er bezweifelte, dass diese Taktik bei Vince funktionierte, da er stets seinem eigenen Rhythmus zu folgen schien.

»Was soll das werden?«, fragte Broad, als Vince die Schraubzwingen angezogen hatte, sich umdrehte und seine Hände an einem Lappen abwischte.

»Ein Bücherregal. Das ist die Abschlussleiste.«

»Ihre Frau hat erwähnt, dass Sie und Ihr Sohn Sachen zum Verkauf anfertigen«, sagte Lockyer. »Wie funktioniert das, ohne Telefon und Internet?«

»Wir haben zwar keine Telefone, aber ich glaube kaum, dass sie gesagt hat, wir hätten kein Internet. Wir haben einen Laptop – hauptsächlich für die Holzarbeiten. Ich habe die Sachen früher auf Flohmärkten und aus dem Kofferraum heraus verkauft, aber auf diese Weise ist es umweltfreundlicher.«

»Und wir dachten, Sie hätten sich völlig ausgeklinkt.«

»Wenn wir könnten, würden wir das tun«, sagte er rundheraus. »Aber wir müssen sehen, dass wir über die Runden kommen.«

»Wir wollten mit Ihrem Sohn sprechen«, sagte Broad. »Aber er scheint im wirklichen Leben genauso unsichtbar zu sein wie im Internet.«

Vince wirkte amüsiert. »Man ist gesetzlich nicht verpflichtet, online zu sein. Aber ich nehme an, dass Sie nach Jason McNeil recherchiert haben, oder?«

»Also … ja.«

Draußen ertönten Schritte.

»Jase ist sehr real«, sagte Vince, als ein Mann, der ein Gerüstbrett trug, mit eingezogenem Kopf durch die hinterste Tür hereinkam. Rasch fügte er hinzu: »Reden Sie erst mal ganz leise mit ihm.«

Als Lockyer Jason sah, verstand er, warum sie ihn unter dem Namen Jason McNeil nicht gefunden hatten. Er war Anfang dreißig, schlank und durchschnittlich groß und hatte die muskulösen Arme eines Menschen, der einer körperlichen Arbeit nachging. Außerdem war er schwarz und trug seine Haare zu kurzen Zöpfen geflochten, die er auf dem Kopf zu einem struppigen Bündel zusammengesteckt hatte. Trish und Vincent McNeil waren definitiv nicht seine leiblichen Eltern.

Jason sah unvermittelt auf, er war sichtlich überrascht. Sein Blick huschte von Broad zu Lockyer und dann wieder zurück.

»Jason«, sagte Vince leise. »Das sind die Polizeibeamten, von denen ich dir erzählt habe.«

Jason legte das Brett hin und kam auf sie zu. Er bewegte sich so vorsichtig, dass Lockyer zögerte, irgendetwas zu sagen. Als würde Jason dann wieder verschwinden.

»Wie kann ich Ihnen helfen, Officers?«, sagte Jason.

Sein merkwürdiger Gang hatte Broad offenbar aus dem Konzept gebracht.

»Äh …«, sagte sie, während Jason seine nachtschwarzen Augen auf sie gerichtet hatte. »Wir würden mit Ihnen gerne über einen Mann namens Lee Geary reden. Wir haben gehört, dass er hier früher regelmäßig zu Gast war. Wir untersuchen seinen Tod, der sich vermutlich vor neun Jahren ereignet hat, und …«

Broad verstummte, weil Jason sie anlächelte. Es war weder ein spöttisches noch ein höfliches Lächeln, sondern ein breites, entwaffnendes Lächeln, das sein ganzes Gesicht erleuchtete.

»Ähm …«, sagte Broad.

»Fahren Sie fort, Officer«, sagte er.

»Das … das war in dem Jahr, in dem auch Holly Gilbert gestorben ist.«

Das Lächeln schwand aus seinem Gesicht, und als Lockyer das Wort ergriff, zuckte Jason zusammen.

»Kannten Sie Mr. Geary?«

Jason wandte den Blick von Lockyers Augen ab. »Ja, ich kannte ihn. Aber nicht sehr gut. Ich … ich habe versucht, auf ihn aufzupassen, wenn er hier war.«

»Inwiefern?«

»Er hing meistens zusammen mit Ridgeway und seiner Freundin ab. Sie haben ihn nicht immer nett behandelt.«

»Meinen Sie Stef Gould?«

»Ja.«

»Und … Sie mochten die beiden nicht besonders?«

»Sie waren ziemlich aggressiv«, sagte Jason. »Ich gehe solchen Leuten lieber aus dem Weg.«

»Wie oft –«, begann Lockyer.

»Entschuldigung, könnten wir bitte draußen weiterreden?«

Ohne eine Antwort abzuwarten, ging Jason auf die Tür zu. Lockyer und Broad wechselten einen Blick, während Vince sich ruhig wieder seiner Arbeit zuwandte.

Draußen tröpfelte es immer noch. Jason lief zur Mitte des Hofs und stand einen Moment mit geschlossenen Augen da. Die beiden folgten ihm, und Lockyer bemerkte, wie sich seine Körperhaltung leicht veränderte, als die Anspannung von ihm abfiel. Seine Schultern sanken herab, sein Kiefer lockerte sich.

»Besser«, sagte Jason und öffnete die Augen wieder. »Es wühlt meinen Vater immer sehr auf, über Holly zu reden.«

»Wenn Sie sagen, Ihr Vater … Vince ist nicht Ihr leiblicher Vater?«, sagte Lockyer.

»Das ist Ihnen also aufgefallen?« Er klang amüsiert. »Nein. Aber ich war noch ein Kind, als ich hierherkam, ein junger Teenager. Vince und Trish haben mich bei sich aufgenommen. Sie hatten keine eigenen Kinder.«

»Können Sie mir Ihren vollständigen Namen sagen?«

»Jason McNeil.«

»Ihren *eigentlichen* Nachnamen.«

Jason erwiderte nichts, und Lockyer bemerkte, mit welcher Entschlossenheit er schwieg.

»Also schön«, sagte er. »Wann sind Sie hierhergekommen?«

»Das muss so 2000, 2001 gewesen sein.«

»Und was ist mit Ihrer früheren Familie?«

Jason wirkte verlegen. »Sie … Ich war besser dran ohne sie.«

Lockyer konnte sich nicht vorstellen, ohne die Liebe und Sicherheit aufgewachsen zu sein, die er von seiner Familie erfahren hatte. Aber er hatte genug Fälle von Vernachlässigung und elterlicher Gewalt erlebt, um zu wissen, dass es für ein Kind nicht immer das Beste war, wenn es bei den Eltern blieb. Es war jedoch aufschlussreich, dass die McNeils den jungen Ausreißer einfach bei sich aufgenommen hatten, statt das Jugendamt zu informieren. Offensichtlich glaubten sie, dass normale Abläufe wie diese sie nicht betrafen.

»Was dachten Sie über Holly?«, fragte Broad. »Es muss eine große Umstellung für Sie gewesen sein, als Sie erfuhren, dass Sie eine Art Stiefschwester haben.«

Jason wandte sich ihr zu, und seine Mundwinkel umspielte ein Anflug dieses zauberhaften Lächelns. Lockyer sah, dass sich auf Broads Wangen mehrere verräterische rote Flecken ausbreiteten.

»Holly war einfach wunderbar«, sagte er. »Sicher, sie war ziemlich durch den Wind. Sie hatte gerade ihre Mum verloren und war völlig planlos. Aber sie war ein wahrer Schatz.«

»Wie alt waren Sie damals?«, fragte Broad.

»Etwa vierundzwanzig, fünfundzwanzig.«

»Und Sie beide haben sich gut verstanden? Es gab keine … Reibereien?«

»Natürlich nicht«, sagte Jason. »Holly war Vince' leibliche Tochter. Ich konnte es ihnen auf keinen Fall verübeln, dass sie einander kennenlernen wollten.«

»Würden Sie sagen, dass sie mit ihren zwanzig Jahren sehr erwachsen war?«

»Wahrscheinlich erwachsener als ich in ihrem Alter. Aber Mädchen sind ja generell weiter als Jungs, oder?«

»Meistens schon«, sagte Broad mit einem dezenten Lächeln.

»Holly war äußerst liebenswert«, sagte Jason. »Sicher, ich weiß, dass sie nur sechs Monate hier war, aber ich hatte das Gefühl, sie schon ewig zu kennen, verstehen Sie? Manche Menschen *kennt* man einfach. Man fühlt sich ihnen nahe. Als wäre man ihnen früher schon einmal begegnet.«

»Es hat Sie also schwer getroffen, als sie sich umgebracht hat?«, fragte Lockyer.

»Sie hat sich nicht umgebracht.«

»Sie glauben nicht, dass sie gesprungen ist?«

»Nicht freiwillig. Holly hatte keine Ahnung, wie man zu der Brücke kommt, und sie *wollte* sich nicht umbringen. Sie war so … voller Leben.«

»Sie hat zu dem Zeitpunkt offenbar eine Menge durchgemacht …«

»Zu dem Zeitpunkt nicht mehr«, sagte Jason. »Anfangs schon. Aber bis zum Sommer hatte sie ihre Trauer akzeptiert. Sie betrachtete sie mit anderen Augen – das hat sie mir gesagt. Sie erschien ihr nicht mehr wie ein … Abgrund. Und sie war voller Tatendrang. Sie war indigoblau und golden. Genau wie Sie.«

Das war an Broad gerichtet, die erneut rot anlief.

»Meiner Erfahrung nach ist Trauer kein geradliniger Prozess«, sagte Lockyer. »Sie kommt und geht wie in Wellen.«

»Ja«, sagte Jason. »Und inzwischen wusste Holly, dass die Trauer auch wieder nachließ, wenn sie davon überwältigt wurde. Trish hat sie das gelehrt.«

»Was glauben Sie, ist mit ihr passiert?«

»Ich glaube, dass sie mit Ridgeway und den beiden anderen nach Amesbury gefahren ist, und was auch immer danach passiert ist – sie ist nicht ... *gesprungen*. Die drei wussten mehr, als sie gesagt haben, darauf können Sie Gift nehmen.«

»Haben Sie gesehen, wie sie auf dem Fest in Ridgeways Land Rover gestiegen ist?«

»Ich war nicht auf dem Fest.«

»Ach ja? Wo waren Sie?«

»Ich ... ich fühle mich in einer Menschenmenge nicht wohl«, sagte er. »So viele Leute auf einem Haufen, so viele Stimmen gleichzeitig.« Er schloss für einen kurzen Moment erneut die Augen. »Das macht mich ganz verrückt.«

»Leiden Sie unter Klaustrophobie?«, fragte Broad.

»Nein. Es ist ... schwer zu erklären.«

»Sie sind also im Haus geblieben?«

»Nein, ich bin weggefahren, habe ein paar Freunde besucht.«

»Wo?«

Eine Pause. »In Avebury.«

»Waren dort nicht auch viele Menschen? Auf der Sonnwendfeier?«

»Nicht so viele wie hier.«

»Wie viele Leute waren hier auf der Farm?«

»Das müssen Sie meine Eltern fragen. Normalerweise waren es immer so drei-, vierhundert Leute.«

»Für eine Veranstaltung von dieser Größe braucht man eine Genehmigung«, erklärte Lockyer, worauf Jason das Gesicht verzog.

»Sparen Sie sich das.«

»Wissen Sie, welche Drogen Holly genommen hat?«

Jason antwortete nicht.

»Sie hatte zum Zeitpunkt ihres Todes ein Halluzinogen sowie Alkohol in ihrem Körper.«

Erneutes Schweigen.

»Hören Sie, wir sind nicht an einer Anzeige wegen Drogenmissbrauchs interessiert – schon gar nicht, wenn die Drogen vor fast zehn Jahren konsumiert wurden. Wir wollen nur wissen, wie Holly gestorben ist. In was für einem Gemütszustand sie war, welche Drogen sie vielleicht genommen hat, und vor allem, wer sie ihr verkauft haben könnte.«

»Sie hat ein paar Sachen ausprobiert. Aber kein hartes Zeug.« Jason wirkte beunruhigt. »Ich glaube, sie wollte Zugang zu ihrer spirituellen Seite finden, wissen Sie? Die Welt besser verstehen.«

»Und hat Ridgeway diese Sachen verkauft?«

»Er hat mit härteren Sachen gedealt – Kokain, Amphetamine. Aber er hätte nichts davon mit hierhergebracht. Vince und Trish haben das nicht erlaubt.«

»Haben Sie mal etwas von ihm gekauft?«

»Nein.«

»Wirklich nicht?«

»Was – nur weil ich schwarz bin, schnupfe und rauche ich alles mögliche Zeug?«

»Das ist nicht –«

»Ich trinke nicht mal.« Jason tippte sich gegen die Schläfe und zog eine Braue hoch. »Glauben Sie mir, hier oben geht schon genug verrücktes Zeug ab.«

»Wann haben Sie Lee Geary zuletzt gesehen?«

»Keine Ahnung. Als er vor dem Fest das letzte Mal mit Ridgeway hier war. Aber ich kann Ihnen nicht sagen, wann das war.«

»Danach nicht mehr? Sind Sie sicher?«

»Da bin ich mir ganz sicher.«

»Holly und Ridgeway kamen sich sehr nahe, oder?«

Jasons Reaktion auf die Frage war nicht zu übersehen. Sein Körper spannte sich an, und seine Nasenflügel bebten.

»Körperlich vielleicht«, sagte er knapp. »Aber das war auch schon alles. Holly war ein Einzelkind und wurde sehr … traditionell erzogen, wissen Sie? Hausaufgaben vor dem Abendessen, Fisch am Freitag. Sie wuchs ziemlich behütet auf. Sie war erst zwanzig, und Ridgeway hatte diese rebellische Art, auf die Mädchen eben so stehen. Aber sie durchschaute ihn und begriff, dass sich hinter seiner Pose als harter Kerl nichts weiter verbarg – nur ein egoistisches Arschloch.«

»Schlaues Mädchen.«

»Ja. Das war sie.«

»Hatte sie hier ein eigenes Zimmer?«, fragte Broad. »Oder gibt es hier nur so was wie … Schlafsäle?«

»Schlafsäle?«, wiederholte Jason grinsend. »Die Old Hat Farm ist keine billige Absteige, Officer. Aber sagen Sie das doch noch mal.«

Broad war verwirrt. »Was soll ich sagen? Schlafsäle?«

»Ja«, sagte Jason. »Dieses Wort klingt wie Orangensorbet – davon kriege ich Heißhunger auf Süßes. Ja, Holly hatte ein eigenes Zimmer. Wollen Sie es sehen?«

»Gerne«, sagte Broad steif, weil sie dachte, dass er sich über sie lustig machte. Aber Lockyer hatte das Gefühl, allmählich zu begreifen, was mit Jason los war.

Jason führte sie ins Haus und dort eine gewundene Eichenholztreppe hinauf zu einem Zimmer am Ende eines langen Flurs.

»Vince mag es nicht, wenn man die Sachen durchwühlt«, sagte Jason, als er sie hereinließ.

»Wir werden nichts anfassen«, versicherte Lockyer ihm.

Er wusste genau, wie Vince sich fühlte. Und dachte an den befremdlichen Anblick von Jodys Sachen in Chris' Zimmer, obwohl die Familie es schon vor langer Zeit ausgeräumt hatte. An den Anblick ihrer Lesebrille auf dem Nachttisch, ihrer Schlafklamotten auf dem Boden. An die merkwürdige sakrale Atmosphäre, die das Zimmer eines geliebten Menschen nach dessen Tod verbreitete.

Auf Hollys Bett lagen keine Teddybären – Stef hatte also falschgelegen. Nur ein bunter Überwurf und ein Kissen mit einem gehäkelten Bezug. Der Wandputz wölbte sich zwischen den Balken, und das Fensterbrett war breit genug, um darauf zu sitzen. Auf einem Bücherstapel lag eine Kamera. Abgesehen von einer Kommode, einem Schreibtisch und einem Stuhl bot das Zimmer kaum noch Platz für irgendetwas anderes. An einer Wand hing ein Spiegel in einem kunstvollen Rahmen. Lockyer sah ihn sich genauer an. Er war aus einem einzigen knorrigen Stück Holz geschnitzt, dessen natürliche Windungen zu ineinander verschlungenen Wedeln und Wirbeln verarbeitet waren, sodass sie an Seetang erinnerten, und seine Oberfläche war auf Hochglanz poliert.

»Es war ein unglaublicher Baum«, sagte Jason. »Eine Eibe. Sie war bestimmt mehrere Hundert Jahre alt, als sie gefällt wurde.«

»Haben Sie den gemacht?«, fragte Lockyer.

»Meine beste Arbeit.«

»Und Sie haben ihn Holly gegeben?«

Jason lächelte. »Ich habe ihn für Holly gemacht.«

»Sind das all ihre Sachen?«

Er nickte. »Sie ist hier nur mit einem Rucksack voller Klamotten aufgekreuzt, sonst nicht viel mehr. Sie meinte, das sei alles, was sie brauche.«

Lockyer fragte sich, was mit dem Sammelsurium aus Büchern, CDs, Schmuck, Accessoires und Krempel war, den die meisten Menschen – vor allem Mädchen – anhäuften. Er nahm sich vor, wenn möglich herauszufinden, wo das alles gelandet war. Vor allem irgendwelche elektronischen Geräte, die sie besessen hatte. Im Spiegel sah er, wie jemand auf einem Quad über die Brücke fuhr, dessen Anhänger mit Säcken voller Hühnerfutter beladen war. Als das Fahrzeug den Hof erreichte, erkannte Lockyer, dass es Trish McNeil war.

Broad stand neben dem Schreibtisch und zog die flache Schublade heraus. Darin lagen mehrere verknotete Halsketten, Stifte, Räucherstäbchen und ein Stapel Polaroids. Broad berührte mit den Fingern das oberste und zuckte zusammen, als plötzlich eine Stimme ertönte.

»Bitte nicht anfassen«, sagte Vince, dessen hochgewachsene Gestalt jetzt den Türrahmen ausfüllte.

Broad zog ihre Hand zurück. »Tut mir leid.«

»Schon okay. Ich … ich …«

Vince ging zum Schreibtisch und schob langsam die Schublade zu. Er sah hundeelend aus. Das überraschte Lockyer, immerhin waren inzwischen neun Jahre vergangen, und er hatte mit Holly nur ein halbes Jahr zusammengelebt. *Ich spürte, was für ein Mensch sie war*, hatte er neulich gesagt. *Sie war mein eigen Fleisch und Blut.* Vince wandte sich in ihre Richtung. Er konnte die starken Gefühle, die sich in seinen hellblauen Augen spiegelten, nicht verbergen, und für eine Sekunde bemerkte Lockyer dahinter noch etwas Dunkleres. Ein Bedauern, das an Verzweiflung grenzte.

»Es ist ein komisches Gefühl, wenn man einen Menschen verliert. Die Orte, an denen sie sich aufgehalten hat … an denen sie sein *müsste* …« Vince verstummte, als wüsste er nicht, wie er das erklären sollte. »Ich war ihr Vater, aber ich …«

»Du hast sie nicht im Stich gelassen«, sagte Jason leise, als hätte er all das schon einmal gehört. Er griff nach Vince' Unterarm. »Das hast du nicht.«

»Aber ich habe sie nicht *beschützt*.«

»Vince? Jase?«, rief Trish von unten herauf. »Seid ihr da oben? Was wollt ihr zum Mittagessen?«

Lockyer wartete, aber weder Vince noch Jason antwortete sofort. Die beiden Männer warfen einander einen langen Blick zu.

Dann rief Jason: »Wir kommen, Trish.«

Die vier liefen wortlos die quietschenden Treppenstufen hinunter. Als Trish Lockyer und Broad sah, hielt sie kurz inne.

»Oh! Hallo. Bleiben Sie zum Essen?«

»Nein. Aber danke«, sagte Lockyer.

»Sie waren oben in Hollys Zimmer, nehme ich an?«

»Ihr Sohn war so freundlich, es uns zu zeigen.«

Trishs Gesicht zeigte keine Regung, aber die Stimmung im Raum war deutlich spürbar. Die unterschwellige Anspannung zwischen den dreien.

»Ich verstehe nicht, wie Ihnen das weiterhelfen könnte«, sagte Trish schließlich. »Sollen Sie nicht den Tod von Lee Geary untersuchen?«

»Das tun wir«, sagte Lockyer und beschloss, es dabei zu belassen und abzuwarten, wie sie darauf reagierten.

Aber niemand sagte etwas. Vince ging zum Küchentisch hinüber und faltete die Hände vor dem Körper. Trish beobachtete ihn einen Moment, bevor sie wieder zu Lockyer schaute.

»Wollen Sie damit sagen, dass es eine Verbindung gibt?«, fragte sie.

»Es kann kein Zufall sein, dass die drei Personen, mit denen

Holly zuletzt gesehen wurde, nur wenige Monate nach ihr gestorben sind.«

Trish starrte ihn einen Moment lang an, dann ging sie zum Kühlschrank und holte Butter, Eier und Tomaten heraus.

»Ich halte das keineswegs für einen so großen Zufall«, sagte sie. »Ridgeway – und die beiden anderen – haben ein unstetes Leben geführt. Aber Hollys Tod war eine Tr–«

»Nenn es nicht eine Tragödie, Trish«, knurrte Vince.

Trish behielt für sich, was sie gerade sagen wollte. Stattdessen brachte sie die Tomaten zur Spüle und begann, sie zu waschen. Offenbar hatte keiner mehr etwas hinzuzufügen.

»Ich geh mal und schalte in der Werkstatt alles aus«, sagte Jason.

Lockyer und Broad verabschiedeten sich und holten Jason in der Mitte des Hofs wieder ein.

Er drehte sich zu ihnen um. »Hören Sie, ich weiß, die beiden verhalten sich merkwürdig, wenn es um Holly geht, aber interpretieren Sie da nichts hinein, okay? Als Holly hierherkam … Trish hat wirklich ihr Bestes gegeben. Aber es war nicht leicht für sie. Sie hat Holly das zwar nie gezeigt, aber ich habe es ihr angemerkt.«

»Woran?«

»Die … die Farbe ihrer Stimme hat sich jedes Mal verändert, wenn Holly im Zimmer war.«

»Was meinen Sie damit?«, fragte Broad.

»Jason …«, sagte Lockyer. »Sind Sie Synästhetiker?«

»Sie sind also nicht umsonst Kriminalbeamter«, sagte Jason trocken. »Die meisten Menschen haben noch nie davon gehört.«

»Ich behaupte nicht, das ganz zu verstehen. Aber ich nehme an, es kann manchmal sehr … anstrengend sein.«

»Das ist meine Superkraft und mein Kryptonit zugleich«, sagte Jason. »Das hat Vince immer gesagt, als ich noch ein Kind war.«

»Was glauben Sie, warum Hollys Anwesenheit hier für Trish ein Problem war?«

»Keine Ahnung. Ich schätze … Also, die beiden hatten keine eigenen Kinder. Es gab irgendein Problem, und Trish hatte mehrere Fehlgeburten. Aber sie haben sich wohl damit arrangiert. Sie hatten einander, die Farm und mich. Dann stellt sich jedoch heraus, dass Vince eine Tochter hat, und er hat sie vom ersten Moment an geliebt. Ich nehme an, Trish fühlte sich … ausgeschlossen.«

»Glauben Sie, dass sie auf Holly böse war?«

»Böse auf sie? Ausgeschlossen. So jemand ist Trish nicht. Sie ist der großzügigste Mensch, den ich kenne. Aber die längste Zeit gab es nur sie und Vince, und plötzlich waren da sie, Vince und Holly. Und Trish … sie wurde nicht gefragt, glaube ich.«

»Hollys Tod hat Vince natürlich sehr mitgenommen.«

»Er hat sich selbst die Schuld daran gegeben. Er … er war derjenige, der Ridgeway erlaubt hat, immer wieder herzukommen. Trish wollte ihn auf Abstand halten. Wegen seiner ganzen Aktivitäten – also, wir wussten zwar nichts Genaues, aber uns war einiges zu Ohren gekommen. Die Leute nahmen sich vor ihm in Acht. Aber Vince bezweifelte, dass es etwas bringen würde, ihn auszuschließen, ihn abzuweisen. Denn die Farm war immer ein sicherer Ort für ihn gewesen.«

»Vince hat Ridgeway und den anderen also die Schuld an Hollys Tod gegeben?«

»Er hat *sich selbst* die Schuld gegeben«, wiederholte Jason. »Ich sollte besser wieder reingehen und den beiden helfen.« Er warf Broad einen Blick zu. »Können Sie noch mal Schlafsäle sagen?«

Broad zögerte einen Moment. »Schlafsäle.«

Jason lächelte, und Broad konnte nicht anders, als sein Lächeln zu erwidern.

Zurück im Wagen schwieg Broad einen Moment nachdenklich und sagte dann: »Warum um alles in der Welt hat er mich immer wieder gebeten, Schlafsäle zu sagen?«

»Ich schätze, er steht auf Orangensorbet«, erwiderte Lockyer.

»Ich habe nicht die leiseste Ahnung, wovon Sie reden. Und was ist das für eine Krankheit, die er hat?«

Sie klang aufgebracht, also hörte Lockyer auf, sie aufzuziehen.

»Synästhesie. Aber das ist keine Krankheit. Nur eine … Besonderheit, die manche Menschen haben. Ihre Sinne sind auf eine merkwürdige Weise miteinander verbunden. Deshalb nehmen sie einige Geräusche als Geschmack, Farbe oder Geruch war. Oder manche Farben haben einen Geruch, oder was auch immer. Es gibt eine Menge verschiedener Varianten. Einige Menschen können Musik schmecken. Oder Gerüche hören.«

»Das klingt irgendwie verrückt.«

»Man kann sich das kaum vorstellen, wenn man diese Eigenschaft nicht besitzt. Viele Menschen haben eine leichte Form von Synästhesie, ohne dass ihnen das bewusst ist. Aber wenn es stark ausgeprägt ist, kann einem das zu schaffen machen.«

»Wie bei Jason in einer Menschenmenge.«

»Ja. Wenn man Stimmen zum Beispiel als Farben oder Geschmack wahrnimmt, dann muss eine große Gruppe ausgelassener Menschen ein Ansturm auf die Sinne sein.«

Broad schwieg eine Weile. »Er meinte, dass ich indigoblau und golden bin. Wie Holly.«

»Und als Sie das Wort Schlafsäle gesagt haben, schmeckte es für ihn wie Orangensorbet.«

»Das ist völlig durchgeknallt«, sagte sie, aber Lockyer hatte den Eindruck, dass sie dennoch ein wenig geschmeichelt klang.

»Besser, als popelgrün zu sein und nach Ohrenschmalz zu schmecken, oder?«, sagte er.

Sie lachte. »Ja. Allerdings sehe ich mich selbst eher so. Wie kommt es, dass Sie so viel darüber wissen, Chef?«

»Vor einer Weile gab es auf Radio 4 darüber eine Sendung.«

»Okay. Wahrscheinlich habe ich mir zur selben Zeit *Love Island* angesehen. Nein, sagen Sie jetzt nichts.« Broad hob eine Hand. »Ich hasse mich selbst dafür.«

Lockyer lächelte.

»Ich konnte mir einige der Fotos in Hollys Schublade genauer ansehen, bevor Vince mich weggescheucht hat«, fuhr Broad fort. »Eines, ein Selfie, zeigte Jason und Holly. Sie hält die Kamera und lächelt, und Jason hat seine Stirn gegen ihre gedrückt und die Augen geschlossen. Mit einem Gesichtsausdruck … Nun, es hätte ein Hochzeitsfoto sein können.«

»Haben die beiden miteinander geschlafen?«

»Wenn nicht, dann hätte Jason es bestimmt gerne getan.«

Inzwischen hatte es aufgehört zu regnen und die Straße wurde langsam wieder trocken, aber als der Wagen um eine Kurve bog, geriet er ins Schleudern und wäre beinahe frontal mit einem Traktor zusammengestoßen. Mit pochendem Herzen rollte Lockyer an den Straßenrand und ließ ihn vorbei.

»Was glauben Sie, warum er uns nicht seinen richtigen Namen gesagt hat?«, fragte Broad. »Hat er etwas zu verbergen?«

»Schon möglich. Oder er versteckt sich vor etwas.«

»Wie zum Beispiel?«

»Vor irgendwelchen Leuten, die er mal kannte – vor seiner richtigen Familie vielleicht. Wenn sie gewalttätig war oder ihn missbraucht hat.«

Er musste an seinen Jugendfreund Kevin denken, dessen Vater immer irgendwelche krummen Geschäfte am Laufen hatte. Kevin war nie in der Lage gewesen, Bob die Stirn zu bieten und sich von ihm zu befreien. Jetzt saß sein Vater wegen Brandstiftung und

Versicherungsbetrug im Gefängnis, und Lockyer hatte verhindert, dass man Kevin zusammen mit ihm anklagte. Deshalb hatte man Lockyer vom MCIT in die Abteilung für ungeklärte Fälle versetzt. Aber Bob schaffte es weiterhin, Kevin für sich einzuspannen.

»Und wie sie plötzlich dichtgemacht haben, als wir aus Hollys Zimmer nach unten gegangen sind«, sagte Broad. »Das war doch seltsam, oder?«

»Ich vermute, es gibt eine Menge Dinge, über die sie wohlweislich nicht miteinander reden«, sagte Lockyer. »Und schon gar nicht mit uns.«

»Und wir müssen herausfinden, was das ist?«

»Das Problem ist nur, dass wir erst wissen, was es ist, wenn wir es herausgefunden haben. Ich möchte sie alle auf dem Revier befragen, einen nach dem anderen. Außerhalb der Farm, wo sie sich sicher fühlen. Sie etwas härter rannehmen. Aber vorher brauchen wir mehr Anhaltspunkte.«

»Die Ergebnisse der forensischen Untersuchung.«

»Genau«, sagte Lockyer. »Dass man Lee anderthalb Kilometer von der Farm entfernt gefunden hat, reicht nicht. Und dass Ridgeway und Stef ebenfalls gestorben sind, könnte Zufall sein. Sie haben ein unstetes Leben geführt, wie Trish gesagt hat. Wir müssen sicher sein, dass Lee vor seinem Tod auf der Farm war. Dann können wir versuchen herauszufinden, was er ihnen sagen wollte.«

Der Himmel leuchtete inzwischen in einem strahlenden Weiß, während die Sonne langsam durch die Wolken brach. Lockyer sah jetzt vor sich Vince McNeils ruhige aquamarinblaue Augen und das, was sich dahinter verbarg. Seine unermessliche Trauer um Holly und die Schuldgefühle, die Jason erwähnt hatte. Dann Trish, die durch Vince' Beziehung zu seiner verlorenen Tochter ins Abseits gedrängt worden war. Und er sah den wunderschönen

Spiegel mit dem Rahmen aus Ebenholz, den Jason für Holly angefertigt hatte. *Jason hat Holly geliebt*, hatte Vince gesagt. Lockyer fragte sich, wie viel er für sie empfunden hatte, ob es rein platonische Gefühle waren oder ob es, wie Broad aus dem Foto geschlossen hatte, mehr war. Ihm fiel ein, wie Jason zusammengezuckt war, als sie erwähnt hatten, dass Holly und Ridgeway ein Paar gewesen sein könnten.

Dann musste er an die Eibe denken, unter der, bedeckt von Erde und vertrockneten Blättern, menschliche Knochen lagen. An das sechzig Jahre alte Geheimnis. Menschen konnten sehr gut etwas für sich behalten, wenn es unbedingt nötig war.

»Alles okay, Chef?«, fragte Broad.

Lockyer merkte, dass er ins Leere starrte.

»Ja.«

Er legte einen Gang ein und rollte schlingernd vom Straßenrand.

8

Während Broad nach Informationen zu den drei ständigen Bewohnern der Old Hat Farm suchte, fuhr Lockyer nach Salisbury. Er wusste genau, wo sich das Parkhaus in der Culver Street befand – es lag direkt an der Umgehungsstraße, und er kam auf dem Weg zum Krankenhaus jedes Mal daran vorbei. Das braune Backsteingebäude war grottenhässlich, so wie es nur ein mehrstöckiges Parkhaus sein konnte. Er fuhr auf die oberste Ebene. Nachdem er einen Blick in den Bericht zu Ridgeways Tod geworfen hatte, lief er zu der Stelle, von der aus er in die Tiefe gestürzt war, trat an die runden Geländerstangen und schaute hinunter.

Das Parkhaus war, genau wie Broad vermutet hatte, hoch genug.

Die Straße verlief, in gut fünfzehn Meter Tiefe, ein Stockwerk unterhalb der Einfahrt. Die Chancen, aus dieser Höhe einen Sturz zu überleben – wenn auch nur mit schweren Verletzungen –, standen vielleicht fifty-fifty. Zu keinem Zeitpunkt hatte jemand Ridgeway als selbstmordgefährdet oder psychisch krank beschrieben – mal davon abgesehen, dass er ständig Ärger machte, was im Allgemeinen nicht darauf hindeutete, dass jemand besonders glücklich oder ausgeglichen war. Wenn man sich wirklich umbringen wollte, würde man dann aus dieser Höhe in die Tiefe springen, obwohl die Möglichkeit bestand, den Sturz zu überleben? Das schien kaum wahrscheinlich. Und Ridgeway hatte nicht wie jemand gewirkt, der nur einen Hilferuf aussenden wollte, oder jemand, der einen Selbstmordversuch unternahm, wenn er Gefahr lief, dass er nicht erfolgreich war.

Lockyer betrachtete seine Hände, die das warme, dreckige Geländer umklammerten. Die Stangen verliefen waagerecht, sodass man problemlos darüberklettern konnte. Er krümmte seine Finger. Und wenn man darüberkletterte, griff man nach der obersten Stange, genauso wie er das gerade tat. Er warf erneut einen Blick in den Bericht. Man hatte von den Stangen Fingerabdrücke genommen, aber keiner hatte mit denen der Personen in der Datenbank übereingestimmt, darunter auch Ridgeway. Offenbar hatte man dem aber keine große Bedeutung beigemessen.

Vom Parkhaus fuhr Lockyer zum Revier von Salisbury, um die Aufnahmen der Überwachungskameras zu holen, die man dort verwahrt hatte, nachdem der Gerichtsmediziner auf eine ungeklärte Todesursache erkannt hatte. Ein Blick auf die Uhr verriet Lockyer, dass er eigentlich direkt nach Devizes zurückmusste, aber als er auf der Umgehungsstraße in den ersten Kreisverkehr bog, fuhr er einmal herum und dann zurück zum Krankenhaus. Sein Vater müsste jetzt bei Trudy sein, um ihr einen Besuch abzustatten. Vielleicht könnten sie dort, außerhalb des Bauernhofs, miteinander reden. Lockyer wusste zwar nicht genau, was er sagen oder hören wollte, aber dass er und sein Vater normalerweise kaum ein Wort miteinander wechselten, empfand er immer mehr als Belastung. Als Anlass zu ständiger Sorge.

Auf dem Parkplatz entdeckte er den verbeulten, aber unverwüstlichen Toyota Hilux seines Vaters, doch noch bevor er ausgestiegen war, sah er John am Parkscheinautomaten stehen. Jody war bei ihm. Sie tippte die Kfz-Nummer ein und nahm das Ticket heraus. Die beiden liefen zusammen zum Hilux hinüber, und obwohl Jody die meiste Zeit redete, erwiderte John hin und wieder etwas. Sie knuffte mit der Faust sanft seinen Arm, worauf er fast so etwas wie ein Lächeln zustande brachte. Jody kletterte auf den Fahrersitz, und sobald John neben ihr Platz genommen hatte, setzte sie zügig zurück und fuhr davon.

Lockyer achtete darauf, dass sie ihn nicht bemerkten. Aus irgendeinem Grund war es ein schmerzlicher Anblick. Eine Momentaufnahme, die ihm seine eigenen Unzulänglichkeiten vor Augen führte. Sie rief eine Erinnerung an Chris' letzte Weihnachten im Jahr 1999 wach, die die ganze Familie zusammen verbracht hatte. John, der von dem ganzen Theater nichts hielt und nur schwer zu beschenken war, hatte wochenlang erklärt, dass er keine Geschenke haben wolle.

»Komm schon, du mürrischer alter Knacker«, sagte Chris. »Du weißt doch selbst, dass du sauer bist, wenn wir dir *tatsächlich* nichts schenken.«

»Ich wäre verdammt noch mal froh«, erwiderte John, zog sich in seinen Sessel zurück und vermied es, die anderen anzusehen.

»Ach, John …«, sagte Trudy.

»Nein, nein«, unterbrach er sie. »Wir verschwenden nur Zeit und Geld, das wir nicht haben.«

»Ich schätze schon, dass ich ein paar Pfund erübrigen kann, um dir an Weihnachten eine Freude zu machen«, sagte Chris geheimnisvoll.

Sein Gesicht war gerötet, weil er den ganzen Tag an der frischen Luft gewesen war und jetzt zu dicht am Feuer saß. Ein Rest von Babyspeck verlieh seiner Kieferpartie leicht rundliche Konturen.

»Was willst du ihm denn schenken?«, fragte Lockyer ihn später.

»Das bleibt mein Geheimnis«, sagte Chris grinsend. »Und du?«

»Wahrscheinlich ein Hemd. Oder einen Pulli.«

Chris verdrehte die Augen.

Am Weihnachtsmorgen packte John dann Chris' Geschenk aus und betrachtete es schweigend. Es war eine gerahmte Urkunde: über eine Platin-Mitgliedschaft im Verein mürrischer alter Knacker, den es, wie sich herausstellte, tatsächlich gab, mit Sitz in Oadby. Nach einem Moment des Schweigens begann John zu lachen. Er lachte aus vollem Hals und sah Chris kopfschüttelnd an, der darauf mit der Schulter zuckte und sagte:

»Geteiltes Leid ist halbes Leid.«

Als John Lockyers Hemd auspackte, bedankte er sich mit einem Kopfnicken, und Lockyer saß teilnahmslos da, bis ihm klar wurde, dass er seinen kleinen Bruder beneidete. Um seine Gabe, das Richtige zu tun, um seinen Zugang zu anderen Menschen. Trudy verstand das und tätschelte ihm die Schulter, als sie aufstand, um die Kartoffeln mit Fett zu übergießen.

Während er jetzt in Salisbury vor dem Krankenhaus in seinem Wagen saß, fühlte er sich genauso wie damals. Eine Minute später fuhr er wieder los und hatte – nicht zum ersten Mal – das Gefühl, dass seine Familie auch gut ohne ihn auskam.

»Vince McNeil hat im Gefängnis gesessen«, verkündete Broad aufgeregt, als Lockyer ins Büro zurückkehrte.

»Erzählen Sie«, sagte Lockyer und ließ sich auf seinen Stuhl fallen.

»Man hat ihn 1990 wegen schwerer Brandstiftung und zweifachen Totschlags verurteilt. Er hat sieben der neun Jahre abgesessen und wurde 1997 wegen guter Führung auf Bewährung entlassen.«

»Totschlag?«

»Ja. Zwei Leute sind in dem Feuer gestorben, Paul und Diane Simm. Es war ihr Haus. Ich konnte die Originalakte von damals nicht auftreiben, aber ich habe etwas dazu in einem der Online-Nachrichtenarchive gefunden. Mr. und Mrs. Simm waren die Eltern von Vince' Freundin. Er hatte mit ihnen einen Streit.«

»Wie zum Teufel ist er mit einem Totschlag davongekommen?«

»Eigentlich wären sie gar nicht da gewesen, sondern in London. Er dachte, das Haus sei leer.«

»Und die Jury hat ihm das abgekauft?«

»Ja. Weil er seine Tat offensichtlich bereut hat, und weil seine Freundin ebenfalls im Haus war. Imogen Simm. Sie musste zwar wegen einer Rauchvergiftung behandelt werden, war aber sonst unverletzt. Sie hätte eigentlich mit ihren Eltern unterwegs sein müssen – die Reise war ihr Geburtstagsgeschenk, aber sie sind früher zurückgekehrt, weil Imogen krank wurde.«

»1990? Also bevor es Handys gab. Imogen konnte ihren Freund somit nicht alle fünf Sekunden über ihren Aufenthaltsort informieren.«

»Und er konnte sie nicht orten.«

»Wissen Sie, worum es bei dem Streit ging?«

»Nun, wenn man in den nicht gerade zartfühlenden Zeitungsartikeln zwischen den Zeilen liest, dann ging es darum, dass Imogen erst siebzehn und Vince neunzehn war. Dass die Simms wohlhabend waren und Vince … aus einer armen Gegend kam. Seine ganze Familie war polizeibekannt. Er hat ständig den Unterricht geschwänzt, frühzeitig die Schule abgebrochen und offenbar eine Karriere als Kleinkrimineller eingeschlagen – es gab Verhaftungen wegen Klebstoffschnüffelns, Ladendiebstahls, Vandalismus und ähnlicher Delikte.«

»Was hat Jason gestern noch gesagt? Dass sich junge Frauen von bösen Jungs angezogen fühlen?«

»Ja. So was kommt durchaus vor«, sagte Broad. »Das galt allerdings nicht für mich. Ich war bei den Pfadfindern. Und zu sehr damit beschäftigt, mein Abzeichen im Orientierungslauf zu machen, um an einen Freund zu denken.«

Lockyer kippte mit seinem Stuhl ein Stück nach hinten und starrte zu den Eschen hinaus. Er musste an Vince' stoische Art denken und wusste jetzt, woher er sie kannte. Er hatte diesen unerschütterlichen Gleichmut auch bei anderen Ex-Häftlingen beobachtet. Sie hatten dieses Verhalten im Gefängnis angenommen, zunächst um das Gesicht zu wahren und jedes Gefühl zu verbergen, das sie zur Zielscheibe machen konnte – Angst, Depression, Verzweiflung. Und nach einer Weile ging es ihnen in Fleisch und Blut über und wurde fast zu einem Teil ihrer Persönlichkeit. Sie gaben nach außen hin nichts von sich preis, um etwas Privatsphäre zu schaffen an einem Ort, an dem so etwas nicht existierte.

Hedy besaß ebenfalls diese stoische Art, allerdings schon in der Zeit vor dem Gefängnis. Er vermutete, dass dies eine Möglichkeit war, mit dem Trauma umzugehen, dass ihr Exfreund, ein professioneller Hochstapler, sie betrogen und um ihren gesamten Besitz gebracht hatte. Und gerade, als sie dabei war, sich ein wenig davon zu erholen, sorgte Lockyer dafür, dass man sie für einen Mord, den sie nicht begangen hatte, ins Gefängnis steckte. Kein Wunder, dass sie – und andere – Strategien entwickelten, ihre zerstörerischen Gefühle zu unterdrücken.

Allerdings bedeutete das nicht, dass diese Gefühle nicht mehr existierten. Sie brodelten nur unter der Oberfläche.

»Aber ich schätze …«, begann Broad und hielt dann inne.

Lockyer drehte sich um. Im Türrahmen stand Steve Saunders. Er trug ein Gesichtsvisier und hielt in einer Hand ein abgewetztes Buch mit den Dienstvorschriften.

Lockyer richtete sich unvermittelt auf. »Steve.«

»Farmer Giles, Laptop.« Saunders nickte ihnen spöttisch zu. »Macht ruhig weiter. Ich werde aber nicht hereinkommen, also fasst euch kurz, bevor ich mir noch die Füße in den Bauch stehe.«

Broad suchte nach ihrem Notizblock und einem Stift. Lockyer wusste, dass Saunders sie nervös machte – dass sie sich wie jeder schüchterne Mensch in der Gegenwart einer meist feindseligen Person unwohl fühlte.

»Äh«, sagte sie, »Sie waren einer der ermittelnden Beamten im …«

»Ja, ja. Holly Gilbert. Ridgeway Kingsley-Jones. Ich habe meine Notizen durchgesehen, also sagt schon, worum es geht.«

Lockyer kam direkt zur Sache. »Hattest du irgendwelche Zweifel, dass Hollys Tod ein Selbstmord war?«

»Ja. Die hatte ich. Hauptsächlich weil Ridgeway ein arrogantes kleines Arschloch war und ich ihn hinter Schloss und Riegel bringen wollte. Außerdem wusste ich, dass er gelogen hat, als er behauptete, dass Holly an diesem Abend nicht mit ihnen nach Amesbury gefahren ist.«

»Habt ihr *alle* anderen Fahrzeuge überprüft, die auf beiden Straßen an diesem Abend Richtung Süden gefahren sind?«

»Ja.« Saunders lehnte sich gegen den Türrahmen. »Es waren nur sechzehn Fahrzeuge. Wir haben die Besitzer alle ausfindig gemacht, und ihre Aussagen haben sich alle bestätigt. Keiner von ihnen war auf der Old Hat Farm oder hatte überhaupt von ihr gehört.«

»Es besteht immer noch die Möglichkeit, dass die Person, die Holly dorthin gefahren hat, einen Umweg gemacht hat.«

Saunders schien skeptisch. »Es ist weitaus wahrscheinlicher, dass die Behauptung, sie sei auf der Farm geblieben, Schwachsinn war.«

»Du hast recht. Was glaubst du, warum haben Ridgeway und Stef gelogen, obwohl du ihre Aussage problemlos überprüfen konntest?«

»Keine Ahnung. Sie haben sich für cleverer gehalten, als sie waren.«

Saunders dachte darüber nach, weil ihm vielleicht eingefallen war, dass Ridgeway durchaus sehr clever gewesen war.

»Oder sie sind in Panik geraten, als Holly von der Brücke sprang«, sagte er. »Deshalb beschlossen sie zu leugnen, dass sie mitgefahren war, und sind bei ihrer Geschichte geblieben.«

Broad räusperte sich. »Ähm, und was, wenn sie von der anderen Seite der Brücke gekommen ist?«

»Nein. Der Reitweg trifft auf die Landstraße nach Ratfyn. Im Westen mündet sie in eine Sackgasse und im Osten in den Kreisverkehr der Porton Road, der kameraüberwacht ist.«

»Und an diesem Abend ist niemand dort entlanggefahren?«

»Keine Menschenseele.«

»Das Blut in Ridgeways Land Rover …«, sagte Lockyer. »Stammte das von Holly?«

»Ja. Aber es war …« Saunders blickte verlegen zu Broad. »Sie hatte ihre Tage, so wie er ausgesagt hat. Und auf der Rückbank und vorne fanden sich Haare von ihr. Offensichtlich ist sie mehr als nur einmal in dem Wagen gewesen.«

»Wusstest du, dass die Kriminaltechniker Menstruationsblut von anderem Blut unterscheiden können?«, fragte Lockyer aus Interesse. »Oder war das nur ein Bluff?«

»Als ich noch DC war, hatte ich mal bei einem Fall damit zu tun. Menstruationsblut enthält …« Er wirkte jetzt noch verlegener. »… Noch andere Sachen. Aus der Gebärmutter, und –«

»Okay, wir haben's kapiert. Du musstest sie also wieder laufen lassen.«

»Es gab keinen Grund, sie länger festzuhalten«, sagte Saunders. »Es reichte nicht, dass wir kein anderes Fahrzeug ausfindig machen konnten, das Holly möglicherweise mitgenommen hatte. Für einen Zeitraum von etwa vierzig Minuten haben wir keine Aufnahmen von ihnen. Währenddessen könnte Holly irgendwo ausgestiegen sein. Außerdem hatten Ridgeway und Stef für den Zeitpunkt, als der Laster sie angefahren hat, ein Alibi.«

»Darren White hat ihre Aussage bestätigt?«

»Und weitere Personen, die in dieser Nacht bei ihm waren – alles nicht gerade rechtschaffene Mitglieder der Gesellschaft, aber trotzdem. Es gab keine Beweise, dass einer von ihnen bei Holly auf der Brücke war. Und sie hatten kein echtes Motiv, ihr etwas anzutun.«

»Stef mochte sie offensichtlich nicht«, sagte Lockyer.

»Stef mochte niemanden. Aber sie hätte nichts ohne Ridgeways Erlaubnis getan, und *ihm* konnten wir kein Motiv nachweisen.«

»Könnte der Vorfall etwas mit seinen Drogengeschäften zu tun gehabt haben?«, fragte Broad vorsichtig. »Weil Holly ihn verpfeifen wollte, oder etwas in der Richtung?«

»Warum sollte sie das tun? Wenn sie etwas gegen seine Geschäfte hatte, hätte sie wohl kaum mit ihm gevögelt.«

Broad kritzelte etwas in ihren Notizblock, schaute wieder auf und tippte mit dem Stift auf die Seite.

»Was glauben *Sie*, ist in jener Nacht passiert, DI Saunders?«, fragte sie.

Er neigte den Kopf zur Seite. »Ich glaube, dass Holly zu den dreien in den Wagen gestiegen und nach Amesbury gefahren ist. Sie war betrunken – und die anderen wohl auch. Oder high. Wahrscheinlich ist in den vierzig Minuten, bevor sie vor Whites Haus wieder auftauchten, die Situation aus dem Ruder gelaufen. Vielleicht hat Ridgeway sie vergewaltigt. Vielleicht wollte er seinen Spaß haben, obwohl sie ihre Tage hatte. Dabei hat er ihr auf den Kopf geschlagen, und er musste sie loswerden. Entweder hat er die bewusstlose Holly irgendwo versteckt und sich durch die Hintertür aus Darrens Haus geschlichen, um sie von der Brücke zu werfen, oder er hat sie bei Lee gelassen, und der verdammte Idiot hat getan, was man ihm gesagt hat. Er hatte vor Ridgeway offenbar eine Scheißangst, und es war nicht möglich, von ihm eine zusammenhängende Aussage zu den Ereignissen in jener Nacht zu bekommen.«

»Nach allem, was man hört, war Lee kein gewalttätiger Mensch«, sagte Lockyer.

Saunders gab ein Knurren von sich. »Das musste er auch nicht sein. Ridgeway war derjenige, der ihr Gewalt angetan hatte, Lee hat nur Anweisungen befolgt. Vielleicht haben sie ihm eingeredet, dass sie bereits tot ist.«

Lockyer spielte das Szenario in Gedanken durch. Das klang äußerst plausibel, bis auf einen Punkt: Lees sichtliche Verwirrung, als man ihn bei seiner Befragung über Hollys Tod informiert hatte. Karen hatte gesagt, dass er ein lausiger Lügner gewesen sei. *Dazu fehlte ihm die Fantasie.*

»Und Hollys Familie wusste das wahrscheinlich alles?«, sagte er.

»Ihnen stand ein Opferschutzbeauftragter zur Seite. Er hat ihnen zwar keine Namen genannt, aber ich nehme an, dass die McNeils genau wussten, wen wir verhaftet hatten. Außerdem gab es auf der Feier zahlreiche Zeugen.«

Broad hatte inzwischen das Protokoll zur Untersuchung der Todesursache durchgeblättert.

»Und der Gerichtsmediziner hat ausgesagt, dass sie die erste Kopfverletzung überlebt haben *könnte*«, sagte sie. »Die McNeils müssen das also gewusst haben.«

»Ja. Die anderen hätten Holly retten können, wenn sie sie

ins Krankenhaus gebracht hätten.« Saunders machte eine kurze Pause. »Was glaubt ihr also? Handelt es sich um einen Fall von Selbstjustiz? Hat ihre Familie oder ein anderer Freund eine Rechnung beglichen?«

»Das ist eine unserer Theorien«, sagte Lockyer. »Hast du das damals nicht auch vermutet?«

»Erst nach einer Weile«, sagte Saunders. »Zunächst habe ich mir nichts dabei gedacht, als Ridgeway von dem Dach gestürzt ist. Das Drogendezernat hatte ihn damals auf dem Kieker, und sie waren sich ziemlich sicher, dass irgendetwas passieren würde. Aber sie konnten niemanden verhaften, keine Verdächtigen identifizieren oder beweisen, dass bei Ridgeway auf dem Dach noch jemand anders war, als er hinuntergestürzt ist. Also ist die Sache im Sand verlaufen. Aber … Keine Ahnung.« Er verschränkte die Arme. »Wisst ihr, was mein erster Gedanke war, als ich von seinem Tod erfuhr? Das hast du verdammt noch mal verdient, du Stück Scheiße. Na ja – wegen Holly.«

Lockyer und Broad wechselten einen kurzen Blick.

»Und das hat mich ins Grübeln gebracht«, fuhr er fort. »Wenn *ich* das über ihn dachte, obwohl ich Holly kaum kannte …«

»Dann würden die Menschen, die sie geliebt hatten, erst recht so denken.«

»Genau. Also habe ich Brent das erzählt, aber er interessierte sich nicht für irgendein Bauchgefühl.«

Lockyer glaubte in Steves Tonfall einen Anflug von Selbstironie zu hören. Er hatte angenommen, dass sich Saunders ebenfalls nicht für irgendein Bauchgefühl interessierte – oder ihm die Vorstellungskraft dafür fehlte –, aber vielleicht hatte er sich getäuscht.

»Wir haben alles getan, um zu beweisen, dass die anderen in jener Nacht mit Holly zusammen waren, und sind kein Stück weitergekommen«, sagte Saunders. »Nachdem man ihren Tod als Selbstmord eingestuft hatte, erklärte Brent den Fall für abgeschlossen.«

»Aber … es steht doch in der Akte«, sagte Broad. »Dass es einen möglichen Zusammenhang zwischen den Todesfällen gibt?«

»Ja«, sagte Saunders. »Ich bin auf Ridgeways Beerdigung gewesen. Um zu sehen, wer dort so aufkreuzt. Und ratet mal, wer *nicht* da war?« Er machte eine kurze Pause. »Stef Gould. Die ihn angehimmelt hat. Also wollte ich ihr einen kurzen Besuch abstatten, um zu sehen, was sie so treibt.«

»Und hast herausgefunden, dass sie ertrunken ist«, sagte Lockyer.

»Genau. Unten in Dorset. Die Kollegen dort waren dafür zuständig, aber sie haben die Sache nicht als verdächtigen Todesfall eingestuft. Also hat das in Salisbury keine großen Wellen geschlagen – entschuldigt das Wortspiel. Als Lee Geary dann verschwand, schenkte mir Brent endlich Gehör. Aber wir konnten ihn nicht aufspüren – dieser riesige Kerl war einfach von der Bildfläche verschwunden. Wir hatten keinen Beweis dafür, dass Stef einem Verbrechen zum Opfer gefallen war, und als wir dann noch mal zwei Wochen lang die Beweise in Ridgeways Fall überprüft haben, ergab sich keine neue Spur. Also wurden die Ermittlungen ein zweites Mal eingestellt.« Er schüttelte den Kopf. »Ich habe das immer für falsch gehalten.«

»Ich denke auch, dass es ein Fehler war«, sagte Lockyer.

Saunders stieß sich vom Türrahmen ab. »Tja. Viel Glück dabei, zwischen den drei Fällen einen konkreten Zusammenhang herzustellen.« Es klang fast ehrlich.

»Aber du glaubst, dass sie ermordet wurden?«

»Sicher. Du nicht? Erst recht nachdem man Geary mit eingeschlagenem Schädel gefunden hat. Und Ridgeway ist auf keinen

Fall vom Dach *gesprungen*, dieser arrogante kleine Schwachkopf. Er hielt sich immer für den Größten.«

»Glaubst du, dass jemand von der Old Hat Farm sie umgebracht hat?«

Saunders verzog das Gesicht. »Keine Ahnung. Ich meine, sie hätten ein Motiv gehabt, aber sie haben auf mich nicht den Eindruck gemacht, als wären sie zu so etwas fähig. Außer vielleicht Vince – der Typ ist undurchschaubar wie die verdammte Sphinx. Aber es gab keine *Beweise*, weder bei Ridgeway noch bei Stef. Jeder, der Holly geliebt hat, hätte ein Motiv gehabt, und das waren offenbar eine Menge Leute. Außerdem ist diese Farm im Grunde nichts weiter als eine Durchgangsstation für Herumtreiber und Spinner.«

»Ja«, sagte Lockyer. »Okay. Danke, Steve.«

Der stämmige Mann steckte die Hände in die Hosentaschen und verlagerte sein Gewicht.

»Wenn jemand Lee Geary getötet hat … Also, das hätte er nicht tun sollen«, sagte er.

»Gilt das nicht für jeden Mord?«

»Für einige mehr als für andere. Aber Lee umzubringen war, als hätte man … einen Labrador getötet, weil er ein Stöckchen geholt hat.«

Mit diesen Worten drehte Saunders sich um und ging.

Später an diesem Tag erhielt Broad eine Antwort auf ihre jüngste Facebook-Nachricht an Nina Thorowgood, die Frau, die jedes Jahr auf Hollys Gedenkseite einen Post hinterlassen hatte. Die Antwort lautete: *Verpiss dich, Bullenschwein.*

»Aber sie hat mich nicht blockiert«, sagte Broad zuversichtlich. »Ich glaube, sie taut langsam auf.«

Anfang der Woche war sie bei der Adresse vorbeigefahren,

unter der Nina gemeldet war, einer Wohnung in Frome. Es war niemand zu Hause gewesen, und ein Nachbar hatte ihr erzählt, dass Nina oft den ganzen Sommer unterwegs sei, dass sie zwischen Festivals und Protestcamps hin und her pendle und erst im Herbst wieder heimkehre.

»Sie ist eine Schönwettervagabundin«, sagte Broad. »Allerdings würde ich auch nicht den ganzen Winter in einem Zelt verbringen wollen.«

»Bleiben Sie an ihr dran«, sagte Lockyer. »Ich möchte wissen, was sie damit meinte, dass man ihnen Holly genommen hat.«

Broad nickte und machte sich an die fast unmögliche Aufgabe, Hintergrundinformationen zu Jason McNeil zu suchen, ohne sein Geburtsdatum oder seinen richtigen Namen zu kennen. Schließlich scrollte sie sich durch die Seiten zu vermissten Personen, deren Beschreibung auf ihn zutraf. Es gab Hunderte davon, und sie wussten nicht einmal, ob man Jason je als vermisst gemeldet hatte.

»Lassen Sie es gut sein, Gem«, sagte Lockyer. »Versuchen Sie herauszufinden, ob Holly einen Computer hatte, und wenn ja, wo er gelandet ist.«

Er begab sich erneut in den Medienraum, um sich die Überwachungsvideos aus dem Parkhaus in der Culver Street anzusehen. Alle relevanten Aufnahmen waren markiert. Von der obersten Ebene gab es keine Bilder, aber eine Kamera im Fußgängereingang, auf Höhe der unteren Straße, war in Betrieb gewesen. Sie war schräg zur Seite gerichtet – wahrscheinlich absichtlich –, sodass sie einen Teil der Tür, der Treppe und der Wand gefilmt hatte und nicht den Ticketautomaten, den sie eigentlich bewachen sollte. Den körnigen, flackernden Bildern nach zu urteilen, war die Kamera kurz davor gewesen, den Geist aufzugeben. Aber Ridgeway war gut zu erkennen, als er das Parkhaus betrat. Er warf einen Blick über die Schulter und schaute ungewollt direkt in die Kamera.

Lockyer spulte zurück und sah sich die Aufnahme mehrmals an, dann drückte er die Pause-Taste, als Ridgeway am deutlichsten zu erkennen war. Das Weiß seiner Augen funkelte, und sein Mund war zu einem verkrampften Schlitz zusammengepresst, während er sich umschaute. Jede Faser seines Körpers war angespannt. Er wirkte längst nicht so abgebrüht und locker wie bei der Befragung zu Hollys Tod. *Arroganter kleiner Schwachkopf.*

»Wen hast du dort getroffen?«, murmelte Lockyer. »Wem hast du ans Bein gepinkelt?«

Er ließ das Video weiterlaufen, und Ridgeway stieg die Treppe hinauf. Es war das letzte Mal in seinem Leben, dass er eine Treppe hinaufstieg.

Weniger als eine Minute später folgte ihm eine Person ins Parkhaus, bekleidet mit einem Sweatshirt, dessen hochgezogene Kapuze ihr Gesicht vollkommen verdeckte. Weder Nase noch Kinn waren zu sehen, und Körpergröße und Statur waren nicht weiter auffällig. Aber Körperbau und Haltung nach zu urteilen handelte es sich um einen Mann. Er griff nach dem Geländer und zog sich daran hoch, sprang auf die dritte Stufe und dann auf den ersten Absatz, wo die Treppe einen Knick machte. Es waren die federnden, geschmeidigen Bewegungen eines jungen, sportlichen Menschen. Lockyer spulte zurück und sah sich die Aufnahme noch einmal an, und dann ein weiteres Mal.

Der Mann trug keine Handschuhe, und als er nach dem Geländer griff, bemerkte Lockyer den starken Kontrast zwischen der Hautfarbe des Handrückens und der Handfläche. Offensichtlich war der Mann schwarz. So wie weniger als ein Prozent der Bevölkerung in Salisbury.

Lockyer wusste, dass die Kriminaltechniker einen unvollständigen Handabdruck vom Geländer genommen hatten, zu dem es in der Datenbank jedoch keinen Treffer gegeben hatte. Die

Ermittler waren zu dem Schluss gekommen, dass der Mann womöglich eine Kontaktperson aus London war, ein Handlanger des Bandenchefs, der in der Grafschaft einen Drogenring betrieb und sich bereits früher schon mit Ridgeway getroffen hatte. Vielleicht hatte der Mann den Auftrag gehabt, Ridgeway zu töten. Aber vielleicht hatte er sich auch nur in der Spätvorstellung einen Film angesehen und war zu seinem Wagen zurückgekehrt. Es war zwanzig nach eins, und das Parkhaus hatte rund um die Uhr geöffnet.

Lockyer wollte das Gerät gerade ausschalten, als er feststellte, dass er sich die markierte Aufnahme noch nicht bis zum Ende angesehen hatte. Also ließ er sie weiterlaufen. Etwa zwei Minuten später öffnete sich erneut die Tür, und ein Fuß in einem weißen Turnschuh wurde in den Eingangsbereich gesetzt. Die dazugehörige Person blieb draußen in der Dunkelheit. Sie verharrte dort, als wäre sie unschlüssig, verschwand wieder, und die Tür fiel zu. Lockyer spulte zurück und drückte auf die Pause-Taste. Der Turnschuh – der Fuß – war *riesig*. Er spulte weiter zu der Aufnahme von dem unbekannten schwarzen Mann zurück, um die Füße zu vergleichen, und sah, dass er recht hatte: Der Schuh der dritten Person war mindestens doppelt so groß wie der des Mannes im Kapuzenshirt.

Vielleicht hatte man ihn angewiesen, Wache zu halten. Um zu verhindern, dass jemand Ridgeway folgte – was ihm nicht gelungen war. Lockyer bezweifelte, dass er seiner Aufgabe absichtlich nicht nachgekommen war. Er musste gewusst haben, was in dem Fall mit Ridgeway passieren würde, und hatte ihn bestimmt nicht im Stich lassen wollen. Eine Identifikation anhand eines Turnschuhs würde vor Gericht allerdings nicht standhalten, aber aus irgendeinem Grund war Lee Geary in jener Nacht dort gewesen. Lockyer fragte sich, ob er an der Tür umgekehrt war, weil er gehört hatte, wie Ridgeway auf dem Asphalt aufgeschlagen war.

9

TAG NEUN, DIENSTAG

Kaum hatte Lockyer am Morgen das Büro betreten, klingelte sein Telefon. Er drehte es rasch in Broads Richtung, als die Nummer vom Cellmark-Labor angezeigt wurde.

»Was, *schon*?«, sagte sie.

Die beiden hatten damit gerechnet, mehrere Wochen und nicht nur ein paar Tage auf die Ergebnisse zu warten.

»DI Lockyer?«, meldete er sich.

»Hallo«, sagte eine junge Männerstimme. »Hier ist Dr. Paul Griffiths. Ich dachte, ich gebe Ihnen einen Zwischenbericht, denn zwei der ersten Ergebnisse zu den Proben, die wir von Mr. Gearys Kleidung genommen haben, könnten recht nützlich sein.«

»Sie haben meine ungeteilte Aufmerksamkeit.«

»Ich habe eine Analyse der Palynomorphe durchgeführt. An der Leiche von Mr. Geary fand sich eine Vielzahl verschiedener Pollen und Schimmelsporen, was zu erwarten ist, wenn eine Leiche einen langen Zeitraum auf oder in der Erde gelegen hat. Allerdings konnte ich eine einzelne Spezies in einer derart großen Menge nachweisen, dass ich zuallererst davon eine Bestimmung vorgenommen habe. Sie passt nicht zu dem typischen Pollenprofil des topografischen Gebiets, in dem Mr. Geary gefunden wurde, und ich habe sie nicht sofort identifizieren können. Die Leiche ist mit Pollen der Pflanze *Salvia divinorum* bedeckt.«

»*Salvia divinorum*?«, wiederholte Lockyer.

Auf der anderen Seite des Zimmers tippte Broad den Namen in ihren Computer.

»Ja. Auch bekannt als Azteken-Salbei oder Wahrsage-Salbei und unter zahlreichen anderen Namen. Es handelt sich um ein Halluzinogen. In Mexiko wird es bereits seit Jahrhunderten benutzt, bei Ritualen, Zeremonien und so weiter. Hatten Sie etwa gehofft herauszufinden, zu welcher Jahreszeit er gestorben ist?«

»Nicht unbedingt. Wir glauben, das bereits zu wissen.«

»Gut, denn diese Ergebnisse bringen Sie da kaum weiter – selbst die getrockneten Pflanzen geben noch eine Menge Pollen ab, wenn man mit ihnen direkt in Kontakt kommt.«

Lockyer musste an die Kräuter denken, die im Geräteschuppen der Old Hat Farm hingen. Broad drehte ihren Bildschirm in seine Richtung und zeigte rasch darauf. *Salvia divinorum* war ein holziges Kraut mit blau-violetten Blüten. Sie hatten es beide erst vor Kurzem gesehen, es wuchs in Hülle und Fülle rings um die Bienenstöcke der McNeils.

»Sie meinten, dass Geary mit dieser bestimmten Pollenart bedeckt war«, sagte Lockyer. »Kann sie vielleicht durch den Wind verbreitet worden sein?«

»Eher unwahrscheinlich. Die Pflanze wird von Insekten und nicht vom Wind bestäubt. Sie überträgt ihre Pollen nicht wie viele Bäume und Gräser. Aufgrund der großen Menge würde ich sagen, dass Mr. Geary kurz vor seinem Tod damit direkt in Kontakt gekommen ist – mit sehr viel davon. Hilft Ihnen das weiter?«

»Ungemein.«

»Sehr gut.«

»Sie haben von *zwei* Ergebnissen gesprochen.«

»Ja. Wir haben außerdem auf der Rückseite von Mr. Gearys Hose Flecken einer verkrusteten Substanz gefunden. Einer meiner Kollegen führt noch einige Tests durch, aber wir vermuten, dass es sich um einen Polyurethanklebstoff handelt. Um einen Heißkleber.«

Die Bedeutung dieser Entdeckung wurde Lockyer schlagartig bewusst. »Den man mit einer Heißklebepistole aufträgt?«

»Hilft Ihnen das auch weiter?«

»Sehr sogar. Danke.«

»Schön, wenn ich helfen konnte. Ich schicke Ihnen den vollständigen Bericht, sobald er fertig ist.«

Als Lockyer aufgelegt hatte, meldete sich Broad zu Wort.

»*Salvinorin A* – das war das Halluzinogen, das Holly im Körper hatte«, sagte sie.

»Lassen Sie mich raten: Es wird aus *Salvia divinorum* gewonnen.«

»Genau. Man kann die frischen Blätter kauen oder die getrockneten Blätter rauchen und als Tee trinken«, las sie vom Bildschirm ab. »Das bauen sie auf der Old Hat Farm an, nicht wahr?«

»Sie bauen die Pflanze nicht nur an, sondern verarbeiten sie auch, würde ich sagen.«

»Wir können sie also verhaften, oder? Als Holly die Substanz konsumiert hat, war das zwar noch legal, aber inzwischen ist sie verboten.«

»Und auf Lees Hose befindet sich Heißkleber.«

»Wie der, den Vince McNeil benutzt hat?«, sagte Broad. »Wir können also *beweisen*, dass Lee vor seinem Tod die Old Hat Farm aufgesucht hat. Dass sie gelogen haben.«

Die Sonne war heute wieder unerbittlich, und das Büro war bereits aufgeheizt. Doch Broad wischte sich eine feuchte Locke aus der Stirn, denn es hielt sie buchstäblich nicht mehr auf ihrem Platz, weil sie mehrere Verhaftungen vornehmen wollte.

»Jetzt mal langsam …«, sagte Lockyer.

Broad wollte etwas erwidern, überlegte es sich dann aber anders.

»Wir wissen, dass sie gelogen haben, als sie sagten, dass Lee vor seinem Tod nicht auf der Farm gewesen sei«, fuhr er fort.

»Genau!«, stieß Broad hervor.

»Aber die Menschen lügen aus allen möglichen Gründen, Gem. Wir wissen nicht, ob sie ihn getötet haben.«

»Aber Chef …«

»Momentan reden sie mit uns. Vor allem Jason. Wenn wir mit einem großen Aufgebot dort anrücken und sie verhaften – wegen eines geringfügigen Drogendelikts –, wie lange, glauben Sie, können wir sie festhalten? Vor allem Vince. Ich kenne Männer wie ihn, und ich möchte wetten, dass er ein sechsstündiges Verhör durchstehen kann, ohne ein einziges Wort zu sagen. Er käme nicht mal ins Schwitzen.«

»Wir werden also trotz der Ergebnisse nichts unternehmen?«

»Nein, aber wir müssen unbedingt unsere Hintergrundrecherchen zu Ende führen. Wir haben uns noch nicht mit Stefs Tod beschäftigt oder irgendetwas über Jason herausgefunden. Außerdem möchte ich noch mal mit Karen Wilkins sprechen. Sobald wir das getan haben, fahren wir erneut dorthin und versuchen, mit jedem einzeln zu reden.«

»Nicht auf dem Revier? Ohne Rechtsbelehrung?«

»Hören Sie … Wir müssen uns fürs Erste gut mit ihnen stellen. Und wir müssen sichergehen, dass wir ihnen die richtigen Fragen stellen.«

Sie schien immer noch skeptisch.

»Vertrauen Sie mir, Gem. Lassen Sie uns möglichst viele Informationen zusammentragen. Ich möchte mich noch mal auf der Farm umsehen und will dafür keinen Durchsuchungsbefehl beantragen. Sie müssen uns also aufs Grundstück lassen.«

»Mit Geduld und Spucke kommt man auch ans Ziel?«, sagte Broad. »Schön das Pulver trocken halten? So was in der Art?«

»Ganz genau. Und haben Sie Glück mit Hollys Laptop gehabt?«

»Ja und nein. Ich habe noch mal mit Steve gesprochen, und er meinte, dass sie definitiv einen besessen hat – man hat ihn nach ihrem Tod als Beweismittel sichergestellt.«

»Und war irgendwas drauf?«

»Seiner Aussage nach nicht viel. Nichts, was die Selbstmord-Theorie bestätigen oder widerlegen würde. Er sagte, dass auf dem Laptop eine Videonachricht ihrer Mutter war, ›so eine Sterbebett-Nummer‹, aber dass es nicht besonders aufschlussreich gewesen sei. Wohl eher ›anstrengend‹ – seine Worte, nicht meine.«

»Ich möchte es mir trotzdem ansehen.«

»Das dachte ich mir. Deshalb habe ich gefragt, wo der Laptop nach der Untersuchung der Todesursache gelandet ist, und er wusste es nicht.«

»Na toll.«

»Ich werde noch mal in der Asservatenkammer danach suchen, aber er wurde wahrscheinlich zurückgegeben.«

»An wen? Holly hatte sonst keine Angehörigen.«

»An die Leute auf der Old Hat Farm?«

»Sie haben ihn nicht erwähnt.«

Sie zuckte mit den Achseln. »Nein, aber … wir haben auch nicht danach gefragt. Vince meinte, sie hätten einen Computer, oder? Vielleicht benutzen sie ja Hollys Laptop.«

»Noch etwas, wonach wir sie beim nächsten Mal fragen müssen.« Lockyer stand auf. »Ich werde unsere Chefin auf den neusten Stand bringen. Immerhin kann ich ihr sagen, dass die Kriminaltechniker ihr Geld wert waren.«

Als Lockyer wieder an seinem Schreibtisch saß, öffnete er auf dem Computer den Untersuchungsbericht zu Stef Goulds Todesursache. Er hatte ihn zuvor schon einmal überflogen und fand ihn nicht besonders ergiebig – er enthielt keine Informationen zu den fragwürdigen Umständen von Lees und Ridgeways Tod. Und Stefs Tod war ein Unfall gewesen. Sie war unter Drogen- und Alkoholeinfluss nachts in einem offenen Gewässer schwimmen gegangen. Ob sie in der Gruppe oder allein unterwegs gewesen war, hatte niemand sagen wollen oder können. Ein Müllsammler hatte sie, umwickelt von Schilf, gegen Ende des Festivals gefunden. Der See war von einem dieser Geländer mit waagerechten Stäben umzäunt, über die man problemlos hinwegsteigen konnte, und das Schild mit der Aufschrift *Achtung – Tiefes Wasser* hatte man in der Dunkelheit leicht übersehen können.

Niemand schien Stef am letzten Tag des Festivals vermisst zu haben. Falls sie mit Freunden dort gewesen war, hatten sie sich offenbar keine Gedanken gemacht, wo sie abgeblieben war, oder sie hatten angenommen, dass Stef irgendwo anders hingegangen war.

Es ließ sich nicht sagen, ob man sie ertränkt hatte oder nicht. Ob jemand sie unter Wasser gedrückt hatte, bis sie aufgehört hatte zu strampeln. Es hätte allerdings nicht lange gedauert; sie hatte Alkohol und Drogen im Blut, und trotz ihres hitzigen Temperaments war Stef eine sehr zierliche Person. Als ihr klar wurde, dass sie es nicht aus dem Wasser schaffen, dass niemand sie retten würde, musste sie schreckliche Angst gehabt haben. Bei der Autopsie hatte man an Armen, Kopf und Hals keine Spuren von Gewaltanwendung festgestellt, nur vereinzelte Blutergüsse, wie sie normal waren, wenn man mehrere Tage hintereinander feierte und auf dem Boden schlief.

Aber irgendetwas hatte Lockyers Aufmerksamkeit erregt, und

er las den Bericht noch einmal durch, bis er es gefunden hatte: Stef war auf dem Soul Tree Festival gestorben. Irgendjemand hatte es erst kürzlich erwähnt.

Er drehte seinen Stuhl zu Broad herum.

»Gem, bei all der Aufregung über die Laborergebnisse habe ich ganz vergessen, Ihnen zu erzählen, dass Lee an dem Abend, als Ridgeway gestorben ist, in der Culver Street war.«

Sie runzelte die Stirn. »Das stand nicht im Bericht.«

»Nein, die Aufnahmen reichten nicht aus, um ihn einwandfrei zu identifizieren. Man kann sein Gesicht nicht sehen, aber ich bin mir *sicher*, dass er es ist. Er schiebt sein Bein durch die Tür, und dann erscheint sein Fuß, groß wie ein Laib Brot.«

Ein Lächeln huschte über Broads Gesicht. »Sie glauben doch wohl nicht, dass *er* Ridgeway vom Dach gestoßen hat?«

»Nein. Ich glaube vielmehr, dass er das Parkhaus nicht betreten hat, weil er gehört hat, wie Ridgeway auf der Straße aufgeschlagen ist.«

»Mein Gott.«

»Und ich glaube … ich glaube, dass er vielleicht gesehen hat, wer Ridgeway übers Geländer geworfen hat.«

Broad dachte darüber nach. »Und Sie glauben nicht, dass Ridgeway irgendeinen Drogendealer aus London getroffen hat, richtig?«

»Sie haben recht. Das glaube ich nicht. Kommen Sie, ich zeige es Ihnen.«

Kurz vor Feierabend machte Lockyer sich auf die Suche nach DI Saunders und fand ihn, wie nicht anders zu erwarten, in der Kantine, vor sich eine Tasse Tee und eine Packung mit drei Vanillecreme-Keksen. Ohne zu fragen zog Lockyer den Stuhl ihm gegenüber hervor und setzte sich.

»Was gibt's Neues?«, fragte Saunders, tunkte einen der Kekse in den Tee und steckte ihn dann ganz in den Mund.

»Die Nachricht von Hollys Mutter auf ihrem Computer«, sagte Lockyer. »Kannst du dich erinnern, worum es darin ging?«

»Wie ich schon deiner Pfadfinderin gesagt habe, es war nicht besonders ergiebig.«

»Ihr Name ist DC Broad.«

»Das weiß ich, aber ich versuche mir abzugewöhnen, sie Laptop zu nennen. Ich hätte meinen Tee fast wieder ausgespuckt, als sie zu mir kam und mich nach dem Laptop gefragt hat.«

»Das ist wohl ein Fortschritt. In gewisser Weise.«

»Sei nicht so scheißarrogant, Lockyer.«

»Die Nachricht?«

Saunders aß erst die beiden anderen Kekse, bevor er antwortete.

»Soweit ich mich erinnern kann, enthielt sie nichts, was euch weiterhelfen würde. Ihre Mutter war damals offenbar schon sehr krank, es ging mit ihr zu Ende. Ich weiß nur noch, dass das Video ziemlich schrecklich war. Sie verabschiedet sich darin und redet davon, wie ungerecht das alles sei. ›Regrets, I've had a few‹, und so weiter und so weiter. Einiges ergab überhaupt keinen Sinn.«

»Hat sie Holly gesagt, dass sie adoptiert wurde? Oder wer ihr leiblicher Vater ist?«

»Nein. Das einzig Interessante war, wie oft Holly sich das Video angesehen hat. Die Techniker haben uns das gesagt.«

»Wie oft denn?«

»Über zweihundertmal.«

»Mein Gott.«

»Ja. Das Mädchen hat seine Mutter wirklich sehr vermisst.«

»Das hätte eher dafür gesprochen, dass sie sich umgebracht hat und nicht ermordet wurde.«

»Ja«, sagte Saunders kleinlaut. »Wir haben das außer Acht gelassen.«

»Aber es wäre hilfreich, wenn wir uns das Video selbst ansehen könnten. Falls wir den Laptop auftreiben können.«

Saunders gab ein vielsagendes Knurren von sich. »Viel Glück dabei.«

»Weißt du noch, welche Marke es war?«

»Acer vielleicht, oder Dell. Nichts Teures. Aber er gehörte offenbar einem Mädchen – er war pink und voller Band-Aufkleber.«

»Okay. Danke.« Lockyer stand auf, hielt dann aber inne. »Du hattest 2011 recht. Als du versucht hast, eine Verbindung zwischen den Todesfällen herzustellen. Gut, dass du so aufmerksam warst, sonst hätte man das wahrscheinlich übersehen.«

»Hör auf damit. Auch wenn du mir in den Arsch kriechst, werde ich nicht vergessen, was du getan hast.«

Lockyer zögerte erneut. »Du würdest also nie gegen die Vorschriften verstoßen? Sie nicht mal etwas großzügiger auslegen – für einen Freund, von dem du weißt, dass er absolut unschuldig ist? Nicht … verantwortlich?«

Er war noch nie so kurz davor gewesen, ein Geständnis abzulegen.

Saunders blickte ihn ruhig an. »Nein. Das würde ich nicht. ›Absolut unschuldig‹? Herrgott, wir sind hier nicht in einem verdammten Philosophieseminar, Alter. Vor *Gericht* streitet man über Motive und Strafmilderung. Aber nicht *hier*.« Er tippte mit dem Finger auf die Tischplatte aus Laminat. »Hier ermitteln wir die *Fakten*. Wer was und wie getan hat, mehr nicht. Und wenn dir das nicht klar ist, solltest du diesen Job nicht machen.«

Lockyer war wie vor den Kopf gestoßen. »Das ist mir vollkommen klar, Steve.«

Er merkte selbst, wie wenig überzeugend er klang.

Saunders' Antwort war nur ein verächtliches Schnauben.

Lockyer saß mit seinem Abendessen auf der Stufe hinter seinem Haus im Schatten und lauschte einem Podcast zu den aktuellen Zahlen der Pandemie. Begleitet vom Zwitschern der Amseln wurde es allmählich kühler.

Er hatte seinem Freund Kevin eine SMS geschickt, aber bisher keine Antwort erhalten. Außerdem hatte er dreimal seine Mutter im Krankenhaus angerufen, sie jedoch nicht erreicht. Und er hatte erneut Hedys Postkarte gelesen und ihr eine WhatsApp-Nachricht geschickt: *Bist du im Haus in Frankreich? Ich habe keine Ahnung, in welcher Umgebung ich dich mir vorstellen soll. Ich würde jetzt gerne deine Stimme hören.* Dann hatte er jeden einzelnen Buchstaben wieder gelöscht.

Er hatte inzwischen drei Bier getrunken und dachte kurz daran, sich ein viertes zu genehmigen. Stattdessen beschloss er, einen Spaziergang zu machen, überlegte es sich dann aber doch wieder anders. Normalerweise half ihm das, einen klaren Kopf zu bekommen, aber jetzt gerade kam ihm das wie eine Ausflucht vor. Schließlich stieg er über den kaputten Zaun zwischen seinem und Mrs. Musprats Garten und klopfte an ihre Hintertür.

Vorsichtig öffnete sie die Tür und spähte wie eine Eule zu ihm empor.

»Kann ich einen Moment hereinkommen?«, fragte Lockyer.

Iris zog die zerschlissenen Ärmel ihrer Strickjacke über die Handgelenke und trat zurück.

Ihre Küche sah so ähnlich aus wie Lockyers, bevor er sie vollkommen ausgeräumt und die jahrzehntealte Staub- und Fettschicht von den Wänden gekratzt hatte. Iris hatte früher einen Antiquitäten- und Souvenirladen betrieben, und die Bretter eines riesigen Schranks ächzten unter dem Gewicht seines Inhalts: Keramikkrüge mit grimassierenden Gesichtern, verrostete Keksdosen, ein Stapel Melamin-Aschenbecher. Alles war mit einer bräunlichen Schmutzschicht überzogen.

Er musste an das denken, was Jody gesagt hatte – dass die Menschen so gut weitermachten, wie sie konnten, bis sie irgendwann tot umfielen. *Sie geben nicht auf.*

Die beiden setzten sich an den wackligen Tisch.

»Was ist mit Ihrem Mann geschehen, Mrs. Musprat?«, fragte Lockyer.

Plötzlich versteinerte sich ihre Miene. »Er ist nicht dort draußen in den Wäldchen begraben, falls Sie das meinen.«

»Nein – überhaupt nicht. Ich war nur neugierig.«

Mrs. Musprat beäugte ihn einen Moment lang argwöhnisch. »Jebel Akhdar. 1959«, sagte sie schließlich und schnaubte, als sie seinen fragenden Gesichtsausdruck bemerkte.

»Sidney hatte etwas Besseres verdient, als in einem Krieg zu sterben, von dem niemand je gehört hat«, sagte sie. »In Oman. Er war bei den Pionieren und hat Minen geräumt.«

»Sie müssen sehr jung gewesen sein.«

»Mit fünfundzwanzig war ich Witwe. Ich bekam zwar seine Armeerente, aber das war nicht viel. Meine Mutter meinte, dass mich unser Baby an ihn erinnern würde, aber dann habe ich es verloren.«

»Das tut mir leid, Mrs. Musprat.«

Sie schnalzte missbilligend mit der Zunge. »Sparen Sie sich Ihr Mitleid.«

»Sind Sie damals hierhergezogen?«

Sie nickte. »Zunächst zu Sids Familie.«

»Wohnte Bill da schon nebenan?«

»Ja. Seine Mutter starb, als er noch ein kleiner Knirps war. Er lebte also nur mit seinem alten Vater zusammen, der im selben Jahr wie Sid starb. Bill hat nie geheiratet.«

Lockyer stellte sich Bill und Iris vor. Zwei junge Menschen, die schrecklich einsam gewesen sein müssen. Die Tür an Tür in zwei Häuschen abseits des Dorfes lebten. Kein Wunder, dass sie sich näherkamen. Aber falls Iris sich in Bill verliebt hatte, dann hatte er diese Liebe nicht erwidert – jedenfalls nicht auf dieselbe Weise.

»Wie hat Bill Róisín kennengelernt?«, fragte er.

»Warum fragen Sie das?«, sagte sie. »Ich möchte wissen, was Sie jetzt *tun* werden. Mich einbuchten? Denn dafür bin ich zu alt – das überlebe ich nicht.«

»Bitte, Mrs. Musprat.«

Sie holte eine Whiskyflasche von der Anrichte und von einem Regalbrett zwei Gläser. Dann schenkte sie ein und trank ihr Glas in einem Zug leer.

»Paddy Conlan hat damals auf der Rückseite seines Hauses einen Anbau errichtet. Bill war Bauarbeiter und hat die Grube für das Fundament ausgehoben. Denn Paddy war zu fein, um sich die Finger schmutzig zu machen.«

»War er wohlhabend?«

»Ha! Er ist zwar zu Geld *gekommen*, aber nicht auf ehrliche Weise. Er ist hierhergezogen, weil er sich für einen Gutsherrn hielt.«

»Er war also ein Betrüger?«

»Durch und durch. Er unterhielt Kontakte zu einer Reihe zweifelhafter Personen. Er war Buchmacher und Pfandleiher, und keines seiner Geschäfte war legal. Er war zwanzig Jahre älter als Rosie, die direkt aus Dublin kam und noch grün hinter den Ohren war. Es ist eine Schande, wenn eine Frau so einen Mann heiratet, aber Róisín … Das Leben war für sie die reinste Qual. Man sah sie nie ohne aufgeplatzte Lippe oder blaues Auge. Sie trug zwar immer diese hochgeschlossenen Blusen, aber ab und zu habe ich einen Blick auf die Blutergüsse darunter erhascht.«

Iris schenkte sich einen weiteren Whisky ein. »Wahrscheinlich hätte er sie eines Tages umgebracht, nur so zum Spaß. Wie eine Katze mit einer Maus hat er mit ihr gespielt, ihr erst ein paar Freiheiten gelassen und sie sich dann vorgeknöpft. Tagsüber durfte sie mit uns Frauen etwas unternehmen, und bei ihrer Rückkehr hat er sie dann verprügelt. Einen Tag war er zuckersüß zu ihr und am nächsten behandelte er sie wie den letzten Dreck.« Sie schüttelte den Kopf. »Das hat sie halb wahnsinnig gemacht.«

»Kann ich mir vorstellen.«

»Paddy sagte, dass er sie umbringen würde, falls sie ihn verlässt, und das war absolut ernst gemeint. Er hatte im Dorf seine Spitzel, die sie im Auge behielten. Kein Wunder, dass sie sich in Bill verliebt hat. Er war ein grundsolider Kerl und hat nie über jemanden ein böses Wort verloren.« Iris starrte auf ihr leeres Glas. »Er hätte sein Leben für sie aufs Spiel gesetzt. Und das hat er wohl auch, als er sie bei sich aufgenommen hat.«

»Ist sie abgehauen?«

»Nein.« Iris machte ein gequältes Gesicht. »Das war es ja – er hat sie gehen lassen. Sie ausgelacht. Und gesagt, ›Na los, schauen wir doch mal, wie weit du kommst.‹ Ihr und Bill blieben nur ein, zwei Minuten, ehe der Mistkerl herausfand, wo sie war – oder ehe es ihm jemand erzählte.«

»Und … was war der Plan?«

»Der Plan?« Iris schnaubte. »Dafür war keine Zeit. Rosie war verzweifelt und sagte, dass sie es nicht mehr aushielt. Also haben wir sie einfach … versteckt.«

Iris hatte recht, das war kein Plan. Sie hatten sich in eine ausweglose Situation manövriert. Lockyer leerte sein Glas in einem Zug. Normalerweise trank er keinen Whisky, aber die Wärme, die sich in seinem Brustkorb ausbreitete, fühlte sich gut an.

»Und?«, fragte Mrs. Musprat. »Werden Sie sie ausgraben? Werden Sie Ihren Kollegen Bescheid sagen?«

»Was glaubten Sie, würde passieren?«, fragte er betrübt. »Sie hat ein ordentliches Begräbnis verdient, wie Sie gesagt haben. Ihre Familie hat es verdient, die Wahrheit über sie zu erfahren.«

»Ihre Eltern sind bestimmt längst tot«, sagte Iris.

»Wie alt war Róisín, als sie starb?«

»Vierundzwanzig, fünfundzwanzig.« Iris erinnerte sich an damals, während ihre schrumpeligen Finger zur Flasche zurückwanderten. »Sie hatte einen Bruder und eine Schwester, die etwas jünger als sie waren – sie hat mir mal ein Foto von ihnen gezeigt. Die beiden waren Zwillinge. Blond wie Engel. Sie müssten jetzt um die siebzig sein. Rosie und ihre Schwester haben sich immer Briefe geschrieben …«

Lockyer schloss die Augen. Eine Schwester, die ihr regelmäßig geschrieben hatte, würde sich zweifellos an sie erinnern. Vielleicht hatte sie Rosie die letzten fünfzig Jahre vermisst und verzweifelt auf eine Nachricht von ihr gewartet.

»Herrgott«, murmelte er.

»Ich werde …«, begann Iris. »Ich werde bald tot sein. Warten Sie so lange.«

»Was? Warum? Sind Sie krank?«

Sie warf ihm einen spöttischen Blick zu. »Ich bin sechsundachtzig.«

»Meine Großmutter ist achtundneunzig geworden«, sagte Lockyer.

»Nun, so alt werde ich nicht«, sagte sie fast trotzig. »Ich werde in einem Brief alles aufschreiben und ihn für Sie hinterlegen. Sobald ich tot bin, können Sie ihn öffnen.«

Iris blinzelte. Das Alter hatte ihre Augen der blauen Farbe beraubt. Für eine ganze Weile sagte keiner der beiden etwas.

Schließlich beugte sie sich vor. »Warum ist das, was ich getan habe, ein Verbrechen?«, fragte sie. »Wir dachten, wir würden Rosie *helfen*! Sie beschützen! Und danach … konnte ich Bill nicht im Stich lassen.«

Ihr gequälter Blick verriet Lockyer, dass sie immer noch unter Schuldgefühlen litt.

»Was wir getan haben, haben wir *aus Liebe* getan«, sagte sie. »Wie kann das ein Verbrechen sein?«

»Unzählige Verbrechen wurden aus Liebe begangen.« Lockyer seufzte. »Was war ihr Mädchenname? Ich muss ihn wissen, wenn ich ihren Bruder und ihre Schwester ausfindig machen will.«

»Das weiß ich nicht mehr«, sagte Iris mit zitternder Stimme, und Lockyer vermutete, dass sie log.

»Versuchen Sie sich daran zu erinnern«, sagte er eindringlich. »Und an weitere Einzelheiten. Wo die Geschwister gewohnt haben, was ihr Beruf war. Solche Sachen.«

»Sie wollen mich also verpfeifen?«

Lockyer erwiderte nichts.

»Ich dachte …« Sie hielt inne. »Ich dachte, ich könnte Ihnen vertrauen.«

Lockyer verließ das Zimmer, und sie blieb am Tisch sitzen.

Ihm gingen tausend Gedanken durch den Kopf, als er in sein Haus zurückkehrte, und kurz darauf hörte er, wie nebenan der Fernseher anging. Aus den Lautsprechern drang blechern das fröhliche Gelächter von Menschen, die sie beide nie kennenlernen würden. Geschichten wie die von Iris waren nichts Ungewöhnliches, dachte er. Alltägliche Geschichten von Liebe und Leid, von Leben und Tod. Sidney Musprat, der von einer Mine zerrissen worden und im Sand von Oman verblutet war. Bill Hicksons Mutter, die gestorben war, als ihr einziger Sohn noch ein kleines Kind war, und an deren Namen – deren Tod – sich kaum noch jemand erinnerte. Und die Menschen ohne Partner, Familie oder Kinder, blieben allein zurück. Davon gab es immer einige. Einsam und unbemerkt traten sie aus dem Leben, und in der Ecke eines Zimmers blieb als trauriges Zeichen ihrer Beharrlichkeit eine Gehhilfe zurück.

Lockyer musste an seinen Bruder denken, der im Alter von zwanzig Jahren gestorben war. Wen hätte Chris wohl geheiratet? Welche Namen hätten seine Kinder gehabt? Die Nichten und Neffen, die Lockyer nie haben würde, die Enkelkinder, die seine Eltern nie haben würden. Und mit plötzlicher Klarheit sah er, dass er den gleichen Weg wie Iris Musprat und Bill Hickson eingeschlagen hatte. Er war kein bisschen anders. Seine Eltern würden sterben, wenn ihre Zeit gekommen war, und dann wäre er allein. Er würde weiter als Polizist arbeiten und schließlich in den Ruhestand gehen – um dann was zu tun? Den Garten pflegen, den nie jemand sah? Sich einen Hund anschaffen, der ihn auf seinen Spaziergängen begleitete? Es schien unvermeidlich. Obwohl er natürlich nicht wusste, ob es tatsächlich schon zu spät war, einen anderen Weg einzuschlagen, kam es ihm so vor. Und er fragte sich, ob er sich unbewusst für das bestrafen wollte, was Chris widerfahren war.

Aber vielleicht verlief das Leben für manche Menschen einfach auf diese Weise. *Wollten Sie keine Kinder haben, Chef?* Broads unbeabsichtigte Verwendung der Vergangenheitsform deutete darauf hin, dass sie es ebenfalls für unvermeidlich hielt. Vielleicht war er deshalb durch seine idiotische Loyalität gegenüber Iris Musprat wie gelähmt. Setzte deshalb seinen guten Ruf aufs Spiel, um sie zu beschützen, so wie er das auch für Kevin getan hatte. Wie er das für Chris getan hätte. Wahrscheinlich für jedes Mitglied seiner kleiner werdenden Familie, für jeden, den er liebte, dem er sich verbunden fühlte. *Wenn dir das nicht klar ist, solltest du diesen Job nicht machen.*

Er nahm sein Handy und schrieb: *Kommst du zurück, Hedy? Ich meine, irgendwann?* Dann sendete er die Nachricht, ehe er es sich noch einmal anders überlegen konnte.

10

TAG ZEHN, MITTWOCH

Lockyer hatte erst kurz vor Tagesanbruch ein paar Stunden Schlaf gefunden, und jetzt fuhr er vor der Arbeit noch nach Westdene. Der Boden war wieder trocken, die Feuchtigkeit verdunstet. Eine warme Brise wehte Distelwolle durch die Luft. Lockyer traf seinen Vater auf dem Hof an, wo er gerade mehrere ihrer größten Schafböcke auf einen Anhänger verlud.

»Die gehen nach Frome«, sagte er, als Lockyer zu ihm trat. »Die brauchen da Zuchtvieh, sie holen sie bei den Auktionsgehegen ab.«

»Zahlen sie denn einen guten Preis?«

John zuckte betrübt mit den Brauen. »Es muss reichen.«

»Soll ich mitkommen?«

Lockyer fand, das sei vielleicht eine gute Gelegenheit, um zu reden – sie beide allein im Pick-up, wo sie einander nicht entkommen konnten.

»Ich fahre auch, wenn du willst«, sagte er.

»Musst du nicht zur Arbeit?«

»Ich kann einfach später Feierabend machen.«

»Nicht nötig, es wird nicht lange dauern. Hilf Jody lieber mit der Ballenpresse.«

»Funktioniert sie immer noch nicht?«

»Sie hat sie mehr oder weniger wieder flottgemacht.« John klang beeindruckt. »Aber die Pickup spinnt immer noch.«

»Hast du heute Morgen mit Dr. Lorne gesprochen?«

John öffnete quietschend die Fahrertür und stieg ein. »Sie sagten, sie würden zurückrufen.«

»Haben sie gesagt, wann?«

»Nein.«

John starrte einen Moment auf seine knorrigen Hände am Lenkrad, dann streckte er einen Arm aus und tätschelte unbeholfen Lockyers Hüfte.

»Lass gut sein, Sohn. Sie wird bald wieder zu Hause sein, gesund und munter. Du wirst sehen.«

Überrascht von dieser plötzlichen Geste der Zuneigung, erwiderte Lockyer nichts. Als der Pick-up den Feldweg hinunterrumpelte, sah er ihm durch den Staub hinterher und unterdrückte seine Verärgerung. *Nein, wird sie nicht*, hatte er sagen wollen. Vielleicht würde sie nie wieder nach Hause zurückkehren.

Er folgte dem Geräusch des Traktors zu der Stelle, wo Jody langsam an einer Reihe Heuberge vorbeifuhr und sich auf dem Sitz immer wieder umdrehte, um das Ergebnis zu begutachten. Hinter dem Traktor lagen ein paar vereinzelte Ballen, aber sie war noch nicht weit gekommen. Als sie Lockyer sah, schaltete sie in den Leerlauf und sprang herunter.

»Ich dachte, ich hätte die alte Klapperkiste wieder zum Laufen gebracht«, sagte sie. »Aber sie funktioniert immer noch nicht richtig. Sie haben gerade Ihren alten Herrn verpasst.«

»Sie beide kommen offensichtlich gut zurecht.«

»Ja, sicher. Er ist ein wahrer Schatz. Ich habe ihn neulich zu Ihrer Mutter gefahren – er war zu lange in der Sonne und wollte nicht selbst fahren. Nach dem Besuch war er ein bisschen wacklig auf den Beinen, und wir sind in die Cafeteria gegangen und haben ein wenig geplaudert.«

»Geplaudert?«, wiederholte Lockyer.

Er verspürte erneut dieses leichte Stechen, das Gefühl seiner eigenen Unzulänglichkeit. Sein Vater plauderte nicht.

»Ja. Es ist schrecklich, einen Mann wie ihn an diesem Ort zu sehen. Aber es geht ihm wieder gut, schätze ich. Das Krankenhaus ist nur … das absolute Gegenteil seiner normalen Umgebung, oder? Die weißen Wände und dieser *Geruch*, die Gegenstände aus Metall und Plastik … das nimmt ihn offensichtlich sehr mit.«

»Ich sollte wohl besser Ihren Namen in die Kfz-Versicherung eintragen lassen.«

Sie grinste ihn an. »O ja. Das hatte ich ganz vergessen.«

»Aber es geht ihm gut? Meinem Vater?«

»Können Sie ihn das nicht selbst fragen?«

»Offenbar bin ich dazu nicht in der Lage«, sagte Lockyer. »Jedenfalls nicht so, dass er darauf antwortet.«

»Aber Sie *kennen* Ihren Vater – und Ihre Mutter. Sie wissen, was für ein Leben sie führen, was sie durchmachen. Oder? Und die beiden wissen, dass Sie für sie da sind. Warum sehen Sie ein Problem, wo es gar keins gibt?«

»Was meinen Sie damit?«

»Na ja, haben Sie sich je gefragt, ob Sie und Ihr Vater nur deshalb kaum miteinander reden, weil das gar nicht nötig ist?«

Lockyer blinzelte.

»Nein? Das ist Ihnen noch nie in den Sinn gekommen? Also, ich könnte wetten, dass Sie beide die meiste Zeit ganz genau wissen, was der andere fühlt oder denkt. Offensichtlich machen Sie sich Sorgen, dass es zwischen Ihnen so was wie eine … tiefe Kluft gibt.« Sie zuckte mit den Achseln. »Ich habe den gegenteiligen Eindruck. Sie und John sind mehr oder weniger dieselbe Person –

und diese Person ist nicht besonders gesprächig. Warum kämpfen Sie also dagegen an?«

Darauf hatte Lockyer keine Antwort. Aber es tat gut, das zu hören.

»Danke«, sagte er.

»Keine Ursache.«

Jody blickte auf den stoppeligen Boden hinunter. »Eigentlich wollte ich mit Ihnen darüber reden …«, begann sie im selben Moment, als Lockyer sagte:

»Ich würde Sie gerne etwas fragen.«

»Sie zuerst«, sagte Jody. »Ich bin mit meinem Vortrag fertig.«

»Bei unserer ersten Begegnung, haben Sie da nicht das Soul Tree Festival erwähnt? Unten in Dorset?«

»Ja, kann schon sein. Wenn das Scheißvirus nicht wäre, wäre ich jetzt dort.« Sie grinste verschmitzt. »Und ich bin nicht die Einzige, die es vermisst, das Tanzbein zu schwingen. Ich habe neulich sogar mit dem Gedanken gespielt, nach Charmy Down zu fahren.«

Trotz der Lockdown-Bestimmungen hatten sich auf dem Flugplatz des ehemaligen Militärstützpunkts Charmy Down, nördlich von Bath, Tausende Menschen zu einer illegalen Party getroffen.

»Aber ich werde langsam zu alt dafür, die ganze Nacht durchzumachen – und mich verhaften zu lassen«, sagte sie. »Allerdings haben Ihre Kollegen den Einsatz ziemlich vermasselt.«

»Wir haben keine einsatzbereite Armee, die jederzeit anrücken kann, um so viele Leute zu verhaften.«

Jodys Grinsen wurde breiter. »Das war ein Witz.«

Lockyer bezweifelte das. »Am Ende haben die Leute auf dem Seitenstreifen der A46 getanzt, am helllichten Tag, ohne Musik.«

»Ja.« Sie lachte. »Man kann die Leute nicht vom Feiern abhalten.«

»Waren Sie schon mal auf dem Soul Tree Festival?«

»Jedes Jahr, seit es in den Neunzigern zum ersten Mal stattfand.«

»Sie waren also auch 2011 dort?«

Eine kurze Pause. »Ich denke schon. Ich habe dort wie üblich gearbeitet. Na ja, gearbeitet *und* gefeiert. Warum?«

»Das Festival … hat etwas mit dem Fall zu tun, an dem ich gerade arbeite. Eine Frau namens Stefanie Gould ist in dem Jahr dort gestorben.«

»Ja. Ich erinnere mich, davon gehört zu haben. Arme Stef. Sie war zwar eine blöde Kuh, aber es war trotzdem schrecklich.«

Lockyer war überrascht. »Sie kannten Stef?«

Jody warf ihm einen Blick zu. »Ja, ich kannte sie. Aber nur von Festivals, Partys und solchen Veranstaltungen. Wir sind uns hin und wieder über den Weg gelaufen. Sie war normalerweise immer auf dem Soul Tree Festival, aber in dem Jahr habe ich sie dort nicht gesehen. Und dann hörte ich, dass sie gestorben ist.«

Lockyer merkte, dass Jody leicht angespannt wirkte; es war das erste Mal, dass er das bei ihr wahrnahm. Er überlegte, was er alles über sie wusste, und ihm fiel etwas ein.

»Sie wurden in dem Jahr, 2011, wegen Drogenhandels verhaftet. Mit einer vorübergehend verbotenen Substanz.«

»Und wenn schon.« Sie wurde langsam sauer.

»War das *Salvia divinorum*?«

Sie zuckte zusammen. »Warum wollen Sie das wissen?«

»Ich untersuche den Tod eines Mannes namens Lee Geary. Er ist im selben Jahr gestorben wie Stef und ein Mann namens Ridgeway Kingsley-Jones. Sie alle hatten Verbindungen zur Old Hat Farm. Waren Sie mal dort?«

Jody spähte auf das Feld hinaus, dann warf sie ihm einen eisigen Blick zu und wandte sich ab, um in das Fahrerhaus zu klettern. Lockyer griff nach ihrem Arm, aber das war ein Fehler. Sie riss ihn wieder fort.

»Lassen Sie mich verdammt noch mal los!«

»Okay, okay! Tut mir leid. Hören Sie, Jody, Ihre Vergangenheit interessiert mich nicht … oder in was für Geschäfte Sie damals verwickelt waren. Ehrlich nicht. Ich brauche nur Ihre Hilfe. Bitte.«

Jody funkelte ihn wütend an. »Wie soll ich Ihnen denn helfen?«

»Kam das *Salvia divinorum* von der Old Hat Farm? Waren Sie dort?«

»Ich war dort«, brachte sie widerwillig hervor.

»Ich versichere Ihnen, ich habe keinerlei Interesse daran, irgendjemanden dort wegen Drogenhandels zu belangen. Jedenfalls niemanden, der damals dort war. Aber in dem Jahr sind vier Menschen gestorben, und ich muss herausfinden, warum.«

»*Vier* Menschen?«

»Ein Mädchen namens Holly Gilbert ebenfalls. Ich glaube, dass es zwischen den vier Todesfällen eine Verbindung gibt.«

»Durch Sally D ist noch niemand gestorben.«

»Das weiß ich«, sagte er.

»Ich habe gehört, dass Ridgeway von einem Gangster aus Lambeth umgebracht wurde.«

»Das ist durchaus möglich, aber ich glaube es nicht. Kannten Sie ihn?«

»Ich kannte ihn nur … vom Sehen. Aus der Szene. Man konnte bei ihm Stoff kaufen. Aber ich bin ihm normalerweise aus dem Weg gegangen. Er schien nur Ärger zu machen.«

»Und Lee Geary? Sind Sie ihm je begegnet?«

Jody zeigte keine Reaktion.

»Aber Sie kannten Stef? Wo sind Sie ihr begegnet?«

»Hier und dort, wie gesagt.« Sie verdrehte die Augen, doch dann lenkte sie ein. »Auf der Old Hat Farm haben sie zu den heidnischen Festen immer diese Partys veranstaltet. Unter dem Motto Old Hat, New World. Die Matriarchin dort ist eine altmodische Gaia.«

»Was ist eine Gaia?«

»Na ja – Haare unter den Achseln, der Erdmutter-Typ.«

»Trish McNeil?«

»Ja, so hieß sie. Sie war ein echter Schatz, sie hat jeden mit offenen Armen empfangen. Aber sie hasste es, wenn jemand harte Drogen auf die Farm mitbrachte. Nichts Synthetisches, sagte sie immer. Und definitiv kein Heroin. Nur pflanzliche Drogen, nichts Gefährliches.«

»Heroin wird aus einer Pflanze hergestellt, Kokain auch. Und Strychnin ebenfalls.«

»Ja, aber … *Salvia*, das sind nur Salbeiblätter, oder? Es ist *natürlich*, nicht verarbeitet.«

»Ich kann da keinen Unterschied erkennen. Aber egal, fahren Sie fort.«

»Womit? Was wollen Sie noch wissen?«

»Haben Sie Stef auf einer der Partys dort kennengelernt?«

»Ja, wahrscheinlich. Ich denke schon.«

Lockyer zerrte sein Telefon aus der Gesäßtasche und rief ein Bild von Holly auf. »Sind Sie dieser Frau mal begegnet? Sie hat 2011 auf der Old Hat Farm gewohnt und war in jenem Jahr auf der Sonnwendfeier.«

Jody spähte auf das Display. »Ist das die andere Frau, die gestorben ist?«

»Ja. Kennen Sie sie?«

»Nein.«

Er öffnete Lee Gearys furchtbares Polizeifoto. »Und was ist mit dem hier?«

»Himmel. Nein.«

»Okay. Also … ist Ihnen in dem Jahr auf dem Soul Tree Festival irgendwas aufgefallen, dem Jahr, in dem Stef gestorben ist?«

»Das sagte ich bereits. Ich habe sie dort nicht gesehen. Ich habe die meiste Zeit gearbeitet.«

»Was war das für eine Arbeit?«

»Ich habe am Eingang die Taschen überprüft, die weiblichen Gäste abgetastet, so was halt. Jeden Tag sechs Stunden, und danach hatte man frei und konnte mitfeiern.«

»Haben Sie sonst jemanden, den Sie von der Old Hat Farm kannten, auf dem Festival gesehen, während Sie die Leute reingelassen haben? Irgendwelche vertrauten Gesichter?«

»Nicht dass ich wüsste.«

Lockyer gab ernüchtert auf. »Okay. Macht nichts. Danke, Jody. Tut mir leid, dass ich Sie so … ausgequetscht habe.«

»Keine Ursache«, sagte sie knapp, stellte ihren Fuß aufs Trittbrett und schwang sich nach oben.

Aber dann überlegte sie es sich erneut anders und sprang wieder herunter.

»Hören Sie, ich habe wahrscheinlich ein paar Bilder von dem Festival.«

»Fotos?«

»Ja. Ich habe damals überall eine Kamera mit hingenommen. Ich habe ein paar offizielle Fotos für die Soul-Tree-Website gemacht, ein paar Videos und solche Sachen. Ich habe versucht, ein *Portfolio* zu erstellen«, sagte sie selbstironisch. »Ich dachte, daraus könnte sich vielleicht was ergeben. Das war einer dieser Pläne, von denen ich Ihnen erzählt habe, der ein totaler Reinfall war.«

»Kann ich mir die Fotos mal ansehen?«

»Sicher. Aber ich habe eine Menge davon gelöscht und nur die guten behalten. Wenn Sie wollen, kann ich sie aus dem Haus meiner Großmutter holen.«

Lockyers Herz begann, schneller zu schlagen. »Danke. Haben Sie auch Fotos von der Old Hat Farm?«

»Ich glaube nicht«, sagte sie. »Aber ich werde nachsehen. Wer wollte schon Bilder von einer illegalen Party kaufen? Allerdings habe ich ein paar Clips auf YouTube hochgeladen. Die sind wahrscheinlich noch da.«

»Waren Sie auf der Old-Hat-New-World-Party im Juni 2011?«

»Ja.« Sie schwieg einen Moment. »Schauen Sie auf YouTube nach – ich wette, da gibt es jede Menge Videos vom Soul Tree Festival und der Old Hat Farm. Die Leute sind ganz versessen darauf, alles zu teilen. Es gibt garantiert auch schon Videos von der Party in Charmy Down.«

»Danke, Jody«, sagte Lockyer.

»Sie werden doch nichts von dem, was ich erzählt habe, gegen die McNeils verwenden, oder? Versprochen?«

»Über das SD? Nein.«

»Denn …«

»Was?«, fragte Lockyer.

»Ach … nichts. Das sind … das sind anständige Menschen, okay? Machen Sie ihnen keine Schwierigkeiten, nur weil sie anders sind als Sie.«

»So arbeite ich nicht«, sagte er entschieden. »Aber worüber wollten Sie eigentlich mit mir reden?«

Jody wandte erneut den Blick ab. »Ich sollte hier eigentlich weitermachen, aber … ja. Es ist vielleicht besser, solange Ihr Vater weg ist.«

»Was meinen Sie?«

»Es ist einfacher, wenn ich es Ihnen zeige.«

Ohne ein weiteres Wort griff sie ins Fahrerhaus, schaltete den Motor aus und lief Richtung Haus. Neugierig folgte Lockyer ihr.

Sie führte ihn nach oben in Chris' altes Zimmer, warf ihm einen Blick zu und deutete mit dem Kopf auf das Bett.

Lockyer verlagerte verlegen das Gewicht, und nach einem Moment verdrehte Jody die Augen.

»Bilden Sie sich bloß nichts ein. Nicht das.«

»Was dann?«, fragt er.

Sie bückte sich, griff nach dem Fußende des Bettes und zog es etwa fünfzehn Zentimeter von der Wand weg. Es war ein Einzelbett mit einem schweren Gestell und einem hohen Kopfteil aus Kirschholz. Es hatte dort wahrscheinlich schon vor der Geburt von Chris oder Matt Lockyer gestanden, und die Füße hatten im Teppich tiefe Abdrücke hinterlassen. Lockyer konnte sich nicht erinnern, wann man es, wenn überhaupt, mal verschoben hatte.

»Ihr Vater bezahlt mich in bar«, sagte Jody. »Ich hasse Bargeld – man kann es viel zu leicht klauen. Wenn ich an einem fremden Ort bin, verstecke ich es deshalb hinter dem Kopfteil.«

»Und?«

»Sehen Sie nach.«

Verwirrt warf Lockyer einen Blick hinter das Bett. Er sah Fetzen staubiger Spinnweben, eine Kerbe im Putz, ein verschrumpeltes, zusammengeknülltes Taschentuch. Und, an der Rückseite des Kopfteils mit einer Reißzwecke befestigt, einen Plastikbeutel voller Pillen.

Sein Magen zog sich zusammen, und er blickte zu Jody, die darauf die Hände hob.

»Das ist nicht von mir. Ich schwör's.«

Lockyer betrachtete die Pillen, während ihm die unvermeidliche Erkenntnis dämmerte, dass sie seinem Bruder gehören mussten. Mit zitternden Händen griff er danach. Er fummelte einen Moment an der Reißzwecke herum, gab es dann aber auf und riss den Plastikbeutel einfach los. Er begutachtete die Pillen. Hellblaue

150-mg-Pillen mit eingeprägtem Daumen-hoch-Symbol. Etwa siebzig oder achtzig Stück.

»Ist das Ecstasy?«, fragte er.

»Ich nehm's an.« Jody verschränkte die Arme. »Hat hier sonst noch jemand gewohnt?«

»Nein«, sagte Lockyer tonlos. »Nur Chris.«

»Okay.«

»Das sind zu viele … für den Eigenbedarf.«

»Das dachte ich auch.« Jody wippte auf den Fußballen. »Ich … ich wusste nur nicht, was ich deswegen machen soll. Ich wollte sie erst im Klo runterspülen, aber na ja – ich und meine Pläne. Bei meinem Glück hätten Sie eine der Pillen in der Kloschüssel gefunden oder wären hereingekommen, während ich sie entsorge, und hätten mich rausgeschmissen.« Sie zog eine Schulter hoch. »Und dann dachte ich, dass sie vielleicht Ihnen gehören.«

»*Mir*?«

»Ja. Schließlich waren Sie neulich im Zimmer. Und haben herumgeschnüffelt.«

»Ich habe nicht –«

»Doch. Aber jetzt, wo ich Sie ein wenig kennengelernt habe, muss ich sagen, dass Sie nicht wie jemand wirken, der Ecstasy nimmt.« Sie kaute einen Moment auf ihrer Unterlippe. »Dann dachte ich daran, meine Entdeckung für mich zu behalten. Aber mir wurde klar, dass Sie das wahrscheinlich wissen wollen. Weil das hier das Zimmer Ihres Bruders ist. Und weil Sie ein Bulle sind.«

Lockyer nickte wortlos. Seine Eingeweide glühten, und sein Kopf pochte. War das Scham? Oder Wut? Er wusste es nicht. Er konnte Jody nicht in die Augen blicken.

»Nun«, sagte er, »am besten, Sie machen sich wieder an die Arbeit.«

Er starrte immer noch auf den Beutel mit Pillen, als er hörte, wie draußen der Traktor ratternd ansprang und die Ballenpresse zu klappern begann. Durch das Fenster beobachtete er, wie Jody sich auf dem Feld stetig vorwärtsbewegte. Hinter ihr wirbelte der Wind den Staub in die heiße Luft empor. Den Beutel fest umklammernd, den Kopf leer und gleichzeitig voller überbordender Gedanken, stand er da, während die Maschine im Rhythmus seines pochenden Herzens hämmerte.

Als er auf der Arbeit eintraf, machte er sich erst einmal einen starken Tee und suchte dann auf YouTube nach der Old Hat Farm. Jody hatte recht gehabt. In den letzten zwölf Jahren waren achtundzwanzig Videos von verschiedenen Veranstaltungen gepostet worden. Sie waren zwischen fünfzig Sekunden und fünfundzwanzig Minuten lang. Er klickte auf das kürzeste Video mit dem Titel *Drittes Auge Geöffnet*, das letzten Sommer von jemandem unter dem Namen DelilahXXOO gepostet worden war. Eine junge Frau saß im Schneidersitz auf einem Feld voller blauer Blumen, das Lockyer als das Feld mit *Salvia divinorum* neben den Bienenstöcken wiedererkannte. Die Frau hatte die Augen geschlossen, die Hände mit den Innenseiten nach oben auf die Knie gelegt und lächelte verzückt.

»Ich kann es spüren«, sagte sie schließlich, ohne die Augen zu öffnen. »Spürt ihr es auch?«

Dann endete das Video. Lockyer fragte sich, ob sie SD genommen und die Wirkung eingesetzt hatte. Ein höherer Bewusstseinszustand – oder auch nur ein chemischer Prozess. Er scrollte weiter nach unten und schaute nach, wann die einzelnen Videos gepostet worden waren. Nur zwei stammten aus dem Sommer 2011. Eines war *Sonnenwend-Spaß* betitelt, das andere einfach *Sonnenaufgang*, beide gepostet von JoJoNomad. Lockyer vermutete, dass es sich um Jodys Benutzernamen handelte.

Er klickte auf das erste Video. Es war sechs Minuten lang und bestand aus langsamen Schwenks, aufgenommen bei Nacht. Auf einer von Lichterketten erleuchteten Bühne führte eine Band aus mindestens zehn Mitgliedern unter einem handbemalten Transparent eine seltsame Mischung aus Beschwörungen und Gesang auf. Eine Menschenmenge tanzte und wiegte sich, während im Hintergrund in Ölfässern Feuer loderten und Rauch an der Kamera vorbeiwaberte. Auf der Bühne drehte sich die Leadsängerin zur Seite und warf die Hände in die Luft. »Seid gegrüßt, ewige Geister des Westens«, intonierte sie. Und das Publikum reckte folgsam die Arme in die Höhe.

Es war schwierig, in der wogenden Menge einzelne Gesichter zu erkennen oder zu sagen, wo genau die Feier stattgefunden hatte, da weder das Wohnhaus noch eine der Scheunen ins Bild kam. Lockyer vermutete, dass das Video mit einer richtigen Kamera und nicht mit einem Handy aufgenommen worden war, weil in einer der unteren Ecken Uhrzeit und Datum eingeblendet waren und die Sekunden angezeigt wurden. Er schaute es sich noch einmal von vorne an, ohne jedoch irgendjemanden wiederzuerkennen.

Das zweite Video zeigte den Sonnenaufgang. Die Leute, die die Nacht durchgemacht hatten, saßen in Reihen auf dem niedergetrampelten Gras und blickten schweigend gen Osten, wo das Licht den Himmel rot verfärbte. Jemand spielte auf einer Tabla leise einen gleichmäßigen Rhythmus, Joints und Teebecher wurden herumgereicht. Am Bildrand entdeckte Lockyer Trish McNeil, sie wirkte gelöst, trug ein weißes Kleid und hatte Blumen im Haar. Sie war die einzige Person, die er erkannte. Nichts widerlegte Jasons Behauptung, dass er nicht dort gewesen sei, und wo auch immer Vince gewesen sein mochte, auf den Aufnahmen war er nicht zu sehen.

Dann setzte sich Jody mit der Kamera neben ein braunhaariges Mädchen mit einem blauen Kopftuch.

Für einen Moment glaubte Lockyer, es sei Holly. Doch dann fiel ihm ein, dass sie zum Zeitpunkt der Aufnahme, am Morgen des Einundzwanzigsten, bereits tot gewesen war, dass sie zerschmettert am Flussufer neben der A303 gelegen hatte.

Lockyer machte sich einen weiteren Tee und vermied es, an die Pillen zu denken, die Jody in Chris' Zimmer gefunden hatte. Sie lagen noch in seinem Wagen. Er empfand einen diffusen Groll, weil er schon genug um die Ohren hatte, auch ohne dass er sich um seinen kleinen Bruder kümmern musste. Aber Chris war tot. Schon vor langer Zeit gestorben. Man musste sich nicht um ihn *kümmern*. Lockyer hätte die Pillen im Klo runterspülen und sie vergessen sollen, statt sie mitzunehmen, in sein Leben. In seine Erinnerungen an Chris. Denn hinter seiner Wut verbarg sich Trauer, das schreckliche Gefühl, einen weiteren Teil seines Bruders verloren zu haben. Einen Teil, von dem er gar nichts gewusst hatte.

Im Alter von fünfzehn Jahren hatte Chris sich zum ersten Mal betrunken. Angetrieben von dem Verlangen, erwachsen zu werden und neue Dinge auszuprobieren, hatten er und sein bester Freund Joe Cameron eine Wodkaflasche geklaut und sich damit in die Scheune verzogen. Dort hatten sie die ganze Flasche geleert. Dabei lernten sie vor allem, dass man sich nach so viel Wodka die Seele aus dem Leib kotzte und den Tod für eine Erlösung hielt. Diese Phase – sich aus pubertärem Trotz zu betrinken und zu rauchen – hatte Lockyer mehr oder weniger übersprungen. Während der ersten Woche des Studiums, in der so etwas dazugehörte, hatte er sich ein- oder zweimal sinnlos besoffen. Aber das hatte ihm gereicht. Er hatte sich danach nicht wie die meisten Teenager immer wieder betrunken. So wie Chris es getan hatte.

Als Chris nach seinem Besäufnis schlapp und verschwitzt auf dem Bett lag und sich immer wieder in einen Eimer übergab, dachte Lockyer, der damals achtzehn war, dass er seine Lektion gelernt habe. Aber jetzt wurde ihm klar, dass das eine sehr erwachsene Vorstellung gewesen war. Eine hoffnungslos optimistische Vorstellung. Chris hatte sich immer gerne ein paar Drinks genehmigt. Das war auch einer der Gründe, weshalb Lockyer sich vor der Kneipentour zu seinem achtzehnten Geburtstag gedrückt hatte. Er wusste, dass Chris und seine Freunde bereits am frühen Abend betrunken sein würden, bis sie am Ende schließlich alle sternhagelvoll waren. Dass sie in gerammelt vollen Pubs lallend irgendwelchen Blödsinn erzählten und sich kaputtlachten. Bereits mit einundzwanzig Jahren war Lockyer lieber *irgendwo* anders. Deshalb war er auch nicht da gewesen, als Chris erstochen wurde. Er hatte seinen Bruder sich selbst überlassen.

Aber Pillen? Ecstasy? Er hatte keine Ahnung gehabt, dass Chris es nahm. Und offensichtlich hatte er es auch verkauft. Beim Gedanken daran stellten sich ihm die Nackenhaare auf. Hatte Chris solche Pillen auch bei der Sauftour an seinem Geburtstag dabeigehabt? Hatte er welche genommen – welche verkauft? War er high gewesen, als er sich draußen auf der Straße in die Schlägerei eingemischt hatte, weil er glaubte, er könnte den Streit schlichten und dafür sorgen, dass alle sich wieder vertrugen? War *das* der Grund dafür gewesen? Sein gesteigertes Selbstvertrauen durch die Droge? Erneut stieg Wut in Lockyer auf. Bei Chris' Autopsie hatte man keinen Drogentest durchgeführt – warum hätte man dafür auch Geld ausgeben sollen, wo er im Brustkorb doch eine zehn Zentimeter lange Stichwunde aufwies?

Lockyer merkte, dass er mit geballten Fäusten dasaß und ins Leere starrte. Auf der anderen Seite des Zimmers gab Broad ein Gähnen von sich. Unter ihren Augen lagen dunkle Schatten, was ungewöhnlich war. Normalerweise sah sie so frisch und munter aus, dass Lockyer sich wie ein Wrack vorkam.

»Alles okay, Gem?«

Sie verzog das Gesicht. »Geht so. Ich kann nicht schlafen, wenn es nachts so heiß ist. Und Sie?«

»Ich schlafe nie besonders viel.«

»Ach ja. Ich weiß wirklich nicht, wie Sie dann überhaupt funktionieren können. Zwei Nächte ohne richtigen Schlaf, und ich fühle mich, als hätte man mir eine Lobotomie verpasst. Also, ich kann aber schon arbeiten, Chef«, fügte sie rasch hinzu. »Ich habe ungefähr zehn Liter Kaffee intus.«

»Ich weiß, dass Sie arbeiten können.«

Sie unterdrückte ein weiteres Gähnen. »Was glauben Sie, wann wir diese Bilder von Ihrer Freundin bekommen?«

Lockyer hatte ihr erzählt, dass Jody vielleicht Informationen für sie hatte, dabei jedoch verschwiegen, dass sie wahrscheinlich für die McNeils SD verkauft hatte. Sie verdienten ihren Lebensunterhalt tatsächlich mit dem, was sie anbauten.

»Weiß nicht.«

Er hatte vergessen, danach zu fragen, und das ärgerte ihn. Der Pillenfund hatte seinen Verstand benebelt, ihn noch mehr abgelenkt.

»Ich werde sie nachher anrufen. Sie meinte, dass sie die Bilder aus dem Haus ihrer Großmutter holen müsse. Ich muss sie also vielleicht fahren.«

Lockyer beschloss, die Pillen zu entsorgen, sobald er zu Hause war.

Er suchte auf YouTube nach dem Soul Tree Festival, und es wurden buchstäblich Hunderte von Videos angezeigt. Seufzend verließ er das Zimmer und begab sich in einen ruhigen Raum, um Karen Wilkins anzurufen.

»Ja?«, meldete sie sich knapp, als sie abnahm.

Im Hintergrund war das Geschrei des kleinen Mädchens zu hören, und ein gedämpftes Geräusch verriet ihm, dass Karen nicht still dasaß. Er stellte sich vor, wie sie das Telefon zwischen Schulter und Ohr geklemmt hatte und verschiedene Dinge gleichzeitig tat.

»Mrs. Wilkins, hier ist DI Lockyer.«

»Poppy, gib es zurück. Gib es ihr zurück. *Tu, was ich sage!* DI Lockyer …«, sagte sie außer Atem. »Was gibt's? Haben Sie etwas herausgefunden?«

»Ich glaube, ich bekomme so langsam eine Vorstellung davon, was mit Ihrem Bruder passiert sein könnte. Ich wollte nur ein paar Dinge mit Ihnen klären, wenn Sie eine Minute Zeit haben.«

»Ich habe *nie* eine Minute Zeit, aber schießen Sie los.«

»Ich wollte Sie nach Ridgeway Kingsley-Jones fragen, einen von Lees Freunden.«

»Als Freund würde ich ihn nicht bezeichnen. Haben Sie ihn gefunden?«

»In gewisser Weise, ja. Kurz vor Lees Verschwinden ist Ridgeway unter ungeklärten Umständen ums Leben gekommen.«

Am anderen Ende der Leitung herrschte angespanntes Schweigen, dann holte Karen tief Luft.

»Sie können nicht ernsthaft glauben, dass Lee etwas damit zu tun hatte …«

»Nein, ich –«

»Ich habe Ihnen doch gesagt, dass er nicht gewalttätig war. Niemals, und –«

»Mrs. Wilkins –«

»Karen«, unterbrach sie ihn ungeduldig.

»Karen. Ich glaube nicht, dass Lee irgendetwas damit zu tun hatte. Aber ich glaube, dass er dabei war, als es passierte.«

»Was? Wann war das? Hören Sie, was auch immer diese Arschlöcher am Laufen hatten, ich sagen Ihnen, dass Lee nur …«

»Karen, ich weiß das. Ich *weiß*.«

Eine Pause. »Okay.«

»Sie haben uns erzählt, dass er wegen irgendetwas beunruhigt – aufgewühlt – war, bevor er am Achtzehnten gegangen ist. Es könnte sein, dass er gesehen hat, was mit Ridgeway passiert ist, und deswegen so durcheinander war. Können Sie sich erinnern, seit *wann* genau Lee so durcheinander war?«

»Nein. Das weiß ich nicht mehr – tut mir leid. Er kam und ging … Ich habe ihn nicht jeden Tag gesehen.«

»Ist schon okay. Können Sie mir sagen, ob das nur ein paar Tage oder mehrere Monate vor seinem Verschwinden war?«

»Definitiv nicht Monate. Aber mehr als nur ein paar Tage. Ich schätze mal so zwei oder drei Wochen vorher. Also, ich habe ihn darauf angesprochen. Habe ihn gefragt: Was ist los? Was gibt es für ein Problem? Ich habe ihm gesagt, dass er mir vertrauen kann, aber er … das tat er offensichtlich nicht.«

»Vielleicht wollte er Sie da nicht mit hineinziehen und so in Gefahr bringen.«

»Oh«, sagte sie mit zitternder Stimme.

»Ridgeway ist am dreißigsten Oktober 2011 gestorben. Das war neunzehn Tage, bevor Lee Ihre Wohnung verlassen hat und nicht mehr zurückgekehrt ist. Würde das mit seinem auffälligen Verhalten zeitlich ungefähr hinkommen?«

»Ja. Ich schätze schon.«

»Sie haben außerdem gesagt, dass einer von Lees neuen Freunden bei Ihnen war und nach ihm gefragt hat. Wissen Sie noch, ob Lee davor schon so aufgewühlt war oder erst danach?«

»Es … Ich bin mir nicht hundertprozentig sicher, aber

ich würde sagen, schon davor. Kurz darauf ist er dann verschwunden.«

»Haben Sie Lee erzählt, dass ihn jemand gesucht hat?«

»Ja, das habe ich wohl. Zumal er so aufgebracht war.«

»Können Sie den Mann beschreiben, der Lee gesucht hat?«

»Nicht so richtig. Er war ziemlich jung. Anfang dreißig vielleicht, obwohl ich es schwer finde, das Alter schwarzer Menschen zu schätzen. Neulich haben sie im Fernsehen darüber berichtet, dass Weiße junge Schwarze oft für älter halten, als sie tatsächlich sind.«

»Der Mann war also schwarz und in den Zwanzigern oder Dreißigern? Können Sie mir sonst noch etwas über ihn sagen?«

»Mein Gott, ich meine … ich habe ihn nur für zwanzig, dreißig Sekunden gesehen. Er hatte diese Zöpfe, wissen Sie – direkt auf der Kopfhaut, mit Lücken dazwischen.«

»Cornrows?«

»Ja. Er war nicht besonders groß und weder dick noch dünn. Aber er war … ziemlich hübsch. Und höflich.« Plötzlich begriff sie. »Sie wissen, wer das war, oder? Hat er Lee umgebracht?«

»Sobald ich etwas Genaues weiß, sage ich Ihnen Bescheid. Versprochen. Glauben Sie, Sie würden den Mann wiedererkennen, wenn Sie ihn noch mal sehen?«

»Keine Ahnung, vielleicht.«

»Okay, ich werde das im Hinterkopf behalten.«

Das Problem war nur, dass sie kein Foto von Jason McNeil hatten. Oder wie auch immer er tatsächlich hieß.

Karen riss ihn aus seinen Gedanken. »Wie ist Ridgeway gestorben?«

»Er … hat bei einem Sturz vom Parkhaus in der Culver Street tödliche Verletzungen erlitten«, sagte Lockyer.

»Mein Gott. Ich war gestern erst dort. Und Sie glauben, dass Lee gesehen hat, wie es passiert ist?«

»Ja. Allerdings kann ich es nicht beweisen.«

»Armer Lee«, flüsterte sie. »Hat der Täter auch Lee getötet? Weil er ein Zeuge war? Ging es um Drogen?«

»Ich möchte in diesem Stadium der Ermittlungen keine Vermutungen anstellen, Karen. Aber vielen Dank. Sie haben mir sehr geholfen.«

Während er langsam zum Büro zurückging, dachte er, dass sie vielleicht recht hatte. Vielleicht hatte man einige unliebsame Zeugen eliminiert, vielleicht hatten sie sich in eine falsche Richtung verrannt, um zwischen Lees und Ridgeways Tod und dem von Holly Gilbert eine Verbindung herzustellen. Und Stefs Tod hatte überhaupt nichts mit der ganzen Sache zu tun.

Allerdings war Lee tatsächlich auf der Old Hat Farm gewesen. Aber vielleicht hatten die McNeils in diesem Punkt aus anderen Gründen gelogen. Vielleicht hielten sie die Polizei lieber auf Abstand, wegen des *Salvia divinorum* und der illegalen Partys, wegen ihrer Bedeutung für Wiltshires Gegenkultur. Oder aber sie hatten gesehen, was mit Lee passiert war, und waren zu verängstigt, um darüber zu reden. Vielleicht hatte man sie bedroht. Vielleicht handelte es sich bei dem Schwarzen, der im Parkhaus gewesen war und in Karens Wohnung nach Lee gefragt hatte, *nicht* um Jason McNeil. Vielleicht hatte Lee auf der Old Hat Farm Schutz gesucht. Jody, die mit ihrer Meinung nicht hinterm Berg hielt, hatte die McNeils als anständige Menschen bezeichnet. *Wir nehmen die Menschen hier auf, damit sie wieder gesund werden, und urteilen nicht über sie.*

Und vielleicht war die Person, vor der Lee auf der Flucht war, ihm zur Old Hat Farm gefolgt. Das wäre ein Kinderspiel gewesen.

Unter ständigem Gähnen hatte Broad den Vormittag mit dem Versuch verbracht, herauszufinden, was mit Hollys persönlichen

Sachen passiert war – den Sachen aus der Wohnung ihrer Mutter und dem verschwundenen Laptop. Da Holly mit ihren zwanzig Jahren natürlich noch kein Testament gemacht hatte, wollte Broad ihre nächsten Angehörigen ausfindig machen. Um sie zu fragen, ob Holly in den letzten sechs Monaten ihres Lebens mit ihnen über die Situation auf der Old Hat Farm gesprochen hatte.

Nach seinem Telefonat mit Karen Wilkins beschlich Lockyer das Gefühl, dass sie nur ihre Zeit verschwendeten, aber als er das Büro betrat, war Broad von einem Tatendrang erfüllt, der ihm verriet, dass sie etwas herausgefunden hatte. Begeisterung hatte eine stärkere Wirkung auf sie als Unmengen von Koffein.

»Ich habe etwas ziemlich Interessantes herausgefunden, Chef.«

»Ich bin ganz Ohr, Gem.«

»Hollys Mutter hieß Imogen Gilbert. Sie hat 1992, kurz nach ihrem achtzehnten Geburtstag, Graham Gilbert geheiratet. Damals war Holly nicht mal ein Jahr alt. Ich nehme also an, dass Graham sie wie seine eigene Tochter großgezogen hat, bis er 1999 bei einem Verkehrsunfall ums Leben kam. Holly war zu dem Zeitpunkt erst acht, es muss schlimm für sie gewesen sein.«

»Und?«

»Nun, sehen Sie sich mal den zeitlichen Ablauf an, Chef. Vince wandert 1990 ins Gefängnis, weil er das Elternhaus seiner Freundin angezündet hat, während sie sich darin aufhielt. 1991 wird Vince' Tochter Holly geboren.«

Lockyer begriff, was sie da sagte. »Und die Freundin hieß Imogen. Imogen Simm.«

»Genau. Vince wurde einen Tag nach dem Feuer festgenommen und blieb anschließend in Haft. Imogen muss also schon schwanger gewesen sein, als es passierte.«

»Mein Gott.« Er musste das erst mal verarbeiten. »Glauben

Sie, er wusste es? War *das* sein Plan gewesen – sie *und* das Baby loszuwerden?«

»Keine Ahnung. In dem Fall war es bestimmt interessant, als Holly nach all den Jahren plötzlich bei ihm vor der Tür stand.«

»So kann man es auch ausdrücken.«

»Aber das *Beste* kommt noch.« Broad hatte sichtlich Spaß. »Ich habe mich mit der Stadtverwaltung von Surrey in Verbindung gesetzt. Imogen hat ihren gesamten Besitz Holly vermacht, aber zum Zeitpunkt von Hollys Tod hatte man immer noch keinen Erbschein ausgestellt. Zwischen dem Tod der Mutter und der Tochter lagen nur acht Monate. Die Stadtverwaltung musste einen Erbenermittler beauftragen, um Hollys nächste Verwandte ausfindig zu machen. Ich habe gerade mit einem Beamten telefoniert.«

»Sie haben einen Angehörigen gefunden?«

»Ja. Eine Tante.«

Lockyer runzelte die Stirn. »Eine Schwester oder einen Bruder des Stiefvaters – von Graham Gilbert?«

»Nein. Eine Tante *mütterlicherseits*. Imogen hatte eine jüngere Schwester. Patricia.«

Broad wartete, bis er begriff.

»Sie meinen doch nicht etwa … *Trish*?«, sagte er.

»Patricia McNeil, geborene Simm. Trish war Hollys Tante. Und sie hat eine hübsche kleine Dreizimmerwohnung in Guilford geerbt, die laut Grundbuchamt …« Sie richtete den Blick auf den Computer und klickte ein paarmal. »Sie hat sie im Frühjahr 2012 für fünfhundertzweiunddreißigtausend Pfund verkauft.«

Lockyer legte den Kopf schief. »Eine schöne Stange Geld.«

»Ich *wusste*, dass sie die Farm nicht nur mit Honig und komischen Getränken finanzieren können.«

»Und das SD nicht zu vergessen.«

»Ja, aber … eine Finanzspritze von einer halben Million kann nicht schaden, oder? Und finden Sie es nicht auch seltsam, dass sie nicht erwähnt haben, dass Holly Trishs *Nichte* war?«

»Ja«, sagte Lockyer. »Außer … sie wussten es nicht.«

»Was meinen Sie damit? Wie soll das denn möglich sein?«

»Laut Jason und Trish hatte Vince keine Ahnung, dass er Vater war, bevor Holly dort auftauchte. Und vielleicht wusste Trish auch nicht, dass sie Tante war. Vielleicht hatte Vince noch andere Freundinnen.«

»Aber Vince muss es gewusst haben, sobald Holly ihm gesagt hat, wer ihre Mutter war. Und sie haben es alle gewusst, nachdem Trish das Haus geerbt hatte, oder? Warum haben sie das also verschwiegen?«

Broad runzelte die Stirn und wartete.

Erst vor wenigen Minuten hatte Lockyer die Notwendigkeit infrage gestellt, Hollys Familie derart gründlich unter die Lupe zu nehmen, und sich in Erinnerung gerufen, dass sie eigentlich *Lees* Tod untersuchten. Aber jetzt änderte er erneut seine Meinung.

»Also gut«, sagte er. »Wir fahren noch mal zu ihnen, um sie zu befragen. Aber schön vorsichtig. Wir werden nicht da reinmarschieren und einfach die Bombe platzen lassen. Ich will wissen, wer was wusste und wann.«

11

Zunächst trafen die beiden auf Trish; bei den Hühnern hinterm Haus, wo der Boden zu feinem Staub zerkratzt war. Selbst bei der Arbeit trug sie ein wallendes Kleid. Sie schaufelte mit einem Kehrblech Stroh aus dem Hühnerstall auf eine Schubkarre. An dem Schweiß auf ihrer Brust klebte Spreu, und die Luft war vom Gestank des Hühnerkots erfüllt. Dennoch warf sie ihnen zur Begrüßung ein Lächeln zu. Als wären sie tatsächlich willkommen.

»Officers«, sagte sie. »Ich glaube, so langsam gefällt es Ihnen hier bei uns.«

»Sie haben sich einen heißen Tag ausgesucht, um den Mist wegzuschaufeln«, sagte Lockyer.

»Tja«, sagte Trish, »so ist das mit den Tieren. Man muss sich um sie kümmern, egal wie warm, wie kalt oder wie feucht es ist.«

»Ich weiß. Meine Familie hat auch einen Hof«, sagte Lockyer.

Sie musterte ihn. »Ich habe Sie auch nicht für einen typischen Büromenschen gehalten. Aber ich vermute, dass Sie die Art von Hof meinen, auf dem die meisten Bewohner gegessen werden.«

»Leider ja. Sogar die Zuckerrüben.«

Ihre Halsketten klapperten, als sie sich wieder in den Hühnerstall beugte.

»Was kann ich für Sie tun?«, fragte sie.

Lockyer warf Broad einen kurzen Blick zu. Sie hatte eine Hüfte vorgestreckt und stützte sich mit dem Arm darauf ab, als würde sie in der Hitze buchstäblich verdorren.

»Warum haben Sie uns nicht erzählt, dass Sie Hollys Tante sind?«, fragte Lockyer.

Trish hielt für eine Sekunde inne, dann sah sie die beiden über die Schulter ängstlich an.

»Wer hat Ihnen das erzählt?«, fragte sie kurz angebunden.

»Niemand. Ein Großteil unserer Arbeit besteht darin, Dinge herauszufinden.«

»Offensichtlich. Selbst wenn es für Ihren Fall nicht die geringste Bedeutung hat.«

Trish beförderte eine Schaufel Mist in die Schubkarre.

»Bitte …«, sagte sie. »Bitte erzählen Sie es nicht Vince und Jason.«

Broad schien verwirrt. »Vince weiß das doch bestimmt?«

»Er weiß es«, sagte Trish. »Er … weiß nur nicht, was *ich* weiß.«

»Könnten Sie das erklären?«, fragte Lockyer.

»Lieber nicht.«

Es entstand eine lange Pause. Schließlich brach Lockyer das Schweigen.

»Nun, wir können auch einfach Vince fragen …«

»Nein!« Ein Anflug von Verzweiflung. »Also gut. Ich habe es erst nach Hollys Tod erfahren, als sich ein Anwalt wegen des Hauses mit mir in Verbindung gesetzt hat …«

»Sie wussten nicht, dass Ihre Schwester eine Tochter namens Holly hatte?«

»Nein. Wir hatten viele Jahre lang keinen Kontakt. Ich wusste zwar, dass sie schwanger war, aber ich bin von zu Hause weggegangen, bevor sie das Baby bekam. Ich bin herumgereist. Und

Vince war damals … ein anderer Mensch. Er war voller Schmerz, seelischem Schmerz. Ich wusste, dass er Imogen untreu war, und habe nicht einen Moment lang geglaubt, dass Holly *ihr* Kind war.«

»Wirklich? Obwohl ihr Alter genau hinkam?«

»Wie gesagt, Vince hatte noch andere Freundinnen. Er und auch Holly haben mir gesagt, dass der Name ihrer Mutter Susan Gilbert sei. Und Holly hatte keine Fotos dabei … Jedenfalls hat sie mir keine gezeigt.«

»Warum sollten die beiden Ihnen die Wahrheit verschweigen?«

»Ich … ich vermute, dass Vince dahintersteckte. Um mich zu beschützen.«

»Wovor?«

»Ich … Er …« Trish wich ihren Blicken aus. »Hören Sie, Vince war Imos Freund, okay? Damals, als wir noch Kinder waren. Sicher, wir waren beide in ihn verliebt, aber ich war erst fünfzehn. Er hat mich damals überhaupt nicht beachtet. Nach dem Feuer allerdings …« Sie schaute auf, einen gequälten Ausdruck in den Augen. »Danach habe ich ihn natürlich für mehrere Jahre nicht gesehen.«

»Sie müssen mir ein wenig auf die Sprünge helfen, Trish«, sagte Lockyer.

»Ich bin, sobald ich konnte, von zu Hause weggegangen. Ich habe meine Schwester danach nie wieder gesehen. Ich wollte das nicht. Wir … wir haben uns *gehasst.* Ich weiß, es heißt zwar, dass man seine Familie nicht hasst, nicht wirklich, aber wir waren wie Feuer und Wasser. Und nach allem, was sie getan hatte …«

»Was hat sie getan?«

Trish fuhr fort, als hätte sie die Fragen gar nicht gehört. »Kurz nach dem Feuer wurde ich sechzehn und bereiste als Rucksacktouristin die Welt. Ich war mehrere Jahre unterwegs. Imo zog zu unserer Großmutter, sie war immer ihr Liebling gewesen. Sie kam ganz nach unserer Mutter. Sie war so sittsam und anständig … auch wenn sie mit siebzehn Mutter geworden war.« Sie klang jetzt verbittert. »Die beiden haben sich keine große Mühe gegeben, mich zum Dableiben zu bewegen, und als ich dann abgehauen bin, habe ich ihnen nicht gesagt, wohin.«

»Wo sind Sie gewesen?«, fragte Broad.

»An allen möglichen Orten«, sagte Trish. »Ich habe in Bars gearbeitet, bei der Obsternte geholfen, hauptsächlich um Leute kennenzulernen. Ich hatte ja Geld. Unser Vater …« Sie kam ins Stocken. »Er hatte eine Lebensversicherung abgeschlossen. Das war mehr Geld, als ich brauchte, um das Leben zu finanzieren, das ich führen wollte. Einfach und unkompliziert.« Sie schaute sich um und blinzelte in das grelle Sonnenlicht. »Als ich schließlich bereit war zurückzukehren, habe ich von dem Geld diese Farm gekauft.«

»Und dann haben Sie den Mann geheiratet, der Ihre Eltern umgebracht hat und beinahe auch Ihre Schwester getötet hätte«, sagte Lockyer.

»Vince hatte nie die Absicht, *irgendjemandem* wehzutun!«, sagte Trish bestimmt. »So etwas hätte er nie getan. Auch damals nicht, als er auf die schiefe Bahn geraten war. So haben meine Eltern es immer genannt.« Sie lächelte humorlos. »Als ob ein Leben auf den *vorgegebenen Bahnen* so erstrebenswert wäre.«

»Sie haben sich wahrscheinlich nur Sorgen um ihre Töchter gemacht.«

»Kann schon sein. Aber sie selbst haben das Problem doch erst *geschaffen*. Sie haben versucht, die beiden auseinanderzubringen, und Vince so mies behandelt. Wenn sie der Sache einfach ihren Lauf gelassen hätten, wäre er schon dahintergekommen, was für ein Mensch Imogen tatsächlich war. Sie war absolut egoistisch … und manipulativ. Aber er war ihr für eine Weile hoffnungslos verfallen. War völlig vernarrt in sie. Als wir dann schließlich zusammenkamen – ich weiß, das war Jahre später, aber trotzdem –, konnte ich den Gedanken nicht ertragen, dass die beiden mal ein Paar waren. Vince und Imo. Ich wollte nicht daran erinnert werden. Es war einfacher, nicht darüber zu reden. Damit die Narben verheilen konnten.«

»Ich dachte, Akzeptanz und Achtsamkeit seien der Weg zur Heilung«, sagte Broad.

Trish nickte betrübt. »Das stimmt. Aber ich habe nie behauptet, perfekt zu sein.«

»Sie sagen also, dass Vince Ihnen die Identität von Hollys Mutter verschwiegen hat, weil Sie ein Problem mit seiner früheren Beziehung zu Ihrer Schwester hatten?«, sagte Lockyer. »Ernsthaft?«

Sie warf ihm einen wütenden Blick zu. »Machen Sie sich nicht über die Erfahrungen anderer Menschen lustig, Inspector.«

»Das tue ich nicht. Es ist nur … Sie wirken auf mich wie ein starker, selbstbewusster Mensch.«

»Jeder hat einen wunden Punkt. Und Imogen ist meiner. Oder war es.«

Lockyer versuchte, das alles zu Ende zu denken. »Holly ist aus heiterem Himmel hier aufgetaucht, haben Sie gesagt. Hat sie Ihnen beiden nicht sofort erzählt, wer ihre Mutter war?«

»Ich glaube, ihr plötzliches Erscheinen war ein bisschen inszeniert, um ehrlich zu sein.«

»Sie meinen, dass Holly und Vince davor schon Kontakt aufgenommen hatten?«

»Nicht lange vorher, aber ja. Holly muss ihn irgendwie ausfindig gemacht haben, und er hat sie vermutlich gebeten, die Identität ihrer Mutter für sich zu behalten.«

»Woher wissen Sie, dass Vince und Imogen nicht die ganze Zeit miteinander in Kontakt standen?«

»Weil das nicht der Fall war«, sagte sie mit Nachdruck. »Das hätte er mir erzählt, und er hätte ihretwegen nicht gelogen. Nicht mir gegenüber.«

»Und … glauben Sie, dass Holly wusste, wer *Sie* sind? Dass Sie ihre Tante sind?«

»Ich … ich weiß es nicht.« Das schien Trish zu beunruhigen. »Falls ja, dann hat sie mir das nie gesagt.«

»Ich schätze, das konnte sie nicht, wenn sie einverstanden war, die Identität ihrer Mutter zu verheimlichen. Aber als Sie nach ihrem Tod herausfanden, dass Holly Ihre Nichte war … Warum haben Sie sich Vince da nicht anvertraut?«

»Ich … ich dachte, was soll das bringen. Ich meine, er war in Trauer. Er hat sie vom ersten Moment an geliebt – sie war sein eigen Fleisch und Blut. Und sie war so liebenswert. Irgendwie schien nie der richtige Zeitpunkt zu sein, die Sache zur Sprache zu bringen«, sagte sie kleinlaut. »Es war ja nicht so, dass Imogen noch *lebte* … Dass wir ihr auf Hollys Beerdigung in die Arme gelaufen wären. Ich … Es schien nicht der Rede wert.«

Lockyer war überzeugt, dass sie nicht alles erzählte.

»Nicht einmal, als Sie ihr Haus geerbt haben?«, fragte er. »Als Sie es für viel Geld verkauft haben?«

Trish wurde blass. »Vince weiß nichts davon. Bitte, erzählen –«

»Er weiß nicht, dass Sie eine halbe Million Pfund auf dem Konto haben?«

»Das haben wir nicht! Nicht mehr. Ich kümmere mich um die ganzen Finanzen und habe es ihm nicht erzählt. Ich … habe damit in den letzten neun Jahren unsere Einnahmen aufgestockt. Das Dach musste mehrmals repariert werden, und die Partys kosten mehr, als sie einbringen. Wir haben einen neuen Laptop angeschafft und das Quad. Außerdem ein paar bessere Werkzeuge für die Werkstatt. Als wir aufhören mussten, das Sa…«

Sie verstummte plötzlich und schaute nervös zwischen den beiden hin und her.

»Das *Salvia divinorum* zu verkaufen?«, sagte Lockyer.

»Sie … Sie wissen davon?«

»Ja. Aber das muss für die Ermittlungen nicht von Bedeutung sein. Solange sich nicht das Gegenteil herausstellt.«

»Wir haben aufgehört, es zu verkaufen, als es verboten wurde«, beteuerte Trish. »Das hat unsere Verdienstmöglichkeiten geschmälert.«

»Trotzdem bauen Sie es weiter an. Sogar sehr viel davon«, sagte Broad.

»Es wächst hier einfach«, sagte Trish. »Es war nicht nötig, es zu entfernen. Es ist nur ein Kraut. Die Bienen lieben es.«

»Und die Pflanzen, die Sie in der Scheune trocknen?«, hakte Broad nach.

Lockyer wollte nicht, dass sie durch das SD den eigentlichen Grund für ihren Besuch aus den Augen verloren.

»Wie gesagt, deswegen sind wir nicht hier«, erklärte er. »Von welcher Marke war der neue Laptop, den Sie gekauft haben?«

»Was? Das ist … ein Toshiba.«

»Was für einen Laptop hatten Sie davor?«

»Das weiß ich nicht mehr. Warum um alles in der Welt ist das so wichtig?«

»Wir suchen Hollys alten Laptop. Wissen Sie, wo er ist?«

»Nein. Ich habe auch nie gesehen, dass sie einen benutzt hat. Vielleicht hat sie ihn nicht mit hergebracht.«

Trish schien sich langsam wieder zu sammeln.

»Aber Sie sind doch wegen Lee Geary hier«, sagte sie. »Nicht wahr? Sollte es nicht eigentlich um ihn gehen? Warum schnüffeln Sie dann in unserem Leben herum? Wir haben uns nichts zuschulden kommen lassen!«

»Nun, weil wir nach wie vor glauben, dass Lees Tod möglicherweise mit dem von Holly zusammenhängt. Und weil wir wissen, dass Sie uns angelogen haben.«

Sie blinzelte. »Inwiefern?«

»Lee Geary kam kurz nach Hollys Tod im Frühjahr 2011 hierher.«

»Aber …« Sie schien verwirrt. »Aber er *war* nicht hier.«

»Wir können das beweisen.«

»Ich habe ihn nach der Sonnwendfeier nicht mehr gesehen. Ich schwöre es. Einen Hünen wie ihn kann man hier nun wirklich nicht übersehen …«

»Woher wissen Sie, dass Vince und Jason ihn nicht gesehen haben?«

»Weil sie mir das gesagt hätten.«

»Sind Sie sicher?«

»Ja. Wir haben keine Geheimnisse voreinander.«

»Aber das stimmt doch gar nicht, oder, Mrs. McNeil?«

Sie nestelte am Griff des Kehrblechs herum. »Ich muss hier jetzt weitermachen«, sagte sie leise.

Lockyer und Broad überließen Trish sich selbst.

Auf einem Feld in der Nähe des Bachs, zwischen dem Wohnhaus und der Straße, entdeckten sie Vince und die zwei Rucksacktouristen. Sie gingen dort zwischen akkurat gepflanzten Reihen von Gemüse ihrer Arbeit nach.

»Können wir eine kurze Pause einlegen?«, stöhnte Broad, als sie in den Schatten einer Pappel traten. Eine leichte Brise raschelte in den Blättern.

»Dieses Wetter ist so ungewöhnlich, dass man sich gar nicht akklimatisieren kann«, sagte sie. »Einen Tag haben wir Nieselregen und zwölf Grad, und tags darauf sind es fünfunddreißig Grad, und die Leute sterben wie die Fliegen. Der arme Merry hasst es – ich habe eine dieser Gelmatten bestellt, die man in den

Kühlschrank legen muss.« Sie bemerkte Lockyers verwirrten Gesichtsausdruck. »Danach kommen sie unter das Kissen im Korb, damit die Hunde sich abkühlen.«

Merry war ihr Jack Russell Terrier. Manchmal nahm Broad ihn – verbotenerweise – mit aufs Revier. »Ich sollte für mich vielleicht auch eine kaufen«, fügte sie hinzu. »Pete will nicht, dass wir nachts einen Ventilator laufen lassen, er kann bei dem Geräusch nicht schlafen. Ich habe ihn gestern Nacht im Fluss eine Runde schwimmen lassen.«

»Wen? Pete?«

Lockyer konnte sich kaum vorstellen, dass Broads bodenständiger Freund so etwas tun würde.

Broad lächelte. »Nein, Merry.«

Lockyer deutete mit dem Kopf auf Trish. »Was denken Sie?«

»Verdammt seltsam«, erwiderte Broad. »Ich meine, wie lange wollten Holly und Vince an der Geschichte festhalten, dass ihre Mutter irgendeine Frau namens *Susan* war? Für immer?«

»Das sollten wir Vince fragen«, sagte Lockyer.

»Und hatte Trish nicht das Recht, die Wahrheit zu erfahren? Ihre Schwester war *tot* … Hat ihr das auch keiner gesagt?«

»Sie haben recht«, sagte er. »Ich verstehe ja, dass die beiden sich zerstritten hatten, aber trotzdem … Bestimmt nicht nur, weil Trish ein Problem damit hatte, den Exfreund ihrer Schwester geheiratet zu haben.«

»Allerdings«, sagte Broad. »Ich meine … hasst *irgendjemand* seine Schwester so sehr? Ich dachte, Geschwister lieben einander, auch wenn sie sich gegenseitig wahnsinnig machen.«

»Das dachte ich auch.«

Bei dem Gedanken an Chris und seine Drogengeschäfte verspürte Lockyer einen Anflug von Wut und gleichzeitig fast so etwas wie Scham. Gefolgt von einer Woge des Entsetzens.

»Aber wenn so eine Beziehung in die Brüche geht, dann lässt sie sich vielleicht nicht mehr kitten.«

»Sie meinte, dass sie beide Vince geliebt hätten, und dann hat er ihre Eltern getötet«, sagte Broad. »Ich kann mir beim besten Willen nicht vorstellen, was für eine Auswirkung das auf die Psyche der beiden hatte.«

»Nun, offensichtlich hat sie ihm verziehen«, sagte Lockyer.

»Mehr als das. Es klang fast, als würde sie ihren Eltern die Schuld an dem Ganzen geben.«

»Und ihrer Schwester. ›Was Imogen getan hatte‹, hat sie gesagt. Und meine Frage, was sie damit meint, einfach ignoriert.«

Broad kniff nachdenklich die Augen zusammen. »Aber die Sache ist die, Chef … wie hilft uns das alles weiter, Lee Gearys Mörder zu finden?«

»Es hilft uns herauszufinden, wer diese Leute wirklich sind und wie sie in Beziehung zueinander stehen. Was sie zu verbergen haben und wie gut ihnen das gelingt.«

»Glauben Sie ihr denn? Ich meine, was Lee betrifft?«, fragte sie.

»Eigentlich schon. Ja.«

»Ich auch.«

»Es sei denn, sie ist eine verdammt gute Lügnerin.«

Broad war sichtlich erschöpft. Lockyer hatte einen Streifenwagen mit funktionierender Klimaanlage geliehen und hätte beinahe vorgeschlagen, dass sie im Innern auf ihn wartete. Aber sie hasste das Gefühl, überflüssig zu sein, und er wollte, dass zwei Ohrenpaare – vor allem Broads aufmerksame Ohren – hörten, was die McNeils zu ihrer Verteidigung vorzubringen hatten.

Vince und die beiden jungen Australier waren bis eben damit beschäftigt gewesen, Raupen von Kohlköpfen einzusammeln. Über die Pflanzen war zwar ein Netz gespannt, aber die Schmetterlinge hatten sich offensichtlich davon nicht abhalten lassen.

»Was macht ihr mit ihnen?«, fragte Broad, während sie schaudernd die zappelnde Masse in einem Eimer betrachtete.

»Die Hühner lieben sie«, knurrte Vince und quittierte Broads Abscheu mit einem leicht spöttischen Grinsen und Funkeln in seinen hellblauen Augen.

»Mögen Sie keine Schmetterlinge?«, fragte Broad zaghaft.

»Doch. Aber ich habe im Winter lieber etwas zu essen.«

Lockyer musste an den Geldbetrag denken, den Trish wahrscheinlich noch auf dem Konto hatte – es dauerte bestimmt ziemlich lang, bis man heimlich eine halbe Million Pfund ausgegeben hatte, selbst wenn man die Reparatur des Dachs und einen neuen Computer davon bezahlte. Doch Vince glaubte, dass sie vielleicht hungern müssten, wenn seine Kohlernte ruiniert wurde. *Wir haben keine Geheimnisse voreinander.*

»Wie hat Holly Sie gefunden, Vince?«, fragte Lockyer.

Vinces Gesicht verfinsterte sich. Er blickte zu den beiden Rucksacktouristen hinüber, trat von ihnen fort und nahm aus einem Quad neben dem Feld eine Wasserflasche. Die Luft über der kalkhaltigen Erde flimmerte vor Hitze.

»Trish weiß das offensichtlich nicht«, hakte Lockyer nach.

Vince runzelte die Stirn. »Sie haben mit Trish über Holly gesprochen?«

»Haben wir.«

Lockyer spürte Broads Unbehagen. Wahrscheinlich fragte sie sich, ob er die Katze aus dem Sack lassen würde: Trish wusste, dass Holly ihre Nichte war. Aber das hatte er nicht vor. Solange ihre Geheimnisse zu einem Verbrechen in Beziehung standen, blieben sie ihre Geheimnisse.

»Man kann natürlich einen Suchdienst damit beauftragen«, sagte er. »Aber dazu hätte Holly Ihren Namen kennen müssen. Hat Imogen ihn ihr gegeben?«

Vince nahm einen Lappen und wischte sich den Schweiß vom Gesicht. Lockyer fand, dass er sich viel Zeit für seine Antwort ließ.

»In gewisser Weise«, sagte Vince. »Nach dem Tod ihrer Mutter fand Holly einige Briefe, die sie aufbewahrt hatte. Briefe, die ich ihr vor Jahren aus dem Gefängnis geschrieben hatte, bevor ich gelernt habe loszulassen. Imogen hat zwar auf keinen davon geantwortet, aber sie hat sie aufbewahrt. Ich denke, das hat was zu bedeuten.«

»Haben Sie nach Ihrer Entlassung versucht, mit Imogen Kontakt aufzunehmen?«

»Ja. Und wenn ich von Holly gewusst hätte, hätte ich mich sehr viel mehr darum bemüht. Aber ich habe Imos Wünsche respektiert. Ich wollte nichts erzwingen …«

Er verstummte und blickte Lockyer in die Augen, als ihm etwas klar wurde.

»Sie wissen es«, sagte er. »Nicht wahr?«

»Wir wissen, dass Hollys Großeltern in dem Feuer gestorben sind. Und dass Ihre Freundin, Imogen Simm, die sich ebenfalls im Haus aufhielt, zu dem Zeitpunkt mit Holly schwanger war.«

Vince' Blick wanderte über das staubige Feld zu der Stelle im Nordwesten, wo die Landschaft steil zum Pewsey Hill anstieg.

»Rauchvergiftung«, sagte er schließlich. »Das Feuer war direkt unter dem Schlafzimmer ihrer Eltern, und Imos Zimmer befand sich auf der anderen Seite des Hauses. Ich hatte keine Ahnung, dass sie schwanger war.«

»Hätte das einen Unterschied gemacht?«

»Das Haus hätte eigentlich *leer* sein müssen. Es sollte niemand verletzt werden. Das war ein … Hilferuf.«

»Das ist keine Antwort auf meine Frage.«

Vince erwiderte nichts.

»Bereits am nächsten Tag wurde Anklage gegen Sie erhoben«,

sagte Lockyer. »Es wurde keine Kaution gestellt, und Sie blieben in Haft. Ich vermute, dass die Anklage gegen Sie ziemlich wasserdicht war.«

»Haben Sie nicht alles darüber gelesen?«, fragte Vince nüchtern.

»Es ist nahezu unmöglich, dreißig Jahre alte Fallakten aufzutreiben. Vor allem, wenn es sich um einen abgeschlossenen Fall handelt.«

»Ach«, sagte Vince, und Lockyer war sich nicht sicher, ob er noch etwas hinzufügen wollte. »Ja, die Sache war ziemlich wasserdicht. Ich war einfach nur blöd. Ich habe eines meiner eigenen T-Shirts benutzt, um das Feuer zu entzünden. Ich habe es in eine Flasche Jack Daniel's gestopft, die mit meinen Fingerabdrücken übersät war, und sie durch die Katzenklappe geworfen. Darauf ist der Türvorhang in Flammen aufgegangen, und das Feuer hat sich weiter ausgebreitet. Aber der Whisky hat sich nicht entzündet, sodass der Teil des T-Shirts, der *in* der Flasche steckte, nicht verbrannt ist.«

Auf seinem Gesicht spiegelten sich widersprüchliche Gefühle.

»Ein Anfängerfehler«, sagte er. »Ich hätte den Stoff zuerst einweichen sollen. Aber vielleicht war es besser so. Dass man mich eingebuchtet hat. Ich war damals eine tickende Zeitbombe, ich war so wütend auf die Welt, weil ich es von Anfang an so schwer gehabt hatte. Ich war damals schon häufiger mit dem Gesetz in Konflikt geraten. Die Polizei war heilfroh, als sie mich endlich geschnappt hat.«

»Die Simms hatten Ihnen verboten, sich weiterhin mit Imogen zu treffen«, sagte Broad. »Haben Sie deshalb das Feuer gelegt?«

»Sie haben es nicht nur *verboten*, sie haben das Verbot gewaltsam durchgesetzt. Sie haben Imo im Grunde gefangen gehalten. Sie hat ihre Eltern zu diesem Zeitpunkt genauso gehasst wie ich.« Er blinzelte. »Jedenfalls dachte ich das. Ich dachte, wir würden heiraten.«

»Was wollten Sie mit dem Feuer erreichen?«

Vince warf Broad ein sarkastisches Grinsen zu. »Ich glaube nicht, dass ein Teenager mit Liebeskummer solche Überlegungen anstellt, ein Teenager, für den es nichts Wichtigeres gibt, als mit dem Menschen zusammenzukommen, den er liebt.«

Er wurde wieder ernst. »Rückblickend werfe ich es den Simms nicht vor, dass sie mich nicht in der Nähe ihrer Tochter haben wollten. Und … das Gefängnis hat mich zu einem besseren Menschen gemacht. Ich lernte die Konsequenzen meines Handelns kennen. Ich lernte Geduld. Ich lernte, mir nicht von anderen Menschen meine Gefühle diktieren zu lassen, oder wie ich darauf reagiere.«

»Sie lernten, sie zu kontrollieren«, sagte Lockyer.

»Ja. Ich lernte, sie zu kontrollieren. Aber ich meine damit nicht, die Gefühle einfach zu unterdrücken, sondern sie gar nicht erst aufkommen zu lassen.«

»Hatten Sie Unterstützung?«, fragte Broad, und Lockyer bemerkte, wie Vince' Gesicht ein wenig weicher wurde, als er sie ansah. Jene angeborene, vielleicht altmodische Ritterlichkeit, die daraus sprach.

»Die hatte ich. Aber nicht von irgendeinem Seelenklempner.« Er nahm einen Schluck Wasser. »Ich lernte einen Burschen namens Mitch Dolton kennen, in der Werkstatt. Er brachte mir das Tischlern bei. Ein Furcht einflößender Mann, allerdings nur auf den ersten Blick. Dolton saß eine lebenslange Freiheitsstrafe ab, ohne Aussicht auf Bewährung. Er würde nie wieder rauskommen, und das wusste er. Er hat mir beigebracht, einfach nur … zu sein.«

»Jason hat uns erzählt, dass Sie und Trish keine eigenen Kinder bekommen konnten«, sagte Lockyer.

Vince blickte ihn ruhig an, ohne etwas zu erwidern.

Lockyer begriff, dass er eine Grenze überschritten hatte. Das ging sie nichts an.

»Tut mir leid«, sagte er. »Ich wollte nicht neugierig sein.«

Vince kniff die Augen leicht zusammen. »Ach ja?«

»Nicht mehr als nötig.«

»Nicht mehr als nötig wofür?«

»Um herauszufinden, was Holly Ihnen bedeutet hat. Und was Sie vielleicht bereit waren, für sie zu tun. Vor und nach ihrem Tod.«

»Wie gesagt – sie war mein Ein und Alles. Ich verstehe nicht, warum Sie das überprüfen müssen.«

Lockyer beschloss, ganz offen zu sein.

»Wir versuchen herauszufinden, ob Sie für sie getötet hätten.«

Vince zuckte mit keinem Muskel.

»Denn wir wissen, dass Lee Geary am oder um den Tag ihres Verschwindens herum hier war. Wir können das beweisen. Und dann ist er nur anderthalb Kilometer von hier gestorben. Wir wissen allerdings nicht, *warum* er hier war – obwohl ich zwei Theorien dazu habe.«

»Ach ja?«

»Eine Theorie ist, dass jemand hier glaubte, er – oder vielmehr Ridgeway Kingsley-Jones – sei für Hollys Tod verantwortlich gewesen. Und als Lee begriff, was mit Ridgeway passiert war, und mit Stef, bekam er es mit der Angst. Also ist er hergekommen, um die Person davon abzubringen, dasselbe mit ihm zu tun.«

Keine Reaktion, erneutes Schweigen.

»Er war ein einfacher, gutgläubiger Mensch. Nicht gerade der Hellste. Wahrscheinlich war ihm nicht klar, dass er sich auf dem Silbertablett präsentierte.«

Auf Vince' Gesicht zeigte sich nicht die geringste Gefühlsregung, man wurde aus ihm nicht schlau. Vielleicht hatte Dolton ihm das beigebracht, jedenfalls war es ziemlich beeindruckend.

»Sie glauben, Sie können beweisen, dass er hier war?«, fragte Vince. »Aber können Sie auch beweisen, dass er hier *angegriffen* wurde? Denn wenn Sie auch nur einen Moment glauben, dass jemand hier einem gutmütigen Menschen wie Lee Geary etwas antun wollte, dann liegen Sie völlig daneben.«

»Sie haben also den dreien nicht die Schuld an Hollys Tod gegeben? Direkt oder indirekt?«

»Ridgeway schon. Wir alle wissen, was für ein Mensch er war. Und Stef war aufgrund ihrer schlimmen Erfahrungen sehr gefährlich. Ihre Wut … die ist mir nicht entgangen. Aber ich hatte mit dem Tod der beiden nichts zu tun. Genauso wenig wie Jason oder sonst irgendwer hier.«

»Das wissen Sie mit Sicherheit?«

»Ja.«

»Aber Sie *waren* an dem Tag hier? Am achtzehnten November 2011?«

»Soweit ich weiß schon. Aber ich weiß nie genau, welchen Tag wir haben.«

»Stimmt ja. Die Natur ist Ihr Kalender.«

»Sie sollten das auch mal versuchen«, sagte Vince. »Sich von dem Gefühl zu befreien, dass einem die Zeit davonrennt. Es ist ein Segen.«

»Und Sie bleiben dabei, dass Sie Lee Geary an dem Tag nicht gesehen haben? Oder an irgendeinem anderen Tag nach der Sonnwendfeier?«

»Ja. Aber die Farm ist groß. Falls er tatsächlich hier war, dann ist er wieder gegangen, ohne mit einem von uns zu reden.« Er machte eine Pause. »Was ist denn Ihre andere Theorie?«

»Die behalte ich lieber für mich«, sagte Lockyer.

Vince' Blick verlor sich erneut in der Ferne.

»Ich glaube, dass, wenn Ridgeways Mörder es auch auf Lee

abgesehen hatte, er ihm hierher gefolgt ist«, sagte Lockyer. »Dass er ihn zu der Ebene, an einen ruhigen Ort, gebracht und dort niedergeschlagen hat.«

Vince und Lockyer wechselten einen Blick. Keiner von beiden blinzelte.

»Nun«, durchbrach Broad die angespannte Atmosphäre. »Danke, dass Sie mit uns gesprochen haben, Mr. McNeil. Wissen Sie, wo wir Jason finden können?«

»Wahrscheinlich in der Werkstatt.« Er wandte sich wieder dem Gemüse zu. »Klopfen Sie an, und platzen Sie nicht einfach so da rein.«

Die beiden liefen mit staubbedeckten Schuhen zum Hof zurück. Lockyer war in Gedanken versunken. Er hatte das Gefühl, dass irgendetwas von dem, was Vince gerade gesagt hatte, von besonderer Bedeutung war. Oder vielleicht auch nur die Art, *wie* er es gesagt hatte. Erst als sie sich der Werkstatt näherten, merkte er, dass Broad ebenfalls schwieg.

»Alles in Ordnung, Gem?«

»Ja. Es ist nur ziemlich heiß.«

Er zögerte. »Wollen Sie eine Pause machen? Und im kühlen Wagen warten?«

Sie lächelte. »Danke, aber ich will unbedingt wissen, nach welcher Farbe ich mich heute anhöre.«

»Okay. Vince hat gerade zum zweiten Mal darum gebeten, dass wir uns Jason vorsichtig nähern. Was glauben Sie, wird passieren, wenn wir einfach bei ihm reinplatzen?«

Broad schien sich bei dem Gedanken nicht wohlzufühlen. »Es gibt nur eine Möglichkeit, das herauszufinden, Chef.«

In meinem Kopf geht schon genug verrücktes Zeug ab, hatte Jason gesagt. Lockyer fragte sich, ob das wörtlich zu verstehen war.

Ob Jason durchdrehte, wenn er von seinen Sinneseindrücken überwältigt wurde.

Doch als sie den Schuppen erreichten und er Jason drinnen arbeiten hörte, beschloss er, unnötige Schwierigkeiten zu vermeiden. Er klopfte und versuchte, das darauffolgende Schweigen nicht als Anzeichen für Schuldgefühle zu deuten.

»Ja«, rief eine Stimme aus dem Innern.

Jason stand in einer abgeschnittenen Jeans und mit nacktem Oberkörper an der Werkbank. Ein T-Shirt, von dem ein Zipfel in einer Gürtelschlaufe steckte, hing an seiner Hüfte herunter. Über seinen Oberkörper spannten sich lange, sehnige Muskeln. Seine Brusthaare waren mit Holzspänen und Sägemehl bedeckt, und seine Haut schien von der Hitze zu glühen. Broads Augen weiteten sich – vielleicht, weil es im Innern des Schuppens sehr viel dunkler war als draußen.

»Da sind Sie ja schon wieder«, sagte Jason und lächelte, als wäre er aufrichtig erfreut. »Sind Sie gekommen, um mich mit ein paar weiteren ausgewählten Worten zu verzaubern, DC Broad?«

Broad schien ein wenig geschmeichelt. »Eigentlich nicht.«

»Schade.«

Jason drehte sich um. In der einen Hand hielt er einen Holzhammer mit rundem Kopf und in der anderen einen Meißel. Hinter ihm auf der Werkbank lag ein unfertiger geschwungener Rahmen.

»Ist der für einen weiteren Spiegel?«, fragte Broad.

»Irgendwann schon. Wenn ich dem Holz die richtige Form entlocken kann.«

»Sie arbeiten nicht nach einem Entwurf?«

»Nicht mehr als der Baum. Ich orientiere mich an seiner Textur. Ich versuche, das Holz in die Form zu bringen, die es mir *vorgibt*. Falls sich das nicht völlig bescheuert anhört.«

»Nein«, sagte Broad. »Das hört sich wie etwas an, was ein Künstler sagen würde.«

Diesmal war Jason derjenige, der ein wenig geschmeichelt war.

»Das ist ja eine richtige Waffe«, sagte Lockyer und deutete mit dem Kopf auf den Hammer in Jasons Hand. Er hatte einen kurzen Griff und einen runden Kopf mit einem Durchmesser von mindestens elf, zwölf Zentimetern.

»Das ist ein Knüpfel«, sagte Jason. »Vince hat ihn angefertigt, als er im Knast war. Aus einem Stück Weißbuchenholz. Eigentlich wollte er Eisenholz verwenden – das nimmt man traditionell dafür. *Lignum vitae.* Aber das ist sehr viel teurer, und das Gefängnis wollte es nicht bezahlen. Ich finde Weißbuchenholz sowieso besser. Es hat das ideale Verhältnis zwischen Gewicht und Elastizität.«

Er legte den Meißel hin und schlug mit dem Hammer in seine Handfläche, sodass ein fleischiges Klatschen ertönte.

»Was wiegt der?«, fragte Lockyer.

»Etwa achthundert Gramm, vielleicht etwas mehr.«

»Warum ist der so groß?«

»Aufgrund seines Gewichts muss man weniger Kraft aufwenden, mit dem kurzen Griff kommt man ganz dicht ans Objekt heran, und dank des runden Kopfs kann man den Blick auf die Stelle richten, die man gerade bearbeitet. Man muss den Knüpfel nicht im rechten Winkel zum Meißel halten und trifft ihn trotzdem jedes Mal. Präzision ist alles.«

Jason legte den Hammer hinter sich auf die Werkbank. »Aber ich nehme an, dass Sie nicht hier sind, um über Holzarbeiten zu reden.«

»Eigentlich nicht«, sagte Broad.

Lockyer glaubte einen Anflug von Bedauern in ihrer Stimme zu hören. Das beunruhigte ihn. Es war eine Sache, einem

Verdächtigen freundlich und unvoreingenommen zu begegnen, aber es war äußerst problematisch, ihn *wirklich* zu mögen. Er wusste das nur allzu gut aus eigener Erfahrung.

»Sie haben neulich erwähnt, dass Sie weder Alkohol trinken noch Partydrogen nehmen«, sagte er. »Ist der Grund dafür Ihre Synästhesie?«

»Ja, hauptsächlich. Ich habe in der Vergangenheit ein paar Sachen probiert, aber, o *Mann* …« Er zog das Wort in die Länge und schüttelte den Kopf. »Mein Gehirn hat völlig verrückt gespielt. Das war es nicht wert.«

»Gilt das auch für *Salvia divinorum*?«

Jason presste für einen Moment die Lippen zusammen. »Okay, Sie wissen also davon?«

»Sie machen nicht gerade ein Geheimnis daraus.«

»Na ja, es ist nur eine Pflanze. Es ist nicht verboten, sie anzubauen.«

»Wenn sie nicht für den Konsum bestimmt ist«, sagte Lockyer.

»Dafür bauen wir sie nicht an.«

»Und das Zeug, das in der Scheune zum Trocknen hängt? Wofür ist das? Für die Hühner?«

Jason zuckte leicht mit dem Kopf und wandte den Blick von Lockyer ab. Für einen Moment glaubte Lockyer, er habe sich verraten, aber dann sagte Jason:

»Ich wäre Ihnen wirklich dankbar, wenn Sie das Wort nicht aussprechen würden, Inspector.«

»Welches Wort? Hühner?«

Er zuckte erneut zusammen. »Ja.«

»Sie leben auf einem Hof, mit einer Menge Hü…, äh, Geflügel, aber Sie können es nicht ertragen, dieses Wort zu hören?«

»Nur wenn *Sie* es sagen. Es riecht wie … verbranntes Gummi.«

Beinahe hätte Lockyer sich entschuldigt. »Gut. Würden Sie

uns bitte den Schuppen neben der Trockenscheune zeigen? Den Schuppen, der abgeschlossen ist?«

»Ja, kein Problem.« Jason griff nach einem Schlüssel an der Wand. »Hier entlang.«

Die Luft in der Werkstatt war zwar stickig, aber wenigstens war es dort schattig. Draußen traf sie die Sonne mit der Wucht eines Vorschlaghammers.

»Holly hat in der Nacht ihres Todes SD genommen«, sagte Lockyer, während sie hinübergingen.

»Ich weiß.«

»Haben Sie es auch mal probiert?«

»Ja. Es ist nichts für ängstliche Leute.«

»Wie ist seine Wirkung?«, fragte Broad.

»Kurz, aber heftig. Für etwa eine Viertelstunde hatte ich das Gefühl, nur aus Rauch zu bestehen. Ich konnte durch feste Gegenstände hindurchschauen und gleichzeitig ihre Umrisse berühren, die sich im Licht deutlich abzeichneten. Als ich wieder runterkam, wollte ich nur noch sterben. Aber nur für einen kurzen Moment. Es war ein schreckliches Gefühl. Als würde ich nicht existieren, und alles wäre eine Lüge.«

»Hört sich furchtbar an«, sagte Broad mitfühlend.

»Ich habe es nur einmal genommen. Andere Menschen reagieren anders darauf, aber es ist auf keinen Fall eine Partydroge. Man bekommt dadurch Zugang zu Bereichen des Bewusstseins, die einem normalerweise verschlossen sind. Und vielleicht auch zu neuen Erkenntnissen über sich selbst oder das Universum. Wenn Sie wirklich wissen wollen, wie es sich anfühlt, können Sie es jederzeit probieren.«

»Versuchen Sie, einer Polizeibeamtin Drogen zu verkaufen?«

»Ich habe nichts dergleichen gesagt«, wandte Jason berechtigterweise ein.

»Sie geben sehr offen Auskunft darüber«, sagte Broad.

»Nun, Sie haben danach gefragt. Und Sie wissen, dass es hier wächst und wir es früher mal verkauft haben. Außerdem nehme ich an, dass Sie mich nicht einbuchten werden, weil ich es vor Jahren einmal genommen habe. Es wäre also albern, ein Geheimnis daraus zu machen, oder?«

»Wahrscheinlich schon«, sagte Broad. »Wie hat Holly darauf reagiert?«

»Sie meinen, was für Erfahrungen sie gemacht hat? Das weiß nur sie allein. Das *wusste* nur sie«, korrigierte er sich. »Manche Dinge sind schwer zu erklären. Jedenfalls ging es ihr danach immer sehr schlecht.«

»Sie hat es mehr als einmal genommen?«

»Ja. Ich fand das nicht gut.«

Sie hatten den Schuppen erreicht, und Jason drehte, den Blick auf Broad gerichtet, den Schlüssel immer wieder zwischen den Fingern.

»Aber man kann den Leuten nicht sagen, dass sie es nicht mehr nehmen sollen«, sagte er. »Diese Entscheidung müssen sie selbst treffen. Ich meine, damit aufzuhören. Holly hat nur gelacht, als ich ihr sagte, dass das, was sie auf einem Trip erlebt, nicht *real* sei.«

»Hört sich nicht an, als hätten Sie viel Vertrauen in Ihr eigenes Produkt«, sagte Lockyer.

»Das ist nicht *mein* Produkt«, sagte Jason und warf den Kopf zur Seite.

Er öffnete das Vorhängeschloss, schob die Tür auf und trat zurück, um die beiden hereinzulassen.

Der Schuppen hatte ein Wellblechdach, und im Innern war es glühend heiß. Es stank nach Teeröl. Auch hier gab es eine unförmige Werkbank, ähnlich wie die in der Werkstatt, nur kleiner. Darauf standen mehrere elektronische Waagen, ein Mörser mit

Stößel, ein Karton voller Plastikbeutel und ein Etikettendrucker. In einem weiteren Karton befand sich das Endprodukt: mehrere versiegelte Beutel, fein säuberlich aufgereiht, jeder gefüllt mit zehn Gramm getrockneten, zerstoßenen SD-Blättern. Die Etiketten zeigten einen Regenbogen mit einem breitkrempigen Cowboyhut darüber und trugen die Aufschrift *Sally D*. Genau so hatte Jody es genannt. Lockyer nahm einen der Beutel heraus, um ihn näher zu begutachten, dann warf er Jason einen vielsagenden Blick zu.

»Sehen Sie …« Jason zeigte auf das Etikett. »Da unten. ›Nicht für den menschlichen Verzehr gedacht.‹«

»Jetzt machen Sie aber mal halblang«, sagte Lockyer.

»Damit ist der Verkauf legal«, sagte Jason entspannt. »Wie gesagt, Sie können die Menschen nicht davon abhalten, so etwas zu nehmen. Und besser sie nehmen das hier als härtere Sachen.«

»Holly hätte nie davon gehört, wenn ihr es hier nicht angebaut hättet«, betonte Lockyer.

Jason verschränkte die Arme. »Ja. Nun, vielleicht. Aber es hat ihr nicht geschadet.«

»Ach nein? Es hat sie nicht dazu gebracht, sich mit Ridgeway Kingsley-Jones einzulassen? Offensichtlich hat er noch härteres Zeug verkauft. Vielleicht hatte Holly Geschmack daran gefunden, ein paar Sachen auszuprobieren.«

Jason rieb sich mit der Hand das Kinn. »Das, was sie nahm, hatte sie nicht von ihm.«

»Woher wissen Sie das?«

»Er hätte sich nicht getraut, ihr etwas zu geben. Vince hätte ihm den Kopf abgerissen.«

»Wer weiß schon, was sie außerhalb der Farm getrieben haben? Vielleicht hat sie sich deswegen mit ihnen am Abend der Sonnwendfeier davongemacht. Glauben Sie nicht auch?«

»Nein.«

»Warum ist sie *dann* an dem Abend mit ihnen weggefahren? Obwohl die Party längst nicht vorbei war?«

»Keine Ahnung. Ich wünschte nur … ich wünschte nur, sie hätte es nicht getan.«

»Stimmt – das hatte ich ganz vergessen. Sie waren ja nicht da. Hätten Sie sonst versucht, sie aufzuhalten?«

»Ja. Natürlich. Er war ein Arschloch.«

»Es muss ein schrecklicher Gedanke sein, dass Sie Holly hätten retten können.«

Jasons Augen wurden glasig. »Ja.«

»Sie waren in Holly verliebt«, sagte Lockyer. »Oder, Jason?«

Jason ließ sich für seine Antwort einen Moment Zeit. Im schwachen Licht wirkten seine dunkelbraunen Augen völlig unergründlich.

»Ja. Ich habe sie geliebt.«

»Aber das ist nicht dasselbe, wie in sie *verliebt* zu sein. Das muss alles sehr viel schlimmer gemacht haben – mitzubekommen, wie sie Ridgeway nahekam, sich in ihn verliebte. Zu wissen, dass sie miteinander schliefen …«

Plötzlich hielt sich Jason die Hände mit den Handflächen nach innen vors Gesicht. Es war eine so unerwartete Geste, dass Lockyer verstummte. Schließlich nahm Jason die Hände langsam wieder herunter und holte tief Luft.

»Tut mir leid«, murmelte er. »Das hilft mir, wieder runterzukommen … wenn es nötig ist.«

»Sie ist an dem Abend mit den dreien weggefahren und hat Sie hier zurückgelassen«, sagte Lockyer. »Und dann ist sie gestorben. Oder wurde getötet. Wollten Sie Rache, Jason? Oder Gerechtigkeit? Jeder hätte das gewollt, schätze ich. Für einen Menschen, den er geliebt hat.«

»Warum fragen Sie mich das?«, sagte er leise.

Lockyer schlug einen anderen Kurs ein. »Hat Holly mit Ihnen je über ihre Familie gesprochen? Ihre Mutter … oder über die Beziehung ihrer Mutter zu ihrem Vater?«

Jason verschränkte erneut die Arme. »Manchmal.«

»Hat sie Ihnen erzählt, was Vince getan hat? Warum er im Gefängnis war?«

»Dass er das Feuer gelegt hat, bei dem ihre Großeltern ums Leben gekommen sind? Ja. Das hat sie mir erzählt.«

»Hat sie Ihnen auch erzählt, dass Trish ihre Tante war?«

»Ja.«

»Okay. Trish war also die Einzige, die darüber im Unklaren gelassen wurde.«

»Ich war nicht glücklich darüber. Ich … ich hasse Geheimnisse. Aber Vince meinte, das würde sie zu sehr mitnehmen, und er tut nichts unüberlegt. Er würde Trish nie wehtun. Und ich auch nicht.«

»Fanden Sie das nicht seltsam?«

»Seltsam? Dass Trish den Mann geheiratet hat, der unbeabsichtigt ihre Eltern getötet hat und beinahe auch ihre Schwester? Ja, schon.« Er kaute auf seiner Oberlippe. »Ich habe keine Ahnung, wie die beiden zusammengekommen sind. Vielleicht wollte Vince ihr das mit dem Feuer erklären, oder Trish hat nach ihm gesucht, um eine Erklärung zu bekommen … Aber offensichtlich hat sie ihm verziehen. Und aus den schlimmsten Ereignissen kann Liebe erwachsen, oder?«

»So was soll's geben. Trotzdem finde ich es seltsam, dass er Trish deswegen belogen hat. Sogar noch nach Hollys Tod.«

»Jeder, der auf die Old Hat Farm kommt, hat etwas, was er hinter sich lassen will«, sagte Jason. »Was er vergessen will. Das sagt Trish immer. Es kann etwas sehr Unbedeutendes oder sehr

Schlimmes sein, aber was auch immer es ist, sie wird nicht zulassen, dass es den Menschen hierher folgt. So läuft das. Und ich vermute, dass es bei ihr um ihre Schwester geht.«

»Was wollten *Sie* vergessen, Jason?«, fragte Lockyer.

Jason hatte ein Stück weit Vince' schweigsame Art übernommen. Er ließ sich mit seiner Antwort erneut viel Zeit.

»Alles, was passiert ist, bevor ich hergekommen bin. Ich habe Dinge gesehen, die kein Kind sehen sollte.«

»Wo waren Sie am achtzehnten November 2011?«

»Ist das der Tag, an dem Lee gestorben ist?«

»Ja. Und er kam hierher, bevor er starb.«

»Sagt wer? Davon weiß ich nichts. Ich war nicht hier.«

»Wo waren Sie?«

»Unterwegs. Freunde besuchen.«

»Sind das dieselben Freunde, die Sie auch am Abend der Sonnwendfeier besucht haben? In Avebury, haben Sie, wenn ich mich recht erinnere, gesagt?«

»Nein. Andere Freunde.«

Lockyer holte seinen Notizblock hervor. »Wenn Sie mir ein paar Namen nennen, können Ihre Freunde mir das bestätigen. Und ich kann Sie als Täter ausschließen.«

Schweigen.

»Warum haben Sie das nicht schon früher erwähnt?«, fragte Broad. »Dass Sie nicht hier waren, meine ich?«

»Ich hatte es vergessen. Welches Datum wir haben … das spielt für uns hier kaum eine Rolle.«

»Das haben wir inzwischen kapiert«, sagte Lockyer. »Aber nachdem Sie jetzt noch mal darüber nachdenken konnten, sind Sie sicher, dass Sie am Achtzehnten weg waren?«

»Ja.«

»Ich brauche wenigstens einen Namen.«

Schweigen.

»Was ist los?«, fragte Lockyer. »Warum versuchen Sie, Ihre wahre Identität zu verheimlichen?«

»*Das hier* ist meine wahre Identität«, sagte er mit leicht zitternder Stimme.

»Ich denke nicht. Jedenfalls war sie das nicht immer. Wer sind Sie? Wovor verstecken Sie sich?«

Jason machte ein finsteres Gesicht. »Meine Vergangenheit kann mir hierher nicht folgen.«

Lockyer schüttelte den Kopf. »So einfach ist das leider nicht.«

»Doch.«

»Wir *wissen*, dass Lee Geary kurz vor seinem Tod hier gewesen ist. Und wir wissen, dass Sie ihm die Schuld an Hollys Tod gegeben haben. Ihm und den anderen beiden. Ein Alibi würde Sie entlasten, Jason.«

»Ich habe Ihnen bereits gesagt –«

»Dass Sie praktischerweise ein paar anonyme Freunde besucht haben, reicht nicht.«

»Ich war nicht hier. Falls … falls Lee hier war, dann habe ich ihn nicht gesehen. Und ich habe ihm auch nichts angetan.«

Lockyer holte sein Handy hervor und rief die Kamerafunktion auf. Er wollte Karen fragen, ob Jason die Person war, die nach Lee gesucht hatte. Broad hatte zwar in Hollys Zimmer das Polaroid-Foto von ihm gesehen, aber das würde man ihnen auf keinen Fall geben.

»Dürfte ich ein Foto von Ihnen machen?«, fragte er. »Nur für –«

Erneut riss Jason die Hände hoch. »Nein. Nicht!«

Kaum überrascht steckte Lockyer sein Telefon wieder ein.

»In der Regel finden wir solche Dinge heraus. Warum wollen Sie nicht, dass wir es erfahren?«

»Sie? *Niemand* soll es erfahren.«

»Sie meinen … die McNeils?«

Jason schien kurz davor einzuknicken, aber in diesem Moment wankte Broad plötzlich zur Seite.

»Ich sollte vielleicht …«, sagte sie, dann fiel sie gegen die Werkbank und sank auf die Knie.

»Gem?«, sagte Lockyer erschrocken. »Alles okay?«

Sie schaute nicht zu ihm hoch; ihre Wangen waren dunkelrot, ihre Lippen aschfahl. Bevor Lockyer reagieren konnte, ging Jason neben ihr in die Knie und griff nach ihrem Arm.

»Ist Ihnen schwindelig?«, fragte er.

»Es ist nur … die Hitze …«, sagte sie mit schwacher Stimme. Sie blickte ihn mit weit aufgerissenen Augen ängstlich an und begann zu hyperventilieren.

»Alles in Ordnung«, sagte Jason. »Ich bin bei Ihnen. Ihnen wird nichts passieren, versprochen. Sie müssen sich nur abkühlen. Sie sind wahrscheinlich dehydriert.« Er schaute hoch. »Kommen Sie«, sagte er zu Lockyer, und die beiden halfen Broad auf die Beine. Sie stand schwankend da.

»O Gott. Ich glaub, mir wird schlecht«, sagte sie entsetzt.

»Raus damit«, sagte Jason. »Sie sollten mich mal erleben, wenn ich einen Migräneanfall habe.«

»Ehrlich?«

»Sie haben doch bestimmt *Der Exorzist* gesehen, oder?«

Broad rang sich ein schwaches Lächeln ab. Die beiden brachten sie langsam nach draußen, in den tiefen Schatten des Maschinenschuppens, wo die Luft nicht so stickig war. Dort setzten sie Broad auf einen Stapel alter Zaunpfähle.

»Warten Sie hier«, sagte Jason. »Ich habe eine Idee.«

Er lief davon, und Lockyer hockte sich neben Broad, während ihm auf unangenehme Weise bewusst wurde, dass er überfordert war.

»Wie geht es Ihnen?«, fragte er.

»Fantastisch«, sagte sie mit geschlossenen Augen. Ihr Gesicht war jetzt kreidebleich und feucht. »Es geht mir gleich wieder besser, Chef. Tut mir leid. Es war da drin so stickig ...«

»Sie müssen sich nicht entschuldigen.«

Er klang so steif wie das Holz, auf dem sie saßen, aber ihm fiel nichts ein, womit er sie aufmuntern konnte. In diesem Moment kehrte Jason mit einem Eimer voller schwappendem Wasser zurück, und für eine Sekunde fragte sich Lockyer, ob er es Broad über den Kopf schütten wollte.

»Ziehen Sie Ihre Schuhe aus«, sagte er.

Zögernd kam sie seiner Aufforderung nach, während ihre Miene die Sorge darüber verriet, sich völlig unprofessionell zu verhalten.

»Jetzt stecken Sie Ihre Füße hier rein.«

»Mein Gott! Das ist ja eiskalt!«

»Sicher. Das ist genau der Punkt. An bestimmten Stellen des Körpers zirkuliert das Blut näher an der Oberfläche. Wenn man diese Stellen kühlt, wird auch der Rest des Körpers gekühlt. Wie zum Beispiel die Ohren eines Elefanten.«

»Sie wollen damit also sagen, ... dass meine Füße wie die Ohren eines Elefanten sind.«

Jason lachte. »Genau. Hier, legen Sie sich das in den Nacken.« Er tauchte sein T-Shirt ins Wasser, wrang es aus und gab es ihr.

»Und jetzt«, sagte er und trat zurück, »sagen Sie noch mal Elefanten.«

»Elefanten«, sagte Broad und blickte zu ihm hoch. Inzwischen war ein wenig Farbe in ihre Lippen zurückgekehrt.

Jason sah sie erstaunt an. »Schmeckt wie Orangensorbet.«

Lockyer wusste nicht, ob das stimmte oder ob er es nur sagte, damit es Broad besser ging. Oder ob er vielleicht sogar mit ihr flirtete. Diese Möglichkeit beunruhigte ihn ein wenig. Broad musste sich auf den Fall konzentrieren, und ihm gefiel die Vorstellung nicht, dass man sie manipulierte. Falls das gerade passierte.

Sobald Broad sich erholt hatte, trocknete sie ihre Füße ab und zog die Schuhe wieder an.

»Ich werde Sie nach Hause bringen«, sagte Lockyer.

»Danke, Chef. Tut mir leid.«

»Kein Problem.«

»Ich komme mir wie eine Idiotin vor.«

»Das müssen Sie nicht.«

Lockyer schaute zu Jason, als sie sich zum Gehen wandten. »Danke für Ihre Hilfe.«

»Keine Ursache.«

»Halten Sie sich zur Verfügung, okay?«, fügte er hinzu.

Als sie zum Wagen zurückkehrten, zeigte das Thermometer im Innern siebenunddreißig Grad an. Es war heiß wie im Backofen. Lockyer drehte die Klimaanlage voll auf, und sie warteten im Schatten, während sie hochfuhr. Broad war immer noch sehr still. Als die Temperatur im Wagen halbwegs erträglich war, fuhr Lockyer sie nach Hause, erst durch Devizes und dann nach Semington, eine Ortschaft, die fast gänzlich von den nördlichen Randgebieten von Trowbridge, dem Verwaltungssitz Wiltshires, verschluckt worden war.

»Diese hier, oder?«, fragte Lockyer und zeigte auf die Abzweigung, die er für die richtige hielt.

Obwohl das Neubauviertel nicht besonders groß war, sahen die Straßen und Häuser hier für ihn alle gleich aus.

»Buzzard Drive«, sagte er und versuchte, es sich zu merken, während er sich fragte, warum Bauunternehmer Straßen häufig nach den Tieren benannten, die sie ihres Lebensraums beraubten.

»Sie haben mir mal erzählt, dass es hier in der Gegend Bussarde gibt.«

»Tatsächlich?«

»Ja, letzten Winter. Erinnern Sie sich nicht mehr? Wir haben einen gesehen, als wir irgendwohin unterwegs waren.«

»Stimmt. Ich … dachte nur nicht, dass Sie sich so was merken.«

»Machen Sie Witze? Ich freue mich jedes Mal, wenn Sie einen kleinen Vortrag über die Natur halten, Chef.«

»Soso.« Er blickte in ihre Richtung. »Offensichtlich geht es Ihnen schon besser, wenn Sie wieder genug Energie haben, sich über mich lustig zu machen.«

»Ja. Ein bisschen.«

Broad lachte.

Sie hielten vor der Hausnummer siebzehn. Trotz der Klimaanlage klebte Lockyers Hemd jetzt an seinem Rücken. Er zupfte daran, während er ausstieg und auf die andere Seite lief, um Broad herauszuhelfen, aber sie hatte den Wagen bereits verlassen, schlug die Tür zu und zog ihren Hosenbund zurecht. Sie sah ziemlich mitgenommen aus.

»Es geht schon wieder, Chef. Fahren Sie ruhig.«

»Gut, wenn Sie meinen. Haben Sie Ihre Schlüssel?«

Sie waren nicht noch mal im Büro gewesen, um ihre Tasche zu holen. Oder ihr Fahrrad.

»Nein. Aber Pete arbeitet immer noch von zu Hause aus, er wird also –«

Bevor sie den Satz beenden konnte, öffnete sich die Tür, und Pete trat heraus. Er war durchschnittlich groß und durchschnittlich gebaut. Und auch sonst ein ganz und gar durchschnittlicher Typ, wie Lockyer fand. Er rang sich ein Lächeln ab, das Pete nicht erwiderte. Stattdessen machte er ein leicht gequältes Gesicht. Pete trug kurze Chinos, ein Polohemd und eine protzige

Uhr, die wahrscheinlich teurer aussah, als sie war. Sein Gesicht hatte die weichen Konturen eines Mannes, der noch nicht ganz erwachsen war. Es war das Gegenteil von markant. Merry freute sich sehr viel mehr, Broad zu sehen – der kleine Hund kam schwanzwedelnd aus dem Haus gelaufen und wuselte fröhlich um ihre Füße herum.

»Matt«, sagte Pete zur Begrüßung, die Hände in den Taschen. »Was hat das zu bedeuten?«

Lockyer versuchte sich nicht allzu sehr anmerken zu lassen, dass er sich beherrschen musste.

»Gemma ging es nicht besonders gut.«

»Das ist nur die Hitze«, sagte Broad steif.

Lockyer vermutete, dass sie seine Abneigung gegenüber ihrem langjährigen Freund spürte, und er beschloss, sich zusammenzureißen. Aber Pete machte es ihm nicht gerade leicht. Falls er sich tatsächlich Sorgen um seine Freundin machte, zeigte er es nicht.

»Moment mal – was?«, sagte er und hielt beide Hände in die Höhe, damit Broad, die über das Steinpflaster schlurfte, stehen blieb. »Was heißt ›nicht besonders gut‹? Meinst du etwa *Corona*? Hast du Fieber?«

»Nein«, sagte sie. »Es ist nur die Hitze, Pete. Wir waren bei den Temperaturen eine Weile draußen unterwegs.«

Pete gab Lockyer mit einem Blick zu verstehen, dass das nicht klug gewesen war, und Lockyer sah ihn kühl an.

»Also … du solltest direkt ins Gästezimmer raufgehen und dort bleiben, bis wir sicher wissen, dass es nicht das Virus ist«, sagte Pete.

Broad verzog das Gesicht. »Da ist es bestimmt glühend heiß.«

»Aber immer noch kühler als in der Sonne«, sagte Pete und sah Lockyer erneut an. »Es macht Ihnen doch nichts aus, dass ich Sie nicht hereinbitte?«

»Überhaupt nicht«, sagte Lockyer, und das war absolut ehrlich gemeint. »Erholen Sie sich, Gemma. Und trinken Sie viel Wasser.«

»Mache ich. Danke, dass Sie mich gefahren haben, Chef.«

»Soll ich Sie morgen früh abholen?«

Broad schaute zu Pete, der immer noch auf Abstand blieb. Offenbar war er nicht bereit, eine möglicherweise mit Corona infizierte Person irgendwo hinzufahren.

»Danke«, sagte sie. »Das wäre toll.«

Sie schleppte sich, mit Merry auf den Fersen, weiter allein ins Haus, und Lockyer stieg schnell wieder in den Wagen, bevor er in Versuchung kam, noch irgendetwas zu sagen.

12

Zu Hause angekommen, in der schwülen Abendluft, holte Lockyer sein Handy hervor. Hedy hatte seine Nachricht nicht geöffnet. Vielleicht hatte sie ihre Nummer geändert. Er bereute es, diese Nachricht überhaupt verschickt zu haben – seine plötzliche, wahrscheinlich unerwünschte Zurschaustellung von Verletzlichkeit.

Chris' Beutel mit den Pillen lag jetzt auf dem Küchentisch. Eigentlich hatte er sie sofort im Klo runterspülen wollen. Aber obwohl er ihren Anblick hasste, schienen sie ihm zu wichtig, um sie einfach zu entsorgen.

Er musste daran denken, wie Chris, der sich kaum je mit jemandem gestritten hatte, ihn einmal angeschnauzt hatte.

»Verdammt noch mal, kannst du nicht anklopfen?«

Er war von seinem Bett aufgesprungen, die Wangen gerötet, die Haare feucht und struppig vom Duschen.

Verwundert begann Lockyer zu grinsen. »Tut mir leid, Kumpel. Aber du solltest das *in* der Dusche tun und nicht danach.«

»Ich habe nicht …«

Chris wandte den Blick von Lockyers Augen ab. Keineswegs verlegen, sondern wütend, was Lockyer damals nicht begriffen hatte.

»Mum möchte wissen, ob du mit uns zu Abend isst oder nicht«, sagte Lockyer. »Du Miesepeter.«

»*Ich* bin ein Miesepeter?«, blaffte Chris und schaute schließlich mit seinem unverwüstlichen Grinsen zu ihm hoch.

Lockyer fragte sich jetzt, ob Chris die Pillen damals gerade versteckt oder einen Teil davon umgefüllt hatte, um sie später zu verkaufen. Er konnte sich nicht mehr erinnern, ob Chris an jenem Abend ausgegangen war. Hatte er vielleicht deshalb einen seiner seltenen Wutanfälle gehabt, weil er fürchtete, auf frischer Tat ertappt worden zu sein? Etwa zu dieser Zeit hatte Chris sich ein paar neue Sachen angeschafft. Still und heimlich, ohne damit anzugeben, wie er das sonst immer tat. Einen MP3-Player. Neue Stiefel. Radkappen für den alten VW Polo, den sie beide sich teilten.

»Geburtstagsgeld von Oma«, war eine seiner Erklärungen gewesen.

Oder dass er im Pub ausgeholfen hatte.

Lockyer kam sich wie ein Idiot vor. Er war wütend darüber, dass man ihn so getäuscht hatte – er hatte nicht mal in Erwägung gezogen, dass Chris das Geld auf unrechtmäßige Weise erworben haben könnte. Aber noch schlimmer war seine Erschütterung darüber – als hätte er ein Haus auf Treibsand gebaut, als wäre das Fundament all dessen, was er dachte, all dessen, was ihn ausmachte, untergraben worden. Die Erkenntnis, dass sein kleiner Bruder ihn angelogen hatte, schmerzte mehr, als er für möglich gehalten hätte.

Er schrieb Jody eine Nachricht, und als sie antwortete, schnappte er sich seine Autoschlüssel und öffnete die Haustür. Dahinter stand Mrs. Musprat. Diese winzige, verschrumpelte Gestalt in ihrer abgewetzten Kleidung, die dennoch eine gewisse Würde ausstrahlte.

»Carey«, sagte sie mit einem vogelartigen Kopfnicken. »Das

war Rosies Mädchenname. Er ist mir wieder eingefallen. Und ihre jüngere Schwester hieß Gráinne.«

»Gron-ja?«, wiederholte Lockyer, um die richtige Aussprache bemüht.

Mrs. Musprat hielt ihm einen Zettel hin. »Ich habe ihn notiert, weil er so komisch geschrieben wird. Es ist eines dieser irischen Wörter, die keinen Sinn ergeben.«

Lockyer nahm den Zettel. »Danke.«

»Der Name des Bruders will mir beim besten Willen nicht einfallen«, sagte sie, und mit diesen Worten drehte sie sich um und verschwand wieder.

Lockyer befestigte den Zettel zusammen mit dem Foto von Róisín am Kühlschrank. Er betrachtete es eingehend und stellte plötzlich fest, dass die schlanke Person auf der rechten Seite Iris war. Sie hatte ein unscheinbares, aber fein geschnittenes Gesicht, eine zierliche Nase und ein schmales Kinn. Außerdem gewelltes, braun glänzendes Haar und noch keine weißen Löckchen. Sie lächelte verlegen, als wäre sie es nicht gewohnt, fotografiert zu werden. Alle vier Frauen wirkten glücklich. Als meinte das Leben es gut mit ihnen. Wenn es damals schon soziale Medien gegeben hätte, wäre dies das Bild gewesen, das sie gepostet hätten. Ein Moment des Glücks, festgehalten inmitten langer Phasen voller Einsamkeit, Schmerz und Eintönigkeit. Er fragte sich, ob vielleicht jedes Foto, das je aufgenommen wurde, bis zu einem gewissen Grad eine Lüge war.

Wie das Polizeifoto, das Lee Geary als brutalen Schläger zeigte. *Als hätte man einen Labrador getötet, weil er ein Stöckchen geholt hat.* Selbst Steve Saunders, der nicht gerade mit einem übermäßigen Einfühlungsvermögen gesegnet war, hatte gewusst, das Lee keine Schuld traf. Aber konnte man einen Mann tatsächlich als unschuldig bezeichnen, wenn er in einen Mord verwickelt war? Lee war kräftig genug gewesen, um Ridgeway bewusstlos zu schlagen und

Holly ins Krankenhaus zu bringen, statt sie von der Brücke zu werfen, falls er das getan hatte. Aber was, wenn er es getan hatte, weil Ridgeway gedroht hatte, ihn umzubringen, und er Angst gehabt hatte? Weil er nicht fähig war, *irgendjemanden* bewusstlos zu schlagen? Weil man ihm gesagt hatte, dass Holly bereits tot sei, und er es geglaubt hatte? Konnte man jemanden, der schutzlos wie ein Kind war, dafür verantwortlich machen?

Die schreckliche Ungerechtigkeit, dass man Lee erschlagen hatte, wurde Lockyer erneut bewusst. Und die Tatsache, dass das offizielle Dokument von ihm, das überdauern würde, ein Foto war, auf dem er wie ein Monster aussah, machte alles noch ein wenig schlimmer.

Lockyer holte Jody von der Westdene Farm ab und fuhr mit ihr die acht Kilometer nach Erlestoke. Sie trug kurze Hosen und ein Unterhemd – selbst um neun Uhr abends war es dafür noch warm genug –, und der Wagen war vom Geruch ihrer feuchten Haare und ihrer frisch geduschten Haut erfüllt. Es war Ende Juli, und der Wetterdienst hatte eine Periode mit Tropennächten vorausgesagt, in denen die Temperaturen nicht unter zwanzig Grad sanken. Er fragte sich, wie viel Broad wohl schlafen würde und ob sie immer noch im Gästezimmer eingesperrt war. Immerhin, dachte er verdrossen, könnte sie dort einen Ventilator laufen lassen, ohne Pete zu stören.

Jody hingegen schien die Hitze nicht das Geringste auszumachen. Soweit Lockyer das sagen konnte, ging sie unermüdlich ihrer schweißtreibenden Arbeit nach. Sie bat ihn, unterwegs an dem kleinen Laden in Market Lavington anzuhalten, um eine Zwei-Liter-Flasche Cherry-Cola zu kaufen. *Ich bin wie die Wespen.* Allerdings rülpsten Wespen nicht so ungeniert wie Jody.

»'tschuldigung«, sagte sie geistesabwesend und rülpste erneut.

»Es wundert mich, dass Sie kein Auto haben«, sagte Lockyer. »Ohne … feste Beziehungen, mit wechselnden Jobs.«

»Ich hatte früher mal eins. Ich hatte früher mal sehr viel mehr als jetzt.«

»Wie bewegen Sie sich fort? Vor allem hier draußen.«

»Ich laufe einfach los«, sagte sie knapp. »Es dauert nie lange, bis ein Bus vorbeikommt oder jemand mich mitnimmt. Und die Leute, für die ich regelmäßig arbeite, fahren normalerweise gern ein paar Kilometer, um mich abzuholen.«

»Sie fahren also … per Anhalter?«

Sie legte ihre nackten Füße aufs Armaturenbrett. »Jetzt werden Sie mir gleich erklären, dass das nicht sicher ist.«

»Das ist es nicht.«

»Neunundneunzig Prozent der Leute sind absolut in Ordnung. Ich bin nur einmal an einen falschen Typen geraten. Das Ganze endete auf einem Rastplatz, nachdem ich ihm in die Eier getreten hatte. Seitdem trage ich es immer bei mir und hatte keine Probleme mehr.«

»Was tragen Sie bei sich?«

»Mein Messer.«

Lockyer schaute sie an. »Bitte erzählen Sie mir nichts darüber.«

Sie lachte.

Lockyer dachte nach und versuchte sich zu erinnern, ob er auf der Farm irgendwelche Fahrzeuge gesehen hatte, außer dem Quad, das Trish mit dem Geld aus dem Verkauf von Imogens Haus gekauft hatte. Er glaubte, keine anderen Fahrzeuge bemerkt zu haben. Allerdings gab es mehrere Scheunen, die sie noch nicht inspiziert hatten. Er konnte sich nicht erinnern, ob im Bericht zu den ursprünglichen Ermittlungen im Jahr 2011 irgendwelche Fahrzeuge erwähnt wurden, und fragte sich, wie Jason sich fortbewegt hatte. *Falls* er der Mann auf dem Überwachungsvideo aus dem Parkhaus in Salisbury war, *falls* er in Karens Wohnung nach Lee gefragt hatte. Bei ihrem ersten Besuch auf der Old Hat Farm war

Jason nicht dort gewesen – er hatte die beiden Rucksacktouristen nach Devizes gebracht. Aber wie war er dort hingekommen?

Jody fuhr sich mit der Hand durch die blauen Haarsträhnen über ihrer Stirn. Die Farbe war ein wenig herausgewachsen, und an den Wurzeln kam das Schwarz zum Vorschein.

»Und, wie laufen die Ermittlungen? Haben Sie inzwischen herausgefunden, was mit dem Mädchen passiert ist?«

»Nein. Aber ich darf mit Ihnen darüber nicht reden. Tut mir leid.«

»Wie im Fernsehen, was?«

»Was da gezeigt wird, hat zwar nur wenig mit moderner Polizeiarbeit zu tun, aber dieser Teil stimmt.«

Nach einer kurzen Pause fragte sie: »Haben Sie sich wegen der Pillen Ihres Bruders inzwischen wieder beruhigt?«

»Ich war doch die ganze Zeit ruhig.«

»Ach ja? Für mich sah es einen Moment lang so aus, als würden Sie einen Schlaganfall bekommen.«

Lockyer erwiderte nichts.

»Hören Sie, ich weiß, dass Sie ein Bulle sind, aber … ein paar Ecstasy-Pillen machen aus ihm noch keinen Pablo Escobar, oder?«

Lockyer verspürte erneut diese ungewohnte Vertrautheit, merkte, wie sich die Situation durch ihre offene Art entspannte.

»Nein. Aber ich wusste nicht, dass er so etwas genommen hat. Dabei dachte ich, ich wüsste alles über ihn.«

»Kommen Sie«, sagte Jody. »Niemand weiß alles über einen anderen Menschen. Niemals. Oder?«

»Ich habe das tatsächlich geglaubt. Denn er wusste alles über mich.«

»Ganz bestimmt nicht. Sicher, er kannte Sie offensichtlich gut genug, um Ihnen nichts von dem Molly zu erzählen … Aber all Ihre Gedanken? All Ihre Gefühle? Auf keinen Fall.«

»Wie ist er überhaupt an das Zeug gekommen?«

»Das ist nicht schwer. *Jeder* kann es sich besorgen.«

»Genug, um damit zu dealen?«

»Er wollte sich wohl was dazuverdienen.«

»Aber das … das ist einfach nicht in Ordnung. Er liebte den Hof, er hatte alles, was er brauchte …«

»Vielleicht hat er das nicht so empfunden. Er war erst *achtzehn* … in dem Alter machen wir alle mal Dummheiten.«

Lockyer dachte darüber nach und versuchte, das zu akzeptieren, obwohl er es völlig inakzeptabel fand.

»Ich habe wohl gedacht, wir hätten keine Geheimnisse voreinander. Jedenfalls keine großen.« Er holte tief Luft. »Was, wenn er *nicht* glücklich war? Vielleicht … wollte er fortgehen.«

»Und wenn dem so war?«, sagte Jody nun etwas nachsichtiger. »Keiner von euch kann daran jetzt noch etwas ändern.«

Auf der Rückseite von Beryl Uptons Fachwerkhäuschen befand sich eine überdachte Veranda, auf der sie in einem klapprigen Schaukelstuhl gewartet hatte. Nachdem sie den beiden ein Glas Orangensaft geholt hatte, kehrte sie auf ihren Platz zurück und nahm ihre Häkelarbeit wieder auf.

»Ich bin gleich wieder da«, sagte Jody zu Lockyer und lief die Holztreppe hinauf. »Sie brauchen nur die Bilder von 2011?«

»Ja, bitte«, sagte Lockyer.

Er ging nach draußen und setzte sich in sicherem Abstand von Beryl auf einen Plastikstuhl. Im Garten, der vom grauen Dämmerlicht durchflutet wurde, war es ruhig. An einem Apfelbaum hingen Futtersäulen wie Stalaktiten, und auf einem der oberen Äste sang eine Drossel aus voller Kehle.

»Sie kommt jeden Abend«, sagte Beryl. »Ich stelle mir immer vor, dass die armen Kerle im Gefängnis sie hören können.«

Außer Sichtweite, hinter den Bäumen auf der anderen Straßenseite, befand sich das Erlestoke-Gefängnis, ein weitläufiger Gebäudekomplex, der größer als das Dorf selbst war. Vince McNeil hatte dort das letzte Jahr seiner Haftzeit abgesessen und ein Resozialisierungsprogramm absolviert, nachdem er seine Strafe wegen Brandstiftung und Totschlags an Trishs Eltern in einem anderen Gefängnis verbüßt hatte. Lockyer wurde erneut bewusst, wie absurd die Situation von Vince und Trish war. Natürlich waren die Beziehungen anderer Leute oft nur für sie selbst nachvollziehbar, aber trotzdem. Die Beziehung der beiden war völlig verquer. Hatte Vince versucht, seine Tat wiedergutzumachen, indem er sich für eine der beiden Schwestern aufopferte? War er so verzweifelt gewesen, dass er versucht hatte, irgendwie in die Vergangenheit zurückzukehren, um noch mal von vorne anzufangen?

»Das ist gar kein so übles Gefängnis«, sagte Lockyer zu Beryl. »Es gibt sehr viel schlimmere, glauben Sie mir.«

Sie knurrte zustimmend.

»Komisch, dass meine Jody sich mit jemandem wie Ihnen angefreundet hat«, sagte sie. »Einem *Polizisten.*«

»Ach ja?«

»Nun … Sie ist ein gutes Mädchen, aber gerade das hat sie auch immer wieder in Schwierigkeiten gebracht. Sie hat Regeln nie gemocht, wissen Sie?« Beryl grinste ihn an. »Aber sie ist auch keiner Herausforderung aus dem Weg gegangen.«

Jodys Rückkehr ersparte es Lockyer, darauf antworten zu müssen. Sie gab ihm eine kleine Speicherkarte in einem Plastiketui.

»Alles, was ich nicht gelöscht habe, ist da drauf«, sagte sie.

»Danke.«

»Was hat das zu bedeuten?«, fragte Beryl.

»Kein Grund zur Sorge.« Jody grinste. »Ich helfe der Polizei bei ihren Ermittlungen.«

Beryl lachte. »Es geschehen noch Zeichen und Wunder.«

»Lust auf ein Bier?«, fragte Jody Lockyer. »Das George and Dragon ist direkt nebenan.«

Lockyer steckte die Speicherkarte ein. »Gerne.«

Wieder zu Hause starrte Lockyer auf die krakeligen Buchstaben, die Iris Musprat mit Bleistift auf den Zettel gekritzelt hatte. *Gráinne Carey*. Er wusste, dass er die Angelegenheit nur vor sich herschob, bis er den Mut für den nötigen Anruf aufbrachte, denn er konnte nicht tun, was sie von ihm verlangte. Wenn Iris starb, wären Rosies Bruder und Schwester vielleicht auch schon tot, ohne je erfahren zu haben, was ihr zugestoßen war. Ohne je die Chance bekommen zu haben, über ihren Verlust hinwegzukommen. Aber dann musste Lockyer an die Angst denken, die den dürren Körper der alten Frau zum Zittern gebracht hatte. *Ich dachte, ich könnte Ihnen vertrauen.*

Nach einer Weile nahm er Chris' Pillen und spülte sie im Klo herunter. Es brachte nichts, sie zu behalten – schließlich konnte er Chris deswegen ja nicht mehr zur Rede stellen. Anschließend suchte er auf Facebook nach Joe Cameron, Chris' bestem Freund. Er war einer der Freunde, die an dem Abend, an dem Chris getötet wurde, bei ihm waren.

Lockyer hatte Joe seit der Beerdigung weder gesehen noch gesprochen, aber er erkannte ihn, trotz der Geheimratsecken und des fülligeren Gesichts, auf seinem Profilfoto sofort wieder. Lockyer schickte ihm eine private Nachricht.

Hi, Joe, ich hoffe, es geht dir gut. Ich weiß, dass ich mich ewig nicht gemeldet habe, aber würdest du dich mit mir treffen? Ich wäre dir sehr dankbar. Es geht um Chris.

Danach machte er einen Spaziergang auf einem der Kalksteinwege, die kilometerweit über die Ebene führten, zu Orten, die nicht mehr existierten. Wege, die früher einmal Straßen für den alltäglichen Verkehr gewesen waren, die aber außer ein paar Wanderern und Radfahrern inzwischen kaum noch jemand kannte. Er versuchte, den Eindruck loszuwerden, auf etwas zu warten, ohne genau zu wissen, worauf; versuchte, dem wachsenden Gefühl von Hilflosigkeit und Einsamkeit zu entkommen, das er seit Hedys Verschwinden verspürte. Seit Trudy nicht mehr ans Telefon auf ihrem Nachttisch ging und seit Jody ihm in Chris' Zimmer den Beutel mit den Pillen gezeigt hatte. Er musste unbedingt einen klaren Kopf bekommen, wenn er den Holly-Gilbert-Fall verstehen wollte.

Er lief die vier Kilometer nach Copehill Down, ein Dorf, das vom Verteidigungsministerium für Übungszwecke errichtet worden war. Dort setzte er sich ins stachelige Gras und starrte auf die dunklen Umrisse der Häuser, in denen nie jemand gewohnt hatte und auch nie jemand wohnen würde. Der Himmel mit den weit entfernten Sternen leuchtete schwach, und als sein Atem sich wieder beruhigt hatte, herrschte völlige Stille. Dieser Ort war absolut unheimlich, obwohl er wusste, dass hier niemand war, der ihn beobachtete. Nur die Fledermäuse und Füchse. Die Gebäude bestanden nicht bloß aus den Außenwänden, sie hatten Dächer, Fenster und Türen. Das Ganze war ein Schwindel, eine Kulisse, so unzuverlässig wie eine Person, die vorgab, jemand anderes zu sein. Wie eine scheinbar liebevolle Beziehung, hinter der sich ein dunkles Geheimnis verbarg. Wie ein Foto, das nicht die Wirklichkeit zeigte.

Er hatte das Gefühl, dass er irgendetwas auf der Spur war, aber als er versuchte, dahinterzukommen, was genau das war, landete er mit seinen Gedanken wieder bei Chris. Und der Tatsache, dass man ihn angelogen hatte. Dass er seinen Bruder überhaupt nicht richtig gekannt hatte, was letztlich bedeutete, dass er sich selbst kaum kannte.

Als Lockyer am nächsten Morgen vor Broads Haus hielt und sie vor die Tür trat, wollte Merry ihr folgen, und sie musste warten, bis Pete den Hund, nicht gerade sanft, am Halsband packte.

»Alles okay?«, fragte Lockyer.

»Ja, alles bestens, danke. Aber Merry hat sich ziemlich unbeliebt gemacht.« Sie schnitt eine Grimasse. »Er hat heute Morgen das Gemüsebeet des Nachbarn umgegraben. Das ist so weit nicht ungewöhnlich, aber als ich ihn gerufen habe, ist er durch das Garagentor, das ich offen gelassen habe, direkt ins Haus gekommen, aufs Sofa gesprungen und hat es mit Dreck beschmiert. Wir hatten es gerade erst reinigen lassen.«

»Ungezogener Hund.«

»Er ist eben nur … ein Hund«, nahm sie ihn in Schutz. »Pete hatte als Kind nie Haustiere. Wie auch immer …« Sie nahm eine Flasche aus ihrer Tasche und hielt sie in die Höhe. »Kokoswasser. Das hilft bei Flüssigkeitsmangel. Es wird von mir keine dramatischen Ohnmachtsanfälle mehr geben.«

»Immerhin wissen wir jetzt, was wir tun müssen, falls das noch mal passiert.«

»Ja.« Sie wandte den Blick ab. »Man muss meine Füße in einen Eimer stecken und mich als Elefanten bezeichnen.«

»Das habe ich nicht …«

»Nein, ich weiß. Ich wollte nur …« Ein Achselzucken.

Die Sache herunterspielen, dachte Lockyer. Jason McNeil war charmant, talentiert und attraktiv, und Lockyer glaubte, dass Broad viel zu viel Wert auf seine Meinung legte. Er überlegte kurz, etwas zu sagen – sie zu warnen. Als er 2005 den Mord an Micky Brown untersucht hatte, hatten seine Gefühle gegenüber Hedy sein Urteilsvermögen so sehr getrübt, dass er am Ende gegen sie ermittelt hatte. Gegen eine unschuldige Frau.

»Diese Hitzewelle muss bald aufhören«, sagte er halbherzig. »Sonst gehen den Zeitungen noch die Schlagzeilen aus.«

»Ich bin nicht sicher, ob man das auch dem Wetter mitgeteilt hat«, sagte Broad und schaute auf den verdorrten Seitenstreifen und das trübe grüne Wasser des Kanals, während sie nach Devizes hineinfuhren.

»Ich habe Jodys Fotos und Videos vom Soul Tree Festival«, sagte Lockyer. »Ich dachte, Sie können sie sich schon mal vornehmen. Auf YouTube gibt es ebenfalls jede Menge Videos. Ich werde Sie unterstützen, sobald ich zurück bin.«

»Wo fahren Sie denn hin?«

»Zur Old Hat Farm. Jetzt machen Sie nicht ein so enttäuschtes Gesicht. Es wird nicht lange dauern. Ich will nur ein paar Fragen stellen. Und mich dort noch mal umschauen.«

»Es ist schon ein paar Tage her, dass ich Nina Thorowgood belästigt habe«, sagte Broad. »Ich werde ihr noch mal auf die Pelle rücken und sehen, ob sie inzwischen mit uns reden will.«

Bevor Lockyer sich jedoch auf den Weg machte, führte er eine Suchanfrage bei der Kfz-Zulassungsstelle durch und fand nur ein einziges Fahrzeug, das auf die Old Hat Farm eingetragen war, ein Motorrad, das Vince gehörte. Es war allerdings abgemeldet. Lockyer wählte Steve Saunders' Nummer.

»Autos?«, wiederholte Steve. »Sie haben bestimmt welche, oder? So weit draußen.«

»Aber hatten sie 2011 welche? Kannst du dich erinnern?«

»Nicht auf Anhieb. Aber wie gesagt, wir haben alle Fahrzeuge auf den Verkehrsvideos überprüft, die in der Nacht, als Holly gestorben ist, Richtung Süden gefahren sind …«

»Es geht nicht um die Nacht, in der Holly gestorben ist.«

Es entstand eine Pause, und Lockyer konnte spüren, dass Steves Neugier geweckt war.

»In Ordnung, Farmer Giles. Ich melde mich bei dir.«

Als Lockyer wieder nach draußen zu seinem Wagen lief, warf er einen Blick auf sein Handy. Joe Cameron hatte seine Nachricht zwar gelesen, aber nicht geantwortet. Lockyer versuchte, seine Ungeduld zu unterdrücken. Er konnte niemanden *zwingen,* mit ihm zu reden. Hedy hatte seine Nachricht immer noch nicht geöffnet, was bedeutete, dass er sie nach wie vor löschen konnte. Für einen Moment saß er unschlüssig im Wagen.

Der Hof der Old Hat Farm lag ruhig und still da; die Rucksacktouristen waren nirgends zu sehen, und aus keinem der Schuppen drangen Arbeitsgeräusche. Als er an die Tür des Wohnhauses klopfte, ertönte im Innern ein Ruf. Trish saß am Küchentisch; sie trug eine Hornbrille, und vor ihr, neben einem unordentlichen Stapel Unterlagen, stand ein Laptop – er war wie die meisten silbern und nicht pink. Es war ein merkwürdiger Anblick, dass Trish, mit ihren Amuletten und ihrem violetten Kaftan, einer so gewöhnlichen Tätigkeit nachging. Als Lockyer eintrat, klappte sie den Computer zu, und ihr Lächeln war sehr viel zurückhaltender als bei ihrer letzten Begegnung. Lockyer bemerkte, wie sich ihr Rücken straffte. Dass sie sich unwohl fühlte.

»Detective Inspector«, sagte sie, rutschte mit dem Stuhl vom Tisch zurück und stand auf. »Beehren Sie uns wieder einmal.«

»Ich hätte ja angerufen, wenn das möglich gewesen wäre.«

»Tja. Jetzt haben Sie mich erwischt. Was kann ich für Sie tun?«

»Ich habe noch ein paar Fragen, wenn es Ihnen nichts ausmacht.«

Trish setzte sich wieder und forderte ihn mit einer Geste auf, dasselbe zu tun. Lockyer zwängte sich auf die Bank ihr gegenüber und stieß dabei mit den Knien gegen den Tisch.

»Heute scheint hier nicht viel los zu sein«, sagte er.

Trish schob die Unterlagen zu einem ordentlichen Stapel zusammen. »Sie sind alle unterwegs, um Erdbeeren zu pflücken. Mein Rücken macht das inzwischen nicht mehr mit. Aber das gibt mir Gelegenheit, die Buchhaltung zu machen.«

»Als wir uns das erste Mal gesehen haben, hatte ich nicht den Eindruck, dass Sie sich hier mit so etwas Banalem wie Buchführung abgeben.«

»Es ist alles andere als banal, wenn wir wissen, ob wir hier im Winter heizen können.«

»Das werden Sie, da bin ich mir sicher. Sie haben bestimmt noch etwas von Imogens Geld übrig.«

Trish blinzelte kurz und senkte dann den Blick, als hätte sie vergessen, dass Lockyer davon wusste.

»Ja. Ein wenig«, murmelte sie.

»Dieses Geld bereitet Ihnen Unbehagen, oder, Trish?«

»Dass ich Geheimnisse vor meiner Familie habe, bereitet mir Unbehagen.«

»Dann erzählen Sie ihnen davon.«

»So einfach ist das nicht, Inspector. Vince *wollte* nicht, dass ich Bescheid weiß, und das respektiere ich. Was möchten Sie mich fragen?«

»Besitzen Sie irgendwelche Autos? Irgendjemand hier auf der Farm?«

»Nein. Wussten Sie, dass der Straßenverkehr in Wiltshire jährlich für den Ausstoß von etwa fünfzehnhundert Kilotonnen Kohlendioxid in die Atmosphäre verantwortlich ist?«

»Dieses Jahr ganz bestimmt nicht.«

»Tja, selbst eine Pandemie hat ihre guten Seiten«, sagte sie.

»Wie sind die anderen denn zum Erdbeerenpflücken gekommen?«, fragte Lockyer.

»Sie sind nach Everleigh gelaufen, der Bauer holt sie dort mit seinem Anhänger ab.«

»Besitzen Sie einen Traktor? Irgendwelche landwirtschaftlichen Fahrzeuge?«

»Nein. Wir machen alles mit der Hand – oder wir holen uns Hilfe. Warum fragen Sie?«

»Als ich zum ersten Mal hier war, haben Sie mir erzählt, dass Jason mit Melody und Pascal in Devizes war, bei der Bank. Wie genau ist er mit ihnen dorthin gekommen?«

»Er hat sie begleitet, um ihnen den Weg zu zeigen. Er ist zur Hauptstraße gelaufen und hat dort den Bus in die Stadt genommen.«

»Und wie war das 2011?« Im selben Moment fiel ihm noch etwas anderes ein. »Wie ist Holly eigentlich hierhergekommen?«

»Sie hatte einen kleinen roten Wagen. Einen Vauxhall Nova, glaube ich.«

»Was ist damit passiert?«

»Sie hat ihn weggegeben.« Ein anerkennendes Lächeln.

»Sie hat ihn *weggegeben*? Wem hat sie ihn denn gegeben?«

»Ein paar Gästen. Sie hatten erfahren, dass jemand krank geworden war, und hatten keine Möglichkeit, schnell in den Norden zu kommen. Also hat Holly ihnen einfach die Schlüssel gegeben und gesagt, dass sie den Wagen nicht zurückgeben müssen.«

»Wie großzügig von ihr.«

»Es ist ein *wunderbares* Gefühl, so etwas für Menschen in einer Notlage zu tun, Inspector – das war ihr klar geworden. In dem Moment wussten wir, dass sie wirklich eine von uns war. Dass sie hierbleiben würde.«

»Was ist mit dem Motorrad?«

»Sie meinen Vince' Harley? Was soll damit sein?«

»Besitzt er sie immer noch?«

»Natürlich. Er liebt sie über alles. Aber er fährt nicht mehr damit – er wäre draußen auf der Straße beinahe mit einem Idioten in einem Range Rover frontal zusammengestoßen. Das hat mir wirklich Angst gemacht. Aber das Motorrad steht immer noch in einem der Schuppen.«

»Kann Jason damit fahren?«

»Er hat keinen Führerschein. Außerdem wurde die Maschine schon vor einer Ewigkeit abgemeldet. Sie hat so viel Öl verbrannt, der Motor war immer kurz davor zu blockieren. Ich bezweifle, dass sie jetzt noch anspringt.«

»Aber 2011 wurde das Motorrad noch gefahren?«

»Ich glaube schon. Ich kann mich nicht erinnern. Warum wollen Sie das wissen?«

»Trish, können Sie mir sagen, wo Jason gelebt hat, bevor er hierhergekommen ist? Oder wie sein richtiger Vorname lautet?«

»Nein.«

»Ich weiß, die Menschen sollen hier ihre Vergangenheit hinter sich lassen, aber man wird etwas nicht los, indem man es verheimlicht.«

»Falls er einen anderen Namen hatte, dann kenne ich ihn nicht. Ich habe nie danach gefragt.«

»Und er hat mit Ihnen nie darüber gesprochen? Wovor er weggerannt ist?«

Sie machte ein gequältes Gesicht.

»Ein paar Einzelheiten. Nichts, was Sie wissen müssen. Nichts, was Lee Geary betrifft, oder Holly.«

»Trish …«

»Wussten Sie, dass junge schwarze Männer *zehnmal* häufiger eine psychotische Episode erleiden als junge weiße Männer?«, unterbrach sie ihn. »Und viermal häufiger in der Psychiatrie landen? Das ist wahr. Und wissen Sie, *warum*? Weil sie ihr Leben lang immer wieder Diskriminierung und Entbehrungen ausgesetzt sind. All den Aggressionen, von ganz subtilen bis hin zu lebensbedrohlichen. Tagtäglich. Denken Sie mal einen Moment darüber nach, Inspector. Darüber, was das *bedeutet.* Jedes Mal, wenn sie in der Schule gehänselt wurden, jedes Mal, wenn sie einen Job nicht bekommen haben, jedes Mal, wenn die Polizei sie zu Unrecht beschuldigt hat … Das verursacht ein Trauma, das so tiefgreifend ist, dass wir es kaum verstehen können.«

»Ich glaube nicht –«

»Hinzu kommt, dass die meisten Farbigen wie Jase in der Stadt aufwachsen, was Auswirkungen auf die psychische Gesundheit hat, weil sie keinerlei Verbindung zur Natur haben. Und dann ist da noch seine Reizüberflutung durch die Synästhesie …«

»Wollen Sie damit sagen, dass Jason einen Zusammenbruch erlitten hat, als er hierherkam?«

Trish dachte einen Moment nach, ehe sie antwortete.

»Er war kurz davor. Aber Jason ist wie ein Phönix, Inspector. Das Leben hat ihn zu Asche verbrannt, und er ist aus dieser Erfahrung gestärkt wieder hervorgegangen. Er ist trotz all seiner Erfahrungen ein *guter* Mensch. Großzügig, ehrlich und liebevoll. Wenn er einem anderen Menschen begegnet, verändert sich dessen Leben zum Besseren. Was auch immer er früher getan hat … Was auch immer er Ihrer Meinung nach angestellt hat, es spielt keine Rolle.«

»Aber ich muss wissen, was für ein Mensch er war und wovor er geflohen ist.«

»Er ist vor dem Chaos in seinem Leben geflohen«, sagte sie knapp.

»Sie lieben ihn sehr.«

»Wie jeder, der ihn wirklich kennt.«

»Auch Holly.«

»Ja, auch Holly.«

»Aber vielleicht hat sie ihn auf eine andere Weise geliebt, als er sie geliebt hat. Das kann sehr schmerzhaft sein.«

Für einen Moment herrschte Stille, es war nur noch das Tropfen des Wasserhahns in der Spüle zu hören und das Seufzen des alten Windhunds im Schlaf. Lockyer bemerkte in Trishs Augen einen früheren, unauslöschlichen Schmerz – er kannte diesen Schmerz. Sie nickte ihm zu, nur ein einziges Mal.

Lockyer stand auf. »Mein Interesse an Jasons Verwicklung in den Fall hat nichts damit zu tun, dass er schwarz ist.«

»Ach nein?«, erwiderte Trish scharf. »Sind Sie sicher?«

»Dürfte ich mich in den anderen Scheunen mal umschauen, bevor ich fahre?«

»Warum?«

»Aus Neugier. Ich würde mir gerne die Harley ansehen.«

»Nur zu, Inspector. Wie haben nichts zu verbergen.«

Als Lockyer sich zum Gehen wandte, fiel sein Blick auf ein Foto, das an einer überladenen Pinnwand hing. Es zeigte Vince und Trish und war offensichtlich ohne ihr Wissen aufgenommen worden. Sie liefen durch ein Meer aus blau leuchtenden *Salvia*-Blüten. Vince blickte zur Seite, und Trish schaute lächelnd zu ihm empor, während sie seine Hand hielt.

»Haben Sie ein Bild von Jason, das ich abfotografieren könnte?«, fragte er, obwohl er wusste, dass ihm das nicht weiterhelfen würde.

Trishs Miene versteinerte. »Nein. Wir machen hier draußen kaum Fotos.«

»Und was ist mit dem da?« Er deutete auf die Pinnwand.

Sie zögerte. »Das hat Holly gemacht.«

Lockyer fand die Harley in einer klapprigen Heuscheune unter einer Plane. Sie war mit einer dicken Schicht Spreu und Vogeldreck überzogen, aber das Motorrad darunter glänzte immer noch. Es war keineswegs das Ungetüm, das Lockyer erwartet hatte, kein Chopper mit hohem Lenker oder einem Sattel von den Ausmaßen eines Sessels, nur eine ganz normale, schlichte

Maschine. An einer der Lenkstangen hing ein offener Helm, schwarz mit roten Blitzen auf den Seiten. Für Lockyers ungeschultes Auge wirkte das Motorrad verkehrstauglich, obwohl es von staubigem Gerümpel umgeben war, das man seit einer Ewigkeit nicht mehr bewegt hatte. Die einzigen Fußabdrücke in der Scheune waren die von Lockyer, die er beim Herumklettern hinterlassen hatte.

Die Harley war zwar vielleicht schon lange nicht mehr gefahren worden, aber 2011 hätte Jason Zugang dazu gehabt. Es war nicht schwer, Motorradfahren zu lernen, und viele junge Männer fuhren ohne Führerschein durch die Gegend.

Lockyer lief zur Werkstatt hinüber, ging hinein und sah sich dort genauer um. Es gab hier zwei frei stehende Werkbänke, an denen Vince und Jason nebeneinander arbeiten konnten. Außerdem zwei Heißklebepistolen, beide ausgestöpselt und kalt, ihre Klebestifte fest und wächsern. Lockyer nahm den Knüpfel, den Jason benutzt hatte und der von Vince im Gefängnis angefertigt worden war. Er schlug damit in seine Handfläche, und sein rechter Arm erzitterte. *Ein großer, runder Gegenstand*, hatte die Gerichtsmedizinerin gesagt, habe Lee Gearys tödliche Schädelverletzung verursacht.

Der Backsteinboden war im Laufe mehrerer Generationen abgewetzt worden. In den Fugen steckten die zerbröselten Reste alten Mörtels sowie Dreck und Sägemehl, die sich im Laufe der Jahre dort festgetreten hatten. Lockyer nahm einen Schraubenzieher, ging in die Hocke und kratzte zwischen zwei Backsteinen den Schmutz fort. Direkt unter der Fuge befand sich das Erdreich. Ein von Natur aus saugfähiger Untergrund, der sich nur sehr schwer vollständig säubern ließ. Jason hielt sich gewöhnlich auf der Farm auf, die meiste Zeit in der Werkstatt. Lockyer fragte sich, ob er auch am achtzehnten November 2011 hier gewesen war. An dem Tag, an dem Lee Geary die Farm aufgesucht hatte.

In diesem Moment ging auf seinem Handy eine Nachricht von Broad ein.

Bingo, Chef.

In der muffigen Dunkelheit des Medienraums spulte Broad das Video zurück und spielte es dann erneut ab. Ein sonniger Nachmittag auf dem Soul Tree Festival, eine Wiese voller Menschen, Zelte und Fahnen. Das matschige Gras war mit Gegenständen übersät: Pappbecher, Kostümfetzen, hier und da ein herrenloser Gummistiefel. Von Essensständen waberte Dampf empor, und in der Ferne jonglierten Akrobaten auf Stelzen mit Ringen. Jodys Kamera schwenkte langsam über das Geschehen und hatte aufgehört, an die Leute heranzuzoomen, die besonders farbenfroh oder ausgefallen waren. Wie ein Mädchen, das als *Hello Kitty* verkleidet war, rosa Motorradstiefel mit fünfzehn Zentimeter hohen Plateausohlen trug und, in die Kamera winkend, Zuckerwatte aß.

»Da.« Broad hielt das Video an. »Sehen Sie?«

Lockyer schaute genau hin. Hinter dem Mädchen im *Hello-Kitty*-Kostüm kauerte neben einem Imbisswagen ein schlanker junger Schwarzer mit ebenmäßigen Gesichtszügen und Cornrows. Auf seinen Füßen lag ein Motorradhelm. Schwarz, mit roten Blitzen auf den Seiten.

»Ja. Das ist Jason«, sagte Lockyer. »Karen hat mir erzählt, dass der Bursche, der nach Lee gesucht hat, Cornrows hatte, und ich habe diesen Helm eben auf der Farm gesehen. Er hat sich Vince' Motorrad geliehen.«

»Aber … er hasst Menschenmengen.«

Broad klang enttäuscht, und Lockyer begriff, dass sie gehofft hatte, Jason McNeil habe nichts mit der ganzen Sache zu tun. Er hatte das auch gehofft. Er mochte Jason, der rücksichtsvoll und aufrichtig wirkte. Lockyer musste daran denken, wie er Trish gegenüber beteuert hatte, dass seine Verdächtigungen nichts mit Jasons Hautfarbe zu tun hätten. Und wie sie entgegnet hatte: *Sind Sie sicher?* Doch wenn die Hautfarbe überhaupt eine Rolle spielte, dann die, dass er gehofft hatte, Jason zu *entlasten*. Er wollte sich unter keinen Umständen dem Vorwurf rassistischer Vorurteile aussetzen. Er verabscheute diese Art von Voreingenommenheit, erst recht bei der Polizei.

»Ich schätze, er hatte einen guten Grund, zum Festival zu fahren«, sagte er.

Broad spielte das Video erneut ab, und während das Mädchen im *Hello-Kitty*-Kostüm unentwegt winkte und seine Zuckerwatte aß, blickte der zusammengekauerte Jason erst in die eine, dann in die andere Richtung.

»Er hält nach jemandem Ausschau«, sagte Lockyer.

»Nach Stef Gould«, murmelte Broad. »Aber … glauben wir tatsächlich, dass er sie absichtlich *ertränkt* hat?«

»Nun, so was kann leicht aus Versehen passieren. Aber ich denke, wir sollten ihn dazu befragen – diesmal ganz offiziell. Werfen Sie einen Blick aufs Datum. Diese Aufnahme beweist, dass er am Ort des Geschehens war, nur wenige Stunden, bevor Stef gestorben ist. Es wäre schon ein verdammter Zufall, wenn er nur dort gewesen wäre, um zu feiern, oder?«

»Er … machte nicht diesen Eindruck«, sagte Broad betrübt. »Das spricht nicht gerade für meine Menschenkenntnis.«

»Man kann sich von allen möglichen Dingen in die Irre führen lassen, Gem. Nicht zuletzt von Leuten, die wissen, wie man einen guten Eindruck macht.«

Während er das sagte, musste Lockyer mit leichtem Entsetzen an Chris denken.

»Wir bringen ihn also aufs Revier?«, sagte Broad.

»In Kürze. Aber erst möchte ich, dass die Kriminaltechniker die Werkstatt unter die Lupe nehmen.«

»Wird Considine das absegnen?«

»Ich werde sie davon überzeugen. Gibt es noch sehr viel mehr Videos, die wir uns vornehmen müssen?«

»Ich habe mir alle Videos von Jody angeschaut, aber es gibt noch Hunderte Fotos von ihr, die wir uns ansehen müssen. Und die Clips auf YouTube – insgesamt haben vierunddreißig Personen Videos von dem Festival aus dem Jahr hochgeladen.«

»Machen Sie damit weiter. Ich unterstütze Sie, sobald ich mit der Chefin gesprochen habe.«

Lockyer berichtete Detective Superintendent Considine in einem Videoanruf von den Ermittlungsergebnissen. Von dem Knüpfel. Dass Lee Geary Jason möglicherweise in dem Parkhaus gesehen hatte, in dem Ridgeway gestorben war. Dass Jason am Tag von Stef Goulds Tod auf dem Soul Tree Festival gewesen war. Und von Jasons Geständnis, dass er in Holly verliebt gewesen sei.

»Wenn wir Jasons Fingerabdrücke nehmen können, ergibt sich vielleicht eine Übereinstimmung mit dem Teilabdruck der Handfläche, den wir im Parkhaus gefunden haben«, sagte er. »Das würde bestätigen, was ich auf dem Überwachungsvideo gesehen habe.«

»Wird er uns freiwillig seine biometrischen Daten geben?«, fragte Considine. »Denn Sie haben noch nicht genug in der Hand, um ihn zu verhaften oder eine Anordnung für eine Haar- und Speichelprobe zu bekommen.«

»Nein. Jason McNeil will *nicht*, dass jemand die Wahrheit über seine frühere Identität erfährt.«

»Und dass Geary kurz vor seinem Tod auf der Farm gewesen ist, beweist nicht, dass er dort auch getötet wurde.«

»Aber der Kleber an seiner Kleidung deutet darauf hin, dass

er in der Werkstatt war, und die Heißklebepistolen müssen im Einsatz gewesen sein, damit der Kleber auf seinen Körper gelangen konnte. Er hat an diesem Tag also mindestens *einen* der McNeils getroffen. Wenn die Forensiker die Werkstatt als Tatort bestätigen können, reicht das, um Jason zu verhaften. Man hat Lee dort getötet und dann zum Ablageort gebracht«, sagte Lockyer mit leichten Bedenken.

Im Spätherbst wäre ein Motorrad auf diesem Gelände nicht zu gebrauchen gewesen. Und den Radspuren am Fundort nach zu urteilen, wäre selbst ein Geländewagen dort kaum vorangekommen. Trish hatte zwar von dem Geld, das sie nach Hollys Tod geerbt hatte, ein Quad und einen Anhänger gekauft, aber da die Stadtverwaltung von Surrey einen Erbenermittler beauftragen musste, um sie ausfindig zu machen, war es unwahrscheinlich, dass man Mitte November bereits den Erbschein ausgestellt oder dass Trish das Haus verkauft und man das Geld überwiesen hatte.

»Und … was ist mit einer forensischen Untersuchung der Werkstatt?«, hakte er nach. »Ich wette, dass wir dort fündig werden.«

Considine zögerte einen Moment. »In Ordnung. Durchsuchen Sie die Werkstatt.«

13

TAG ZWÖLF, FREITAG

Am Morgen beobachtete Lockyer von seinem Wagen aus, wie zwei Kriminaltechniker der Wiltshire Police in Schutzanzügen, die zur Einsatzgruppe South West Forensics gehörten, die Werkstatt auf der Old Hat Farm absperrten und ihre Ausrüstung hineintrugen. Jason, der dort gearbeitet hatte, kauerte jetzt draußen an einer Seitenwand, die Arme wie ein kleines Kind um die Knie geschlungen. Trish kam mit flatterndem Kleid aus dem Wohnhaus marschiert.

»Hey! Sie können nicht einfach …«, sagte sie, dann schien ihr die Luft auszugehen.

Von Vince war nichts zu sehen.

Lockyer stieg aus dem Wagen, und Trish eilte schnurstracks auf ihn zu. Er versuchte, aus ihrem Gesichtsausdruck schlau zu werden, als er ihr den Durchsuchungsbeschluss zeigte. Sie war zweifellos empört, aber dahinter verbarg sich vielleicht noch etwas anderes.

»Warum machen Sie das?« Sie zerknüllte das Dokument in ihrer Hand. »Warum können Sie uns nicht einfach in Ruhe lassen? Wir waren sehr hilfsbereit. Wir haben *kooperiert!*«

Lockyer nahm ihr den Durchsuchungsbeschluss aus der Hand. »Und dafür bin ich Ihnen dankbar.«

»Was genau hoffen Sie, da drin zu finden? Eine vergrabene Leiche?«

Lockyer blickte zu Jason, der in Hörweite war.

»Ich hoffe, dass wir dort Blut finden, Mrs. McNeil. Lee Gearys Blut.«

Trish wich zurück, sprachlos über seine Offenheit. Sie schaute mit weit aufgerissenen Augen zu Jason, der gedankenverloren auf den Beton starrte, als versuchte er, in den Rissen und den umherwuselnden Ameisen irgendetwas zu entziffern.

»Tja, das werden Sie nicht finden.« Ihr versagte die Stimme. »Bitte …«, flüsterte sie. »Bitte. Nehmen Sie meinen Jungen nicht mit. Er ist ein guter Mensch.«

Sie zitterte, und sie tat Lockyer leid.

»Sie wissen, was hier passiert ist, oder?«, fragte er leise.

Sie schüttelte wortlos den Kopf.

»Wir werden es herausfinden. Und wenn Jason getan hat, was ich glaube, dann tut es mir sehr leid.«

Lockyer trat dichter an die Absperrung, um zu warten. Zwanzig Minuten später streckte einer der Kriminaltechniker seinen Kopf zur Tür heraus.

»DI Lockyer? Das sollten Sie sich vielleicht mal ansehen.«

»Soll ich einen Anzug anziehen?«

»Nicht nötig. Ihre DNA ist sowieso schon überall in der Scheune.«

Im Innern konnte Lockyer für einen Moment nichts sehen. Man hatte die Fenster verdunkelt, und der Kriminaltechniker hielt eine UV-Lampe in der Hand.

»Da«, sagte er.

Auf dem Boden vor der Werkbank leuchtete ein unregelmäßiger spektralblauer Fleck. Und das Holzbein der Werkbank daneben war voller Tropfen und Spritzer.

»Ist es das, was ich denke?«, fragte Lockyer.

»Es ist ein erster Hinweis. Dem Muster nach zu urteilen, würde ich sagen, dass es sich um Blut handelt und nicht um ein Putzmittel wie Bleiche oder eine andere Substanz, die mit Luminol reagiert.«

»Das ist ziemlich viel.«

»Eine beträchtliche Menge.«

»Lässt sich daraus nach so langer Zeit DNA gewinnen?«

»Nach neun Jahren?« Der Kriminaltechniker dachte nach. »Schon möglich. Das wird sich im Labor zeigen.«

»Sie haben den großen Hammer eingetütet? Gut.«

Lockyer ging neben dem Fleck in die Hocke und versuchte, sich Lee Gearys letzte Momente vorzustellen. Nur ein sehr starker, sehr entschlossener Mann hätte eine Person von Lees Größe von vorne angegriffen, weshalb man ihm wahrscheinlich einen Schlag auf den Hinterkopf verpasst hatte. Und nur jemand mit einer Beeinträchtigung wie Lee hätte einer Person den Rücken zugewandt, von der er annahm, dass sie bereits zweimal getötet hatte, und dabei geglaubt, er könne einfach wieder gehen. Oder hatte er versucht zu entkommen? Mit finsterer Miene fragte sich Lockyer, ob Lee begriffen hatte, dass es ein Fehler gewesen war, die Scheune zu betreten. Ob er in Panik geraten war.

Er ging wieder hinaus auf den Hof, blinzelte und lief zu Jason hinüber.

»Ich möchte, dass Sie mit aufs Revier kommen und ein paar Fragen beantworten, Jason«, sagte er.

»Und wenn ich das nicht tue?«, fragte er leise.

»Dann bin ich gezwungen, Sie zu verhaften. Was mir das Recht gibt, Ihre Fingerabdrücke und eine DNA-Probe zu nehmen und Sie zu fotografieren.«

Jason erschauerte, und seine Augen funkelten bedrohlich wie die eines in die Ecke getriebenen Tiers.

»Also gut«, sagte er.

»Danke.«

Lockyer drehte sich um und sah, dass Vince das Geschehen vom Fenster in Hollys Schlafzimmer aus beobachtete.

Lockyer konnte Broads Unbehagen spüren, als sie in einem ihrer schmuddeligen Verhörzimmer Jason gegenüber Platz nahmen. Sie wirkte fast verlegen. Diesmal erwiderte Jason Broads Worte nicht mit einem gefälligen Lächeln, und sie ihrerseits sah ihn kaum an. Jason, der eine kurze Hose und ein ärmelloses Shirt trug, saß mit verschränkten Armen ruhig, aber keineswegs entspannt da. Er zappelte nicht und schaute sich auch nicht um. Broad startete die Aufnahme, und alle stellten sich vor.

»Mr. McNeil, Sie wurden über Ihre Rechte aufgeklärt und werden im Zusammenhang mit Lee Gearys Tod am oder um den achtzehnten November 2011 befragt. Ihnen wurde ein Rechtsbeistand angeboten, was Sie jedoch abgelehnt haben.«

»Je weniger Leute hier sind, umso besser«, sagte Jason.

»Dürfen wir Sie mit Jason ansprechen?«

»Ja.«

»Wir wissen, dass Sie unter Synästhesie leiden. Brauchen Sie aufgrund Ihres Zustands für die Befragung Hilfe oder Unterstützung?«

»Ich *leide* nicht darunter. Und nein, ich brauche keine Hilfe. Danke.«

Broad legte drei Fotos vor ihn hin.

»Für die Aufnahme: Ich zeige Mr. McNeil die Gegenstände zehn bis zwölf, Fotos von Ridgeway Kingsley-Jones, Stefanie Gould und Lee Geary. Können Sie uns sagen, wann Sie diese drei Personen zuletzt gesehen haben?«

Jason betrachtete sehr lange die Fotos, und Lockyer fragte sich, ob Bilder bei ihm dieselben Sinneseindrücke wie ein Mensch aus

Fleisch und Blut auslösten. Was er roch – oder schmeckte –, wenn er ihre Gesichter sah.

»Jason?«, forderte Broad ihn auf.

»Soweit ich mich erinnern kann, war das irgendwann im Frühjahr 2011«, sagte er. »Im April oder Mai.«

»Und wo war das?«

»Zu Hause. Auf der Old Hat Farm.«

»Unter welchen Umständen haben Sie die drei gesehen?«

»Ridgeway ist einfach … vorbeigekommen, um Trish und Vince zu besuchen. Er war oft bei ihnen, als er noch jünger war.«

»Und die beiden anderen?«

»Sie haben Ridgeway überallhin begleitet.«

»Es war also nur ein Freundschaftsbesuch?«

»Ja.«

»Sie haben also keine Drogen abgeholt, die sie verkaufen wollten?«

»Nein.«

»Wo waren Sie am achtzehnten November 2011?«

»Ich war weg.«

»Wo genau?«

»Ich habe ein paar Freunde besucht. In Swindon.«

»Verstehe«, sagte Lockyer. »Waren das Freunde von früher, Jason? Aus der Zeit, bevor Sie auf die Old Hat Farm gezogen sind?«

»Ja.«

»Ist das der Grund, warum Sie uns ihre Namen nicht sagen wollen?«

Jason antwortete nicht.

»Sind das die Freunde, die Sie auch am zwanzigsten Juni desselben Jahres besucht haben, als auf der Old Hat Farm eine Sonnwendfeier stattfand?«

Nach einer langen Pause sagte Jason: »Nein. Das waren andere Leute.«

»Wie sind Sie nach Swindon gekommen?«

»Ich bin nach Everleigh gelaufen und habe den Bus genommen.«

»Warum sind Sie nicht mit dem Motorrad gefahren?«

»Was?«

»Vince McNeils Harley-Davidson. Sie hatten sie sich früher schon mal ausgeliehen.«

»Nein, ich … ich habe den Bus genommen. Ich habe keinen Führerschein.«

»Das wissen wir, Jason«, sagte Lockyer. »Aber wir wissen auch, dass Sie das nicht davon abhält, das Motorrad zu benutzen, wenn Sie es brauchen.«

»Nein, das tue ich nicht.« Er wirkte noch immer äußerst beherrscht, aber seine Augen starrten angsterfüllt ins Leere.

»Sie müssen uns sagen, mit wem Sie am Achtzehnten zusammen waren, Jason. Denn ohne Alibi wiegt es umso schwerer, dass Sie uns anlügen.«

»Was? Ich lüge Sie nicht –«

Broad unterbrach ihn: »Waren Sie am achtundzwanzigsten August 2011 auf dem Soul Tree Festival in Dorset?«

Jason schnappte nach Luft. »Nein.«

»Wegen Ihrer Synästhesie? Sie haben erwähnt, dass Sie Probleme mit großen Menschenmengen haben. Dass sie Ihnen schwer zu schaffen machen.«

»Das stimmt.«

»Aus diesem Grund haben Sie auch früher im selben Jahr während der Sonnwendfeier die Old Hat Farm verlassen.«

»Ja.«

Broad warf Lockyer einen kurzen Blick zu, dann holte sie drei

Standfotos von Jodys Videoaufnahmen hervor, drei Vergrößerungen, die alle Jason zeigten.

»Ich lege Mr. McNeil die Gegenstände siebzehn bis neunzehn vor. Die Bilder stammen aus einem Video, aufgenommen am achtundzwanzigsten August 2011 auf dem Soul Tree Festival. Können Sie bestätigen, dass Sie der Mann auf den Fotos sind?«

Jason zitterte am ganzen Körper, während er auf die glänzenden Ausdrucke starrte.

»Für die Aufnahme: Mr. McNeil hat auf die Frage nicht geantwortet, weder verbal noch sonst irgendwie«, sagte sie in einem knappen, dienstbeflissenen Tonfall.

»Wir sind überzeugt, dass *Sie* diese Person sind, Jason.« Lockyer tippte auf die Fotos. »Sie sieht jedenfalls aus wie Sie. Und ich habe diesen Motorradhelm in der Scheune der Old Hat Farm gesehen, zusammen mit Vince' Harley-Davidson. Stef Gould ist an demselben Tag auf dem Soul Tree Festival gestorben. Sie ist in dem See ertrunken. Haben Sie sie dort gesehen?«

»Nein.«

»Auf den Videoaufnahmen sieht es so aus, als würden Sie nach jemandem suchen. Haben Sie nach Stef gesucht?«

»Nein. Ich … ich war nicht dort.«

»Sie *waren* dort, Jason. Haben Sie Stef Gould gesehen?«

Schweigen.

»Sind Sie ihr zum See gefolgt? Haben Sie sie getötet, Jason?«

»Nein.«

Lockyer gab Broad ein Zeichen, worauf sie ein weiteres Standfoto hervorholte, eine Schwarz-Weiß-Aufnahme in schlechterer Qualität. Einen besseren Blickwinkel gab es nicht. Das Foto zeigte kein Gesicht, nur eine Person von Jasons Größe und Statur und eine Hand mit dunkler Hautfarbe.

»Ich zeige Mr. McNeil Gegenstand sechzehn. Das Bild stammt

von einer Überwachungskamera, aufgenommen in den frühen Morgenstunden des dreißigsten Oktober 2011 im Parkhaus an der Culver Street in Salisbury. Sind Sie das, Jason?«

Er schüttelte den Kopf. »Nein.«

»Sie waren zu dieser Zeit nicht dort?«

»Nein.«

»Diese Person wird verdächtigt, am Tod von Ridgeway Kinsley-Jones beteiligt gewesen zu sein, der, kurz nachdem dieses Bild aufgenommen wurde, von der obersten Ebene des Parkhauses in die Tiefe gestürzt ist.«

»Das bin ich nicht.«

»Die Kriminaltechniker konnten einen Handabdruck nehmen, den diese Person auf dem Geländer hinterlassen hat, als sie die Treppe hochgelaufen ist. Dürften wir Ihren Handabdruck nehmen, um Sie als Verdächtigen auszuschließen, Jason?«

»Nein.«

»Warum nicht, wenn Sie nicht die Person auf dem Bild sind?«

»Ich … ich habe das Recht, das abzulehnen«, sagte er mit zitternder Stimme.

»Das haben Sie«, sagte Lockyer. »Momentan jedenfalls. Haben Sie in jener Nacht in dem Parkhaus Lee Geary gesehen, Jason?«

Ein Ausdruck der Verwunderung huschte über sein Gesicht. »Nein.«

»Es war dunkel, nehme ich an. Aber Lee *war* dort, und wir glauben, dass er Sie gesehen hat. Wir glauben, dass er Ridgeways tödlichen Sturz beobachtet hat. Wir glauben, dass er *Sie* dafür verantwortlich gemacht hat, Jason.«

Schweigen.

»Für die Aufnahme«, sagte Broad. »Mr. McNeil schüttelt den Kopf.«

»Wo waren Sie in jener Nacht, wenn Sie nicht im Parkhaus waren?«

»Ich war zu Hause. Vince und Trish können das bestätigen.«

»Ja, da bin ich mir sicher.«

Lockyer beschloss, einen anderen Kurs einzuschlagen.

»Jason, was glauben Sie ist mit Holly Gilbert passiert in der Nacht, in der sie gestorben ist?«

Jason verzog gequält das Gesicht.

»Ich weiß es nicht.«

»Aber Sie haben eine Theorie. Geben Sie Ridgeway, Stef und Lee die Schuld an ihrem Tod? Das haben Sie bei einem früheren Gespräch auf der Old Hat Farm gesagt.«

»Ich gebe *ihm* die Schuld. Ridgeway. Er hat Holly an diesem Abend mitgenommen … Sie ist mit den anderen nach Amesbury gefahren, und dann … was? Liegt sie zerschmettert auf der Schnellstraße? Und wir sollen glauben, dass sie *gesprungen* ist?« Er schüttelte den Kopf. »Auf keinen Fall. Sie ist auf *keinen Fall* gesprungen.«

»Sie hatte getrunken und Drogen genommen. Sie haben uns selbst erzählt, dass *Salvia divinorum* ein starkes Gefühl der … Entrückung hervorrufen kann. Sie haben uns erzählt, dass es ihr nach einem Trip immer sehr schlecht ging. Sie trauerte um ihre Mutter, und sie hatte eine Kopfverletzung erlitten …«

»Und was meinen Sie wohl, woher sie die hatte?«, platzte Jason heraus. »Wer hat ihr diese Verletzung zugefügt?«

»Wollen Sie damit andeuten, dass Ridgeway Kingsley-Jones das war?«

»*Natürlich* war er das.«

»Haben Sie gesehen, wie Ridgeway gegenüber Holly auch schon früher gewalttätig war? Oder gegenüber anderen Personen?«

Eine Pause. »Nein.«

»Warum sind Sie dann so sicher?«

»Weil ich ihn *kannte*. Ich habe gesehen, wie sich die Leute ihm gegenüber verhielten. Vince und Trish haben das auch bemerkt. Er durfte nur deshalb noch weiter auf die Farm kommen, weil Vince es für besser hielt, wenn er sich auf der Farm abreagierte. Selbst Trish hielt Abstand zu ihm, und sie ist der nachsichtigste Mensch, den ich kenne.«

»Lee und Stef schienen ihm gegenüber sehr loyal gewesen zu sein.«

»Ja, weil sie *Angst* vor ihm hatten, nicht weil sie ihn mochten. Er hat sie manipuliert.«

»Sie glauben also, dass es einen Unfall gab? Dass sich Holly dort, wo sie von der Farm aus hingefahren waren, den Kopf anschlug, und die anderen sie, statt sie ins Krankenhaus zu bringen, von der Brücke auf die Straße geworfen haben?«

Jason schloss die Augen, als wollte er die Vorstellung daran verdrängen.

»Ein *Unfall*«, murmelte er. »Nein. Er hat sie verprügelt. Oder … niedergeschlagen. Wahrscheinlich hat er sie bedrängt und sich nicht abweisen lassen.«

»Sie reden von sexueller Nötigung?«, sagte Broad. »Haben Sie Beweise, die diese Anschuldigung bestätigen?«

»Nein. Habe ich nicht, außer das, was mein Bauchgefühl mir sagt. Außer das, was ich über Holly weiß, und über *ihn*.«

»Haben Sie mit Holly geschlafen? Entweder zum Zeitpunkt ihres Todes oder davor?«

Jason schaute auf und verdrehte langsam die Augen, woraus Lockyer nicht ganz schlau wurde. Das war keine Angst.

»Nur einmal«, sagte er. »Sie war nicht meine Freundin.«

»Aber Sie wollten mit ihr zusammen sein? Sie waren in sie verliebt?«

»Ja.«

In diesem Moment klingelte Lockyers Telefon, und er blickte nach unten – er wartete auf die vorläufigen Ergebnisse zu den Proben aus der Werkstatt. Tatsächlich war die E-Mail von Cellmark. Er überflog sie kurz.

»Okay, Jason«, sagte er. »Die Sache ist die. Wir wissen, dass Holly Ihnen sehr viel bedeutet hat. Sie hatten sie sehr gern, und ihr Tod muss Sie schwer getroffen haben. Genauso wie der Umstand, dass die Leute, denen Sie die Schuld daran gegeben haben, ihrer gerechten Strafe entgangen sind. Wir wissen, dass Sie an dem Tag, als Stef gestorben ist, vor Ort waren. Wir vermuten – und ein übereinstimmender Handabdruck wird das beweisen –, dass Sie ebenfalls vor Ort waren, als Ridgeway gestorben ist. Sie hatten also in *beiden* Todesfällen Mittel, Motiv und Gelegenheit. Ich glaube außerdem, dass Sie sich in der Wohnung von Lee Gearys Schwester in Salisbury nach seinem Verbleib erkundigt haben. Wir haben eine Zeugin, die Sie dort gesehen hat und Sie wahrscheinlich identifizieren kann. Die forensischen Spuren von Lee Gearys Kleidung deuten darauf hin, dass er kurz vor seinem Tod in Ihrer Werkstatt auf der Old Hat Farm war. Und wir haben auf dem Boden der Werkstatt eine Menge Blut gefunden.«

»Blut? Was? Ich … davon weiß ich nichts!«

»Stimmt. Sie waren ja unterwegs und haben Freunde besucht. In Swindon.«

»Genau.«

»Kommen Sie, Jason. Nennen Sie mir einen einzigen Namen. Eine einzige Person, die Sie an diesem Tag in Swindon gesehen hat und Ihre Geschichte bestätigen kann.«

Jason antwortete nicht, sein Atem ging schwer.

»Wie haben Sie Lee von der Farm auf die Ebene gebracht?

Er muss hundertvierzig, hundertfünfzig Kilo gewogen haben. Vielleicht auch mehr.«

Schweigen. Jason hatte die Augenbrauen zusammengezogen.

»Es war ziemlich grausam, Stef zu ertränken, wenn sie nur eine Mitläuferin war, wie Sie gesagt haben. Oder war das ein Unfall? Wollten Sie Informationen von ihr bekommen, Jason? Darüber, was mit Holly tatsächlich passiert war oder wo Sie Ridgeway finden konnten?«

»Ich habe sie nie mehr gesehen! Nicht nach dem Frühjahr – lange bevor das alles passiert ist!«

»Niemand hat Ridgeway vermisst, das gebe ich zu. Aber Lee Geary? Er war harmlos. Und in vielerlei Hinsicht nur ein Kind. Er hatte es nicht verdient, dass man ihm den Kopf einschlägt. Sicher … das Geländer auf der Brücke ist ziemlich hoch. Es reicht den meisten Leuten bis zur Schulter. Es ist nicht leicht, ein Mädchen darüber zu werfen, schon gar nicht, wenn es sich wehrt. Deshalb glauben Sie also, dass der stämmige, kräftige Lee sie darüber geworfen hat?«

»*Ja*!«, platzte Jason heraus. »Ja, ich glaube, dass er sie übers Geländer geworfen hat! Aber ich habe ihn *nicht* getötet – und auch keinen der anderen!«

»Ein Alibi, Jason. Jetzt sofort.«

Er schwieg weiter.

Lockyer räusperte sich. »Jason McNeil, ich verhafte Sie wegen des Verdachts, am achtzehnten November 2011 Lee Geary ermordet zu haben –«

»Nein – halt …«

»Sie haben das Recht, die Aussage zu verweigern, aber es kann Ihrer Verteidigung schaden, wenn Sie etwas verschweigen, worauf Sie sich später vor Gericht berufen. Alles, was Sie sagen, kann –«

»Also gut!«, brüllte er. »Also gut, aufhören!«

»– als Beweis gegen Sie verwendet werden«, beendete Lockyer seinen Satz. »Haben Sie verstanden? Jason?«

»Ja!«

Broad, die neben Lockyer saß, wirkte angespannt. Er spürte ebenfalls, dass Jason gleich ein Geständnis ablegen würde. Er hob die Hände in die Höhe, wie er das neulich schon getan hatte, und hielt sie für ein paar Sekunden mit den Handflächen nach innen vor sein Gesicht, bevor er sie wieder herunternahm und ausatmete. Lockyer wartete, bis er fertig war.

»Also gut«, sagte Jason. »Ich … ich habe ihnen für eine Weile nachgestellt, okay?«

»Wem?«

»Ridgeway und den anderen. Ich wollte sie nur dazu bringen, mir die Wahrheit zu erzählen. Dieser ganze *Schwachsinn*, dass Holly am Ende des Feldwegs ausgestiegen und nicht mit ihnen nach Amesbury gefahren ist. Und dann redet der Gerichtsmediziner von Selbstmord, und man erwartet von uns, dass wir das *akzeptieren*? Und einfach unser Leben weiterleben? Während dieser Scheißkerl Ridgeway weiterhin macht, was er will? Als wäre Holly völlig *bedeutungslos*?«

»Was ist passiert, als Sie sie gefunden haben? Haben sie sich geweigert zu erzählen, was Sie hören wollten? Das muss Sie rasend gemacht haben, denn das war die einzige Möglichkeit, die Wahrheit zu erfahren.«

»*Nein*. So war es nicht! Ich habe Stef auf dem Festival nicht gesehen. Hören Sie, ich bin dorthin gefahren, weil mir jemand auf der Old Hat Farm erzählt hatte, dass sie dort sei. Also habe ich da nach ihr gesucht, aber das hat mich fast *wahnsinnig* gemacht. All die Leute, all der Lärm … Ich habe das für ein paar Stunden ausgehalten, aber in meinem Kopf war das reinste Chaos. Ich konnte danach nicht mal mehr mit dem Motorrad nach Hause fahren.«

Er blickte die beiden nacheinander an. »Ich musste es anderthalb Kilometer die Straße entlangschieben und mich an einem ruhigen Ort hinsetzen. Dort waren, keine Ahnung, vielleicht *dreißigtausend* Menschen. Aber ich habe Stef nicht gesehen! Ich habe sie nicht angerührt – ich schwöre es.«

Lockyer wechselte mit Broad einen kurzen Blick. Er konnte in ihrem Gesicht Zweifel erkennen, aber er wusste nicht, ob sie ans Jasons Schuld oder Unschuld zweifelte.

»Erzählen Sie uns von der Nacht im Parkhaus«, sagte er.

»Ich bin Ridgeway dorthin gefolgt. Ich hatte mich umgehört und kein Geheimnis daraus gemacht, deshalb erwartete er mich wahrscheinlich. Ich weiß, das war nicht besonders schlau, aber das … das war mir inzwischen egal. Ich wollte ihn dazu bringen, ein Geständnis abzulegen.«

»Und ein leeres Parkhaus mitten in der Nacht ist ein ziemlich guter Ort für eine Befragung«, sagte Broad.

»Genau. Nur war ich offenbar nicht der Einzige, der das dachte. Ich kam gerade noch rechtzeitig oben an, um zu sehen, wie sie ihn übers Geländer warfen.«

»Wer? Wen haben Sie gesehen?«

»Ich weiß nicht, wer diese Typen waren. Einer war schwarz, der andere weiß. Die sahen echt fies aus, also habe ich mich aus dem Staub gemacht. Das waren die Sorte von Leuten, von denen man nicht gesehen werden will, während sie ihren Geschäften nachgehen.«

»Glauben Sie, dass Sie die Leute auf einem Foto identifizieren könnten?«

»Schon möglich. Aber so blöd bin ich nicht.«

»Wenn Sie die Komplizen von Ridgeway identifizieren können, würde das vielleicht Ihre Geschichte bestätigen.«

»Oder mich unter die Erde bringen.«

»Erzählen Sie uns von Lee Geary.«

»Nach Ridgeways Tod war Lee der Einzige, der mir erzählen konnte, was passiert war. Und ich nahm an, dass er … nicht der Hellste war. Deshalb war er wahrscheinlich leichter …«

»Einzuschüchtern?«

»Ja. Also bin ich zur Wohnung seiner Schwester gefahren, um ihn ausfindig zu machen. Aber ich hätte ihn doch nicht getötet, wenn er der Einzige war, der die Wahrheit über Holly wusste.«

»Keine Ahnung«, sagte Lockyer. »Vielleicht hatte Stef Ihnen bereits erzählt, was Sie wissen wollten, weil Sie ihren Kopf unter Wasser gedrückt haben. Vielleicht hatte Ridgeway es Ihnen auch schon erzählt, kurz bevor Sie seine Füße losließen.«

»Kommen Sie schon –so ein Mensch bin ich nicht!«

»Aber wir wissen nicht, was für ein Mensch Sie sind, oder, Jason? Oder wo Sie herkommen. Wir kennen nicht mal Ihren richtigen Namen.«

Es entstand eine lange Pause. Jason beugte sich vor und faltete die Hände. Dies war die stärkste Gefühlsregung, die er seit Beginn der Befragung gezeigt hatte, stärker noch als in dem Moment, als er über Hollys Tod geredet hatte. Seine langen, geschmeidigen Finger schlossen und öffnete sich. Lockyer fielen Jasons kunstvolle Holzschnitzereien ein, und ihm kam plötzlich der Gedanke, dass Jason möglicherweise gleichzeitig fähig war, einen kaltblütigen Mord zu begehen und das Verlangen zu verspüren, diese schönen Objekte zu erschaffen. Dann erinnerte er sich an den Knüpfel. *Das ideale Verhältnis zwischen Gewicht und Elastizität.*

»Auf der Old Hat Farm lässt man das alles hinter sich«, murmelte Jason vor sich hin.

Für einen Moment wanderte sein Blick über die trostlosen Ecken des Raums.

»Am achtzehnten November 2011 war ich auf der Beerdigung

meines Bruders in Swindon«, sagte er. »Ich wollte eigentlich nicht hingehen, aber ... meine Mum hat mich angefleht. Mir ständig Nachrichten geschickt und versucht, mich anzurufen.«

»Trish hat uns erzählt, dass keiner von euch ein Telefon hat.«

Jason machte ein betretenes Gesicht. »Ich habe so ein Wegwerfhandy. Meine Mutter kennt als Einzige die Nummer. Ich ... ich habe es in der Werkstatt versteckt. Bitte erzählen Sie den McNeils nichts davon – erzählen Sie ihnen nicht, wo ich war! Sie wissen nicht, dass ich immer noch Kontakt zu jemandem aus meiner Familie habe. Wir waren uns alle einig, dass ich den Kontakt abbrechen sollte, damit meine Cousins mich nicht finden können.«

»Sind sie gefährlich?«, fragte Lockyer.

Jason verdrehte die Augen, was die Frage weder bejahte noch verneinte.

»Wir müssen das überprüfen, Jason«, sagte Broad. »Wir brauchen die Kontaktdaten Ihrer Mutter. Und ihren Namen.«

Jason ratterte ihre Handynummer auswendig herunter und nannte ihre Adresse in einer heruntergekommenen Gegend von Swindon in der Nähe des Bahnhofs.

»Ihren *Namen*, Jason«, hakte Lockyer nach.

Es schien, als würde Jason der Name im Halse stecken bleiben, und Lockyer fragte sich, wann er ihn zuletzt jemandem gesagt hatte.

»Chantelle Stevens.«

»Und auf wessen Beerdigung waren Sie an dem Tag?«

»Auf der von Benjamin Stevens, meinem Bruder. Ich war nicht nur an diesem Tag dort, sondern etwas länger. Um meiner Mum ein bisschen zu helfen.«

»Und *Ihr* Geburtsname lautet?«

»W... William Jason Stevens.«

Lockyer blickte ihm in die Augen. »Danke.«

Er nickte Broad zu, und sie streckte die Hand nach dem Aufnahmegerät aus.

»Die Befragung wird um zehn Uhr fünfundfünfzig beendet«, sagte sie und schaltete das Gerät aus.

»Und … was passiert jetzt?«, fragte Jason.

»Sie werden entlassen und gelten so lange als verdächtig, bis wir wissen, ob das Blut in der Werkstatt von Lee stammt und ob sich Ihr Alibi bestätigt.«

»Ich kann also gehen?«

»Noch nicht.« Lockyer stand auf. »Sobald wir die Formalitäten Ihrer Verhaftung erledigt haben.«

»Aber … Nein, Moment mal – ich habe doch *gesagt*, dass ich im Parkhaus war. Sie müssen nicht überprüfen, ob das mein Handabdruck ist – ich sage Ihnen, dass es meiner ist. Sie müssen also nicht meine –«

»Sie sind immer noch ein Verdächtiger in einer Mordermittlung, Jason. Wir brauchen Ihre Fingerabdrücke und DNA.«

Jason ließ den Kopf hängen und schloss die Augen.

»Was wird dabei herauskommen?«, fragte Broad leise.

»Ich … Es ist nicht …« Er schluckte. »Nichts.«

»Dann müssen Sie sich auch keine Sorgen machen«, sagte Lockyer. »Und wenn Sie uns über Lee und die anderen die Wahrheit gesagt haben, wird man Sie auch nicht anklagen und Ihre DNA wieder aus der Datenbank entfernen.«

Jason blieb auf seinem Stuhl sitzen.

»Werden Sie kooperieren, oder muss ich ein paar Kollegen bitten, uns zu helfen?«

Jason stand auf. Er wirkte erschöpft. »Nicht noch mehr Leute. Nicht noch mehr reden.«

Lockyer öffnete die Tür, um ihn hinauszugeleiten, als ihm ein Gedanke kam.

»Eine Sache noch, Jason. Die Person auf der Old Hat Farm, die Ihnen gesagt hat, dass Sie Stef auf dem Soul Tree Festival finden … Sie meinten, das sei eine Frau gewesen.«

»Habe ich das?«

»Ja. Sie sagten, ›Sie hat Stef dort immer gesehen.‹ Können Sie sich an ihren Namen erinnern? Oder daran, wie sie aussah?«

»Was spielt das für eine Rolle?«

»Wenn es Ihnen nichts ausmacht.«

»Ihren Namen weiß ich nicht mehr. Sie war ein paarmal bei uns. Sie … hat nach außen die starke Frau markiert. Harte Schale, weicher Kern. Aber man legte sich trotzdem besser nicht mit ihr an, sonst verpasste sie einem, ohne eine Erklärung abzuwarten, eine Abreibung. Sie hat mich immer an Königin Boudicca erinnert, wenn sie bei uns aufkreuzte. Ich habe noch nie ein weißes Mädchen mit so schwarzen Haaren gesehen.«

»Jody Upton?«

»Ja … so hieß sie. Jody.«

Jason widersetzte sich nicht, als man seine Proben nahm und Fotos von ihm machte. Sobald er in einem Streifenwagen saß und auf dem Heimweg war, liefen Lockyer und Broad die Treppe zu ihrem winzigen Büro hinauf.

»Was denken Sie?«, fragte Lockyer, weil Broad ungewohnt schweigsam war.

»Falls sich sein Alibi bestätigt, kann er es nicht gewesen sein.«

»Vorausgesetzt, Lee ist am oder um den Achtzehnten herum gestorben. Woher wissen wir, dass sie ihn nicht ein paar Tage dabehalten und ihm sein Handy abgenommen haben?«

»Warum hätten sie das tun sollen, Chef?«

Lockyer zuckte mit den Schultern. »Weil sie gewartet haben, bis Jason wieder zu Hause war? Keine Ahnung.«

»Wie sollen wir das jemals beweisen? Und wir haben auch nicht annähernd genug Beweise, um ihn wegen Ridgeway und Stef zu belangen.«

Er warf ihr einen Seitenblick zu. »Sie scheinen erleichtert zu sein, Gem?«

»Ein kleines bisschen vielleicht«, gab sie zu. »*Falls* sich seine Aussage bestätigt. Ich … er scheint ein netter Mensch zu sein.«

»Das schon. Aber das darf keine Rolle spielen«, sagte Lockyer bestimmt.

»Ich weiß, Chef.«

»Ich will ein *wasserdichtes* Alibi haben, bevor wir ihn von der Liste der Verdächtigen streichen. Es reicht mir nicht, dass seine Mum sagt, ja, er war bei mir. Ich will genau wissen, wann und wo Benjamin Stevens' Beerdigung stattgefunden hat. Ich will die Namen der Leute, die Jason dort gesehen haben, und ihre Aussagen. Kümmern wir uns darum, bevor er sich ans Telefon klemmt.«

»Ja.« Broad setzte sich an den Computer und drückte auf die Leertaste, um ihn aus dem Energiesparmodus hochzufahren. »Wie lange dauert es, bis wir die Ergebnisse zu den Blutspuren bekommen?«

»Keine Ahnung. Das Labor ist mit der Arbeit etwas im Rückstand.«

»Nun, was die Pollen anging, hatten wir Glück. Vielleicht bleibt uns das Glück ja treu.«

»Wann ist das je passiert?«

»Schon gut, Sie Miesepeter«, sagte sie mit einem flüchtigen Lächeln. »Aber man kann nie wissen.«

Lockyer wollte sich gerade in seine Unterlagen vertiefen, als er aus dem Empfang einen Anruf bekam.

Zu seiner Überraschung stand Trish McNeil draußen vor dem Gebäude auf dem obersten Treppenabsatz. Offenbar hatte sie von dort aus dem Beamten im Empfang zugerufen, dass sie ihn sprechen wolle. Lockyer vermutete, dass Devizes auf sie verglichen mit der Old Hat Farm wie ein Tummelplatz für infizierte Menschen wirkte. Er fragte sich, wann Trish zum letzten Mal die Farm verlassen hatte. Sie war den Tränen nahe.

»Lassen Sie ihn wieder frei, Inspector«, sagte sie statt einer Begrüßung.

»Gehen wir wenigstens in den Schatten«, sagte Lockyer und führte sie zu der Esche hinüber.

»Vince meinte, ich solle zu Hause warten, aber ich … ich konnte einfach nicht! Sie *müssen* ihn wieder gehen lassen. Er hat nichts Unrechtes getan. Und er kommt an Orten wie diesen nicht klar. Inmitten der vielen Menschen, in diesen engen Räumen …«

»Ehrlich gesagt, hat er die Befragung sehr gut überstanden.«

Trish blinzelte. »Wann kann er wieder nach Hause? Sie haben kein Recht, ihn festzuhalten, wenn Sie ihn nicht verhaftet haben.«

»Aber wir *haben* ihn verhaftet, unter dem Tatverdacht, Lee Geary ermordet zu haben.«

Sie war fassungslos. »Aber … aber er war an dem Tag gar nicht auf der Farm! Er hat nicht mal gesehen –«

»Aber *Sie* haben Lee gesehen, Trish? Ist es das, was Sie sagen wollten? Sind Sie deshalb so sicher, an welchem Tag es war und dass Jason zu diesem Zeitpunkt nicht auf der Farm war?«

»Nein, ich …«

Trish verzog das Gesicht. Sie hielt sich die Hand vor den Mund, und Lockyer hörte gedämpft:

»Scheiße.«

»Reden Sie mit mir«, sagte er. »Auf längere Sicht ist das besser.«

»Ich habe ihn gesehen, okay?«, sagte sie. »Lee kam an dem Tag auf die Farm. Ich kümmerte mich gerade um die Hühner, als ich sah, wie er von den Bienenstöcken herüberkam und die Werkstatt betrat. Ich wollte zu ihm rübergehen, um ihn zu begrüßen, zu fragen, was er wollte … Ich meine, ich hatte nicht damit gerechnet, nach der Sache mit Holly noch mal *einem* von ihnen zu begegnen. Aber ich sah, wie Vince mit ihm redete, und dann ist er einfach … wieder gegangen. Bevor ich überhaupt rüberlaufen konnte. Ich schwöre, er ist einfach gegangen.«

»Allein? Sie haben nicht gesehen, dass noch jemand bei ihm war … oder ihm gefolgt ist?«

»Nein, er war allein.«

»Was wollte er?«

»Er wollte … Hören Sie, er hat etwas Sally D gekauft, okay? Er meinte zu Vince, dass er die Dinge klar sehen wolle. Ridgeway hat den Leuten immer gesagt, dass sie SD nehmen müssten, um die Dinge klar zu sehen. Lee wollte zur Ebene hinaus, um es dort zu nehmen. Das hat er gesagt.«

Lockyer traute seinen Ohren kaum.

»Warum zum Teufel haben Sie mir das nicht früher erzählt?«

»Weil wir … Wir wollten da nicht mit reingezogen werden! Es sah nicht gut für uns aus, oder? Die Sache mit dem SD. Wir hatten keine Ahnung, was mit Lee passiert oder wie er *gestorben* ist. Also dachten wir … was spielt es schon für eine Rolle, dass er vorher auf der Farm war?«

»Das war sehr wichtig! Sie haben gelogen und eine polizeiliche Ermittlung behindert.«

»Das wollten wir nicht! Es ist nur … Leute wie wir … das Sally D, Vince' Vorstrafenregister. Und Jason …«

Sie verstummte und blickte auf das vertrocknete Laub vom letzten Jahr hinunter.

»Und Jason, der nicht der ist, der er zu sein behauptet«, beendete Lockyer ihren Satz.

Er ließ sich das Szenario einen Moment durch den Kopf gehen. Lee war unter dem Einfluss des SD gestolpert, in die Senke gestürzt und hatte sich an einem Fels den Kopf angeschlagen. Worauf er unter dem Weißdorn zusammengebrochen war, wo Blätter und Zweige und schließlich die Erde ihn bedeckt hatten. Das war durchaus möglich.

»An einem Strauch, neben dem Lee gestorben ist, hing ein Stofffetzen«, sagte er. »Wissen Sie irgendetwas darüber?«

Trish zog die Augenbrauen zusammen. »Ich … ich weiß nicht, welche Stelle Sie meinen.«

»Eine Senke etwa anderthalb Kilometer südlich der Farm, dort, wo das Gelände ansteigt. Die Mitte der Senke ist nicht einsehbar, und dort steht ein einzelner Weißdornstrauch.«

»Ein gelbes Stoffband?«

Lockyer nickte.

»Wir … wir haben uns dort manchmal getroffen. An Imbolc – eines der Feuerfeste, mit dem der Frühling willkommen geheißen wird. Wir haben dann immer ein Lagerfeuer gemacht und gekocht und der keltischen Göttin Brigid Opfergaben dargebracht.«

»Und Lee ist auf einem dieser Feste gewesen? Er war also früher schon mal dort?«

»Ja. Vielleicht sogar in dem Jahr.«

Lockyer schwieg, während er Trishs Worte sacken ließ. Dass er vielleicht versucht hatte, einen Mord aufzuklären, der nie geschehen war. Eine *Serie* von Morden, die nie geschehen waren – oder sich jedenfalls nicht beweisen ließen. Eine bleierne Schwere ergriff von ihm Besitz. Doch dann wurde er plötzlich wütend.

»Wenn Sie die Wahrheit sagen, haben Sie eine Menge Arbeitszeit und Geld verschwendet!«

»Nun, das tut mir leid«, sagte Trish steif. »Aber es ist nicht *unser* Job, Ihre Arbeit zu machen.«

»Ich könnte Sie wegen Behinderung der Ermittlungen zur Verantwortung ziehen.«

»Aber nicht wegen Mordes! Solche Menschen sind wir nicht.«

»Jason hat gerade genau dasselbe gesagt. Aber ich habe nicht das Gefühl, dass ich *einen* von Ihnen kenne, schon gar nicht Jason. Und vielleicht wissen Sie auch nicht, wer er wirklich ist.«

»Ich weiß, wer er *jetzt* ist«, sagte Trish unbeirrt.

»Warum hat er so große Angst, sich zu seiner Vergangenheit zu bekennen, dass ich ihn erst verhaften musste, bevor er uns seinen Namen gesagt hat?«

»Ich weiß es nicht. Und warum ist das überhaupt wichtig? Welche Rolle spielt es, was ein Mensch irgendwann mal getan hat? Wir sind als Erwachsene nicht die Menschen, die wir als Kinder mal waren. Und ich meine nicht nur das *Alter*, ich rede von einem *Reifeprozess*. Einer inneren Entwicklung. Entscheidend ist, wer wir *jetzt* sind. Was wir *jetzt* tun. Deshalb lassen die Menschen am Tor der Old Hat Farm ihre Vergangenheit hinter sich.«

»Ich sehe das leider anders. Und das Gesetz auch.«

»Was weiß schon das verdammte Gesetz?«

»Es gibt in diesem Land keine Verjährungsfrist für Straftaten, Trish. Finden Sie etwa, dass Gangster und Kinderschänder ihren Lebensabend an einem spanischen Strand verbringen sollen, solange sie nur einsehen, dass sie etwas Falsches getan haben?«

»Das ist etwas ganz anderes.«

»Es ist genau dasselbe.«

»Nein, ist es *nicht*. Wenn man bewusst und vorsätzlich irgendwelche Grausamkeiten und Abscheulichkeiten verübt, ist das etwas anderes, als im Gefühlschaos der Kindheit einen Fehler zu begehen …«

»Ich fürchte, vor dem Gesetz –«

»Wie gesagt, was weiß schon das Gesetz?«, erwiderte sie verbittert. »Welchen Sinn hat es, einen Menschen zu bestrafen, der sich geändert hat? Der inzwischen resozialisiert ist? Der sich zu einer *positiven* Persönlichkeit entwickelt hat?«

Lockyer dachte einen Moment darüber nach.

»Großzügig«, sagte er. »Dieses Wort habe ich immer wieder gehört, wenn man Sie beschrieben hat, Trish. Nachsichtig. Freundlich.«

»Na und? Freut mich.«

»Ich frage mich, was Ihre Schwester so Schlimmes getan hat, dass Sie sie danach weder gesehen noch mit ihr gesprochen haben. Kein einziges Mal, bevor sie gestorben ist.«

»Imogen …« Trish saugte das Wort ein, als hätte man ihr einen Schlag in die Rippen verpasst. »Ich … ich bin nicht hergekommen, um darüber zu reden. Über *sie*.« Es kostete Trish sichtlich Mühe, sich zusammenzureißen. »Nur … lassen Sie Jason gehen. Er war nicht auf der Old Hat Farm, als Lee Geary an dem Tag vorbeikam, und er hat ihn ganz sicher nicht umgebracht.«

»Gibt es sonst noch etwas, was Sie mir verschwiegen haben? Irgendetwas über Lee Geary, Ridgeway oder Stef?«

»Nein. Aber … bestimmt waren das Unfälle. Oder Selbstmorde … Unglücksfälle.«

»Vielleicht auch nicht.«

»Wir wissen nichts über diese Menschen. Und Sie können Jason wegen Lee nicht verhaften – er hat ein Alibi.«

»Wissen Sie, was sein Alibi ist?«

Trish wich zurück und sagte dann: »Er war bei seiner Mutter … An dem Tag war die Beerdigung seines Bruders.«

»Da haben wir's schon wieder«, sagte Lockyer und schüttelte den Kopf.

»Was meinen Sie?«

»Ein weiteres Geheimnis, das gar kein Geheimnis ist. Jason hat uns gebeten, weder Ihnen noch Vince zu sagen, dass er seine Familie besucht hat. Er meinte, Sie wüssten nicht, dass er noch Kontakt zu ihr hatte. Aber Sie *wissen* es. Und auch dass Holly Ihre Nichte war, obwohl die beiden immer noch glauben, Sie hätten keine Ahnung.«

Ihm fiel ein, dass er von Anfang an den Eindruck gehabt hatte, auf der Old Hat Farm geschehe kaum etwas ohne Trishs Wissen.

»Sie haben ihn verhaftet«, sagte sie. »Und …«

»Und wir haben seine Fingerabdrücke und DNA genommen, ja.«

In ihrem Gesicht flackerte Angst auf. »Aber werden Sie ihn wieder laufen lassen?«

»Jason ist gegangen, kurz bevor Sie hier eingetroffen sind. Wir haben ihn nach Hause fahren lassen.«

Trishs sichtliche Erleichterung darüber verflog rasch wieder, weil Lockyer so lange gebraucht hatte, ihr das mitzuteilen. Sie wandte sich zum Gehen, warf dann aber noch einmal einen Blick über die Schulter.

»Das Blut stammt auf keinen Fall von Lee Geary.«

»Sie scheinen sich da sehr sicher zu sein.«

»Weil ich gesehen habe, wie er an dem Tag wieder gegangen ist. Und da hat er nicht geblutet.«

»Kann das jemand bestätigen, Trish? War an dem Tag sonst noch jemand auf der Farm?«

»Ich glaube nicht, dass zu dem Zeitpunkt jemand bei uns gewohnt hat.«

»Schön.« Lockyer seufzte. »Sorgen Sie dafür, dass Jason nicht abhaut. Das würde seine Situation noch sehr viel schlimmer machen.«

Trish ignorierte seine Bemerkung.

»Da war dieser Bursche namens Fitz, der vor einigen Jahren im Sommer bei uns gewohnt hat«, sagte sie. »Er glaubte, er könne gut mit Holz umgehen … Er hätte sich mit einem Meißel beinahe den Daumen abgetrennt. Das Blut hat nur so gesprudelt. Ich vermute, es war sein Blut, das Sie gefunden haben.«

»Und ich vermute, dass Sie die Wunde selbst genäht haben und wir keinen Bericht darüber finden, dass dieser Fitz deswegen im Krankenhaus war?«

»Nein. Es war wirklich schlimm. Vince ist mit ihm zur Klinik in Andover gefahren.«

»Mit der Harley?«

»Mit Fitz' Wagen. Das Krankenhaus müsste einen Bericht darüber haben. Es war im August, glaube ich, vorletztes Jahr. Sein vollständiger Name lautet Jim Fitzmorris.«

Mit diesen Worten ging sie davon, offenbar fest davon überzeugt, dass Lockyer ihr glaubte.

In dem Fall wären sie wieder am Ausgangspunkt angelangt. Er fragte sich, ob Lee Geary an dem Tag einfach auf die Ebene hinausgelaufen war, etwas *Salvia divinorum* genommen hatte und gestürzt war. Entmutigt wurde Lockyer klar, dass sie vielleicht nur einem Hirngespinst nachjagten. Dass sie Lees Unschuld vielleicht nie beweisen könnten und auch nicht, was wirklich mit Holly passiert war. Dass er nicht imstande war, *irgendetwas* davon zu beweisen.

14

Nachdem Lockyer mit dem Andover Hospital telefoniert hatte, berichtete er Broad kurz, was Trish ihm erzählt hatte.

Sie wirkte enttäuscht. »Also … Wenn sich Jasons Alibi bestätigt und auch, dass die McNeils die Wahrheit gesagt haben, stehen wir mit leeren Händen da, oder?«

»So sieht's aus, Gem. Aber ich will, dass alles hieb- und stichfest ist, bevor wir den Fall auf sich beruhen lassen.«

»Ja, Chef«, sagte sie und nickte. »Es war immer nur eine Theorie, dass Lee glaubte, Jason habe es auf ihn abgesehen. Wir wussten es nicht mit Sicherheit.«

»Nein«, stimmte Lockyer zu. »Aber Lee hat an dem Morgen die Wohnung seiner Schwester völlig aufgewühlt verlassen, weil er jemandem etwas erzählen wollte. Und dann hat er die Old Hat Farm aufgesucht.«

»Aber wir wissen nicht, ob er *direkt* dorthin gegangen ist«, rief ihm Broad in Erinnerung. »Vielleicht hat er sich vorher mit einer anderen Person getroffen, um ihr zu erzählen, was er auf dem Herzen hatte. Vielleicht wollte er mithilfe des SD diese andere Begegnung verarbeiten.«

Lockyer dachte darüber nach.

Broad räusperte sich. »Die DSU wird wegen der forensischen Untersuchungen bestimmt ziemlich sauer sein.«

»Ja. Das wird sie.«

Er lehnte sich in seinem Stuhl zurück und starrte für eine Minute zur Decke empor.

»Nur weil Jason an dem Tag nicht da war, heißt das noch lange nicht, dass keiner der anderen McNeils Lee etwas angetan hat«, sagte er. »Sie müssen den dreien die Schuld an Hollys Tod gegeben haben. Und wir wissen, dass er Vince besonders hart getroffen hat … Wir haben nur Trishs Aussage, dass Lee SD gekauft und dann den Hof allein verlassen hat.«

Lockyer dachte an das Foto, das er in der Küche der McNeils gesehen hatte, von Trish, die zu Vince hochschaute und seine Hand hielt. Und daran, dass sie so tat, als wüsste sie nicht, wer Hollys Eltern waren, selbst neun Jahre nach ihrem Tod noch. Weil Vince es so wollte.

»Sie würde alles sagen, um Vince zu schützen«, sagte er. »Ich glaube, sie *alle* lügen, um sich gegenseitig zu schützen, und das, was sie sich dort aufgebaut haben.«

Als das Andover Hospital zurückrief, bestätigte man dort Trishs Geschichte. Jim Fitzmorris war am dreizehnten August 2018 wegen einer Fleischwunde an der Hand behandelt worden. Man hatte ihn für einen orthopädischen Eingriff nach Basingstoke überwiesen. Und Broad, die inzwischen mit der Bezirksverwaltung in Swindon gesprochen hatte, erklärte, dass Jasons Bruder, Benjamin Stevens, tatsächlich am achtzehnten November 2011 beerdigt worden sei.

»Ich habe Benjamins Vorstrafenregister überprüft«, sagte sie. »Es ist ellenlang. Einbruchdiebstahl, Körperverletzung, Tragen verdeckter Waffen. Verdacht auf Mitgliedschaft in einer Gang und Drogenhandel. Er starb durch eine Stichverletzung.«

»Haben Sie die Mutter schon erreicht?«

»Ich habe ihr eine Nachricht hinterlassen.«

»Versuchen Sie es weiter.«

»Was ist mit Jasons – William Stevens' – Vorstrafenregister, Chef? Irgendetwas in der PNC-Datenbank?«

»Nein.« Lockyer drehte den Bildschirm, um es ihr zu zeigen. »Kein einziger Eintrag.«

»Das ist … seltsam, oder? Weil er so nervös war, dass wir ihn überprüfen wollten.«

»Das bedeutet nur, dass er nie verhaftet oder angeklagt wurde, was auch immer er getan hat.«

»Oder … Vielleicht wollte er nur seine *Familie* vor uns geheim halten – oder sich vor ihr verstecken?«, gab Broad mit einem vorsichtig optimistischen Tonfall zu bedenken. »Er meinte, dass er zu seinen Cousins keinen Kontakt haben wolle, und sein Bruder war offensichtlich in alle möglichen kriminellen Geschäfte verwickelt. Vielleicht hat er einfach Angst vor *ihnen*? Und will nicht, dass sie seinen Aufenthaltsort herausfinden? Vielleicht«, sagte sie und fand offensichtlich Gefallen an der Vorstellung, »hat er sie verpfiffen?«

»Schon möglich«, sagte Lockyer. »Es darf also nichts über seinen Aufenthaltsort durchsickern. Aber wir müssen die ganze Wahrheit herausfinden. Das ist zwar ein Rückschlag, aber konzentrieren wir uns auf Jasons Alibi und die Ergebnisse der Blutproben.«

»Und wenn sich sein Alibi bestätigt? Und das Blut nicht von Lee stammt?«

»Dann muss ich das der DSU mitteilen und mich auf eine Standpauke gefasst machen. Eine Standpauke mit dem nötigen Corona-Abstand.«

Nach dem Mittagessen machte sich Lockyer auf den Weg, um mit Vince zu reden. Doch Trish versuchte, ihn abzuwimmeln.

»Haben Sie uns für einen Tag nicht schon genug Kummer bereitet?«, fragte sie.

»Ich kann ihn entweder hier oder auf dem Revier befragen«, sagte Lockyer voller Ungeduld.

»Vince … geht es nicht gut.«

»Tut mir leid, das zu hören. Aber Sie haben von Anfang an gelogen und die Ermittlungen behindert, und ich habe es satt, meine Zeit zu verschwenden. Also, wo ist er, Trish?«

Sie deutete mit dem Kopf auf die Treppe, und Lockyer begriff sofort.

Vince saß mit gequältem Gesichtsausdruck neben Hollys Bett und hielt ein hellgelbes T-Shirt in den Händen. Plötzlich erinnerte sich Lockyer, dass sein Vater kurz nach Chris' Tod in genau derselben Haltung in dessen Zimmer gesessen hatte. Einen Pullover mit den Händen umklammert.

Vince hob den Kopf, als Lockyer näher trat. »Was verdammt noch mal wollen Sie?«

»Ich will wissen, worüber Sie und Lee Geary gesprochen haben, als er hier war.«

Vince wandte sich ab und schaute mit zusammengekniffenen Augen auf das helle Rechteck des Fensters.

»Er wollte etwas Sally D, weil ihm ein paar Dinge durch den Kopf gingen, in die er Ordnung bringen musste.«

»Hat er gesagt, was das war?«

»Nein. Und ich habe ihn auch nicht danach gefragt.«

»Hat er irgendetwas über Jason gesagt? Oder Holly?«

»Nein. Also … er meinte, das mit Holly tue ihm leid. Ihr Verlust. Es war das erste Mal, dass ich ihn gesehen habe, seit es passiert war. Er sagte, dass er ihr nichts angetan habe – er hat es geschworen. Ich meinte, es sei schon in Ordnung.«

»Haben Sie ihm angeboten, hierzubleiben?«

»Nein.« Vince runzelte die Stirn. »Vielleicht hätte ich das tun sollen, aber nein. Ich habe ihm zwar nicht die Schuld gegeben an dem, was passiert ist, trotzdem wollte ich ihn nicht in der Nähe haben. Das war vielleicht nicht fair, aber …«

Er verstummte und strich über den Stoff des T-Shirts, den er zwischen Fingern und Daumen hielt.

»Sie verbringen offensichtlich viel Zeit in diesem Zimmer«, sagte Lockyer.

»Es ist der einzige Ort, an dem ich Holly nahe sein kann. Meinem Mädchen.«

»Glauben Sie, Jason leidet darunter, wie schmerzlich Sie Holly vermissen? Schließlich ist er sehr viel länger Teil Ihres Lebens, als sie es je gewesen ist. Aber Sie haben sie vom ersten Augenblick an geliebt, weil sie Ihre Tochter war. Vielleicht lieben Sie sie sogar *mehr* als ihn.«

Vince warf ihm einen derart vernichtenden Blick zu, dass Lockyer beinahe zurückgewichen wäre.

»Jason ist nicht so ein engstirniger, eifersüchtiger … kleinlicher Mensch, Inspector. Er ist besser als das, besser als wir alle.«

»Hat er Ihnen je von dem Leben erzählt, das er geführt hat, bevor er hierherkam?«

»Nicht in allen Einzelheiten. Aber als ich ihm von meinem Leben erzählte, merkte ich, dass ihm vieles davon vertraut war. Der Missbrauch. Die Angst. Dass man vorgeben musste, jemand anderes zu sein, um zu überleben. In seinen ersten zwei Jahren auf der Farm konnte Jason erst einschlafen, wenn seine Schlafzimmertür verbarrikadiert war.«

Vince schüttelte leicht den Kopf.

»Solche Dinge hinterlassen ihre Spuren. Es gibt da diese unerbittliche Seite in einem, die manchmal ein Eigenleben entwickelt. Aber nicht bei Jase. Was auch immer er durchgemacht hat, er hat geschafft, es hinter sich zu lassen. Ich meine, ich stelle irgendwelche Gegenstände her, aber Jason *erschafft* etwas. Er ist ein Künstler. Und im Umgang mit Menschen ist es dasselbe. Ich komme irgendwie mit ihnen zurecht, aber Jason lernt sie wirklich kennen.«

»Was meinen Sie damit?«

»Ich erwarte nicht, dass Sie das verstehen, aber ich *bewundere* ihn. Er ist der Mensch, der ich gerne wäre. Und er weiß, dass ich ihn liebe. Wir sind eine Familie.«

Er warf Lockyer erneut einen wütenden Blick zu.

»Und jetzt verschwinden Sie. Das hier ist Hollys Zimmer.«

Etwas später schrieb Lockyer Joe Cameron erneut eine Nachricht, und diesmal antwortete der Freund seines Bruders sofort:

Geht klar um sechs mach ich feierabend treffen wir uns auf ein kleines bierchen.

Lockyer nannte ihm einen Treffpunkt. Dann klickte er, ohne nachzudenken, auf seine Nachricht an Hedy. Sie hatte sie immer noch nicht gelesen. Er tippte aufs Display und hielt den Finger gedrückt. Nach einem kurzen Moment des Zögerns löschte er die Nachricht. Falls sie ihre Nummer geändert hatte, ohne es ihm zu sagen, dann war's das. Und die Postkarte, die sie ihm geschickt hatte … Die Postkarte war ihre Art, sich zu verabschieden. Es war fast sechs Monate her, dass sie verschwunden war. Sechs Monate, seit sie miteinander geschlafen hatten, in dieser einen Nacht, bevor sie sich aus dem Staub gemacht hatte. Es hatte keinen Sinn zu warten, sich immer wieder die zwei, drei schönen Momente in Erinnerung zu rufen, in denen er sie zum Lachen gebracht hatte.

Er traf sich mit Joe in einem neuen, völlig seelenlosen Pub namens Milk Wagon, der an der viel befahrenen A350 südlich von

Melksham lag. Lockyer setzte sich draußen an einen Tisch und bestellte ein Pint. Einige Minuten später erschien Joe. Er hatte die durchschnittliche Statur eines Mannes, der die meiste Zeit des Tages im Sitzen verbrachte, und ein sympathisches Gesicht. Auch wenn er gerade ein wenig mürrisch dreinblickte. Trotz der Facebook-Fotos hatte Lockyer einen achtzehnjährigen Burschen erwartet, schüchtern und überheblich zugleich. Denn genau so hatte er Chris immer noch in Erinnerung.

Sie verzichteten auf einen Handschlag, und Joe warf Lockyer einen prüfenden Blick zu.

»Danke, dass du gekommen bist, Joe«, sagte Lockyer. »Wie geht's dir?«

Als die Bedienung Lockyers Pint brachte, bestellte Joe ein Lager.

»Ich hätte nicht gedacht, dass ich von dir noch mal was höre«, sagte Joe, ohne sich mit Small Talk aufzuhalten. »Was verschafft mir die Ehre?«

In seiner Frage lag ein leicht sarkastischer Unterton. Lockyer vermutete, dass Joe ihn immer für arrogant und respektlos gehalten hatte. Und wahrscheinlich war er das manchmal auch gewesen.

»Ich … Ich wollte mit jemandem reden, der Chris nahegestanden hat. Jemand, der ihn so gut kannte wie ich. Und … in gewisser Weise vielleicht sogar besser.«

»Okay«, sagte Joe reserviert, aber neugierig.

»Nicht dass wir uns nicht nahestanden«, sagte Lockyer. »Aber ich schätze, ein Bruder ist nicht dasselbe wie der beste Freund.«

»Ich fand immer, dass ihr euch sehr nahestandet«, sagte Joe.

Lockyer nahm einen großen Schluck von seinem Bier, und Joe zündete sich eine Zigarette an.

»Was willst du von mir, Matt?«, fragte er.

»Joe … war Chris glücklich?«

»Natürlich war er glücklich. Dein Bruder war *immer* glücklich.«

»Er war immer gut gelaunt. Aber das ist nicht dasselbe, oder?«

Joe blies einen Schwall Rauch zur Seite und kniff die Augen zusammen.

In einem Anfall von Ungeduld platzte Lockyer mit seinem Anliegen heraus.

»Ich weiß von den Pillen. Dem Ecstasy.«

»Was für Pillen?«, fragte Joe schroff.

»Komm schon, Joe. Gerade du musst doch gewusst haben, was er so trieb. Und ich bin nicht in offizieller Funktion hier. Ich … ich will es nur verstehen.«

Joe rauchte einen Moment wortlos. »Du hast seinen Vorrat gefunden, nehme ich an? Ich habe während des Leichenschmauses kurz danach gesucht. Ich wollte nicht, dass eure Eltern die Pillen finden und ausrasten.«

»Sie waren hinter dem Kopfteil des Bettes befestigt.«

»Natürlich. Darauf hätte ich auch kommen können.«

»Ihr habt also beide damit gedealt? Warum, Joe?«

»Warum wohl? Geld.«

»Chris hatte doch Geld …«

»Jetzt mach aber mal halblang. *Geld.* Es ging nicht um ein paar Pfund, um am Ende der Woche ein Pint zu bezahlen. Er hat gespart, um zu reisen.«

»Um zu reisen?«

»Ja. Hat er das nie erzählt?«

»Nein. Wohin denn?«

»Keine Ahnung. Ich glaube, das spielte gar keine Rolle. Er wollte ein paar Jahre lang herumreisen. ›Wenn ich schon für den Rest meines Lebens auf dem Hof festsitze, dann will ich vorher etwas von der Welt sehen.‹ Das hat er gesagt.«

Es war wie ein Schlag in die Magengrube. Lockyer richtete den

Blick auf den Tisch, während ihm die Bedeutung dieser Worte bewusst wurde. *Ich zahle dir drei Trillionen Pfund, wenn ich im Bett liegen bleiben darf.*

»Ich dachte, er liebte die Arbeit auf dem Hof«, murmelte er. »Ehrlich.«

»Na ja, er hat sie nicht *gehasst* oder so. Es war nur … nun, du warst gegangen, nicht wahr? Also wusste er, dass *er* bleiben musste. Ich schätze, er fühlte sich dort gefangen. Aber er wäre wieder zurückgekommen. Er war doch erst achtzehn, Herrgott noch mal. Kein Achtzehnjähriger will hören, wie er den Rest seines Lebens verbringen wird, oder?«

»Ich schätze nicht. Aber warum hat er mir das nicht gesagt? Ich hätte das doch verstanden.«

»Du hättest das mit dem Molly nicht verstanden.«

»Nein. Er hätte keine Drogen verkaufen müssen. Es hätte andere Möglichkeiten gegeben, Geld zu verdienen.«

»Was denn? Die Samstagsschicht in einer Tankstelle? Dann wäre er dreißig gewesen, bevor er das Geld für eine Weltreise zusammengehabt hätte.«

»Ich hätte ihm geholfen.«

»Ach ja?«, sagte Joe geradeheraus. »Er dachte, du würdest versuchen, ihm die Sache auszureden. Er wollte verreisen, solange er noch jung war, und ich habe damals sowieso schon ein bisschen Stoff verkauft, also …«

»Also hast du ihm vorgeschlagen, mit einzusteigen?«

»Er hat mich *gefragt*, ob er einsteigen kann.«

»Du hättest das ablehnen können.«

»Warum hätte ich das tun sollen? Ich habe mehr Geld verdient als irgendjemand, den wir kannten. Ich habe ihm einen *Gefallen* getan. Wenn wir ausgingen, hat er sowieso jedes Mal etwas E eingeworfen. Das war also keine große Sache.«

»Ihr hättet beide im Knast landen können. Oder im Krankenhaus.«

»Ja, Dad. Aber das ist nicht passiert.«

»Nein. Chris ist vor einem Pub in Chippenham verblutet.«

»Das hatte nichts mit den Pillen zu tun.«

»Hatte er an dem Abend etwas genommen?«

»Hör zu …«

»Hatte er?«

Lockyer konnte die Anspannung in seiner Stimme nicht unterdrücken. Und die Verbitterung darüber, dass er erst jetzt, zwanzig Jahre nach Chris' Tod, erfuhr, was ihm zugestoßen war und warum. Seine Wut galt mindestens zur Hälfte mal wieder ihm selbst; weil er seinen Bruder wissentlich in diese Lage gebracht hatte.

»Hat er an dem Abend gedealt?«, fragte er. »War der Grund für die Schlägerei eine Auseinandersetzung mit einem Konkurrenten oder Zulieferer? Herrgott, Joe, wurde er *vorsätzlich* erstochen?«

»Schon gut, nicht so laut!«, sagte Joe. »Nein, das war nicht der Grund für die Schlägerei. Niemand war sauer auf uns oder hatte es auf uns abgesehen – es gab keine *Auseinandersetzung*, verdammt noch mal. Er hat an dem Abend nicht gedealt, okay? Wir haben nur seinen Geburtstag gefeiert.«

»Aber hatte er etwas *genommen*? Ist er deshalb dazwischengegangen, dachte er deshalb, er könnte alle dazu bringen, sich … wieder zu vertragen?«

Joe drehte seine Flasche Lager herum und verschmierte dabei das Kondenswasser auf dem Glas.

»Er hatte eine von den Pillen eingeworfen«, sagte er. »Jeder von uns hatte das. Aber schon Stunden vorher. Zu Beginn des Abends. Die Wirkung hatte bereits wieder nachgelassen, als er –«

»Bist du dir sicher?«, blaffte Lockyer.

Joe funkelte ihn wütend an. »Ich bin mir sicher, dass Chris

auch versucht hätte, den Streit zu schlichten, wenn er stocknüchtern gewesen wäre. So war er nun mal, okay? Ein geborener … Pfadfinderführer.«

»Ja, aber er war nicht dumm.«

Lockyer nahm sein Glas und stellte es dann wieder hin. Seine Kehle war wie zugeschnürt, sodass er nichts trinken konnte.

»Und es war unglaublich *dumm,* mit einem Lächeln in eine Messerstecherei zu gehen. Es hat mich immer irritiert, wie dumm das war.«

»Hör zu, Matt …«

Joe beugte sich über den Tisch, und seine Gesichtszüge entspannten sich wieder.

»Wir waren sturzbesoffen. Und vielleicht noch ein bisschen high. Ich war zwar im Pub und habe davon nichts mitbekommen, aber wenn Chris gewusst hätte, dass jemand ein Messer dabeihat, hätte er sich von ihm *ferngehalten.* Oder? Er hatte einfach nur verdammtes Pech. War zur falschen Zeit am falschen Ort. Und hat … falsch reagiert.«

»Vielleicht.« Lockyer stand auf.

»Halt, Moment mal, gib *mir* nicht die Schuld«, sagte Joe. »Wenn ich draußen vor dem Pub gewesen wäre, hätte ich ihn zurückgehalten.«

»Ich weiß.«

Lockyer vermutete aufgrund von Joes Wutausbruch, dass er sich, zumindest teilweise, die Schuld an Chris' Tod gab. Und er selbst fühlte sich ebenfalls schuldig.

»Ich weiß, dass du das getan hättest. Danke, dass du dich mit mir getroffen hast.«

Ich erwarte nicht, dass Sie das verstehen, aber ich bewundere ihn. Er ist der Mensch, der ich gerne wäre.

Lockyer gingen erneut Vince' Worte durch den Kopf, während

er schwitzend im Wagen saß. Lockyer verstand ihn nur zu gut, denn er dachte dasselbe über Chris. Ohne jeden Groll wünschte er, einige von Chris' Eigenschaften zu besitzen – seinen Optimismus und seine Lebenslust, die Fähigkeit, mit anderen Menschen zu kommunizieren und klarzukommen. Seine ansteckende Lebensfreude. Aber jemand, der mit Drogen dealte? Der die Menschen, die ihm am nächsten standen, belog und getötet wurde, weil er so neben der Spur war, dass er kaum wusste, was er tat? So jemanden konnte Lockyer nicht bewundern.

Erneut bestürmte ihn das Gefühl, hintergangen worden zu sein, spitz wie das Messer, das Chris getötet hatte. Und hinterließ in seinem Selbstbild tiefe Spuren.

Er war bereits wieder auf halbem Weg nach Orcheston, als ihm klar wurde, dass er mit dem, was er gerade erfahren hatte, auf keinen Fall allein sein wollte. Auf einer weitläufigen Kreuzung für Militärfahrzeuge wendete er den Wagen und fuhr stattdessen zur Westdene Farm. Dort wurde er von den beiden Collies begrüßt, und als er den Kopf zur Wohnzimmertür hineinstreckte, sah er, dass sein Vater, der immer noch seinen Overall trug, ein Nickerchen machte. Er wimmerte leise im Schlaf, und seine Hände zuckten. Es waren traurige Laute. Er sah alt und erschöpft aus.

Lockyer kniete sich neben ihn und drückte seinen Arm, worauf John in die Höhe schnellte und heftig blinzelte.

»Matt?«, sagte er.

»Tut mir leid, dass ich dich geweckt habe, Dad. Du hast geträumt.«

»Das habe ich.«

John blickte stirnrunzelnd an sich herunter und fummelte an einem Knopf herum, der sich geöffnet hatte. Es schien, als würde er sonst nichts weiter sagen, also stand Lockyer auf, um wieder zu gehen. Aber eine Hand, die fest seinen Arm umklammerte, hielt ihn zurück, und er blickte in die angsterfüllten Augen seines Vaters.

»Alles okay, Matt?«

Lockyer war überrascht. In den letzten Jahren hatte John sich aufgrund seiner Depression noch mehr in sich selbst zurückgezogen. Wie sehr er andere Menschen auch lieben mochte, er machte sich nur selten Gedanken um ihr Wohlbefinden oder erkundigte sich danach.

Lockyer gab ihm seine Standardantwort: »Mir geht's gut, Dad.«

»Ich meine, geht es dir *wirklich* gut?«

Sein Vater hielt ihn weiter fest umklammert und starrte ihn eindringlich an, als wäre seine Antwort *wichtig*. Was bei Lockyer ein plötzliches Gefühl tiefer Traurigkeit hervorrief.

»Wann geht es einem schon wirklich gut?«, sagte er ruhig und aufrichtig. »Aber ich komme klar. Du musst dir meinetwegen keine Sorgen machen.«

»Aber natürlich tue ich das«, murmelte John.

Er gähnte so heftig, dass sich seine Augen schlossen, und die Hand um Lockyers Arm wurde schlaff.

Lockyer musste schwer schlucken. »Es gibt bald Essen, Dad. Ich kann es riechen.«

»Sie kommen gerade recht«, sagte Jody, als Lockyer die Küche betrat.

Sie knallte ein Stück Cheddar und einen Teller vor ihm auf die Arbeitsplatte.

»Könnten Sie den reiben?«

»Was, das ganze Stück?«

»Ja. Ich mache Parmigiana. Dafür braucht man viel Käse.«

»Nimmt man dafür nicht eigentlich Mozzarella?«

»Ach ja?« Sie zog die Augenbrauen hoch. »Wollen Sie sich etwa über das Rezept streiten, obwohl Sie von einer Frau bekocht werden, die seit fünf Uhr morgens auf den Beinen ist und seit einer geschlagenen Dreiviertelstunde Auberginen anbrät?«

Lockyer kapitulierte. »Nein.«

»Gut. Mozzarella war für den Co-op die Straße runter etwas zu exklusiv.«

»Darf ich ein Bier trinken, während ich den Käse reibe?«

»Vielleicht.« Sie grinste. »Kommt drauf an, wie schnell Sie sind.«

Während die beiden tranken und sich unterhielten, bereiteten sie das Essen zu. Lockyer kam in der Hitze, die der Herd verbreitete, mächtig ins Schwitzen, doch Jody schien sie kaum wahrzunehmen. Und als die Sonne hinter dem Haus unterging, begann ihre Haut im Schein der Innenbeleuchtung förmlich zu strahlen. *Boudicca*, hatte Jason sie genannt. Das war durchaus passend, und während Lockyer von ihr herumkommandiert wurde, vergaß er, dass Chris mit Drogen gedealt hatte und den Hof verlassen wollte, dass die Ermittlungen zu Lee Gearys Tod offensichtlich in eine Sackgasse geraten waren.

»Ihr Vater schläft seit vier Uhr«, sagte Jody, als das Essen fertig war. »Meinen Sie, ich sollte ihn wecken?«

»Auf jeden Fall. Er würde es hassen, eine Mahlzeit zu verpassen.«

»Einen Moment noch.«

Sie schlug ein Ei in eine Pfanne auf dem Herd und stieß einen Fluch aus, als dabei etwas Öl auf ihre Hand spritzte.

»Ich habe festgestellt, dass Ihr Vater so ziemlich alles isst, wenn es mit einem Spiegelei drauf serviert wird«, sagte sie. »Witzigerweise ist das Braten von Spiegeleiern so ungefähr das Einzige, was mir mein Dad beigebracht hat.«

»Haben Ihre Eltern hier in der Nähe gewohnt, als Sie noch ein Kind waren?«

»Nein. In Somerset.«

»Sie sind Bauern, nehme ich an.«

»Um Himmels willen, nein. Dad ist stellvertretender Direktor einer Mittelschule, Mum Sprechstundenhilfe. Aber ich habe früh gemerkt, dass ich besser mit Tieren und Maschinen zurechtkomme als mit Menschen.«

Sie wendete vorsichtig das Ei. »Aber ich werde nicht über meine Kindheit sprechen oder warum ich bei meiner Großmutter und nicht bei meinen Eltern ein Zimmer habe. Nur damit Sie's wissen.«

Lockyer holte die Teller.

»Sie sind ziemlich zugeknöpft für jemanden, der mit seiner Meinung über andere Leute nicht hinterm Berg hält.«

Jody ließ sich nicht aus der Ruhe bringen. »Sie müssen mir nur sagen, dass ich mich um meinen eigenen Kram kümmern soll, dann tue ich das. Und jetzt lassen Sie uns essen. Ich habe einen Mordshunger.«

John, dessen Haar in Büscheln von seinem Kopf abstand, schlurfte mit verschlafenem Blick zum Tisch.

»Und was sagen Sie?«, fragte Jody, nachdem er ein paar Bissen gegessen hatte.

»Das Eigelb ist jedes Mal perfekt«, sagte John, worauf Jody in schallendes Gelächter ausbrach.

»Nennen Sie mich einfach Michel Roux.«

Als sie ihre Mahlzeit beendet hatten, ließen Jody und Lockyer John vor dem Fernseher sitzen. Jody schnappte sich eine Decke von einer Stuhllehne und holte ein Sixpack aus dem Kühlschrank.

»Ich gehe zum Maschinenschuppen raus, um die Fledermäuse zu beobachten«, sagte sie. »Kommen Sie mit?«

»Um die *Fledermäuse* zu beobachten?«, wiederholte Lockyer. »Okay.«

Draußen setzten sich die beiden mit dem Rücken an die Schuppenwand und blickten in südwestlicher Richtung über eine dunkle Anhöhe hinweg, die sich am Horizont deutlich vom blassen Himmel abhob. Die Steine und der Boden waren noch warm. Die Fledermäuse flatterten lautlos aus ihren Schlafplätzen in dem alten Ziegeldach und schwirrten in die Dämmerung. Jody öffnete zwei Bier und reichte Lockyer eins.

»Besser nicht«, sagte er. »Ich muss nachher noch nach Hause fahren.«

»Warum? Es gibt hier genug leere Zimmer.«

»Nun … das stimmt.« Er nahm das Bier.

»Ich habe Fledermäuse immer geliebt«, sagte sie und verschränkte ihre Arme auf den angewinkelten Knien.

»Wirklich?«

»Ja. Sie wechseln so schnell die Richtung. Sie verfügen über ein *Echolot*. Haben Sie mal eine in der Hand gehalten? Sie wiegen so gut wie nichts. All diese Fähigkeiten, und dazu die unzähligen Legenden, stecken in diesem klitzekleinen Bündel.«

»Jody, wie viele Biere hatten Sie schon?«

»Ein paar, Dad.«

Lockyer lächelte schief. »Es ist schon das zweite Mal, dass mich heute Abend jemand so nennt.«

»Ach ja? Wen haben Sie denn noch versucht zu erziehen?«

»Einen alten Freund meines Bruders. Der ihn dazu gebracht hat, die Pillen zu verkaufen. Er war bei Chris an dem Abend, als er gestorben ist.«

Jody ließ sich Zeit, um etwas zu erwidern. »Was hat er gesagt?«

»Er meinte im Grunde, dass ich meinen Bruder hier sitzen gelassen hätte, als ich mein Studium begonnen habe und anschließend zur Polizei gegangen bin. Weil ich den Hof verlassen hätte, musste Chris bleiben. Er habe dann versucht, genug Geld zu verdienen, um von hier wegzugehen. Deswegen die Sache mit den Pillen.«

»Um wegzugehen?«

»Um für ein paar Jahre die Welt zu bereisen. Aber wer weiß, ob er zurückgekommen wäre.« Lockyer nahm einen Schluck. »Ich dachte eigentlich, dass wir miteinander reden konnten, aber ich hatte keine Ahnung, wie er sich fühlte. Dass er nicht glücklich war.«

»Kommen Sie«, sagte Jody leise. »So war das nicht gemeint.«

»Nein?«

»Nein! Er war achtzehn Jahre alt und versuchte … auf eigenen Beinen zu stehen, mit all dem Schwachsinn, der dazugehört. Hören Sie, der Wunsch zu reisen, am Strand mit jemandem zu vögeln und ein paar Fotos vom Sonnenuntergang zu machen, bedeutet *nicht*, dass er vorhatte, euch im Stich zu lassen. Dass er auf lange Sicht nicht auf dem Hof leben wollte.«

Sie schaute zu ihm hinüber, um sich zu vergewissern, dass er auch zuhörte.

»Ich weiß, Ihr Bruder war, na ja, ein richtiger Sonnenschein … der hier für gute Laune gesorgt hat. Aber niemand kann ständig so sein. Außer er hat ein ernsthaftes Defizit.«

»Es ist nur … Ich glaube, wir standen uns nicht so nah, wie ich dachte. Zum ersten Mal passierte etwas Wichtiges in seinem Leben, und er konnte mir nicht davon erzählen.« Lockyer lehnte seinen Kopf gegen die Wand. »Es muss irgendwelche Anzeichen gegeben haben, die ich übersehen habe. Vielleicht hat er versucht, es mir zu sagen, und ich habe nicht zugehört. Ich … Im Grunde habe ich ihn im Stich gelassen.«

»Fangen Sie schon wieder damit an?« Jody stieß einen Seufzer aus und schwieg eine Weile.

»Wussten Sie«, sagte sie schließlich, »dass es in Mexiko einen

Ort namens Pomuch gibt, wo die Familien jedes Jahr die Knochen ihrer Angehörigen ausgraben, um sie zu säubern?«

»Was?«

»Das ist wahr. Einmal im Jahr brechen sie die Särge auf und nehmen Omas Schädel oder Onkel Geoffs Beinknochen heraus. Sie breiten sie auf dem Boden aus, polieren sie blank, sagen ihnen, was sie zu sagen haben, und legen sie dann für ein weiteres Jahr wieder zurück.«

»Okay. Das ist echt schräg.«

»Aber das ist *genau das*, was Sie tun, Matt«, sagte sie. »Ist Ihnen das nicht klar? Das ist … das ist, als wenn eine Familie das Zimmer eines Kindes, das schon vor Jahrzehnten gestorben ist, völlig unverändert lässt. Versucht, es festzuhalten. Es nicht loslässt.«

»Aber Sie verstehen bestimmt, warum …«

»Ja, ich verstehe, *warum*. Aber davon ist dieser Mensch nicht weniger tot. Glauben Sie etwa, Ihr Bruder wäre glücklich darüber, dass Sie nach seinem Tod völlig den Halt verloren haben? Dass Sie immer noch seine Knochen vor sich ausbreiten und sich den Kopf darüber zerbrechen, wer er war, warum er gestorben ist und was das alles zu bedeuten hat?«

»Nein«, gab Lockyer zu. »Er hat immer mehr für den Moment gelebt.«

»Da haben wir's.«

»Aber … mir bleibt nichts anderes übrig, als darüber nachzudenken.«

»Man hat *immer* eine Wahl. Er ist tot, und das ist echt furchtbar. Aber halten Sie sich an die Tatsachen. Vermissen Sie ihn, seien Sie traurig über seinen Verlust, aber beziehen Sie nicht alles auf *sich* – das ist nur Ihr Ego. Sie werden sich immer an ihn erinnern, aber vergeben Sie ihm, und sich selbst, und … dem Universum. Was geschehen ist, war nicht Ihre Schuld. Niemand kann aus seiner

Haut, deshalb *musstet* ihr beide so handeln, und Sie können jetzt nicht mehr das Geringste daran ändern. Sie haben ihn geliebt, das ist das Einzige, was zählt. Aber lassen Sie, Herrgott noch mal, alles andere hinter sich. Das Leben ist schon kurz und beschissen genug, auch ohne dass man alles noch schlimmer macht.«

Das war wahrscheinlich ein guter Ratschlag. Aber Lockyer wusste nicht, ob er es je schaffen würde, ihn zu befolgen.

»Wie sind Sie so weise geworden?«, fragte er.

»Ha. Ich habe eine Menge Fehler gemacht. Und daraus gelernt.«

»Aber es ist … nicht leicht.«

»Ich habe nicht gesagt, dass es *leicht* ist. Aber man muss es wenigstens *versuchen*. Lassen Sie die Knochen in dem verdammten Grab liegen, und leben Sie Ihr Leben.«

»Wen haben Sie verloren?«, fragte Lockyer aus einem Bauchgefühl heraus.

Er spürte Jody jetzt ganz deutlich neben sich – ihre körperliche Präsenz. Die sehnigen Muskeln und Knochen, die sonnengebräunte Haut, die den zarten Duft von Küchengerüchen verströmte. Sie starrte zum Himmel empor, mit einer tiefen Verletzlichkeit, die er zuvor nicht an ihr wahrgenommen hatte. *Harte Schale, weicher Kern.*

»Ich hatte einen kleinen Jungen«, sagte sie schließlich. »Er war an ALL erkrankt. An akuter lymphatischer Leukämie. Er ist zwei Tage nach seinem dritten Geburtstag gestorben.«

»Ach, Jody … Das tut mir leid.«

»Das muss es nicht.«

Sie wandte sich in seine Richtung und lächelte ihn mit zitternden Lippen warmherzig an.

»Das waren mit Abstand die besten drei Jahre meines Lebens. Er war mein kleiner Hase – er war praktisch vom ersten Moment an auf den Beinen. Und ist ständig geklettert. Mein Gott, wenn ich ihn auch nur eine *Sekunde* aus den Augen gelassen habe, hing er an einem Regal oder sonst wo.«

Aus der Hintertür des Wohnhauses fiel Licht auf ihre Augen. Sie glänzten. Doch sie blinzelte nicht.

»Irgendwann war er ständig müde, und ihm wurde schwindelig. Dann bekam er Nasenbluten …«

»Jody …« Lockyer suchte nach den passenden Worten. »Wie war sein Name?«

»Danny«, sagte sie. »Danny Alexander Upton.«

»Ein schöner Name.«

»Ja.«

»Sie hatten früher mal sehr viel mehr als jetzt«, sagte Lockyer. »Das haben Sie zu mir gesagt. Damit meinten Sie Danny.«

»Ja. Und … das Leben, das ich mir nach seiner Geburt ausgemalt hatte. Ich hatte eine Wohnung, ein Auto und einen Job. Ich glaubte, dass ein Kind so etwas braucht. Aber das stimmte nicht. Er brauchte nur mich und etwas mehr Glück, als ihm zuteilwurde.«

»Das tut mir leid.«

»Aber nachdem er gestorben war … habe ich alles weggegeben – seine Sachen, die Wohnung, das Auto. Es hatte keinen Sinn, sich daran festzuklammern. Ich konnte mein Leben nicht weiterleben, solange ich jeden Tag an ihn erinnert wurde. Das war viel zu schmerzlich. Das Leben kann einem unendliches Leid zufügen, wenn man das zulässt. Und ich beschloss, das nicht zuzulassen.«

»Boudicca«, murmelte Lockyer. Der Alkohol hatte ihm die Zunge gelockert.

»Was?«

»Boudicca. Die keltische Königin. So hat Sie heute jemand genannt.«

»Ach ja? Wer denn?«

»Jason McNeil.«

»Jase? Von der Old Hat Farm?«

»Sie haben ihm gesagt, wo er Stef Gould finden konnte. Damals auf dem Soul Tree Festival, 2011.«

»Habe ich das?«

»Offensichtlich.«

»Na bitte. Ich habe Jase wirklich gemocht. Er wirkte immer so offenherzig und … einfühlsam.« Sie runzelte die Stirn. »Er hat Stef doch nichts angetan, oder?«

Lockyer dachte über seine Antwort nicht lange nach. »Nein, nichts dergleichen.«

»Gott sei Dank. Sind meine Fotos denn hilfreich gewesen?«

»Ja.« Lockyer musterte ihr Gesicht. »Sie waren sogar sehr hilfreich.«

Jody wollte etwas sagen, hielt dann aber inne.

Sie bemerkte seinen prüfenden Blick, und es schien, als versuchte sie, schlau daraus zu werden. Dann nahm sie die Arme von den Knien, drehte ihren Körper in seine Richtung und lehnte sich zu ihm vor, bis ihre Gesichter nur noch wenige Zentimeter voneinander entfernt waren. Mit dem Anflug eines Lächelns wartete sie darauf, dass er näher kam.

15

TAG FÜNFZEHN, MONTAG

Am Samstag hatte Lockyer einen Kater und gab sich größte Mühe, nicht an Jodys nackte Haut zu denken. An ihre kräftigen, schwieligen Hände und ihren weichen Körper. Sie hatten danach beide in Gedanken versunken lange auf dem Rücken gelegen und den Himmel beobachtet, bis es so dunkel war, dass man die Fledermäuse nicht mehr sehen konnte. Dann, als es kühler wurde, sprang Jody plötzlich auf und zog sich hastig an.

»Ich sollte mich besser aufs Ohr hauen. In ein paar Stunden muss ich wieder aufstehen«, sagte sie. »Nacht, Matt.«

»Nacht, Jody«, war alles, was Lockyer herausbrachte.

Jetzt fragte er sich, ob er einen Fehler gemacht hatte. Ob er ihre Freundschaft aufs Spiel gesetzt hatte und auch das Beste, was dem Hof seit Jahren passiert war. Außerdem verspürte er das quälende Gefühl, einen geliebten Menschen betrogen zu haben – auch wenn ihn dieser Mensch schon vor Monaten verlassen hatte.

Er fuhr ins Krankenhaus und saß für die erlaubte Stunde bei seiner Mutter, lauschte dem unablässigen Piepen der Geräte auf der Intensivstation. Trudys Haut war von einer wächsernen, blutleeren Blässe, und sie wachte nicht auf. Tränen brannten in Lockyers Kehle, eine Vorahnung des Schmerzes, den er empfinden würde, wenn sie starb. *Falls* sie starb. *Sie wird bald wieder gesund und munter sein.* Aber weder Lockyers verfrühte Trauer noch Johns Weigerung, den Ernst der Lage zu akzeptieren, halfen Trudy weiter. Beides waren nur Strategien, mit einer unerträglichen Zukunftsaussicht klarzukommen.

Von Salisbury fuhr er zurück nach Bulford, um Karen Wilkins auf den neusten Stand der Ermittlungen zu bringen.

Sie sagte eine Weile kein Wort, nachdem er ihr erklärt hatte, dass Lee möglicherweise die Senke, einen ihm bekannten Ort, aufgesucht hatte, um dort auf der Suche nach Klarheit das *Salvia divinorum* zu nehmen. Dass er gestürzt war und sich den Kopf angeschlagen hatte. Zwischen ihren Augenbrauen bildete sich eine Falte. »Das … das hört sich überhaupt nicht nach Lee an.«

»Ich verstehe«, sagte Lockyer. »Aber vielleicht hat er in dem Jahr für sich ein paar neue Aktivitäten entdeckt. Zur Old Hat Farm zu fahren, mit Ridgeway abzuhängen …«

»Offensichtlich.« Sie klang nicht überzeugt. »Sind Sie sicher, dass das so passiert ist?«

»Nein. Aber das ist eine Möglichkeit.«

»Er hat gesagt, dass er jemanden treffen wolle – um ihm etwas zu erzählen.«

»Ich tue nach wie vor alles, um herauszufinden, wer und was das war.«

Lockyer gab ihr Jason McNeils neues Polizeifoto.

»Ist das der Mann, der an dem Tag vorbeikam und Lee sehen wollte? Das ist ein aktuelles Foto, er muss damals also jünger gewesen sein.«

Jason hatte bereits bestätigt, dass er es gewesen war, aber der Vollständigkeit halber zeigte Lockyer ihr das Foto, und weil er wissen wollte, ob Karen sich an Jason erinnerte oder nicht.

»Ich … ich glaube, das ist er … Ich meine, das ist durchaus

möglich. Er hat zwar eine andere Frisur, aber ja, ich denke schon.« Sie gab ihm das Foto zurück und wirkte plötzlich traurig. »Er hat ein sympathisches Gesicht. Hat er … Könnte er etwas mit dem zu tun haben, was Lee passiert ist?«

»Das habe ich anfangs gedacht, aber … dieser Mann war nicht in der Gegend, als Lee verschwunden ist.«

»Oh. Aber … war er derjenige, vor dem Lee auf der Flucht war? Der Grund, warum er … diese Droge gekauft hat, die Sie erwähnt haben?«

»Sobald ich das herausgefunden habe, werden Sie es erfahren. Versprochen.«

Lockyer hatte keine Lust, nach Hause zu fahren, zu Rosie Conlans Knochen und seinen kreisenden, selbstzerstörerischen Gedanken über Chris, und machte sich stattdessen auf den Weg zum Revier. Hitze stieg vom Asphalt empor. Lockyer vermutete, dass Broad sich gerade an einem kühlen Ort aufhielt. Und Merry vielleicht eine Runde schwimmen ließ. Plötzlich wurde ihm klar, dass er sie sich lieber draußen mit ihrem Hund vorstellte als zu Hause bei Pete.

Das einzig Nützliche, was er herausfand, war, dass der unvollständige Handabdruck, den man vom Geländer im Parkhaus genommen hatte, mit dem von Jason nicht ausreichend übereinstimmte, um beweisen zu können, dass er in jener Nacht definitiv dort gewesen war. Es gab zwar einige Gemeinsamkeiten, aber die reichten nicht aus. Jason hatte allerdings zugegeben, dort gewesen zu sein, und darauf kam es letztendlich an. Er hatte erzählt, was er getan und gesehen hatte, aber ob das der Wahrheit entsprach oder er auf diese Weise nur seine Anwesenheit auf dem Soul Tree Festival verheimlichen wollte, wusste Lockyer nicht. Sein Bauchgefühl sagte ihm, dass Ersteres zutraf. Allerdings hatte ihn sein Bauchgefühl schon einmal getäuscht.

Am Abend fuhr Lockyer zum Haus seines Freundes Kevin. Gegen Ende des Winters hatte Kevin ihn angerufen, weil er offensichtlich Hilfe brauchte, nachdem sein Vater ihn wieder einmal in Schwierigkeiten gebracht hatte. Zum ersten Mal in seinem Leben hatte Lockyer den Anruf nicht angenommen. Mit einer Mischung aus schlechtem Gewissen und Trotz. Das letzte Mal, als er Kevin geholfen hatte, hätte er deswegen beinahe seinen Job verloren. Er musste damit aufhören.

Dank des Lockdowns hatte er ihm problemlos aus dem Weg gehen können, und sie hatten sich kaum gesprochen. Vielleicht bestand zwischen ihnen das stillschweigende Einverständnis, dass Kevin diesmal auf sich gestellt war.

Kevin, der zweimal geschieden war, lümmelte in einem Liegestuhl, als Lockyer vor seiner Doppelhaushälfte im Dorf Netheravon vorfuhr. Seine Kinder hüpften kreischend über einen Rasensprenger. Kevins Körper war ausgemergelt, und in seinem Gesicht spiegelten sich Jahre voller Sorgen und Leid. Als er das Knallen der Autotür hörte, hob er den Kopf. Aber er lächelte nicht, und zum ersten Mal in seinem Leben war Lockyer sich nicht sicher, ob er willkommen war.

»Matt«, rief Kevin. »Ich dachte schon, du wärst an dem Virus gestorben. Lange nicht gesehen.«

»Ich lebe immer noch«, erwiderte Lockyer. »Und du?«

»Mich hat das Virus voll erwischt. Zwei Wochen lang ging es mir echt beschissen, und jetzt ist mein Hirn nur noch Matsch. Ich schaffe es nicht, länger als zwei Stunden am Stück wach zu bleiben.«

»Du bist also wieder ganz der Alte.«

Die beiden musterten einander, dann grinste Kevin.

»Setz dich. Schnapp dir ein Bier.«

Lockyer blieb für zwei Stunden, und sie tauschten Neuigkeiten aus. Schließlich erzählte er Kevin von dem Ecstasy, was wohl der Hauptgrund für seinen Besuch gewesen war.

»Mach dir deswegen keinen Kopf«, sagte Kevin. »Chris hat also ein paar Pillen verkauft – na und? Das habe ich auch getan, und noch Schlimmeres.«

»Es geht mir weniger um die Pillen.«

»Sondern darum, dass er weggehen wollte?«

»Ja.«

Die beiden beobachteten die herumtollenden Kinder. Die Luft war vom Geruch nach feuchtem, zertrampeltem Gras erfüllt.

Schließlich sagte Lockyer: »Hat er je mit dir darüber gesprochen?«

»Mit mir? Nein, natürlich nicht.«

»Ich denke, ich sollte meinen Eltern davon erzählen. Das könnte erklären, warum er … sich in den Streit eingemischt hat.«

»Was zum Henker ist los mit dir? Nein, das erzählst du ihnen nicht!«

»Aber es ist die Wahrheit.«

»Schon möglich. Aber du hast gerade gesagt, dass du das lieber nicht erfahren hättest. Wie soll deinen Eltern das also helfen?«

Lockyer zupfte einen Grasstängel aus und verstreute die Samen.

»Er hat mir die Schuld an seiner Situation gegeben. Das hat Joe mehr oder weniger gesagt. Chris saß auf dem Hof fest, weil ich gegangen bin und ihm keine andere Wahl gelassen habe.«

»Na ja, Joe Cameron war schon immer ein kleines Arschloch«, sagte Kevin. »Hör zu, Chris wurde einfach nur … erwachsen. Er war nicht mehr ›dein kleiner Bruder‹. Und Menschen bauen nun mal Mist. So ist das eben. Er hätte dir garantiert für nichts von alledem die Schuld gegeben.«

»Nein?«

»Also, wenn ich eins über Geschwister weiß, dann dass man es verdammt noch mal merkt, wenn sie sich nicht ausstehen können. Chris war ein toller Bursche und hat große Stücke auf dich gehalten. Alles andere ist nur … *Kinderkram*. Nicht wichtig.«

»Ich wünschte nur, er hätte mit mir darüber gesprochen. Das macht mich fertig – diese Geheimnisse. Diese Lügen.«

Kevin dachte eine Weile darüber nach. »Weißt du, warum Menschen diejenigen, die sie lieben, anlügen? Meistens weil sie Angst haben. Angst, sie zu enttäuschen, Angst, etwas kaputt zu machen.« Er nahm einen Schluck Bier. »Für Chris war das Glas immer halb voll, oder? Und ich wette, das war nach einer Weile ziemlich anstrengend.«

»Glaubst du, dass er unglücklich war?«

»Manchmal schon. So wie jeder. Herrgott, Matt – du weißt selbst, wie es im Winter auf einem Hof zugeht.«

Ja, das wusste er. Die ständige Feuchtigkeit, der ganze Matsch und Schlamm. Kalte Hände und Füße von früh bis spät. Kein Geld – nie genug Geld. Ein Tag wie der andere und das gelegentliche Gefühl, von der Außenwelt abgeschnitten zu sein. Dieses Gefühl war einer der Hauptgründe gewesen, warum er selbst von dort weggewollt hatte. *Ich zahle dir drei Trillionen Pfund, wenn ich im Bett liegen bleiben darf.*

»Jody meinte, ich bin genau wie mein Vater«, sagte Lockyer. »Und ich solle mir nicht den Kopf darüber zerbrechen, dass ich meine Eltern nicht … aufmuntern kann. Ich weiß nicht, wie ich ihre Situation verbessern soll, aber ich versuche es die ganze Zeit, weil … weil Chris nicht mehr da ist.«

»Scheiße, Kumpel«, sagte Kevin. »Sie hat recht. Dafür bist du nicht gemacht.«

Lockyer lächelte verzagt. »Danke.«

»Du kannst nicht seine Rolle übernehmen, Matt«, sagte Kevin.

»Und wenn *du* draufgegangen wärst, hätte Chris das umgekehrt auch nicht gekonnt.«

Er nahm aus einem Plastikbehälter voller Eis neben sich eine weitere Dose.

»Du denkst zu viel. Hast du schon immer. Jetzt Kopf hoch, trink noch ein Bier und erzähl mir mehr über diese Jody. Und zwar in allen Einzelheiten.«

Broad verbrachte den Montagmorgen damit, sich auf YouTube die Videos vom Soul Tree Festival und der Sonnwendfeier auf der Old Hat Farm anzusehen. Das gesamte Material aus dem Jahr 2011. Schließlich hielt sie das Bild bei einer Aufnahme von der Bühne auf der Old Hat Farm an, auf der die Band freudig die wilden Geister begrüßte, und wandte sich Lockyer zu.

»Cosmic Ornament«, sagte sie grinsend.

»Wie bitte?«, sagte Lockyer.

»Da auf dem Transparent – die Band heißt Cosmic Ornament. Klingt irgendwie … bescheuert. Und wie die Sängerin sich bewegt …«

»Ja.«

Enttäuscht, dass Lockyer keine Reaktion zeigte, schaute Broad sich weiter die Aufnahmen an.

Lockyer bemühte sich, seine Denkblockaden zu lösen, um einen anderen Ansatz zu finden. Versuchte sich zu erinnern, was von all den Dingen, die er gesehen und gehört hatte, in seinem Unterbewusstsein eine Reaktion hervorgerufen hatte. Aber ihm gingen zu viele Gedanken durch den Kopf, und es wollte ihm einfach nicht einfallen. Dennoch konnte er die Möglichkeit nicht akzeptieren, dass er Lee Geary im Stich lassen würde – oder Holly Gilbert.

Nach dem Mittagessen rief er zum zehnten Mal bei Jasons

Mutter, Chantelle Stevens, an, und diesmal nahm sie ab. Sie hielt sich ein wenig bedeckt, als hätte sie den Anruf irgendwo im Freien angenommen und wollte nicht, dass jemand mithörte. Aber sie bestätigte alles, was Jason über die Beerdigung erzählt hatte.

»Mein Will ist kein Mörder«, sagte sie knapp. »Deswegen ist er von hier weggegangen – deswegen wollten wir, dass er hier rauskommt, okay? Er ist etwas *Besonderes.* Er ist nicht geschaffen für diese Welt.«

Es war nicht klar, ob sie die Welt im Allgemeinen meinte oder die konkrete Umgebung, in die er hineingeboren wurde.

Aber vor allem konnte sie ihnen mehrere Fotos mit Datumsstempel vom achtzehnten November 2011 mailen, die Jason zusammen mit ihr auf Benjamins Leichenschmaus zeigten. Chantelle trug ein tadelloses schwarzes Kostüm, das Gesicht gezeichnet von einem Leben voller Enttäuschungen. Ein weiteres Foto war zwei Tage später in einem Café aufgenommen worden. Sie hatte ihren Arm um Jasons Schultern gelegt, und die beiden lächelten, die Köpfe dicht zusammengesteckt, innig in die Kamera.

»Das bestätigt mehr oder weniger sein Alibi für Lee Gearys Todeszeitpunkt«, sagte Broad.

»Falls Lee tatsächlich am Achtzehnten gestorben ist. Und damit ist immer noch nicht ausgeschlossen, dass er sich die Kopfverletzung auf der Old Hat Farm zugezogen hat.«

Als Broad alle Videos durchgesehen hatte, schlug sie mit einem lauten Knall ihren Laptop zu.

»Ich bin ziemlich ratlos, Chef.«

»Ich weiß«, sagte er. »Wir haben es entweder mit einem Mord zu tun – oder mit mehreren Morden –, die wir nicht beweisen können. Oder das alles fügt sich überhaupt nicht zusammen. Und bin heilfroh, wenn ich es schaffe, heute Abend das Büro zu verlassen, ohne das Considine erzählen zu müssen.«

»Vielleicht ergibt die forensische Untersuchung ja etwas«, sagte Broad.

»Vielleicht. Aber wenn das Blut von Jim Fitzmorris stammt, stehen wir im Grunde mit leeren Händen da.«

Broad kaute auf ihrer Lippe und starrte auf den Schreibtisch. Ihr großer Fall, von dem alle erfahren würden. Sie wirkte müde, und das gefiel Lockyer gar nicht.

»Das Motiv«, murmelte er. »Reden wir über Holly Gilbert, Gem. Beschuldigen die McNeils Ridgeway und die anderen zu Recht?«

»Natürlich«, sagte sie.

»Sind Sie sicher?«

»Sie nicht?«

»Eine Sache lässt mir keine Ruhe. Warum haben die drei gesagt, dass Holly aus dem Land Rover gestiegen und zur Farm zurückgelaufen ist? Warum *diese* Lüge – eine Lüge, die durch die Aussage von fünfundzwanzig Augenzeugen und die Überprüfung des Wagens problemlos widerlegt werden konnte? Warum haben sie nicht gesagt, dass sie irgendwann während der fünfundvierzig Minuten, über die nichts bekannt ist, angehalten haben und Holly ausgestiegen ist? Dass sie zum Beispiel einen Streit hatten und sie weggerannt ist.«

»Keine Ahnung, Chef. Aber sie *muss* mit ihnen zusammen gewesen sein. Sonst wäre sie nicht nach Amesbury gekommen.«

»Ach ja? Mal angenommen, die drei haben die Wahrheit gesagt. Sie ist am Ende des Feldwegs ausgestiegen und zurückgelaufen. Vielleicht hat sie es sich dann ja *noch mal* anders überlegt, ein Fahrzeug von der Old Hat Farm geliehen und ist ihnen gefolgt.«

»Aber uns sind alle Fahrzeuge bekannt, die auf einer der beiden Strecken nach Süden unterwegs waren.«

»Auf einer der *direkten* Strecken nach Süden«, korrigierte

Lockyer sie. »Holly war nicht aus der Gegend. Sie kannte die Straßen nicht besonders gut, und sie war betrunken. Sie hätte sich leicht verfahren können. Das würde erklären, warum sie länger nach Amesbury gebraucht hat.«

»Und dann hat sie einfach so die Fußgängerbrücke gefunden? Durch einen glücklichen Zufall?«

»Das wäre doch möglich. Sie könnte sich den Kopf irgendwann zwischen dem Verlassen des Land Rovers und dem Sturz vor den Laster angeschlagen haben. Vielleicht als sie im Dunkeln den Feldweg zurückgelaufen ist, vielleicht als sie ihn verlassen hat, um nach einem anderen Fahrzeug zu suchen.«

»Und was ist mit dem ersten Fahrzeug passiert?«, entgegnete Broad.

»Keine Ahnung. Sie hat es irgendwo in Amesbury oder unterwegs abgestellt. Und man hat es nicht mit ihrem Tod in Verbindung gebracht. Hören Sie, auch wenn man uns erzählt hat, dass Holly sich von den Fesseln der Vergangenheit befreit hat – so schnell kommt man über den Tod eines Elternteils nicht hinweg. Schon gar nicht, wenn man lange Zeit nur zu zweit gelebt hat. Der plötzliche Wandel ihres Lebensstils, der Studienabbruch, der Drogenkonsum … das alles sind Zeichen für eine *Krise*, kein Akt der Befreiung.«

»Aber die McNeils wollten das nicht wahrhaben?«, warf Broad ein.

»Genau«, sagte Lockyer. »Sie waren davon überzeugt, dass ihre Liebe und Akzeptanz ausreichen würden; sie glaubten, dass Holly *glücklich* war. Und wenn ein geliebter Mensch stirbt, ist es eine schreckliche Vorstellung, dass man irgendwie dafür verantwortlich ist. Es gibt nichts Schlimmeres als das Gefühl, diesen Menschen gar nicht richtig gekannt zu haben. Oder nicht gewusst zu haben, was in seinem Kopf vor sich geht.«

Lockyer wurde klar, dass er über sich selbst redete, und spürte Broads prüfenden Blick.

»Wenn man also jemand anderen bestraft, könnte das … davon ablenken?«, sagte sie. »Aber wir reden hier von Vince und Jason, oder? Denn ich hatte nicht den Eindruck, dass Trish so viel an ihrer Nichte lag. Außerdem hat sie unumwunden zugegeben, dass sie der offiziellen Einstufung als Selbstmord zustimmt.«

»Vielleicht glaubt sie das, weil es ihr in den Kram passt. Wir wissen, dass sie alles tut, um Vince und Jason zu schützen.«

»Ja. All diese Lügen, die sie einander erzählen …«

»Genau.« Lockyer erinnerte sich an sein Gespräch mit Kevin. »Sie haben *Angst*, Gem. Angst, dass alles auseinanderbricht, wenn sie absolut ehrlich zueinander sind.« Er dachte einen Moment darüber nach. »Vince hat das Feuer gelegt, das Trishs Eltern getötet hat. Die meisten Menschen würden mit dieser Person nie wieder etwas zu tun haben wollen.«

»Trish hat gesagt …« Broad blätterte in ihrem Notizblock zurück. »Ja, hier: ›Wir waren beide in ihn verliebt, aber ich war erst fünfzehn.‹ Sie war also mehr oder weniger ihr ganzes Leben lang in ihn verliebt?« Broad klang skeptisch.

»Genau. Was Trish Imogen vielleicht nicht verzeihen konnte, war, dass sie *zuerst* mit Vince zusammen war.«

Lockyer musste erneut an Hollys Foto von Vince und Trish denken: wie Trish zu ihm hochschaute und nach seiner Hand griff, während Vince den Blick von ihr abgewandt hatte. An den Schmerz in Trishs Augen, als sie über Jasons unerwiderte Liebe für Holly gesprochen hatten. *Das kann sehr schmerzhaft sein.*

»›Wenn gleiche Zuneigung nicht sein kann, dann will ich derjenige sein, der mehr liebt‹«, zitierte Lockyer.

»Was?«, sagte Broad.

»W.H. Auden.«

Sie runzelte die Stirn. »Beschäftigen wir uns jetzt mit Poesie?«

»Tut mir leid. Ich wollte nicht wie ein Klugscheißer rüberkommen. Das war in der Schule mein Thema in der Abschlussprüfung. Auden sagt, es ist besser – oder erträglicher –, bis über beide Ohren in jemanden verliebt zu sein, auch wenn dieser Mensch diese Liebe nicht erwidert, als der Gegenstand grenzenloser Anbetung zu sein.«

Eine unliebsame Erinnerung an seine Nachricht an Hedy. An all seine ungeschriebenen Nachrichten an Hedy, die einfach nur in Ruhe gelassen werden wollte. War das, was *er* empfand, wirklich leichter auszuhalten?

»Glauben Sie, dass Vince Trish gar nicht liebt?«, fragte Broad.

»Doch, bestimmt. Aber vielleicht nicht mit derselben … Hingabe. Vielleicht hat er Imogen mehr geliebt als sie, und deshalb kann Trish es kaum ertragen, ihren Namen zu hören.«

»Nun, es gibt keinen größeren Liebesbeweis, als das Elternhaus der Angebeteten niederzubrennen.«

»Sie könnten recht haben, Gem – ein verwirrter Teenager findet eine derartige Verzweiflungstat vielleicht unglaublich romantisch.«

Broad drehte sich mit ihrem Stuhl hin und her.

»Das heißt … Jasons Liebe für Holly war vielleicht ein größeres Problem, als er zugibt? Sie hat ihre Freundschaft zerstört. Und wurde immer mehr zu einer Belastung für Holly.«

»Was Jasons Schuldgefühle noch verstärkt hat, als sie sich umgebracht hat.«

»Aber was folgt daraus, Chef?«

Lockyer warf einen Blick auf seine Uhr.

»Pub?«, sagte er.

Broad war verwundert. »Am Montagnachmittag?«

»Lebe gefährlich.«

Die beiden saßen an einem Picknicktisch im Biergarten auf der Rückseite des British Lion, Lockyers Lieblingspub. Der Garten, der versteckt hinter den Gebäuden lag, wirkte wie ein geheimer Zufluchtsort.

Lockyer nahm einen Schluck von seinem Pint und spürte, wie sein Magen rebellierte. Er hatte in letzter Zeit zu viel Alkohol getrunken.

»Trinken Sie ruhig was, Gem«, sagte er. »Nach diesem Bier ist für mich Schluss, damit ich Sie später noch fahren kann.«

»Sicher?«

»Na klar.«

Sie ging zur Tür und kam kurz darauf mit einem Glas Black Cat Cider und zwei Tüten Chips zurück. Sie sprachen erneut den Fall durch, in der Hoffnung, irgendwelche neuen Erkenntnisse zu gewinnen. Aber dem war nicht so. Tatsache war, dass sie gegen die McNeils oder sonst irgendwen nichts Konkretes in der Hand hätten, falls das Blut in der Werkstatt nicht von Lee Geary stammte. Considine würde den Fall höchstwahrscheinlich zu den Akten legen, und Lockyer müsste gegenüber Karen Wilkins einräumen, dass ihre Ermittlungen nichts ergeben hatten. Keine Gerechtigkeit für Lee Geary. Keine Antworten für seine Schwester.

Lockyer hatte darum *gebeten*, ihm den Fall zu übertragen. Alle wussten, dass er ihn bearbeitete, und sie würden alle erfahren, dass er ihn nicht aufgeklärt hatte.

Der Abend wurde länger und das Sonnenlicht schwächer, während sich der Biergarten mit Leuten füllte, die immer noch ganz aus dem Häuschen darüber waren, nach dem Ende des Lockdowns endlich wieder mit Freunden etwas trinken gehen zu können. Lockyer dachte an Róisín Conlan. Ein weiterer Mensch, den er im Begriff war, im Stich zu lassen.

»Gem, haben Sie immer noch Kontakt zu DC Cookson?«

»Niamh? Ja. Warum?«

Niamh Cookson war eine irische Polizistin. Sie hatte in Wiltshire gearbeitet, bevor sie einige Jahre nach dem Brexit nach Irland zurückgekehrt war und wieder bei der dortigen Polizei angefangen hatte.

»Ist sie … trauen Sie ihr?«, fragte Lockyer.

»Inwiefern?« Broad schien verwirrt.

»Würde sie für Sie eine kurze Anfrage stellen und das für sich behalten?«

Broad musterte ihn einen Moment und blickte dann beunruhigt zur Seite.

»Um so etwas dürfen Sie mich nicht bitten, Chef.«

Lockyer hätte sich in den Hintern beißen können. »Sie haben recht. Vergessen Sie, was ich gesagt habe.«

»Es ist nicht so, dass ich Ihnen nicht vertraue«, sagte sie rasch. »Sie wissen, das tue ich. Aber nachdem –«

»Ehrlich, vergessen Sie's. Es ist nichts Dramatisches, aber ich … Mir gehen gerade tausend Gedanken durch den Kopf.«

Broad schaute auf. »Sind Sie besorgt wegen Ihrer Mutter?«

»Ja. Unter anderem.«

»Warum sagen Sie mir nicht einfach, worum es geht? Bei der kurzen Anfrage? Vielleicht kann *ich* ja helfen.«

»Es …«

Er fragte sich, wo er anfangen sollte. *Ob* er überhaupt davon erzählen sollte.

»Es wäre vielleicht besser, wenn Sie es direkt von der betreffenden Person erfahren.«

»Gut. Und wer ist die Person?«

»Meine Nachbarin.«

»Die kleine alte Dame?«

»Ja.«

»Also … Sie wollen, dass ich mit zu Ihnen komme?«

»Ach ja?«, sagte eine Stimme, und die beiden zuckten zusammen.

Neben ihrem Tisch stand Peter, ein freudloses Lächeln im Gesicht.

»Baggern Sie etwa meine bessere Hälfte an, DI Lockyer?«

»Nein, Pete, nichts dergleichen«, sagte Lockyer ruhig.

»Was machst du denn hier?«, fragte Broad, die nach zwei Gläsern Cider ihre Umgangsformen vergaß.

»Ich habe versucht, dich anzurufen«, sagte er in einem jovialen Tonfall, der völlig aufgesetzt klang. »Ich habe mir Sorgen gemacht und dich gesucht.«

Er hielt sein Telefon in der Hand. Broad brauchte ein, zwei Sekunden, bis sie begriff.

»Du hast mich *getrackt*?«

»Nun, wie gesagt, ich habe mir Sorgen gemacht. Und ich war sowieso in Devizes.«

Lockyer bemerkte, dass sie nicht fragte, warum er überhaupt in Devizes war, obwohl sie zehn Kilometer entfernt in Semington wohnten und er immer noch zu Hause arbeitete. Ihre Wangen liefen rot an.

»Meine Schuld«, sagte Lockyer. »Ich dachte, ein Drink nach der Arbeit könnte helfen, etwas Klarheit in den Fall zu bringen.«

»Und hat es geklappt?«

»Nein«, sagte Broad.

»Ich wollte Gem später nach Hause fahren«, sagte Lockyer zu Pete.

»Nun, jetzt bin ich ja hier«, sagte Pete.

»Trinken Sie was mit uns«, forderte Lockyer ihn auf.

»Nein danke, Matt.« Wieder dieses ausdruckslose Lächeln. »Nicht, wenn ich noch fahre.«

»Dann eine Cola.«

Pete erwiderte nichts, und ohne weitere Diskussion stand Broad auf und zwängte sich unbeholfen hinter dem Tisch hervor – dabei blieb der Riemen ihrer Tasche an den Latten hängen, und sie ließ sie zweimal fallen.

»Hoppla«, sagte sie.

»Kommen Sie schon, Gem«, witzelte Lockyer. »Sie sind ja noch mehr neben der Spur als die Sängerin von Cosmic Ornament.«

Sie brach in schallendes Gelächter aus, das sie aber sogleich wieder unterdrückte.

»Erklärt ihr mir, was daran so witzig ist?«, sagte Pete.

»Nur etwas … was wir heute gesehen haben. Eine Band«, sagte sie.

»Ihr habt heute eine Band gesehen?«

»Nein, das … ach, vergiss es. Das lässt sich schlecht erklären.« Sie warf Lockyer einen entschuldigenden Blick zu. »Nacht, Chef.«

Lockyer sah den beiden hinterher. Am Tor drehte Pete sich noch einmal um, einen Ausdruck überheblicher Tugendhaftigkeit im Gesicht, worauf Lockyer für einen kurzen Moment den Drang verspürte, ihm eine zu scheuern. Vielleicht war das eine zu heftige Reaktion. Denn man konnte nie wissen, was in einer Beziehung tatsächlich vor sich ging, meistens täuschte der äußere Schein. Jedenfalls hoffte er das. Er sagte sich, dass ihn ihre Beziehung eigentlich nichts anging. Nur … gleichzeitig hatte er das Gefühl, dass sie ihn sehr wohl etwas anging.

In diesem Augenblick erhielt er auf seinem Handy eine Nachricht von Cellmark, und während er sie überflog, wurde das laute Stimmengewirr im Biergarten vom pulsierenden Blut in seinen Ohren übertönt. Von dem Adrenalinschub, den er verspürte. Er rief den Laboranten sofort zurück.

»Sind Sie absolut sicher?«, fragte er.

»Ja, bin ich.«

Der Laborant klang müde.

»Wir haben alles zweimal überprüft. Das Blut aus der Werkstatt in der Old Hat Farm stammt nicht von Lee Geary. Aber die Datenbank hat einen eindeutigen Treffer ergeben.«

»Eine Verwechslung ist ausgeschlossen?«

»Vollkommen. Das Blut aus den Proben, die Sie uns geschickt haben, stammt von Holly Gilbert.«

16

TAG SECHZEHN, DIENSTAG

Die Ergebnisse der forensischen Untersuchung waren wie ein Donnerschlag und hätten eigentlich alles verändern müssen. Aber Lockyer verbrachte eine schlaflose Nacht, in der er noch einmal alles überdachte, und am Morgen war er zutiefst frustriert.

Als er Broad von den Ergebnissen erzählte, wollte sie direkt zur Old Hat Farm fahren und die Familie damit konfrontieren. Das war auch Lockyers erster Impuls gewesen, aber er war noch einmal alles durchgegangen, hatte die einzelnen Puzzleteile im Hinblick auf ihre bisherigen Erkenntnisse immer wieder hin und her geschoben, und zu seinem großen Ärger deutete nichts eindeutig auf ein Verbrechen hin. Die Unklarheiten waren nur noch größer geworden, sie hatten immer noch nichts Handfestes vorzuweisen. Und das bedeutete, dass sie nicht den geringsten Beweis dafür hatten, wie Lee Geary gestorben war.

»Aber die McNeils haben uns *definitiv* angelogen«, protestierte Broad.

»An dem Abend waren auf der Farm vielleicht vierhundert Leute, Gem«, sagte er und bemerkte, wie ihre Zuversicht schwand. »Dort standen bestimmt jede Menge Autos.«

Sie hatten bereits die Möglichkeit in Betracht gezogen, dass

Holly sich auf der Farm den Kopf angeschlagen hatte und Ridgeway dann gefolgt war, indem sie irgendwie nach Amesbury gefahren war.

»Sie wird nicht wieder in den Land Rover gestiegen sein, *nachdem* sie sich den Kopf angestoßen hatte«, sagte Broad. »Dann wäre im Wagen sehr viel mehr Blut gewesen – normales Blut und nicht … *Frauen*blut«, fügte sie verlegen hinzu.

»Genau.«

»Aber es gibt noch eine andere Möglichkeit, oder?«

»Dass jemand Holly auf der Old Hat Farm vorsätzlich angegriffen hat«, sagte Lockyer.

»Ja. Und … sollten wir die McNeils nicht dazu befragen?«

»*Zusammenhänge*, Gem. All die Lügen, die sie einander erzählen … Zuerst müssen wir das Warum verstehen – müssen wir *sie* verstehen.«

Broad seufzte. »Und wenn Holly auf der Farm angegriffen und dann *vorsätzlich* auf die A303 geworfen wurde … Wie sind die Täter dann dorthin gekommen?«

Lockyer dachte einen Moment darüber nach. Mit einem geliehenen, nicht zugelassenen oder gestohlenen Fahrzeug. Wenn jemand von der Old Hat Farm auf einem Umweg nach Amesbury gefahren war, ohne an einer Verkehrskamera vorbeizukommen, würde ein Verteidigungsteam den Fall in der Luft zerreißen. Sie mussten jede Strecke erfassen, die jemand in den zweieinviertel Stunden genommen haben könnte, die zwischen dem Zeitpunkt, an dem Holly auf der Party zuletzt lebend gesehen wurde, und ihrem Zusammenprall mit dem Laster vergangen waren.

»Zusammenhänge«, murmelte er erneut. »Aber Sie haben recht, Gem. Ich glaube, dass sie uns auch in diesem Punkt angelogen haben. Hat sich inzwischen was wegen Nina Thorowgood ergeben? Der Frau mit den mysteriösen Facebook-Nachrichten?«

»Ja, hat es«, sagte Broad.

»Ist sie bereit, mit uns zu reden?«

»Nicht direkt.«

Broad hatte regelmäßig Nina Thorowgoods Facebook-Seite aufgerufen, und jemand hatte sie auf einem Foto markiert, das sie, im Waldgebiet entlang der A303 westlich von Amesbury, vor einem Tipi im Lager der Stonehenge Action Group zeigte. Ihre Antwort auf Broads Vorschlag, im Lager mit ihr zu sprechen, lautete: *Auf keinen Fall.*

Erst als Broad noch ein paarmal gedroht hatte, genau das zu tun, hatte Nina zugestimmt, sich auf einem Rastplatz mit ihnen zu treffen.

Auf der Fahrt Richtung Süden sagte Lockyer: »Ich hoffe, Sie haben gestern Abend meinetwegen keinen Ärger bekommen. Mit Pete.«

»Oh … nein.«

Broad hatte den Blick weiter nach vorne gerichtet. Die unschöne Tatsache, dass ihr Freund sie im Pub aufgespürt hatte, hing zwischen ihnen in der Luft.

»Er ist nur ein bisschen … keine Ahnung … nervös, seit das mit Corona losging. Er verlässt immer noch kaum das Haus. Nicht mal zum Einkaufen.«

»Er ist direkt in einen belebten Biergarten marschiert, um Sie da rauszuholen.«

Sie antwortete nicht sofort.

»Das Arbeiten zu Hause … das hat ihm nicht gutgetan«, sagte sie ruhig. »Ich glaube, das war ziemlich hart für ihn.«

Lockyer behielt für sich, dass er den Eindruck hatte, Pete würde die Pandemie nur als Vorwand dafür benutzen, Gemma noch mehr zu überwachen.

Sie parkten auf dem Rastplatz und warteten. Lockyer spähte

zu einem Campingtisch aus Kunststoff hinaus, auf dem in der Hitze Schälchen mit Erdbeeren schmorten, ebenso wie der Mann dahinter, der sie verkaufte. Der dichte Verkehr wälzte sich im Schneckentempo an ihnen vorbei – auf der Höhe von Stonehenge verengte sich die Straße zu zwei einzelnen Fahrbahnen, sodass der Verkehr praktisch zum Erliegen kam. Sie befanden sich knapp fünf Kilometer westlich der Stelle, an der Holly Gilbert in die Tiefe gestürzt und ans Flussufer geschleudert worden war, wo sie im langen Gras gestorben war.

Broad wurde langsam ungehalten. »Ich glaube, sie verarscht uns, Chef.«

»Geben wir ihr noch fünf Minuten … Da.«

Lockyer zeigte auf eine Gestalt, die auf der anderen Straßenseite am Feldrand entlangstiefelte.

Nina schob sich flink durch ein Loch im Stacheldrahtzaun und marschierte zwischen den sich langsamen fortbewegenden Autoschlangen hindurch. Sie war eine große Frau mit langen Gliedmaßen. Die pinkfarbenen Dreadlocks hatte sie abrasiert, sodass nur noch ein weicher, honigblonder Haarschopf übrig geblieben war, und zwischen ihrem Bandeau-Top und einem tief auf den Hüften sitzenden Rock war ein Streifen ihres flachen Bauchs zu sehen. Jeder Zentimeter ihrer Haut war goldbraun, und sie hatte auffallend dunkle Augen. Mit großen Schritten kam sie auf Lockyer und Broad zu, während sie aus dem Wagen stiegen. Nina wirkte so grimmig, dass Broad instinktiv vor ihr zurückwich.

»Mein Gott«, sagte sie. »Noch mehr Mühe hättet ihr euch wohl nicht geben können, wie Bullen auszusehen?«

Sie warf einen Blick über die Schulter und verschwand hinter dem Transporter des Erdbeerverkäufers.

»Nina Thorowgood?«, fragte Broad, während sie ihr folgten.

Sie verdrehte die Augen. »Nein, die Jungfrau Maria.«

Lockyer und Broad wechselten einen Blick und zeigten ihre Ausweise.

»Danke, dass Sie mit uns reden«, sagte Lockyer.

»Sie haben fünf Minuten, dann muss ich wieder zurück. Und ich brauche etwas Geld.«

»Geld?«

»Ich habe gesagt, ich würde Erdbeeren kaufen, okay?«

»Verstehe.« Lockyer schaute zu Broad, die ihre Brieftasche zückte.

»Ich habe nur einen Zwanziger …«

»Das genügt.«

Nina riss Broad den Schein aus der Hand und stopfte ihn in ihr Top. Dabei quittierte sie Broads verdutzte Miene mit einem höhnischen Grinsen.

»Sie können sich das bestimmt leisten.«

Verärgert blaffte Lockyer: »Vielleicht könnten Sie für die nächsten paar Minuten mal auf Ihr blödes Getue verzichten? Dann sind wir hier schneller fertig.«

Nina funkelte ihn wütend an.

»Wir untersuchen den Tod eines Mannes namens Lee Geary. Er wurde im Zusammenhang mit Holly Gilberts Tod befragt, aber ohne Anklage wieder entlassen. Kurz nach Hollys Tod haben Sie auf Ihrer Facebook-Seite gepostet, dass ›sie‹ Holly erst etwas genommen und dann sie selbst genommen haben. Was wissen Sie über die Ereignisse in jener Nacht?«

Nina verschränkte die Arme. »Was soll das hier bringen? Ihr kriegt es einfach nicht auf die Reihe.«

»Dann helfen Sie uns«, sagte Broad. »Waren Sie in jener Nacht auf der Old Hat Farm – in der Nacht des zwanzigsten Juni 2011?«

»Ja. Ich war das ganze Jahr über immer mal wieder dort, bis Trish mich rausgeworfen hat.«

»Und dort haben Sie auch Holly kennengelernt?«

»Ja. Wir haben uns angefreundet.«

»Standen Sie sich sehr nahe?«

»Wir haben uns auf Anhieb verstanden, okay? Sie wirkte bei ihrer Ankunft zwar verdammt spießig, aber sie hatte ein großes Herz. Sie behandelte die Menschen mit *Respekt*. Sie wollte sie verstehen … und glücklich machen.« Nina schaute von Lockyer zu Broad. »Sie hatte den ganzen alltäglichen Schwachsinn hinter sich gelassen und wollte anderen Menschen helfen, dasselbe zu tun.«

»Indem sie *Salvia divinorum* rauchte?«, fragte Lockyer.

»Nein, es ging nicht darum, das eigene Bewusstsein zu erweitern. Ich will damit sagen, dass sie nicht selbstmordgefährdet war. Auf gar keinen Fall.«

»So etwas ist nicht immer offensichtlich …«, begann Broad.

»Wir hatten eine echte Beziehung – wissen Sie überhaupt, was das bedeutet? Wir haben wirklich miteinander *geredet*. Monatelang zusammengelebt, wie Schwestern.«

Lockyer machte allerdings gerade die Erfahrung, dass Geschwister nicht unbedingt alles voneinander wussten. Dass jedes Familienmitglied seine ihm zugewiesene Rolle kannte und dazu neigte, daran festzuhalten. Dass einige Dinge ungesagt und gewisse Anzeichen unbemerkt blieben.

»Was meinten Sie damit, als Sie geschrieben haben, dass man Holly etwas genommen hat?«, fragte er.

»Einfach nur …« Nina stieß einen lauten Seufzer aus. »Ich … ich glaube nicht, dass sie gesprungen ist, und ich glaube auch nicht, dass es ein Unfall war. Und als Stef sagte, dass Holly aus dem Wagen gestiegen und nicht mit ihnen nach Amesbury gefahren sei, wusste ich, dass das die Wahrheit ist. Also hat irgendjemand gelogen. Und lügt noch immer. Holly war so voller Freude, so voller Leben, und jemand –«

»Sie haben Stef geglaubt?«, unterbrach Lockyer sie.

»Ich musste ihr nicht glauben, ich *wusste*, dass sie die Wahrheit sagte.«

»Und woher wussten Sie das?«

»Weil ich Holly *gesehen* habe, okay?«

»Was genau haben Sie gesehen?«

»Ich habe gesehen, wie sie in Ridgeways Wagen gestiegen ist und sie weggefahren sind. Später habe ich dann gesehen, wie sie allein den Feldweg zurückkam.«

Lockyer und Broad wechselten erneut Blicke.

»Warum haben Sie das damals nicht gesagt?«, fragte er.

»Das habe ich doch«, blaffte Nina. »Aber das hat mir nur jede Menge Ärger eingebracht. Die Bullen meinten, dass ich völlig zugedröhnt sei. ›Hast wohl ein bisschen was getrunken und ein paar Pillen eingeworfen, Schätzchen?‹« Sie grinste spöttisch. »Sie wollten die Sache Ridgeway und Stef anhängen.«

»Sie haben den Ermittlungsbeamten definitiv erzählt, was Sie gesehen haben?«, fragte Lockyer.

»Ja. Und sie haben alles aufgeschrieben. Ich habe es auch den McNeils erzählt, aber die haben mir ebenfalls nicht geglaubt. Trish meinte mehr oder weniger, die Sache sei noch zu *frisch*, zu *schmerzhaft*, ich solle die Klappe halten. Alle dachten, dass ich mich irre, aber ich *weiß*, was ich gesehen habe.«

»Nun, es war richtig, eine Aussage zu machen«, sagte Broad.

»Mag sein. Sie wollten alle unbedingt glauben, dass Holly gesprungen ist«, sagte sie wütend. »Aber das war Schwachsinn. Nach ihrem Tod bin ich noch ein paarmal auf der Farm gewesen, bis Trish meinte, dass ich mich verziehen soll. Ich habe danach versucht, ein paar Antworten zu bekommen, aber ohne Erfolg. Und irgendwann dachte ich dann, dass sie vielleicht alle da mit drinhingen. Aber …« Sie zögerte. »Keine Ahnung. Ich weiß nur, dass es kein Selbstmord war, und ich weiß, dass Holly an dem Abend nicht mit den dreien nach Amesbury gefahren ist.«

»Wie gut kannten Sie Ridgeway Kingsley-Jones?«, fragte Lockyer.

Nina kniff die Augen zusammen.

»Gut genug. Er war ein privilegiertes Oberschichtsarschloch. Wenn er etwas haben wollte, hat er es sich einfach genommen.«

»Trish McNeil hat ihn als orientierungslos beschrieben. Sie meinte, er habe eine Menge durchgemacht.«

»Ernsthaft?«, sagte Nina spöttisch. »Das Einzige, was Ridgeway jemals durchgemacht hat, war, eine Privatschule zu besuchen. Und das Schlimmste, was ihm je widerfahren ist, war, dass die Vertrauensschüler ihm beim Initiationsritus einen Toast zwischen die Arschbacken geklemmt haben.«

»Ach ja?« Broad war skeptisch.

»Was denn? Glauben Sie etwa, nur weil er sich wie ein Möchtegern-Gangster aufgespielt hat und auf der Old Hat Farm rumhing, war er auch ein echter Prolet wie wir anderen?«, sagte sie in einem sarkastischen Tonfall. »Er wurde mit einem goldenen Löffel im Arsch geboren. Es hat ihn einfach amüsiert, sich unters gemeine Volk zu mischen.«

Lockyer fiel Ridgeways merkwürdiger Akzent bei der Befragung ein. Der zwischen dem der Home Counties und dem ländlichen Dialekt des Südwestens gewechselt hatte.

»Hat er auf der Old Hat Farm Drogen verkauft? Auf der Feier?«, fragte er.

»Alkohol ist eine Droge. Tabak auch …«

»Irgendwelche *illegalen* Drogen?«

»Wer weiß? Was denken Sie?«

»Glauben Sie, dass Ridgeway Holly angegriffen hat? War *sie* etwas, das er haben wollte?«

»Es wäre nicht das erste Mal gewesen.«

»In seinem Vorstrafenregister steht nichts davon«, sagte Broad.

»Na und?«, sagte Nina. »Ein Jahr vor Hollys Tod war da auf einem Festival dieses Mädchen. Sechzehn Jahre alt. Eure Leute haben sie dazu gedrängt, die Anschuldigungen fallen zu lassen, weil Ridgeway ein Alibi hatte.«

»Durch Stef Gould?«, vermutete Lockyer.

»Bingo.« Nina verschränkte abwehrend die Arme. »Sie ist Ridgeway wie ein Hund überallhin gefolgt und hat behauptet, dass sie den ganzen Abend mit ihm zusammen gewesen sei. Aber das stimmte nicht, es sei denn, sie hat dabei zugesehen, wie er das arme Mädchen vergewaltigt hat.«

»Sie glauben also, dass sie Ridgeway ein falsches Alibi verschafft hat?«

»Ich weiß es sogar.«

»Warum sind Sie da so sicher?«

»Weil ich das Mädchen kenne, das er vergewaltigt hat. Und ich kannte *ihn* – und Stef.« Sie machte eine Pause. »Das war auch nicht das erste Mal.«

»Nein?«

»Ich habe in einem Protestcamp gegen die HS2-Bahnstrecke einen Typen kennengelernt, der auf dieselbe teure Schule wie Ridgeway gegangen ist, und er hat mir von einem Mädchen erzählt, das sagte, es sei von Ridgeway vergewaltigt worden, als sie beide siebzehn waren.«

»Wissen Sie, was in diesem Fall passiert ist?«

»Die Eltern haben die Sache vertuscht. Die Eltern von *beiden*. So regeln das die Reichen.«

Lockyer verzichtete darauf, ihr zu widersprechen.

»Wenn das, was Sie sagen, stimmt, dann tut es mir leid, dass man Ihre Freundin überredet hat, ihre Anschuldigungen fallen zu lassen«, sagte Lockyer. »Es ist sehr schwierig, schwere Fälle von sexueller Gewalt strafrechtlich zu verfolgen.«

»Aber das heißt nicht, dass man es nicht versuchen sollte, oder?«

»Nein«, stimmte Lockyer zu. »Das heißt es nicht.«

Broad hatte schon eine Weile nichts mehr gesagt, aber aufmerksam zugehört und ab und an etwas in ihren Notizblock geschrieben. Sie räusperte sich jetzt leise.

»Miss Thorowgood, ich möchte etwas klarstellen. Sie halten von Ridgeway Kingsley-Jones offensichtlich nicht sehr viel. Und Sie haben angedeutet, dass er Holly womöglich angegriffen hat, auf sexuelle oder andere Weise. Aber aufgrund Ihrer Aussage, dass Sie gesehen haben, wie Holly auf die Feier zurückgekehrt ist, nachdem er aufgebrochen war, ist es nahezu ausgeschlossen, dass er an ihrem Tod beteiligt war.« Broad schaute von ihrem Notizbuch auf. »Können Sie mir das erklären?«

»Hören Sie, ich sage Ihnen nur, was ich weiß, okay? Ich kenne nicht alle Antworten – die zu finden ist doch eigentlich *Ihr* Job. Ridgeway war ein Stück Scheiße und eine Gefahr für alle Frauen. Stef hätte *alles* getan, um ihm zu helfen, diese blöde Kuh. Aber ich habe gesehen, wie Holly an dem Abend auf die Feier zurückgekehrt ist, und sie war echt wütend. Vielleicht hat er also irgendwas versucht, keine Ahnung.«

Nina klang gereizt. »Und ja, ich war angetrunken, ja, ich war ein wenig stoned, und nein, ich trug keine Uhr. Ich habe also keine Ahnung, wie spät es war, aber ich kann mich an den Ablauf der Ereignisse genau erinnern. Holly ist mit ihnen weggefahren. Ich wusste, dass sie auf Ridgeway scharf war, und habe versucht, ihr das auszureden, aber sie wollte nicht auf mich hören. Ich war deswegen sauer auf sie. Es sollte Cosmic Ornament auftreten, eine echt tolle Band, und ich wollte, dass Holly sie sich ansieht.

Aber sie ging einfach. Und *während* die Band spielte, habe ich gesehen, wie sie zurückkam. Kapiert? Das muss also ungefähr eine Viertelstunde später gewesen sein. Höchstens zwanzig Minuten.«

»Sind Sie sicher?«

»Absolut sicher.« Ihr Kampfgeist schien langsam zu erlahmen. »Ich habe keine Ahnung, was das alles zu bedeuten hat. Ich weiß nur, was ich gesehen habe. Ich habe gesehen, wie sie zurückgekommen ist, und ich weiß, dass sie sich nicht umgebracht hat.«

»Haben Sie mit ihr gesprochen, als sie wieder zurückkam?«, fragte Lockyer. »Wie gut konnten Sie sie sehen? Gab es Anzeichen für Verletzungen – Blut auf ihrem Gesicht oder ihrer Kleidung? Wirkte sie benommen?«

»Ich habe nicht mit ihr gesprochen – ich habe ihr zugerufen, aber sie konnte mich bei der lauten Musik nicht hören. Und, na ja, es war zwar dunkel, aber sie wirkte nicht benommen. Sie … rannte. Sie wollte irgendwohin. Es gab keinerlei Anzeichen dafür, dass sie sich verletzt oder ihr jemand etwas angetan hatte – sonst wäre ich ihr gefolgt.«

»In Ordnung, Nina«, sagte Lockyer. »Danke, dass Sie mit uns gesprochen haben. Falls Ihnen noch irgendwas einfällt, melden Sie sich bitte bei uns. Hier meine Karte. Und wie Sie DC Broad erreichen können, wissen Sie ja.«

»Das war's? Werden Sie deswegen etwas unternehmen?«

»Wenn wir wissen, was genau passiert ist, werden wir das auf jeden Fall tun. Und wir werden Ihnen Bescheid sagen, wenn Sie das wollen. Ich möchte, dass Sie aufs Revier kommen und eine offizielle Aussage dazu machen, was Sie in der Nacht gesehen haben. Ich glaube, dass Ihre ursprüngliche Aussage verlegt wurde.«

Nina schnaubte.

»Werden Sie das tun?«, hakte Lockyer nach.

»Keine Chance. Ich bin allergisch gegen Polizeiwachen.«

Lockyer und Broad wandten sich zum Gehen, aber dann fiel Lockyer etwas ein.

»Eine Sache noch. Sie sagten, dass Trish McNeil Sie aufgefordert hat, die Old Hat Farm zu verlassen. Meinte sie damit für immer?«

Nina zuckte mit den Achseln. »Ich bin seitdem nicht mehr dort gewesen.«

»Warum nicht? Weshalb haben Sie sich zerstritten?«

Ein spöttisches Lächeln. »Offensichtlich ist man da nur willkommen, solange Trish sich nicht bedroht fühlt.«

»Was meinen Sie damit?«

»Es gefiel ihr nicht, wie Vince mich angesehen hat.«

»Vince? Er fand Sie attraktiv?«

»Die meisten Männer tun das«, sagte sie ohne falsche Bescheidenheit. »Zwischen uns ist nichts passiert, aber das spielte keine Rolle. Obwohl die beiden schon so lang zusammen sind, ist Trish McNeil im Grunde immer noch ein kleines unsicheres Schulmädchen, wenn es um ihren Mann geht.«

Mit diesen Worten marschierte Nina davon – mit Broads Zwanzig-Pfund-Schein in ihrem BH und ohne Erdbeeren.

Zurück im Wagen sah Broad Lockyer eindringlich an.

»Jetzt ist mir klar, warum Ridgeway und Stef so eine unglaubwürdige Geschichte erzählt haben«, sagte sie.

»Ja. Es war die Wahrheit.«

»In der ursprünglichen Akte findet sich keine Aussage von Nina. Da sind nur die fünfundzwanzig anderen, laut denen Holly den Land Rover bestiegen hat und weggefahren ist, und das war's.«

»Ja. Ihre Aussage ist nicht in der Akte gelandet.«

»Das ist … Also, das ist ziemlich miese Polizeiarbeit, oder?«

»Ja.«

Lockyer fragte sich, ob die Aussage fehlte, weil man die Beweise frisiert hatte, oder ob es ein Versehen gewesen war. Und er fragte sich, ob es den Ärger wert war, Steve Saunders deswegen zur Rede zu stellen. Das hielt ihn nur von der eigentlichen Arbeit ab, und er hatte mal wieder das Gefühl, irgendetwas übersehen zu haben. Das Gefühl, dass ihm bei der Befragung von Nina etwas Wichtiges entgangen war. Er wusste, dass er sich nicht allzu sehr darauf konzentrieren durfte, sondern warten musste, bis es ihm wieder einfiel.

»Bei ihrer Befragung hat Stef erwähnt, dass Holly ein Riesentheater gemacht habe«, sagte er. »Dass sie ›ausgerastet‹ sei. Ridgeway hat dasselbe gesagt – Holly hätte wegen irgendwas ein ›furchtbares Drama veranstaltet‹. Und Nina meinte gerade, sie sei ›gerannt‹, als sie auf die Farm zurückgekehrt ist.«

»Hat das irgendwas zu bedeuten?«

»Keine Ahnung. Aber wenn sie wütend war … Nun, ich glaube nicht, dass wütende Menschen dazu neigen, sich umzubringen. Wut hat ein *Ziel*.«

»Sie hat sich die Kopfverletzung in der Werkstatt zugezogen«, sagte Broad. »Dort ist ihr Blut.«

»Genau. Aber warum ist sie dort hingegangen? Wen hat sie gesucht?«

Zurück auf dem Revier sah Lockyer sich noch einmal die Aufnahmen mit den Befragungen an, um sicherzugehen, dass ihm nichts entgangen war. Holly hatte ein Riesentheater gemacht. Ein furchtbares Drama veranstaltet. *Wa… was soll das heißen? Warum ist sie tot?* Lees grobschlächtiges Gesicht, verzerrt vor Entsetzen. *Es wurde gegrillt. Ich habe eine Folienkartoffel gegessen.* Seine offensichtliche Verwirrung versetzte Lockyer erneut einen Stich. Was auch immer in jener Nacht passiert war, Lee hätte deswegen niemals sterben dürfen.

Lockyer nahm sich erneut Jodys YouTube-Clips von der Sonnwendfeier auf der Old Hat Farm vor. Eines zeigte, wie Trish dort stand, um den Sonnenaufgang zu begrüßen, offenbar völlig ahnungslos, dass ihre Nichte zu diesem Zeitpunkt bereits tot war. Wo war Vince? Und wo war Jason – er behauptete, nicht dort gewesen zu sein, aber das musste er erst noch beweisen. Lockyer hielt den sechsminütigen Clip bei einer Einstellung an, die den Auftritt von Cosmic Ornaments zeigte. Der Zeitstempel lautete *21.06.11 01:44*. Etwa fünfzehn Minuten, nachdem fünfundzwanzig Zeugen gesehen hatten, wie Holly in Ridgeways Land Rover gestiegen war, so wie Nina gesagt hatte. Genug Zeit, um zum Ende des Feldwegs zu fahren, und für Holly, um wieder zurückzulaufen. *Sie wollte irgendwohin.* Zu einer Verabredung? Hatte sie sich in der Werkstatt mit jemandem *getroffen* und nicht nur nach jemandem gesucht?

»Vielleicht Jason«, sagte Broad, als Lockyer ihr diese Frage stellte. »Vielleicht war er doch dort. Schließlich hat ihn seine Abneigung gegen Menschenmengen auch nicht davon abgehalten, Stef zum Soul Tree Festival zu folgen.«

»Ich will auf jeden Fall eine zuverlässige Bestätigung seines Alibis für die Sonnwendfeier«, sagte Lockyer.

»Vielleicht dachte er, sie würden miteinander schlafen, und Holly hat ihm einen Korb gegeben. Und er hat das nicht akzeptiert und … sie mit irgendetwas geschlagen.«

»In der Werkstatt gibt es jede Menge potenzieller Waffen.« Lockyer dachte darüber nach. »Selbst wenn Holly anschließend weggerannt und irgendwie auf der Brücke gelandet ist … sieht es für Jason nicht gut aus. Das ist versuchter Mord, mindestens schwere Körperverletzung.«

»Und wenn ihre DNA an dem Knüpfel ist?«, sagte Broad.

»Das könnte der Staatsanwaltschaft reichen, um Anklage gegen ihn zu erheben. Aber sie benutzen beide den Knüpfel – Jason *und* Vince. Er wird mit ihrer DNA übersät sein. Und da inzwischen neun Jahre vergangen sind, werden wir nicht mehr feststellen können, wer sie damit geschlagen hat.«

»Aber *Vince* hätte das doch nicht getan«, sagte Broad skeptisch. »Seine eigene Tochter.«

Lockyer sah vor seinem geistigen Auge, wie Vince von Hollys Schlafzimmerfenster aus die Kollegen der Spurensicherung beim Durchsuchen der Werkstatt beobachtet hatte.

»Er breitet die Knochen vor sich aus«, murmelte er.

»Wie bitte?«

»Hollys Zimmer ist Vince heilig, wie ein Schrein. Er sucht es oft auf.«

»Das tun viele Eltern, die ein Kind verloren haben.«

»Sicher. Aber ein Vater, der sein Kind nur als Erwachsene kannte, und das auch nur für sechs Monate? Mit dieser Hingabe …«

»Sie glauben, es ist vielleicht … die falsche Art von Hingabe?«

»Ich finde es zumindest etwas merkwürdig. Ein wenig zu leidenschaftlich.«

»Aber Vince ist ein leidenschaftlicher Mensch«, sagte Broad. »Sie meinen doch nichts … Sexuelles?«

»Nein, das will ich damit nicht sagen. Aber wir können es nicht ausschließen. Und selbst wenn es nichts Sexuelles war, könnte die Beziehung trotzdem … ungesund gewesen sein. Für sie beide.«

Broad dachte nach.

»Es kann natürlich auch sein, dass Holly sich mit keinem der beiden getroffen hat«, sagte sie. »Sondern mit irgendeiner Person, die sie auf der Feier kennengelernt hatte – oder auf der Old Hat Farm, vor der Feier. Die Verabredung ist aus dem Ruder gelaufen, und die Person hat sie in Panik durch die Gegend gefahren, bis ihr die Brücke eingefallen ist.«

Steve Saunders hatte dasselbe gesagt: *Diese Farm ist im Grunde nichts weiter als eine Durchgangsstation für Herumtreiber und Spinner.*

»Wenn das der Fall ist, werden wir diese Person nie finden«, sagte Lockyer.

»Bestimmt wissen nur die Einheimischen von der Existenz der Brücke.«

»Schon möglich. Aber Menschen, die viel herumkommen, kennen sämtliche Schleichwege. Wenn es gestern und nicht vor neun Jahren passiert wäre, hätten wir in einem größeren Gebiet die Aufnahmen der Verkehrskameras sicherstellen können. Aber die wurden inzwischen längst gelöscht.«

»Nun«, sagte Broad, »wir müssen hoffen, dass sich an dem Knüpfel Hollys Blut befindet. Oder das von Lee Geary.«

»Außerdem brauchen wir ein Motiv.« Lockyer machte eine Pause. »Und dann ist da natürlich noch diese andere Sache.«

»Was meinen Sie?«

»Wenn einer der McNeils Holly angegriffen hat, warum sollte Jason es dann auf Ridgeway und die anderen abgesehen haben?«

»Vielleicht wusste er nichts von dem Angriff«, sagte Broad. »Oder die drei haben … irgendwas gesehen.«

»Aber sie haben die Feier verlassen, bevor Holly verletzt wurde.«

»Oder sie *wussten* irgendwas. Irgendwas, was auf der Farm vor sich ging.«

Lockyer stellte sich die aufgewühlte Holly vor, die wegen irgendetwas ein Riesentheater veranstaltete. Die trauernde, verwirrte Holly, die doch nicht mit nach Amesbury fahren wollte und stattdessen zur Farm zurückgerannt war. Um jemanden zu suchen. Um dort vielleicht mit einer bestimmten Person zu reden? Und Lee Geary – er wollte jemandem etwas erzählen. Bei dem Gedanken daran überkam Lockyer erneut dieses quälende Gefühl, dass ihm bei dem Gespräch mit Nina Thorowgood etwas Wichtiges entgangen war.

»Ich will herausfinden, was Holly wusste«, sagte er plötzlich.

»Worüber?«

»Über ihren Vater und ihre Tante. Diese ganzen Lügen über Trishs und Hollys Identität … Warum? Wozu das alles? Holly ist in dem Glauben aufgewachsen, dass Graham Gilbert ihr leiblicher Vater war. Dann ist ihre Mutter gestorben, und sie hat Vince ausfindig gemacht. Wie? Was hat sie alles über ihn in Erfahrung gebracht – und wann?«

»Aber wie sollen wir das denn je herausfinden, Chef?«, sagte Broad.

Lockyer trommelte mit seinem Daumen auf den Schreibtisch.

»Sie haben doch Hollys und Imogens alte Adresse herausgefunden, richtig? Versuchen Sie, die aktuelle Telefonnummer zu ermitteln. Ich möchte mit der Person sprechen, die die Wohnung gekauft hat. Und Hollys Laptop muss noch *irgendwo* sein.«

Lockyer konnte seinen Besuch auf der Westdene Farm nicht länger hinausschieben. Er fand seinen Vater in der großen Scheune, wo er unter der Motorhaube des Hilux herumschraubte. Der Geruch in der Scheune war der Geruch seiner Kindheit: eine Mischung aus Heustaub, getrocknetem Dreck, rostigem Metall und rotem Diesel.

»Mum scheint es nicht …«, begann er und stockte. »Hast du von den Ärzten irgendwas Neues gehört?«

»Wir müssen jetzt Geduld haben«, sagte John. »Sie wird wieder gesund. Sie braucht nur Ruhe.«

»Ruhe? Dad … sie liegt praktisch im Koma.«

»Es reicht«, sagte John bestimmt.

Seine verärgerte Miene beunruhigte Lockyer.

»Ich weiß, dass es ihr schlecht geht. Ich kann *sehen*, dass es ihr schlecht geht. Hör verdammt noch mal auf, ständig darauf herumzureiten. Das ist nicht hilfreich.«

»Ich …« Lockyer verstummte. »Tut mir leid.«

»Was willst du von mir hören, mein Sohn?«, fragte John fast beschwörend.

»Nichts, Dad. Ich schätze, ich … ich wollte nur hören, dass sie wieder gesund wird.«

John wandte sich wieder dem Toyota zu.

»Nun, das habe ich von Anfang an gesagt.«

»Ja«, sagte Lockyer leise. »Aber ich möchte, dass es auch stimmt.«

»Das möchte ich auch, Matt«, sagte John. »Ich werde es ohne sie nicht schaffen.«

Lockyer vermutete, dass das auch für den Hof galt, wenn er nur von einem alten Mann und seinem Sohn bewirtschaftet wurde. Einem Sohn, der irgendwann beschlossen hatte, von dort wegzugehen. Chris war derjenige gewesen, der den Hof hätte retten, übernehmen und modernisieren sollen. Vielleicht war es also an der Zeit aufzugeben. Lockyer wusste in diesem Moment, dass er seinen Eltern nichts von Chris' Pillen erzählen würde oder sonst irgendetwas. Kevin hatte recht – sie mussten das nicht erfahren. Nachdem er diese Entscheidung getroffen hatte, ging es ihm besser.

»Weißt du, wo ich Jody finden kann?«, fragte er.

»Sie ist vor einer Weile losgefahren, um die Zäune zu kontrollieren.«

Das Quad stand nicht in der Garage, und Lockyer schirmte seine Augen ab und spähte in die Ferne. Aber eigentlich hoffte er, dass sie nirgends zu sehen war, dass er das peinliche Gespräch nach dem Sex vermeiden konnte. Andererseits würde Jodys völliger

Mangel an Befangenheit sein Übermaß davon wieder ausgleichen. Nicht dass es verkehrt war, miteinander zu schlafen – es war ein wunderbarer Moment der Selbstvergessenheit gewesen. Aber er fragte sich, ob er womöglich ein Versprechen gegeben hatte, das er nicht einhalten konnte. Er war aus Frauen nie richtig schlau geworden. *Harte Schale, weicher Kern.*

Schon bald hörte er in der Ferne ein Motorengeräusch und sah, wie sich eine blasse Staubwolke über den Weg zum Hof bewegte. Er wartete, bis Jody vor ihm anhielt.

Sie beäugte ihn abschätzend, während sie vom Quad stieg. »Alles okay?«

»Ja. Und bei dir?«

»Alles bestens.«

Sie strich mit der Hand den Staub von ihrem Haar, blieb vor ihm stehen und wartete. Lockyer konnte ihren prüfenden Blick kaum ertragen.

»Jody …«, begann er und wusste nicht, was er sagen sollte.

»Na klar.«

»Was?«

»Du bist einer von diesen Typen, mit denen es hinterher komisch ist. Du hoffst, dass ich deswegen die Fassung verliere, was nur *deine* Art ist, die Fassung zu verlieren.«

»Ich kann mir kaum vorstellen, dass dich irgendwas aus der Fassung bringt.«

»Gut erkannt«, sagte sie beiläufig. »Mach dir keinen Kopf. Ich werde jetzt duschen gehen. Und bevor du fragst – das war keine Aufforderung.«

»Es ist nur, ich will nicht, dass du … Es gibt jemand anderes. Also, sie ist nicht hier, aber –«

Jody drehte sich zu ihm um. »Mach dir keinen Kopf, hab ich gesagt. Ich bin nicht auf der Suche nach einer *Beziehung*.«

Sie betonte das Wort mit beißendem Spott. »Und wenn, dann kämst du dafür nicht infrage.«

»Gut. Also … können wir uns wieder entspannen?«

»Ich glaube nicht, dass du je entspannt warst, Matt.«

»Nein. Du hast wahrscheinlich recht. Ich … ich möchte nur nicht, dass du gehst, weil –«

»Herrgott, du weißt echt nicht, wann du die Klappe halten musst, oder?«

Sie musterte ihn kurz, als fragte sie sich, warum sie überhaupt mit ihm gesprochen hatte.

»Ich gehe von hier fort, wenn ich das will. Und das wird *nichts* mit dir zu tun haben.«

Sie drehte sich um, und Lockyer machte sich keine Illusionen, die Situation irgendwie verbessert zu haben. Falls Jody angefangen hatte, ihn zu mögen, hatte sie es sich offensichtlich anders überlegt. Und er wusste nicht, ob er ihr die Schuld dafür gab.

Es ertönte ein leiser Benachrichtigungston, und Jody zog ihr Handy aus der Gesäßtasche. Als sie es entsperrte, blieb sie mit der Fußspitze an der Stufe des Hintereingangs hängen und geriet ins Straucheln. Das Telefon flog aus ihrer Hand und landete vor Lockyers Füßen. Als er danach griff, sah er die E-Mail, die sie gerade lesen wollte, und erhaschte einen flüchtigen Blick auf den Namen des Absenders. Wortlos riss Jody ihm das Telefon aus der Hand, und Lockyer erwiderte nichts. Er glaubte, den Namen *Trish* erkannt zu haben. Aber er war sich nicht sicher.

17

TAG SIEBZEHN, MITTWOCH

Das Reihenhaus, in dem Holly und Imogen früher gewohnt hatten, lag in einer ruhigen Straße mitten im Zentrum von Guilford. Es war ein kleines, hübsches, weiß getünchtes viktorianisches Backsteingebäude mit salbeigrünen Fensterrahmen und Türen. Der Mann in den Dreißigern, der Lockyer und Broad öffnete, war gut in Form, hatte glatte Haut und strahlend weiße Zähne.

»Mr. Drummond?«, sagte Lockyer, während sie ihre Ausweise zeigten.

Der Mann lächelte höflich. »Simon, bitte. Kommen Sie doch rein.«

Er führte sie durch einen Flur in eine schicke, moderne Küche.

»Ich nehme an, dass ich Ihnen wegen dieses schrecklichen Virus' nichts zu trinken anbieten kann.«

»So ist es. Aber danke.«

Simon deutete auf vier große Pappkartons, die in einer Ecke auf dem Boden standen.

»Nun, das sind sie. Sie sind ein wenig staubig – tut mir leid. Und ziemlich schwer. Ich habe sie vom Dachboden geholt, weiter konnte ich sie nicht tragen.«

»Danke«, sagte Broad. »Wir schaffen das schon.«

»Warum haben Sie sie aufbewahrt?«, fragte Lockyer.

»Das weiß ich eigentlich gar nicht so genau«, sagte Simon. »Ich fand es nur falsch, sie wegzuwerfen. Stu, mein Mann, wollte alles entsorgen. Er fand es makaber, dass ich mir die Hinterlassenschaften anderer Menschen angesehen habe. Die Möbel und Kleidungsstücke haben wir alle einer Wohltätigkeitsorganisation gespendet.« Simon betrachtete die Kartons. »Aber die Unterlagen und Fotos … Na ja. Das konnte ich doch nicht alles wegwerfen.«

»Was wissen Sie über die Ereignisse damals?«

»Gar nichts. Aber es ist schrecklich, dass zwei Menschen auf diese Weise gestorben sind – so jung –, und dass es niemanden gab, der ihre Habseligkeiten durchsehen wollte. Ich dachte wohl, dass das eines Tages passieren würde – dass jemand hier aufkreuzt, um nach Antworten zu suchen.«

»Antworten sind genau das, was wir brauchen«, sagte Broad.

»Haben Sie vielleicht einen Laptop gefunden? Oder irgendwelche Handys?«, fragte Lockyer.

»Nein. Der Fernseher war noch hier, die Stereoanlage und der iPod des Mädchens. Aber der einzige Computer war steinalt, ich habe ihn zum Schrottplatz gebracht. Aber ich habe vorher eine Kopie der Festplatte gemacht – sie ist in einem der Kartons. Ich hoffe, das war … okay?«

»Natürlich«, sagte Lockyer.

»Nun, hoffentlich haben Sie in der Nähe geparkt.«

Als die beiden kurz darauf mit dem Wagen auf die Autobahn fuhren, warf Broad Lockyer einen kurzen Seitenblick zu.

»Also … wann soll ich vorbeikommen und mit Ihrer Nachbarin reden?«

Lockyer zögerte. Ihre Reaktion auf seine Frage, ob Niamh eine inoffizielle Nachforschung durchführen könne, hatte ihm in Erinnerung gerufen, dass Broad nicht so fragwürdig mit den

Vorschriften umging wie er. Sie erledigte ihre Arbeit gewissenhaft und sorgfältig, und sie stand noch ganz am Anfang ihrer Karriere. Er hatte kein Recht, sie in Schwierigkeiten zu bringen.

»Vergessen Sie's, Gem«, sagte er. »Ist nicht so wichtig.«

»Kommen Sie, Chef – offenbar *ist* es wichtig.«

»Nein, wirklich nicht.«

Er überlegte, wie er ihr die Situation erklären konnte, aber das war nicht möglich.

»Ich möchte nicht, dass Sie mit Pete Ärger bekommen«, sagte er schließlich.

»Das ist nicht seine Entscheidung«, sagte Broad wenig überzeugend. »Ich würde gerne helfen, wenn ich kann.«

Lockyer erwiderte nichts. Die Versuchung, ihr Angebot anzunehmen, war groß. Er musste unbedingt einen Weg aus der Sackgasse finden, in die er sich manövriert hatte, brauchte etwas, was ihm half, eine Entscheidung zu treffen.

»Ich kann Sie heute Abend nach Hause begleiten, wenn Sie wollen?«, setzte sie nach.

Lockyer hatte den Blick weiter auf die Straße gerichtet. »Nun, warten wir ab, wann wir heute Feierabend machen.«

»Okay.«

Er wechselte das Thema. »Was zum Teufel ist mit Hollys Laptop passiert, wenn man ihn ihr nicht zugeschickt hat? Er ist wirklich nicht in der Asservatenkammer?«

»Wenn ja, dann kann ich ihn nicht finden«, sagte Broad. »Glauben Sie nicht, dass man ihn vielleicht aus Versehen an ihre Uni geschickt hat?«

»Nichts ist unmöglich.«

»Ich werde dort mal anrufen«, sagte Broad. »Es war die Uni in Bournemouth, oder? Und was ist mit Hollys Handy – wo ist das?«

»Und wo ist das von Lee Geary?«, ergänzte Lockyer. »Aber

das alles ist neun Jahre her, und die beiden können sie auf dem Weg zu der Stelle, wo sie gestorben sind, verloren haben. Wir werden nie beweisen können, dass eine dritte Person sie an sich genommen hat.«

»Es sei denn, wir machen diese Person ausfindig«, sagte Broad.

»Genau«, sagte er, obwohl er nicht glaubte, dass das passieren würde.

Die beiden waren schweißgebadet, nachdem sie die Kartons in ihr Büro hochgeschleppt hatten. Broad ließ sich auf ihren Stuhl fallen, schaltete ihren Ventilator ein und schlug die Nummer der Universität in Bournemouth nach. Während sie weiterverbunden wurde und in der Warteschleife hing, wuchtete Lockyer einen der Kartons auf seinen Schreibtisch.

Simon hatte die Unterlagen kreuz und quer darin verstaut und keinen Platz verschwendet. Das Erste, was Lockyer herausfischte, waren die Kontoauszüge aus einem Zeitraum von siebzehn Jahren. Er überflog einen davon, aus dem Jahr 2010, und ihm fiel nichts Ungewöhnliches auf. Als Nächstes fand er ein gerahmtes Foto von Holly und Imogen, auf dem sie, Wange an Wange, in die Kamera lächelten. Sie waren beide geschminkt und hatten die Haare frisiert, und an Ohren und Hals funkelte Schmuck. Lockyer musste an das Bild von Iris und Rosie denken. An jenen unbeschwerten Moment, der für die Ewigkeit festgehalten worden war und kaum etwas preisgab.

Die Familienähnlichkeit war unübersehbar. Holly war auf dem Bild etwa sechzehn Jahre alt, sodass Imogen Mitte dreißig sein musste, da sie bei Hollys Geburt noch ein Teenager gewesen war. Sie hatten beide das gleiche leuchtende Haar, das gleiche spitze Kinn, die gleiche Nase und gleichen dunklen Augen. Imogens Gene hatten sich gegen Vince' aquamarinblaue Augen durchgesetzt, aber

Holly hatte von ihm ihr Lächeln geerbt. Lockyer fragte sich, ob es Imogen an ihn erinnert hatte, wenn sie es sah.

»Sie haben ihn?«, sagte Broad laut. »Ja, großartig. Ich werde jemanden vorbeischicken, der ihn abholt. Morgen. Ja, danke.«

Sie legte auf. »Sie haben ihren Laptop. Nach der Feststellung der Todesursache hat man ihn offensichtlich aus Versehen dorthin geschickt. Die Uni hat ihn zusammen mit den Sachen aus Hollys Zimmer eingelagert, weil man dachte, jemand würde sie abholen.«

»Bestens«, sagte Lockyer. »Gut gemacht.«

Broad ging neben einem der Kartons in die Knie. »Suchen Sie irgendwas Bestimmtes?«

»Alles, was uns weiterhilft«, sagte er. »Fotos und private Briefe, irgendwelche offiziellen Schreiben, außer Rechnungen oder Wurfsendungen.«

Er nahm sich den Karton wieder vor, mit dem er begonnen hatte, und fand ein paar Bastelarbeiten aus Hollys Kindheit, darunter das Porträt einer dreiköpfigen Familie aus rotem Transparentpapier und Glitter. Während er Hollys Darstellung von Graham Gilbert betrachtete, wunderte er sich über die Entscheidung, ihr zu verschweigen, dass er nicht ihr biologischer Vater war, selbst als sie erwachsen war. Hatten sie gehofft, Holly würde es *niemals* herausfinden? Sie mussten doch gewusst haben, dass der Schock umso größer wäre, wenn sie es schließlich doch herausfand. Und die Tatsache, dass sie es erst nach Imogens Tod erfuhr, als niemand mehr da war, um ihre Fragen zu beantworten, musste alles nur noch schlimmer gemacht haben.

Aber vielleicht waren es genau diese Fragen, die Imogen vermeiden wollte. Vielleicht wollte sie nicht, dass Holly zu Vince Kontakt aufnahm, nach dem, was er getan hatte. Aber hatte Holly tatsächlich bis zum Alter von zwanzig Jahren kein einziges Mal ihre Geburtsurkunde vorlegen müssen? Allerdings war es auch möglich, ohne eine Urkunde einen Pass zu bekommen.

»Chef«, sagte Broad und hielt ein kleines Blatt Papier in die Höhe, als könnte sie seine Gedanken lesen. »Hollys Geburtsurkunde.«

»Mit Vince' Namen drauf?«

»Nein. Das Feld für den Vater ist leer. Er konnte wohl kaum das Formular unterschreiben, denn er saß ja im Gefängnis.«

»Und wusste nicht, dass Imogen schwanger war«, fügte Lockyer hinzu. »Wenn Holly die Urkunde nach Imogens Tod gesehen hat, hat sie auf diese Weise vielleicht herausgefunden, dass Graham Gilbert nicht ihr leiblicher Vater war.«

Broad hielt ein weiteres Blatt in die Höhe. »Hier. Graham hat sie adoptiert, als sie achtzehn Monate alt war.«

Lockyer versuchte sich vorzustellen, wie schwer es Holly getroffen haben musste, als sie plötzlich diese Dokumente entdeckte. Als sie herausfand, dass die Menschen, die ihr am nächsten standen, sie mehr oder weniger ihr ganzes Leben lang belogen hatten, egal wie gut ihre Absichten gewesen sein mochten. Die tiefe Erschütterung, die das ausgelöst hatte.

»Vince meinte, Holly habe die Briefe gefunden, die er Imogen aus dem Gefängnis geschrieben hat«, sagte Lockyer. »Ich will sie unbedingt lesen. Um zu sehen, ob sie sich je über das Feuer ausgetauscht haben. Suchen Sie weiter, Gem.«

Es gab eine Menge ärztlicher Schreiben aus der Zeit von Imogens ersten Tests, dann im August 2009 eines mit der Diagnose Lungenkrebs. Ihr blieb zu diesem Zeitpunkt noch etwas mehr als ein Jahr. Die Diagnose war sehr spät gestellt worden, der Krebs hatte in Leber und Nebennieren bereits Metastasen gebildet und befiel dann später auch Lymphknoten und Gehirn. Lockyer war zwar kein Fachmann, aber es hörte sich an, als wäre eine Behandlung sehr kompliziert und kaum zu überleben.

Schließlich stieß er auf einen großen braunen Briefumschlag mit Eselsohren. Er schüttete den Inhalt auf seinen Schreibtisch, und ein sehr junger Vince McNeil starrte ihm entgegen. Er posierte auf einem Motorrad, bekleidet mit einer stonewashed Jeans und einem Guns-N'-Roses-T-Shirt, das sich über seine muskulöse Brust und seine kräftigen Oberarme spannte. Sein schwarzes Haar fiel in Locken auf seinen Kragen, und sein Kiefer war mit Bartstoppeln übersät. Seine blauen Augen waren nicht zu übersehen, obwohl das Foto sehr körnig und die Farbe verblasst war. Er sah mit fast streitlustigem Blick in die Kamera.

Lockyer hielt das Foto in die Höhe, um es Broad zu zeigen, die anerkennend nickte.

»Echt scharf«, sagte sie.

»Ach ja?«

»Absolut. Und wenn man ein heterosexuelles, junges Mädchen ist? *Unwiderstehlich.*«

Lockyer drehte das Bild um. Auf die Rückseite hatte Imogen – wie er annahm – V.M. & I.S. FOREVER geschrieben und ihre Initialen mit einem Herz umrahmt.

»Das wäre für Holly ein deutlicher Hinweis gewesen«, sagte er.

Lockyer sah den restlichen Inhalt des Umschlags durch – weitere Fotos von Vince, darunter einige von ihm mit Imogen. Außerdem gab es ein paar frühe Zeitungsausschnitte über das Feuer:

Die Polizei hat im Zusammenhang mit dem Feuer einen 19-jährigen Mann aus der Gegend, einen Bekannten der Familie Simms, festgenommen. Imogen Simm, 17, liegt immer noch im Krankenhaus, wo sie wegen einer Rauchvergiftung behandelt wird. Das jüngste Kind der Familie, die 15-jährige Patricia, befindet sich weiterhin in der Obhut von Eltern einer Freundin, bei der sie auch jene schicksalhafte Nacht verbrachte. »Trishie geht es den Umständen entsprechend gut«, sagt Yvette Collins, 41. »Ihr Leben wird nie wieder sein wie vorher. Es ist eine schreckliche Tragödie, die wir alle kaum begreifen können. Man rechnet nicht damit, dass den Menschen, die man kennt, so etwas passiert. Ihre Eltern waren so ein wunderbares Paar.«

Nach diesem Artikel hatte Imogen offenbar aufgehört, Ausschnitte zu sammeln. Oder sie hatte sie vor ihrem Tod weggeworfen. Vielleicht aus Entsetzen über das, was Vince ihr angetan hatte. Allerdings hatte sie ihn nicht genug gehasst, um die Fotos von ihm wegzuwerfen oder seine Briefe aus dem Gefängnis. Hatte sie ihn vielleicht sogar immer noch geliebt? Lockyer betrachtete erneut das dick unterstrichene Wort FOREVER auf der Rückseite des Motorrad-Fotos. Dann fiel ihm etwas auf, und er hielt eines der anderen Fotos in die Höhe.

»Gem, sehen Sie mal.«

Broad spähte aus drei Metern Entfernung herüber. »Ist das Holly?«

»Imogen im Alter von neunzehn Jahren, kurz vor ihrer Heirat mit Graham Gilbert. Sie sieht Holly zum Verwechseln ähnlich, oder?«

»Mein Gott, ja. Holly kam eindeutig nach ihrer Mutter.«

»Warum hat Trish dann nicht bemerkt, dass sie Imogens Tochter war? Bei ihrer Ankunft auf der Old Hat Farm war Holly fast genauso alt wie Imogen, als Trish sie vor ihrem Zerwürfnis zuletzt gesehen hat. Und egal, wie viele Jahre seitdem vergangen waren – sie kann ihr Gesicht nicht vergessen haben. Wenn jetzt jemand hier reinmarschiert käme, der so große Ähnlichkeit mit meinem Bruder hätte, wäre ich völlig entgeistert.«

Broad runzelte die Stirn. »Trish hat uns erzählt, dass ihr das erst klar wurde, als sich nach Hollys Tod der Anwalt mit ihr in Verbindung gesetzt hat.«

»Sie lügt. Und ich will wissen, warum.«

»Sollen wir sie dazu befragen?«

»Nein. Wir brauchen *Fakten* – etwas, das sie nicht so einfach abstreiten können. Ich will wissen, was auf Hollys Laptop ist und auf Imogens Festplatte. Irgendetwas darauf wird hoffentlich unsere offenen Fragen beantworten.«

Broad nickte. »Es muss für Vince ebenfalls ein Schock gewesen sein, denken Sie nicht auch? Ich meine, er hat Imogen so sehr geliebt, dass er durchgedreht ist und das Feuer gelegt hat … Sie bricht darauf den Kontakt zu ihm ab, und dann, zwanzig Jahre später, kreuzt sie bei ihm auf – Holly, meine ich. Und sie sieht *genauso* aus wie Imogen, als er sie zuletzt gesehen hat.«

»Sie haben recht, das muss ein Schock gewesen sein und wohl auch … ziemlich verwirrend. In emotionaler Hinsicht.« Lockyer ließ das einen Moment sacken. »Haben Sie irgendwas Brauchbares gefunden?«

»Vielleicht.« Broad hielt einen Aktenordner hoch. »Imogen hat in den letzten sechs Monaten ihres Lebens eine kognitive Verhaltenstherapie gemacht. Um mit ihrer Diagnose zurechtzukommen, vermute ich. Sie hat das protokolliert.«

»Ist das ihr Tagebuch?«

»Nicht direkt. Sie hat ein paar Übungen gemacht – sie hat ihre Gedanken und Gefühle niedergeschrieben und sich dann gefragt, woher sie kommen, ob sie wahr sind, solche Sachen. Außerdem gibt es noch ein paar freier formulierte Passagen – wie die hier.«

Sie reichte ihm ein Blatt Papier. Auf der linken Seite stand eine Liste. *Ich bin wütend. Ich bin traurig. Ich bin schuld. Ich will, dass das aufhört. Ich will weiterleben. Ich will bei Holly bleiben. Ich will in die Vergangenheit zurückreisen. Ich will wissen, warum. Ich will, dass man mir verzeiht.* Die Aufzählung reichte bis ganz nach unten und endete mit: *Ich habe schreckliche Angst.*

»Mein Gott«, murmelte Lockyer.

»Ja«, sagte Broad leise.

»Ich frage mich, wofür sie um Verzeihung gebeten hat?«

»Wenn man weiß, dass man stirbt, möchte man wohl, dass einem jede Dummheit, die man irgendwann mal begangen hat, verziehen wird«, sagte Broad. »Egal wie schlimm oder unbedeutend sie war.«

Lockyer nahm aus dem Karton, den er fast geleert hatte, eine externe Festplatte.

»Ich werde das hier zu den Technikern runterbringen.«

Auf der Treppe lief er Steve Saunders in die Arme.

»Farmer Giles«, sagte Saunders gut gelaunt. »Ich bin gerade auf dem Weg zu dir. Ich habe mir die Unterlagen zu Holly Gilbert noch mal angesehen, und es hat sich herausgestellt, dass wir die Old Hat Farm tatsächlich auf Fahrzeuge überprüft haben. Außerdem haben wir die Gebäude durchsucht.«

»Hattet ihr einen Durchsuchungsbeschluss?«

»Den brauchten wir nicht. Sie hatten ja nichts zu verbergen.«

»Und?«

»Es gab keine Fahrzeuge. Weder auf dem Grundstück noch welche, die bei der Zulassungsstelle registriert waren, außer dem Motorrad, das Vince McNeil gehört. Das heißt allerdings nicht, dass sie nicht bei Freunden ein Fahrzeug abgestellt hatten oder dass sie sich keines leihen konnten. Aber dafür gab es keine Hinweise. Außerdem hatten wir zu diesem Zeitpunkt Ridgeway und die anderen zur Befragung auf dem Revier, weshalb wir es dabei belassen haben.«

»Warum habt ihr das so gründlich überprüft?«, fragte Lockyer unbeirrt.

»Aus professioneller Neugier. Es gab auf der Feier eine Zeugin, die den anderen widersprochen hat – sie ist mir erst wieder eingefallen, als du danach gefragt hast. Wir hatten keine Ahnung, wie viele Leute in der Nacht auf der Feier waren, aber diejenigen, die sich auf unsere Bitte um Informationen zu Holly hin gemeldet haben, erzählten alle dieselbe Geschichte – dass Holly in den Land Rover gestiegen und mit Ridgeway und den beiden anderen weggefahren sei. Außer diese Zeugin, die gesehen hat, wie Holly wieder *zurück*gekommen ist. Ich dachte, wir sollten das überprüfen, für den Fall, dass sie recht hat und Holly anschließend versucht hat, die anderen einzuholen. Dass sie sich *unterwegs* den Kopf angeschlagen hat.«

Lockyer und Broad hatten genau denselben Gedanken gehabt.

»Nina Thorowgood«, sagte Lockyer.

»Wie bitte?«

»Nina Thorowgood hat gesehen, wie Holly auf die Feier zurückgekehrt ist. Ihre Aussage bestätigt Ridgeways und Stefs Version der Ereignisse. Soll ich dir sagen, warum ich das weiß?«

»Warum?«

»Weil wir Nina ausfindig gemacht haben. Oder vielmehr DC Broad, durch die Facebook-Posts, die sie über Holly geschrieben hat. Und weißt du, wie wir sie *nicht* gefunden haben?«

Auf Saunders' Gesicht machten sich tiefe Falten breit.

»Indem wir ihre Aussage gelesen haben«, sagte Lockyer. »Denn sie war nicht in der Akte.«

Keine Reaktion.

»Warum ist sie nicht in der Akte, Steve?«

»Offenbar ist sie verloren gegangen. So was kommt vor.«

»Das ist Schwachsinn, und du weißt –«

»Hör zu, sie war betrunken und wahrscheinlich stoned. Das haben eine Menge Leute bestätigt. Sie hat die zeitliche Reihenfolge durcheinandergebracht, sie hat Holly gesehen, *bevor* sie mit Ridgeway weggefahren war, und nicht danach.«

»Sie sagt etwas anderes, und sie scheint sich an die Einzelheiten ziemlich genau zu erinnern. Außerdem habt ihr ihre Aussage ernst genug genommen, um die Farm auf Fahrzeuge zu überprüfen.«

»*Ich* schon, aber meinen Detective Inspector hat das nicht interessiert«, protestierte Saunders. »Die Aussagen von fünfundzwanzig Personen standen gegen ihre, Herrgott noch mal. Ich war nur ein Detective Sergeant. Brent meinte, ich würde nur unsere Zeit vergeuden. Und er …«

Saunders verstummte und blickte finster drein.

»Er wollte nicht, dass der Fall durch eine Aussage, die Ridgeways Geschichte bestätigt, unnötig verkompliziert wird, oder?«, sagte Lockyer.

»Es hat sowieso keinen Unterschied gemacht. Sie hat sich geirrt, so muss es gewesen sein. Holly ist mit dem Land Rover nach Amesbury gefahren und hat dann die Brücke aufgesucht. Ob Ridgeway oder einer der anderen sie von dort runtergeworfen hat, konnten wir nicht beweisen.«

»Wir haben in der Werkstatt der Old Hat Farm Hollys Blut gefunden«, sagte Lockyer. »Und zwar jede Menge.«

Er beobachtete, wie Saunders die Bedeutung dieser Information bewusst wurde.

»Moment mal …«

»Holly hat auf der Farm in jener Nacht eine lebensbedrohliche Verletzung erlitten, *nachdem* Ridgeway und die anderen weggefahren waren. Ich weiß nicht, ob es ein Unfall war oder ein vorsätzlicher Angriff, aber ich habe eine Vermutung. Und es ist durchaus möglich, dass die Nichtberücksichtigung von Nina Thorowgoods

Aussage dazu geführt hat, dass ein Mord für die letzten neun Jahre unentdeckt geblieben ist.«

Saunders' Entsetzen verwandelte sich in finstere Wut.

»Ihre Aussage hätte in der Akte sein *müssen*, Steve!«, stieß Lockyer aufgebracht hervor. »Mein Gott – den ganzen *Scheiß*, den ich mir letztes Jahr von dir anhören musste, diesen ganzen selbstgefälligen Mist über korrupte Beamte …«

»Das ist *nicht* dasselbe.«

»Du hast Beweismaterial zurückgehalten.«

»Ich habe Anweisungen befolgt!«

»Du hättest damit zu Brents Vorgesetzten gehen können. Stattdessen hast du die Sache unter den Teppich gekehrt, weil du ehrgeizig warst und Karriere machen wolltest. Weil du ein Teamplayer bist, Steve, und nicht den Mut hattest, deinem DI die Stirn zu bieten und dich unbeliebt zu machen.«

»Ach, leck mich doch, Lockyer. Es ist nicht so, wie du –«

»Das war lausige Polizeiarbeit, und du weißt es.«

Die beiden sahen, ohne zu blinzeln, einander in die Augen. Auf Saunders' Hals breiteten sich dunkelrote Flecken aus. Lockyer wich nicht von der Stelle und wartete auf eine Reaktion. Er wusste aus Erfahrung, dass Saunders nicht imstande war, einen Fehler einzugestehen. Einen Moment später drängte er sich wortlos an Lockyer vorbei und stapfte wieder die Treppe hinunter.

Gemma Broad schien sich in Iris Musprats dreckiger, vollgestopfter Küche nicht sehr wohl zu fühlen und wirkte ein wenig nervös. Durch ihre Jugend und Vitalität trat die Gebrechlichkeit der alten Dame noch deutlicher zutage – im Vergleich zu ihr sah Iris aus wie ein Spatz. Lockyer hatte große Bedenken gehabt, Broad überhaupt hierher mitzunehmen, aber sie hatte darauf bestanden, offenbar war ihre Neugier geweckt. Also hatte er der Versuchung, ihr das Problem anzuvertrauen, nachgegeben, obwohl er befürchtete, dass er es bereuen würde.

»Würden Sie Gemma bitte erzählen, was Sie mir erzählt haben, Mrs. Musprat?«

»Wozu?«, blaffte Iris ängstlich.

»Sie ist intelligent. Vielleicht fällt ihr eine Lösung ein.«

»Sie ist von der Polizei, nicht wahr? Nehmen Sie jetzt also Ermittlungen auf?«

»Sie ist zwar von der Polizei, aber sie ist auch eine Freundin.« Lockyer schaute zu Broad. »Sie können ihr vertrauen.«

Schließlich setzte Iris sich an den Tisch, und Lockyer forderte Broad mit einer Geste auf, das Gleiche zu tun. Da es nur zwei Stühle gab, lehnte er sich gegen die Arbeitsplatte, wobei er darauf achtete, einen schwankenden Stapel ungespültes Geschirr nicht umzustoßen.

Broad war eine gute Zuhörerin. Sie redete nicht dazwischen, als Iris sich sammelte und von Róisín zu erzählen begann, von der jungen Frau, die aus Dublin hierhergekommen war, um Patrick Conlan, einen älteren Mann und gewalttätigen Tyrannen, zu heiraten. Davon, dass Rosie und Bill Hickson sich ineinander verliebt hatten, obwohl die Gefahr bestand aufzufliegen. Dass Rosie eines Tages einen Zusammenbruch erlitten hatte und abgehauen war. Und da sie weder Verwandte im Land noch Geld für eine Fahrkarte hatte, war sie direkt zu Bill geflohen – wo ihr Mann kurz darauf nach ihr gesucht hatte.

»Die beiden hatten nicht mal Zeit, sie zu meinem Haus zu bringen«, sagte Iris, ihre glasigen Augen auf die Vergangenheit gerichtet. »Rosie wäre vielleicht davongekommen, wenn sie bei mir und nicht bei Bill gewesen wäre. Ich hörte Paddy schreien, aber ich traute mich nicht … Ich konnte nicht die Polizei rufen, denn ich hatte damals noch kein Telefon. Und der Polizist im Ort war mit ihm befreundet. Sie gingen im Plume of Feathers immer zusammen was trinken.«

Iris knibbelte an ein paar Wachstropfen auf dem Tisch.

»Ich hörte, wie Paddy nebenan herumstapfte, Gegenstände zerschlug und damit drohte, den beiden das Genick zu brechen. Aber er konnte Rosie nicht finden. Er sagte zu Bill, dass er ihn im Auge behalten würde, und falls Rosie in seine Nähe käme, würde er sie beide aufschlitzen. Das war keine leere Drohung. Er hat dann draußen auf dem Weg einen seiner Handlanger postiert, der dort Wache hielt, und ein weiterer hatte sich im Wäldchen versteckt. Sie haben uns die ganze Zeit im Auge behalten. Mehrere Wochen lang.«

»Aber … wo war Rosie?«, fragte Broad.

»Oben auf dem Dachboden«, sagte Iris. »Es gab keine Leiter, sonst hätte Paddy dort nachgesehen. Bill hat sie nach oben gehoben. Allerdings konnte sie nicht runterkommen, wissen Sie? Solange diese Männer das Haus beobachteten. Deshalb wartete Bill, bis es dunkel war, und reichte ihr etwas zu essen hoch. Einen Tee. Und einen Eimer für … die Notdurft.«

Broad war völlig gebannt. »Wie lange war sie da oben?«

Iris antwortete nicht. Und wurde ganz ruhig.

»Wir waren mucksmäuschenstill«, sagte sie schließlich. »Bill und ich mussten uns ganz normal verhalten, während die arme Rosie …« Sie holte tief Luft. »Ich hatte solche Angst, es war kaum auszuhalten. Paddy war der Leibhaftige. Im Jahr zuvor hatte ihm ein Typ aus dem Pub einen Kredit zu spät zurückgezahlt. Nur einen Tag, und man brach ihm beide Beine und räumte sein Haus aus. Kein einziges Möbelstück blieb zurück.«

»Ich kann verstehen, dass Sie schreckliche Angst hatten«, sagte Broad.

Lockyer hatte das Gefühl, dass sie bereit war, der alten Dame alles zu verzeihen. Aber das Schlimmste hatte sie noch nicht gehört.

Iris warf ihr einen gequälten Blick zu, ehe sie weitersprach. »Rosie hatte sich das Bein aufgeschlitzt, als sie am ersten Tag dort hochgeklettert war. An einem alten Nagel.« Sie machte eine Pause. »Ich habe sie kein einziges Mal *gesehen*, wissen Sie? Ich traute mich nicht rüberzugehen. Ich konnte die ganze Zeit die Blicke dieser Männer spüren. Wie sie mich beobachteten. Es war Sommer und … sehr warm. Ich weiß noch, dass ich mir Sorgen machte, weil es auf dem Dachboden bestimmt unglaublich stickig war.«

Eine erneute Pause. »Offensichtlich hatte sich Rosies Bein entzündet. Und sie wurde krank. Aber Bill hat mir davon nichts erzählt. Er fand das wohl nicht weiter beunruhigend, denn wegen eines Kratzers am Bein ist noch keiner gestorben, oder?«

Broad war jetzt ganz still geworden.

»Wenn ich sie *gesehen* hätte, wäre alles vielleicht anders gekommen, aber … Ich weiß nicht genau, wann sie gestorben ist. Nach etwa drei Wochen pfiff Paddy schließlich seine Wachhunde zurück. Vermutlich war er überzeugt, dass Rosie ihm entkommen war.« Iris saugte an ihren Zähnen. »Ich wünschte bei Gott, dem wäre so gewesen, aber … sie hatte mutterseelenallein dort oben gelegen und war immer kränker geworden. ›Du musst rüberkommen und mir helfen‹, sagte Bill zu mir. Er stand in der Dämmerung an meiner Hintertür und sah aus, als hätte man ihm die Eingeweide herausgerissen. Ich dachte, er meinte, dass ich Rosie runterhelfen solle, damit sie baden kann oder was in der Art. Ich war so froh, dass alles vorbei war. Aber als ich … als ich dann Bills Haus betrat … dieser *Gestank* …«

Broad warf Lockyer mit offenem Mund einen Blick zu.

»Ich konnte nicht da hochklettern. Ich konnte es einfach nicht. Also stieg Bill nach oben, mit einem Laken, um sie darin einzuwickeln. Ich sollte sie entgegennehmen. Damit sie nicht durch den Boden krachte. Aber ich … ich schaffte es nicht. Sie war einfach zu schwer.«

Lockyer bemerkte die Scham in ihren Augen.

»O mein Gott«, flüsterte Broad.

»Ich habe sie nicht gesehen, nachdem Bill sie eingewickelt hatte. Nur ihre Hand, die herausrutschte, als er sie runterbrachte. Die … Hautfarbe war nicht normal. Ich weiß noch, dass ich beim Anblick ihres Eherings dachte, arme Rosie, den kriegt sie nie wieder ab. So stark geschwollen wie ihre Finger waren. Sie hat ihn immer abgezogen, wenn Paddy nicht in der Nähe war – weil sie sich wahrscheinlich wünschte, dass sie die Heirat mit ihm ungeschehen machen könnte. *Für immer mein.* Das hatte er auf der Innenseite eingravieren lassen. *Für immer mein*, und das Hochzeitsdatum. Diese Worte schienen wie ein schrecklicher Fluch zu sein. Ich glaube, ich bin ohnmächtig geworden, als ich den Ring sah, und die Hand … Nicht dass das geholfen hätte.«

Kurz darauf führte Lockyer Broad durch den Garten zu den Bäumen. Sie machte ein finsteres Gesicht und musste immer wieder schlucken.

»Alles okay?«

»Ja.«

Neben der alten Eibe blieben sie stehen.

»Hier?«, fragte Broad.

Er nickte. »Mrs. Musprat hat mir genau beschrieben, wo ich sie finde.«

»Herrgott noch mal, Chef!«, fluchte Broad. »Eine Blutvergiftung?«

»Ich nehm's an.«

»Wenn sie einen Arzt gerufen und ihr ein Antibiotikum gegeben hätten …«

»Dann hätten sie sich verraten. Sie haben gehört, was für ein Mensch Paddy Conlan war.«

»Also hat Bill sie einfach … *sterben* lassen?«

»Bestimmt war ihm der Ernst ihrer Lage nicht bewusst – nicht damals. Wie Iris gesagt hat, niemand stirbt wegen eines Kratzers am Bein.«

»Und es hat nie jemand nach ihr gesucht? Was ist mit ihrer Familie?«

»Es ist niemand gekommen. Wenn Conlan tatsächlich so ein einflussreicher Mann war, konnte er sich irgendeine Geschichte ausdenken. Das war noch eine andere Zeit. Wahrscheinlich hat er Rosies Eltern erzählt, dass sie mit einem anderen Mann durchgebrannt ist. Und vielleicht waren sie so erschrocken und beschämt, dass sie keine Fragen gestellt haben.«

Für eine Weile standen die beiden schweigend da, während ihre Köpfe von Mücken umschwirrt wurden.

»Sie hatte einen jüngeren Bruder und eine jüngere Schwester«, sagte Lockyer schließlich. »Sie müssten jetzt in den Siebzigern sein. Die Schwester heißt Gráinne Carey, aber sie hat vielleicht geheiratet.«

»Nach ihr sollte Niamh also suchen?«, sagte Broad knapp.

Er nickte.

»Sie hatten doch wohl nicht vor, ihren Angehörigen davon zu erzählen, ohne vorher eine richtige Ermittlung einzuleiten?«

»Ich dachte … wenn es vielleicht keine Angehörigen mehr gibt – wenn sich keiner fragt, was mit Rosie passiert ist, dann könnte ich mit dem Wissen leben, dass sie hier draußen vergraben ist.«

»Und *nichts* unternehmen?«

»Keine Ahnung. Vielleicht nicht.«

Broad hatte die Augen ungläubig aufgerissen.

»Ich kapiere das nicht, Chef. Wo ist das Problem? Warum ist die Spurensicherung in diesem Moment nicht hier draußen und gräbt sie aus? Ich dachte, Sie wollten mich bitten, für Mrs. Musprat jemanden ausfindig zu machen – einen verschollenen Verwandten oder irgendwas in der Art. Und nicht … ein Verbrechen zu vertuschen!«

»Ich weiß. Aber Iris könnte angeklagt werden, wegen Totschlags oder der Verabredung zur Verschleierung eines Todesfalls, vielleicht auch wegen Freiheitsberaubung und Behinderung der Justiz.«

»Ja, schon möglich! Denn das alles hat sie getan!«

Lockyer hatte Broad noch nie so wütend erlebt. Sie konnte ihm nicht einmal in die Augen blicken, und wie er befürchtet hatte, bedauerte er es plötzlich zutiefst, dass er sich ihr anvertraut hatte.

Er holte tief Luft. »Aber hat sie das? Ist das etwa gerecht?«

»Gerecht?«, wiederholte Broad ungläubig. »Was hat das damit zu tun? Wir *müssen* das melden! Ich könnte meinen Job verlieren – und Sie Ihren auch!«

»Ich weiß«, sagte Lockyer. »Aber … selbst wenn die beiden gegen das Gesetz verstoßen haben – haben sie überhaupt ein *Verbrechen* begangen?«

»Diese Entscheidung liegt nicht bei uns«, sagte Broad mit Nachdruck.

Sie starrte auf die Wurzeln der Eibe.

»Vielleicht ist die Leiche inzwischen nicht mehr da«, sagte sie. »Die Tiere … der Verwesungsprozess …«

Sie verstummte, als sie Lockyers Gesichtsausdruck bemerkte.

»Sie haben nachgesehen.«

»Ich musste es wissen.«

»Die Spurensicherung wird also feststellen, dass das Erdreich umgegraben wurde. Und zwar erst kürzlich.«

Sie wandte sich ab, und Lockyer begriff, dass es egoistisch gewesen war, sie in die Sache hineinzuziehen. Es gab zwar sonst niemandem, dem er davon hätte erzählen können, aber das bedeutete, dass er es für sich hätte behalten sollen. Es war absolut unfair, Broad vor eine derartige Wahl zu stellen.

»Sie hätten das sofort melden müssen, Chef«, sagte sie. »*Bevor* Sie angefangen haben zu graben, aber spätestens sobald Sie etwas gefunden hatten.«

»Das wollte ich. Wirklich. Aber als ich Iris die Situation erklärt habe – welche Konsequenzen das für sie haben könnte –, bekam sie schreckliche Angst, Gem. Sie hat mich angefleht, es für mich zu behalten.«

»Aber es spielt überhaupt keine Rolle, wem gegenüber Sie sich verpflichtet fühlen!« Sie sprach jetzt in einem heiseren Flüsterton. »Wir dienen dem Gesetz und dem Rechtsstaatsprinzip – das *wissen* Sie. Wir haben vielleicht einen Ermessensspielraum, wenn es um ein paar Gramm Cannabis geht, aber nicht bei *so etwas*!«

»Sie haben recht.«

»Dann tun Sie es jetzt. Melden Sie es.«

»Ich kann nicht.«

Während er die Worte aussprach, wurde Lockyer bewusst, dass es die Wahrheit war. Dies war die Entscheidung, die er bereits getroffen hatte.

»Tut mir leid, Gem, aber ich werde das nicht tun. Nicht wenn es bedeutet, dass Iris angeklagt wird.«

»Kommen Sie, Chef – ich bezweifle, dass die Staatsanwaltschaft sie anklagen wird.«

»Aber sind Sie sich auch sicher?«

Broad zögerte. »Es besteht wohl kaum ein öffentliches Interesse. Aber die Entscheidung liegt nicht bei uns!« *Wenn dir das nicht klar ist, solltest du diesen Job nicht machen.*

»Sie müssen ja nicht sagen, wessen Leiche das ist«, schlug Broad vor. »Oder dass Iris Ihnen gesagt hat, wo Sie graben sollen. Sie könnten einfach behaupten, dass Sie bloß ...«

»Dass ich bloß abends im Wald ein wenig gegraben habe? Nein.«

Mit einem kurzen Seufzer der Verzweiflung trat Broad ein paar Schritte von ihm fort und blieb, die Hände in die Seiten gestemmt, mit gesenktem Kopf stehen. Sie verharrte eine Weile in dieser Haltung und schüttelte dann den Kopf.

Lockyer wartete. Er wusste bereits, dass sie ihn decken würde, aber ihm wurde klar, dass es verkehrt war, ihre Loyalität auf diese Weise auszunutzen.

»Sie müssen sie sehr gern haben, Chef«, sagte sie schließlich und drehte sich in seine Richtung.

Lockyer bemerkte einen Anflug von Mitleid in ihren Augen, und auch ihre Besorgnis.

»Ich denke schon«, sagte er.

»Ich kann mir kaum vorstellen, wie schwer es für Sie in letzter Zeit gewesen sein muss, seit Ihre Mutter so krank ist.«

»Das ist nicht der ...«

Lockyer verstummte. War *das* der Grund? Kümmerte er sich um Mrs. Musprat, weil er seinen Eltern nicht helfen konnte?

»Hören Sie«, sagte er. »In gewisser Weise ist Iris Teil meiner Familie. Aber wenn Sie das melden müssen, Gem, werde ich Ihnen keinen Vorwurf machen. Ehrlich.«

»Als ob ich das könnte«, murmelte sie.

Ihre Wangen liefen rot an, und sie war immer noch nicht imstande, ihm in die Augen zu blicken.

»Sie hat das *jahrzehntelang* mit sich herumgetragen«, sagte Lockyer. »Und sie wurde durch das Ereignis offensichtlich traumatisiert. Aber sie ist nie von hier weggegangen. Sie hatte nur

Bill – und dieses schreckliche Geheimnis, das sie geteilt haben. Dann ist Bill gestorben, und ich tauchte hier auf, und sie hat sich endlich dazu durchgerungen, Rosie Gerechtigkeit widerfahren zu lassen und ein Geständnis abzulegen. Als würde sie an alledem *irgendeine* Schuld treffen.«

»Vorausgesetzt, sie sagt die Wahrheit«, gab Broad zu bedenken.

»Ich glaube ihr. Und ich möchte die ganze Sache für sie zu einem Ende bringen – und für Rosies Familie. Aber ich will nicht, dass man sie aus ihrem Haus zerrt und anklagt. Das ist einfach nicht fair.«

»Das Leben ist nun mal nicht fair.«

Broad holte tief Luft und stieß erneut einen Seufzer aus.

»Warum haben Sie sich nicht einfach an die Vorschriften gehalten, Chef? Vor allem nach diesem heiklen Fall wegen Brandstiftung im letzten Jahr. Wenn man das herausfindet …«

»Ich weiß.«

Sie starrte eine Weile wortlos auf das vertrocknete Laub. Dann sagte sie: »Haben Sie überprüft, ob Patrick Conlan noch lebt?«

»Nein«, gab Lockyer zu.

»Würde Mrs. Musprat ein wenig lügen, wenn Sie ihr erklären, was sie sagen soll? Indem sie einfach ein paar Einzelheiten weglässt?«

»Vielleicht. Wenn das bedeutet, dass Rosie von hier weggebracht wird. Nach Hause zu ihrer Familie.«

Broad nickte langsam, dann schaute sie auf, einen zutiefst beunruhigten Ausdruck im Gesicht.

»Dann … Ich glaube, ich weiß, was wir tun müssen.«

18

TAG ACHTZEHN, DONNERSTAG

Auf Imogens alter Festplatte fand sich nichts von Interesse. Zuletzt hatte sie ein paar Online-Foren für Menschen besucht, die sich einer Krebsbehandlung unterzogen, aber sie hatte kaum etwas gepostet. *Es interessiert mich nicht, den Grand Canyon zu sehen oder mir eine Tätowierung stechen zu lassen*, hatte sie in einem Thread mit Wunschlisten geschrieben. *Ich kann nur an all die Dinge denken, die ich hätte anders machen sollen und jetzt nicht mehr in Ordnung bringen kann.*

In einem späteren Kommentar stand: *Der Tod ist nicht ungerecht. Jeder Mensch muss sterben. Ungerechtigkeit widerfährt nur den Lebenden, wenn wir sie belügen, betrügen und hintergehen.*

Falls sie sich mit ihrer Vergangenheit beschäftigt hatte, dann hatte sie sie offenbar für unzulänglich befunden.

Am Vormittag traf ein Kurier mit Hollys persönlichen Sachen aus der Bournemouth University ein. Lockyer brachte ihren Laptop direkt zu den Technikern, damit man den Akku auflud und das Passwort überbrückte. In der Zwischenzeit nahmen sich Lockyer und Broad die anderen Gegenstände vor, fanden aber nichts, was für eine junge Frau, die ein normales Studentenleben führte, ungewöhnlich war – mit einer bemerkenswerten Ausnahme: einem Stapel Briefe, die noch in den Umschlägen steckten und von einem porösen Gummiband zusammengehalten wurden. Es waren etwa sechzig Briefe, die zwischen 1990 und 1993 verschickt worden waren, und die Umschläge trugen alle den Gefängnisstempel *HMP Bedford*. Vince' Briefe an Imogen.

Lockyer teilte den Stapel auf und gab eine Hälfte davon Broad, die den ganzen Morgen über kaum mit ihm gesprochen hatte. Lockyer konnte hinter ihrer Schweigsamkeit keine Wut ausmachen, was ihn zu der unerfreulichen Schlussfolgerung brachte, dass sie enttäuscht war. Von ihm.

Er hätte wesentlich besser damit umgehen können, wenn sie wütend gewesen wäre.

Als Erstes nahm er sich die frühesten Briefe vor, die Vince kurz nach seiner Inhaftierung geschrieben hatte. Er war damals neunzehn Jahre alt gewesen und würde bald zwanzig werden. Er war ein Brandstifter, ungewollter Doppelmörder und werdender Vater – was er jedoch nicht wusste. Die Briefe waren auf dem offiziellen Gefängnispapier geschrieben; oben auf der ersten Seite gab es jeweils drei Standardfelder, die alle ausgefüllt waren: *Wenn Sie auf diesen Brief antworten, schreiben Sie bitte auf den Umschlag: Häftlingsnummer: C5572ATF, Flügel: F P-22, Name: Vincent McNeil.*

Wie Vince gesagt hatte – auf diese Weise hatte Holly den Namen ihres Vaters herausgefunden.

Ich lieb dich so sehr, Imo. Ich bin wahnsinnig vor Sehnsucht. Ich kann nachts nicht schlafen. Ich liege nur da und denke an dich und daran, was dir in jener Nacht im Haus hätte passieren können. Man sagt mir nicht, wie es dir geht oder was los ist, und das macht mich rasend. Bitte bitte schreib mir und sag, dass es dir gut geht.

Die ersten paar Briefe waren alle in diesem Stil – er flehte sie an, ihm zu schreiben, und schilderte ein paar Einzelheiten aus dem

Gefängnisalltag. Vielleicht war die Haft im Vergleich zu seinem chaotischen Familienleben für ihn gar nicht so schlimm gewesen.

Später schrieb er:

Kelly hat mich besucht und mir erzählt, dass du jetzt bei deiner Oma wohnst, also schicke ich diesen Brief dorthin. Ich hoffe, man hat dir meine anderen Briefe gegeben, denn deine Familie hat mich immer gehasst und war gegen mich, aber ich lasse mir das nicht länger gefallen. Schreib mir, Imo, oder noch besser, komm mich besuchen, ich flehe dich an. Ich würde alles für dich tun, das weißt du. Vergib mir vergib mir vergib mir, was ich getan habe. Ich war total verwirrt, so muss es gewesen sein. Ich liebe dich und nur dich für immer.

Noch etwas später:

Ich habe viel über das nachgedacht, was passiert ist, und über jene Nacht. Ich habe keine Ahnung, was du denkst, und ich wünschte, du würdest schreiben und es mir sagen, damit ich aufhören kann, mir den Kopf zu zerbrechen, denn das macht mich fertig. Weißt du noch, wie ich dir mal erzählt habe, dass ich einmal, ohne zu fragen, den Wagen genommen habe und mich der alte Scheißkerl drei Tage lang in der Garage eingesperrt hat, und dass die Ratten auf mir herumgekrabbelt sind, als ich eingeschlafen bin? Nun, so fühlt es sich an, nicht zu wissen, was du über die ganze Sache und mich denkst. Als würde ich in der Dunkelheit hocken, während die Ratten auf mir herumkrabbeln. Wenn ich denke, dass du mich vielleicht nicht mehr liebst, will ich nur noch sterben. Ich tue das alles nur für dich. Das hier alles.

Lockyer las sämtliche Briefe. Vince klang immer wütender, verzweifelter und schließlich immer deprimierter. Im Laufe der Zeit wurden die Abstände zwischen den Briefen größer. An keiner anderen Stelle erwähnte er das Feuer oder versuchte zu erklären, warum er es gelegt hatte. Nirgends entschuldigte er sich bei Imogen dafür, dass er ihre Eltern getötet hatte. Er bat zwar immer wieder um Vergebung, aber Lockyer war sich nicht sicher, ob das dasselbe war. Es fing an, ihn zu nerven. *Ich tue das hier nur für dich, Imo. Das sage ich mir jedes Mal, wenn ich durchdrehe und das Gefühl habe, mein Kopf würde gleich explodieren. Ich tue das hier alles nur für dich, damit ich dich wiedersehen, küssen und für immer mit dir zusammen sein kann.*

Bei diesen Worten runzelte Lockyer die Stirn. *Für immer mit dir zusammen sein.* Das erinnerte ihn an die Inschrift in Rosie Conlans Ehering: *Für immer mein.*

»Irgendwas gefunden?«, fragte er Broad.

»Ich weiß nicht«, sagte sie mit gedämpfter Stimme. »Er schwankt zwischen Wut und Verzweiflung, vor allem als er erfährt, dass Imo sich verlobt hat und wegzieht. Er fragt sie ständig, ob das, was er getan hat, wirklich so schlimm war – worauf ich antworten würde, ja, Vince, das war wirklich schlimm. Dann fängt er an zu tischlern und lernt diesen Typen kennen, von dem er erzählt hat, Mitch Dolton. Zwischen den einzelnen Briefen vergeht immer mehr Zeit. Und schließlich hört er einfach auf zu schreiben.«

»Gibt es im letzten Brief irgendeinen Hinweis darauf, dass es sein letzter ist?«

»Ja. Er schreibt: *Ich werde dir nicht mehr schreiben, Imo, wenn du das nicht willst. Du weißt als Einzige, was in jener Nacht wirklich passiert ist und wer ich wirklich bin. Du weißt, dass ich dich immer lieben werde, was auch geschieht. Ich möchte nur, dass du glücklich bist.* Das war's«, sagte Broad. »Und das war wahrscheinlich auch besser so. Ich kann mir nicht vorstellen, dass Graham Gilbert erfreut über seine Briefe an Imogen war – vielleicht ist sie deswegen erneut umgezogen, nach Guilford. Das war etwa zu dem Zeitpunkt, als Graham Holly adoptiert hat.«

»Vielleicht hat Imogen damals einen Schlussstrich gezogen«, sagte Lockyer.

»Aber warum hat sie nach all dem, was passiert ist, seine Briefe überhaupt aufbewahrt?«, sagte Broad. »Sie hat ihm nie geantwortet, und sie hatte ganz bestimmt nicht vor, nach seiner Entlassung wieder mit ihm zusammenzukommen.«

»Keine Ahnung. War sie trotz der ganzen Sache vielleicht immer noch in ihn verliebt? Sie war so jung, sie trauerte und war schwanger, und der Vater ihres Babys hatte diese schreckliche Tat begangen … Ich schätze, dass sie ziemlich verwirrt war.«

Du weißt als Einzige, was in jener Nacht wirklich passiert ist.

Lockyer runzelte die Stirn. »Es sei denn … Erwähnt Vince in den späteren Briefen ausdrücklich das Feuer?«

»Nicht oft. Nur einmal, glaube ich.« Broad blätterte den Stapel Seiten durch. »Hier ist es: *Ich kann mir kaum vorstellen, was für Ängste du ausgestanden haben musst, als sich das Feuer ausbreitete und dir klar wurde, dass du in der Falle sitzt. Ich ertrage den Gedanken nicht, dass du so schreckliche Angst hattest. Ich würde jeden umbringen, der dir etwas antut, das weißt du. Aber das ist jetzt natürlich nicht möglich.*«

Lockyer lehnte sich in seinen Stuhl zurück, drehte sich herum und starrte zu den Eschen hinaus. In ihm keimte ein Verdacht.

»Was ist, Chef?«, fragte Broad.

»Nach dem letzten Brief an Imogen sitzt Vince also weitere vier Jahre ab. Und im Alter von siebenundzwanzig Jahren kommt er wieder raus. Er ist ein freier Mann, der sich jetzt sehr viel besser unter Kontrolle hat. Er hat viele Dinge für sich verarbeitet. Er weiß nicht, wo Imogen lebt oder wie er sie finden kann. Und er weiß auch nicht, dass er eine Tochter hat. Aber er macht Trish ausfindig oder sie ihn. Wie dem auch sei, zwei Jahre später heiraten die beiden und ziehen auf die Old Hat Farm. Kein Gedanke mehr an Imogen.«

Broad wirkte misstrauisch. »Schon merkwürdig, oder, Chef?«

»Allerdings«, sagte er. »Aber so sind die Menschen nun mal. Nachdem Imogen Vince verlassen hatte, war es vielleicht die beste Alternative, Trish zu heiraten. Oder es war eine Art von Buße.«

»*Das* wäre echt schräg. Aber wenn das tatsächlich der Fall war, hätte Trish es doch bestimmt geahnt?«

»Schon möglich. Wenn sie ihn geliebt hat, war es ihr aber vielleicht egal, nur die zweite Wahl zu sein.«

»Glauben Sie, dass Holly diese Briefe mit auf die Old Hat Farm gebracht hat?«, fragte Broad.

»Sie meinen, ob Trish sie vielleicht gelesen hat? Das bezweifle ich. Holly hatte nicht viel dabei.«

»Ich hoffe, Sie haben recht. Denn wenn man mit der verstorbenen Ex des eigenen Mannes ein Problem hat, dann sind diese Briefe *äußerst* schmerzhaft.«

»Ich schätze, dass der Anblick von Hollys Gesicht genauso schmerzhaft war. Sie sah ihrer Mutter so ähnlich – der Schwester, die Trish hasste.«

»Ich verstehe nur nicht, warum sie in diesem Punkt lügt«, sagte Broad. »Warum belügt sie Vince und Jase? Warum lügt sie uns an bezüglich des Zeitpunkts, an dem sie die Wahrheit herausgefunden hat? Sie hat das doch *nur* getan, weil Vince sie dazu aufgefordert hat, oder?«

Lockyer schüttelte langsam den Kopf. »Nein. Es steckt mehr dahinter. Sie verleugnet ihre Familie.«

Die Menschen lassen am Tor der Old Hat Farm ihre Vergangenheit hinter sich.

»Sie *wollte* nicht Hollys Tante sein«, sagte er. »Sie *wollte* nicht

Imogens Schwester sein. Sie wollte nicht, dass die beiden existieren.«

Der verwirrte Tonfall in Vince' Briefen. Die Tatsache, dass er das Feuer kaum erwähnt und sich nie dafür entschuldigt hat. Die Reue in Imogens Aufzeichnungen; ihre bitteren Worte über Verrat und Ungerechtigkeit, über ihren Wunsch nach Vergebung. Lockyer fiel etwas ein, was Vince direkt zu Beginn der Ermittlungen erwähnt hatte, den *Anfängerfehler*, den Molotowcocktail so herzustellen, dass das belastende T-Shirt nicht vollständig verbrannt war. *Imogen hat sie genauso sehr gehasst wie ich* ... Und in seinem letzten Brief an sie stand: *Du weißt als Einzige, was in jener Nacht wirklich passiert ist.*

»Was, wenn *Imogen* das Feuer gelegt hat?«, sagte er. »Was, wenn es das war, was Trish ihr nicht verzeihen konnte?«

»Sie meinen ... *ernsthaft*?«

»Ihre Eltern waren fest entschlossen, sie von Vince fernzuhalten – wenn nötig, mit Gewalt. Stellen Sie sich vor, wie ihre Eltern auf die Nachricht, dass sie schwanger war, reagiert hätten. Ich glaube kaum, dass sie ihr erlaubt hätten, das Kind zu behalten. Denken Sie mal darüber nach, Gem. Darüber, was er geschrieben hat – wie konnte Imogen zum Beispiel mitbekommen, dass sich das Feuer ›ausbreitet‹, wenn sie zu diesem Zeitpunkt oben geschlafen hat?«

»Keine Ahnung. Viele Teenager hassen zwar ihre Eltern, aber sie deshalb *umbringen* ...?«

»Vielleicht war das gar nicht ihre Absicht. Was hat Vince noch mal gesagt?« Lockyer kramte seinen Notizblock hervor. »Sie haben ihn gefragt, was er damit erreichen wollte, das Haus der Simms in Brand zu stecken, und er hat darauf geantwortet: ›Ich glaube nicht, dass ein Teenager mit Liebeskummer solche Überlegungen anstellt, ein Teenager, für den es nichts Wichtigeres gibt, als mit dem Menschen zusammenzukommen, den er liebt.‹ Wir haben angenommen, dass er von sich selbst gesprochen hat, aber er könnte ebenso gut auch Imogen gemeint haben.«

»Aber warum hat Vince bei seiner Verhaftung nicht einfach gesagt, dass er das Feuer nicht gelegt hat?«

Lockyer lächelte traurig. »Weil er sie geliebt hat natürlich.«

»Okay, aber das Feuer wurde mit einem T-Shirt von *Vince* gelegt und mit seiner Whiskyflasche«, sagte Broad. »Imogen hätte ihn wohl kaum auf diese Weise belastet, oder?«

»Wahrscheinlich glaubte sie, dass beides vollständig verbrennen würde.«

Broad dachte darüber nach. »Junge Mädchen haben tatsächlich oft ein T-Shirt ihres Freunds bei sich herumliegen. Aber … was *bedeutet* das, Chef? Im Hinblick auf Holly und auf Lee Geary?«

»Ich weiß es nicht. Aber wenn ich mit meiner Vermutung richtigliege, dann müssen Vinces Gefühle für Imogen – und damit auch für Holly – sehr kompliziert gewesen sein. Selbst wenn er im Gefängnis seinen inneren Buddha entdeckt hat.«

»Aber er war nach Hollys Tod am Boden zerstört. Und ist es immer noch.«

»Immer noch«, pflichtete Lockyer bei. »Nach all der Zeit, obwohl er sie nur sechs Monate kannte.«

Es gibt da diese unerbittliche Seite in einem, die manchmal ein Eigenleben entwickelt.

»Und wenn all die Trauer, all die Hingabe … Was, wenn *Schuldgefühle* der Grund dafür sind?«, sagte er.

»Weil *er* Holly etwas angetan hat?«

»Selbstbeherrschung bedeutet nicht, dass man bestimmte Gefühle nicht mehr empfindet. Vielleicht haben wir unterschätzt, was für eine Unruhe Hollys Erscheinen auf der Farm ausgelöst hat. Und falls sie in der Nacht der Feier nach Vince gesucht hat, wo würde sie als Erstes nachsehen?«

»In der Werkstatt«, sagte Broad leise.

Mit einem wortlosen Nicken stimmte Vince zu, sich offiziell zu Hollys Tod befragen zu lassen. Trish stand mit geballten Fäusten und vor Angst geweiteten Augen im Türrahmen des Wohnhauses, während Lockyer und Broad ihn zum Wagen brachten.

Im Verhörzimmer warf Vince ihnen diesen stoischen Blick zu, an den Lockyer sich inzwischen allmählich gewöhnt hatte – leidenschaftslos, aber keineswegs freundlich. Lockyer fragte sich, worüber Vince und Trish seit Jasons Verhaftung gesprochen hatten, seit herausgekommen war, dass er Ridgeway und den anderen nachgestellt hatte.

»Also schön, sagen Sie, was Sie zu sagen haben«, knurrte Vince.

Lockyer wusste, dass er ihn aus dem Konzept bringen musste, wenn er seinen dicken Schutzpanzer durchbrechen wollte.

»Wir haben eine Menge Blut von Holly auf dem Boden Ihrer Werkstatt gefunden«, sagte er. »Eine glaubwürdige Zeugin hat gesehen, wie sie auf die Sonnwendfeier zurückgekehrt ist, *nachdem* Ridgeway und die anderen weggefahren waren. Holly ist zwar vielleicht nicht auf der Farm gestorben, aber sie hat dort eine möglicherweise tödliche Verletzung erlitten. Wir glauben, dass jemand auf der Farm mit ihr zur A303 gefahren ist und sie dort entsorgt hat.«

Vince blieb äußerst ruhig, aber sein Gesichtsausdruck veränderte sich kaum merklich. Seine Augen weiteten sich und sein Kiefer gab nach und wäre vielleicht heruntergeklappt, wenn er nicht so willensstark gewesen wäre.

»Nein.«

»Nein was, Mr. McNeil?«, fragte Broad.

»Sie irren sich.«

»Wie kommen Sie darauf?«

»Keiner auf der Farm hätte Holly etwas angetan. Keiner hatte einen *Grund* dafür.«

»Die erste Verletzung könnte ihr aus Versehen zugefügt worden sein«, sagte Lockyer. »Vielleicht bei einem Streit, der aus dem Ruder lief, sodass Holly gestürzt ist oder zu Boden gestoßen wurde. Ist das passiert, Vince?«

»Was? Nein – woher soll ich das wissen?«

»Die Zeugin hat gesehen, dass Holly irgendwohin wollte. Wahrscheinlich hat sie die Werkstatt aufgesucht. Wir glauben, dass sie sich dort mit jemandem getroffen oder jemanden gesucht hat. Waren Sie das, Vince?«

»Nein.«

»Jason?«

Endlich rührte Vince sich – er hielt sich eine Hand vor den Mund und rieb damit langsam über seinen Kiefer.

»Reden Sie mit mir, Vince«, sagte Lockyer knapp. »Was ist passiert?«

»Ich weiß es nicht«, sagte er. »Holly … sie ist *nicht* mit Ridgeway nach Amesbury gefahren?«

»Offenbar nicht. Er und die beiden anderen hatten nichts mit ihrem Tod zu tun. Wo war Jason in jener Nacht, Vince?«

»Nicht da«, sagte Vince vage. »Er … er mag keine Menschenmengen.«

Lockyer dachte rasch nach. Vince gewann immer mehr seine Fassung zurück, und Lockyer wollte möglichst viel in Erfahrung bringen, bevor das passierte.

»Wann haben Sie in der Nacht Holly zuletzt gesehen?«

»Das weiß ich nicht mehr so genau. Es wurde gerade dunkel.

Zehn Uhr? Etwa um den Dreh. Sie kam, um sich etwas zu essen zu holen … Ich habe mich um den Grill gekümmert.«

»Nicht später? Sie ist erst drei Stunden später in Ridgeways Land Rover gestiegen.«

»Sie wollte mit Leuten in ihrem Alter abhängen und nicht mit ihrem Dad.«

»Wusste Holly, dass Sie das Feuer gelegt haben, das ihre Großeltern getötet hat?«

Vince, der jetzt wieder etwas ruhiger war, nahm seine Hand herunter.

»Imo hat ihr nichts von dem Feuer erzählt, bevor sie an Lungenkrebs erkrankte. Die Rauchvergiftung könnte eine Ursache dafür gewesen sein. Sie sagte Holly, es sei ein Unfall gewesen – ein defektes Stromkabel oder irgendwas in der Art. Aber nach ihrem Tod fand Holly unter den Sachen ihrer Mutter mehrere Zeitungsausschnitte. Und meine Briefe aus dem Gefängnis. Also, ja. Sie wusste es.«

Lockyer setzte alles auf eine Karte. »Wusste sie, dass in Wirklichkeit ihre *Mutter* das Feuer gelegt hatte?«

Vince blickte unvermittelt auf. »Wie haben Sie …? *Niemand* wusste es! Woher zum Henker wissen Sie das?«

»Es war nur eine Vermutung. Bis vor fünf Sekunden.«

Lockyer verspürte ein Kribbeln der Erregung, und die beiden blickten einander lange an.

»Woher wussten *Sie*, dass es Imogen war?«, fragte Lockyer.

»Weil ich wusste, dass *ich* es nicht war. Und das T-Shirt … Es gehörte zwar mir, aber es war Imos Lieblings-T-Shirt, und sie trug es zum Schlafen – allerdings erst nachdem sie das Licht ausgeschaltet hatte, damit ihre Eltern es nicht sehen konnten.«

Bei der Erinnerung daran verzog er gequält das Gesicht.

»In der Nacht des Feuers saß ich auf einer Parkbank am anderen

Ende der Stadt und leerte eine ganze Zweiliterflasche White Lightning. Als ich dann am Morgen nach Hause gewankt bin, wurde ich verhaftet.«

»Und Imogen hat zugelassen, dass Sie die Schuld auf sich nehmen.«

»Sie … sie war nicht sie selbst. Das war alles nur meine Schuld. Sie war wütend auf mich, und sie hatte allen Grund dazu.«

»Ach ja? Warum denn?«

»Das geht Sie einen Scheiß an.«

»Wusste Holly, dass Imogen das Feuer gelegt hat?«

»Nicht genau, aber sie hat es geahnt. Aufgrund meiner alten Briefe und … vielleicht auch, weil ihre Mum irgendwas erzählt hat. Sie hat es wahrscheinlich auf dieselbe Weise herausgefunden wie Sie.«

»Haben Sie mit ihr darüber geredet?«

»Ich habe ihr gesagt, dass sie die Sache auf sich beruhen lassen soll. Dass es nichts bringt, das alles wieder aufzuwärmen.«

»Wurde Holly wütend, Vince? Wurde sie deswegen verletzt?«

»Nein. Die Vergangenheit –«

»Lässt man am Tor hinter sich. Stimmt. Nur dass das nicht der Fall war. Wie auch? Sie haben für Imogen *sieben Jahre* im Gefängnis gesessen, und als Sie entlassen wurden, hatte sie ohne Sie ein völlig neues Leben begonnen. Sie müssen sehr wütend gewesen sein.«

»Das war ich auch, für eine Weile. Aber ich lernte loszulassen. Akzeptierte meinen Teil der Schuld. Und dann machte Trish mich ausfindig, und *wir* begannen ebenfalls ein neues Leben.«

»Aber als Holly auftauchte, muss das eine Menge dieser negativen Gefühle wieder aufgewühlt haben. Sie wussten damals nicht einmal, dass Sie ihr Vater waren – Imogen hatte das *zwanzig Jahre* lang vor Ihnen geheim gehalten.«

»Holly hat mir nichts als Freude bereitet.«

»Aber Sie hätten ihr ein Vater sein können.«

»Das *war* ich.«

Broad war ganz still, und Lockyer richtete sich auf.

»Holly sah ihrer Mutter, als sie in diesem Alter war, sehr ähnlich, oder?«, sagte er. »In dem Alter, in dem Sie Imogen zuletzt gesehen hatten. Das war bestimmt … verwirrend.«

Vince' Miene verfinsterte sich, als wollte er Lockyer herausfordern, diesen Gedanken weiter auszuführen.

»Ich vermute, dass Trish sofort wusste, wer Holly war«, fuhr er fort. »Trotz der Lügen, die Sie ihr erzählt hatten.«

Vince wirkte beunruhigt, als wäre ihm das bisher noch gar nicht in den Sinn gekommen.

»Nein … ich glaube nicht.«

»Oh, ich denke schon. Die Ähnlichkeit war schließlich nicht zu übersehen. Fühlte sich das an, als hätten Sie nach all der Zeit Imogen wieder zurückbekommen? Entsprang Ihre unmittelbare Zuneigung zu Holly vielleicht zum Teil … Ihren unverarbeiteten Gefühlen für ihre Mutter?«

»Was wollen Sie damit andeuten, Sie kranker Scheißkerl?«

»War das alles zu viel für Holly? Zu heftig? Haben Sie eine Grenze überschritten, Vince?«

Vince beugte sich vor und legte seine Fäuste auf den Tisch. Sein Gesicht zeigte keine Regung, aber seine Augen funkelten. Vince McNeil trug immer noch Wut in sich. Und auch diese Gewalt, die sich nur mühsam im Zaum halten ließ.

»Nein«, sagte er.

»Irgendjemand auf der Old Hat Farm weiß, was in jener Nacht mit Holly passiert ist. Irgendjemand weiß es und ist dafür verantwortlich.«

»Sie irren sich. Niemand dort ist zu einer derartigen Gewalttat fähig.«

Vince strahlte wieder diese undurchdringliche Ruhe aus, und Lockyer wusste, dass er nichts weiter in Erfahrung bringen würde.

»Ich denke, dass *Sie* sich irren«, sagte er. »Hat es Sie beunruhigt, dass Jason sich in Holly verliebte?«

Vince starrte ihn mit der stummen Unerbittlichkeit eines Monolithen an. Dann stand er auf.

»Es reicht jetzt.«

»Wir müssen noch mal mit Jason sprechen«, sagte Lockyer. »Sagen Sie ihm bitte, dass er sich bei uns melden soll. Oder wir tauchen hier so oft auf, bis wir ihn gefunden haben.«

»Vince muss auf Imogen ziemlich sauer gewesen sein«, sagte Broad, während sie nach der Befragung die Treppe hinaufliefen. »Er hat für sie den Kopf hingehalten. Für sie eine *Haftstrafe* abgesessen. Und was bekommt er im Gegenzug?«

»Ihre kleine Schwester«, murmelte Lockyer.

»Und zwanzig Jahre später eine Tochter, die genau wie ihre Mutter aussieht und die Vince vom ersten Augenblick an vergöttert … Das muss für Trish ein Schock gewesen sein.«

»Davon bin ich überzeugt«, sagte Lockyer. »Aber noch mehr überzeugt bin ich davon, dass Trish nichts tun würde, um Vince zu verärgern.«

»Glauben Sie, sie hat Angst vor ihm?«

»Vielleicht. Aber womöglich hat sie noch mehr Angst davor, ihn zu verlieren. Ihn und Jason.« Lockyer blieb auf dem obersten Treppenabsatz stehen. »Ich glaube, sie lässt sich so ziemlich alles gefallen, solange Vince glücklich ist. Er hätte sich gar nicht die Mühe machen müssen, ihr Hollys wahre Identität zu verschweigen.«

Broad wirkte nachdenklich.

»Glauben Sie, dass sie, wenn es nötig gewesen wäre, ihm geholfen hätte … Holly loszuwerden?«, fragte sie.

»Da bin ich mir sicher.« Er erinnerte sich an etwas. »Vince ist auf den Aufnahmen von der Sonnwendfeier, die in der Morgendämmerung gemacht wurden, nicht zu sehen. Trish allerdings schon, wie sie die Sonne begrüßt, oder was auch immer sie da tut. Aber nicht Vince. Und Jase auch nicht.«

»Aber Chef, selbst wenn sich aus dem Ganzen für Vince ein Motiv ergibt, Holly zu töten, haben wir immer noch ein Riesenproblem.«

»Der Transport«, sagte Lockyer. »*Wie* sie Holly zur A303 gebracht haben. Und warum.«

»Aber wir haben das Warum doch gerade geklärt, oder?«

Lockyer wäre gerne davon überzeugt gewesen, aber das war er nicht. Noch nicht.

»Ich denke, wir bekommen allmählich eine Vorstellung davon, wie diese Leute ticken und wie es zu einem Streit gekommen sein könnte. Warum Holly womöglich zu Boden gestoßen oder gar geschlagen wurde. Und wer auch immer sie zu der Schnellstraße gefahren und vor einen Laster geworfen hat, statt sie ins Krankenhaus zu bringen, wollte sie *töten*. Das war eine kaltblütige, vorsätzliche Tat.«

»Glauben Sie nicht, dass sie in Panik gehandelt haben?«, sagte Broad. »Vielleicht dachten sie, sie sei bereits tot.«

»Jemand in Panik hätte sie dort liegen lassen, wo sie gestürzt war. Und vielleicht anonym den Notdienst angerufen. Aber sie nach Amesbury zu bringen – der letzte Ort, den sie aufgesucht hätte – und sie auf eine Weise zu entsorgen, die den Gerichtsmediziner davon überzeugt, dass sie sich umgebracht hat … das hat nichts mit Panik zu tun.«

»Glauben Sie etwa, das war alles geplant?«

»Ja. Nicht unbedingt von langer Hand, aber der Täter wusste dennoch sehr genau, was er tat.«

»Also niemand, der Alkohol getrunken oder Drogen genommen hatte«, sagte Broad. »Jemand, der es nicht riskieren konnte, dass andere von seiner Beteiligung an der Tat erfuhren.«

Sie wechselten einen Blick.

»Jemand, der viel zu verlieren hatte. Wir müssen Jason finden.«

»Und das *Wie* in Erfahrung bringen«, ergänzte Broad.

»Wie man sie dorthin gefahren hat.« Lockyer spürte Frustration in sich aufsteigen. »Wir brauchen *Beweise.* Und zwar schnell. Sonst werden die Ermittlungen im Sande verlaufen.«

Das war im Grunde das, was auch DSU Considine sagte, als sie anrief, um sich auf den neusten Stand bringen zu lassen.

»Die forensischen Ergebnisse belegen nicht, dass Holly Gilbert auf der Farm *gestorben* ist«, sagte sie. »Haben Sie irgendwelche Beweise, die widerlegen, dass sie gestürzt ist, sich den Kopf angeschlagen hat und dann irgendwie selbst nach Amesbury gefahren ist?«

»Nein, Ma'am«, musste Lockyer einräumen. »Aber aller Wahrscheinlichkeit nach –«

»Das reicht nicht für eine Verurteilung«, unterbrach sie ihn. »Und vergessen wir nicht, dass es bei dieser Ermittlung um *Lee Gearys* Tod geht. Was hat sich da ergeben?«

»Wenn wir herausfinden, was mit Holly passiert ist, wissen wir auch, was mit Lee passiert ist«, sagte er. »Zwischen den beiden Todesfällen gibt es große Gemeinsamkeiten. Zwei Kopfverletzungen durch stumpfe Gewalteinwirkung, die möglicherweise nicht sofort zum Tod geführt haben; und die Opfer wurden dem Tod überlassen oder so entsorgt, dass sie starben. In keinem der beiden Fälle wissen wir, wie die Opfer von der Old Hat Farm weggebracht wurden, dem Ort, an dem sie zuletzt lebend gesehen wurden, bevor man sie später gefunden hat.«

»Und Sie glauben, dass die gleiche Vorgehensweise auf denselben Täter hinweist?«

»Ja. Möglicherweise.«

»Aber die Person, die Holly getötet hat, hatte kein Motiv, Geary zu töten.«

»Es sei denn, Lee hat in jener Nacht irgendetwas gesehen – auch wenn er nicht wusste, was das zu bedeuten hatte.«

»Und wie wollen Sie das beweisen?«, fragte Considine.

»Wir müssen einfach … weitergraben.«

»Das hört sich für mich so an, als könnten Sie sich bis nach Australien durchgraben, ohne es herauszufinden.«

Lockyers Magen krampfte sich zusammen. »Wir haben noch nicht die forensischen Ergebnisse zum Knüpfel, Ma'am. Und wir haben uns noch nicht Hollys Laptop angesehen – das könnte sehr aufschlussreich sein.«

»Haben die Ermittler im Jahr 2011 den Fall nicht gründlich untersucht?«

»Vielleicht haben sie irgendetwas übersehen. Holly hat in *allen* McNeils starke Gefühle ausgelöst, und sie haben sich deswegen jahrelang belogen. Ich bin mir sicher, wenn ich wüsste, was dort wirklich vor sich geht –«

»Aber das tun Sie nicht, oder?«, unterbrach Considine ihn erneut. »Ich werde Sie nicht monatelang ermitteln lassen – wenn Sie nicht zweifelsfrei beweisen können, dass in einem der beiden Fälle eine Straftat begangen wurde.«

Sie holte hörbar Luft.

»Tut mir leid, Matt, wenn die forensische Untersuchung nichts ergibt, muss ich den Fall zu den Akten legen. Aber selbst wenn sich Hollys oder Lees Blut an dem Knüpfel befinden sollte, beweist das immer noch nicht, wer damit zugeschlagen hat. Hören Sie, ich weiß, dass Sie es hassen, die Ermittlungen einzustellen, und wir alle wollten den Fall erfolgreich zum Abschluss bringen, aber –«

»Lee Geary war völlig unbedarft. Er hat es nicht verdient, auf diese Weise zu sterben – dort zu verrotten, vielleicht gefoltert und lebendig begraben zu werden.«

Lockyer war um einen ruhigen Tonfall bemüht. Er *musste* die Person schnappen, die diese unmenschliche Tat begangen hatte.

»Geben Sie mir noch eine Woche«, sagte er. »Wenn wir dann immer noch nicht genug vorzuweisen haben, müssen wir die Sache neu überdenken.«

Considine zögerte einen Moment. »In Ordnung. Halten Sie mich auf dem Laufenden.«

Lockyer saß noch lange, nachdem das Telefonat beendet war, im leeren Konferenzzimmer und versuchte, die aufflackernde Wut in seinem Bauch zu unterdrücken – seine übliche Reaktion auf das Gefühl der Hilflosigkeit. Da waren der schlechte Gesundheitszustand seiner Mutter, Hedys Verschwinden, Chris' Drogengeschäfte und die Sache mit Rosie Conlan. Lauter drängende Probleme, die er nicht hatte lösen können und die alle seine Aufmerksamkeit verlangten. Aber er hatte geglaubt, dass er wenigstens diesen Fall zum Abschluss bringen und Lee Geary zu Gerechtigkeit verhelfen könnte. Und wenn er nicht einmal das schaffte, dann sollte er, wie Saunders gesagt hatte, diesen Job vielleicht nicht machen.

Er blieb so lange sitzen, bis er das Verlangen, irgendetwas zu zertrümmern, wieder unter Kontrolle hatte.

Am Ende des Tages traf der forensische Bericht über den Knüppel ein. Angespannt vor Erwartung öffnete Lockyer die E-Mail.

»Und?«, fragte Broad und blickte von Imogens Unterlagen auf.

»Er ist sauber«, sagte Lockyer düster.

Sie ließ die Schultern hängen. »Oh.«

»Kein Blut. Nichts deutet darauf hin, dass er als Mordwaffe benutzt wurde.«

19

TAG NEUNZEHN, FREITAG

Gleich am Morgen brachte ein Kollege von der Technikabteilung Hollys Laptop vorbei.

»Ihr Passwort lautet ›Golightly‹«, sagte er spöttisch.

Lockyer fuhr den Laptop hoch und begann, die Dateien darauf durchzusehen. Bergeweise Fotos – alle aus der Zeit vor Imogens Tod – sowie eine Menge College– und Uniarbeiten. Im Suchverlauf fand sich nichts Ungewöhnliches und auch keine Anfrage zum Thema Suizid. Nichts, was Aufschluss über ihren Tod geben könnte. In Lockyer loderte Frustration auf. Eigentlich wollte er am Wochenende die verschiedenen Puzzleteile des Falls so lange hin und her schieben, bis sie sich zusammenfügten. Aber dazu brauchte er etwas, womit er arbeiten konnte. Er knirschte mit den Zähnen.

»Nichts?«, fragte Broad vorsichtig.

»Nein. Und ich kann die Videonachricht von ihrer Mutter nicht finden.«

Sie drehte ihren Stuhl in seine Richtung. »Haben Sie mal unter importierte Dateien oder Downloads nachgesehen? Vielleicht hat Imogen sie als E-Mail-Anhang oder mit einem USB-Stick verschickt.«

Stirnrunzelnd befolgte Lockyer ihren Rat. Und da war sie.

»Mensch«, murmelte er, »was würde ich ohne Sie bloß machen, Gem?«

»Tja«, erwiderte sie vielsagend.

»Sehen wir uns das Video zusammen an«, sagte er und startete es erst, als Broad neben ihm saß.

Imogen füllte den ganzen Bildschirm aus.

Für ein paar Sekunden sagte sie nichts. Sie saß so dicht an der Kamera, dass vom Hintergrund kaum etwas zu erkennen war, aber sie war offensichtlich nicht zu Hause. Sie hockte auf einem Bett mit weißen runden Stäben, und hinter ihr schimmerte etwas Metallisches, vielleicht ein Infusionsständer. Es waren verschiedene gedämpfte Geräusche zu hören und das Zischen schwerer Türen. Sie befand sich in einem Krankenhaus oder einem Hospiz.

Imogen hatte durch die Chemo ihre Haare verloren. Sie trug ein blaues Seidenkopftuch und hatte die Augenbrauen nachgezogen. Ihr Gesicht war sehr viel schmaler als auf den Fotos, die sie gesehen hatten. Unter der Haut zeichneten sich deutlich ihre Wangenknochen und Augenhöhlen ab, und ihre Lippen waren ganz blass. Sie blickte direkt in die Kamera, und Lockyer bemerkte, dass eine ihrer Pupillen größer und dunkler war als die andere. Ihm fiel ein, dass der Krebs auch ihr Gehirn befallen hatte. Es verstrichen gut zwanzig Sekunden, bevor sie zu sprechen begann.

»Holly«, sagte sie.

Sie bekam kaum Luft und brachte selbst dieses eine Wort nur mit Mühe hervor.

»Es tut mir leid, mein Schatz. Ich hätte …« Sie verstummte. »Der Arzt meinte zwar, dass das Feuer vielleicht nicht die Ursache für den Krebs ist, aber ich weiß, dass das nicht stimmt. Ich *weiß* es. Und ich bin deswegen schon lange nicht mehr wütend gewesen. Aber mein Gott, jetzt bin ich wütend.« Ihre Augen weiteten sich, und sie zitterte. »Ich habe mir die ganze Zeit gesagt, dass dieser Husten völlig normal ist. Absolut harmlos. Aber wenn ich früher eine Behandlung angefangen hätte … Ich bin so *wütend* auf mich selbst, Hol. Aber vielleicht bekomme ich schließlich, was ich verdient habe.«

Sie starrte ins Objektiv, und ihre ungleichen Augen begannen zu glänzen.

»Ich wollte das hier eigentlich nicht tun. Dir eine Nachricht hinterlassen, um dich zu ermutigen, ein erfülltes Leben zu führen, all deine Möglichkeiten auszuschöpfen, und …« Sie machte die Geste für Anführungszeichen. »… ›zu leben, zu lachen und zu lieben‹. Tut mir leid. Ich weiß, dass du ein erfülltes Leben führen wirst, mein *wunderbares* Mädchen. Ich … ich habe keine Ahnung, was ich sagen soll. Es ist so schwer, die passenden Worte zu finden. Die ganze Therapie … sie hat nichts gebracht, Hol.«

Sie lachte leise und hustete dann. Rang nach Luft.

»Sie hat mir nur in Erinnerung gerufen, was genau ich verloren habe. Was ich falsch gemacht habe. Andererseits … ich habe *dich*, Holly. Also habe ich doch etwas richtig gemacht, oder? Trotz allem.« Sie beugte sich noch dichter an die Kamera. »Du wirst ein paar Dinge herausfinden, mein Schatz … wenn ich nicht mehr da bin. Es tut mir leid. Ich … ich wollte dir das alles erklären, aber ich habe nie den richtigen Zeitpunkt gefunden oder die richtigen … Worte. Irgendwann habe ich dann beschlossen, alle Spuren zu beseitigen, damit du nichts findest. Aber ich … Vielleicht bin ich ihm das schuldig. Vielleicht ist es das.«

Abgesehen vom Heben und Senken ihres Brustkorbs saß Imogen jetzt vollkommen reglos da.

»Erinnerst du dich noch daran, wie wir mal in Deal waren? Am Meer? Und da war dieser Mann auf einem Motorrad … Erinnerst du dich? Du warst zwar noch ganz klein, aber du hast mir diesen seltsamen Blick zugeworfen, und ich dachte, *sie weiß es*. Mir rutschte fast das Herz in die Hose. Ich glaube, Graham hat das gemerkt. Der arme Graham. Aber wie konntest *du* es wissen? Und das war auf keinen Fall er. Nur ein Fremder.«

Sie holte tief Luft. »Du wirst also ein paar Dinge herausfinden, Hol. Ich kann nicht … Es ist jetzt zu spät, das zu verhindern. Aber bitte, such nicht nach ihm. Versprich mir das. Such nicht nach ihm. Das … das könnte gefährlich sein. Weißt du noch, was Dad immer gesagt hat? Was passiert ist, ist passiert. Die Vergangenheit ist vergangen, es zählt nur die Gegenwart. Behalte das alles für dich und erzähl niemandem davon, denn manche Dinge bringen nur Unheil …«

Ihre Augen füllten sich mit Tränen. »Ich kann nicht glauben, dass ich dich für immer verlieren werde. Ich bin so *wütend*. Ich … O mein Gott, ich glaube, ich habe es die ganze Zeit gewusst. Von Anfang an. Aber jetzt ist es zu spät, und ich …«

Sie machte erneut eine Pause, ihr Brustkorb schien sich zu verkrampfen, und über ihre vorstehenden Wangenknochen liefen Tränen. Sie wirkte verwirrt, als würden ihre Gedanken in ihrem Kopf umherschwirren, ohne dass sie eine richtige Verbindung zwischen ihnen herstellen konnte. Lockyer fragte sich, ob das eher ihrer Anspannung geschuldet war oder aber ihrer Krankheit.

»Er muss geglaubt haben, dass es … dass ich …«, murmelte sie kaum hörbar. »Warum war mir das nicht klar? Er hat das für mich getan, und ich … ich … Und hinterher …« Sie übersprang ein paar Wörter, wie eine Schallplatte mit einem Sprung »… sah ich Suki Collins auf Mums und Dads Beerdigung, weißt du? Sie konnte mir nicht in die Augen sehen. Kaum einer konnte das. Die Menschen können mit Verlust nicht umgehen. Das wirst du auch noch merken. Aber ich glaube … ich glaube, *in dem Moment* wusste ich es. Ich war so ein Feigling. Du warst auch dort, Hol. Erinnerst du dich? Du hast dieses Lied immer geliebt, oder? *All Things Bright and Beautiful.* Oh, aber das wollte ich eigentlich gar nicht sagen!«, stöhnte Imogen. »Das alles hier ist nicht, was ich sagen wollte.«

Sie nahm ein Taschentuch und wischte sich übers Gesicht, dann blickte sie wieder ins Objektiv. Sie war jetzt so nah, dass man im glänzenden Dunkel ihres geweiteten Auges die Reflexion der Kamera sehen konnte.

»Es gibt auf der ganzen Welt nichts Besseres als dich, Holly Golightly. Ich weiß, dass du traurig sein wirst, wenn ich nicht mehr da bin. Wir sind immer ein Team gewesen, du und ich. Aber richte den Blick nach *vorne*, mein Schatz, nicht zurück.«

Man sah nur noch unscharf Haut und Schatten, als Imogen an der Kamera herumfummelte, um die Aufnahme zu beenden.

Lockyer und Broad saßen einen Moment schweigend da. Obwohl sie Imogen nicht kannten, war es erschütternd, diese Aufnahme zu sehen. Jemanden zu sehen, der sich so sehr quälte und im Begriff war, seinen Kampf zu verlieren. Man spürte unwillkürlich Imogens Panik, ihre Wut und Verwirrung.

Broad holte tief Luft. »Mein Gott. Die arme Frau. Und die arme Holly. So wollte sie ihre Mutter bestimmt nicht in Erinnerung behalten.«

Und Holly hatte sich das Video über zweihundertmal angesehen.

»Nein«, stimmte Lockyer ihr zu. »Also … Imogen weiß, dass sie Unterlagen hinterlassen hat, die Holly verraten, dass sie nicht Graham Gilberts leibliche Tochter ist. Und genug Hinweise, damit sie Vince McNeil als möglichen Vater identifizieren kann.«

»Es hörte sich allerdings nicht so, als *wollte* Imogen, dass sie ihn findet«, sagte Broad. »Sie hat sie ermahnt, den Blick nicht zurückzurichten.«

»Aber sie konnte sich nicht dazu durchringen, die Beweise zu vernichten. Es schien, als haderte sie damit, als hätte sie das

Gefühl, ihm etwas schuldig zu sein, sodass sie schließlich nichts unternommen hat.«

»Nun, sie hat zugelassen, dass er für sieben Jahre ins Gefängnis wandert, und ihm verschwiegen, dass er ein Kind hat«, sagte Broad. »Vielleicht dachte sie auch, Holly hätte ein Recht darauf, die Wahrheit zu erfahren. Für den Fall, dass sie mal ... eine Spenderniere braucht oder so was in der Art.«

»Vielleicht.«

Lockyer dachte einen Moment nach, dann spielte er das Video erneut ab.

»›Such nicht nach ihm‹«, zitierte er. »›Das könnte gefährlich sein.‹«

»Aber Holly *hat* nach ihm gesucht«, sagte Broad leise. »Und ist gestorben. Vielleicht kannte Imogen eine Seite von Vince, die wir bisher nicht gesehen haben, auch wenn er nicht das Feuer gelegt hat.«

Lockyer dachte darüber nach. »Wenn Imogen vor ihm Angst hatte, dann ... hat sie vielleicht absichtlich sein T-Shirt benutzt. Vielleicht hat sie das Feuer gelegt, um Vince *loszuwerden*, und wollte nicht so viel Schaden anrichten.«

»Das scheint mir plausibler, als dass sie absichtlich ihre Eltern getötet hat.«

»Wird in den Aufzeichnungen, die wir gelesen haben, eigentlich irgendwo Trish erwähnt? Ich glaube, sie ist auf keinem der Bilder zu sehen, oder?«

»Also ...« Broad ging zu ihrem Schreibtisch. »Sie wird in dem Zeitungsartikel über das Feuer erwähnt. Und es gibt dieses eine Bild ...«

Sie durchstöberte ihren Stapel möglicherweise nützlicher Dokumente und zog ein Foto in einem blauen Papprahmen heraus – die Standardwahl für Generationen von Schulfotos. Das Bild zeigte

Imogen und Trish etwa im Alter von acht und sechs Jahren, die mit einem strahlenden Zahnlückenlächeln in die Kamera blickten. Sie trugen Latzhosen und Cordblusen. Trish hatte ein runderes Gesicht als Imogen und eine sehr viel hellere Haut.

»Hätte Holly Trish anhand dieses Fotos erkannt?«, fragte Lockyer.

»Ich glaube nicht«, erwiderte Broad. »Fragen Sie sich, ob sie wusste, wer Trish McNeil in Wirklichkeit war?« Sie machte eine Pause. »Ich meine, Vince muss ihr *irgendwas* erzählt haben, oder? Um ihr einen Grund zu geben, warum sie die Identität ihrer Mutter für sich behalten mussten.«

»Genau. Entweder wusste Holly bereits Bescheid, oder Vince hat ihr die Wahrheit gesagt, und sie beschlossen, Hollys wahre Identität vor Trish geheim zu halten.«

»Und Trish hat für Vince das Spielchen mitgespielt, damit die Vergangenheit *außerhalb* der Farm blieb«, sagte Broad.

Lockyer dachte darüber nach. »Ich frage mich, ob *Holly* dabei auch mitgespielt hat.«

»Sie meinen, ob sie und Trish ein Gespräch geführt haben, von dem Vince nichts wusste?«

»Vielleicht.«

Lockyer warf einen Blick auf die Notizen, die er sich beim Betrachten des Videos gemacht hatte.

»Wer ist Suki Collins? Imogen sagt, dass sie sie auf der Beerdigung ihrer Eltern gesehen hat. Warum kommt mir der Name bekannt vor?«

Er schloss die Augen und dachte nach, dann suchte er auf seinem Schreibtisch nach dem Zeitungsausschnitt über das Feuer.

Das jüngste Kind der Familie, die 15-jährige Patricia, befindet sich weiterhin in der Obhut von Eltern einer Freundin, bei der sie auch jene schicksalhafte Nacht verbrachte. »Trishie geht es den Umständen entsprechend gut«, sagt Yvette Collins, 41.

»Die Familie, bei der Trish in der Nacht des Feuers übernachtet hat, hieß Collins«, sagte er. »Ist Suki vielleicht die Freundin gewesen? Versuchen wir, sie ausfindig zu machen.«

»Okay, Chef.« Broad klang skeptisch. »Glauben Sie wirklich, das lohnt sich?«

»Tun Sie einfach, was ich sage, Gem!«

Broad zuckte zusammen und richtete ihr Augenmerk sofort wieder auf ihren Schreibtisch. Sie schob ein paar Unterlagen zurecht und fuhr mit einem Mausklick ihren Computer hoch.

Lockyer wurde von Schamgefühl durchflutet. Es war ihr gutes Recht, ihn zu hinterfragen; er hingegen hatte keinerlei Recht, seinen Frust an ihr auszulassen, nur weil sie gerade in der Nähe war und nicht protestieren würde. Er dachte daran, wie Pete sie aus dem Biergarten herausgeholt hatte. An ihre nervöse Wut, als sie begriff, was mit Rosie Conlan geschehen war. Daran, wie sie beides hingenommen hatte und offenbar auch weiterhin hinnehmen würde.

»Es tut mir leid, Gem.«

»Schon okay, Chef«, sagte sie, ohne aufzuschauen.

»Nein, ist es nicht. Das ist nicht Ihre Schuld. Ich … Es ist alles …« Ihm fehlten die Worte.

Broad blickte zu ihm hinüber, und die Situation entspannte sich wieder. »Es ist okay, Chef.«

In diesem Moment klingelte sein Schreibtischtelefon, und beide zuckten zusammen.

»DI Lockyer«, meldete er sich.

»Es ist jemand für Sie da, Inspector. Unten im Empfang.«

Jason McNeil – oder vielmehr William Jason Stevens – saß angespannt im Befragungszimmer. Als Lockyer und Broad sich setzten, hob er seine Hände und vollführte sein kurzes, ballettartiges Ritual, um sich zu sammeln.

»Was sehen Sie, wenn Sie das tun?«, fragte Broad neugierig.

Jason warf ihr einen melancholischen Blick zu. »Obwohl ich in Ihrer Gegenwart wunderschöne Farben sehe, sind manche Situationen … zu viel für mich. Aber meine Hände – der Geruch meiner Haut ist langweilig, beruhigend und *braun*.«

Broad lächelte und riss sich dann wieder zusammen.

»Danke, dass Sie gekommen sind, um mit uns zu reden, Jason«, sagte Lockyer. Er startete die Aufnahme und erledigte die Formalitäten. »Wir dachten schon, dass Sie sich aus dem Staub gemacht haben könnten.«

»Ich laufe nicht mehr weg«, sagte Jason.

»Wollen Sie uns damit vielleicht irgendwas sagen?«

»Nein, ich … ich meinte, dass ich so überhaupt auf der Old Hat Farm gelandet bin. Weil ich weggelaufen bin.«

»Wie haben Sie die Farm gefunden?«

»Ich bin gelaufen.«

»Von Swindon?«

»Nein, wir waren in Chippenham, in der Nacht, in der ich … beschlossen habe wegzugehen.«

»Woher kannten Sie den Weg?«

»Ich kannte ihn nicht. Ich bin einfach gelaufen.«

»Wie lange?«

»Keine Ahnung. Ein paar Tage. Irgendwann kam ich dann zu der Farm, und man gab mir etwas zu essen. Ließ mich dort wohnen, ohne Fragen zu stellen. Ist Ihnen klar, wie *ungewöhnlich* das ist? Ich wusste gar nicht, dass solche Orte überhaupt existieren – oder solche Menschen. Die Old Hat Farm war ein wunderbarer Ort.«

»Was hat sich geändert?«

»Holly«, sagte er bloß.

»Holly hat alles kaputt gemacht?« Broad klang überrascht.

»Mit ihr war es *perfekt*. Und dann starb sie. Und was vor ihrer Ankunft genügte, war … war danach einfach nicht mehr genug.«

»Ich bin mir nicht sicher, was Sie versuchen, uns mitzuteilen«, sagte Lockyer.

»Ich auch nicht«, sagte er. »Aber Sie wollten mich sehen.«

»Es ist neun Jahre her, dass Holly gestorben ist, aber ihr Zimmer ist immer noch unverändert. Finden Sie das nicht ein wenig übertrieben?«

»Vince will sie nicht gehen lassen«, sagte Jason bloß. »Ich auch nicht. Das Zimmer, in dem sie zuletzt geschlafen hat, und ihre Sachen haben jetzt … eine besondere Bedeutung. Man kann diese Sachen berühren und riechen und … spüren. Wenn ich meine Augen schließe, ist es fast so, als wäre sie noch da.«

»Haben die McNeils Ihnen erzählt, dass wir in der Werkstatt Hollys Blut gefunden haben? Und dass wir eine Zeugin aufgespürt haben, die gesehen hat, wie sie in der Nacht ihres Todes auf die Farm zurückgekehrt ist, *nachdem* Ridgeway und die anderen weggefahren waren?«

Lockyer beobachtete ihn aufmerksam. Jasons Gesicht begann zu zucken, und sein Blick wurde rastlos und leer.

»Sie haben es mir erzählt«, sagte er.

»Können Sie erklären, wie ihr Blut in die Werkstatt gekommen ist?«

»Nein.«

»Wo waren Sie in jener Nacht, Jason?«

»Ich bin weggefahren.«

»Zum Haus Ihrer Mutter?«

»Nein. Zu Freunden.«

»Zu wem?«

»Zu einem Mann namens Warwick und seinen Kindern. Sie sind Traveller. Als ich das erste Mal zur Old Hat Farm gelaufen bin, habe ich bei ihnen übernachtet. Wir sind seitdem in Kontakt geblieben. Sie waren in dem Sommer wieder in der Gegend, in der Nähe des Steinkreises von Avebury …«

»Und wo sind diese Leute jetzt?«

»Keine Ahnung. Sie sind eben fahrendes Volk, ständig auf Achse.«

»Können Sie sich mit ihnen in Verbindung setzen und sie bitten, mit uns zu reden?«

Er schüttelte den Kopf. »Sie kennen zwar meinen Aufenthaltsort, aber ich nicht ihren.«

»Das bedeutet also, dass Sie für die Nacht, in der Holly gestorben ist, kein überprüfbares Alibi haben«, sagte Lockyer.

»Soll ich etwa lügen? Irgendwas erfinden?«

»Wir glauben, dass Holly sich entweder mit irgendwem in der Werkstatt getroffen oder dort nach jemandem gesucht hat. Waren Sie diese Person? Wusste Holly, dass sie Sie da finden würde? Wollten Sie sich dort mit ihr treffen?«

»Nein. Ich war fünfundzwanzig Kilometer entfernt, in Avebury.«

»Mit Vince' Motorrad?«

»Ja.«

Weitere Verkehrsvideos, die man hätte überprüfen können und die bestimmt inzwischen gelöscht worden waren.

»Haben Sie Holly mal auf dem Motorrad mitgenommen?«, fragte er.

»Ein- oder zweimal, aber das machte sie nervös. Eines der Kinder von ihrer Schule war bei einem Unfall ums Leben gekommen.«

»Sind Sie in jener Nacht mit ihr irgendwohin gefahren? Nachdem sie sich den Kopf angeschlagen hatte? Sind Sie mit ihr Richtung Süden, nach Amesbury gefahren? Vielleicht auf einem Umweg, sodass man Sie nicht sehen konnte?«

Jason starrte Lockyer sehr lange an.

»Wie gesagt, ich war nicht auf der Farm. Ich weiß nicht, wie sie verletzt wurde, und sie fuhr nicht gern mit dem Motorrad.« Jason blickte auf seine Hände hinunter. »Aber sie liebte es, mit dem Quad durch die Felder zu fahren, allerdings nicht auf der Straße. Es verstieß zwar gegen die ungeschriebenen Regeln, auf diese Weise Benzin zu verschwenden, aber ich habe sie ein paarmal mitgenommen. Und es war *keine* Verschwendung, sie so glücklich zu sehen. Sie strahlte übers ganze Gesicht. O Mann …«

Er drehte den Kopf zur Seite und schloss die Augen, als wollte er sie besser sehen können.

»Sie leuchtete heller als die Sonne.«

»Jason …«

»Sie sollen wissen, wie ich mich in ihrer Gegenwart *gefühlt* habe, Inspector«, unterbrach Jason ihn. »Sie sollen wissen, dass ich sie *geliebt* habe. Und es spielte keine Rolle, ob sie meine Liebe auf *dieselbe* Weise erwiderte. Ich war trotzdem glücklich, dass sie in mein Leben getreten war. Glücklich, so als … als würde alles gut werden, verstehen Sie? Und ich wollte, dass sie bleibt.«

»Wollte sie denn fortgehen? Hat sie Ihnen das in jener Nacht gesagt?«

»Sie hören mir nicht zu! Ich will damit sagen, dass ich ihr *niemals* etwas angetan hätte! Ich habe nach Ridgeway und den anderen gesucht, um Antworten zu bekommen, weil ich es einfach nicht begreifen konnte, dass ihr jemand so etwas angetan hatte! Sie auf die *Straße* geworfen hatte …« Seine Augen glänzten. »Ich kann es zwar nicht beweisen, aber ich lüge nicht. Ich war in jener Nacht nicht da. Und wenn, dann wäre sie vielleicht noch am Leben.

Ich hätte ihr *helfen* können. Stattdessen muss ich den Rest meines Lebens mit dem Wissen leben, dass ich nicht da war, als sie mich brauchte.«

Das traf einen Nerv bei Lockyer. Wenn Jason die Wahrheit sagte, dann wusste Lockyer genau, wie er sich fühlte.

»Vier Menschen mit Verbindungen zur Old Hat Farm sind in dem Jahr gestorben, Jason«, sagte er. »Und Sie hatten in allen Fällen ein Motiv.«

»Ich habe keinem von ihnen etwas getan. Ja, ich wollte von Ridgeway Antworten bekommen, aber die Gelegenheit hat sich nie ergeben.«

»Und was ist mit Vince?«

»Was soll mit ihm sein?« Ein kurzes Zucken. »Sie glauben doch nicht etwa … Holly war sein *Kind*. Er hat sie über alles geliebt.«

»Das wissen wir.« Lockyer wählte seine Worte mit Bedacht. »Er ist ein leidenschaftlicher Mann. Ein Mann, der seine Gefühle jedoch für sich behält. Wir glauben, dass er ebenfalls ein paar Probleme mit Hollys Mutter hat, die er nie verarbeitet hat.«

Jason erwiderte nichts. Aber Lockyer hatte auch keine Frage gestellt. Er legte ein Bild von Vince und Imogen auf den Tisch, das sie als jugendliches Liebespaar zeigte.

Jason sah es sich genau an. »Ist das Hollys Mum?«

»Ja. Imogen Simm. Sie sehen sich sehr ähnlich, oder?«

»Allerdings.«

»Es gibt nur weniges, was so überwältigend ist wie die erste Liebe.« Lockyer machte eine Pause. »Jason, haben Sie je erlebt, dass Vince sich Holly gegenüber auf eine Weise verhalten hat, die Sie für … unangebracht hielten?«

Der Blick, den Jason Lockyer zuwarf, brachte erst Entsetzen, dann Abscheu zum Ausdruck. Schließlich schob er das Foto auf dem Tisch wieder zurück.

»Ich würde jetzt gern gehen.«

»Haben Sie Angst vor Vince?«

»Ich möchte gehen.«

Den beiden blieb nichts anderes übrig, als ihn zu entlassen, und kurz darauf beobachteten sie, wie er unter einer strahlend weißen Wolkendecke über den Parkplatz lief. Die Luft wurde immer stickiger, im Gebäude und draußen.

Sie hatten immer noch nichts Konkretes vorzuweisen, nur ein paar Theorien. Nichts, was sie beweisen konnten.

Broad schaltete ihren Tischventilator ein. »Ich werde mal Yvette oder Suki Collins ausfindig machen.«

Lockyer hatte das Gefühl, dass sie tat, was immer er wollte. Sie war loyal, sicher, aber vielleicht war sie viel zu loyal. Er musste aufpassen. Sie erlitten mit ihrem Fall gerade Schiffbruch – *er* erlitt gerade Schiffbruch –, und Broad hatte offenbar beschlossen, mit dem Schiff unterzugehen.

Suki Clarke, geborene Collins, war inzwischen fünfundvierzig Jahre alt, so alt wie Trish McNeil. Sie arbeitete als Baukostenplanerin, war geschieden und lebte mit ihren Kindern in Edinburgh. Als die beiden ihren Videoanruf entgegennahmen, sahen sie eine elegant gekleidete Frau mit stumpfem kastanienbraunem Haar und besorgten grauen Augen.

»Officers«, sagte sie nervös.

Das war durchaus normal für Leute, die es nicht gewohnt waren, mit der Polizei zu reden.

»Danke, dass Sie mit uns sprechen, Ms. Clarke«, sagte Lockyer.

Sie zuckte leicht mit den Achseln. »Ich weiß nicht, ob ich Ihnen wirklich helfen kann. Sie sagten, dass Sie über Trish Simm reden wollen, aber ich habe sie seit Jahrzehnten nicht mehr gesehen. Wir sind nach der Schule nicht in Kontakt geblieben.«

»Das ist genau der Zeitraum, der uns interessiert. Als das Haus der Simms gebrannt hat.«

Lockyer bemerkte, dass sich Sukis Gesichtszüge verkrampften.

»Wie war Trish denn so als Teenager?«, fragte er.

»Nun, sie war … Keine Ahnung. Sie war ein wenig schwierig, aber sie war meine beste Freundin. Wir wohnten nur ein paar Straßen voneinander entfernt und haben immer zusammen auf den Schulbus gewartet. Wir sind auch auf dieselbe weiterführende Schule gegangen, wir sind zusammen groß geworden.«

»War sie zu Hause glücklich?«

Es entstand eine Pause. »Ich glaube, immer weniger, je älter wir wurden. Ihre Eltern waren ziemlich streng. Trish und Imogen hatten nicht viele Freiheiten, und sie bekamen nur wenig Taschengeld und so. Bevor sie irgendwas unternehmen durften, mussten sie vorher ihre Hausaufgaben oder außerschulischen Aktivitäten erledigen, und sie waren *immer* die Ersten, die von einer Party abgeholt wurden. Paul – ihr Vater – kam dann einfach reinmarschiert und nahm sie mit. Ohne eine Gnadenfrist. So etwas ist für einen Teenager ziemlich demütigend. Ich lerne mit meinen drei Kindern jetzt die andere Seite kennen. Es gibt nichts Demütigenderes, als zuzugeben, dass man seine Kinder kontrolliert.«

»Die außerschulischen Aktivitäten von Trish, wie sahen die aus?«

»Sie hatte Nachhilfe in Mathe und Französisch. Sie hat Stepptanz gemacht, und ihre Eltern bestanden darauf, dass sie Geige spielen lernt. Sie hat es *gehasst.* Sie ist fünfmal hintereinander durch die sechste Geigenprüfung gefallen. Nach dem fünften Mal meinte sie zu mir, dass sie ihre Geige in den Fluss werfen würde, damit sie nicht weiterspielen müsse. Aber das hätte nichts gebracht.«

»Nein?«

»Paul und Diane hätten ihr einfach eine neue Geige gekauft. Sie waren ziemlich … unerbittlich. Genau die Art von Eltern, gegen die Teenager seit jeher rebelliert haben. Für sie stand fest, was aus ihren Töchtern einmal werden sollte, und sie scherten sich nicht darum, wer sie wirklich *waren*.«

»Und wie war Imogen so?«

»Nett.« Sie zuckte kurz mit den Schultern. »Sie war zwei Jahre älter, deshalb haben wir keine Zeit zusammen verbracht. Aber sie war immer freundlich zu mir. Sie war vielleicht nicht so intelligent wie Trish, aber sie war sehr sanftmütig und … verträumt.«

Egoistisch und manipulativ hatte Trish ihre Schwester genannt.

»Haben Trish und Imogen sich gut verstanden?«

»Als sie noch kleiner waren, schon, aber je älter sie wurden … Sie waren wie Tag und Nacht. Und sie haben sich gegenseitig fertiggemacht, wie unterdrückte Menschen das tun, wenn sie sich nicht trauen, gegen ihre Unterdrücker aufzubegehren«, sagte Suki. »Das habe ich mal irgendwo gelesen. Und dann war da ja noch Vince McNeil.«

»Wir haben gehört, dass Trish in ihn verknallt war.«

»Verknallt? Nun … so kann man es auch ausdrücken.«

»Wie würden Sie es ausdrücken?«

»Sie war *besessen* von ihm. Sie sagte, sie sei in ihn verliebt, was ich damals einfach so hingenommen habe. Aber rückblickend betrachtet, war das einfach … nicht gesund. Sie hat *ständig* von ihm geredet – und irgendwann hing mir das zum Halse heraus. Sie hat mich dazu überredet, Orte aufzusuchen, an denen er sich vielleicht aufhielt, und dort abzuhängen, falls wir ihn aufspürten. Wie ein Groupie. Sie redete unaufhörlich davon, dass er mit *ihr* zusammen sein sollte und nicht mit der kreuzbraven Imogen. Dass er das irgendwann schließlich einsehen würde, und so weiter und so weiter … Ich meine, wir haben alle für jemanden geschwärmt. Ich für Keanu Reeves – ehrlich gesagt, tue ich das noch immer. Aber das war völlig … unschuldig im Vergleich zu Trishs Schwärmerei für Vince. Vielleicht weil Vince *real* war, wissen Sie? Er war immer in der Nähe, in ihrem Leben – sogar in ihrem Haus, wenn ihre Eltern nicht da waren.«

Sie blickte zur Seite, während sie sich erinnerte.

»Sie hatte dieses Kästchen – ein altes Schmuckkästchen aus Holz mit einem kleinen Schloss. Sie hatte es bereits, als wir noch kleine Kinder waren, und bewahrte darin Gegenstände auf, die sie gefunden hatte – ihre ›Schätze‹. Federn, Muscheln, Porzellanscherben und Murmeln, die sie irgendwo ausgegraben hatte. Nichts Wertvolles. Nur Gegenstände, die sie hübsch fand. Aber seit sie Vince das erste Mal gesehen hatte, bewahrte sie in dem Kästchen nur noch Sachen auf, die mit *ihm* zu tun hatten.«

»Was waren das für Sachen?«

»Ach Gott, lauter albernes Zeug. Die Verpackung eines Mars-Riegels, den er gegessen hatte. Ehrlich. Und einen der Lederschnürsenkel, den er immer um seine Handgelenke trug und eines Tages verloren hatte. Ein Foto von ihm, das sie heimlich gemacht hatte – sie hat ihn ausgeschnitten und so auf ein Foto von sich selbst geklebt, dass es aussah, als wären sie zusammen. Wie gesagt, ziemlich lächerliches Zeug.«

»Wie haben Vince und Imogen sich kennengelernt?«, fragte Broad. »Er schien nicht die Art von Freund gewesen zu sein, von dem ihre Eltern begeistert waren.«

»Ha! Es ist schon eine Ironie des Schicksals. Die Simms bestanden darauf, dass die Mädchen am Duke of Edinburgh Award teilnehmen. Imogen hat sich am Tertiary College in unserer Stadt im Lese- und Schreibunterricht ehrenamtlich um erwachsene Schüler gekümmert. Ich glaube, Vince war zwei Tage die Woche dort, um sich während seiner Probezeit weiterzubilden. Er machte einen

Berufsabschluss in irgendwas. Vielleicht als Schweißer, ich kann mich nicht mehr erinnern.« Sie machte ein langes Gesicht. »Es war wirklich tragisch für die beiden Mädchen, dass sie sich dort kennengelernt haben.«

»Sie meinen wegen des Feuers?«

»Äh, ja, genau. Aber … Er machte auch sonst nichts als Ärger.«

Lockyer gab jetzt seine Zurückhaltung auf. »Ms. Clarke, glauben Sie, dass zwischen Trish und Vince tatsächlich irgendwas *passiert* ist?«

Suki blickte ihn offen an.

»Nun, sie hat das jedenfalls behauptet. Aber ich habe ihr zunächst nicht geglaubt, und wir haben uns deswegen gestritten. Sie sagte, sie habe ihre Jungfräulichkeit an ihn verloren, und ich war einfach nur … entsetzt. Ich *wollte* wohl nicht, dass das stimmt. Wir waren noch so jung – ich konnte mir absolut nicht vorstellen, mit jemandem Sex zu haben, trotz unserer Schwärmereien und der Knutscherei in der Schuldisco. Als sie mir das erzählte, da … machte mir das Angst. Also sagte ich, das sei gelogen, und sie rastete völlig aus.«

»Haben Sie sich deswegen verkracht?«

»Ziemlich heftig sogar. Trish hat danach eine Ewigkeit nicht mehr mit mir gesprochen, bis ich schließlich klein beigab und fragte, wie es gewesen sei. Darauf hat sie es mir *sechs Stunden* lang begeistert in allen Einzelheiten geschildert.« Suki verzog das Gesicht. »Ich wusste immer noch nicht, ob ich ihr glauben sollte. Ich meine, er hat sie praktisch vergewaltigt, oder? Wenn sie Sex hatten.«

»Wenn Trish zu diesem Zeitpunkt erst fünfzehn war, ja, dann war das Unzucht mit Minderjährigen«, sagte Lockyer.

»Haben Sie Vince damals auch kennengelernt?«, fragte Broad.

»Nicht so richtig«, sagte sie. »Allerdings habe ich ihn oft *gesehen,* und er machte mich nervös. Er sah zwar echt umwerfend aus, verstehen Sie mich nicht falsch, aber ich spürte, dass er irgendwie … anders tickte als wir. Als würde in seinem Innern ständig irgendwas vor sich gehen.«

»Sie haben ihm nicht getraut?«

»Nein. Überhaupt nicht.«

Lockyer beschloss, alles auf eine Karte zu setzen. »Würde es Sie überraschen, wenn ich Ihnen sage, dass Vince McNeil das Feuer im Haus der Simms nicht gelegt hat?«

Suki saß einen Moment schweigend da. Doch Lockyer merkte, dass sie keineswegs überrascht war. Sie hatte nur nicht danach gefragt werden wollen.

»Nein«, sagte sie schließlich.

»Warum nicht, Ms. Clarke?«

»Weil … Trish gelogen hat. Was die Ereignisse in jener Nacht betrifft.«

Ihre Worte waren wie ein Faustschlag. Broad, die neben Lockyer saß, erstarrte, und der Raum wurde von einer dröhnenden Stille erfüllt.

»Wie bitte?«, fragte Lockyer. »Sie hat was?«

»Sie hat bei uns übernachtet, weil Paul und Diane mit Imogen nach London gefahren sind, das war ein Geburtstagsgeschenk. Trish blieb zu Hause, weil sie sich mit ihnen gestritten hatte oder so. Wir haben uns wie immer in unserem Wohnzimmer breitgemacht und Videos geschaut, bis wir eingeschlafen sind. Aber … irgendwann bin ich in der Nacht aufgewacht, weil Trish ins Zimmer zurückkam. Sie konnte in der Dunkelheit nichts erkennen, stieß gegen das Sofa und weckte mich. Ich dachte, sie sei im Flur gewesen, um aufs Klo zu gehen, aber … sie zog ihre Schuhe und ihre Jacke aus. Ich habe es genau gesehen.«

»Sie sagten, es war dunkel?«

»Ja. Aber durch die offene Tür fiel das Licht vom Küchenfenster ins Zimmer – draußen gab es eine Straßenlaterne. Und es wehte ein kalter Luftzug herein. Als wäre jemand von draußen hereingekommen.«

»Sie sagen also, dass Trish in der Nacht das Haus verlassen hat?«

»Ja. Aber, also … vielleicht hat sie nur geschlafwandelt, oder … den Mond betrachtet. Oder sonst irgendwas. Am Vormittag kam dann die Polizei vorbei und erzählte uns von dem Feuer, und wir waren völlig durcheinander. Sie können sich vorstellen, was für ein Schock das war. Ich wusste gar nicht, was ich sagen oder tun sollte. Ich habe versucht, nicht mehr daran zu denken, aber dann kam die Polizei noch mal zurück, um mit Trish über Vince zu reden. Sie sagte, dass er so etwas niemals tun würde, obwohl alle anderen das Gegenteil dachten. Und ich hörte, wie sie sagte, dass sie die ganze Nacht in unserem Haus gewesen sei und geschlafen habe. Aber ich … ich wusste, dass das nicht stimmte.«

»Wie weit waren die Häuser voneinander entfernt?«

»Etwa fünfzehn Minuten zu Fuß. Ich habe nicht mitbekommen, wann Trish in der Nacht das Haus verlassen hat, deshalb weiß ich auch nicht, wie lange sie weg war. Und ich … ich habe das alles verdrängt, bis –«

»Bis was, Ms. Clarke?«, sagte Broad.

»Bis ich auf der Beerdigung Imogen sah. Wie erschüttert sie war. Ich glaube, dass ich erst in diesem Augenblick begriff, was tatsächlich passiert war. Ich hatte mir zwar das Haus angesehen – wie alle anderen auch –, aber es schien gar nicht so schlimm zu sein; es war ja nicht bis auf die Grundmauern niedergebrannt. Es war bloß das Erdgeschoss auf einer Seite betroffen. Aber auf der Beerdigung wurde mir plötzlich das ganze Ausmaß bewusst. Sie *beerdigten* Paul und Diane. Vince saß im Gefängnis, und Imogen sah aus, als wäre gerade die Welt untergegangen. Sie und Trish schauten sich nicht mal an.«

»Tatsächlich?«

»Soweit ich weiß, waren sie danach so gut wie nie wieder zusammen im selben Raum. Als könnten sie das nicht ertragen.«

»Es muss für die beiden eine schlimme Zeit gewesen sein«, sagte Broad.

»O ja. Nun … ich nehme es jedenfalls an.«

»Sie und Trish haben sich dann ebenfalls auseinandergelebt?«

»Ich wusste nicht, wie ich mit ihr über das reden sollte, was passiert war. Und ich habe sie einfach nicht mehr *verstanden* – sie wollte weiter den ganzen Tag über Vince reden.«

»Was glauben Sie, Ms. Clark, ist in jener Nacht passiert?«

»Ich glaube, sie hat das Haus verlassen und sich mit Vince getroffen. Ich glaube … die beiden haben zusammen das Feuer gelegt.«

»Warum hätten sie das tun sollen?«

»Keine Ahnung. Ich weiß nicht, wer Vince wirklich war, aber Trish war ihm hoffnungslos verfallen. Sie hätte *alles* getan, um seine Anerkennung zu bekommen.«

Suki blickte auf ihren Schreibtisch hinunter. Sie öffnete den Mund, als wollte sie noch etwas sagen, schloss ihn dann aber wieder.

»Haben Sie irgendjemandem von dieser Nacht erzählt?«, fragte Lockyer. »Davon, dass Trish das Haus verlassen hat?«

Sie seufzte sorgenvoll. »Nein. Ich … war mir deswegen einfach nicht sicher. Und es hat mich niemand danach gefragt. Nicht bevor Holly auftauchte.«

Ein weiterer Faustschlag. Lockyers Herz begann zu hämmern.

»Holly Gilbert?«

»Ja. Imogens Tochter.«

»Sie haben mit ihr gesprochen? Wann?«

»Ich habe sie getroffen, herrje – das ist jetzt zehn Jahre her. Sie ist eines Tages einfach bei mir im Büro aufgekreuzt. Sie hatte meinen Namen auf der Firmenwebseite gefunden und war mit dem Zug hierhergefahren. Das arme Mädchen war ganz aufgewühlt – ihre Mutter war gerade erst gestorben.«

»Weshalb wollte Holly Sie sehen?«

»Wir haben so ziemlich genau das gleiche Gespräch geführt wie wir jetzt gerade. Sie wollte wissen, wie ihre Mutter und Trish früher so gewesen waren, und Vince, ihr Vater – ich glaube, sie hatte erst kurz zuvor von seiner Existenz erfahren.«

»Und Sie haben ihr erzählt, dass Trish in dieser Nacht Ihr Haus verlassen hat?«

»Ja. Ich …« Für einen Moment verfinsterte sich ihr Gesicht. »Ich habe mich hinterher gefragt, ob ich das lieber nicht hätte tun sollen. Sie war ziemlich durcheinander. Aber so sind wir Menschen nun mal, oder? Wenn ein geliebter Mensch stirbt, wollen wir *alles* wissen. Wir suchen genau dann nach Antworten, wenn es dafür zu spät ist. Holly sagte, sie wolle die Wahrheit wissen – sie beharrte darauf. Offensichtlich glaubte sie, *Imogen* habe das Feuer gelegt.«

»Aber das glauben Sie nicht?«

»Sie könnte es durchaus gewesen sein. Oder Trish. Oder Vince, oder alle drei, oder keiner von ihnen – sondern jemand ganz anderes, der Vince eine Falle stellen und ihn loswerden wollte. Vielleicht sogar Paul Simm. Vielleicht wollte er Vince auf diese Weise loswerden, und die Sache ist völlig aus dem Ruder gelaufen. Aber ich bin mir ganz sicher, dass Trish mehr darüber weiß, als sie gesagt hat.«

»Ms. Clarke, wissen Sie, ob Trish klar war, dass Imogen zu diesem Zeitpunkt schwanger war?«

»Aber ja. Sie konnte es gar nicht abwarten, es mir zu erzählen.«

»Wie hat sie darauf reagiert?«

»Sie war neidisch, nehme ich an. Und durcheinander. Sie meinte, Imo bekomme große Schwierigkeiten, wenn ihre Eltern das herausfänden, und dass sie Imo das Kind auf keinen Fall behalten lassen würden – sie schien sich darüber zu freuen, und ich weiß noch, dass ich das ziemlich gemein fand.«

»Wann genau hat Holly Sie aufgesucht, Ms. Clarke?«, fragte Lockyer.

»Ich weiß nicht, aber ich könnte versuchen, es herauszufinden, wenn das wichtig ist. Ich werfe meine alten Tischkalender nie weg, und ich weiß noch, dass ich an dem Tag nicht viel Zeit für sie hatte – ich habe an dem Nachmittag noch eine Präsentation gehalten.«

»Wenn Sie bitte nachsehen könnten, wäre ich Ihnen sehr dankbar.«

»Okay.«

Es schien, als wollte Suki das Telefonat beenden, aber dann sagte sie rasch:

»Hätte ich Holly das nicht erzählen sollen? Ich meine, das *beweist* zwar nichts. Aber hätte ich ihr nichts sagen sollen?«

»Es gab für Sie keinen Grund, ihr irgendetwas zu verschweigen«, sagte Lockyer mit Bedacht.

»Warum interessieren Sie sich jetzt überhaupt für die ganze Sache? Ist irgendwas passiert? Ich habe danach nie wieder etwas von Holly gehört.«

Lockyer war überrascht, dass Suki nichts von Hollys Tod wusste; anderseits lebte sie damals bereits in Schottland. Wahrscheinlich hatte ihr Tod dort nicht halb so viel Aufsehen erregt wie hier bei ihnen.

»Leider dürfen wir mit Ihnen nicht über die Ermittlungen

reden«, sagte Broad ruhig. »Aber Sie waren uns eine große Hilfe, Ms. Clarke. Vielen Dank.«

»Ich werde Ihnen das Datum durchgeben, falls ich den Eintrag finde.«

Nachdem sie das Telefonat beendet hatten, lehnte Lockyer sich laut stöhnend zurück.

»Wir folgen genau derselben Fährte wie Holly vor neun Jahren, Gem!«, sagte er. »Wir bewegen uns praktisch in ihren Fußspuren, wir folgen denselben Hinweisen – den Anhaltspunkten in den Aufzeichnungen und Unterlagen ihrer Mutter, in der Videonachricht … Holly wollte ebenso sehr wie wir herausfinden, was damals wirklich passiert ist.«

»Chef … glauben Sie wirklich, dass *Trish* etwas mit dem Feuer zu tun hatte?«, fragte Broad.

Bei dieser Vorstellung begann Lockyers Nacken zu kribbeln.

Wenn das der Fall war, hatte sie ein Mordmotiv.

»Keine Ahnung. Aber es ist durchaus möglich.«

»Aber würde sie wirklich so etwas tun?«, fragte Broad. »Ich kann mir das nicht vorstellen.«

Lockyer dachte kurz nach. »Es hätte damals eigentlich niemand zu Hause sein sollen, schon vergessen? Trish war nicht mit nach London gefahren, Vince hatte Sex mit ihr, war aber immer noch in Imo verliebt, die schwanger war … Vielleicht war Trish derart gekränkt und verwirrt, dass sie so etwas Schreckliches getan hat.«

»Vince hat gesagt, dass Imogen wütend auf ihn gewesen sei.«

Broad drehte sich um und ließ den Blick über ihren Schreibtisch wandern, bis sie gefunden hatte, wonach sie suchte.

»Hier – das steht in Imogens Aufzeichnungen zur kognitiven Verhaltenstherapie.«

Sie hielt ihm das Notizbuch hin und zeigte mit dem Finger auf die Stelle.

Wenn ich an T denke, ist sie eine Fremde für mich. Eine Figur aus einem Buch und nicht meine eigene Schwester. Sie war damals noch ein Kind, sie hortete immer noch Kostbarkeiten für ihre kleine Sammlung. Sie war so unreif. Aber das war ich wohl auch. Was wusste ich schon? Hätte man mir etwa etwas Schlimmeres antun können? Wie konnte er nur? Ist das etwa Liebe? Ich bin mir selbst fremd. Ich erinnere mich zwar an das, was ich getan habe, aber nicht daran, warum. Du weißt als Einzige, was wirklich passiert ist. Aber ich will es nicht wissen. Warum kann ich also trotzdem an nichts anderes denken, obwohl es zu spät ist, irgendetwas zu ändern? Ich möchte nur noch etwas mehr Zeit mit Holly verbringen. Die Vergangenheit wegsperren.

»Als ich das zum ersten Mal gelesen habe, dachte ich, sie meinte das Feuer«, sagte Broad. »Aber jetzt glaube ich, es geht darum, dass Vince mit Trish Sex hatte.«

»Ich denke, Sie haben recht.«

»*Dafür* hat Vince in seinen Briefen an Imogen um Vergebung gebeten«, sagte Broad. »›Vergib mir vergib mir vergib mir, was ich getan habe.‹ Das könnte auch erklären, warum er nach seiner Entlassung aus dem Gefängnis die Trennung von ihr akzeptiert hat. Er verstand ihre Beweggründe.«

»Sie glauben also immer noch, dass Imogen das Feuer gelegt hat?«

»Ich kann mir einfach nicht vorstellen, dass Trish Vince eine Falle gestellt hat«, sagte Broad. »Um ihn ins Gefängnis zu bringen.«

Lockyer war sich da nicht so sicher. »Vielleicht hat sie die Sache nicht bis zu Ende gedacht. Und wenn es ein Moment der Wut war, der dazu geführt hat, dass ihre beiden Eltern starben …? Ich kann mir sehr gut vorstellen, dass ein traumatisiertes fünfzehnjähriges Mädchen mit Schuldgefühlen nicht dazu in der Lage ist, die Verantwortung für so eine Tat zu übernehmen. Was bedeuten würde, dass Vince nur zufällig da mit reingezogen wurde.«

»*Imogen* hatte Vince' T-Shirt«, sagte Broad.

»Aber Trish könnte es gefunden haben – und auch die Whiskyflasche. Vielleicht hat sie beides für ihr Kästchen voller Kostbarkeiten an sich genommen.«

»Vince glaubt, dass Imogen das Feuer gelegt hat.«

»Das stimmt«, gab Lockyer zu. »Aber … vielleicht hat Imogen etwas anderes gedacht. Es gibt da diese Passage in ihrem Video, erinnern Sie sich? Da sagt sie: ›Er muss geglaubt haben, dass ich …‹ Wenn sie also vom Feuer spricht und wir davon ausgehen, dass sie Vince zunächst für schuldig gehalten hat … könnte es dann nicht sein, dass ihr durch die Briefe nach und nach klar wurde, dass er die Schuld auf sich genommen hatte, weil er dachte, *sie* habe das Feuer gelegt?«

Broad las noch einmal die Passage im Notizbuch.

»Die Stelle, die Imogen unterstrichen hat – ›Du weißt als Einzige, was wirklich passiert ist‹ –, der Satz stammt aus einem von Vince' Briefen.«

»Genau.«

»Wenn Vince also glaubte, dass Imo das Feuer gelegt hat, und Imo glaubte, Vince sei es gewesen … dann ist Imo vielleicht klar geworden, dass es keiner von ihnen beiden war.« Broad machte eine Pause, um darüber nachzudenken. »Ich weiß nicht, Chef. Ich habe das Gefühl, dass das alles nur Vermutungen sind. Es gibt einfach keinen Beweis dafür, dass Trish etwas mit der Brandstiftung zu tun hatte. Vielleicht hat sie in der Nacht einen Spaziergang gemacht und war gar nicht in der Nähe des Hauses.«

Lockyer fuhr sich mit den Händen durchs Haar.

»Natürlich stellen wir Vermutungen an! Was bleibt uns anderes übrig, wenn wir keine Beweise haben? Die Aussage von Suki Collins, dass sie vor dreißig Jahren mitten in der Nacht im Halbschlaf irgendwas gesehen hat, wird einer genauen Überprüfung wohl kaum standhalten.«

»Nein«, sagte Broad zögernd. »Andererseits … entscheidend ist doch, dass Suki *Holly* davon erzählt hat. Oder?«

»Schon möglich. Aber wir können nichts davon beweisen. Momentan wenigstens nicht, falls überhaupt jemals. Wenn wir Trish danach fragen, wird sie es leugnen. Vince und Jason haben es bereits geleugnet. Wir haben keinen einzigen verdammten *Beweis*! Kein Druckmittel gegen sie in der Hand!«

»Also … suchen wir weiter?«

Lockyer zwickte sich in den Nasenrücken.

»Wonach, Gem?«

»Nach weiteren Puzzleteilen.«

»Wir brauchen Beweise«, sagte Lockyer ruhig. »Aber ich habe keine Ahnung, wie wir sie beschaffen sollen. Oder wie es jetzt weitergeht.«

20

Lockyer verließ früh das Büro. Hinter seinen Augen kündigten sich Kopfschmerzen an, die sich unerbittlich weiter ausbreiteten. Er wusste zwar, dass es feige war, aber er brachte es einfach nicht über sich, zum Krankenhaus zu fahren. Bei der Vorstellung, dass es Trudy nicht besser ging. Dass sie nie wieder gesund würde. Er überlegte, Jody einen Besuch abzustatten und sich erneut mit ihr zu betrinken. Aber er brauchte jetzt keine Gesellschaft, er brauchte Antworten. Er brauchte *Ergebnisse.*

Als er vor seinem Haus hielt, schleppte Mrs. Musprat gerade einen Müllbeutel zu ihrer Tonne, und nach einem Moment des Zögerns ging Lockyer zu ihr, um ihr zu helfen. Infolge der hohen Temperaturen verbreitete die Tonne einen heftigen Gestank, und der Deckel wurde von Schmeißfliegen umschwirrt. Lockyer vermutete, dass es im Innern von Maden wimmelte, und er musste an Róisín Conlans aufgedunsene, verfärbte Leiche denken. Die einen Fleck an seiner Zimmerdecke hinterlassen hatte.

Verdrossen fragte er sich, ob er vielleicht umziehen musste, und verspürte dabei ein flaues Gefühl in der Magengrube.

Die alte Dame musterte ihn erwartungsvoll, während er den Deckel zuknallte, aber keiner der beiden sagte etwas.

Lockyer betrat sein Haus, und als er ein Bier aus dem Kühlschrank holte, fiel sein Blick auf Hedys Postkarte, die neben dem Foto von Rosie befestigt war. Hedy, Iris, Jody, seine Mutter. Alle Frauen in seinem Leben wollten offenbar, dass er sie in Ruhe ließ, und verwirrten ihn auf die eine oder andere Weise. Er konnte ihnen nicht helfen. Er konnte sie weder wieder lebendig machen noch die Dinge für sie wieder in Ordnung bringen. Genauso wenig wie für Holly Gilbert oder Lee Geary. Zügig kippte er das Bier hinunter, aber davon wurden seine Kopfschmerzen nur noch schlimmer.

Suchte er womöglich nach Morden, wo es nur menschliche Tragödien gab und eine Familie, die sich nie wieder davon erholen würde, dass er in ihrer Vergangenheit herumwühlte?

Als die Sonne unterging, machte Lockyer, bekleidet mit alten Shorts und einem T-Shirt, einen Spaziergang. Der Abend war mild wie sonst ein normaler Sommertag in Großbritannien. Winzige Insekten schwirrten wie Löwenzahnsamen durch die Luft, die vom Geruch nach vertrocknetem Gras erfüllt war. Er überquerte den Fluss, der durch Orcheston floss, und lief Richtung Norden, vorbei an der alten Mühle, bis zum Ende der Straße. Ab da verlief sie in ihrer ursprünglichen Form weiter, als alter Kreideweg, der nie asphaltiert worden war und schließlich auf die Straße traf, die die Militärstützpunkte in Westdown und Rollestone miteinander verband. Lockyer folgte dem Weg, und schon nach wenigen Metern waren seine Stiefel von weißem Staub bedeckt. Dann blieb er plötzlich stehen und verharrte einen Moment völlig regungslos.

Er sah die Antwort jetzt deutlich vor sich.

Jason hatte sie ihm gegeben, und er hatte es nicht einmal gemerkt.

Er drehte sich um und eilte zurück. Sprang in seinen Wagen und bog aus der Auffahrt, wobei er Staub und Kies aufwirbelte.

Er konnte nicht glauben, dass er nicht schon früher darauf gekommen war, dass er dieselben kurzsichtigen Überlegungen angestellt hatte wie vielleicht jemand, der die Salisbury Plain nicht kannte, obwohl *er* doch wusste, dass sie trotz der Darstellung auf den modernen Karten eine einzige weitläufige Fläche war. Dass sie jahrhundertelang in allen Richtungen von menschlichen Füßen überquert worden war, bevor man asphaltierte Straßen gebaut hatte – dass diese Straßen früher Fußwege gewesen waren, die Viehtreiber und Pilger benutzt hatten. Die Antwort hatte direkt vor ihm gelegen, als er zu der Dorfanlage der Armee in Copehill Down hinausgelaufen war. Auf all den längst vergessenen Wegen.

Er parkte an derselben Stelle, wo sie vor knapp drei Wochen ihre Ermittlungen begonnen hatten. Etwa anderthalb Kilometer von der Old Hat Farm entfernt, möglichst nah an dem Bereich, in dem Lee Geary vergraben gewesen war. Dann marschierte er los.

Ein leuchtender Halbmond tauchte den Weg in ein gespenstisches Licht. Er lief jetzt Richtung Süden und ließ den ausgehöhlten Hügel zu seiner Rechten, auf dem Lee gestorben war, hinter sich. Währenddessen warf er auf seinem Handy einen Blick auf die offizielle Karte. Der Weg hatte sogar einen Namen: Old Marlborough Road. Er war jetzt nur noch ein Schleichweg und führte durch das militärische Übungsgebiet, das zwar während eines Manövers gesperrt, aber sonst frei zugänglich war. Und nicht überwacht wurde. Die meisten Autofahrer wussten nichts davon, anders als die Leute, die sich auf der Ebene auskannten. Die parallelen Abdrücke moderner Reifen verrieten Lockyer, dass der Weg immer noch von vielen Armeefahrzeugen, Traktoren und Geländewagen befahren wurde. Aber weil er auf keiner Karte mehr verzeichnet war, hatten beide

Ermittlungen zu Hollys Tod – die ursprüngliche und seine eigene – ihn übersehen.

Er lief an der dunklen Erhebung des Sidbury Hill vorbei, einer Wallburg aus der Eisenzeit. Marschierte durch kleine Waldgebiete, in denen man die Dunkelheit fast körperlich spüren konnte. Seine Kopfschmerzen ließen allmählich nach und verschwanden schließlich ganz. Er wusste zwar, wohin der Weg führte, aber er wollte ihn trotzdem bis zum Ende laufen. Denn er hatte seit langer Zeit wieder das Gefühl, ein echtes Ziel zu haben.

Holly sei gerne auf dem Quad mitgefahren, hatte Jason ihnen erzählt. Ein großer Fehler. Denn Trish hatte behauptet, sie habe das Quad erst *nach* Hollys Tod mit dem Geld aus dem Verkauf von Imogens Haus gekauft. Wen deckte Trish? Vince oder Jason? Lockyer war sich immer noch nicht sicher. Alle drei McNeils hatten ein Motiv. Irgendwie glaubte er, dass sich die Antwort von selbst ergeben würde, wenn er nur diesen Weg entlanglief, wenn er bewies, wo er hinführte. Das war natürlich reines Wunschdenken, aber es war ihm egal.

Er dachte an seinen Bruder. An die Rolle, die jedes Familienmitglied spielte, ob nun freiwillig oder nicht. Daran, wie sehr sich manche Menschen bemühten, diese Rolle abzulegen, oder aber, sie aufrechtzuerhalten. Chris war immer der fröhliche Optimist gewesen, mit grenzenlos guter Laune und dem Talent, zu anderen Menschen eine Verbindung herzustellen. Hatte er es vielleicht einfach nicht über sich gebracht, seine Rolle abzulegen, sie zu enttäuschen, indem er ihnen sagte, wie er sich wirklich fühlte? Dass er fortgehen wollte? Hatte *das* zu seinem frühen Tod geführt? Und dazu, dass Lockyer jetzt verzweifelt versuchte, an seine Stelle zu treten?

Die McNeils spielten ebenfalls ihre Rollen. Trish war die liebende Mutter, die großzügige, nachsichtige Matriarchin. Vince der starke, aber schweigsame Mann, der fürsorgliche Vater, der die Frauen beschützte. Jason der Phoenix, die *reine Seele*, jemand, der das Leben anderer Menschen zum Positiven veränderte. Aber Trish war ein verwirrtes Mädchen gewesen, das den Freund ihrer Schwester begehrt und schließlich auch bekommen hatte. Sie hatte womöglich ihr Elternhaus in Brand gesteckt und alles zerstört, um zu bekommen, was sie wollte. Vince hatte eine dunkle, von Missbrauch geprägte Vergangenheit; er war von einer der Simm-Schwestern hintergangen und für ein Verbrechen eingesperrt worden, das er nicht verübt hatte, und hatte bestimmt einen tiefen Groll gegen Imogen gehegt. Jason kam ebenfalls aus einer gewalttätigen Familie, und weder seine Gutherzigkeit noch seine Talente waren für Holly genug gewesen. Er hatte sich nach ihr verzehrt und war von ihr abgewiesen worden.

Und sie hatten *alle* gelogen; untereinander, gegenüber der Öffentlichkeit und der Polizei. Um ihre dunklen Geheimnisse zu wahren und einander nahe zu sein, um diese unverzichtbaren Rollen aufrechtzuerhalten. Wie weit würden sie gehen, um sich zu schützen? Um anderen die Wahrheit vorzuenthalten? *Jemand, der es nicht riskieren konnte, dass andere von seiner Beteiligung an der Tat erfuhren,* wie Broad gesagt hatte.

Lockyer kannte die Erschütterung, die man verspürte, wenn man Geheimnisse wie diese aufdeckte. Jene grundlegende Veränderung der Wahrnehmung, die ihn veranlasst hatte, jede Begegnung mit seinem Bruder, ihre ganze Beziehung zu hinterfragen. Die Wut, den Schmerz und die Enttäuschung. *Kannst du nicht anklopfen?* Kein Wunder, dass Chris Angst gehabt hatte, sein größerer Bruder könnte die Wahrheit herausfinden.

Nach etwa dreizehn Kilometern war die Old Marlborough Road kaum noch zu erkennen. Der Weg wurde schmaler, zu beiden Seiten gingen weitere Pfade ab. Lockyer benutzte den

Kompass seines Handys, um weiter Richtung Süden zu laufen, aber es ließ sich nicht vermeiden, dass er ein wenig nach Westen abdriftete. Schließlich kam er an einer heruntergekommenen Industrieanlage vorbei und stieß auf eine asphaltierte Fahrbahn. Schwach konnte er den Verkehrslärm der A303 hören. Er befand sich auf der Sheepbridge Road am Rand des Bulford Camp, ganz in der Nähe von Karen Wilkins' Haus. Lockyer lief über die Straße zu der Stelle, wo der Weg weiterführte. Während er immer wieder einen Blick auf die Karte warf, marschierte er im Zickzack zwischen Feldern hindurch, bis er erneut auf Asphalt traf.

Die unmarkierte Straße entlang der A303, die nach Ratfyn führte.

Mit einem Gefühl der Befriedigung lief Lockyer auf der Straße Richtung Westen, zu der Stelle, wo linker Hand der Reitweg abzweigte und gleichmäßig zu der Brücke über die Schnellstraße anstieg. Die Brücke, von der man Holly hinuntergeworfen hatte.

Vielleicht konnte er beweisen, was mit ihr passiert war, und auch, dass Lee Geary unschuldig war. Man konnte von der Old Hat Farm zur Brücke fahren, indem man kaum eine der Straßen benutzte, schon gar nicht eine mit Überwachungskameras. Vielleicht nicht mit einem alten Land Rover, aber ganz bestimmt mit einem Quad. Lockyer lief direkt auf die Brücke. Unter ihm fuhr ein Wagen vorbei und schnitt mit seinen Scheinwerfern eine einsame Lichtschneise in die Dunkelheit. Er blickte auf seine Uhr: Es war fast ein Uhr nachts. Jetzt mussten etwa so viele Fahrzeuge unterwegs sein wie zu dem Zeitpunkt, als Holly getötet wurde. Die Person, die sie auf die Brücke gebracht hatte, musste wahrscheinlich warten, bis ein Laster vorbeikam. Die vorsätzliche Brutalität der Tat war schockierend.

Lockyer ging den Weg, den er gekommen war, etwa fünf Kilometer zurück, bis er die heruntergekommene Industrieanlage in der Sheepbridge Road erreichte, an der er zuvor vorbeigelaufen war. Auf einem handbemalten, ramponierten Schild am Metalltor stand: *Privatgrundstück. Zutritt VERBOTEN.* Er spähte daran vorbei, in der Hoffnung, dass ihm das Glück gewogen war, und erblickte auf einem Pfosten dahinter eine Überwachungskamera, deren winziges rotes Auge im Abstand von fünf Sekunden immer wieder aufblinkte. Sie schien auf das Tor gerichtet zu sein, und vielleicht auch auf den Zugangsweg neben der Fahrbahn. Den Beginn des Wegs, der am Grundstück entlang zur Ebene führte.

Lockyer setzte sich zwischen die Mohnblumen und Wildgerste am Straßenrand und lehnte sich gegen den Torpfosten. Er war so ruhig wie seit Wochen nicht mehr. Dann schloss er die Augen und döste ein.

Irgendwann riss ihn das Quietschen von Scharnieren aus dem Schlaf, und neben ihm stand ein Mann, dessen Gesichtszüge er vor dem hellen Himmel kaum ausmachen konnte.

»Hallo«, murmelte Lockyer.

»Junggesellenabschied?«, fragte der Mann. »Hatten Sie einen schönen Abend?«

»Nein. Ich habe nur …«

Er wusste nicht, wie er das erklären sollte.

»Na los«, sagte der Mann freundlich. »Zischen Sie ab.«

Er wandte sich ab, hustete heftig und spuckte in die Pusteblumen. Lockyer rappelte sich auf, steif von dem harten Untergrund, die Kleider feucht vom Tau. Der Mann war vielleicht in den Siebzigern, hatte einen Bierbauch, graues Haar und einen dazu passenden Bart. Seine Bewegungen waren langsam und schwerfällig. Er befestigte das offene Tor und humpelte über den Hof davon.

Lockyer zupfte eine Spinne aus seinem Haar und folgte ihm.

»Entschuldigen Sie, Sir«, rief er. »Kann ich kurz mit Ihnen sprechen?«

»Ich hab keine Arbeit für Sie«, erwiderte der Mann, ohne sich umzudrehen. »Und es gibt hier auch nix zu klauen. Sie gehen am besten wieder in die Stadt zurück.«

»Ich bin Detective Inspector Lockyer, Wiltshire Police.«

Der Mann warf ihm einen skeptischen Blick zu.

»Können Sie das beweisen?«

Lockyer wollte seinen Ausweis hervorziehen, doch der steckte zu Hause in der Tasche seines Jacketts. Seufzend ließ er seine Hand sinken. »Nein. Aber ich kann später mit meinem Ausweis vorbeikommen, wenn Sie wollen.«

Der Mann musterte ihn grinsend von Kopf bis Fuß.

»Ha! War 'ne echt wilde Nacht, was?« Er hob sein Kinn. »Kommen Sie. Ich hab Wasser aufgesetzt.«

Lockyer folgte ihm zu einem Eckbüro in einer riesigen Wellblechscheune. An der Wand hing ein Kalender mit barbusigen Frauen, der das Blatt vom August 2014 zeigte. Es roch stark nach Schmierfett und Kriechöl, und über den Boden waren unidentifizierbare Metallteile, Gummireste und Stofffetzen verstreut. Im Hof standen die Wracks mehrerer verrosteter Laster, aber die Sachen in der Scheune waren etwas systematischer angeordnet. Hier stapelten sich Radnaben, Auspuffrohre und Motorteile.

Der alte Mann machte ihm einen Instantkaffee, den Lockyer normalerweise abgelehnt hätte, aber der Kaffee war heiß und koffeinhaltig.

»Danke, Mr. …?«

»Dimmage. Frank Dimmage. Der Hof hier gehört mir, mir und meinem Jungen. Setzen Sie sich. Nehmen Sie sich 'nen Keks.«

Er schob Lockyer eine Packung billiger Malzmilchkekse

herüber und ließ sich in einen Sessel fallen, der bis aufs Polster abgewetzt war.

»Worum geht's?«

»Ich untersuche einen Vorfall, der sich vor mehreren Jahren ereignet hat. Dabei ist ein Mädchen namens Holly Gilbert unten bei Ratfyn auf der A303 ums Leben gekommen. Sie ist von der Brücke gestürzt.«

Frank zog seine schmalen Augenbrauen hoch. »Ich erinnere mich. Das arme Mädchen.«

»Man ging damals davon aus, dass Holly von Amesbury aus die Brücke betreten hat. Aber ich glaube, dass sie von dieser Seite dorthin gelangt sind, über die Ebene.«

»*Sie*?«, wiederholte Frank scharfsinnig. »Sie glauben, dass jemand bei ihr war?«

Lockyer nickte.

»Und Sie hoffen, dass meine Kamera sie gefilmt hat.«

»Ja. Das hoffe ich.«

Angesichts dieser Möglichkeit fing Lockyers Herz schneller an zu schlagen. Aber schon einen Moment später machte Frank Dimmage seine Hoffnungen wieder zunichte.

»Tut mir leid. Die Aufnahmen werden nur für vierzehn Tage gespeichert und dann wieder überspielt. Heutzutage ist alles digital, wissen Sie? Mein Junge hat die Anlage installiert. Es wird alles in Dauerschleife an diesen einen Kasten übertragen.«

»Verstehe«, sagte Lockyer.

Es wäre wirklich zu schön gewesen, nach all der Zeit.

»Früher hatten wir eine Kamera, deren Bilder auf Videobändern aufgezeichnet wurden, aber man konnte sie nur ein paarmal überspielen, bevor die Aufnahmen unbrauchbar waren. Und jetzt erwischen wir jeden Strolch in der Grafschaft, der nachts hier einsteigt und irgendwas mitgehen lässt.« Er machte eine Pause und dachte nach. »Wann war das noch mal? Die Sache mit dem Mädchen?«

»Vor neun Jahren. In der Nacht des zwanzigsten Juni 2011.«

Frank gab ein Knurren von sich, stand auf und steckte den Kopf zur Bürotür hinaus.

»Dexter!«, rief er. »*Dex!*«

Einige Sekunden später erschien ein junger Mann in einem Overall. Er machte ein genervtes Gesicht.

»Was denn?«

»Wann haben wir die Kamera ausgetauscht?«

Dexter musterte Lockyer. »Wer will das wissen?«

»Die Bullen.«

Er wirkte nervös. »Keine Ahnung. Vor sieben, acht Jahren vielleicht. Warum?«

Ohne die Frage seines Sohns zu beantworten, deutete der alte Mann mit dem Finger auf Lockyer.

»Vielleicht haben Sie Glück, Constable Vogelscheuche«, sagte er und grinste über seinen eigenen Witz.

Er humpelte zu einem Metallspind, trat einen Stapel Zeitungen zur Seite und zog die Tür auf. Der Spind war bis oben hin voll mit Videokassetten. Jede Menge ziemlich schmutziger, alter Videokassetten, alle unbeschriftet.

»Ich habe die Kassetten, auf denen irgendwas zu sehen war, aufgehoben«, sagte Frank. »Vor allem, wenn was geklaut wurde. Für den Fall, dass Ihre verdammten Kollegen der Sache nachgehen wollten. Nicht dass das je passiert ist. Keine Ahnung, ob das, was Sie suchen, irgendwo da drauf ist, aber Sie können sie gerne haben.«

»Vielen Dank«, sagte Lockyer aufrichtig. »Ich werde Ihnen eine Quittung ausstellen.«

Er betrachtete den Berg Kassetten.

»Haben Sie irgendwelche Tragetaschen, die ich mir leihen kann?«

Lockyer ging nach draußen, um Broad anzurufen, damit sie vorbeikam und ihn abholte, doch dann fiel ihm ein, dass es Samstagmorgen war und seine Kleidung aussah, als hätte er irgendwo im Freien darin übernachtet, was ja auch in etwa der Wahrheit entsprach. Außerdem war er unrasiert und hatte sich nicht die Zähne geputzt.

Also wählte er eine andere Nummer.

»Ja?«, meldete Jody sich knapp.

»Jody, hier ist Matt.«

»Ja?« Derselbe sachliche Tonfall.

»Ich … ich wollte fragen, ob du mir einen Gefallen tun kannst?«

»Nun, fragen kostet nichts.«

»Okay. Ich stehe gerade auf der Sheepbridge Road unten bei Bulford, ich trage noch meine Klamotten von gestern Abend und habe nur mein Handy dabei. Könntest du mich abholen?«

Erstauntes Schweigen, dann: »Du könntest ein Taxi rufen und dich dorthin fahren lassen, wo deine Brieftasche ist.«

Lockyer erwiderte nichts, und schließlich gab sie nach.

»Na schön. Aber nur weil ich hören will, wie du dort gelandet bist.«

»Danke, Jody. Ich bin auf dem Autofriedhof. Weißt du, welchen ich meine?«

»Ja. Bis gleich.«

Während Lockyer wartete, konnte er nicht widerstehen, Broad eine SMS zu schicken, um ihr mitzuteilen, dass er einen Durchbruch erzielt hatte. Er dachte, dass sie ihr Telefon stumm geschaltet hatte und die Nachricht nach dem Aufstehen lesen könnte, aber sie schrieb sofort zurück.

Was gibt's??

Ich habe weitere Videoaufnahmen, die wir durchforsten müssen. Sie können mir später danken.

Fahren Sie aufs Revier, Chef?

Ja, ich werde mich gleich in die Arbeit stürzen. Sie müssen nicht vorbeikommen, schönes Wochenende.

Nein, ist schon okay. Geben Sie mir 1 Stunde.

Zwanzig Minuten später fuhr Jody mit dem Hilux vor. Sie stieg aus und legte einen Arm aufs Dach, während Lockyer drei große Plastiktüten mit Videokassetten auf die Rückbank verfrachtete. Frank Dimmage kam heraus und musterte Jody von oben bis unten, ihre blauen Haare, die Tätowierungen.

»Sie ist wohl auch ein Bulle, was?«, fragte er und brach in schallendes Gelächter aus.

Lockyer lächelte. »Nein. Jody ist nur …« Er sah sie an. »Eine Freundin.«

Er kletterte auf den Beifahrersitz, und Jody warf ihm einen fragenden Blick zu, während sie mit dem Pick-up einen U-Turn machte.

»Ich bin gespannt auf deine Geschichte«, sagte sie.

Lockyer erzählte ihr von seiner mitternächtlichen Wanderung. Und dass er währenddessen vielleicht einen Durchbruch erzielt habe, nachdem sie in der Werkstatt der Old Hat Farm Hollys Blut gefunden hatten. Jody hörte sich alles schweigend an.

»Du glaubst, dass es einer von ihnen gewesen ist, oder?«, sagte sie.

»Das weiß ich noch nicht.«

»Aber du *glaubst* es?«

»Ja. Vielleicht nicht nur einer von ihnen. Sie stehen sich sehr nah.«

Jody wirkte beunruhigt. Die Knöchel ihrer Hände, mit denen sie das Lenkrad umklammerte, wurden ganz weiß.

»Was ist los?«, fragte er.

»Nichts.«

Erst jetzt fiel ihm wieder ein, wie wichtig es Jody gewesen war, dass nichts von dem, was sie ihm erzählte, die McNeils in Schwierigkeiten brachte. Wie sehr Jody sie mochte. Und mit einem Anflug von Unbehagen erinnerte er sich daran, dass er auf ihrem Handy eine E-Mail gesehen hatte, die offensichtlich von Trish stammte.

»Es ist wohl nur … die Erkenntnis, dass die Wirklichkeit meist anders aussieht, als man sie sich vorgestellt hat«, sagte sie. »Die Menschen, meine ich. Das lässt einen an allem Möglichen zweifeln.«

»Ich weiß genau, was du meinst.«

Sie warf ihm einen Blick zu. »Ja. Ich schätze, das tust du.«

Lockyer spürte aber noch etwas anderes. Etwas, was sie nicht aussprach.

»Jody …«

»Wenn du dich noch einmal dafür entschuldigst, dass wir miteinander gevögelt haben, dann – ich schwöre dir – breche ich dir die Nase.«

Lockyer lächelte verlegen. »Das bezweifle ich nicht. Aber das hatte ich gar nicht vor.«

»Gut«. Eine Pause. »Was dann?«

»Ich wollte mich bei dir bedanken.«

»Kein Problem. Ich musste nicht sehr weit fahren.«

Erstaunlicherweise hatte er aufgrund des Schlafmangels und der Aufregung über die neuen Beweisstücke einen merkwürdig klaren Kopf, deshalb fuhr er fort. »Nein, ich meine … danke für alles, was du getan hast. Dem Hof konnte nichts Besseres passieren. Besonders jetzt.«

Für eine Weile erwiderte Jody nichts.

»Was soll ich sagen?«, entgegnete sie schließlich. »Ich bin verdammt großartig.«

»Das bist du.«

»Hör auf, dich bei mir einzuschleimen. Deswegen werde ich trotzdem nicht bei euch bleiben. Ich bleibe nirgendwo für länger. Ich ziehe umher.«

»Ich weiß. Aber … ich hoffe, dass du jetzt noch nicht gehst. Und ich hoffe, dass du wiederkommst.«

Sie sah ihn nachdenklich an. Dann wechselte sie das Thema.

Lockyer saß bereits im Medienraum, als Broad zu ihm stieß.

»Sie sollten sich das Wochenende freinehmen, Gem«, sagte er. »Wir werden für die Überstunden nicht bezahlt.«

»Machen Sie Witze? Wissen Sie, wie selten ich das Wort ›Durchbruch‹ aus Ihrem Mund gehört habe? Außerdem wäscht Pete seinen Wagen. Er wird gar nicht merken, dass ich weg bin.«

Sie blickte auf die Tüten mit Videos hinunter.

»Und was ist das hier?«

»Entweder beweist das, dass Holly Gilbert ermordet wurde – und auch von wem –, oder das sind lauter verwackelte Aufnahmen davon, wie den Sheepbridge-Schrotthändlern Lkw-Teile geklaut werden.«

»Sheepbridge? Wo ist das denn?«

»Nicht weit von Ratfyn entfernt. Ich habe gestern Abend einen Spaziergang gemacht.«

Er rief auf seinem Handy die offizielle Karte auf und zeigte es ihr.

»Ich hätte die Zeit stoppen sollen«, sagte er. »Ich laufe ständig solche Seitenwege. Ich *wohne* am Ende eines solchen Wegs, verdammt noch mal. Aber ich war … abgelenkt. Mit meinen Gedanken ganz woanders.«

»Sie sollten sich deswegen keine Vorwürfe machen, Chef«, sagte Broad ruhig.

Ein Techniker schloss ein zweites Videogerät an, sodass sie sich parallel die Aufzeichnungen ansehen konnten. Frank Dimmage hatte alle Aufnahmen behalten, auf denen jemand zu sehen war. Allerdings hatte er jedes Mal die ganze Kassette aufbewahrt, statt die Aufnahmen auf ein gemeinsames Band zu überspielen. Jede Kassette war hundertfünfzig Minuten lang, aber da die beiden – zum Glück – das genaue Zeitfenster kannten, konnten sie die meisten aussortieren, indem sie sie durchspulten und überprüften, dass Zeit und Datum am Anfang und am Ende übereinstimmten, was bewies, dass die Aufnahme nicht unterbrochen worden war oder in der Zeit hin und her sprang, weil das Band wieder überspielt worden war.

Die Aufnahmen stammten aus den Jahren 2003 bis 2012. Lockyer war froh, dass sie überhaupt die Möglichkeit hatten, etwas über das Jahr 2011 in Erfahrung zu bringen. Aber während sie sich durch den Inhalt der ausgebeulten Tragetaschen arbeiteten, wurde es immer unwahrscheinlicher, dass sie finden würden, wonach sie suchten.

Als in den Taschen nur noch fünf Kassetten übrig waren, trafen sich ihre Blicke. Broads Augen waren immer noch von unbeirrbarem Optimismus erfüllt, aber in Lockyers Blick, da war er sich sicher, spiegelte sich wachsende Resignation. Er nahm eine weitere Kassette, steckte sie in den klappernden Schlitz und drückte die Starttaste.

»Gem«, sagte er im selben Moment.

Die inzwischen vertraute Infrarotaufnahme zeigte die helle Fahrbahn zwischen den dichten Hecken. Hin und wieder schwirrten Motten vor dem Objektiv umher, und in der unteren rechten Ecke stand in weißen Ziffern: *21/06/11 01:48* Auf der Kassette waren möglicherweise zweieinhalb Stunden Überwachungsaufnahmen. Holly war morgens gegen Viertel vor vier von dem Laster angefahren worden. Wenn Lockyer mit seiner Vermutung, wie sie auf die Brücke gekommen war, richtiglag, dann müsste sie auf dem Band zu sehen sein. Gem beugte sich zu ihm herüber, um es sich mit ihm zusammen anzuschauen. Lockyer spulte bis zwanzig nach drei vor und sah in der dazwischenliegenden Zeit nichts, was ihn veranlasste, das Band anzuhalten. Um drei Uhr siebenundzwanzig überquerten zwei junge Dachse dicht hintereinander die Fahrbahn.

Dann, um drei Uhr achtundzwanzig, war erneut etwas zu sehen. Lockyer hielt den Atem an.

Das Quad bog vom Fußweg auf die Fahrbahn, und die Scheinwerfer leuchteten direkt in die Kamera, sodass einen Moment lang nichts mehr zu erkennen war. Als es jedoch am Tor vorbeifuhr, konnte man die Person am Steuer für etwa zwei Sekunden deutlich sehen. Lockyer hatte mit seiner Vermutung richtiggelegen. Dennoch verspürte er keinerlei Genugtuung.

»O mein Gott«, flüsterte Broad.

Im Anhänger des Quads, unter einer zerknitterten Plane, lag etwas. Als das Fahrzeug um drei Minuten nach vier aus der anderen Richtung wieder zurückkam, war die Plane an einer Ecke zurückgeschlagen. Was auch immer auf dem Anhänger gelegen hatte, war nicht mehr dort. Lockyer spulte zu der Stelle zurück, als das Quad zum ersten Mal zu sehen war, und hielt das Bild an, als es am schärfsten war, kurz bevor das Quad wieder verschwand.

»Da«, sagte er und deutete auf den Bildschirm.

Broad beugte sich vor und kniff die Augen zusammen. »Ist das …?«

Man konnte nicht sofort etwas erkennen, aber je länger man hinschaute, desto mehr sah das, was unter der Plane hervorragte, aus wie ein Fuß, der einen weißen Converse-Turnschuh trug. Genau wie die, die Holly getragen hatte.

Lockyer schloss die Augen, versuchte, sich zu sammeln.

Dann nahm er die Kassette aus dem Videogerät und steckte sie in einen Beweismittelbeutel, den Broad hervorgeholt hatte.

»Lassen Sie Sam eine Kopie davon machen, und erfassen Sie es so schnell Sie können als Beweismittel, Gem. Wir treffen uns draußen.«

»Sollten wir nicht lieber die DSU informieren, Chef? Vielleicht will sie, dass wir den Fall jetzt dem MCIT übergeben?«

»Nein«, sagte er. »Wir machen uns sofort auf den Weg.«

Broad hatte es erst am Tag zuvor auf den Punkt gebracht: *Entscheidend ist doch, dass Suki Holly davon erzählt hat. Oder?*

21

TAG ZWANZIG, SAMSTAG

Erfasst von einem Gefühl großer Dringlichkeit, raste Lockyer die Straße entlang. Sein Herz schlug ihm bis zum Hals. DC Broad, die schweigend neben ihm saß, starrte angespannt geradeaus. Lockyer wusste, dass sie die Old Hat Farm mochte. Genauso wie Holly es getan hatte. Die alternative Lebensweise, die sich so sehr von der ihrer Kindheit unterschieden hatte. Die Farm übte, ebenso wie ihre Bewohner, eine starke Anziehungskraft aus. Aber in ihrem Kern war sie durch und durch verdorben.

Lockyer fuhr mit hohem Tempo Richtung Osten und war so sehr auf ihr Ziel fokussiert, dass er den weißen Pick-up, der aus dem Weg zur Farm hervorgeschossen kam, nicht sofort erkannte.

Der Wagen schlingerte auf die Straße, und Lockyer stieg auf die Bremse, um einen Zusammenstoß zu vermeiden. Der andere Fahrer tat dasselbe, die Räder des Pick-ups rutschten zitternd weiter und wirbelten eine riesige Staubwolke auf.

Als sie sich wieder lichtete, traute Lockyer seinen Augen kaum.

»Was zum … Teufel?«, murmelte er.

»Was ist denn, Chef?«

»Das ist … das ist der Wagen meines Vaters.«

»Was?«

Als sich der Staub vollkommen verflüchtigt hatte, sah Lockyer, dass Jody hinter dem Steuer saß. Sie hatte den Motor des Hilux abgewürgt und versuchte verzweifelt, ihn wieder zum Laufen zu bringen, während sie frustriert aufs Lenkrad schlug. Sie bemerkte ihn erst, als sich ihre Blicke trafen, und erstarrte. Entsetzen und Scham machten sich auf ihrem Gesicht breit, etwas, was er zuvor noch nie bei ihr gesehen hatte. Sie versuchte jetzt noch verzweifelter, den Motor zu starten, und als es ihr schließlich gelang, riss sie am Lenkrad, um an ihm vorbeizufahren. Zu fliehen.

Lockyer stürzte aus dem Wagen und stellte sich ihr in den Weg. Schlug mit den Händen auf die Motorhaube.

»Halt – *halt*!«, brüllte er. »Was zum Teufel machst du hier, Jody?«

»Geh zur Seite!«

»Nein. Mach den Motor aus. Sofort!«

Jody kam seiner Aufforderung zwar nicht nach, aber sie versuchte auch nicht mehr, an ihm vorbeizufahren, sondern saß jetzt regungslos hinterm Steuer, während sich ihre Brust hob und senkte. Lockyer hörte, wie Broad aus dem Wagen stieg und ein Stück hinter ihm stehen blieb. Er ging zum Fenster auf der Fahrerseite.

»Was hat das zu bedeuten?« Er war immer noch zu fassungslos, um wütend zu sein. »Was machst du hier, Jody?«

»Geh verdammt noch mal zur Seite.« Ihre Stimme zitterte. »Lass mich einfach fahren.«

»Erst wenn du mir sagst –«

»Verdammte Scheiße! *Es ist nichts*, okay? Ich … ich wollte nur fragen …«

»Was fragen? Wen fragen?«

Er spürte Wut in sich aufsteigen. Das Gefühl, dass man ihn zum Narren gehalten hatte.

»Was ist auf der Farm passiert?«, wollte er wissen.

Keine Antwort.

»Was für eine Beziehung hast du zu diesen Leuten, Jody?«

»Gar keine! Okay? Nicht mehr.«

»Erklär mir das.«

Jody warf ihm einen wütenden Blick zu, ihre Streitlust hatte schließlich die Oberhand über ihre Verzweiflung gewonnen.

»Ich muss dir verdammt noch mal überhaupt nichts erklären! Willst du mich jetzt verhaften? Weil ich auf einer Farm war? Nein? Dann mach *verdammt noch mal* Platz!«

Lockyer starrte sie zornig an. Aber inzwischen wusste er, dass er von Jody nicht erwarten durfte, irgendwelche Anweisungen zu befolgen. Die Angelegenheit musste warten.

»Ich werde herausfinden, was das hier alles zu bedeuten hat, Jody. Und wenn du abhaust, werde ich dich finden.«

»Leck mich am Arsch, Matt.«

Er trat zurück, und sie gab Gas, fuhr um die beiden herum und brauste die Straße hinunter. Lockyer befürchtete plötzlich, dass er – und die Westdene Farm – sie nie wieder sehen würden. Aber er durfte sich jetzt nicht ablenken lassen. Sie hatte recht, er konnte sie nicht verhaften, weil sie auf der Farm gewesen war. Und er konnte sie nicht zwingen, ihm irgendetwas zu erzählen.

»Was war *das* denn?«, fragte Broad vorsichtig, während sie zum Wagen zurückgingen.

»Keine Ahnung.«

»Ist das … die Jody, die uns die Aufnahmen vom Soul Tree Festival gegeben hat?«

»Ja.«

»Wussten Sie, dass sie die McNeils kannte?«

»Ja.«

Er biss die Zähne zusammen. Jody hatte behauptet, dass sie seit Jahren keinen Kontakt mehr zu ihnen gehabt habe, und er hatte ihr geglaubt. Aber die E-Mail *musste* von Trish gewesen sein.

Jody hatte darauf beharrt, dass die McNeils anständige Leute seien, und heute Morgen im Wagen hatte er ihr, benommen vor Erschöpfung, viel zu viel über den Fall erzählt. Dass sie endlich einen konkreten Beweis gegen die McNeils in der Hand hätten.

»Scheiße«, murmelte er.

Komisch, dass meine Jody sich mit jemandem wie Ihnen angefreundet hat, hatte Jodys Großmutter lachend gesagt. *Einem Polizisten.*

Jody hatte von Anfang an keinen Hehl daraus gemacht, wem ihre Loyalität galt. Und er hatte idiotischerweise geglaubt, dass sie irgendwann ihm gegolten haben könnte.

»Scheiße«, sagte er erneut.

Lockyer spürte, wie sehr Broad sich beherrschen musste, ihm keine weiteren Fragen zu stellen. Er startete den Wagen und fuhr schlingernd auf den Feldweg, sodass er beinahe den alten Torpfosten mit den rätselhaften Schnitzereien gestreift hätte – das *oXo* mit der wellenförmigen Linie darüber. Er war nie dazu gekommen, nach der Bedeutung zu fragen.

Jason stand in der Mitte des Hofs und machte einen verlorenen Eindruck. Seine merkwürdige leicht gebückte Haltung strahlte eine verzweifelte Unentschlossenheit aus, das Bedürfnis, etwas zu unternehmen, ohne zu wissen, was. Lockyer kam mit dem Wagen abrupt neben ihm zum Stehen und sprang heraus.

»Jason? Was ist passiert?«

Bei Broads Anblick entspannte sich Jason. Er hob seine Hand, als wollte er sie ihr entgegenstrecken, worauf Lockyer instinktiv zwischen sie trat.

»Es war jemand hier, um Trish zu sehen, und … und ich weiß nicht, was passiert ist«, sagte Jason. »Aber als ich anschließend mit ihr reden wollte, wirkte sie verändert. Ich habe sie so noch nie erlebt. Sie … es fühlte sich an, als würde sich mein Mund mit Asche füllen. Ich kann das nicht erklären.«

»Wo sind Trish und Vince jetzt, Jason?«, fragte Broad.

Er schluckte schwer und deutete mit dem Kopf aufs Wohnhaus. »Da drin. Sie lässt mich nicht rein.«

»Okay«, sagte Lockyer. »Bleiben Sie hier. Und gehen Sie nicht weg.«

Die beiden eilten zum Wohnhaus, und zum ersten Mal standen sie vor verschlossener Tür. Lockyer klopfte kurz an und stieß sie dann auf.

»Mr. und Mrs. McNeil, hier sind DI Lockyer und DC Broad. Wir kommen jetzt rein.«

Niemand antwortete. Als sie den Flur betraten, blieb Lockyer abrupt stehen.

Broad prallte gegen seinen Rücken. Die Küchentür war geschlossen, davor stand der Windhund und wedelte aufgeregt mit dem Schwanz. Bestimmt nahm er den Geruch, der Lockyer veranlasst hatte, plötzlich stehen zu bleiben, noch intensiver wahr. Den unverkennbaren Geruch von Benzin. Er war überall.

»Trish? Vince?«

Lockyers Herz hämmerte, und er war hellwach. Er versuchte, die Küchentür zu öffnen, doch sie war verriegelt.

»Bleiben Sie weg!«, rief eine heisere Stimme aus dem Innern. »*Verschwinden Sie*!«

Lockyers Nackenhaare richteten sich auf, als er den hysterischen Ton in ihrer Stimme bemerkte.

»Gem, gehen Sie nach draußen. Rufen Sie Verstärkung, und die Feuerwehr. Warten Sie bei Jason.«

»Aber was ist mit –«

»Tun Sie, was ich sage!«

»Ja, Chef.«

»Und nehmen Sie den Hund mit.«

Broad war kreidebleich, aber ruhig. Sie hakte ihre Finger unter das Halsband des Hundes, und er lief brav neben ihr her, weg von der Gefahr.

Sobald sie verschwunden waren, ergriff Lockyer erneut das Wort, diesmal dichter an der Tür.

»Trish? Kann ich bitte reinkommen?«

»Nein! Gehen Sie *weg*! Warum mussten Sie herkommen? *Warum* mussten Sie nur hierherkommen?«

Ihre Stimme versagte, und es war ein verzweifeltes Schluchzen zu hören.

»Ich möchte nur mit Ihnen reden. Bitte, Trish.«

Keine Antwort. Nur hemmungsloses Schluchzen.

»Ich rieche Benzin, Trish. Haben Sie da drin Benzin?«

»*Warum* … mussten Sie … hierherkommen?«

Ihre Worte waren nicht mehr als ein wirres Gebrabbel.

Lockyer fuhr mit den Händen über das alte Holz der Tür und drückte dagegen, um herauszufinden, wie sie gesichert war. Vermutlich nur mit dem Einsteckschloss neben dem Griff. Nicht mit einem Riegel. Er spähte durch das Schlüsselloch. Vince saß auf der Bank und war vornüber auf den Tisch gesunken. Von seinem Kopf tropfte Blut in sein Auge und bildete neben seiner Nase eine Lache.

»Trish, was ist mit Vince passiert?« Lockyer war um einen ruhigen Tonfall bemüht. »Er scheint verletzt zu sein. Soll ich Hilfe für ihn rufen?«

»*Nein*! Es ist … *Sie* sind das! *Sie* tun ihm weh! Aber das werde ich nicht zulassen! Auf keinen Fall!«

Lockyer sah auf der Tischplatte und auf dem Boden rings um Vince eine glänzende Flüssigkeit. Das Benzin.

Trish trat am hinteren Ende des Raums in sein Blickfeld, machte eine Kehrtwende, um wieder in die andere Richtung zu gehen, blieb dann stehen und hob eine Hand an den Mund. In der anderen hielt sie eine Streichholzschachtel.

Ohne nachzudenken, trat Lockyer möglichst weit zurück und warf sich dann gegen die Tür. Beim Aufprall splitterte das trockene Holz rings um das Schloss, und er stolperte in den Raum. Keuchend drehte Trish sich zu ihm um, sodass ihre Haare und ihre Röcke herumwirbelten. Ihre Schminke war verlaufen, die Tränen hatten dunkle Streifen auf ihren Wangen hinterlassen. Hektisch versuchte sie, die Streichholzschachtel zu öffnen. Obwohl ihre Hände heftig zitterten, bekam sie eines der Streichhölzer zu fassen, hielt es an die Reibefläche und starrte ihn an. Mit einer Mischung aus Angst, Trotz und Verzweiflung.

»*Bleiben Sie zurück*!«

Lockyer hielt seine Hände in die Höhe, ohne näher zu treten.

»Trish, nicht. Tun Sie das nicht.«

»Ich … ich werde nicht zulassen, dass Sie es ihm erzählen.« Ihre Stimme bebte. »Sie werden ihn mir nicht wegnehmen!«

»Sie haben Angst, das verstehe ich. Aber sehen Sie sich Vince an. Er ist verletzt. Wir müssen ihn ins Krankenhaus bringen.«

Trish schüttelte heftig den Kopf.

»Nein. Er … er wird mich verlassen. Ich werde verhindern, dass Sie ihm die Wahrheit sagen. Er würde mich dafür *hassen*!«

»Finden Sie nicht, dass er es verdient hat, die Wahrheit zu erfahren, Trish?«

»Nein!«

»Sie würden ihn also lieber *töten*? Das hört sich für mich nicht nach Liebe an, Trish.«

»Nicht nach Liebe? Was wissen Sie denn schon? Ich habe ihn *mein ganzes Leben* geliebt! Es hat außer ihm *niemanden* gegeben.«

»Lassen Sie mich ihm helfen«, sagte Lockyer. »Lassen Sie mich ihn zu einem Arzt bringen …«

»*Bleiben Sie, wo Sie sind*!«, brüllte sie und hielt das Streichholz hoch, bereit, es zu entzünden.

Die Benzindämpfe waren kaum zu ertragen und brannten in Lockyers Augen.

»Okay. In Ordnung, Trish. Ich bleibe, wo ich bin.«

Es entstand eine Pause. Vince stöhnte leise auf, rührte sich jedoch nicht. Lockyer senkte den Blick und sah auf dem Boden rings um Vince lauter Glasscherben. Er wusste, dass es nicht wie im Film war, wenn man jemandem eine Flasche auf den Kopf schlug. Das Glas zerbarst keineswegs in winzige Splitter, und der Schlag rief beim Opfer während eines Kampfes nicht nur einen kurzen Moment der Benommenheit hervor. Oft endete der Angriff tödlich.

Trish schaute zu Vince hinüber, das Gesicht zu einer Maske des Entsetzens erstarrt, und Lockyer bezweifelte, dass sie ihn je wieder zu Bewusstsein kommen lassen würde.

»Was ist auf der Sonnwendfeier geschehen?«, fragte er, um sie abzulenken. »Was ist mit Holly geschehen?«

Trish verzog das Gesicht. »*Holly*«, stieß sie hervor. »Sie hatte hier nichts verloren! Sie … Sie ist hier einfach aufgekreuzt und dachte … dachte, sie könne *alles* haben! Genau wie ihre Mutter. Sie war *genau* wie Imogen!«

Ein Zittern lief durch ihren Körper. Geistesabwesend ließ sie die Streichholzschachtel sinken.

»›Wir haben alle unsere Geheimnisse, nicht wahr, Tante Trish?‹ Das hat sie zu mir gesagt. Und sie … sie hat dabei *gegrinst*. Und ich wusste … ich *wusste*, dass sie ihn mir wegnehmen wollte.«

»Sie hat sich mit Suki getroffen«, sagte Lockyer. »Sie wusste, dass Sie vor all den Jahren das Feuer im Haus Ihrer Eltern gelegt haben. Sie hat es mithilfe dessen, was Suki erzählt hat, und der Unterlagen ihrer Mutter selbst herausgefunden.«

»*Imo* hat es ihr erzählt! Sie hätte alles getan, um mir wehzutun – *alles*! Selbst nach so langer Zeit noch!«

»Nein. Ihre Schwester hat niemandem davon erzählt. Sie hat sich an dem Vorfall genauso viel Schuld gegeben wie Ihnen. Holly hat es selbst herausgefunden.«

»Ich glaube Ihnen nicht!«

»Ich verstehe, dass Sie große Angst davor haben, Vince könnte davon erfahren – *irgendjemand* könnte davon erfahren. Das verstehe ich, wirklich. Aber Vince liebt Sie. Und er wird Sie auch weiterhin lieben, da bin ich mir sicher. Sie sind untrennbar miteinander verbunden.«

Selbst wenn Chris etwas sehr viel Schlimmeres getan hätte, als zu dealen, hätte Lockyer ihn immer noch geliebt. Manche Dinge änderten sich nie.

»Nein …«, schluchzte Trish. »Das wird er nicht.«

»Was ist in der Nacht der Feier passiert? Hat Holly damit gedroht, Vince alles zu erzählen?«

»Sie war früher an dem Tag zu mir gekommen. Aber es gab so viel vorzubereiten … Die Band war gerade eingetroffen und musste was zu essen bekommen – ich hatte einfach keine Zeit, mit ihr zu reden, aber sie hat darauf bestanden. Sie konnte es nicht gut sein lassen. *Ich weiß, was du getan hast.* Das hat sie gesagt. Sie … sie wollte, dass Vince nicht länger glaubte, Imogen sei es gewesen. Ihre geliebte, perfekte Mutter. Außerdem gab sie *mir* die Schuld an Imos Krankheit! Wegen des Feuers habe sich der Krebs zunächst in der Lunge ausgebreitet.«

Trish zitterte, den Blick auf Vince gerichtet. Lockyer biss die Zähne zusammen und betete, dass Vince sich nicht bewegte und sie zu irgendeiner Dummheit verleitete.

»Ich flehte sie an, es ihm nicht zu erzählen! Es war alles so lange her. Wir hatten unseren Frieden damit gemacht – den Blick nach vorne gerichtet. Außerdem hätte das Haus *leer* sein sollen! Sie hätten nicht *da* sein sollen! Und sie … Holly war einverstanden.

Sie wollte es niemandem erzählen. Aber ich … ich konnte ihr nicht trauen.«

»Als sie dann also auf die Feier zurückkehrte …?«

»Habe ich sie gesehen. Wie sie zurückmarschiert kam. Sie lief direkt in die Werkstatt, und ich *wusste*, dass sie nach Vince suchte. Ich wusste, dass sie es ihm erzählen würde!«

»Also sind Sie ihr gefolgt?«

»Sie hatte davor etwas *Salvia* geraucht. Und meinte, sie habe die Dinge ganz klar gesehen. Sie bezeichnete die Farm als *Inszenierung*. Unser ganzes Leben hier … Sie meinte, das sei alles Schwachsinn, und Vince habe das Recht zu erfahren, wer ich wirklich bin.«

Trish sah Lockyer verzweifelt an. »Aber … das hier *bin* ich! Das hier bin ich wirklich!«

Sie deutete umher, und Lockyer dachte über die Widersprüche nach, mit denen sie zu kämpfen hatte: Einerseits wollte sie diese freundliche, warmherzige, liebevolle Frau sein, andererseits war da die Tatsache, dass sie mindestens drei Menschen getötet hatte und ihren Mann jetzt ebenfalls töten wollte. Um ihn vor der Wahrheit zu beschützen.

»Sie … sie hat mich als *Mörderin* bezeichnet«, stieß Trish keuchend hervor. »Sie sagte, dass sie auf der Stelle zu Vince gehen und ihm alles erzählen werde. Also habe ich –«

»Was haben Sie getan?«

»Ich wollte sie nur davon abhalten. Es ihr erklären. Aber sie hat mich weggestoßen und meinte, ich sei verrückt. Aber ich … ich wollte sie nicht verletzen!«

»Womit haben Sie sie geschlagen, Trish?«

»Mit irgendwas, was da rumlag. Einem Stück Holz. Nicht sehr stark. Aber sie fiel zu Boden, und … Da war eine Menge Blut, und ich dachte … ich dachte …«

»Sie dachten, sie sei tot?«

Trish nickte zitternd.

»Was haben Sie als Nächstes getan?«

»Wenn … wenn sie, wie geplant, einfach mit Ridgeway nach Amesbury gefahren wäre – so wie sie gesagt hatte! –, dann wäre das alles nicht passiert. Sie hat doch *gesagt*, dass sie nach Amesbury wollte – warum ist sie also zurückgekommen? Wenn sie weggeblieben wäre …«

»Was haben Sie mit ihr gemacht, Trish?«

»Das Quad stand direkt vor der Werkstatt. Ich … ich habe sie in den Anhänger gelegt und zugedeckt.«

»Später sind Sie dann auf der Old Marlborough Road mit ihr über die Ebene gefahren. Wir haben Aufnahmen davon.«

»Jody hat mir gesagt, dass Sie es herausgefunden haben. Hat mir erzählt, wo Sie waren, und ich wusste … ich *wusste*, dass Sie die Wahrheit kannten. Aber ich werde nicht zulassen, dass Sie es Vince erzählen. Auf keinen Fall.«

»Trish, *bitte*, tun Sie das nicht …«

Lockyer glaubte Sirenen zu hören und fluchte innerlich. Er wollte nicht, dass sie durch irgendetwas zum Handeln gezwungen wurde.

»Ich … ich kann nicht damit leben, dass er mich hasst!«, keuchte sie. »Ich kann nicht ohne ihn leben!«

»Aber Sie beide sind doch sehr verständnisvolle Menschen, nicht wahr? Vince hat Imogen verziehen, dass sie ihn nicht davon abgehalten hat, die Schuld für das Feuer auf sich zu nehmen. Er wird Ihnen ebenfalls verzeihen.«

»Dass ich das Feuer gelegt habe … Ich weiß nicht, vielleicht. Aber nicht die Sache mit Holly.« Sie schüttelte heftig den Kopf. »Nein. Das kann er nicht. Und ich werde nicht zulassen, dass Sie es ihm sagen. Lieber sterbe ich!«

»Trish, *nicht*!«

Lockyer stürzte nach vorn, während sie erneut mit den Streichhölzern hantierte, und in diesem Moment drehte Vince stöhnend den Kopf und versuchte, sich aufzurichten.

Trish erstarrte. Es war eine Sache, Vince in Brand zu stecken, während er bewusstlos war, aber wohl etwas ganz anderes, wenn er ihr in die Augen sehen, wenn er vielleicht reden und vor Schmerzen laut aufschreien würde.

»Was …?«, murmelte er schwach.

»Vince«, sagte Lockyer, »alles wird gut, ein Krankenwagen ist unterwegs.«

»O nein …«, stöhnte Trish. »Nein, nein, nein …«

Lockyer hörte das schabende Geräusch des Streichholzes.

Er warf sich auf Trish, packte ihre Hände, und sie gerieten beide ins Straucheln.

Trish stieß einen Schrei aus, als sie gegen den Herd knallten und zu Boden fielen. Ein stechender Schmerz in Lockyers Seite verriet ihm, dass er auf den Scherben gelandet war. Er schloss die Augen und wartete auf das laute Knistern, die plötzliche Hitzewelle. Aber da war nur der schwache Schwefelgeruch. Keine Flammenwand. Das Streichholz hatte sich nicht entzündet. Er schleuderte die Schachtel von Trish fort, während er sie auf den Bauch drehte und ihre Hände hinter dem Rücken fest umklammert hielt.

»Patricia McNeil, ich verhafte Sie wegen des Mordes an Holly Gilbert am einundzwanzigsten Juni 2011 sowie wegen Körperverletzung und versuchten Mordes an Vincent McNeil. Sie haben das Recht, die Aussage zu verweigern, aber es kann Ihrer Verteidigung schaden, wenn Sie etwas verschweigen, worauf Sie sich später vor Gericht berufen. Alles, was Sie sagen, kann als Beweis gegen Sie verwendet werden. Haben Sie verstanden?«

Trish antwortete nur mit einem Schluchzen. Es war ein furchtbar trauriges Geräusch. Aber Lockyer dachte an Holly, die nach dem ersten Angriff noch gelebt hatte und vor einen entgegenkommenden Laster gestürzt war. Er empfand für Trish nicht das geringste Mitleid.

»Gem!«, rief er. »Handschellen!«

Vince wischte sich das Blut aus den Augen.

»Was?«, sagte er benommen. »Wegen des Mordes an … Was haben Sie gesagt? Was … was ist hier los?«

»*Nein*«, stöhnte Trish.

Broad kam ins Zimmer gestürmt und warf Lockyer ein Paar Handschellen zu. Er ließ sie um Trishs Handgelenke zuschnappen und richtete sich auf, wobei er sie mit sich hochzog. Sie ging auf Vince zu, doch Lockyer hielt sie zurück.

»Verstärkung ist unterwegs«, sagte Broad. »Und ein Krankenwagen.«

Hinter ihr, im Türrahmen, war Jason erschienen. In seinem Blick spiegelten sich Verwirrung und Verständnislosigkeit. Als Trish ihn sah, wandte sie sich ab.

»Sie wollte es dir erzählen!«, sagte sie.

»Wovon redest du?«, fragte Vince.

»Holly! Sie wollte dir von dem Feuer erzählen. Dass … dass *ich* das war! Sie wollte uns auseinanderbringen! Genau wie Imogen!«

Vince entglitten die Gesichtszüge. »*Du* hast Holly getötet?«

»Es war ein *Unfall!* Sie wollte dich mir wegnehmen!«

»Ich … Aber … Wie konntest du das nur tun? *Holly* …?«

»Sie wollte es dir erzählen!«, stieß Trish unter Tränen vor.

»Aber ich *weiß*, dass du das Feuer gelegt hast«, brüllte Vince.

»Wa… was?«

»Ich wusste, dass du es warst, Trish! Ich weiß es schon seit Jahren.« Vince verzog vor Schmerz das Gesicht. »Und du … du hast Holly getötet, um das zu *verheimlichen*?«

Trish war fassungslos. »Aber … ich …«

Plötzlich herrschte Stille. Und die schreckliche Wahrheit erfüllte den Raum.

Als Lockyer Trish nach draußen brachte, blickte sie Jason schließlich in die Augen. Doch er sah sie an, als wäre sie eine Fremde, und sie sank, das Gesicht bleich vor Entsetzen, gegen Lockyers Körper. Während alles, was sie aufgebaut hatte, in sich zusammenstürzte.

Vince' Kopfverletzung war nicht besonders schlimm. Allerdings musste sie genäht werden, und er hatte eine Gehirnerschütterung erlitten, weshalb er vorerst zur Beobachtung im Krankenhaus bleiben musste.

Auf dem Revier legte Trish ein volles Geständnis ab. Sie saß zusammengekauert am Tisch und roch immer noch leicht nach Benzin, obwohl man ihr erlaubt hatte zu duschen. Sie trug jetzt einen grauen Gefängnis-Trainingsanzug. Mit ihren zurückgekämmten feuchten Haaren und ohne Schminke wirkte sie etwas älter. Verletzlicher. Mit monotoner Stimme schilderte sie in einem Befragungszimmer für die Videokamera noch einmal den Hergang der Ereignisse. Ihr Blick war plötzlich merkwürdig ausdruckslos.

»Ich dachte, sie sei tot«, sagte sie erneut. »Ich musste sie ziemlich lange dort liegen lassen, bevor ich mich loseisen und … sie von der Farm bringen konnte. Sie hatte sich kein bisschen bewegt. Sie lag immer noch dort, wo ich sie zurückgelassen hatte. Im Anhänger.«

»Wenn Sie Holly ins Krankenhaus gebracht hätten, hätte sie vielleicht überlebt«, sagte Broad.

Trish richtete ihren leeren Blick auf sie.

»Aber das konnten Sie nicht zulassen, oder?«, sagte Lockyer.

»Sich mussten sichergehen, dass sie tot war. Es war bestimmt nicht leicht, sie über das Brückengeländer zu heben.«

Sie nickte.

»Wie haben Sie das geschafft?«

»Ich habe mich auf den Sitz des Quads gestellt. Ich konnte kaum das Gleichgewicht halten, aber … sie war sehr klein. Wie Imo.«

Lee Geary war es nicht gewesen, er hatte *nicht* gelogen. Er hatte von Hollys Tod zum ersten Mal während seiner Befragung erfahren, als Saunders und Brent es ihm erzählten. *»Wa… was soll das heißen? Warum ist sie tot?«*

Es fiel Lockyer schwer, einen ruhigen Tonfall zu bewahren.

»Sie wussten, dass eine Menge Leute gesehen hatten, wie Holly in Ridgeways Land Rover gestiegen war. Sind Sie deshalb Richtung Süden gefahren? Um ihm die Sache anzuhängen?«

»Ridgeway war ein gefährlicher Mann.«

»Lee Geary nicht.«

Schweigen.

»Ich halte Sie für eine gefährliche Frau, Trish«, sagte Lockyer. »Imogen hat versucht, Holly vor Ihnen zu warnen. Sie hat sie gebeten, nicht nach ihrem Vater zu suchen, weil das gefährlich sein könnte. Aber ich glaube nicht, dass sie Holly vor Vince gewarnt hat. Sie hatten ein wachsames Auge auf Holly, seit sie bei Ihnen aufgetaucht war. Sie konnten das zwar vor Vince verbergen, aber nicht vor Jason. Er sagte, dass sich die Farbe Ihrer Stimme verändert habe.«

»Es war ein *Unfall.*«

»Sie zu der Brücke zu fahren? Und vor den Laster zu werfen?«

Nach einer angespannten Pause sagte Trish schließlich: »Sie wollte mir Vince wegnehmen.«

»Haben Sie Vince deshalb nie erzählt, dass er ein Kind hatte? Sie wussten es und haben es ihm trotzdem verheimlicht.«

Trish blinzelte. »Er hätte nach ihr gesucht.«

»Natürlich hätte er das. Und dann hätten er und Imogen vielleicht wieder miteinander gesprochen. Und das konnten Sie nicht zulassen.«

»Bitte … bitte erzählen Sie Vince nicht, dass ich von dem Baby wusste.«

»Ich denke, das ist jetzt Ihr geringstes Problem, Trish.«

Nachdem sie die Befragung beendet hatten, ging Lockyer zu DSU Considine hinüber, die vom anderen Zimmer aus zugesehen hatte. Sie warf Lockyer hinter ihrem Gesichtsschutz hervor einen ernsten Blick zu.

»Sie hätten den Fall an die Kollegen übergeben sollen, sobald Sie eindeutige Beweise hatten, Matt.«

»Trish und Vince wären jetzt wahrscheinlich tot, wenn wir nicht direkt hingefahren wären.«

Considine gab ein bestätigendes Knurren von sich.

»Was in aller Welt hat sie nur dazu getrieben?«, fragte sie. »Woher wusste sie, dass Sie ihr auf der Spur waren?«

Für einen kurzen Moment dachte Lockyer daran, sie anzulügen, Jody da rauszuhalten. Aber nur für einen Sekundenbruchteil.

»Das war meine Schuld, Ma'am«, sagte er. »Es war ein dummer Fehler. Ich habe einer Zeugin erzählt, dass ich die Fahrtroute der Mörderin zur Brücke herausgefunden habe. Ich hätte vorsichtiger sein sollen. Wahrscheinlich hat sie Trish gewarnt.«

Considine runzelte die Stirn. »Nun, das hätte ein folgenschwerer Fehler sein können, oder?«

»Ja, Ma'am.«

»Seien Sie das nächste Mal *sehr viel* vorsichtiger, Matt.«

»Ma'am.«

»Ich nehme an, dass Sie die Zeugin auffordern werden, eine umfassende Aussage zu machen.«

»Mit aller Entschiedenheit, ja.«

»Dann verlieren wir kein Wort mehr darüber.«

Lockyer hatte immer noch keine Ahnung, wie viel Jody wusste oder was der Zweck ihres Besuches auf der Farm gewesen war. Aber er würde es herausfinden.

»Da ist natürlich auch noch diese andere Sache«, fuhr Considine fort. »Sie haben mir versichert, dass uns Hollys Mörder auch zu Lee Gearys Mörder führen würde.«

»Die Fälle hängen zusammen. Das weiß ich. Wir haben nur immer noch keine Beweise, die uns in diesem Fall weiterbringen.«

»Nun, dann sollten Sie sich wieder an die Arbeit machen.«

Am Nachmittag nahm Broad einen Anruf von Suki Clarke entgegen und schaltete auf Lautsprecher, damit Lockyer mithören konnte.

»Ich wollte Ihnen nur sagen, wann Holly mich aufgesucht hat. Ich habe den Kalender gefunden – das war am siebzehnten Juni 2011.«

»Das hilft uns sehr. Vielen Dank, Ms. Clarke«, sagte Broad.

Statt etwas zu erwidern wie *gern geschehen* und dann aufzulegen, blieb sie in der Leitung. Lockyer hatte bereits gespürt, dass sie noch irgendetwas für sich behielt.

»Wollen Sie uns sonst noch etwas sagen, Ms. Clarke?«

»Ich … ich habe nach unserem letzten Gespräch Hollys Namen gegoogelt. Ich weiß, dass sie tot ist. Sie ist ein paar Tage, nachdem sie bei mir war, gestorben.«

Lockyer bemerkte das Zittern in ihrer Stimme.

»Das war nicht Ihre Schuld, Ms. Clarke.«

»Oh, ich weiß nicht recht. Die Sache ist nämlich die … Es ist wirklich lange her, und ich bin mir nicht sicher – doch, ich *bin* mir sicher, das ist es ja. Aber ich habe das nie erzählt, weil, na ja … wie denn auch?«

»Worum geht's?«

»Die Behauptung, dass die Familie in der Nacht des Feuers eigentlich nicht zu Hause gewesen wäre. Dass sie, soweit das alle wussten, noch in London war – und vielleicht hat Vince das tatsächlich geglaubt. Aber Paul hat immer das Tor geschlossen und den Wagen in der Garage geparkt. Wenn es dunkel war und keine Lichter brannten, konnte Vince nicht wissen, dass doch jemand zu Hause war.« Sie holte tief Luft. »Aber *Trish* wusste es.«

Zum zweiten Mal erfüllten ihre Worte das kleine Büro mit dröhnender Stille.

Lockyer und Broad blickten einander an.

»Wie bitte?«, sagte Lockyer. »Könnten Sie das wiederholen?«

»Sie wusste, dass ihre Familie zu Hause war. Meine Mutter hat uns zur Tankstelle gefahren, weil wir dort ein Video leihen wollten, und wir sind auf dem Rückweg direkt an ihrem Haus vorbeigekommen. Es war auf der linken Seite, und Trish saß links im Wagen und reckte plötzlich den Kopf, während wir daran vorbeifuhren. Sie hat sich umgedreht und rübergeschaut. Ich habe zwar nur einen flüchtigen Blick erhascht, aber … das Tor stand offen. Und ich … ich sah, wie Paul das Garagentor schloss. Meine Mutter hat davon nichts mitbekommen, weil sie auf die Straße achtete. Aber ich weiß, dass Trish Paul ebenfalls gesehen hat.«

»Also … Trish hat das Feuer möglicherweise vorsätzlich gelegt, obwohl sie *wusste*, dass ihre Familie im Haus war?«

»Vielleicht. Ja. Ich glaube schon.« Sie flüsterte fast. »Aber ich habe nie etwas gesagt.«

Lockyer konnte die schwere Last der Schuldgefühle hören, die in ihren Worten mitschwang.

»Sie waren damals noch ein Kind, Ms. Clarke«, sagte er. »Haben Sie Holly davon erzählt?«

»Nein. Niemandem.«

Nachdem sie das Telefonat beendet hatten, sagte Broad: »Aber *warum*? Warum hatte Trish es auf ihre Familie abgesehen? Oder glauben Sie immer noch, dass es eine spontane Tat war, die dann … auf schreckliche Weise eskaliert ist?«

Lockyer erinnerte sich an Trishs leeren Blick während der Befragung. Er schüttelte den Kopf.

»Ich glaube, dass Trish sie töten wollte – alle drei. Außerdem wusste sie nicht, wie viel Suki Holly erzählt hatte, und sie konnte nicht zulassen, dass Vince es erfährt. Deshalb war sie bereit, zuerst ihn zu töten – damit er nicht herausfindet, was für ein Mensch sie *wirklich* ist.«

»Mein Gott. Aber warum wollte sie ihre Eltern töten?«

»Sie waren ihr einfach im Weg. Und ihre Schwester hatte Vince dauerhaft an sich gebunden – durch das Baby. Imogen wäre für den Rest ihres Lebens mit ihm zusammengeblieben, wenn Trish nichts unternommen hätte. Sie musste sie alle aus dem Weg räumen, bevor sie für Vince eine neue Rolle annehmen konnte.«

Trish war immer die Schwierige gewesen und Imogen die Umgängliche. Die Freundliche, die Hübschere der beiden. *Sehr sanftmütig und … verträumt*, hatte Suki gesagt. Aber Trish war die Intelligente gewesen. Die Mädchen hatten beide für Vince geschwärmt, und obwohl er mit Trish Sex gehabt hatte, bewiesen seine Briefe, dass er Imogen liebte. Nur wenn ihre Familie tot war, konnte Trish in die Rolle ihrer Schwester schlüpfen – freundlich, großzügig und von Vince geliebt. Es war eine Verzweiflungstat gewesen, extrem, verglichen mit Lockyers zaghaften Bemühungen, den Platz seines Bruders einzunehmen.

»Ist sie … also, sie ist verrückt, oder?«, sagte Broad.

»Ganz sicher gestört, würde ich sagen.«

»Glauben Sie, dass sie auch Lee Geary getötet hat?«

»Schon möglich. Vielleicht hat er über die Nacht, in der Holly gestorben ist, *irgendwas* gewusst.«

Lockyer versuchte, die Ereignisse Schritt für Schritt durchzugehen.

»Allerdings muss Trish im November gewusst haben, dass die Polizei nichts gegen sie in der Hand hatte«, sagte er. »Der Gerichtsmediziner hat den Fall als Selbstmord eingestuft. Warum sollte sie Lee also töten? Warum das Risiko eingehen?«

»Ich weiß nicht, Chef. Aber wir haben sie doch schon für Holly drangekriegt.«

»Das reicht nicht«, sagte Lockyer mit Nachdruck. »Ich will wissen, was mit Lee passiert ist. Und seine Schwester will das auch. Er war in dieser ganzen Sache nur ein Opfer – er war unschuldig. Wir können das nicht einfach auf sich beruhen lassen.«

Er spürte mehr, als dass er es hörte, wie Broad tief Luft holte.

»Dann sollten wir uns Trish erneut vornehmen«, sagte sie. »Sie noch mal befragen. Und die anderen auch.«

Vince lag im Salisbury District Hospital auf einer Station für Patienten, die nicht in Lebensgefahr schwebten, wo es deshalb sehr viel geschäftiger zuging. Er war auf mehreren Kissen hochgelagert und trug einen Verband um den Kopf. Er zuckte nicht einmal mit der Wimper, als Lockyer den Vorhang zuzog, um den Anschein von Privatsphäre zu wahren.

»Was macht der Kopf?«, fragte er.

Vince musterte ihn ruhig, undurchschaubar wie immer.

»Tut höllisch weh«, knurrte er.

»Ich muss Ihnen ein paar Fragen stellen, wenn Sie dazu bereit sind.«

»Es lässt sich sowieso nichts mehr ändern. Fragen Sie, was Sie wollen.«

»Seit wann wissen Sie, dass Trish für das Feuer im Haus ihrer Eltern verantwortlich ist?«

»Seit Holly bei uns aufgetaucht war. Sie hat mir erzählt, was sie in Imogens Aufzeichnungen gelesen hatte, von ihren Zweifeln. Und dass sie gesagt habe, sie sei mir etwas schuldig ... Dass sie einen Satz aus meinen Briefen erwähnt habe – ›Du weißt als Einzige, was wirklich passiert ist‹. Da wurde mir klar, was Sache war. Aber ich hatte das wohl schon sehr viel länger vermutet. Ich hätte es eigentlich von Anfang an wissen müssen – Imogen hätte so etwas nie getan, und wenn doch, dann hätte sie nicht zugelassen, dass ich die Schuld dafür auf mich nehme. Dieses zauberhafte Mädchen hat mich *geliebt.*«

»Sie haben Trish nie davon erzählt?«

»Das hätte nichts gebracht.« Er drehte den Kopf weg. »Außerdem war ich ihr etwas schuldig. Ich war damals total fertig. Ich war völlig durch den Wind. Ich hatte diese *Wut* in mir ... Letztlich war die Wut der Grund für *alles*, was ich getan habe. Später hat Trish mir geholfen, mich davon zu befreien, aber ...« Vince schloss für einen Moment die Augen. »Ich hatte mit Trish Sex, kurz bevor sie das Feuer gelegt hat. Sie war noch ein *Kind* ... mein Gott. Ich habe Imogen so sehr geliebt, dass ... dass ich kaum wusste, wie ich mit diesem Gefühl umgehen sollte. Und ich wusste, dass Trish mich anhimmelte – und eifersüchtig war. Ich fand das wohl irgendwie witzig. Und hielt mich für den Größten. Eines Abends dann wartete sie vor einem Pub auf mich. Ich war sturzbesoffen. Sie packte mir mit beiden Händen an den Arsch, und ...«

»Sie konnten nicht widerstehen«, sagte Lockyer in einem kühlen Tonfall.

»Ich *entschied* mich, nicht zu widerstehen. Denn etwas kaputt zu schlagen war damals alles, was ich wollte. Egal in welcher Situation, wann immer ich die Möglichkeit hatte, verspürte ich den

Drang, alles zu zerstören. Als ob es mir danach besser gegangen wäre.«

Er zuckte zusammen und richtete seine lebhaften Augen langsam wieder auf Lockyer.

»Ich habe sie ziemlich hart rangenommen. An der Mauer direkt hinterm Pub. Eine fünfzehnjährige Jungfrau.« Seine Stimme war von Selbsthass erfüllt. »Sie wurde von mir schwanger. Hat sie Ihnen das erzählt?«

»Nein.«

»Sie hat es mir zunächst auch nicht erzählt. Erst als ich aus dem Gefängnis kam. Sie hat das Kind irgendwann nach dem Feuer verloren, und es gab weitere Komplikationen. Sie konnte deswegen keine Kinder mehr bekommen.« Er zog die Augenbrauen zusammen. »Sie hat mir das nicht sofort erzählt, denn sie wusste, dass ich unbedingt ein Kind haben wollte. Aber in den ersten paar Jahren haben wir eines nach dem anderen verloren, jedes Mal schon vor der zwölften Woche. Nach dem fünften Mal erzählte sie mir, warum. Was ich ihr angetan hatte.«

»Verstehe.«

»Ach ja?«, sagte Vince skeptisch. »Verstehen Sie, dass Trish nur deshalb ein gebrochener Mensch ist, weil *ich* sie dazu gemacht habe? Ich habe so viel Leid verursacht.«

»Trishs stark ausgeprägte Obsession für Sie deutet darauf hin, dass sie schon vorher sehr labil war.«

»Ich habe das alles nur noch schlimmer gemacht. Sehr viel schlimmer.«

»Sie sind nicht für ihre Taten verantwortlich.«

»Sie war nur … Das Feuer war ein Hilfeschrei. Das wurde mir klar, sobald ich die Wahrheit herausgefunden hatte. Sie hat mir das nie erzählt, weil … weil sie zwischen Imo und mir eine Mauer errichten musste. Ich will damit nicht sagen, dass das, was sie getan hat, richtig war, aber ich habe es verstanden. Und ich habe ihr *verziehen.* Warum hat sie das nicht begriffen?«

»Was, wenn es *nicht* bloß ein Hilfeschrei war?«

»Was meinen Sie damit?«

»Den Beweisen nach zu schließen, wusste Trish, dass ihre Familie an dem Abend zu Hause war.«

Vince wurde blass. »Was? Nein, sie hat nicht …«

»Ich fürchte doch. Sie hatte früher an dem Abend ihren Vater gesehen, als Mrs. Collins mit ihr am Haus vorbeifuhr.«

»Nein …«, krächzte Vince.

Lockyer gab ihm einen Moment, das zu verdauen.

»Ich glaube, dass sie das Feuer gelegt hat, um ihre Familie zu töten«, fuhr er fort. »Vor allem Imogen und ihr ungeborenes Kind. Vielleich wusste sie, dass sie niemals mit Ihnen zusammen sein konnte, solange Imogen noch lebte.«

»Moment mal, sie … Trish wusste, dass Imo schwanger war? Sie wusste von Anfang an von Holly?«

»Ja. Tut mir leid, Vince.«

Die Tragweite dieser Mitteilung ließ Vince erzittern. Der Gedanke an die Jahrzehnte voller Lügen. An eine Tochter, die er vielleicht hätte aufwachsen sehen können.

In diesem Moment wurde Lockyer noch etwas anderes klar.

»Wenn Trish ebenfalls schwanger war, als sie das Feuer gelegt hat, hatte sie noch mehr Grund, ihre Eltern von der Bildfläche verschwinden zu lassen. Sie hätten gegen Sie wegen Sex mit einer Minderjährigen Anzeige erstattet, wenn sie das herausgefunden hätten. Und Trish würde *alles* tun, um Sie zu beschützen, Vince.«

Nach einem Moment verzog Vince gequält das Gesicht.

»Meine Imo … und *Holly* …«, flüsterte er.

»Es tut mir aufrichtig leid. Ich glaube, dass Sie eine schwer gestörte Frau geheiratet haben.«

»Aber … ich *verstehe* das nicht! Wir haben uns ein gemeinsames Leben aufgebaut … Und Jase! Wie konnte sie …?«

»Sie fühlte sich bedroht und hat wild um sich geschlagen. Die Vorstellung, Sie zu verlieren, macht Trish schreckliche Angst. Sie war eher bereit, Holly zu töten – und Sie –, als das zu riskieren.«

»Sie hätte das Streichholz nicht entzündet«, sagte Vince, aber sein Blick war von Zweifel erfüllt.

»Ich denke doch.«

»O mein Gott … Holly. Sie war das Beste … Mit ihr war alles *perfekt*!«

»Nicht für Trish«, murmelte Lockyer.

Er musste daran denken, was Trish an dem Tag, als sie aufs Revier gekommen war, gesagt hatte: *Welche Rolle spielt es, was ein Mensch irgendwann mal getan hat? Wir sind als Erwachsene nicht die Menschen, die wir als Kinder mal waren. Und ich meine nicht nur das Alter, ich rede von einem Reifeprozess. Einer inneren Entwicklung. Entscheidend ist, wer wir jetzt sind. Was wir jetzt tun.* Vordergründig betrachtet hatte sie zwar von Jason gesprochen, aber ganz sicher auch von sich selbst.

Doch im Hinblick auf Holly ließ sich diese Rechtfertigung nicht aufrechterhalten. Trish konnte weder mangelnde Reife noch innere Impulse für das verantwortlich machen, was sie Vince' Tochter angetan hatte.

»Was ist mit Lee Geary?«, fragte Lockyer.

»Was soll mit ihm sein?«, sagte Vince mit tonloser Stimme.

»Haben Sie uns über diesen Tag wirklich die Wahrheit gesagt? Stimmt es, dass Lee die Farm gesund und munter verlassen hat, nachdem er mit Ihnen gesprochen und etwas SD gekauft hatte?«

»Ja. So war es.«

»Trish hat nicht mit ihm gesprochen? Oder zufällig gehört, was er zu Ihnen gesagt hat?«

»Nein, sie war nicht in der Nähe. Und auch keiner von den anderen.«

Lockyer stand auf und zog den Vorhang zurück.

»Sie wissen, wo Sie mich finden, falls Sie mir noch etwas mitteilen wollen, Vince. Ich werde Sie darüber informieren, wo Trish inhaftiert ist und was weiter mit ihr geschieht. Sie … Sie haben immer noch Ihren Sohn.«

»Ja. Ich und Jase … Ich schätze, wir stecken zusammen in diesem Schlamassel.«

»Werden Sie die Farm weiterbetreiben?«

»Keine Ahnung«, knurrte Vince. »Alles ist jetzt anders. Ich weiß nicht, was wir tun werden.«

»Nun, das müssen Sie ja auch nicht jetzt sofort entscheiden.«

Während Lockyer das Zimmer verließ, wurde ihm klar, dass man ihnen die Old Hat Farm vielleicht wegnehmen würde. Dass die Gerichte vielleicht das Geld aus dem Verkauf von Hollys Haus zurückverlangen würden, weil es sich um den Ertrag aus einer Straftat handelte. Und wenn die beiden nicht genug Geld auf dem Konto hatten, um es zurückzuzahlen, müssten sie die Farm verkaufen. Aber jetzt war nicht der richtige Zeitpunkt, um Vince das mitzuteilen.

Lockyer wählte Jodys Nummer, während er im Krankenhaus die Treppe emporstieg, um seiner Mutter einen Besuch abzustatten. Es meldete sich, wie schon bei den ersten zehn Anrufen, direkt die Mailbox. Er fürchtete, dass Jody längst abgehauen war. Und obendrein vielleicht den Hilux gestohlen hatte. Er rief auf dem Festnetzanschluss des Hofes an, doch es ging ebenfalls niemand dran. Und als er vor der Tür zur Station seiner Mutter stand und seine Atemluft die Glasscheibe mit dem Drahtgeflecht beschlug, wurde ihm plötzlich klar, welche von Nina Thorowgoods Äußerungen vor vier Tagen in seinem Unterbewusstsein einen

Gedanken heraufbeschworen hatte, der dann im Durcheinander der Ereignisse untergegangen war.

Vince McNeil hatte eben etwas Ähnliches gesagt.

Lockyer rannte die Treppe wieder hinunter und nach draußen zu seinem Wagen.

22

Während Lockyer auf der A303 Richtung Norden fuhr, rief er Broad an.

»Gem, können Sie Nina Thorowgood eine Nachricht schicken? Sagen Sie ihr, dass ich mich mit ihr treffen will.«

»Okay? Wann?«

»Jetzt sofort. Ich bin auf dem Weg zum Lager. In zwanzig Minuten. Sagen Sie ihr, dass ich mit gezückter Marke direkt ins Lager marschiere, wenn sie nicht herauskommt, um mit mir zu reden.«

»Hat Vince irgendwas gesagt?« Broad klang verdutzt.

»In gewisser Weise. Er hat mich an etwas erinnert, was Nina bei unserem Treffen gesagt hat. Es könnte wichtig sein.«

»Ich schicke ihr sofort eine Nachricht, Chef.«

»Danke.«

Lockyer beendete das Telefonat und wartete ungeduldig in der Autoschlange, die sich hinter Stonehenge gebildet hatte. Währenddessen trommelte er mit den Daumen aufs Lenkrad. Er war mal wieder wütend auf sich selbst. Er hatte ewig gebraucht, um in diesem Fall die Zusammenhänge herzustellen, hatte kleine, wichtige Details übersehen – genau wie bei Chris. Und er war im Begriff gewesen, Lee Geary im Stich zu lassen und Karen eine Antwort schuldig zu bleiben.

Lockyer schlängelte sich durch Amesbury zu der Zufahrt, die auf die Fahrbahn der A303 in Richtung Westen führte. Kurz davor, in einem dreieckigen Waldgebiet, befand sich das Protestlager. Ein großes Transparent markierte den Eingang: *Stoppt den Tunnel.* Zwischen den Bäumen waren Zelte und Kleinbusse zu sehen, und von ein paar Feuerstellen stieg Rauch empor. Lockyer bremste scharf, stieg aus und blieb mit den Händen in den Taschen stehen. In zwei Minuten würde er das Lager betreten und sie holen.

Nach einer Minute und fünfzig Sekunden kam Nina mit finsterer Miene auf ihn zumarschiert.

»Was zum Henker spielen Sie für ein –«

»Sparen Sie sich das. Das hier ist eine Mordermittlung, und ich habe keine Zeit.«

»Nun, vielleicht habe ich ja auch keine Zeit, um mit *Ihnen* zu reden«, blaffte Nina und machte Anstalten, sich wieder umzudrehen.

»Wollen Sie, dass ich Verstärkung anfordere? Und im Lager eine Razzia durchführe? Ich bin mir ziemlich sicher, dass ich Cannabis riechen kann.«

»Sie sind echt ein Arschloch.«

»Würde es helfen, wenn ich Ihnen sage, dass ich Hollys Mörder geschnappt habe?«

Bei diesen Worten wurde sie ein wenig zugänglicher.

»Wer ist es gewesen?«

»Das kann ich Ihnen nicht sagen, solange die Staatsanwaltschaft gegen die verdächtige Person keine Anklage erhoben hat. Aber das wird in Kürze passieren. Und Ende der Woche wird die Presse darüber berichten. Aber ich kann Sie auch schon früher informieren. Wenn Sie jetzt mit mir reden.«

»Was wollen Sie wissen?«

»Als wir das letzte Mal miteinander gesprochen haben, sagten Sie, dass Sie nach Hollys Tod auf der Old Hat Farm waren. Sie sagten, dass Sie herausfinden wollten, was passiert sei, dass Sie Trish McNeil aber schließlich aufgefordert habe zu gehen.«

»Und?«

»Sie sagten zu mir so etwas in der Art wie, dass Sie allmählich glauben, sie würden ›alle da mit drinhängen‹. Erinnern Sie sich, das gesagt zu haben?«

Sie verschränkte die Arme. »Kann sein.«

»Können Sie mir erklären, was Sie damit meinten?«

»Na ja … also, die McNeils und die anderen. Ridgeway, Stef und der Riese.«

»Lee Geary. Und Sie haben von Hollys Tod gesprochen? Sie dachten für eine Weile, dass sie irgendwie … gemeinsame Sache gemacht hätten?«

»Ja.«

»Wieso dachten Sie das?«

»Ich hab sie zusammen gesehen. Nachdem man den Tod offiziell als Selbstmord eingestuft hatte und die Sache erledigt war.«

»Nina, *wen genau* haben Sie gesehen? Wo und wann?«

»Ich habe ein paar Wochen auf der Farm verbracht. Irgendwann stand ich an der Spüle, um einen Kaffee aufzusetzen, und ich sah Lee Geary draußen auf dem Hof herumlaufen. Ich dachte, dass er einen der McNeils suchte. Er ging in die Werkstatt, Vince kam wieder mit ihm heraus, und sie haben sich eine Weile unterhalten. Höchstens fünf Minuten. Dann sind sie gegangen.«

»Wohin?«

»Keine Ahnung. Irgendwohin, sie haben den Hof verlassen und sind dann den Weg hinuntergelaufen. Das Ganze wirkte sehr freundschaftlich, und das hat mich ins Grübeln gebracht – *warum* gingen sie so freundschaftlich miteinander um? Ich wusste zwar, dass das Gerede, die drei hätten Holly umgebracht, Schwachsinn war, aber alle anderen hielten sie für die Täter. Ich fand das irgendwie … merkwürdig.«

»Was genau meinen Sie mit freundschaftlich?«

»Vince hatte seinen Arm um Lee gelegt – na ja, nicht ganz herum wie bei einer Person von normaler Größe. Aber er hatte ihm die Hand auf die Schulter gelegt, auf eine … kumpelhafte Art. Und er hat immer wieder gelächelt.«

»Wo sind die beiden hingegangen?«

»Keine Ahnung. Vince ist erst nach ein paar Stunden wieder zurückgekommen, und von Lee war nichts zu sehen. Ich habe nicht nach ihm gefragt. Ich habe mich möglichst unauffällig verhalten, weil Trish mich nicht besonders mochte. Man hatte in meiner Wohnung den Strom abgestellt, und deshalb … wollte ich über Weihnachten auf der Farm bleiben.«

»Wissen Sie noch, wann das war, Nina? Wann genau?«

»Auf der Farm gab es keine Kalender«, sagte sie. »Ich war dort seit etwa zwei, drei Wochen – ich war zum Samhain-Fest gekommen und danach geblieben. Es war also vor Weihnachten, aber noch nicht in der Adventszeit.«

»Samhain ist Halloween, oder? Der einunddreißigste Oktober?«

»Ja. Es war also Mitte November, so was um den Dreh.«

Lockyer wandte für einen Moment den Blick ab.

Ich erwarte nicht, dass Sie das verstehen, aber ich bewundere ihn. Er ist der Mensch, der ich gerne wäre.

Doch Lockyer konnte das verstehen. Er wusste genau, was Vince bereit war, für Jason zu tun. Obwohl Lockyer erleichtert war, dass er endlich erfahren hatte, was passiert war, fühlte er sich irgendwie bedrückt. Und traurig.

»Wie lange danach hat Trish Sie aufgefordert zu gehen?«, fragte er.

»Kurz darauf. Diese eifersüchtige Kuh. Vielleicht noch am Abend desselben Tags, oder einen Tag später …«

Weil Trish wusste, dass Nina Lee dort gesehen hatte, vermutete Lockyer. Nicht weil Vince sie attraktiv gefunden hatte.

»Danke, Nina. Sie müssen noch mal aufs Revier kommen, um Ihre Aussage über das, was Sie gesehen haben, offiziell zu Protokoll zu geben.«

»Was? Warum?«

»Weil ich glaube, dass Sie die letzte Person sind, die Lee Geary lebend gesehen hat. Abgesehen von seinem Mörder.«

Nina war ausnahmsweise einmal sprachlos.

»Haben Sie heute Nachmittag Zeit? Können Sie jetzt sofort mitkommen?«

»Was? Nein!«

»Und Montagmorgen?«

Lockyer blickte sie eindringlich an.

»Es ist wichtig, Nina. Wenn es sein muss, werde ich vorbeikommen und Sie abholen.«

»In Ordnung. Herrgott noch mal«, blaffte sie. »Dann eben Montagmorgen. Irgendjemand muss mich vom Rastplatz abholen. Ich habe kein Benzin.«

Lockyer fuhr zurück zum Revier, um Broad auf den neusten Stand zu bringen und sie abzuholen. Er wollte mit ihr noch einmal nach Salisbury fahren.

»Warum haben Sie noch mal mit Nina geredet, Chef?«, fragte Broad. »Sie wusste doch nichts über Lees Tod.«

»Aber wir haben sie nicht danach *gefragt*«, sagte Lockyer. »Nicht direkt jedenfalls. Bei ihrer Befragung ging es nur um Holly, darauf lag unser Augenmerk. Aber sie sagte, dass sie vielleicht ›alle da mit drinhängen‹, und plötzlich wurde mir klar, wen sie mit *sie* vielleicht meinte. Dann sagte Vince ›keiner von den anderen‹ habe mit Lee gesprochen, als er zur Farm gekommen sei. Dabei hatte Trish mir erzählt, dass sie keine Gäste gehabt hätten. Niemand könne ihre Aussage bestätigen, dass sie gesehen habe, wie Lee freiwillig wieder gegangen sei.«

Auf dem Motorradstellplatz der Krankenhaustiefgarage entdeckte Lockyer ein ihm wohlvertrautes Motorrad.

»Ist das nicht Vince' Harley?«

Und tatsächlich – als sie Vince' Zimmer betraten, war Jason bei ihm; er wirkte müde und ziemlich angespannt. Keine Spur von dem bezaubernden Lächeln, das sie zu Beginn der Ermittlungen gesehen hatten. Als sie näher kamen, stand er auf und wich kaum merklich vor ihnen zurück.

»Da sind Sie ja schon wieder, Inspector«, sagte Vince.

»Ich sehe, Sie haben die Harley wieder flottgemacht, Jason«, sagte Lockyer.

»Es hat eine Weile gedauert«, sagte Jason. »Aber ich wollte Vince unbedingt besuchen, und am Wochenende fährt kein Bus. Ich habe immer noch keinen Führerschein. Oder eine Versicherung. Und es ist auch nicht angemeldet.«

»Nun, ich denke, ich werde vergessen, dass Sie das gerade gesagt haben«, erwiderte Lockyer. »Unter diesen Umständen.«

Er wandte sich Vince zu. »Sie hatten auf der Farm Gäste an dem Tag, als Lee Geary nach Jason gesucht hat. Ist das richtig?«

Vince blickte ihn lange an, und Lockyer sah, dass er allmählich begriff und sich in sein Schicksal fügte.

»Ein paar von ihnen sind nach Samhain noch geblieben«, sagte er.

»Sie sagten, dass Lee nach Jason gefragt, dann etwas *Salvia* gekauft hat und wieder gegangen ist. Aber er hat gar kein Salvia gekauft und ist auch nicht alleine wieder gegangen. Nicht wahr, Vince?«

»Haben Sie einen der Gäste ausfindig gemacht?«, fragte er. »Jemanden, der ihn an dem Tag gesehen hat?«

»Jemanden, der gesehen hat, wie Sie zusammen mit Lee aufgebrochen sind, ja. Und wie Sie später wieder zurückgekommen sind. Allein.«

Vince' Gesichtszüge erschlafften, aber hinter der plötzlichen Erschöpfung konnte Lockyer auch Erleichterung erkennen.

»Ich habe vor Kurzem herausgefunden, dass mein kleiner Bruder in illegale Geschäfte verwickelt war«, sagte er. »Aber ich kann nichts dagegen tun – denn er ist schon lange tot. Ich habe für ihn genauso empfunden wie Sie für Jason, und ich weiß, dass ich fast *alles* getan hätte, um ihn davon abzubringen. Um ihn vor sich selbst zu schützen.«

»Wovon redet er, Vince?«, fragte Jason.

Vince warf seinem Adoptivsohn einen traurigen, liebevollen Blick zu. In seinen Augen glänzten Tränen.

»Es tut mir leid, Jase«, flüsterte er. »Es tut mir so leid. Ich … ich musste dich doch *beschützen*.«

»Wovor? Was meinst du damit?«

»Vor den Folgen deiner Taten.« Er umklammerte Jasons Hand. »Ich *verstehe* dich, Jase. Wirklich. Du konntest ja nicht wissen, was tatsächlich mit Holly passiert ist … Keiner von uns konnte das! Wir wussten nur, dass Ridgeway und die anderen in jener Nacht mit ihr weggefahren sind und sie danach tot war.«

Bevor er weiterreden konnte, verhaftete Lockyer ihn wegen des Mordes an Lee Geary. Er brauchte von Vince ein Geständnis, das vor Gericht zulässig war.

»Wa… *was*?«, stammelte Jason.

»Eine Zeugin hat gesehen, wie Sie mit Lee gesprochen haben und mit ihm zusammen weggegangen sind«, sagte Lockyer zu Vince. »Danach wurde Lee nie wieder gesehen. Jedenfalls nicht lebend. Hatten Sie einen Plan? Wussten Sie, wo Sie hinwollten?«

»Vince – sag jetzt nichts!«, schrie Jason.

»Ist schon okay, mein Sohn. Man muss für seine Taten geradestehen. Das haben wir dir doch beigebracht, oder?«

»Nein! Du hast mir beigebracht, zu vergeben und den Blick nach vorne zu richten!«

»Für das, was wir als Kinder tun – *ja*! Weil wir nicht anders können, absolut. Aber nicht für diese Sache. Das alles liegt nicht in der Vergangenheit …« Er klopfte sich gegen den Brustkorb. »Es sitzt genau hier. Schwer wie ein Mühlstein. Die Leute haben mich immer für einen Mörder gehalten, doch das stimmte nicht. Nicht bis zu jenem Tag. Aber … ich habe es aus dem *bestmöglichen* Grund getan. Ich habe es aus Liebe getan.«

Er lächelte Jason beschämt an.

Iris Musprat hatte fast dasselbe gesagt: *Was wir getan haben, haben wir aus Liebe getan. Wie kann das ein Verbrechen sein?* Aber der Mord an Lee Geary war definitiv ein Verbrechen. Ein absolut verabscheuungswürdiges Verbrechen.

»Ich kann damit nicht länger leben«, sagte Vince. »Ich muss tun, was richtig ist.«

Jason war entsetzt.

»Alles wird gut, mein Sohn«, flüsterte Vince. »Dir wird nichts passieren.«

»Ich verstehe nicht.«

»Er hat es getan, um Sie zu beschützen, Jason«, sagte Lockyer. »Lee wollte sich mit Ihnen treffen, um seine Unschuld zu beteuern. So war es doch, Vince? Er hat Ihnen erzählt, dass er in der Nacht, als Ridgeway gestorben ist, Jason in dem Parkhaus gesehen hat.«

Vince nickte wortlos.

»Und Sie wussten damals bereits, dass Jase zum Soul Tree Festival gefahren war, um nach Stef zu suchen – mit Ihrem Motorrad. Ich kann mir vorstellen, was Sie gedacht haben, als Sie hörten, dass sie dort gestorben war. Und dann taucht Lee, der letzte Verbliebene der drei, auf der Farm auf, um alles zu erklären. Um Jason anzuflehen, ihn am Leben zu lassen.«

»Der arme Kerl …« Vince schnürte es die Kehle zu. »Ich sagte ihm, wir wüssten alle, dass es nicht seine Schuld sei, dass wir das bestimmt wieder in Ordnung bringen könnten. Dass Jason Pilze pflücken sei und ich ihn begleiten würde, um die Sache aus der Welt zu schaffen.«

Vince schaute Jason betrübt an.

»Er war so erleichtert.«

»Du … du dachtest, ich sei das gewesen?«, sagte Jason ruhig. »Ich hätte Ridgeway getötet?«

»Jason …«

»Du dachtest, ich hätte Stef *ertränkt*? Was zum Henker, Vince …!«

»Ich wusste, wie sehr du Holly geliebt hast! So wie ich ihre Mutter geliebt habe. Ich weiß, wie das ist. Es ist ein überwältigendes Gefühl. Und ich weiß, was ich getan hätte, wenn ich geglaubt hätte, dass ihre Mörder noch frei herumlaufen …«

»Aber ich bin nicht du! Ich bin …« Jason zögerte. »Ich bin kein Mörder.«

Er riss sich aus Vince' Umklammerung, steckte seine Hände unter die Achselhöhlen und krümmte sich vor Kummer.

»Sie sind also mit Lee zu der Senke gelaufen«, fuhr Lockyer fort. »Warum dorthin?«

Vince schaute auf seine großen, vernarbten Hände hinunter, die sich dunkel vom Bettlaken abhoben.

»Ich kannte den Ort«, sagte er. »Ich wusste, dass man uns dort nicht sehen würde.«

»Womit haben Sie ihn geschlagen?«

»Mit einem großen … Feuerstein. Davon liegen dort jede Menge herum.«

Vielleicht der Stein, den Lockyer und Broad am ersten Tag der Ermittlungen unter dem Weißdornstrauch gesehen hatten.

»Und wie haben Sie es getan?«

Lockyer achtete darauf, keine Informationen preiszugeben. Nur um sicherzugehen.

»Mit einem kräftigen Schlag. Von hinten. Das war … humaner. Ich wollte ihm keine Angst einjagen.«

»*Humaner*?«, platzte Broad heraus, und Jason zuckte zusammen.

»Und dann haben Sie ihn vergraben«, sagte Lockyer.

»Ich hab's versucht. Das Loch war nicht besonders tief. Der Boden bestand nur aus Kalkstein und Wurzeln, und ich hatte nur die Steine und meine beiden Hände zum Graben.«

Er starrte weiter auf seine Hände, als könnte er nicht glauben, was sie getan hatten.

»Ich dachte, man würde ihn sehr viel früher finden«, murmelte er.

»Irrtum«, sagte Lockyer. »Seine Familie musste sehr lange warten.«

»Aber es … es war ein guter Ort, an dem ich ihn zurückgelassen habe – ein heiliger Ort, mit einem Weißdorn, der über ihn wacht. Dem Baum der Göttin Brigid. Sie ist die Göttin der Heilkunst, und eine Schutzheilige … Ich dachte, er würde dort seinen Frieden finden.«

»Haben Sie nachgesehen, ob er auch tot war?«, fragte Lockyer knapp.

»Was?«

»Es deutet einiges darauf hin, dass Lee vielleicht noch lebte, als man ihn begraben hat.«

»Was? Mein Gott – *nein*. Er war tot.«

»Aber haben Sie nachgesehen?«

»Das musste ich nicht. Ich habe gehört, wie sein Schädel knackte, als ich auf ihn einschlug«, sagte Vince. »Nach ein paar Sekunden war alles vorbei. Was er wusste – was er *gesehen* hatte –, hätte Jason ins Gefängnis gebracht. Das musste ich verhindern. Ihm und auch Trish zuliebe. Er ist das einzige Kind, das sie jemals hatte.«

Er schaute zu Jason. »Nach Hollys Tod warst du nicht mehr du selbst – aber das war nicht deine Schuld. Trauer kann einen Menschen verändern.«

»Aber ich habe die anderen *nicht* getötet!«, brüllte Jason. »Ich war zwar dort, als Ridgeway gestorben ist, aber ich habe ihn nicht angerührt! Und Stef … mein Gott, glaubst du wirklich, dass ich so etwas tun würde? Ein Mädchen zu ertränken … wie eine *Ratte*?«

»Jase …«

»Warum hast du nicht einfach mit mir darüber geredet? Ich hätte dir sagen können, wie es wirklich war. Ich hätte Lee alles erklären können! Er brauchte vor mir keine Angst zu haben.«

Vince' Augen weiteten sich, als würde er das endlich akzeptieren.

»Du … du hast Ridgeway *nicht* getötet?«, sagte er.

»*Nein*!«

»Ich glaube Ihnen, Jason«, sagte Lockyer. »Aber selbst wenn ich das nicht täte, hätten wir nicht genug Beweise, um Sie zu überführen. Auch nicht, wenn Lee aussagen könnte, dass Sie in jener Nacht im Parkhaus gewesen sind. Es liegen keine DNA-Beweise gegen Sie vor, und der Handabdruck ergab keine eindeutige Übereinstimmung. Die Beweise reichten nicht aus, um *irgendjemanden* zu überführen – deshalb verliefen die ursprünglichen Ermittlungen im Sande.«

Mit einem unterdrückten Schluchzen wandte Jason sich ab und ging davon.

»Jase!«, rief Vince ihm hinterher. »*Jason*!«

Doch er drehte sich nicht noch einmal um.

»Wenn Sie ihn nur danach gefragt hätten«, sagte Broad knapp.

Aber Lockyer wusste, wie schwer es war, eine lebenslange Gewohnheit und die Verhaltensmuster in einer Beziehung zu durchbrechen, um schmerzhafte Wahrheiten auszusprechen. *Niemand kann aus seiner Haut, deshalb musstet ihr beide so handeln.*

»Sobald Sie aus dem Krankenhaus entlassen werden, wird man Sie in Gewahrsam nehmen, damit Sie eine Aussage machen und die Formalitäten für Ihre Verhaftung erledigt werden«, sagte er. »Wir können Ihnen einen Anwalt besorgen, wenn Sie das wollen.«

»Kann ich auf Kaution freikommen? Und wieder zurück auf die Farm? Dort sind …: die Bienen …«

»Das bezweifle ich. Nicht bei vorsätzlichem Mord. Aber das muss Ihr Anwalt mit Ihnen besprechen.«

Lockyer telefonierte mit dem Revier und forderte einen uniformierten Beamten an, der vor dem Zimmer Wache halten sollte. Allerdings schien keine Fluchtgefahr zu bestehen, offenbar war Vince bereit, seine gerechte Strafe zu akzeptieren. Als würde das den sinnlosen Mord an einem Unschuldigen wiedergutmachen – einen Mord, der ebenso unnötig wie Trishs Mord an Holly gewesen war, um ein Geheimnis zu wahren, das keines war. Eine weitere tragische Gemeinsamkeit zwischen den beiden Todesfällen.

»Wenn Sie doch nur miteinander *geredet* hätten!«, sagte Broad im Hinausgehen und sprach damit Lockyers Gedanken aus. »*Nichts* davon hätte passieren müssen.«

»Es ist ein gottverdammter Schlamassel«, stimmte Lockyer ihr zu.

»Jason ist jetzt ganz allein. Er hat sonst niemanden mehr.«

»Sie sind jetzt *alle* allein.«

»Sie glauben auch nicht, dass Jason Stef getötet hat, oder?«, fragte sie.

»Nein, ich denke, dass der Gerichtsmediziner richtiglag. Dass sie schwimmen war und dabei verunglückt ist.«

»Das denke ich auch. Auf mich hat Jason nie wie ein Mörder gewirkt.«

»Verlassen Sie sich nicht auf Ihre Gefühle. Allerdings sollten Sie sie auch nicht völlig ignorieren. Nur verlassen Sie sich nicht darauf.«

»Danke, Chef, das war wirklich sehr hilfreich.« Sie warf ihm einen ironischen Blick zu. »Aber immerhin lag ich, was den ganzen rituellen Hexenkram betrifft, halbwegs richtig. Jedenfalls in Bezug auf den Ort, an dem Lee getötet wurde.«

»Ja. Das stimmt.«

Draußen saß Jason auf seinem Motorrad, die Füße auf dem Boden, den Helm in der Hand. Broad zögerte, wirkte unschlüssig.

»Ich hole den Wagen«, sagte Lockyer. »Und Sie sagen, was Sie zu sagen haben.«

Als er den Wagen erreichte und zurückschaute, sah er, wie die beiden sich unterhielten und Broad ihre Hand auf Jasons Arm legte. Lockyer unternahm den sinnlosen Versuch, erneut Jody anzurufen, während er ein stechendes Gefühl ignorierte, das er für einen natürlichen Beschützerinstinkt hielt. Und keineswegs für Eifersucht.

Als Broad schließlich zu ihm in den Wagen stieg, räusperte er sich, weil er das Gefühl hatte, dass er das, was er ihr sagen wollte, vielleicht bereuen würde.

»Ich habe über etwas nachgedacht, was Sie gesagt haben, Gem.«

»Ach ja? Was habe ich denn gesagt?«

»Es ging darum, Kinder zu bekommen.«

»Okay«, sagte sie verlegen.

»Ich … Das hat mich zum Nachdenken gebracht. Dass Sie bei der Vorstellung an Kinder Beklemmungen bekommen. Nun, das könnte natürlich bedeuten, dass Sie noch nicht dafür bereit sind. Altersmäßig oder … was Ihre momentane Lebensphase betrifft.«

Broad starrte geradeaus, und er fuhr fort.

»Oder es hat mit der Verpflichtung zu tun, die man eingeht. Ich meine, wenn man ein Kind hat, geht man mit dem anderen Elternteil eine lebenslange Bindung ein. Das ist eine ziemlich beängstigende Vorstellung – finde *ich* jedenfalls … So eine Beziehung ist heutzutage sehr viel beständiger als eine Ehe. Ich schätze, das ist auch ein Grund dafür gewesen, warum Trish so etwas Schreckliches getan hat, als sie herausfand, dass Imogen von Vince schwanger war, oder?«

»Wir reden über die McNeils?«, sagte Broad steif.

»Nein. Ich … Ach, vergessen Sie's.«

»Okay, Chef.«

In einer Paarbeziehung hatte jeder seine festgelegte Rolle, und Lockyer glaubte, dass es nicht leicht war, daraus auszubrechen. Für einen Moment dachte er daran, mit seiner Meinung nicht länger hinterm Berg zu halten und ihr zu sagen, dass er Pete für eine Pfeife hielt. Aber zum Glück veranlasste ihn sein Selbsterhaltungstrieb, die Klappe zu halten. Broad schien ihm die Sache mit Rosie Conlan inzwischen zwar verziehen zu haben, aber er wollte sein Schicksal nicht herausfordern. Und mit plötzlicher Klarheit wurde ihm bewusst, dass er es sich einfach nicht erlauben konnte, Gemma Broad zu verlieren.

Anders als im Jahr zuvor, als sie Hedys Fall gelöst hatten, war auf dem Revier niemand, der ihnen scherzhaft applaudierte oder Süßigkeiten warf. Es war allerdings auch Wochenende. Diesmal ernteten sie für ihren Erfolg nur die beiläufige Anerkennung von DSU Considine. Aber Lockyer konnte der Person, der die Aufklärung des Falls am meisten bedeutete, davon erzählen. Lee Gearys kleiner Schwester. Und das war sehr viel wichtiger, als sich vor den Kollegen mit ihrem Erfolg zu brüsten. Er konnte Karen mitteilen, dass ihr Bruder in seinen letzten Momenten *keine* Angst gehabt hatte. Dass ein Mensch, dem Lee vertraute, ihm versichert hatte, dass er nichts zu befürchten habe. Das war zwar nur ein schwacher Trost, aber Lee hatte nicht gewusst, dass er wie ein Opferlamm, mit Vince' Hand kameradschaftlich auf seiner Schulter, seinem eigenen Tod entgegenging.

23

TAG ZWEIUNDZWANZIG, MONTAG

Am Sonntag fuhr Lockyer zur Westdene Farm, in der Hoffnung, Jody dort anzutreffen. Die Luft im Wohnhaus war stickig und warm.

»Sie war gestern Morgen hier«, sagte John. »Sie hatte gerade mit der Arbeit begonnen, als sie meinte, dass sie dich abholen müsse, oder so was in der Art. Sie hat den Hilux genommen und ist noch nicht wieder zurück.«

»Du hast sie seitdem nicht gesehen? Und sie hat auch nicht angerufen?«

»Nein.«

Die beiden standen im Türrahmen von Chris' Zimmer – *Jodys* Zimmer –, die Hände in den Taschen. Sie starrten auf ihre wenigen Habseligkeiten, die immer noch verstreut herumlagen.

John warf seinem Sohn einen besorgten Blick zu.

»Wo ist sie hingefahren?«

»Ich wünschte, ich wüsste es.«

»Kommt sie wieder zurück?«

»Ich weiß es nicht, Dad.«

»Was ist passiert?«

»Es ist …« Lockyer wand sich verlegen. »Das weiß ich nicht

genau. Ich glaube, sie war … in irgendetwas verwickelt, wovon wir nichts wussten. Vor einigen Jahren.«

»Hatte sie Ärger mit der Polizei?«

»Ja. Vielleicht.«

John starrte ihn einen Moment lang an, dann verfinsterte sich sein Gesicht, und er wandte sich ab und schloss die Zimmertür hinter ihnen.

»Jody ist ein anständiges Mädchen«, sagte er bestimmt und stapfte die Treppe hinunter. »Hast du versucht, sie anzurufen?«

»Danke, Dad«, sagte Lockyer. »Gute Idee.«

Er wählte ein weiteres Mal ihre Nummer und lauschte erneut der Ansage auf der Mailbox: *Hier ist Jody. Ich bin wahrscheinlich beschäftigt, also schick mir eine SMS.* Genau das tat Lockyer, auch wenn er es eigentlich für absolut zwecklos hielt. *Jody, bitte hau nicht einfach ab. Bitte komm vorbei und rede darüber.*

Er war sich sicher, dass sie das nicht tun würde. Dass sie sich inzwischen vom Acker gemacht hatte und nicht zurückkommen würde.

Am Montagmorgen wurde Nina auf dem Rastplatz an der A303 abgeholt und machte eine umfassende Aussage über alles, was sie auf der Old Hat Farm gesehen hatte; wie sie auf die Sonnwendfeier zurückgekehrt war und wie Lee im November desselben Jahrs der Farm seinen verhängnisvollen Besuch abgestattet hatte. Anschließend trugen Lockyer und Broad all ihre Beweise zusammen, um sie der Abteilung für Kapitalverbrechen und der Staatsanwaltschaft zu übergeben.

Am späten Nachmittag erhielt Lockyer vom Empfang einen Anruf.

»Hier ist schon wieder jemand für Sie, Inspector«, teilte ihm der Sergeant mit.

Lockyer ging nach unten und rechnete damit, Jason McNeil dort anzutreffen – die einzige Person, die vermutlich noch mit ihm sprechen wollte. Deshalb blieb er wie angewurzelt stehen, als er stattdessen Jody erblickte, die vorm Empfangstresen auf und ab ging.

Sie hielt ebenfalls inne, als sie ihn sah. Sie hatte die Arme vor der Brust verschränkt und stand in ihren staubigen Arbeitsstiefeln breitbeinig da. Die beiden wechselten einen langen Blick. Jody blinzelte als Erste. Wortlos brachte Lockyer sie in ein Befragungszimmer.

»Nimmst du das hier auf?«, fragte Jody. Sie saß verkrampft auf dem Plastikstuhl, ihre gewohnte Lässigkeit war völlig verflogen. Sie hatte nicht geduscht, und Lockyer nahm einen muffigen Schweißgeruch wahr.

»Nein. Du bist nicht verhaftet, und dies ist keine offizielle Befragung. Erst mal will ich hören, was du zu sagen hast.«

Er warf ihr einen strengen Blick zu. »Bevor ich entscheide, ob ich dich wegen versuchter Behinderung der Justiz belange.«

»Jetzt mach aber mal halblang, Matt.«

»Hier bin ich für Sie DI Lockyer. Also schießen Sie los, Jody.«

»Hier bin ich für Sie Miss Upton«, erwiderte sie bissig.

Aber angesichts seines eisigen Schweigens begann sie schließlich zu reden.

»Hören Sie zu, es tut mir leid, okay? Ich komme mit Autoritäten nicht besonders gut klar, das bin ich noch nie. Ich war total verwirrt, weil ich mich mit jemandem wie *Ihnen* angefreundet hatte … Aber die McNeils haben mich gut behandelt. Sie haben mich bei sich aufgenommen, nachdem meine Familie mich rausgeworfen hatte. Und sie gaben mir die Möglichkeit, etwas Geld zu verdienen …«

»Indem Sie Drogen verkauft haben.«

»Eine Droge, die damals *legal* war. Die McNeils haben mir eine zweite Chance gegeben. Und als Sie mir erzählten, dass sich auf der Farm verdächtige Vorfälle ereignet hätten, war mein erster Gedanke, dass sie nichts damit zu tun gehabt haben können. Das habe ich wirklich *geglaubt.* Wir hatten alle schon mal Ärger mit der Polizei. Und wir wissen, dass ihr allein beim Anblick eines ramponierten Transporters und von ein paar Piercings gleich jemanden verhaften wollt.« Sie warf ihm einen kurzen Blick zu. »Nun, jedenfalls die meisten von euch. Ich wollte nicht, dass Sie … den McNeils auf die Pelle rücken.«

»Ich habe zwei Morde untersucht, Miss Upton.«

»Ich weiß. Und ich habe Ihnen meine Fotos gegeben, oder? Und Sie auf die YouTube-Clips hingewiesen. Aber ich dachte, dass die McNeils nichts damit zu tun hatten.«

»Das war nicht Ihre Entscheidung, Miss Upton.«

Während er das sagte, wurde ihm auf unangenehme Weise seine eigene Scheinheiligkeit bewusst, in Anbetracht der Tatsache, was letztes Jahr mit Kevin passiert war und momentan mit Iris Musprat geschah.

»Ich bin ja jetzt hier, oder?«, sagte sie. »Und übrigens, dass ich mit Miss Upton angesprochen werden möchte, war verdammt noch mal ein Scherz.«

»Du standest die ganze Zeit mit den McNeils in Kontakt, nicht wahr? Als dir das Handy runtergefallen ist, habe ich eine E-Mail von Trish gesehen.«

»Nur sporadisch. Aber als du angefangen hast, Fragen über sie zu stellen, wollte ich ihnen nur … kurz Bescheid sagen.«

»Ich habe dir erzählt, dass ich Beweise habe, die sie belasteten. Das hätte ich nicht tun sollen, aber ich dachte wohl, ich könnte dir vertrauen. Und du bist dann direkt zur Farm gefahren, um Trish zu warnen.«

»Bin ich nicht!«

»Jody, ich habe dich gesehen …«

»Aber ich war nicht dort, um sie zu warnen! Ich war dort …«

Sie wandte den Blick ab, und Lockyer bemerkte, dass ihr rechtes Bein unkontrolliert zuckte.

»Weshalb?«

Jody suchte nach den richtigen Worten. »Sie … Ich … habe ihr in der Nacht geholfen.«

Lockyer wurde eiskalt.

»Wobei?«

»Mit dem Blut. In der Werkstatt. Ich hatte dort nach Vince gesucht – die Leute fragten mich nach dem Sally D, aber ich hatte inzwischen alles verkauft. Er und Jase zogen sich oft in die Werkstatt zurück. Doch stattdessen traf ich dort Trish, die auf den Knien den Boden schrubbte.«

»Mein Gott, Jody …«

»Ich weiß, das hört sich schlimm an. Aber ich habe den McNeils vertraut! Ich *mochte* sie! Und ich hatte keinen Grund, daran zu zweifeln, dass Trish die Wahrheit sagte.«

»Und was hat sie dir erzählt?«

»Dass sie eine Fehlgeburt hatte. Die beiden hatten keine eigenen Kinder, und ich wusste, dass sie schon mehrere Fehlgeburten erlitten hatte. Sie sagte mir, es sei ihre elfte, noch sehr früh in der Schwangerschaft. Sie sei davon überrascht worden, und sie … sie habe rasch den nächstgelegenen sicheren Ort aufgesucht. Es ging ihr sehr schlecht. Sie weinte … und alles war voller Blut. Ich sagte, ich würde mich darum kümmern. Sie solle reingehen, sich sauber machen und ins Bett legen. Ich glaube, das hat sie dann auch getan, denn ich habe sie vor Sonnenaufgang nicht mehr gesehen, und …«

Jody verstummte, weil ihr offenbar klar wurde, wo Trish in

den Stunden ihrer Abwesenheit wirklich gewesen war. Lockyer wartete einfach ab, und schließlich beugte sie sich zu ihm vor.

»Ich habe ihr *geglaubt*, verstehst du? Deshalb blieb ich dort und wischte den Boden sauber. Und dann … erzählst *du* mir, du hättest Beweise, dass das Mädchen dort gestorben sei, und ich …«

In ihren Augen glänzten Tränen. Damit hatte Lockyer nicht gerechnet.

»Ich kam mir so *dumm* vor. Wenn es stimmte, wenn *sie* es gewesen war … Obwohl sie wusste, wie schwer es mir fällt, anderen Menschen zu vertrauen! Ich musste sie einfach danach fragen. Ich musste hören, dass sie in jener Nacht tatsächlich ihr Baby verloren hatte, und dass ich *das* von dem verdammten Boden aufgewischt habe! Und nicht das Blut eines … ermordeten Mädchens.«

»Und was hat Trish gesagt?«, fragte Lockyer.

»Sie hat natürlich gesagt, dass sie ihr Baby verloren hat. Aber mein Gott, ihr *Gesichtsausdruck* … Ich wusste sofort, dass sie lügt! Sie konnte mich gar nicht schnell genug wieder loswerden.«

Sie hob den Kopf und blickte ihm in die Augen, während zwei Tränen ihre Wangen herunterliefen.

»Ich wollte dir das alles erzählen«, sagte sie. »Aber als ich auf der Straße beinahe mit dir zusammengestoßen wäre, dachte ich, du wolltest mich verhaften oder so. Du wärst mir gefolgt. Und ich bin völlig ausgerastet.«

»Allerdings.«

Sie holte ein schmutziges Taschentuch hervor und putzte sich die Nase.

»Also«, sagte sie. »Das war's.«

»Hast du Holly in der Nacht irgendwann gesehen?«

»Nein, ich kannte sie ja kaum. Das, was ich dir über sie gesagt habe, ist die Wahrheit. Vielleicht habe ich sie ganz zu Beginn der

Feier mal gesehen, bevor es dunkel wurde. Aber danach nicht mehr, ich schwöre es.«

»Und du hast Trish vor Tagesanbruch nicht mehr gesehen?«

»Sie kam zum Sonnenaufgang in einem anderen Kleid wieder nach draußen. Sie sah bezaubernd aus, und … ich fand das *bewundernswert.* Weil sie so etwas Schreckliches durchgemacht hatte und sich trotzdem nicht unterkriegen ließ. Für die anderen da war. Mein Gott, was bin ich nur für eine Vollidiotin.«

»Nein, bist du nicht«, sagte Lockyer. »Sie ist sehr überzeugend. Kannst du mir sonst noch etwas über die Nacht erzählen? Wo die McNeils waren oder was sie getan haben?«

»Nein. Also … Jason war nicht da – er war nie da, wenn eine Party stattfand.«

»Gut. Sonst noch was?«

»Nein. Ich schwöre es.«

Lockyer lehnte sich zurück. Er glaubte ihr, und seine Wut war inzwischen wieder verflogen.

»Und wirst du mich jetzt wegen Behinderung der Justiz anklagen lassen? Oder was auch immer?«

»Nein. Aber du hättest der Polizei das alles damals erzählen sollen, Jody! Und du hättest *mir* früher davon erzählen sollen.«

»Das weiß ich, okay? Verdammt noch mal, ich weiß das! Aber ich hatte ja keine Ahnung, dass auf der Farm ein Verbrechen geschehen war. Ich bin am nächsten Tag von dort weggegangen, noch bevor irgendjemand etwas von Holly gehört hatte – ich habe erst Wochen später davon erfahren. Zunächst hieß es, Ridgeway sei es gewesen, und dann wurde es als Selbstmord eingestuft, und ich … ich habe das überhaupt nicht mit dem Blut im Zusammenhang gebracht.«

»Du musst eine offizielle Aussage dazu machen, was du in der Nacht gesehen und getan hast.«

»Okay. Und dann?«

»Dann kannst du nach Hause gehen.«

»Nach Hause?«

Er hielt inne. »Zurück zur Westdene Farm. Du arbeitest doch noch dort, oder?«

Jody schniefte laut und putzte sich erneut die Nase.

»Ja. Das tue ich.«

Lockyer führte eine weitere Befragung mit Trish durch, solange sie noch in der Arrestzelle war und man sie nicht dem Richter vorgeführt hatte. Er ging davon aus, dass sie danach bis zur Verhandlung in Haft bleiben würde. Sie trug immer noch einen grauen Trainingsanzug, war ungeschminkt und hatte ihr langes Haar nach hinten gebunden. Sie war kaum wiederzuerkennen. Neben ihr saß ihre Anwältin – eine adrette junge Frau in einem marineblauen Anzug.

»Erzählen Sie mir von dem Tag, an dem Lee Geary auf die Farm kam«, sagte Lockyer. »Am achtzehnten November 2011.«

Trish warf ihm einen misstrauischen Blick zu und schaute dann zu Broad, die bereit war, sich Notizen zu machen.

»Es war, wie ich Ihnen bereits erzählt habe«, sagte sie. »Lee kam vorbei und sprach mit Vince. Kaufte etwas Sally D und … ging dann wieder. Das war alles.«

»Mrs. McNeil, man hat wegen des Mordes an Lee Geary gegen Ihren Mann Anklage erhoben. Er hat ein umfassendes Geständnis abgelegt.«

Lockyer beobachtete, wie Trish die Neuigkeit aufnahm. Sie warf ihrer Anwältin einen überraschten Blick zu, die zur Bestätigung nickte.

»Ich … ich kann für ihn also gar nichts tun«, murmelte sie. »Er kommt wieder ins Gefängnis?«

»Ja. Das wird er.«

»Er hat in den Neunzigern sieben Jahre für ein Verbrechen gesessen, das er nicht begangen hat.« Trishs Stimme zitterte. »Kann man das nicht anrechnen?«

»Ich fürchte, so läuft das nicht«, sagte Lockyer. »Aber wenn Sie die Brandstiftung und den Totschlag – oder vielmehr den Mord – an Ihren Eltern gestehen, kann sein Anwalt versuchen, seine Verurteilung aufheben zu lassen. Das hätte zwar keine Auswirkung auf seinen Mordprozess, würde aber für Klarheit sorgen. Und er könnte bei seiner Entlassung vielleicht eine Entschädigung erhalten.«

»Dann wäre er im Rentenalter«, sagte sie bitter.

»Das wäre die einzige Rente, die er je bekommen wird«, gab Lockyer zu bedenken. »Haben Sie ihm das Feuer vorsätzlich angehängt, Trish? Haben Sie absichtlich Vince' T-Shirt und Whiskyflasche benutzt?«

Ihr leerer Blick verriet ihm, dass dem so war.

»Aber warum?«

»Ich wusste nicht, was passieren würde«, murmelte sie.

»Reden Sie keinen Blödsinn, Trish. So dumm sind Sie nicht.« Lockyer dachte einen Moment nach. »Oh, ich verstehe. Sie wussten nicht, ob alle drei sterben würden. Oder wer von ihnen. Und wenn einer überlebt hätte, durfte er nicht wissen, dass Sie es waren. Richtig?«

Schweigen.

»Und Imogen *hat* überlebt. Wenn Sie die Tat also gestanden hätten und ins Gefängnis gekommen wären … dann wären Imogen und Vince zusammengeblieben, weil ein Baby unterwegs war, und nichts hätte die beiden auseinanderbringen können.«

Trish verzog das Gesicht, als hätte sie plötzlich Schmerzen. Für eine Weile saß sie vornübergebeugt und stumm da.

»Ich bin seine *Ehefrau*«, sagte sie schließlich. »Sie können mich nicht zwingen, vor Gericht gegen ihn auszusagen oder mich zu Lee zu äußern.«

»Sie haben recht. Unter diesen Umständen ist das nicht möglich. Ich würde nur gerne Ihre Version der Ereignisse hören.«

Eine weitere lange Pause.

»Vince war für mehrere Stunden weg«, sagte sie schließlich. »Ich habe gesehen, wie er mit Lee zusammen aufgebrochen ist, und ich … fand das merkwürdig. Bei seiner Rückkehr war er hundemüde und schmutzig. Als ich ihn darauf ansprach, meinte er, er habe nach Steinen für eine Mauer gegraben.«

»Sie wussten doch, dass das gelogen war?«, fragte Broad. »Haben Sie ihn zur Rede gestellt?«

»Wenn er mir nicht die Wahrheit erzählen wollte, musste er einen guten Grund dafür haben.«

»Sie haben nicht gedacht, dass er Lee etwas angetan haben könnte?«

»Dazu hatte er keinen Anlass.« In ihrem Gesicht lag ein Ausdruck von Verwirrung. »Ich habe keine Ahnung, warum Vince … Lee traf doch keinerlei Schuld. Aber Sie sagten, Vince hat ein Geständnis abgelegt?«

»Ja. Nachdem wir ihm verschiedene Beweise im Zusammenhang mit dem Verbrechen vorgelegt hatten. Er schien erleichtert zu sein, endlich reinen Tisch zu machen. Das alles muss ihn sehr belastet haben.«

»Ja. Mein armer Liebling … Er ist kein Mörder. Das habe ich immer gewusst.«

»Aber Sie haben ihn dazu *gemacht*, Trish«, sagte Lockyer. »Indem Sie seine Tochter getötet und ihn deswegen belogen haben. Indem Sie ihn und Jason in dem Glauben gelassen haben, Ridgeway und die anderen seien dafür verantwortlich.«

Bei diesen Worten erfasste ein Ausdruck blanken Entsetzens ihr Gesicht. Er verschwand jedoch rasch wieder, als wäre das alles zu viel für sie, als hätte ihr Verstand die Wahrheit vollkommen ausgeblendet. Lockyer fragte sich, ob sie ein psychiatrisches Gutachten in Auftrag geben mussten. Die Verteidigung würde zweifellos eines anfordern.

»Es war dieses Miststück Nina, oder?«, sagte Trish, erfüllt von stiller Wut. »Ich *wusste*, dass sie Lee an dem Tag gesehen hatte. Ich habe sie daraufhin vor die Tür gesetzt, aber … dieses rachsüchtige *Miststück*.«

Weder Lockyer noch Broad erwiderten etwas.

Trish beugte sich zu ihnen vor. »Wir haben dort etwas *Wertvolles* aufgebaut, verstehen Sie das denn nicht? Wir *lieben* uns! Wir haben uns gegenseitig geheilt …«

»Nein«, sagte Lockyer. »Sie haben von Anfang an gelogen, und es sind Menschen gestorben – unschuldige Menschen. Weil Sie sich in den letzten dreißig Jahren als jemanden ausgegeben haben, der Sie nicht sind. Und jetzt stehen Sie vor dem Nichts.«

»Da ist noch Jason«, sagte Trish. »Unser Sohn. Wir haben ihm ein neues Leben geschenkt, ein *glückliches* Leben.«

»Das mag schon sein«, sagte Lockyer. »Aber jetzt ist er allein. Und er ist ganz sicher nicht glücklich.«

Trish zuckte zusammen. »Hören Sie auf«, murmelte sie. »Halten Sie einfach den Mund. Sie haben alles kaputt gemacht.«

»Nein, *Sie* haben alles kaputt gemacht, als Sie das Feuer gelegt haben«, sagte Lockyer, der endlich Trishs wahren Charakter erkannte. »Vince hat die Schuld auf sich genommen, um Ihre Schwester zu schützen – die Frau, die er liebte. Und er hat Lee getötet, um Jason zu schützen. Aber *Sie* haben alles nur für sich getan. Und ich verstehe zwar, warum Sie Vince lieben, Trish. Aber *er* hat etwas Besseres verdient.«

Sie standen auf, um zu gehen.

»Eine Sache noch, wenn ich darf«, sagte Lockyer. »Das Symbol, das in den Torpfosten an der Old Hat Farm geritzt ist. Was hat es zu bedeuten?«

Trish lächelte schwach. »Das ist ein altes Landstreicher-Zeichen. Es bedeutet ›Dies ist ein guter Ort zum Verweilen‹.« Das Lächeln wich aus ihrem Gesicht. »Ich … ich wollte doch nur, dass es wirklich so ist.«

Jason kam ebenfalls aufs Revier, um eine offizielle Aussage darüber zu machen, was er über Lee Geary gewusst hatte und was nicht – hauptsächlich Letzteres. Als das lang gezogene Piepen des Aufnahmegeräts ertönte, zuckte er zusammen. Da die Ergebnisse seiner DNA-Proben bislang nicht vorlagen, hatte man sie auch noch nicht mit der Datenbank abgleichen können, die ihn möglicherweise mit irgendeinem anderen Verbrechen in Verbindung brachte. Lockyer hoffte aufrichtig, dass es keinen Treffer gab.

Im Anschluss an die Befragung fuhr Lockyer Jason zurück zur Farm. Als sie mit dem Wagen auf dem Hof zum Stehen kamen und ausstiegen, war es auffallend still. Es wehte eine sanfte, warme Brise, und der Motor knackte leise, während er langsam abkühlte.

»Wo sind Pascal und Melody?«, fragte Lockyer.

»Sie sind weitergezogen«, sagte Jason. »Man kann es ihnen nicht verdenken.«

»Nein. Wohl kaum.«

Der alte Windhund kam aus dem Wohnhaus und lehnte sich gegen Jasons Beine, worauf er in die Hocke ging, um ihm die Schultern zu kraulen.

»Wir haben in der Scheune geschlafen«, murmelte er. »Ich und Herne hier. Im Haus stinkt es immer noch nach Benzin.«

»Tut mir leid, Jason«, sagte Lockyer.

Jason spähte zu ihm hoch. »Das ist ja nicht Ihre Schuld, oder?«

Doch Lockyer fühlte sich ein wenig schuldig.

Jason richtete sich wieder auf und betrachtete den ausgetrockneten Boden, die heruntergekommenen Gebäude und die Mauersegler am Himmel.

»Was soll man machen?«, sagte er leise, mehr zu sich selbst. »Wenn sich herausstellt, dass die Menschen, die man liebt ... nicht das sind, wofür man sie gehalten hat?«

»Ich weiß es nicht.«

Es war ein schreckliches Gefühl, wenn sich vermeintliche Gewissheiten als falsch erwiesen. Wenn sich im Fundament der eigenen Welt Risse ausbreiteten. Lockyer konnte kaum ermessen, was Jason gerade durchmachte.

»Die beiden lieben Sie«, sagte er. »Da bin ich mir ganz sicher.«

»Aber sie haben gelogen. Und ... schlimme Dinge getan.«

Lockyer wusste nicht, was er sagen sollte.

»Ich muss von hier weggehen, oder?«

»Vielleicht. Aber nicht sofort.«

»Ein Teil von mir möchte von hier fort«, sagte er. »Dieser Ort steht für die beiden. Er wird nie wieder derselbe sein. Aber ... Holly.« Er senkte den Kopf und holte tief Luft. »Holly ist auch hier. Wenn ich weggehe, wäre das, als würde ich sie hier zurücklassen. Sie noch einmal verlieren.«

»Sie ist nicht hier, Jason«, sagte Lockyer. »Ich verstehe das zwar, ehrlich. Ich weiß, wie Sie sich fühlen. Aber sie ist nicht hier. Und niemand kann Ihnen Ihre Erinnerungen an sie nehmen.«

»Ich wünschte, sie hätte mit mir *geredet!*« Er sprach mit sanftem Nachdruck. »Wenn Holly mir damals gesagt hätte, was sie über Trish und ihre Mutter wusste ... Wir hätten eine Lösung finden können. Das weiß ich.«

»Holly konnte nicht wissen, wie Trish reagieren würde. Oder wie *Sie* reagieren würden …«

»Sie wusste, dass ich mich nicht gegen sie stellen würde. Niemals.«

»Vielleicht glaubte sie dasselbe von Trish.«

Jason schaute zur entfernten Anhöhe des Pewsey Hill, der in der Nachmittagssonne golden leuchtete.

»Ich glaube, dass keiner von uns Trish überhaupt gekannt hat«, sagte er.

Lockyer hielt seine Visitenkarte in der Hand und wartete auf einen günstigen Augenblick, sie Jason zu geben, damit er endlich aufbrechen und nach Hause fahren konnte. Er wusste einfach nicht, was er sonst noch sagen sollte zu diesem sanftmütigen Menschen, der alles verloren hatte. Während er in Gedanken schon bei seinem Heimweg war, bemerkte er plötzlich, dass Jason am ganzen Körper zu beben begann und anfing zu weinen.

Schließlich fuhr Lockyer tatsächlich los. Sie hatten die beiden Morde aufgeklärt; einen vermeintlichen Selbstmord und einen zweiten Mord, der beinahe ungelöst geblieben wäre. Obwohl es ein befriedigendes Gefühl war und auch eine große Erleichterung, fühlte er sich seltsam leer.

Vielleicht war die Old Hat Farm tatsächlich ein guter Ort gewesen, zumindest eine Zeit lang. Für Jason war sie ein Zufluchtsort gewesen, die Chance, ein völlig neues Leben zu beginnen. Und Vince hatte dort ebenfalls noch einmal von vorne anfangen können. Aber keiner der beiden hatte gemerkt, dass die Farm nur ein Hirngespinst gewesen war. Eine Inszenierung, wie Holly es ausgedrückt hatte. Keiner hatte das zukünftige Leid vorausgesehen. Und wenn Holly dort nicht aufgetaucht wäre – wenn Imogen alle Hinweise auf die wahre Identität ihres leiblichen Vaters vernichtet hätte –, dann wäre die Farm vielleicht immer noch ein guter Ort. Errichtet auf Lügen, die nie ans Licht gekommen wären.

Aber wäre das wirklich gut genug gewesen?

Lockyer hatte keine Ahnung. Dennoch wurde er das Gefühl nicht los, dass *er* all das kaputt gemacht hatte, so wie Trish es ihm vorgeworfen hatte. Zwar zu Unrecht, aber das schien keine Rolle zu spielen. Denn tief im Innern verspürte er ein leichtes Schuldgefühl – wegen der Old Hat Farm und wegen seiner Familie. Sie hatten alle Geheimnisse voreinander gehabt. Hatten vor den Menschen, die sie liebten, einen Teil ihrer selbst verborgen. Diese Erkenntnis rief in ihm ein schwaches, aber unvermeidliches Gefühl der Trauer hervor.

Zu Hause ging er in den Garten und starrte in den Schatten unter den Bäumen. Er hatte die Sache zu lange aufgeschoben. Der Fall war abgeschlossen, und Lee Geary und Holly Gilbert würde die Gerechtigkeit zuteilwerden, die sie verdient hatten. Es war an der Zeit, Róisín Conlan ebenfalls Gerechtigkeit widerfahren zu lassen. Plötzlich verspürte er ein merkwürdiges Kribbeln auf der Haut, und als er hinunterblickte, sah er, dass seine Arme mit Gänsehaut überzogen waren. Die Luft war jetzt kühl – sehr viel kühler als in den Wochen zuvor. In der Ferne war ein schwaches Donnergrollen zu hören, und einen Moment später landete der erste dicke Regentropfen auf seinem Gesicht.

24

TAG DREISSIG, DIENSTAG

Eine Woche später spannte sich um die sterblichen Überreste ein blau-weißes Absperrband. Man hatte ein Zelt aufgebaut, und ein Forensiker-Team grub Róisín Conlans Skelett aus. Lockyer, den man direkt nach seiner Meldung von den Ermittlungen entbunden hatte, stand auf der Türschwelle hinter seinem Haus und sah dabei zu. Broad war, entsprechend ihrer Vereinbarung, wie üblich aufs Revier gefahren. Merry hatte sie diesmal zu Hause gelassen.

Bislang hielt sich Mrs. Musprat an ihren Plan und blieb im Haus. Lockyer hatte keine Ahnung, ob sie es auch weiterhin nicht verlassen würde, aber er hatte getan, was er konnte. Er hatte ihr eingeschärft, dass er wahrscheinlich seinen Job verlieren würde, wenn man herausfand, dass er den »Fund« der Leiche inszeniert hatte. Er glaubte jedoch, dass sie verstanden hatte.

Etwa eine Stunde später kam Steve Saunders mit einer kleinen Beweismitteltüte zwischen den Bäumen hervor. Lockyers Puls fing an zu rasen, und er lief zu den Überresten seines Zauns.

»Das sollte uns weiterbringen«, sagte Saunders und wedelte mit der Tüte.

Lockyer nahm sie entgegen und zog sie straff, um den Inhalt besser sehen zu können. Und verspürte einen Ansturm der Erleichterung.

Der goldene Ring, an dem ein paar Erdklumpen hingen, glänzte noch wie an dem Tag, an dem Paddy Conlan ihn Rosie an den Finger gesteckt hatte. Das aufgedunsene Fleisch, das ihn festgehalten hatte, war längst verwest. Lockyer betrachtete ihn eingehend und konnte die Gravur auf der Innenseite erkennen: *Für immer mein 22–7–1961*. Eine Sommerhochzeit für eine junge Braut, die nichts von ihrem zukünftigen Leid ahnte. Jetzt konnte Iris die Leiche rechtmäßig für sie identifizieren. Ihnen erzählen, was für ein brutaler Kerl Paddy Conlan gewesen war. Die ganze Geschichte – außer dieser einen Sache: dass Rosie an dem Tag, als sie abgehauen war, Bills Haus aufgesucht hatte.

»Er steckte noch an ihrem Finger«, sagte Saunders und warf Lockyer einen Blick zu. »Was für ein glücklicher Zufall, dass der Köter der Pfadfinderin sie aufgespürt hat, was?«

»Merry gräbt eben gerne«, sagte Lockyer nüchtern.

»Bringt sie immer ihren Hund mit, wenn sie zu Besuch kommt?«

»Sie besucht mich sonst eigentlich nicht. Wir haben nur den Fall besprochen.«

»Natürlich.« Saunders zog die Nase hoch. »Die Kriminaltechniker sagten, der Boden sei stärker aufgewühlt gewesen, als sie das bei einem Jack Russel Terrier erwartet hätten. Es sah mehr nach einer Deutschen Dogge aus.«

»Nun, Merry ist ziemlich lebhaft.«

»Hm«, knurrte Saunders. »Für *mich* sah es so aus, als ob dort jemand gegraben hätte. Mit einem Spaten.«

Lockyer erwiderte nichts.

Für einen Moment blickten die beiden Männer einander in die Augen.

Seit ihrem Streit wegen Ninas Aussage war Saunders Lockyer aus dem Weg gegangen. Er räusperte sich jetzt.

»Ich habe einen Blick in deinen Bericht zum Holly-Gilbert-Fall geworfen«, sagte er verlegen. »Gute Arbeit.«

»Danke«, sagte Lockyer.

»Ich bin froh, dass es *nicht* Ridgeway war. Wo wir ihn doch wieder laufen lassen mussten. Und ich bin froh, dass die drei nicht deshalb umgebracht wurden, weil wir sie verhaftet hatten. Jedenfalls nicht direkt.«

»Nein«, stimmte Lockyer ihm zu. »Ihr habt bei euren Ermittlungen keine Fehler gemacht. Sie gingen nur nicht weit genug. Weit genug *zurück*.«

»Hey, jetzt verrenk dir bloß nicht den Arm dabei, dir selbst auf die Schulter zu klopfen, du Blödmann.«

»Warum soll ich mir nicht auf die Schulter klopfen?«, sagte Lockyer. »Du würdest das doch auch tun.«

Saunders schnitt eine Grimasse, wandte den Blick ab und zog erneut die Nase hoch.

»Im Bericht wird die fehlende Aussage des Mädchens nicht erwähnt«, sagte er.

»Nein«, sagte Lockyer. »Nina hat sie nicht erwähnt, als sie auf dem Revier war, also habe ich das auch nicht.«

Es entstand eine unangenehme Pause.

»Vielleicht bin ich ein größerer Teamplayer, als du denkst, Steve.«

»Vielleicht«, räumte Saunders ein.

Lockyer dachte, dass er einem Dankeschön von Saunders nie näher kommen würde. Und natürlich wechselte Steve sofort das Thema.

»Ich schätze mal, die alte Schachtel nebenan weiß, wem der Ring gehört.«

»Schon möglich«, sagte Lockyer. »Sie lebt hier schon sehr lange.«

Er drehte sich um und schaute hinüber zu den dunklen Spiegelungen in Iris' Fenstern.

»Aber geh behutsam mit ihr um, ja? Sie sieht vielleicht nicht so aus, aber Mrs. Musprat ist ein sehr sensibler Mensch.«

»Das bin ich auch, Farmer Giles«, sagte Saunders, und Lockyer musste schmunzeln.

Saunders nahm ihm die Beweismitteltüte wieder ab.

»Warum bist du eigentlich nicht auf dem Revier? Wir kommen an einem Fundort auch zurecht, ohne dass du uns die ganze Zeit auf die Finger schaust.«

»Ich hatte noch etwas Urlaub. Und das hier ist besser als fernsehen.«

»Ach ja? Nun, ich werde mal mit der Alten reden, um zu sehen, ob sie den hier wiedererkennt.« Saunders wedelte mit dem Ring. »Setz schon mal Wasser auf.«

»Nur … nenn sie nicht *Schätzchen*, Steve. Sonst reißt sie dir den Kopf ab.«

Sobald Saunders mit dem Namen des Opfers Iris' Haus verlassen hatte, ohne sie zu verhaften oder ihn zu beschuldigen, in die Sache verwickelt zu sein, überließ Lockyer die Kollegen sich selbst.

Er fuhr zum Krankenhaus, wo er, wie er es inzwischen gewohnt war, die meiste Zeit schweigend am Bett seiner Mutter saß. Nur hin und wieder erzählte er ihr von dem Fall, oder von Chris, oder dem Hof.

»Jody wusste mehr, als sie durchblicken ließ«, murmelte er. »Trish hat sie zwar wie alle anderen belogen, und Jody war nicht klar, was sie da eigentlich gesehen hatte, aber … Obwohl wir miteinander geschlafen haben, hat sie mir nicht genug vertraut, um davon zu erzählen. Warum eigentlich nicht? Warum haben die Leute immer das Gefühl, dass sie nicht mit mir reden können?« Er schaute aus dem Fenster. »Sie wird wahrscheinlich weggehen. Ich schätze zwar, dass wir alles geklärt haben, was den Polizeikram angeht und den Sex, aber … ich glaube trotzdem, dass sie gehen wird.«

»Was hast du gesagt?«, murmelte Trudy.

Lockyer fuhr zusammen. Ohne nachzudenken verstieß er gegen die Abstandsregel und griff nach der Hand seiner Mutter. Langsam drehte sie den Kopf in seine Richtung und öffnete ein wenig die Augen.

»Hallo«, sagte er mit brüchiger Stimme. »Wie geht es dir?«

»Na ja. Es geht so.«

Ihre Stimme war leise und schwach. Für ein paar Sekunden starrte sie unverwandt auf ihre Hand, die Lockyer umklammert hielt. Dann drückte sie seine Hand mit ihren zitternden Fingern.

Ein Gefühl der Erleichterung durchflutete seinen Körper, und er grinste sie ein wenig dümmlich an. »Du wirst ratzfatz wieder auf dem Hof sein und Strohballen durch die Luft werfen.«

Sie zuckte mit den Augenbrauen. »Die Beine wollen zwar noch nicht so richtig, aber Dr. Lorne ist zuversichtlich.«

»Das ist toll, Mum.«

Ihm fiel eine gewaltige Last von den Schultern, und er begann zu zittern.

»Ich bin in den letzten Tagen zwar nicht dazu gekommen, mit der Ärztin zu sprechen«, sagte er. »Aber –«

»Du hast mit Jody geschlafen«, unterbrach Trudy ihn.

Lockyer zuckte innerlich zusammen. »Meinst du, du kannst vergessen, dass du das gehört hast?«

»Ich glaube kaum, Matthew. Ich bin zwar absolut nicht auf dem neusten Stand. Aber … du solltest nicht –«

»Bitte, bitte, erteil mir deswegen keine Ratschläge. Ich flehe dich an.«

»In Ordnung. Aber du hast mir davon erzählt.«

»Ich dachte, du schläfst. Ich habe nur … laut gedacht.«

»Du hast dir Sorgen gemacht. Das hast du schon immer.«

»Na ja, in letzter Zeit hatte ich auch reichlich Grund dazu.«

Schweigend drückte sie erneut seine Finger.

»Ich habe ziemlich seltsames Zeug geträumt«, sagte sie. »Ich habe geträumt, dass du in deinem Garten eine Leiche gefunden hast.«

»Nun, das habe ich tatsächlich. Aber davon erzähle ich dir ein andermal.«

Lockyer war heilfroh, dass er nicht laut von Chris' Unzufriedenheit oder den Pillen gesprochen hatte. Er würde seinen Eltern nie davon erzählen, und es war ihm egal, ob das richtig oder falsch war. Er log sie ja nicht an, und wenn er das alles für sich behielt, dann geschah das aus Mitgefühl. Diese Sache bedeutete keineswegs, dass sie Chris nicht gekannt hatten. Es änderte nichts an der Liebe, die sie alle für ihn empfunden hatten.

»Nun«, sagte Trudy, »wenn ich dich nicht nach irgendwelchen Klatschgeschichten aus deinem Liebesleben fragen kann, dann erzähl mir doch, was ihr so gemacht habt, du und dein Vater. Wie geht es ihm?«

»Ganz gut, denke ich. Die Hitze hat ihm ziemlich zugesetzt, aber Jody hat das mehr als wieder wettgemacht. Sie ist … ein echtes Energiebündel.«

»Tatsächlich? Ich glaube, ich möchte diese Frau kennenlernen. Du wirst doch versuchen, sie zum Bleiben zu überreden, oder?«

Lockyer senkte den Blick. »Ja. Ich werd's versuchen.«

Trudy verzog das Gesicht. »Oh, Matthew, tut mir leid – ich wollte nicht … Hedy …«

»Ich weiß. Ist schon gut.«

»Hat sie inzwischen etwas von sich hören lassen? Ich habe hier drin jedes Zeitgefühl verloren.«

»Nicht das Geringste«, sagte er. »Aber ich glaube, ich höre sie trotzdem laut und deutlich.«

Trudy lächelte traurig. Und einige Sekunden später fielen ihr die Augen wieder zu.

Lockyer machte sich auf die Suche nach Dr. Lorne und wartete geduldig, bis sie Zeit hatte, mit ihm zu reden. Er war viel zu erleichtert, um sich über die Warterei zu ärgern.

Auf der Westdene Farm fand Lockyer seinen Vater in der Scheune, wo er mit einem ölverschmierten Lappen verschiedene Traktorteile säuberte. Nach dem Wetterumschwung und dem Abklingen der Hitzewelle wirkte der Hof verändert. Lockyer trat zu seinem Vater und sah ihm bei der Arbeit zu, ohne ihm seine Hilfe anzubieten. John nickte ihm zu.

»Bring unsere Jody nicht noch mal so durcheinander«, sagte er.

»Ist schon okay, Dad. Wir haben das geklärt.«

»Ich will's hoffen«, murmelte John. »Wenn sie deinetwegen abhaut, bekommst du von mir was zu hören.«

Sein Vater musterte ihn argwöhnisch.

»Sie hat sich doch nicht in dich verliebt, oder?«

»Jody? In *mich*?«

John grinste. »Wohl kaum, schätze ich.«

»Rate mal, mit wem ich gerade gesprochen habe.«

»Mit deiner Mutter.«

»Ja. Sie ist aufgewacht, als ich dort war.«

John nickte. »Sie hat mich heute Morgen angerufen. Sie meinte, es gehe ihr besser.«

»Dr. Lorne hat gesagt, dass sie über den Berg sei«, sagte

Lockyer. »Allerdings kann es noch Wochen oder Monate dauern, bis wir wissen, ob sie ihre alte Mobilität zurückerlangt. Ob sie wieder selbstständig laufen kann und … ohne Hilfe zurechtkommt.«

»Wenn sie Hilfe braucht, werden wir ihr eben helfen«, sagte John schroff.

»Hauptsache, sie kommt wieder nach Hause, schätze ich.«

»Selbstverständlich kommt sie wieder nach Hause.«

»Das ist nicht *selbstverständlich*. Wir *wussten* nicht, ob das passieren würde.«

Lockyer war sich nicht sicher, warum, aber er wollte, dass sein Vater zugab, wie schlecht es für Trudy ausgesehen hatte. Für sie *alle*.

Mit finsterem Blick polierte John eifrig einen Gegenstand, der wie ein Spurstangenkopf aussah. Doch schließlich hielt er inne, und Lockyer registrierte in seinem Gesicht, was er sehen wollte. Das Spiegelbild seiner eigenen Angst und Erleichterung, die Bestätigung für ihre gemeinsame Erfahrung.

»Wir wussten es nicht«, gab John zu. »Aber sie kommt wieder nach Hause. Das ist es doch, was zählt.«

Lockyer hätte ihn gerne in den Arm genommen, aber sie hatten sich nicht mehr umarmt, seit er ein kleiner Junge war. Also begnügte er sich damit, ihm die Schulter zu drücken.

John tätschelte grob seine Hand. »Und jetzt bring die Sache mit Jody wieder in Ordnung.«

»Zwischen uns ist alles in Ordnung …«

»Diskutier nicht mit mir, mein Sohn.«

Lockyer fand Jody am Esstisch, inmitten mehrerer Stapel Unterlagen. Über dem üblichen Unterhemd trug sie einen abgewetzten Pullover. Sie wirkte müde, und als er das Zimmer betrat, nahm sie ihre Lesebrille ab. Sie machte ein ratloses Gesicht und wedelte mit ein paar Unterlagen.

»Die Buchführung deines Vaters ist unter aller Sau«, sagte sie. »Warum hast du das nicht in Ordnung gebracht?«

»Ich? Mein Vater hat sich immer darum gekümmert.«

»Nein. Das hat er *nicht*. Weiß der Henker, was er in seiner letzten Steuererklärung angegeben hat – ich meine … ist das sein Ernst …?«

»Du musst das nicht tun, Jody. Ich bin mir ziemlich sicher, dass das nicht deine Aufgabe ist.«

»Ach nein? Was genau *ist* denn meine Aufgabe?«, wollte sie wissen.

»Na ja …« Er lächelte. »Alles hier zusammenzuhalten, schätze ich.«

Ein Ausdruck der Verwunderung huschte über ihr Gesicht.

»Also schön. Sollte es je eine Steuerprüfung geben, seid ihr am Arsch. So sieht's aus.«

»Danke, Jody.«

»Gern geschehen, Matt«, murmelte sie mürrisch.

»Meine Mutter ist aufgewacht. Sie hat es geschafft, meine Hand zu drücken.«

»Ja, dein alter Herr hat es mir erzählt«, sagte sie. »Das freut mich.«

»Wirst du hierbleiben, Jody?«

»Hör zu, ich habe bereits gesagt –«

»Ich weiß. Du bleibst nirgendwo für länger. Du ziehst umher.«

»Genau.«

»Aber … warum?«

»Was meinst du damit?«

»Du hattest mal ein Auto und eine Wohnung. Nach Dannys Tod hast du das alles aufgegeben und bist wieder zur Nomadin geworden.« Er schüttelte den Kopf. »Es ist ja schön und gut, den Blick nach vorne zu richten und den Toten nicht nachzutrauern, keinen … Schrein zu errichten, oder was auch immer. Aber wenn du dein ganzes Leben lang davonrennst, um genau das zu *vermeiden*, dann … Bist du dann so anders?«

»Hör auf, mich zu *analysieren*, Detective.«

»Weißt du, wenn man wie die Mexikaner die Knochen eines geliebten Menschen vor sich ausbreitet, bedeutet das vielleicht nicht, dass man sich … zum *Sklaven* der eigenen Trauer macht«, sagte er. »Vielleicht ist das für diese Menschen eine Möglichkeit, im Einklang mit ihrer Trauer und ihren Erinnerungen zu leben. Eine Möglichkeit, die Verstorbenen zu ehren und ihnen nahe zu sein.«

»Was weiß ich.« Jody blickte ihm nicht in die Augen.

»Wo ist Danny begraben? Du könntest ihn besuchen. Ich würde dich begleiten, wenn du das möchtest.«

Schweigen.

»Auch wenn meine Mutter wieder zu Hause ist, werden die beiden hier Hilfe brauchen«, sagte Lockyer. »Sie hätten schon seit Jahren Hilfe gebraucht, und meine Mutter wird nicht so schnell wieder auf die Beine kommen.«

»Hör auf, mir ein schlechtes Gewissen zu machen, damit ich tue, was *dir* in den Kram passt.« Jetzt sah Jody ihn an. »Soll ich etwa für immer bleiben, damit du hier nicht helfen musst? Ist das der Plan?«

Lockyer wurde ungehalten. »Überhaupt nicht.«

»Ach nein?«

»Nein. Na ja … okay. Vielleicht spielt das auch eine Rolle.« Er seufzte. »Hör zu, ich hätte niemals gedacht, dass mein Vater nach Chris' Tod von *irgendjemandem* aus der Gegend Hilfe annehmen würde. Aber er hat mich gerade hergeschickt, damit ich dich davon überzeuge zu bleiben.«

Jodys Augen wanderten ziellos über die Unterlagen vor ihr auf dem Tisch.

Lockyer ließ nicht locker. »Ich will damit nur sagen … er ist froh, dass du hier bist, und ich bin es auch. Und Mum wird es nicht anders ergehen. Vielleicht musst du nicht für den Rest deines Lebens umherziehen. Vielleicht ist das hier ein guter Ort, um damit aufzuhören.«

»Ich will nicht damit aufhören. Ich … kann nicht.«

»Wann hast du es das letzte Mal versucht?«

Jody erwiderte nichts, und Lockyer wandte sich zum Gehen.

»Bitte denk darüber nach. Und wenn du nur für ein paar weitere Monate bleibst.«

»Matt?«, rief sie ihm hinterher. »Milch und vier Stück Zucker.«

Er verzog das Gesicht. »Das ist kein Tee. Das ist Sirup.«

»Jetzt mach schon, okay?«

Nach einer Woche Recherchearbeit hatte Saunders' Team fünf Berichte aus erster Hand zusammengetragen, von Personen, die entweder in den frühen 1960ern in Orcheston gelebt hatten oder Patrick Conlan von irgendwo anders her kannten. Zusammen mit Mrs. Musprats Aussage ergab sich das Bild eines gewalttätigen Mannes, der seine Frau misshandelt hatte. Ein Zeuge deutete an, dass Rosie eine Affäre mit Bill Hickson gehabt habe, und gab auf Nachfrage zu, dass Iris davon gewusst habe. Bill konnte natürlich nicht mehr dazu vernommen werden, und Iris beschrieb ihn als einen einfühlsamen, rechtschaffenen Mann.

Die Beweise deuteten alle darauf hin, dass Paddy von der Affäre erfahren und aus Rache seine Frau umgebracht hatte – zumal er sie nie als vermisst gemeldet hatte. Ihrer Familie hatte er damals erzählt, dass sie mit einem anderen Mann durchgebrannt sei, den Nachbarn in Orcheston, dass sie nach Dublin zurückgegangen sei, um ihre kranke Mutter zu pflegen. Paddy war 1978, wie man mit einiger Sicherheit sagen konnte, unter dubiosen

Umständen ums Leben gekommen: Man hatte seine Leiche mit hinter dem Rücken gefesselten Händen und einer Kugel im Kopf aus dem Regent's Canal in Camden Lock gezogen. Der Mord wurde nie aufgeklärt.

Saunders hatte Rosies jüngere Schwester, Gráinne, und ihren Bruder Sean ausfindig gemacht. Sie lebten immer noch in Dublin. Rosies Leichnam sollte in ihre Heimat überführt werden, doch Gráinne bestand darauf, den Ort zu besuchen, an dem sie begraben gewesen war.

Am Tag ihrer Ankunft machte Lockyer bereits nach der Mittagspause Feierabend. Als er von seinem Schreibtisch aufstand, um aufzubrechen, warf Broad ihm mit weit aufgerissenen Augen einen besorgten Blick zu, wie jedes Mal, wenn die Sprache auf Róisín kam. Sie war einfach unfähig, ein Pokerface aufzusetzen, anderen irgendetwas vorzumachen.

»Und … alles in Ordnung?«, fragte sie leise.

»Alles in Ordnung. Steve hat die Ermittlungen abgeschlossen. Die Beweise reichen nicht aus, um weitere Nachforschungen einzuleiten, außerdem ist der Hauptverdächtige schon vor mehreren Jahrzehnten gestorben.«

Broad vergewisserte sich, dass niemand im Flur war. »Und Mrs. Musprat hat nichts gesagt …?«

»Nichts, was sie nicht sagen sollte«, bestätigte Lockyer. »Hören Sie, es tut mir wirklich leid, Gem. Es tut mir leid, dass ich die Sache … unnötig verkompliziert und Sie da auch noch mit reingezogen habe.«

»Sie wollten sie beschützen«, sagte Broad. »Das verstehe ich. Und … Sie können mich in so ziemlich alles hineinziehen, Chef.«

Bei dieser etwas ungeschickten Formulierung lief sie rot an.

Lockyer glaubte ihr zwar, beschloss jedoch, so etwas in Zukunft nicht noch einmal zu tun.

»Nun, es ist vorbei«, sagte er, und sie wirkte erleichtert. »Es sei denn, ich finde eine weitere Leiche. Das nächste Mal vielleicht draußen im Kohlenschuppen.«

Broad lachte. »Wahrscheinlich werde ich diejenige sein, die Sie das nächste Mal um Hilfe bittet. Weil ich Pete umgebracht habe.«

Ihr Scherz hatte einen unangenehmen Beigeschmack, und sie errötete erneut, während sie auf ihren Computerbildschirm starrte.

Lockyer dachte daran, wie sie im Krankenhaus mit Jason McNeil gesprochen und dabei seinen Arm berührt hatte. Jason, der die Farben Indigoblau und Gold sah, wenn sie ihn anschaute, und Orangensorbet schmeckte, wenn sie sprach. In einem plötzlichen Anfall von Unmut wünschte er, sie würde Pete mit seiner ordentlichen Garage, seiner aufgesetzten Geselligkeit und seinen Regeln für Hunde den Laufpass geben und sofort zur Old Hat Farm fahren, um zu sehen, wie es Jason dort erging. Um Merry dort zusammen mit Herne herumlaufen zu lassen.

»Nun«, murmelte er, »wenn das passiert, stehe ich zu Ihren Diensten. Also dann bis morgen, Gem.«

»Ja. Bis morgen, Chef.«

Lockyer beobachtete unauffällig, wie Gráinne sich langsam von einem Mietwagen entfernte und in das Wäldchen ging. Sie war zwar über zehn Jahre jünger als Mrs. Musprat, wirkte aber älter und war etwas wackelig auf den Beinen. Sie war in Begleitung eines jüngeren Paars – vielleicht eines ihrer Kinder mit Partner. Die Frau hielt einen riesigen Strauß Rosen in den Händen.

Das hier fühlte sich richtig an. Die Geschichte, die sie erzählt hatten, mochte zwar nicht ganz der Wahrheit entsprechen, aber es *war* Paddy Conlan gewesen, der Rosie getötet hatte – indirekt, durch seine Taten –, sehr viel mehr als Bill oder Iris.

Endlich war Lockyer von seiner Last befreit. In gewisser Weise hatte er einen weiteren Fall gelöst. Und dabei hatte er die Wahrheit verdreht und eine Grenze überschritten. Bereits zum zweiten Mal. Das durfte kein drittes Mal passieren. Dann war es eine Gewohnheit.

Hin und wieder wurden die Baumkronen von einem heftigen Windstoß durchgeschüttelt. Eine halbe Stunde später tauchten die drei mit traurigen Gesichtern wieder auf und gingen zu Iris Musprat, die am Gartenzaun stand. Lockyer konnte nicht hören, was sie sprachen, aber als Iris sich umdrehte, betrat Gráinne mit ihr das Nachbarhaus. Das Paar blieb draußen, die Arme zum Schutz vor dem Wind verschränkt. Nach etwa fünfzehn Minuten kam Gráinne wieder heraus, und während sie zum Wagen gebracht wurde, wischte sie sich immer wieder über die Augen.

»Alles in Ordnung, Nana?«, hörte Lockyer den jungen Mann fragen, während er ihr die Tür aufhielt.

»Ja. Ich muss nur ein paar Tränchen verdrücken.« Gráinne sprach mit einem melodischen irischen Akzent.

Plötzlich beschlich Lockyer eine Ahnung, und als der Wagen losgefahren war, ging er zu Mrs. Musprat.

»Sie haben es ihr erzählt, oder?«

»Sie hatte das Recht, es zu erfahren«, sagte Iris. »Das Recht zu hören, was genau mit ihrer Schwester passiert ist.«

Sie musterte ihn und bemerkte seinen besorgten Gesichtsausdruck.

»Sie wird es niemandem erzählen. Sie können also aufhören, so ängstlich dreinzublicken.«

»Woher wollen Sie das wissen?«

»Sie hat es mir versprochen, und ich weiß, wenn jemand die Wahrheit sagt. Sie war einfach nur dankbar. Es sei sehr viel besser, dass Rosie in dem Wissen gestorben ist, in Sicherheit zu sein, während Bill auf sie aufpasste, als dass Paddy sie in die Hände bekommen hätte.«

Lockyer dachte darüber nach. Solange Iris nicht allzu viele Einzelheiten geschildert hatte, vermittelte das wohl tatsächlich ein etwas friedlicheres Bild.

»Und Sie?«, fragte er.

»Was meinen Sie?«

»Können Sie damit leben?«

Ein kurzes Nicken. »Das kann ich.«

»Aber sterben Sie mir jetzt bloß nicht weg, nur weil Sie diese Sorge los sind.«

»Wir werden sehen.«

Lockyer wandte sich ab und ging zu der Stelle, an der die Knochen gelegen hatten. Er betrachtete den leeren, zerwühlten Boden, über den der Wind jetzt Rosenblätter verteilte. Er blieb dort so lange stehen, bis er wieder einen klaren Kopf hatte.

Nachdem die Sonne untergegangen war, beschloss er, einen Spaziergang zu machen. Doch vor der Haustür hielt er plötzlich inne, als er hörte, wie ein Auto den Weg herunterkam. Das passierte nur selten, und zunächst glaubte er, es sei Jody oder vielleicht Kevin in seinem ramponierten Citroën. Aber weder der Hilux noch Kevins alte Klapperkiste erschienen in seinem Blickfeld. Sondern ein alter mintgrüner Austin Allegro.

Lockyer erkannte ihn sofort wieder und stand vor Überraschung wie erstarrt da. Er konnte erst glauben, was er da sah, als der Wagen direkt vor ihm anhielt und er die Person hinterm Steuer erblickte. Die ernsten grauen Augen im ovalen Gesicht. Und die eleganten, schmalen Finger, die das Lenkrad umklammerten.

Hedy Lambert.

Fast sechs Monate nachdem sie wortlos verschwunden war,

tauchte sie wie aus dem Nichts wieder hier auf. Ihre Blicke trafen sich, aber er konnte den Ausdruck in ihren Augen nicht deuten. Er war wie betäubt. Und spürte ein Glücksgefühl in sich aufsteigen, das jedoch rasch wieder hinter einer Wolke aus Verwirrung und Unmut verschwand. Es dauerte eine Weile, bis sie die Wagentür öffnete und umständlich ausstieg. Als sie sich umdrehte, bemerkte Lockyer ihren neuen Haarschnitt und auch, dass sich ihre Figur verändert hatte. Auf ihrem schmalen Körper zeichnete sich deutlich ihr gewölbter Bauch ab. Er brauchte ein paar Sekunden, um zu begreifen, dass sie schwanger war. Ungefähr im sechsten Monat.

»Hallo«, sagte sie.